Hans Pleschinski

Ludwigshöhe

Drei Geschwister erben. Aber es ist ein teuflisches Erbe: Onkel Roberto hat es zur Bedingung gemacht, daß sein gewaltiges Vermögen erst dann an Clarissa, Monika und Ulrich fällt, wenn sie die geheimnisvolle Villa am Starnberger See als Zufluchtsort und letzten Hafen für Lebensmüde betreiben. Die Gier siegt. Trotz aller Skrupel. Damit beginnt die abenteuerliche Suche nach den «Finalisten» und eine hinreißende, turbulente Geschichte, die auf ein großes Fest des Lebens zusteuert – eine tragikomische Gesellschaftssatire, ein köstlicher Lesegenuß.
«Dieses Buch ist originell, todernst und heiter. Pleschinskis brillante Prosa gibt zu denken und liest sich mit Vergnügen.» (Kurt Flasch in der *FAZ*)

Hans Pleschinski, Jahrgang 1956, studierte Germanistik, Romanistik und Theaterwissenschaften. Er lebt als freier Autor, Publizist und Übersetzer in München. Sowohl für seine literarischen Werke als auch für die von ihm herausgegebenen und übersetzten historischen Bände erhielt er zahlreiche Preise. 2012 wurde er zum Mitglied der Bayerischen Akademie der Schönen Künste und zum Chevalier dans l'ordre des Arts et des Lettres der Republik Frankreich ernannt. 2014 wurden ihm der Literaturpreis der Stadt München und der Niederrheinische Literaturpreis verliehen.

Hans Pleschinski

Ludwigshöhe

Roman

Von Hans Pleschinski
sind bei dtv außerdem erschienen:
Brabant
Bildnis eines Unsichtbaren
Leichtes Licht
Königsallee
Wiesenstein

*Mit Skizzen des Erdgeschosses
und der Beletage am Ende des Bandes*

Vollständige Ausgabe 2010
4. Auflage 2023
dtv Verlagsgesellschaft mbH & Co. KG, München

Umschlagkonzept: Balk & Brumshagen
Umschlagbild: ‹Vollmondnacht am Starnberger See›
von Hildegard Mühlich (www.hildegard-muehlich.de)
Satz: Fotosatz Reinhard Amann, Memmingen
Druck und Bindung: Druckerei C.H.Beck, Nördlingen
Printed in Germany · ISBN 978-3-423-13937-3

I. Buch

1.

«Waren Sie schon Patient bei uns?» Die Sprechstundenhilfe fand die Antwort auf ihre Frage in ihrer PC-Kartei. «Nehmen Sie bitte im Wartezimmer Platz.»

Ulrich Berg griff eine Illustrierte und setzte sich. Junge Menschen waren offenbar auch in der Zahnarztpraxis von Dr. Gessler rar. Zwei ältere Damen und zwei Türkinnen mit Kopftuch vertieften sich wieder in ihre Lektüre, wisperten in ihrer Sprache. Ein Rentner in hellblauem Sakko starrte auf ein gerahmtes Foto von einem Wasserfall.

Für Ulrich Berg war es kein Problem, unbemerkt die schwarzen Karten aus seiner Jackentasche zu ziehen. Unauffällig schob er sie beim Durchblättern der Zeitschrift für Segelsport zwischen die Hochglanzseiten. Mit einem Räuspern legte er *Sail & Cruise* zurück und nahm sich vom Stapel die Postille der AOK. Noch drei seiner Kärtchen, im Format von Visitenkarten, opferte er für dieses Druckerzeugnis und diesen Ort. Nun konnte auch bei Dr. Gessler ein späterer Patient beim Warten und Blättern das stabile schwarzglänzende Kärtchen in Händen halten und in freundlich geschwungener goldener Schrift lesen:

Reicht es? Reicht es wirklich?
Und nicht mehr weiter?
Kein Weg mehr? Aber prüfen Sie sich.
Alles in Ruhe.
Wenn Sie verstehen, verstehen Sie.

Es folgte die Telefonnummer.

Lange hatten sie über den Wortlaut gestritten. *Wenn Du verstehst, verstehst Du*, hatte Monika vorgeschlagen. Doch Clarissa hatte sich durchgesetzt: «Wir haben kein Zeltlager aufgeschlagen. Je distanzierter der Ton, desto wohltuender für alle.» – Beim Gewicht der Mitteilung konnte der Wortlaut niemals angemessen geraten. Letztendlich waren die Fragen und Andeutungen ebenso dezent wie eindringlich formuliert. *Wenn Sie verstehen* … Frau Fontanelli hatte verstanden und lebte nicht mehr.

Bei Zahnärzten war auf alle Fälle Trostlosigkeit versammelt. Natürlich auf ganz andere Weise als in Arbeitsagenturen. Doch in der Kapuzinerstraße war er bereits um acht Uhr früh gewesen. Im Grunde hätte er für sich selbst dort eine Wartenummer ziehen können.

«Nur den Zahnstein?» fragte von der Tür die Helferin. Ulrich Berg war aufgestanden: «Ich werde nachmittags wiederkommen.

Ich hätte fast einen wichtigen Termin vergessen.» Er blickte sich noch einmal um. Eine Muslima im Keller – das hätte gerade noch gefehlt.

Der Mittvierziger war seit einer Woche darin geübt, mit freundlichem Lächeln an Praxispersonal vorbei wieder in Treppenhäuser und ins Freie zu verschwinden. Nur in Garmisch, bei einem Internisten, war ihm eine Praktikantin nachgelaufen. «Ihr Schlüsselbund ist rausgefallen.»

Die Aprilsonne wärmte kaum. Er klappte den Fellkragen hoch und zog die Cordjacke zu. Ein Wind ging. Er hätte es genossen, wenn ihm die dicken blonden Locken vor Stirn und Augen geweht wären. Tempi passati. Das Haar war längst dünner geworden und nur noch wellig. Die Erschlaffung paßte zu den umknitterten Augen, den dünner gewordenen Lippen und den Schulterverspannungen. Im Zusammenspiel machten diese Spuren der Zeit männlicher, jedenfalls hatte Robert Redford diese Deutungsrichtung vorgelebt. Frühere Detaileitelkeiten, die bei selbstgewisser Jugendlichkeit, guten Zähnen, munterem Blick gar nicht nötig gewesen wären, wandelten sich vor dem weiteren Schrumpfen und Vergrauen womöglich zu einer defensiven Gesamteitelkeit.

So weit war es wohl noch nicht.

Die Jeans saß gut.

Ulrich Berg bog in die Maximilianstraße. Die Staatsoper war mit grünvioletten Phantasiefahnen beflaggt. Rechter Hand auf dem Isarhochufer breitete der Bayerische Landtag seine steinernen Arme aus. Die Goldmosaiken schimmerten schwach. Die gesamte Prachtmeile, auch wenn man es nur flüchtig wahrnahm, blieb der beeindruckende Willensakt eines Königs, etwas Imposantes, Schönes und Einmaliges zu hinterlassen. Mitunter konnten Fassaden, Kolonnaden, Illusionen das Leben zusammenhalten, wenn es im Inneren wackelig wurde. Aus dem Schein konnte wieder ein Sein erwachsen. Das war zumindest ein spätmonarchistischer Vorschlag der Wittelsbacher, die Prunkschneisen in Gehölz, Äcker, Dumpfheit und Unwillen geschlagen hatten. Im nachhinein war jeder froh, daß die Steuergelder unerbittlich zu Säulen und Statuen geworden waren.

Ulrich Berg gewahrte die Auslagen bei *Vuitton*. Einige der Hemdenstoffe, erkannte er, stammten aus den toskanischen Webereien in Prato. Vom Schnitt her waren sie Konfektionsware zum dreißigfachen Preis. Nicht weit davon entfernt hatte Moshammer gewirkt, der schneidernde Wiedergänger des Märchenkönigs. Im Schaufenster, zwischen Schlipsen und Blazern, hatte Ulrich vorzeiten auf einem neobarocken Schemel Daisy, den gleichfalls medienerprobten Yorkshire des erdrosselten Couturiers, schlummern sehen. Der Bayer, der schließlich auch noch Schlager hatte trällern wollen, hatte Mut zu sich selbst bewiesen. Neuere Paradiesvögel erschienen flügellahmer, wurden für immer kürzere Starphasen noch öfter abgelichtet und endeten oft genug in Reihenhäusern. Wo blühte noch belebender Wahnsinn?

Streusplitt der vergangenen Wochen knirschte unter den Stiefelsohlen. Gekehrt wurde offenbar monatlich. Müßiggänger, Kunden, die bei *Bulgari*, *Vuitton* und *Pralinen-Cordes* für ihre Lebensbelohnungen das Geld ließen, waren am Montagmorgen kaum zu sehen. Angestellte an Kassen und vor Regalen ordneten bereits geordnete Zettel und Blusen.

Der Schlag traf ihn in die Kniekehle. Schon schlenkerte der Stockschirm einer Passantin ein Stück vor ihm. Die Frau im Schottenponcho wandte sich nicht einmal um. «Blöde Kuh», zischte er und rieb sich das Gelenk. Vorm Einbiegen ins Kosttor hupte ein Volvo eine Radfahrerin aus dem Weg, die ins Trambahngleis geriet, sich aber wieder fing. Auf der gegenüberliegenden Straßenseite schaute vor den *Vier Jahreszeiten* ein Taxifahrer zu, wie eine alte Dame mit Hut und Gehstock in den Fond einzusteigen versuchte.

War es der Wochenanfang?

Kündigte sich Föhn an? Bereits in der S-Bahn hatten einige Fahrgäste so gewirkt, als würden sie es, wenn man ihnen ein Stilett in die Hand drückte, dem Mann oder der Frau gegenüber sofort in den Bauch rammen. Natürlich war die Stimmung im tiefen Winter in den öffentlichen Verkehrsmitteln noch geladener. Dann wußte man oft nicht mehr, was in vielen Gesichtern überwog. Haß oder Selbsthaß. Die Gründe konnte keiner so recht benennen. Freudlosigkeit, Übersättigung, eine neuartige Geschundenheit? Ein so tiefer Grimm trat zutage, daß man fürchten mußte, mit hineingezogen zu werden.

Er wandte sich um. Einige der Lackkärtchen konnte er in der *Kulisse* deponieren.

Der Modedesigner, mit ein paar Heimaufträgen für Strickwaren von *H&M* und *Escada* bedacht, betrat das Café, das den Kammerspielen vorgelagert war. An einem Fenstertisch saß ein TV-Krimikommissar, der mit seinem jüngeren Kripokollegen, beide leger und verständnisvoll, da und dort in München dem Gesetz zu einem Sieg verhalf. Neben einer Tasse, aus der das Teebeuteletikett baumelte, unterstrich der Schauspieler mit Schwung Zeilen auf den Blättern eines zerfledderten Papierstapels. Ein Drehbuch, der Text für eine abendliche Lesung? Auf irgendeine prominente Gestalt stieß man hier immer. In eine rothaarige Frau, natürlich faltiger als auf dem Bildschirm, hatte er einmal unwillkürlich Senta Berger projiziert. Als sie mit ihrem Begleiter ging, hatte sie jedoch spanisch gesprochen und ein Bein nachgezogen. Weiter hinten, am Gang zum Theaterfoyer, frühstückte eine auch durch Interviews mit Fotos bekannte Schriftstellerin. Sie war wegen ihrer sinnlichen Geschichten beliebt. Furiose Jahre in Mexiko wurden ihr nachgesagt, eine schwankende Zahl von Ehen und Liaisons. Jetzt tunkte sie, mit einem Lächeln wie für sich selbst, ein Croissant in den Milchkaffee. Ein pompöser roter Pulli mit weitem Umschlagkragen.

Nach dem frühen Aufstehen trank Ulrich Berg einen Espresso an der Bar. Hunger spürte er nicht. Er schob einige der Kärtchen mit den goldenen Lettern in die Speisekarte neben sich. *Reicht es? Reicht es wirklich?*... Besonders Künstler, Theaterpublikum, Intellektuelle, empfindsame Menschen waren anfällig und hilfsbedürftig.

Ihnen konnte in diesem harten, schweren, oft unerträglichen Leben geholfen werden. In gewisser Weise. Ulrich Berg wollte nicht über Konsequenzen seines gefährlichen Tuns nachdenken. Verdrängung war ein Göttergeschenk. Und selbst heikelste Zeiten gingen vorüber. Strafrechtlich war er nicht zu belangen. Zumindest wollte er es hoffen. Er starrte auf seine Hände. Entsetzlich! Aber es waren nur Werkzeuge. Er zerkaute das Anisplätzchen, bevor es nach einem Schluck Kaffee unter den Tassenboden rutschte. Gemocht hatte er die Italokiesel noch nie. Hinter der Theke wurde geschäumt, gequirlt und gemixt. Ganz Deutschland schien einem Cappuccino-, Schümli- und Latte-Macchiato-Rausch verfallen zu sein, wobei man nie wußte, ob diese Schlabbergetränke wach oder müde machten.

Egal, völlig. Und auch nicht.

Sein Blick löste sich von dem mollig dickwolligen Rot der Autorin, die mit dem Messer anscheinend einen Klacks Marmelade von ihrer Zeitung entfernte.

Bald würde er wohlhabend, ja reich genug sein, um sich in Brasilien – oder wo auch immer – das Frühstück im Bett servieren zu lassen. In modernem Silbergeschirr. An Trüffelpastete auf dem Toast, frische Langustenteile am Morgen würde er sich sicher rasch gewöhnen. Er müßte dann aufpassen, nicht träge zu werden. Nach einigen Fitnessübungen, Schwimmzügen im Meer könnte er unterm Sonnensegel auf einer Terrasse frühstücken. Es würden sich – in Bahia, Acapulco, auf den Seychellen – Bekannte, Freunde finden, mit denen wechselweise der Brunch verabredet würde. Zwanglos, vor Ausflügen, mit dem Boot.

Eine Kolonne schwarzer BMWs passierte das Café. Wahrscheinlich war der Ministerpräsident mit einem Gast auf dem Weg von der Staatskanzlei, seinem Isar-Kreml, zu einem Landtagsempfang. Zumindest innerhalb des Freistaats, des heldenhaft minimalsouveränen, der aber tatsächlich erheblich größer war als Sachsen oder Rheinland-Pfalz, meinten manche, daß auf solchen Fahrten auch Weltpolitik betrieben würde. In jedem Falle betraf sie mit diesem oder jenem Beschluß den einen oder anderen, und man mußte – was die Unversehrtheit der Person, ihre Würde, die staatsbürgerlichen Rechte und Pflichten anging – als Wähler immer allerorten wachsam bleiben.

Nein, es war wirklich nicht Senta Berger, die hereinkam. Es war die Spanierin, mit einem orthopädischen Schuh, die offenbar in der Nähe wohnte.

Ulrich legte drei Münzen auf den Thekenmarmor. Einige der Lackkärtchen behielt er für Rückfahrt, Bahnhof und S-Bahn in Reserve. Clarissa hatte alles im Griff. Besonders in diesem Fall war es gut, Macht an die Frauen abzutreten. Sie konnten drakonischer sein. Den Joppenverschluß wieder zu. Köstliche Tafelsülze mit Zwiebelringen wurde an ihm vorbeigetragen. Beim Überziehen der Handschuhe kam es ihm vor, als wären die Stadtteile bereits von Kärtchen überschwemmt.

2.

Schäftlarn-Ebenhausen, im Süden Münchens, wurde bundesweit nicht nur durch sein *Forum Wissenschaft und Politik* bekannt. Als Teil der Ortschaft Schäftlarn gehörte auch die gleichnamige Benediktinerabtei zu dieser oberbayerischen Doppelgemeinde. Wohlerhalten und gepflegt, beherrschte das Klostergeviert mit prächtiger Basilika und dazugehörigem Biergarten das Isartal und lockte an Schönwettertagen die Ausflügler an, die ihre City-Räder, Mountainbikes, Kawasakis, manchmal Tandems und sogar rikschaähnliche Vehikel vor der Maß oder Apfelschorle mit dikken Ketten am Autoparkplatz abschlossen.

Im Tal, unter den bewaldeten Hochufern und in der Nähe von Fluß und Kieselstränden, lag ein Stück Paradies auf Erden. Wer im Freundeskreis, zu zweit oder auch allein bei Wurstsalat, Krustenbraten, Brez'n und Weizenbier im Schatten von Kastanien ins explodierende Grün schaute und sich dem Alltag entwunden hatte, brach nur widerwillig und immer leicht trunken zur Weiterfahrt oder Heimkehr auf. Wenn man neuerlich in die Pedale trat und schlenkernd steil bergauf radelte, nahm man schon unter Schweiß Abschied. Manche gaben nach Hopfen und Malz und einer halben Ente in Schäftlarn das Strampeln auf und schoben erst einmal. Andere, plötzlich von Sonne, Luft und Weißweinschorlen ermattet, schlugen sich neben der Straße aufs Geratewohl in die Büsche, ließen sich ins Gras sinken und schliefen, oftmals noch mit Fahrradhelm auf dem Kopf. Über die seligen Sommerschlummerer zwischen bayerischem Holunder tönte der Stundenschlag der Benediktinerglocke.

Oberhalb des kleinen Elysiums, wo Eltern nicht mehr ihre tobenden Kinder bändigten, Katzen auf die Bänke sprangen, aus vorbeifahrenden Autos Musik verhallte, oberhalb der Haarnadelkurven und schon jenseits der S-Bahn-Gleise wuchs Ebenhausen ins hügelige Land hinein. Die Zahl der Alteingesessenen war klein. Im oberen Ortsteil hatten sich Manager, Banker und Professoren angesiedelt, die in ihre Konzernzentralen und Universitätsbüros pendelten. Ein energisch-moderner Opernregisseur hatte sich mit seinem Lebensgefährten in Ebenhausen niedergelassen, empfing im früheren Bauernhaus berühmte Dirigenten und Sänger zwischen Inszenierungsmodellen in den Kellerräumen, feierte mit den Künstlern bis ins Morgengrauen. Die Fensterläden waren verriegelt, wenn sein Mieter in London *La Traviata*, *Wozzeck* an der Met oder *Salome* im Mariinski-Theater von Petersburg in Szene setzte. Einmal, nach einem musikalischen Zechgelage, zu dem auf Einladung auch zwei, drei junge Taxifahrer als Liebesengel dageblieben waren, war eine der famosesten Schubertinterpretinnen den Gartenhang hinabgetaumelt und im Frühtau neben einer mittelmäßigen Stahlskulptur wieder aufgewacht. Die Milch wurde von einem Gehöft nebenan morgens vor die Tür gestellt.

Im Ort wirtschafteten weiter einige Landwirte, die Eier- und Gemüsedirektverkauf betrieben, so daß neben Porsches Hennen scharrten und Frühsportler in einem Bogen um eine ehrwürdige Kuh liefen. Bei insgesamt vielleicht dreitausend Einwohnern waren gerade die neueren Anwesen so angelegt, daß die Jogger oder

Passanten keinerlei Einblick ins Hausinnere nehmen konnten. Föhrenreihen hinter Jägerzäunen versperrten jede Sicht. Um Terrassen sproß hoher Bambus. Die Metalljalousien mancher Doppelhaushälfte öffneten sich monatelang nicht. Was hinter dem Aluminium stattfand, konnte man gelegentlich nur mutmaßen, und jede Mutmaßung mochte stimmen. Hinter Geranienkästen lebte, verheiratet mit einem Gefäßchirurgen, die Tochter des letzten DDR-Notenbankpräsidenten. Vor Jahren hatte die Polizei einen Mann in seinem vermüllten Haus gefunden, wo er von einem Turm *Neue Revue*, die er seit 1960 gesammelt hatte, erschlagen worden war.

An der Hailafinger Leite vernahm man an manchem klaren Morgen Richard Strauss' *Alpensinfonie* oder Streicherwogen von Anton Bruckner und durfte sich sicher sein, daß hinter der Giebelverglasung beim Anblick der fernen Alpenkette jemand träumte. Im dunklen Berggezack leuchteten noch im Sommer Schneefelder. Und selbst für denjenigen, der diese gewaltige Gesteinsformation im Süden nicht schätzte, für den die Alpen eine abweisende, dumpfe Schluchtenansammlung waren – deren Schroffheit jahrhundertelang nur gefürchtet gewesen war –, selbst für denjenigen, der Bergsport mit verletzungsträchtiger Zeitverschwendung im Naßkalten gleichsetzte, grüßten die Karwendelgipfel schon als Vorposten Italiens. Hinter den Graten und Gletschern lagen Verona, Mantua, spiegelte der Lago Maggiore Palmen. Vielleicht war es ebenso betrüblich wie sinnvoll, daß es Sperren zwischen dem einen und dem anderen Daseinsgebiet gab. Die Felsgrenze brachte Ziele, Wünsche und Selbstbesinnung hervor. Fern oben fauchte ganzjährig ein Wind.

Libellen flimmerten über letzten Pfützen. Ein makelloser Maitag kündigte sich an. Es mochte sechs Uhr sein.

Das Anwesen auf der Ludwigshöhe war sicherlich eines der malerischsten und verschwiegensten am Ort. Sogar wißbegierige Frühaufsteher, die ihren Hund zum Spaziergang geweckt hatten, konnten von der schmalen Asphaltstraße aus kaum abschätzen, ob der Garten sich hinter dem Haus fortsetzte, ob hinter Bäumen die noch feucht schimmernde Teerpappe zum Dach eines Nebengebäudes oder bereits zum Nachbargrundstück gehörte. Die Buchsbaumhecke der Ludwigshöhe 3 gedieh dicht und mannshoch. Kastanienäste und Lärchenzweige ragten, wahrscheinlich gegen die öffentliche Maßgabe, über die Straße.

Bekannt war die Liegenschaft am Ortsrand unter dem Namen Ungarisches Haus. Die Bezeichnung, wenn sie denn irgendwo fiel, rührte von dem ungewöhnlichen Gartenzugang her. Das Tor war aus eng gefügten Latten gezimmert und braun lackiert. Über den hohen geschwungenen Flügeln spannte sich, aus nur einem Balken gearbeitet, ein dunkler Bogen, der durch bunte Schnitzereien die Blicke auf sich zog. Links und rechts der Jahreszahl *1911* sprangen Paare in Trachten Polka oder Csárdás. Die Beine flogen und Bänder wehten. Falls die naive Gestaltung nicht kunstvoll beabsichtigt gewesen war, handelte es sich wohl um einen munteren Schreinerentwurf. Daß es sich bei den Gestalten, die Hände an Hut und Hüfte, um ungarische Mägde und Hirten handelte, ließ sich aus den üppigen Paprikagarben und Sonnenblumen schließen.

Vielleicht hatte ein bayerischer Fabrikant vor dem Ersten Weltkrieg seine ungarische Gemahlin aus dem Süden der k.u.k.-Monarchie durch dieses Tor in ihr neues Heim geleitet. Doch es hatte im Isartal zu jener Zeit auch manches Künstlerrefugium gegeben, sommerliche Unterschlüpfe voller Schaffensdrang, kosmischen Visionen, Amouren mit Dauergästen, Leidenschaften,

Hinwendung zum Archaischen, plötzlichen Todfeindschaften, Suff, Verbrüderung und Ernüchterung bei revolutionärem Nacktbaden. Lugte man zwischen Lattenpforte und Ungarntanz hindurch, war am Haus selbst kein fremdartiger Einfluß erkennbar. Gelb leuchtete es durch den alten Baumbestand. Wein umrankte Fenster. Da und dort wucherte er über die Dachschindeln. Das Ungarische Haus wäre nur ein viereckiger Klotz gewesen, hätten der Bauherr und sein Architekt den Fassadenecken nicht zwei Zwiebelhauben aufgesetzt. Spitz endete die linke Haube in einem Blitzableiter, der Wetterhahn auf der zweiten wies bei jeder Witterung festgerostet nach Westen.

Ein Wiesel huschte am Kellereingang vorbei.

«Aaaangst.» Das Schluchzen drang durch einen der Fensterläden ins frühe Grün: «Aangst. Ich habe Angst …» Die Stimme aus dem Innern verlor sich in Wimmern und Stöhnen: «Laßt mich … Helft mir. Schlafen … Aaangst. Ruhe … Aaah.»

Die Wehklage verstummte. Tauben ließen sich auf der Dachrinne nieder, gurrten. Nach kurzer Weile wurde ein Fensterladen aufgestoßen. Ein verschlafenes Gesicht lugte heraus. Eine Hand mit einem Stock wurde sichtbar. Nach einem dröhnenden Schlag gegen die Regenrinne schwirrte die Taubenplage zwischen den Wipfeln auf und davon. Der Haustürflügel war angelehnt. Eine Katze glitt über die Schwelle. Sie fand die gefüllte Milchschüssel auf dem obersten Treppenhalbrund. Beim Schlecken und Putzen im ersten Sonnenschein behielt sie beide Gestalten im Vorgarten im Auge.

Links vom Mittelweg kniete ein Mann unter der Blutbuche. Er trug einen dunklen Mantel und Schal. Reglos starrte er auf den Boden. Schließlich beugte er sich vornüber. Er stützte sich mit beiden Händen ab und ließ Kopf und Stirn langsam aufs Erdreich sinken. Seine Finger griffen, krallten sich ins feuchte Dunkle. Er sog den Duft des Humus ein. «Zu dir, zu dir, Mutter.» Er preßte seine Lippen auf Krumen und Gras. «Gute – Friedliche – Fürsorgliche …» Er streckte sich der Länge nach aus, umfaßte einige Buchenwurzeln und drückte, mit einem Lächeln, seine Wange auf die Erde. Liebkosend verharrte er.

Auf der gegenüberliegenden Seite des holprigen Gartenwegs, neben der alten Remise, plätscherte im Sonnenlicht ein Wasserstrahl ins Rund des Beckens. Vor seinem bemoosten Granitrand hockte eine Frau in langem roten Kleid auf einem Tuch. Langsam senkte sie mit geschlossenen Augen ihr Gesicht ins Wasser. Lange hielt sie es, ohne daß Luftblasen aufstiegen, zwischen die Seerosen getaucht. Mit einem Keuchen, bei dem sie ihr nasses blondes Haar nach hinten strich, zog sie ihr Gesicht wieder aus dem Nass. Wasser rann und perlte von der Haut. In stiller Ekstase murmelte die knapp Vierzigjährige: «Ich bin alles … Ich bin nichts … Alles löst sich auf. Wie gut. Selig!» Nach einem kräftigen Durchatmen tauchte sie ihren Kopf, das Haar im Nacken, erneut ins Becken.

Der Vogelgesang wurde vielstimmiger.

Die Katze räkelte sich auf der abgewetzten Fußmatte. Mit einem Satz war sie auf den Pfoten, fauchte und machte einen Buckel.

«Guten Morgen, Chouchou. Schon gefrühstückt?» Der Bukkel entspannte sich, das Tier schnurrte um ein Bein. Eine Frau im weißen Morgenmantel und in Pantoffeln sprach nach hinten ins Hausdunkel: «Furchtbar. – Herr Lehmann hat es gewagt. Das hätte ich nicht gedacht.»

«Die Stillsten sind oft die Entschlossensten», vernahm man von innen.

«Auch auffällige Fröhlichkeit verbirgt Abgründe. Ich kenne das von einer Kollegin.»

«Herr Lehmann war Steuerberater», sagte die männliche Stimme aus dem Unsichtbaren.

«Das bedeutet gar nichts, Herr Deutler. Wer ahnt, was sich in ihm abspielte.» Die Frau in notdürftiger Gewandung winkte in den Hausflur: «Sind Sie soweit? Kommen Sie.»

«Schulden? – Melancholie? – Die Frau weggelaufen? – Betrügereien?» Die Stimme klang knabenhaft.

«Er sprach nicht mehr», die Frau hob die Hände, «das ist es ja. Das Verstummen ist der Vorbote. Manchmal sind es aber auch die Worte, auf die keiner achtet... Als ich gegen drei die Schritte, das Knacken hörte, dachte ich mir nichts dabei. – Kommen Sie endlich? Es ist jetzt hell.»

«Wir sollten warten, Frau Hoffmeister, wir sollten die anderen wecken.» Barfuß tappte Olaf Deutler aus dem Haus. Er trug nur Jeans. Sein magerer Oberkörper war unbehaart. Groß und tief lagen die Augen unter einem geschorenen Schädel. Seine Nasenflügel bebten. Der junge Mann hatte unruhig geschlafen.

«Nein, nicht gleich noch mehr Panik stiften.» Die Frau, die seine Mutter hätte sein können und sich ein weißes Handtuch zum Turban gewunden hatte, faßte ihren Begleiter bei der Hand: «Lassen Sie schlafen, wer schlafen kann. Es könnte die letzte Nacht sein.»

«Entsetzlich.»

«Das ist ein bißchen unpassend, Herr Deutler.»

«Arzt holen?»

«Dürfen wir nicht.»

«Was nun, Frau Hoffmeister? – Abschneiden?»

Für einen Moment blieben die Frau in Weiß und ihr Zimmernachbar, den sie – nach ihrem Spähen in den dämmerigen Obstgarten – wach geklopft hatte, unter der Türlaterne stehen. Bei der Blutbuche erkannten sie Herrn Kipphard, der die Wange ans Erdreich schmiegte. An der Fontäne übte sich Ute Wimpf in ihrer finalen Wassersymbiose.

Die Realschullehrerin aus Augsburg hatte sich Hilde Hoffmeister gegenüber in wenigen gehaspelten Worten als «leer» und «ausgebrannt» bezeichnet. Schüler hätten ihr nicht nur «mit Pfefferspray» aufgelauert, sondern ein «verkommener Zehntkläßler mit ebensolchen Eltern hat mir mit einer Schere ins Bein gestochen … Aus Leidenschaft» sei sie Pädagodin geworden, nun habe sie Lust, «Zehn- bis Sechzehnjährige zu erschießen, einige, die einfach eine Glastür eintreten, auf dem PC Pornofotos des Kollegiums herstellen, beim Schulabgang *Go to hell Schaiss Knahst* in den Korridor schmieren», war es zornesrot aus ihr herausgepoltert. «Natürlich ist Augsburg-Oberhausen ein brenzliges Viertel.» Verrottet seien aber vor allem die Seelen. «Als eine Kollegin sich gegen den späteren Scherenstecher zur Wehr gesetzt hat, ist sie von dessen Eltern angezeigt und dann verhört worden. Bei solcher Verrohung und allgemeinem Desinteresse, die auch die Gutwilligen mit ins Tiefe und Blöde drücken», habe es keinen Sinn gehabt, als Geschichtslehrerin … «die Idee eines einigen Europas auch nur anzudeuten. Nur noch mit Herzflattern und Tranquilizern» habe sie die Klassen betreten. Eine andere Kollegin sei nach privaten und schulischen Fiaskos «vor den Zug gesprungen». Keinesfalls würde sie, Ute Wimpf, alle Schüler in einen Topf werfen, «nie und nimmer. Es gibt die freundlichen Gemüter und ein paar willensstarke», insgesamt aber hätten die Unfähigkeit zur Konzentration und die Neigung zu Gewalt ein Ausmaß erreicht, «vor dem ich kapituliere … Sie werden im Unterricht einfach angerülpst.» Eine Schere in der Wade. *Itallien* mit Doppel-L. Eltern, die an Saumseligkeit und Trägheit ihre Kinder noch überböten. – «Niedersachsen hat in Grundschulen Schlummerecken für Schüler eingerichtet, die sich überfordert fühlen.» – Wie solle da die Zukunft noch gemeistert werden? Hilde Hoffmeister und Olaf Deutler sahen, wie die nun ganz ruhige Lehrerin ihren Kopf im Zeitlupentempo wieder ins Naß des Granitbeckens senkte. Beinahe lustig plätscherte über dem Nakken das Wasser aus dem Rohr.

«Alles schon sehr extrem, Frau Hoffmeister.»

«Darauf kommt es nicht mehr an, Herr Deutler.»

«Wir leben noch.»

«Ein bißchen.»

Die Zimmernachbarn stiegen in Pantoffeln und barfuß die Steinstufen hinab.

«Ich meinerseits schaff's nicht, Frau Hoffmeister.»

«Das Leben? Oder das andere?»

«Sie sind eine willensstarke Frau.»

«Keine drei Monate ist es her, daß ich in die Klapse eingeliefert wurde. Eine lange Geschichte. Plötzlich, nein, nach und nach kannte ich mich selbst nicht mehr. Ich habe auf dem Geburtstag meiner Schwiegertochter das Geschirr zertrümmert. Ich habe die Gläser aus dem Wandschrank geschnappt und an die Wand geworfen. Eines nach dem anderen. Alle saßen erstarrt da. Ich habe zu Hause weitergewütet. Die Hormone? Aber sie hat mir vor zwanzig Jahren meinen Sohn weggenommen und einen Waschlappen aus ihm gemacht, der für jeden Schritt ihre Erlaubnis braucht. Soll die Niete doch. Ich habe alles satt.»

«Alles?»

«Ein Abenteuer bleibt mir noch.»

«Ein wunderschöner Morgen. Ein Geschenk des Himmels. Ist das ein Wiedehopf, Frau Hoffmeister? Mit rotem Schopf.»

«Da kenne ich mich nicht aus.» Die recht kräftig gebaute Frau schritt voran, der um einen halben Kopf kleinere Olaf Deutler lief ihr hinterdrein. Sie wandten sich in Richtung Obstgarten und passierten die Regentonne. Die Gehplatten lagen schief und erzwangen Schritte durchs feuchtkühle Gras. Hilde Hoffmeister wich Nacktschnecken aus. Hinter ihrer Schulter zuckten Olaf Deutlers Gesichtszüge.

«Vielleicht war er krank.»

«Er war verstummt. Er hat sich aufgegeben.»

«Freiwillig, Frau Hoffmeister, nicht.»

«Sie krabbeln so hinter mir her.»

«Ich krabble nicht. Ich bin ein Mensch.» Der dürre halbnackte Bühnenbildner mit hochgekrempelten Hosenbeinen mußte auf blinkende Glassplitter achtgeben. Weinlaub strich über sein helles Stoppelhaar. Wer genauer hinblickte, konnte an seinen Handgelenken zwei längliche rote Striche erkennen.

«Ich werde den Anblick nicht mehr loswerden.»

«Stellen Sie sich dem Menschlichen, um so eher werden Sie es bewältigen. Ich gehe jedenfalls nicht allein nach hinten, Herr Deutler.»

«Das ist fortwährend die Frage... Türmt man?... Oder stellt man sich?» Der junge Mann schlang kurz die Arme um sich.

«Auch dafür gibt es kein Rezept. Vorwärts... am Birnbaum.»

«Ich folge.»

Aus einem Instinkt heraus bewegten beide sich nicht mehr frontal auf den Nutzgarten zu. Sie schlichen seitlich an Wand und Wein entlang. Hilde Hoffmeister stieß sich am Gartenschlauchroller.

«Noch bin ich da», murmelte Olaf Deutler.

«Gott sei Dank», hörte er von vorn.

«Furchtbar. Ich hatte immer Lampenfieber... Es hat mich umgebracht. Ich habe, selbst bei kleinstem Etat, vorzügliche Bühnenbilder entworfen. Ab den Bauproben war ich aber nicht mehr ansprechbar. Ab den Beleuchtungsproben mußte ich zum Arzt... Durchfall, Fieber, alles. Doch, es begann viel früher», hechelte er, «ich war der Prügelknabe der Klasse... Ich konnte mich nie durchsetzen. Vielleicht fühlen sich viele Bühnenbildner nur mittelmäßig oder schlecht... Ich weiß nicht, was richtig ist. Nie! Alles beeinflußt mich, in entgegengesetzte Richtungen. Ich platze. Ich zerfalle. Alles ist falsch, oder auch nicht?»

«Jedenfalls sind wir noch nicht ganz verstummt», vernahm der zappelige Begleiter vor sich. Sie kamen unter dem vergitterten Speisekammerfenster vorbei.

«Mein letzter Auftrag war *Der Hauptmann von Köpenick* in Koblenz, ich habe nur noch die Entwürfe für den ersten Akt fertigbekommen... ‹Ob das gut wird?› hat die Intendantin gefragt. Nach jeder Kritik hab' ich Magenkrämpfe bekommen. Weil ich's doch blendend machen wollte! – Vielleicht hat sie's gar nicht böse gemeint? – Vielleicht ist mein Schwanz zu klein, daß ich mich nie durchsetzen konnte ...»

«Herr Deutler, nicht jetzt!» wurde er angeherrscht.

«Sie sind so entschieden.»

«Und außerdem glaube ich das nicht.»

«Doch, er ist nicht groß. Und wenn man Angst hat, daß er zu klein ist, wird er immer kleiner. Und man selber gleich mit.»

«Besinnen Sie sich!»

«Eine Tragödie. Wegen ein paar Zentimetern. Jedenfalls war er, als wir uns beim Schulsport unsere Schwänze zeigten, weil ich so nervös war, ganz klein. Ich hab' schnell die Hände davorgehalten. Ein günstigerer Moment, und alles wäre anders gekommen oder auch nicht. Verstehen Sie die Misere?... Ich kann nicht weiter.»

Die Luft im Schatten war kühl. Aber sie zitterten jetzt nicht wegen der Kälte. Hilde Hoffmeister umfaßte Olaf Deutlers Hand so fest, daß sein Gesicht schmerzhaft zuckte.

«Abschneiden und dann verbuddeln», flüsterte er: «Das war's dann. Entsetzlich. Er hat's hinter sich. Er ist im Dunklen, im Sanften. Gott wollte ihn zurück.»

«Herrn Lehmann?»

«Stop. Nicht weiter. Wir reden. Aber es wird übermächtig, Frau Hoffmeister. Ich habe ihm gestern noch ein Kissen gebracht. Er saß am Fenster. Ein feiner Mensch.»

«Was wissen wir schon?»

«Er saß reglos, im Anzug. Mit weißem Hemd und Krawatte. Überraschend zarten Händen.» Olaf Deutler ließ sich gegen die Hauswand ins Weinlaub sinken. Er schloß die Augen, er bibberte, die Zähne knirschten. Frau Hoffmeister wagte die letzten Schritte allein. Vor ihr breitete sich das Obstgehölz aus. Es war ehedem mit Bedacht gepflanzt worden. Neben Pflaumenbäumen begannen Reihen von Schattenmorellen, Mirabellen und anderer Fruchtbäume zu grünen und zu knospen. Mattgraufeucht schimmerten betagte Stämme. Scheiben eines Gewächshauses waren schmutzig blind oder zerbrochen. Die knorrigen Birnbäume gediehen mehr dem Wald zu.

Ein Gartenstuhl lag umgekippt im Gras. Der Steuerberater, den Frau Hoffmeister von ihrem Fenster aus schemenhaft erahnt hatte, war auch jetzt kaum zu erkennen. Karl Lehmann war gleichsam das Gesprengsel der Morgensonne zwischen Zweigen und

Ästen. Das Einstecktuch ragte aus der Jackettasche. Die Schuhe glänzten geputzt, einen Meter über dem Boden. Frau Hoffmeister neigte den Kopf und faltete die Hände. Hinter ihr sang eine Stimme von der Wand – aber nur auf einem Ton, brüchig und unsicher, mit Schluchzen –, was vielleicht aus Kindertagen, dem Konfirmandenunterricht im Gedächtnis haften geblieben war:

«O Jerusalem, du schöne,
ach wie helle glänzest du!
Ach wie lieblich Lobgetöne
hört man da in sanfter Ruh!
O der großen Freud und Wonne,
jetzo gehet auf die Sonne,
jetzo gehet an der Tag,
der kein Ende nehmen mag.»

3.

Da klimperte er.

Unter der französischen Butter, *demi-sel*, dem Bel Paese, dem Karton ertastete sie den Schlüsselbund. Sie zog ihn an den neuen Schuhen vorbei aus der Tasche. Fast schon täglich mußte sie sich etwas Neues kaufen. Das erfrischte.

Voller Widerwillen weigerte sie sich, zur Seite zu blicken und zu grüßen. Das dumme alte Weib in der Erdgeschoßwohnung hing Tag und Nacht aus dem Küchenfenster und verfolgte jeglichen Schritt und Tritt. So verglotzte und vermampfte sie ihre Rente. Und immer ein Anwehen von Uringeruch aus dem Fenster. Kein Zweifel, sie war dement.

Christine Perlacher schloß die Haustür in der Connollystraße 44 im Olympiazentrum auf. Nach dem zähen Bürotag – der 700000ste? – ärgerte es sie, daß sie sich ärgerte, daß ein armes Geschöpf, die Frau Heinz, den lieben langen Tag aus dem Fenster hängen und umherspionieren konnte und abends freundlich gegrüßt werden wollte. Wofür? Immerhin war Frau Heinz ein abendlicher Fixpunkt, ein sicheres Haßobjekt. Sie nickte nicht zum Fenster hin, zur Zumutung, zur Überzähligen, zum lebenden Tod. Gewiß, wenn Frau Heinz eines Tages abtransportiert, wirklich tot wäre, empfände sie eine Schuld, die alte Hexe in ihrem Kittel jeden zweiten Abend geflissentlich übersehen zu haben. Je nun, es belebte leider auch, brutal zu sein, auf Widerwärtigkeit mit Ekelhaftigkeit zu antworten.

Bewegung tat gut. Die ADAC-Sachbearbeiterin für Auslandsunfälle stieg die Treppen hinauf. Sie mußte lächeln. Die Geschichte, die ein Bereichsleiter in der Kantine erzählt hatte, war reizend. Bei einem Italiener in Görlitz hatte er sich über den wässerigen Landwein beschwert. «Mi dispiace», hatte sich der Wirt entschuldigt, «wer den nicht runterkriegt, verdient was Besseres», und hatte zum selben Preis einen vorzüglichen Montepulciano aus dem Keller geholt.

Christine Perlachers Stimmung verfinsterte sich wieder. Wem konnte sie heute abend die Anekdote unterbreiten? Mit der Schultertasche verharrte sie zwischen den Wohnungen im zweiten Stock. Manchmal begegneten sich Mieter im Treppenhaus. Sie konnte nicht einfach beim geschiedenen Herrn Kramer oder den lustigen Svetlawskis klingeln, einen guten Abend wünschen und sich zum Plaudern in eine Küchenecke schieben. Besonders in französischen Filmen waren die Leute entsprechend enthemmt, und es wurde aufgetischt. Aber – hier nicht! Ein Überraschungsbesuch würde kolossal irritieren und im Hause die Runde machen: «Die ist irre. Macht nicht auf, wenn's klingelt.»

Der neue weiße Teppichboden war eine Pracht. Und die Aussicht einmalig. Die Olympiahalle leuchtete durchs transparente Dach. Auf den Tennisplätzen wurde im Flutlicht gekämpft.

Sie mußte vor ihrem Fläschchen Médoc noch einen Happen essen. Sie konnte ins Kino gehen, das erste Eis des Jahres auf der Leopoldstraße löffeln oder einen Spaziergang bis zur Russischen Kapelle unternehmen. Ach, vieles war möglich. Die Rückengymnastik würde erst wieder nach den Pfingstferien beginnen.

Christine Perlacher stellte Urkornbrot und Cornichons auf den Eßtisch.

«Ich bin müde.» Sie drehte das Glas auf. «Nein, ich habe alle Kraft.» Sie wußte es nicht mehr, wie sie es bewerkstelligen sollte, als Endvierzigerin abends ohne Peinlichkeit in ein Lokal zu gehen und einen Flirt zu beginnen. Nur nicht allein mit verhangenem Blick in einer Ecke sitzen. Natürlich besser zwangslos auf einem Thekenhocker. Bedürftigkeit oder gar Kummer um keinen Preis erkennen lassen. Manchmal ins Haar greifen, es hinters Ohr schieben. Haar hatte auf Männer Signalwirkung. Die Anschmiegsame und nicht die zu Selbständige hervorkehren. Dumme Vorausgedanken. An einer Bar saßen viele Gleichgestimmte. Einfach als erste das Wort ergreifen, «Waren Sie schon öfter hier?», um Mauern zu durchbrechen. Es sollte doch jetzt muntere... Metrosexuelle?... geben, die irgendwie irgendwas..., die sich nicht um alte Rollen scherten, witzig waren und in Betten stiegen, ohne daß Beängstigendes drohte. Waren Metrosexuelle Frauen oder Männer? Da hatte sie wohl den Anschluß verloren. Sie wollte sich nicht von einem Mann, den sie abschleppte, ausrauben lassen. Gar Schlimmeres. – Lesbisch werden, das war eine

Chance, doch das hätte sie vielleicht früher einleiten sollen, wenn überhaupt, – Fleisch bliebe in gewisser Weise Fleisch, Nähe würde zu Vertrautheit. In welchen Lokalen sammelten sich die Nachtschwärmer? Die Pilsstuben um den Wedekindplatz waren garantiert keine gute Adresse mehr.

Der Bel Paese duftete, der Gorgonzola war von vorgestern. Sie würde ihn nicht mehr verzehren. Sie hatte die neuen Riemenschuhe auf den Couchtisch gestellt und freute sich an ihnen.

Eine karitative Aufgabe, für den Abend. Das wäre es! Rollstuhlfahrern helfen, während sie Frau Heinz nicht grüßte? Dubios. Aber sich Pflichten auferlegen. Ja. In der Zukunft. Bekanntschaften würden sich daraus ergeben.

Das Fernsehen hatte sie sich fast ganz abgewöhnt. Die Nachrichten waren, zumal man nicht handeln konnte, unerträglich geworden. Im Chinesischen Meer war nach einer Explosion ein russisches Atom-U-Boot gesunken. In dem Stahlsarg lebten vielleicht noch hundert Seeleute, die man aus der Tiefe nicht retten konnte. Sie erstickten langsam im Stockfinsteren. Auch das war schlimmer als alles um sie herum. Was sollte sie tun? Morgen wollte sie eine Kerze für die lebendig Begrabenen anzünden.

Mußte sie ihr Leben an Katastrophen messen? Wohin waren aller Schwung, das Unbedachte, die vergnügliche Seele verschwunden? Vielleicht nur ein paar Millimeter unter die Oberfläche und konnten im Nu wachgeküßt werden.

Das Restaurant auf dem Olympiaturm drehte sich kaum wahrnehmbar. Sie würde noch ausgehen, und zwar an diesem Montag! Erst draußen, in Aktion, ein bißchen wie im Urlaub, würde sie merken, daß sie völlig lebenstauglich war. «Das mach' ich. Und den Geschirrspüler räum' ich jetzt nicht aus.» Sie erinnerte sich, daß sie sich Selbstgespräche verboten hatte. «Bloß keine Tragödie konstruieren!»

Den Balkon hatte sie mit Grasmatten ausgelegt. Die Kästen mußten bepflanzt werden. Christine Perlacher lehnte sich gegen die Brüstung. Mit leicht geöffnetem Mund blickte sie über die Sportanlagen, wo Spieler zum Schlag ausholten. Sie beugte sich weiter vor. Unterhalb des Fensters von Frau Heinz war ein Lichtquadrat. Etwas hatte sich grundfalsch entwickelt, daß sie so hier stand. Es lag an ihr... an den Zeiten... auch an Rudolf, der jetzt in Hamburg lebte. Neben dem Windlicht sah sie das Kärtchen, das sie gestern in der U-Bahn gefunden hatte. – *Reicht es?... Aber prüfen Sie sich...* Eine Psychogruppe würde Nöte enthüllen, aber vielleicht nicht helfen.

«Lie – be!» schrie sie plötzlich aus Leibeskräften ins Dunkel hinaus und sprang von der Betonbrüstung ins Wohnzimmer zurück, wo sie sofort das Licht löschte und sich, mit dem Mantel unterm Arm, auf die Couch setzte.

4.

«Haben Sie *Rei in der Tube*, Frau Wimpf? Guten Morgen.» Herr Kipphard kam in die Küche geschlurft. «Mein Hemd ist schmutzig.»

«Falls Sie noch was waschen wollen, bringen Sie's ins Badezimmer. Vielleicht erbarmt sich jemand. Machen Sie ein Zeichen mit Kuli rein. Dann gibt's kein Durcheinander.»

«Durcheinander?» Erwin Kipphard schaute sich in der fremden Küche um. Am langen Tisch hätten zwei Familien Platz finden können. Die Stühle wirkten genauso betagt und abgenutzt wie die teils rissigen Wandkacheln. Der Schiebetürenlack von Hängeschränken über der steinernen Spüle, dem Gasherd und einem zusätzlichen Kohleherd der Firma *Gutbrand* war stumpf.

«Wollen Sie grünen Tee?» Die Augsburger Lehrerin trug noch das Kleid, in dem sie im Morgengrauen am Gartenbassin ihre Übungen vollzogen hatte. Ihr langes Haar war gleichsam wasserblond. Ein wenig hinkte sie.

«Trinken? Wozu? Ich habe mich schon an die Erde gewöhnt. Staub zu Staub.»

«Erde ist so… hart, krude. Krumen. Aber das Wasser nimmt uns sanft auf. Alles fließt. Also. – Es wird eine Verwandlung geben oder vielleicht eine bessere Wiederkehr.»

«Ich will gar nicht zurückkehren. Dann könnte ich gleich bleiben. Nein, ich bin's satt. Und dann die zukünftige Welt. Die lockt nicht.»

Erwin Kipphard wußte angesichts der zehn, zwölf Stühle nicht, auf welchen er sich setzen sollte.

«Begrabt mich. Es ist nur die Hülle.»

«Das wird sich zeigen.» Ute Wimpf stand neben einer Kasserolle, aus der es zu dampfen begann.

«Wir wissen gar nichts übers Jenseits. Somit noch weniger als über das Leben.» Der Sechsundsechzigjährige hockte sich auf die Stuhlkante, als wäre er nur flüchtig zugegen.

«Es gibt Theorien, Mutmaßungen, Visionen, Herr Kipphard. Ich halte mich gerne an die ägyptischen. Daß wir nach Westen aufbrechen. Über den Fluß ins Licht. In die Sonne, in die ewige Helligkeit. Kein Paradies, keine Hölle, sondern einzig: lichter Westen. Eine dreitausendjährige Kultur kann nicht völlig geirrt haben.»

Herr Kipphard hob im Tweedmantel die Achseln, ließ sie wieder sinken und sann in der kühlen Küche nach: «Bräuchten Sie dann nicht Brot, Getränke, Geld, Grabbeigaben, um den weiten Weg zur Sonne zu schaffen? In den Pyramiden hatte man alles dabei. Vielleicht kann sich jemand darum kümmern? Wenigstens etwas Obst.»

Ute Wimpf hielt im Eingießen des kochenden Wassers inne: «Oder es kommt doch das Nichts. Vorher waren wir im Nichts. Im Erinnerungslosen. Danach könnte es wieder so sein. Man wird nichts über das Nichts meinen können.»

«Oder es ist doch etwas, das wir uns nicht vorstellten? Ein blauer Strand? Der Schoß der Zeitenkönigin? Ein Treffen mit allen Verblichenen? Wir haben keinen Einfluß darauf. Ich habe immer gern in Ackerschollen gegriffen, feuchte, schwere, duftige. Die Erde ist die gute Mutter. Sie hat mich hervorgebracht, ernährt, geduldet. Ich gehe heim in sie. Alle Not hat ein Ende.»

«Wann?» Die Frage von Ute Wimpf, die in Heidelberg Geschichte und Pädagogik studiert hatte, wirkte auf den Hausmitgast weniger schroff, als sie befürchtet hatte. Vorgebeugt blieb er sitzen und hielt beide verschmutzten Knie umfaßt. «In der Erde rumort der Mai.» Durch zwei Fenster fiel Licht über die Bodenfliesen und die Wachstuchdecke. Darauf stand nur ein Salzfaß aus Bunzlauer Steinzeug mit rotem Löffel. Herr Kipphard blickte nachdenklich auf: «Und Sie?»

«Ich muß innerlich erst abschließen. Es darf keinen Funken Hoffnung, Lebenslust mehr geben. Das Schwarze muß so endgültig schwarz sein, daß das Helle ruft.»

«Jaja. Bloß nichts mehr wollen. Angeekelt sein. Weinen, weil man atmet. Schwierig. Bald.» Erwin Kipphard legte einen Arm auf das Tischtuch. «Semmeln gibt es hier wohl nicht? Oder einen Keks?»

«Hier gibt's fast nichts.»

«Klar. – Wozu auch?»

«Aber trinken Sie einen Schluck frischen Gun-Powder. Ich habe ihn gestern abend in Schäftlarn besorgt. Grüner Tee belebt, regt an, aber nicht auf. Aber warten Sie ...», Ute Wimpf öffnete den mannshoch-bauchigen *Bosch*-Kühlschrank, «Joghurt und Honig habe ich entdeckt.»

«Solch einen Tee und Joghurt. Scheußlich. Ich will zu Käthe.»

«Sie ist schon... drüben?»

«Meine Frau ist vor neun Jahren gestorben.»

«Das tut mir leid.»

Der Rentner blickte irritiert dankbar auf. Wo hockte er hier? Zu welcher Stunde und mit verschmutzten Schuhen? «Zu Käthe. Nicht, daß ich mir das immer wünsche. Aber wenn's wie in unseren guten Stunden wird.»

«Das wird bald. Und dann ist alles gut.»

«So habe ich noch nie geredet.»

«Ich weiß auch nicht, wie lebende Leichen reden, Herr Kipphard. Aber wir sind ja fast schon frei.»

Der Mann brummelte.

«Das Leben war unerträglich. Zuviel gefordert, zuwenig Kraft. Viel Pech. Leiden.»

«Genau.»

«Licht.»

«Dunkel.»

Die Schatten der Gitterstäbe waren unmerklich über den Steinboden gewandert. Da man nicht so recht wußte, wie man sich noch verhalten sollte, beobachtete Erwin Kipphard, wie die jüngere Frau, die er gestern zum ersten Mal im Garten getroffen hatte, mit ihrem Teebecher am anderen Tischende Platz nahm und geistesabwesend trank. Bald. – Der Witwer und pensionierte Bahnbeamte musterte seine knochige Hand. Er trommelte leise auf die Decke. «Nicht wieder zurück in die Stadt», murmelte er. Er mochte an die Wohnung und seine Zustände dort denken. Nachdem Erwin Kipphard vor zwei Jahren mit Kollegen im Augustinerkeller üppig seinen Ruhestand gefeiert hatte, war es unversehens, aber rapide mit ihm bergab gegangen. Da ihn keine Pflichten mehr gerufen hatten, hatte er morgens ausgeschlafen, immer länger geruht und war, nach einem ausgiebigen Mittagsdösen, abends immer später ins Bett gegangen. Nach einigen Monaten hatte er sich nicht erholter, sondern erheblich matter gefühlt. Einige Mal hatte er der Bahndirektion einen Besuch abgestattet, war mit Exkollegen in die Kantine gegangen. Doch an Gesprächen über neue Betriebsvorkommnisse, frische Intrigen im Büro hatte er sich im Nu kaum mehr beteiligen können – und wenige wollten Ratschläge eines nun Außenstehenden hören, der seine Rente genoß. Mit nervösem Schlucken, Zittern der Hände hatte er auf seinem Mittagsplatz gesessen und sich – überzählig gefühlt. Neue Auszubildende wandten sich mit Fragen nicht an ihn, sondern an Schorlemmer, der auf den leitenden Posten nachgerückt war. Erwin Kipphard war auf den Gedanken verfallen, seine Kinder zu besuchen. Schon am zweiten Morgen hatte er nicht mehr gewußt, was er in Aschaffenburg sollte, und war in der Wohnung auch spürbar lästig geworden. Es schien ihm, als wolle seine Tochter keinen alten Mann im Gästebett schlafen haben. Nach herzlichen Umarmungen war er drei Tage später wieder abgereist. Eine Busreise nach Verona – dergleichen hatte er früher nie unternommen – war wegen des Regens zum Reinfall geworden. Und was sollte er allein auf Gran Canaria?

«Nicht mehr zurück.»

Selbst seine legendäre Modelleisenbahn hatte ihn schließlich im Stich gelassen. Die Verfeinerung der Signalanlagen, die *Union-Pacific*-Dampfloks, die Zahnradbahn, die auf die Miniaturberge hinaufführte, hatten jahrelang Freude bereitet. Als er jedoch Tag und Nacht, ganz nach Belieben, den Kalifornienexpreß mit neuem Paketwagen über Brücken und am Stausee vorbei sausen lassen konnte, war es nur um so erschreckender gewesen, daß es ihn langweilte. Einmal hatte er mit Tränen in den Augen neben der immensen Spanplatte gesessen. Er hatte selbst den Flur tapezieren wollen, aber dann doch einen Maler kommen lassen müssen. Den Handwerker hatte er geradezu genötigt, langsam zu arbeiten und mit ihm in der Küche Bier zu trinken. Das Grab seiner Frau hatte Erwin Kipphard bereits zu dieser Zeit zweimal täglich besucht. Das war nicht gut. Zwischendurch hatte er sich, manchmal allerdings für Stunden, auf eine Bank vor den Ostbahnhof gesetzt und abgewartet. Je nachdrücklicher er ein Gespräch mit jemandem, der kurz Platz nahm, gesucht hatte, desto brüsker waren manche Abweisungen gewesen. Schien es ihm. «Natürlich nehm' ich die S-Bahn. Aber das geht Sie doch nichts an.» Einige fremdländische Jungs, die auf dem Rondell in einer Dauerturbulenz gestikulierten und in ihre Handys redeten, hatten ihn freundlich um Zigaretten angeschnorrt, die er nicht hatte. Eine verpaßte Chance, etwas über diesen Nachwuchs zu erfahren. Die Burschen wirkten vital, ein bißchen ruppig, aber auch herzlich. Er hätte über fremdartige Leben im Land etwas erfahren, sich einbringen können. Er hatte sich überlegt, im Bahnhof Bier zu besorgen und sich höflich neben, allmählich zwischen die Penner am Orleansplatz zu stellen. Seine Angst war stärker gewesen. Wenig später hatte er einen ganzen, dann drei Tage im Bett zugebracht, war aber nachts durch Haidhausen gewandert. Mit der Spitze seines Stockschirms hatte er Papierfetzen aufgespießt und zu den Mülleimern getragen. Gegen drei Uhr früh hatte er einen jungen Mann am Ärmel festgehalten, der eine Kippe weggeschnippt hatte: «Willst du dir eine fangen, alter Depp? Ab in die Urne», hatte der gebrüllt und sich losgemacht. «Ja», hatte Erwin Kipphard geantwortet, war heimgekehrt und hatte sich übergeben. Danach war er zwei Wochen nicht auf die Straße gegangen, hatte fast nichts mehr zu sich genommen und getrunken und alte Illustrierte gelesen.

«Nicht geschafft... Ich hab's nicht gemeistert», die Fingerkuppen strichen übers Wachstuch, «und ich verdiene kein Mitleid... das Leben muß doch nicht leer sein.»

Der Tee, den Ute Wimpf dem Morgenbegleiter zuschob, roch wie gebrauchte Unterhosen. Was in dieser Endzeitküche jedoch einen wesentlich intensiveren Geruch verströmte, war der riesige Topf, der auf dem Herd köchelte. Von dem Vorrat an Rotkohl mit Würsten konnte man sich zur Not wohl jederzeit bedienen. Wer in diesem Hospiz mit seinen seltsamen Regeln und der leicht maroden Anmutung nicht zügig den Strick nahm – wie Herr Lehmann –, verstarb an Blähungen und Verstopfung.

«Ihre dritte Nacht, Herr Kipphard?» Die Lehrerin brütete über ihrem Becher.

«Bin vorgestern eingetroffen. Wollen Sie mich antreiben?»

«Um Gottes willen.»

«Sollten Sie vielleicht.»

Herr Kipphard musterte die Frau im Frühlicht. Es war nur das Aufflackern einer Regung. Plötzlich verdroß den Müden die Vorstellung, daß diese freundliche beschädigte Frau im roten Gewand ihren Entschluß noch revidieren könnte und abwechslungsreiche Jahre unter Sonne und Mond verbringen würde, während er selbst sich ins Endgültige durchgerungen hätte.

Die Blicke der Selbstmordkandidaten kreuzten sich. Leise ertönte aus dem Radio unter den Hängeschränken zum zweiten Mal das Zeitzeichen der Nachrichten. Meldungen über den sinkenden Hochwasserpegel der Elbe bei Riesa, vom Sprung des DAX über die Zigtausendermarke rangierten vor Informationen über das Schicksal der eingeschlossenen 118 Seeleute im russischen Unterseeboot. Diese Reihenfolge wirkte barbarisch.

«Tja, da hockt man», sinnierte Ute Wimpf, «wartet auf den richtigen Moment, den Absprung.»

«Man muß Schluß machen. Ich habe abgeschlossen. Nur nichts mehr spüren wollen.»

Kurz fürchtete der Pensionär, daß Frau Wimpf mit einem Mal beginnen könnte, ihre eigene Leidensgeschichte zu offerieren. Die kleinste Nachfrage mochte die Sturzflut eines Elendsberichts auslösen. Er würde fremde Schrecklichkeiten kaum ertragen. Es sei denn, das Niederdrückende, das Frau Wimpf widerfahren war, würde sich erheblich von seinen Erfahrungen unterscheiden. Hätte die Lehrerin massiver gelitten als er, wäre er über sein Los ein wenig getröstet. Wäre sie leichtfertiger zum Freitod vorgestoßen, würde seiner um so berechtigter. Das war gewiß ein etwas verschrobenes, krankhaftes Denken.

«Ich...»

«Ja», horchte er abwehrend.

«Ich fahre», und sie hob langsam den Kopf, «an den Starnberger See. Wollen Sie mitkommen? Es könnte unser letzter Tag werden, Herr Kipphard.»

«Ich?»

«Ist doch alles egal», sie strich ihr Haar zurück.

«An den See?»

«Mit dem Bus.»

«Was soll ich am See?»

«Wir können noch ein Eis essen. Ich werde schwimmen. Sie können ja auch ins Wasser gehen. Der See ist nicht weit.»

«Ich bade nicht.»

Sie trat auf ihn zu, legte ihm die Hand auf die Schulter: «Ich werde nichts tun, was Sie in Schwierigkeiten bringt. Sie warten am Ufer. Ist doch gleichgültig, wer jetzt noch mit wem einen Ausflug unternimmt. Mit dem Bus ohne Umsteigen. Ganz einfach.»

Der Witwer blieb reserviert.

«Zu zweit. Das wäre gut.» Beide blickten unvermittelt zum Topf, aus dem es nach Rotkohl und Wurst stank. Dem mußte man entrinnen.

Ein gänzlich anderer Duft erfüllte das Glaszimmer. Der Raum nahm einen großen Teil des hinteren Erdgeschosses ein. Das lichte Zimmer ließ sich beinahe als riesiger Wintergarten bezeichnen, falls nur irgendeine Pflanze darin gegrünt hätte. Zum Flur und Treppenhaus hin bestand die Innenwand aus einer Glaskonstruktion mit Tür und Binnenfenstern. Durch die bunten Scheiben fiel Tageslicht auch ins Hausinnere. Ein Nachteil dieser nicht nur sinnvollen, sondern auch schönen Architektur war es, daß bei jedem Luftzug die Tür und einige Glaskarrees in ihren Bleifassungen leise schepperten.

Die Kaffeemaschine gurgelte. Aus dem Filter tropfte aromatisches Schwarz in die Glaskanne. Um dem großen Raum eine Frische zu verleihen, hatte Ulrich Berg ein Poster mit karibischen Palmen an diamantfarbener Bucht an die Wand geheftet. Daneben hing über dem Sofa ein Barometer.

«Und Lehmann?»

«Im Keller.»

Die drei Geschwister Berg waren seit früher Stunde auf den Beinen. Frau Hoffmeister und der diffuse Bühnenbildner hatten sie wach geklopft. Ulrich Berg saß mit angewinkelten Beinen und in brauner Lederhose, darüber ein grünes Sweatshirt, auf dem Fensterbrett und spähte zum Birnbaum. Zweige, Knospen, eine Amsel. Er griff sich in den Rücken. «Warum werden Menschen plötzlich derartig schwer?»

Auf dem Sofa begann eine dunkle Frauenstimme zu wimmern. «Das halte ich nicht aus... Ich habe einiges erlebt, aber das... Das ist widernatürlich! Widerlich... Ich muß mich übergeben.»

«Tu's doch.»

«Wir landen alle im Knast.»

«Ich hab' dabei die Sonnenbrille aufgesetzt», merkte Ulrich in Richtung Sofa an. «Was man schlecht sieht, ist fast nicht da.»

«Aber Herr Lehmann ist da. Und zwar unter uns», klagte es vom Polstermöbel.

«Was meinst du, Monika, wie es im Krieg nach den Bombennächten in unseren Straßen aussah! Da mußten die Leute – und es ist gar nicht lange her – ganz anderes, entstellte Nachbarn, verbrannte Flüchtlinge, halbierte Blockwarte, wegschaffen.»

«Es ist aber kein Krieg.»

«Herr Lehmann hat seinen Willen bekommen. Und nun wird nicht weiter darüber gebrütet.» Trotz dieses Entschlusses blieb auch Ulrichs Kehle wie zugeschnürt. An einen Imbiß, den kleinsten Happen mochte er nicht denken. Und in den vergangenen Tagen – den rundum abscheulichsten seines Lebens – hatte er bereits ein, zwei Kilo abgenommen.

«Fährst du heute noch in die Stadt?» fragte die hellere Frauenstimme aus der anderen Zimmerecke.

«Nein. Ich muß pausieren. Ich hab' vor einem halben Jahr noch Skipullis entworfen. Und ich bin nicht der Glöckner von Notre-Dame oder Frankenstein. – Er roch und war kalt», brach es aus dem Vierundvierzigjährigen heraus, «ich werd's nicht mehr allein machen!»

Monikas Wimmern wollte nicht verstummen. Clarissa sagte: «Okay.»

Aus mehreren Gründen war dem Designer unbehaglich zumute. Der Tod und die Gefahr setzten ihm zu. Außerdem hatte er seit Kindertagen noch nie soviel Zeit mit seinen Schwestern zugebracht. Beide waren Fremde und zugleich die Nächsten. Diese Verwobenheit blieb unheimlich. Frei war man nicht, solange man Blutsverwandte hatte. Andererseits konnten sie immer die letzte Zuflucht sein, sogar nach Lebensbahnen, die sich selten gekreuzt hatten. Ulrich schürzte die Lippen und schlang die Arme um die ledernen Knie. Nun waren sie zum dreisamen Gelingen verdammt.

«Fühlst du dich alt?» fragte Monika.

«Heute ja.»

Beide folgten Clarissa mit Blicken. Die Älteste goß sich Sahne in den Kaffee und kehrte mit pickenden Absätzen zu ihrem Cocktailsessel zurück. Drei der bunten Plüschmöbel – gleichfalls Überbleibsel früherer Mieter – standen wie hingewürfelt um einen niedrigen Glastisch.

«Sonne. Fetter Boden. Nirgendwo gedeiht Cannabis besser als in Oberbayern.» In der Frühjahrsluft, die von Waldsaum und Garten durch die Fenster strich, fuhr Clarissa mit der Zungenspitze über das Jointpapier. Die Fünfundvierzigjährige sah blendend aus, kaum müde. Die Jahre in London hatten Clarissas angeborene Grazie noch um Sicherheit ergänzt. Beides, geschmeidige Gesten und Souveränität, gehörte gewiß zu den Voraussetzungen, um erfolgreich in der berühmten *School of Economics* voranzukommen. In diesem Institut, das maßgebliche Prognosen über die Weltzukunft erstellte, hatte es Clarissa, bei erstaunlich bescheidener Bezahlung, bis in die Leitung des *Department of Oriental Studies* geschafft. Es war noch der große Altliberale Dahrendorf gewesen, inzwischen längst Lord Ralf und mit Sitz im Oberhaus, der die Volkswirtschaftlerin an seinem Haus angestellt hatte.

Clarissa schlug ein Bein übers andere und zündete den entspannenden Aufmunterer an. Nach einer harten Eingewöhnungsphase ohne jegliches Privatleben hatte sie an der Themse über die Jahre Verhältnisse mit einem Schotten, dann mit einem Jerôme aus Montreux gehabt und wurde seit längerem von einem Pakistani zurückgeliebt. Einem Kreateur von Luxusseifen. Nach dem ersten Zug streckte sie den Joint in Ulrichs Richtung: «Palliativ. Lindert auch Rückenschmerz.» Er hob ablehnend die Hand.

«Immer noch Angst, die Kontrolle zu verlieren? Du probierst dich nicht genug aus. Nutzt deine Fähigkeiten nicht. Das Leben ist kurz. Tauch optimistisch in den Strudel ein.»

«Ich trinke abends.»

Clarissa fixierte Monika: «Du magst wohl auch nicht?»

Die Jüngste und Halbschwester aus der zweiten Ehe Simon Bergs stemmte sich ein paar Zentimeter aus ihren Polstern: «Im Eiskeller...»

«Immerhin nicht auf dem Dachboden», warf Clarissa ein.

«Ein Toter.»

«Zwei», berichtigte Ulrich von seinem Fensterplatz.

«In drei Tagen. Ich will weg. Ich kann schon jetzt nicht mehr.» Neben der klobigen Kommode, auf der eine violette Vase aus

Murano-Glas dem Blick weh tat, sank Monika ins Sofa zurück: «Frau Fontanelli war reizend. Nun der andere. Ich kann noch nicht mal in einem Kaufhaus klauen und soll nun Leichen verstecken?»

«Wir haben hier unsere Aufgabe zu bewältigen.» Ulrich wandte den Blick ins Grüne.

«Kleine Nervensäge.» Clarissa frühstückte bereits die dritte Praline, die ihrer Figur auch nicht zusetzen würde. Ein Fuß wippte: «Kein Mensch hat sie dazu gezwungen. Bewahre! Never. Du weißt, wir haben keine Wahl.» Clarissa zupfte am Saum ihres langen Leinenrocks, der, wie ihr Bolero, mit einem mauvefarbenen Blumenmuster bestickt war. Landhausstil. «Es ist gut, es ist beinahe eine moralische Pflicht, Monika, sich um Menschen zu kümmern, die keinen... Ausweg sehen.» Ulrich vernahm, daß die Londonerin denn doch auch ein wenig verlegen, beklommen schluckte, sich aber, geradezu gleichzeitig, räusperte: «In diesen Zeiten muß jeder dankbar für alles sein, was ihm ein bißchen Geborgenheit und Zuflucht verspricht.»

«Geborgenheit?» schrie Monika auf: «Leichenstarre auf Brauerei-Eis.»

«Seien wir froh, daß der Penzinger *Luitpoldsbräu* uns das noch liefern konnte», merkte Ulrich an und entsann sich der Umständlichkeiten, um die frostdampfenden Balken über eine Rutsche ins Untergeschoß zu verfrachten. «Gehört das jetzt zur Biohauswirtschaft?» hatten die Brauereiarbeiter gefragt. «Stimmt», hatte er geantwortet.

«Wenn ich das vorausgeahnt hätte», jammerte Monika.

«Das hast du, denn du bist raffiniert genug.»

Monika schluchzte. Neu war das Gegreine bei ihr nicht. Bereits als Kind hatte sie zur Weinerlichkeit geneigt. Damit war sie oft nicht schlecht gefahren. Denn während andere sich um ein bißchen Tapferkeit bemühten, hatte sie ihrer Fassungslosigkeit freien Lauf gelassen und sich gedrückt.

«Trink einen heißen Schluck», empfahl Clarissa. Die Jüngere rührte in ihrer Tasse. Die enge Verwandtschaft hätte man zwischen den beiden Halbschwestern nicht vermutet. Erinnerte Clarissa in ihrer Schlankheit, mit dem hellen schwingenden Haar, vor allem dem sinnlichen Mund von fern her an eine Eva von Lucas Cranach, so war Monika nicht nur kleiner und fülliger. Die Jüngste hatte überdies leicht hervorquellende Augen, fleischige Lippen, eine Stupsnase, was – zusammen mit der Strähnenfrisur – bei ihrem Anblick unwillkürlich an eine gewissermaßen zusammengestauchte Liza Minelli denken ließ. Sie selbst ahnte manchmal die nicht allzu vorteilhafte Vergleichbarkeit.

Clarissa malte mit dem Joint Kreise in die Luft: «Die Vereinzelung, die Einsamkeit», fuhr sie in Richtung der neun Jahre Jüngeren fort, «ist allerorten dermaßen im Vormarsch, daß jeder für Zuwendung, Aufnahme und ein bißchen Wärme dankbar ist. – Hier bei uns ist es», und sie sah sich nur verhalten skeptisch um, «gediegen, ruhig. Hier kann jeder ungestört seinem innigsten Drang nach Frieden nachkommen. Ein Unterschlupf ist völlig legitim und von hoher Moral. Wir dürfen nur nicht aktiv eingreifen. Der Schritt von der Humanität zum Rechtsbruch …»

«Skandal!» zischte Monika zurück.

«Ist ein kleiner.»

«In seiner Brieftasche hatte er 200 Euro. Ich hab's dringelassen», bemerkte Ulrich.

«Totengräber, Opportunistin und… ich Mitschuldige», faßte Monika zusammmen, trank und schluchzte, «und nur aus Raffgier. Ich fahre nach Ludwigshafen zurück.»

«Pah!», entfuhr es Clarissa laut: «Und da? Zurück in dein Kabuff? Wieder in den Hotline-Service der Telekom? Wieder zusammengesparter Urlaub in der Nachsaison auf Djerba? – Vor dir, Mädel, breitet sich eine ganz andere Zukunft aus. – Faß dir doch mal ein Herz. Und obendrein hast auch du nur das Ende aller Dinge aus deinem Leben verdrängt. Der Tod ist unser Begleiter.»

Monika schaute verblüfft.

«Erst durch den Tod wird das Leben zu einem befristeten Wunder. Das kannst du dir hier vor Augen führen. Du hast wahrscheinlich nur verkrampft in den Tag gelebt, wie wir», gestand Clarissa zu, «durch Herrn Lehmann lernen auch wir, nebenbei, neu, daß wir Spreu sind.»

«Ich brauche den Tod nicht, um zu leben», stellte Monika fest und schaute zu Ulrich, der Clarissa weiterreden ließ.

«Wer sich die Gedanken ans Vergängliche verbietet, der würdigt das Lebendige, die Vielfalt und das Werden, in all seinen Formen, nicht. Nebenher kommen wir hier einer fundamentalen Fürsorge nach. Wir akzeptieren, im Lichte, die dunkle Seite. Lasset die Gequälten zu uns kommen.»

«Ich mag das nicht», munkelte Monika, und Clarissa war froh, daß das Nesthäkchen nicht schärfer auf ihre Weisheitslehren reagierte.

«Hast du, liebe Moni», Clarissas Stimme wurde einschmeichelnd, «nicht noch eine letzte Stunde lang an Frau Fontanellis Bett gesessen? Hat sie dir nicht, wenn auch vergebens, ihr Herz ausgeschüttet? Einen Liebesdienst hast du ihr erwiesen, vielleicht erstmals im Leben. Du bist jetzt aufgewühlt, weil es dir naheging. Und so nett hast du ihr noch die Wasserkaraffe gebracht.» Monika heulte auf. «Und Herr Lehmann … Vielleicht hätte er monatelang in seiner Wohnung... Du weißt schon. Hier hatte er den schönen Garten. Wunderbar.»

«Es reicht, Clarissa», unterbrach Ulrich seine eloquente Schwester: «Da müssen wir jetzt durch. Bis zum Winter. Das stemmt man, das kann man hinterher verdrängen. Machen wir kein Spektakel draus. In der Welt spielen sich andere Tragödien ab.»

«Exakt», befand Clarissa. «Durchhalten. Wir sollten endlich, gerade du, Moni, aus der Defensive heraus. Bedenkt, was uns erwartet!»

«Unglaublich. Ich kann es niemandem erzählen», schüttelte Ulrich sachte den Kopf.

«Um so besser. Und falls du's tust, wer sollte dir glauben? Aber: So kann es sich wenden. Fabelhaft. Ich verstand mich immer mit ihm. Bestens. Für manche war er ein Idol.»

«Ro-ber-to», flüsterte Ulrich langsam. «Trug er immer weiße Anzüge? Ich kann mich nicht erinnern. Aber Onkel Roberto hat oft auf seine Taschenuhr geschaut. Gold. «

Clarissa fischte sich ein Praliné aus der Schachtel. Als der Name des Onkels fiel, hatte Monika sich nervös den Pony aus der Stirn gewischt, doch das Haar fiel sofort wieder zurück. Ihr Kleid mußte sie aus Tunesien mitgebracht haben. Es changierte braunsamten, war hochtailliert und besaß einen blauen Brustlatz. Das maghrebinische Gewand ließ über den Latschen nur die Knöchel frei.

«Wir hatten Glück mit Onkel Roberto. Schon als Kinder.» Mit Schwung war Clarissa aufgestanden und ging mit der Kaffeekanne vom Fenster zum Sofa, um auch dort nachzuschenken. «Ein herrlicher Tag», sie warf einen Blick ins duftige Freie. «Warum nicht heute abend in den Biergarten? Ich habe seit Jahren keinen Krustenbraten mehr genossen.»

Die nächsten Ausflugslokale und diesen Hinterraum, das Klirren seiner Butzenscheiben, den verstaubten Lüster kannten natürlich alle drei Berg-Geschwister seit Kindertagen. Seinerzeit, um 1970, hatten sie hin und wieder ihre Schulferien im Haus von Onkel Roberto und seinen wechselnden, doch immer freundlichen Lebensgefährtinnen verbringen dürfen. Monika als Nachkömmling hatte wahrscheinlich die verschwommensten Erinnerungen. Niemand hatte sie hier beaufsichtigt. Nach dem Frühstück, mit Honigsemmeln und anfangs unangenehm warmer Kuhmilch, waren sie in den Garten verschwunden und zum Mittagessen wie die Erdferkel wieder aufgetaucht. Gummitwist hatten sie vor der Garage gehopst. Ulrich war mit einem Bauernbengel auf und davon, um ein Isarfloß zu bauen. In seinem großen Borgward-Cabrio mit roten Ledersitzen hatte der spendable Onkel mit ihnen Ausflüge hinauf zum Walchensee und sogar ins Ausland – nach Kufstein – unternommen. Eigentlich hieß Onkel Roberto nur Robert. Aber dank seines südländischen Aussehens und der weißen Anzüge hatte ihm eine seiner Verflossenen das schmissige ‹o› angehängt. Der Paradiesvogel der Familie – ziemlich elend in einem Internat aufgewachsen – liebte Brillantine im Haar und genoß Brandy aus Schwenkern, die zuvor mit kochendem Wasser vorgewärmt wurden. Irgendwo mochte noch Kristall verstaut sein. Zu keiner Familienfeier in Worms war Onkel Roberto je erschienen.

Hauptsächlich durch seine letzte Frau Elena, die ihm kaum mehr von der Seite gewichen war, hatte er ein Vermögen angehäuft, oder es war ihm vielmehr zugefallen. Doch schon vor dieser späten Liaison, abermals ohne Kinder, waren Robert Berg im Familienkreis nebulöse «Beratertätigkeiten» in einer Grauzone zwischen Industrie und Politik nachgesagt worden. Auch auf der

Ludwigshöhe hatte er manchmal Herren empfangen, denen ein Chauffeur die Aktentasche hinterhertrug und mit denen er sich ins Glaszimmer zurückgezogen hatte. Dann war Mokka gereicht worden. Während des kalten Krieges war Mutters Cousin immer wieder nach Prag, Bukarest, sogar Nordkorea gereist. Über seine Geschäfte war nicht offen gesprochen worden. Vielleicht war das besser so gewesen. Zumindest Clarissa ahnte, womit er gehandelt hatte. Auf einem Photo war er hinter dem späteren bayerischen Ministerpräsidenten Strauß zu sehen gewesen.

Nachdem Robert Berg in den 70er Jahren mit Elena nach Brasilien entschwunden war, hatte Clarissa ihn dort ein einziges Mal besucht. «Die kleine Elfe, jetzt ganz Lady, und was für eine, Kompliment», hatte er sie begrüßt, mit einem Handkuß. «Charmeur.» «Ich darf doch stolz auf dich sein. Ihr seid doch meine einzigen Verwandten.» Als damals São Paulo in die Höhe wuchs, hatte Onkel Roberto, der wie in eine Heimat zurückgekehrt zu sein schien, in einem Bürosaal im circa fünfzigsten Stock gethront. Alle Wände schwarzweißer Marmor, eine Sekretärin, die vordem Zweite oder sogar Siegerin bei der Miss-Recife-Wahl gewesen war. Ein halbes Dutzend Sprachen standen dieser kreolischen Schönheit Maria mühelos zu Gebote. Ihr gegenüber hatte sich Clarissa bleich und linkisch gefühlt. «Wir müssen dieses Land voranbringen», hatte Onkel Roberto mehrmals betont, «die Menschen haben es verdient.» Womit und wodurch das geschehen sollte – darüber: keine Silbe. «Dabei muß das Ursprüngliche bewahrt bleiben.» Am Nationalfeiertag hatte Clarissa mit allen dreien, Onkel, Elena und ebenjener – sollte sie sagen: Bürovorsteherin? – in einer Strandbar von Santos gefeiert. Blaskapellen rundum, Wimpel über den Straßen, Tanzende vor Getränkebuden, ein Fruchteis, das ihnen von einem Balkon vor die Füße klatschte. Clarissa hatte noch immer vor Augen, wie Elena und Maria ihre Gesichter laut lachend der Seeböe darboten und dabei ihre phantastischen Krempenhüte festhielten.

Und nun dies!

Sein Testament.

Eine Überraschung. Ein Erdrutsch. Die Eintrittskarte in eine andere Dimension. Auf portugiesisch... *Especialmente depois da dolorosa perda da minha muito querida esposa Elena Berg-Pombal, tornou-se o meu premente desejo encaminhar para as mãos certas tudo aquilo que, por sorte ou através de duro trabalho, por mim foi adquirido. A execução dos meus derradeiros desejos fica a cargo da sociedade de advogados Baldwyn & Benson, de Londres, com cujo apoio eu desde há anos tenho podido contar.*

Von seinem Herzleiden hatten sie nie etwas erfahren. Vielleicht war er wegen der porösen Koronargefäße dem Leben so inständig zugewandt gewesen. Zumindest dem Anschein nach. Sein langjähriger Anwalt konnte ihnen vielleicht noch Genaueres mitteilen. Mr. Benson, von *Baldwyn & Benson*, saß in seiner Kanzlei in der Southern Colonnade und hatte den Millennium Dome im Rücken.

Der Letzte Wille – ein Donnerschlag.

Doch das war für das lateinamerikanische Machwerk gar kein Ausdruck. War es unter dem Einfluß von Medikamenten verfaßt worden? In einer späten Umnachtung unterm Moskitonetz ausgeheckt? Oder war es womöglich der Ausdruck einer ihnen verborgen gebliebenen Verzweiflung? Und war es nicht gehässig?

Immerhin hatte Onkel Roberto zwei Jahre nach dem Tod Elenas ausschließlich seine einzigen drei Blutsverwandten bedacht. – Und bei diesem Vermächtnis handelte es sich nicht um *peanuts*. Das de facto nun nicht! Vorderhand umfaßte die Erbmasse 1,4 Millionen Reais. Das machte beim recht stabilen Kurs des Real, wie Clarissa überschlagen hatte, knappe 500 000 Euro. Doch dies schöne Barvermögen war nur der Auftakt: Den Büroturm in Toplage São Paulos konnten sie verkaufen. Einen unkomplizierten Besitz mit steigender Rendite versprachen indes die Anteile an einer Mineralwasserquelle in Südfrankreich, an Meeresentsalzungsanlagen in den Vereinigten Emiraten und auch am einzigen russischen Konzern, der satten Gewinn abwarf, *Gazprom*. Zwei Hotels in der Bucht von Ipanema, dazu eine Kette exklusiver Wellneßfarmen zwischen Panama und Patagonien waren als *Berg-Holliday S.A.* ins Handelsregister eingetragen. Und Enteignungswellen standen im Postkommunismus nicht zu erwarten.

Der Kopf schwirrte einem. Das bisherige Leben war ins Wanken geraten, ja schon wie zerfallen. Doch wie war der liebe Onkel nur auf seine groteske Bedingung verfallen? Denn vorerst besaß man befristet nur, sogar auf Widerruf – wie Mr. Benson, der Juniorpartner von Mr. Baldwyn, in seinem getäfelten Büro mit leiser Stimme erläutert hatte –, das Ungarische Haus. Dazu den monatlichen Scheck.

«Warum will er uns quälen?» fragte Monika: «Wir haben ihn doch nie belästigt. Ich nur einmal in einem Brief, in dem ich schrieb, daß er in einem tollen Land im Geld schwimme und ich noch immer in Ludwigshafen hocken würde.» Clarissa starrte Monika an: «Hast du ihn angebettelt?» «Du hast doch keine Ahnung, was es heißt, in einem Sklavenladen wie der Telekom an der Strippe zu hängen und dich von wutschnaubender Kundschaft anblaffen zu lassen. Das hab' ich ihm geschrieben.» «Das hat ihn sicher rasend interessiert.»

«Dann war er tot.»

Ulrich sah vom Fenster aus die Stelle, wo er als Junge versucht hatte, aus Kohlekrümeln, Kalk, Senf und einer Thermoskanne eine Bombe zu basteln.

Clarissa drückte die Taste des Radiorecorders. Sanfter Saxophonjazz tat immer gut. «Nein, ich hatte nie das Gefühl, daß er uns nicht mag. Warum auch? Er verlangt von uns ein mitmenschliches Engagement. Radikalen Einsatz. Er hat uns eine Hürde aufgebaut, ehe wir ans Geld kommen. Unüblich ist dergleichen nicht.»

«Eine Hürde? Nett ausgedrückt», vernahm Clarissa von der Fensterbank ins ruhige Klanggeflecht von vier Instrumenten. «Ich sehe mich noch nicht so ganz in meiner eigenen Wellneßfarm.»

«Einen Teil deines Vermögens, Ulrich, kannst du für karitative Zwecke spenden. Dann bist du beruhigt. – Es ist alles längst durchgesprochen. Eine Mineralwasserquelle! Die ist mehr als Gold wert. – Hat er sich nicht selbst auch ... umgebracht? Herzversagen?»

«Da steckt etwas anderes dahinter. Ich bin nicht der Typ, dem zwei Hotels in den Schoß fallen.» Auf ein Scheibenklirren hin war Monika aufgestanden und spähte in ihrem Hängekleid durch eine hellgrüne Butze. Der Umriß verharrte auf jeder Treppenstufe. Sogar ein Stöhnen schien vernehmlich. Der Schemen stieg wieder ein paar Stufen empor, ließ sich offenbar müde gegen die Wand sinken.

«Nicht mit mir», wandte sich Monika nach hinten, «Frau Fontanelli war schon steif, als wir sie in den Sack stopfen mußten.»

«Wenn man den Sack rüberzieht, geht's leichter», riet Clarissa: «Schau, Kleines, alle Menschen vor uns hatten viel härtere Kämpfe durchzustehen. Du kennst nur matte Formen von Leid und Aufschwung. Du bist doch auch noch bei der AOK, oder? Alles sicher und abgefedert. Ohne Jubel und Risiko. Bei Hochwasser mußt du auch selbst paddeln. Hab' ich mich deutlich genug ausgedrückt? Mach deinem Gejammer mal ein Ende. Du kannst ein komplettes Hotel für dich allein haben.» Clarissa näherte sich ihrer Schwester, legte die Finger um ihren Hals und begann mit der Nackenmassage. «Und denk doch mal nach. Hat nicht jeder von uns, ich sag's, wie's ist, schon mal an Schlußmachen … Freitod gedacht? Wo war da Hilfe, wo Obdach, hm?»

«Dafür», Monika räkelte sich ein bißchen, «gibt es Hospize.»

«Länger schon nicht mehr gehört, das schöne Wort», meldete sich die Männerstimme.

«Mr. Benson war über das Testament längst nicht so erstaunt wie du.» Clarissa massierte die Schultern der Schwester. «Für die ist das gar nichts so Besonderes. Ein Erbe in Bristol, hat er gesagt, mußte die Welt umsegeln, ehe er eine Reederei übernehmen konnte.»

Monika blies die Wangen auf und pustete aus.

«Das brave deutsche Getue macht dich so irre. Warum eigentlich? Denk doch an die berühmte Annonce, die Benson uns zugeschickt hat. Wo ist sie denn?» Ulrich wies zur Kommode, wo Clarissa aus ein paar Unterlagen schnell ein Blatt griff: «Im *Spectator* stand, schon vor zweihundert Jahren», und Clarissa übersetzte fließend: «*Der Unternehmer bietet Damen und Herren der Gesellschaft* … – also sogar besseren Leuten!», sie blickte anspornend auf, «*ein bequemes und mit Marmor ausgestattetes Bad, das von den reinsten Quellen gespeist wird und wo sich der Patient mit größter Eleganz und Intimität ertränken kann.*»

«Schauerlich. Das ist nicht mein Ding. Wegen Sonne und Hotels.»

«Exakt.»

«Bei Tokio», Ulrich hatte sich in Bewegung gesetzt, um doch

eine Praline zu probieren, «gibt es einen ganzen Wald, in dem sich die Japaner aufhängen. Jenseitsmekka heißt er.»

«Es ist mir egal, wo die Japaner sich im Marmor ertränken», entfuhr es Monika wirr, «auch Ulrich wird es nicht durchhalten. Seelisch. Roberto war doch gaga. Wir verlassen dieses Haus in Handschellen.»

«Reg dich doch nicht so auf. Benson hat uns doch genug Hinweise gegeben.»

«Ich hab' mich da ja auch kundig gemacht», meldete sich Ulrich aus der Zimmermitte zu Wort: «Der Selbstmord – nennen wir's doch beim Namen – ist weltweit die zweithäufigste Todesursache. Alle zwei Minuten ein Mensch...»

«Man sollte einfach blindlings durchs Leben.»

«Richtig», bekräftigte Clarissa.

«Wir tun doch nichts anderes, als für die Bedrängtesten eine Anlaufstelle zu schaffen. Man kann, man darf helfen. Falls ich in meinem Leben je etwas greifbar Sinnvolles getan habe», Ulrich schaute zum Frauenpaar, «dann war es im Zivildienst die Plackerei auf der Intensivstation. Tröpfe auswechseln, Hand halten, Lakenfalten unter den wunden Rücken glattstreifen und noch eine Nacht vor dem Tod einer Frau erzählen, was ich auf ihrem Hochzeitsphoto erkannte. Wir sollten Herrn Lehmann noch waschen und feinmachen.»

Monika heulte auf. «Wie – kann man den Antritt eines Erbes damit verbinden, daß die Erben vorher Wildfremden die Möglichkeit zum Selbstmord geben? Das ist gegen die Natur, den Sinn des Lebens.»

«Kennt den wer genau?»

«Richtig, Ulrich, wir werden Gutes getan und später etwas Wichtiges zu erzählen haben.» Clarissa legte die Hand auf den

Kopf der Jüngeren. Plötzlich verspürte sie ein Frösteln. Mit unmerklich taumeligen Schritten erreichte sie ihren Sessel. «Ist nichts», wehrte sie Fragen ab, die gar nicht gestellt wurden. «Es zählt nur das Handeln.» – Von welchem Mieter stammte eigentlich das gestreifte Kaffeegeschirr? Eine Dohle ließ sich im Forsythiengesträuch nieder. Ulrichs Schritte hallten.

Falls es zuvor gepocht hatte, so hatte man es überhört. Es pochte abermals. Die drei Bergs vernahmen ein leises Scheppern der Butzenscheiben. «Entschuldigen Sie.» Ein weißhaariger Herr in Lackstiefeln und mit dunkler Brille schob sich in den Türspalt. «Ich habe ein Gedicht gemacht.» Er las von verknittertem Papier vor:

«An einem Tag wie diesem,
Da blüht das ganze Land,
Man kriecht aus den Verliesen,
Betrachtet allen Tand.
Geh aus mein Herz und suche Freud
In dieser schönen Frühjahrszeit.»

«Wer ist das?» murmelte Ulrich.

«Vorderes Nordzimmer. Von gestern.»

«Ich reise weiter.» Der Herr verbeugte sich tief, die Fensterwand klirrte.

«War doch ein ganz hübsches Gedicht.» Clarissa starrte in die Bäume.

5.

Bacio, Fresh Lemon, Wilderdbeere-Joghurt. Er hatte neue Eissorten im Angebot. Was sollte er dagegen machen, daß es in den vergangenen Wochen meistens geregnet hatte? Und die Bewohner des Vororts waren stur. Sie hätten den neuen Treff in Waldtrudering annehmen können. Statt dessen eine Anzeige wegen Lärmbelästigung, weil drei junge Leute um fünf nach zehn mit ihrem Eiskaffee noch vor der Tür gesessen hatten.

Sorgfältig wischte er den bereits blitzsauberen Boden. Er glänzte wie die Wandspiegel, wie die Scheibe vor den Eisboxen. Die Blumen auf den Tischen hatten frisches Wasser. Er hörte das Aggregatgeräusch. Sonst keinen Schritt, keine Stimme. Es würde ebenso schiefgehen wie vor ein paar Jahren der Obstladen in Germering. Kam ein Café nicht ins Gespräch, blieben am Ende auch die wenigen Neugierigen aus, die sich anfangs an die kleinen Tische gesetzt hatten.

Mit dem bunten Stapel, den ihm der Briefträger ausgehändigt hatte, ging er nach hinten. Werbung, ein Angebot für Sonnenschirme mit dem Ladenlogo.

Hinter dem Vorhang setzte er sich an den Schreibtisch. Torten mußte er nicht nachbestellen.

Konnte er auch gar nicht mehr. Selbst das Geld, das Regine aufgenommen und ihm vorgeschossen hatte, war weg. Eine bessere Freundin hatte er nie gehabt. Er hatte sich heimlich von einer Kreditvermittlung Geld geliehen und Regines Darlehen abzustottern begonnen. Der dritte Anlauf als Selbständiger riß ihn in den Abgrund.

Er nahm das Formblatt, das aus der Deroystraße geschickt

worden war. Offenbar ganz nach Gusto setzte das Finanzamt die Einkommensteuervorauszahlung fest, noch ehe man einen Cent eingenommen hatte. Er knipste das Licht in dem fensterlosen Raum aus.

6.

Das schöne Wetter hielt an. Halb zehn. Es war höchste Zeit. Clarissa schnappte sich den Autoschlüssel.

«Bring Mineralwasser mit», rief Ulrich.

«Ich kann den Kasten nicht schleppen, bitte mach du's.» Sie eilte zum Tor. Ihren Peugeot hatte sie auf der Straße geparkt.

«Ich lös' dich pünktlich ab.» Sie spürte, daß Ulrich hinter ihr auf die Uhr schaute. «Wie immer?»

«15 Uhr», sie winkte, ohne sich umzudrehen.

Kein Fleckchen auf den weißen Slippern. Sie streifte den Rock glatt. Sonnenbrille aufsetzen, Starten und Wenden war eins. Die erste Querstraße war dieses Unding, das *Waldwegstraße* hieß. Beim flüchtigen Blick fiel der Dadaismus kaum auf. In den Kurven zur Hauptstraße hinunter rutschten auf der Heckablage die Reiseprospekte hin und her. Doch an kleine Fluchten, zumal gemeinsam mit Faruq, war vorerst nicht zu denken, nicht einmal an einen Sprung nach Malta. Für ein halbes Jahr hatte Clarissa sich an der *London School* beurlauben lassen. Nach einem persönlichen Gespräch mit ihrem Chef Giddens war das arrangierbar gewesen.

Die Baustelle am Autobahnzubringer kannte Clarissa vom frühesten Aufenthalt her. Nur die Generationen von Bauarbeitern und deren Nationaliät hatten gewechselt. Längst buddelten hier keine Italiener und Spanier mehr. Deutsche sowieso nicht. Eher Moldawier, Kosovo-Albaner und Weißrussen. Volkswirtschaftlich war es ziemlich egal, wohin das Geld versickerte. Hauptsache, es tauchte irgendwo wieder als Kaufkraft auf.

Die Baumkronen flogen übers Sonnenbrillenglas.

Deutschland war unglaublich reich. Immer überall neue Autos. Doch gerade Direktor Giddens mahnte immer wieder in seinen Reden: Wie haltbar Demokratie wirklich ist, erweist sich erst dann, wenn es wirtschaftlich spürbar bergab geht. Wer Demokratie gefährdete, war dumm. Freiheit, Demokratie und Wohlstand bedingten einander. Das war erwiesen. Diktaturen tendierten, wegen ihrer Starrheit, stets in Richtung Bankrott.

Clarissa tastete auf dem Beifahrersitz nach ihrer Tasche. Sie hatte genug Lektüre dabei. Hinter einem silbrigen Tankwagen mit *Latte Cremonese* fädelte sie sich auf der A 95 ein. Über diese Piste zwängte sich halb Europa. Beängstigend dichter Verkehr. Deutschland war immer ein Transitland gewesen, meistens offen und mit unendlich vielen guten Möglichkeiten. Das mußte man einmal aussprechen, daran glauben und dann das Erfreuliche tun... Die italienische Milch wurde als Sauerrahm wahrscheinlich wieder über den Brenner zurückgekarrt. Das gehörte zum allgemeinen Wahnsinn, der einem den Mut rauben konnte. Frauen aus Nebenautos blickten natürlich viel seltener als Männer nach ihr. Solange sie wahrgenommen wurde, lebte sie beinahe doppelt, einmal vor und mit den anderen, einmal für sich selbst. Sie schob das dezent gesträhnte Haar zurück. Der Fahrwind wirbelte es sofort wieder durcheinander. Bisher hatte sie den Balanceakt offenkundig gemeistert, die Zähigkeit, die im Alltag nötig war, nicht über die Liebenswürdigkeit siegen zu lassen. Für Kampfkraft und Ehrgeiz allein würde ihr irgendwann eine fürchterliche persönliche Rechnung präsentiert werden. In schlimmen Stunden erblickte sie sich dann als eine ausgemergelte, herrische Frau. Aber sie wollte auch, und immer dringlicher, ein geselliger, vertrauenswürdiger, empfindlicher, ja schwacher Mensch sein dürfen. Das wäre die höchste Leistung. Doch der Begriff Leistung war bereits wieder fatal. – Eine souveräne bewegte Ruhe sollte sich zwanglos einstellen. Am besten, unbedingt mit Faruq. Er war aufmerksam, gelassen, das siebte von zehn Kindern, nicht schnell zu erschüttern, seine dunkle Haut vom Indus duftete.

Sie selbst war zuverlässig, immerhin. Nach der Jugend, dann einer Phase vielleicht sogar zu beherrschter Leidenschaften wurde sie wieder liebessehnsüchtiger. Das war ein guter Impuls, der sie daran erinnerte, daß ihre Seele intakt zu sein schien.

«... Forderung der Ärzte nach 18 Prozent mehr Gehalt und Bezahlung der Überstunden», erfuhr sie aus dem Autoradio, «haben die Arbeitgeber mit einem Angebot von 6,2 Prozent sowie Freizeitausgleich geantwortet. Streiks werden auf die Universitätskliniken von Jena und Chemnitz ausgedehnt ...» Lebte man länger im Ausland, durchzuckte es einen immer noch, wenn von Alltagspolitik in Ostdeutschland die Rede war, als wäre die Mauer noch nicht lange und nur probeweise gefallen. Aber: Zittau war Bundesrepublik, und das war angenehm. Einmal hatte sie beruflich sogar für zwei Wochen Brandenburg bereist. Das war aufregend, animierend gewesen, so ein sandiges, spürbar kriegszerfurchtes, flach malerisches Territorium, ein Gedankenland, wo der Blick hinter Straßendörfern von Kieferwaldungen aufgefangen wurde, die nichts als weite Forste zu sein beanspruchten. Bäume wie magere Soldaten, dünne preußische Kavaliere. Ein Erzgebiet für eine Mentalität des unverschmockten Weitermachens, sympathisch, ohne Firlefanz, wofür nie Geld vorhanden gewesen war. Und dazwischen doch, als Boten des Elysiums, friderizianisches Rokoko, vergoldetes Blätterwerk vom Feinsten, Anschluß an die raffinierte Welt und Wehen des Geistes. Schön, betagt. Beim Anblick von Frauen mit Kinderkarren hatte sie oft gedacht – das sind Pastorinnen, in den Weltgeschäften zu Hause, auf Leid ansprechbar, alternativ, tiefenfromm mit Kinderschar im Garten. Neben üblich wirkenden Zeitgenossen waren ihr in den Käffern Herumlungerer, Dosenbierkipper, verhärmt verschluderte Gestalten in Trainingshosen aufgefallen, eine Menge davon, Staatsbürger, die dem Staat vielleicht eher zu schaffen machten, als ihn uneigennützig zu prägen. Manche Typen, die auf den Stufen von Kriegerdenkmälern hockten, auf Mülltonnen Sixpacks deponiert hatten, erinnerten an die oft sehr pfiffigen Underdogs in Mittelengland, deren Leben in Preston, Oldham oder Leeds manchmal zu vielleicht erfolgreichen Filmen inspirierte, über Grausames, Eitelkeiten und Tröstliches; Brandenburg, gewiß auch Sachsen-Anhalt hätten gleichermaßen ein Fundus für schwieriges, aber einfallsreich bewältigtes Leben sein können. Doch es fehlten offenbar der Witz und der Swing, um aus öden Tagen in Wittstock, Familienritualen in der Datsche am Werbellinsee einen Kinohit zu kreieren. In Irland wär's in jedem Dorf möglich gewesen. Brandenburg brütete eher, moralisch halb verwüstet. Als wäre mit der Identität noch nicht alles klar, Weltmachtgebiet oder Sandkiste, begütert oder arm. In Templin hatte sie zwei Skins an einem Imbißwagen das Bier bezahlt. Nach einigem schwerverständlichen Gedröhn, beinahe nachgeäfftem Türkenjargon, unkoordiniertem Gehampel in Baggyjeans, deren Hosenboden über den Kniekehlen hing, hatten Horst und Maik sich als die vielleicht schutzbedürftigsten Lümmel erwiesen, die am Wochenende «in Frankfurt an der Oder einen draufmachen wollten». Ringe durch die Brauen, seidige Wimpern, mit dem Machogehabe kaum entwöhnter Frischlinge. Sie hatte nicht gewußt, was sie den beiden noch Gutes tun sollte, damit sie mit Sicherheit etwas Gutes in Erinnerung behalten würden. In der Bronx, in Lagos, São Paulo wären die beiden deutschen Landunholde innerhalb einer halben Stunde geschlachtet gewesen. «Paßt auf mit Alkohol am Tag», hatte sie noch geraten. Aber das Gespräch über London und Templin, im Fettdampf des Frittenkarrens, war vielleicht herzlich genug verlaufen, um im Leben ein bißchen achtsam zu bleiben und freundliche Überraschungen nicht auszuschließen.

Brandenburg – was trieben Horst und Maik jetzt? Sie bog auf die A 95 ein.

Sie konnte und mußte es sich nicht merken, ob Forstenried links der Autobahn lag oder Fürstenried, zumindest befand sich beides hier. Da sie sich für gewöhnlich morgens durch fünfzehn Meilen enge Stadt über den Kingsway zur *London School* vorarbeiten mußte, die *Tube*-Verbindung war nicht günstig, vermittelte München den Eindruck eines Ortsnamens ohne Gebäude. Erstaunlich trotzdem, wie diese halbherzige Stadt über Jahrhunderte ins Weltgedächtnis gerückt war. Und zwar auch, was selten bedacht wurde, durch Grauen und Verbrechen. Vor Jahrzehnten war die Elf von *Manchester United* über der Stadt abgestürzt, das Olympia-Massaker, ein Bombenattentat auf dem Oktoberfest hatten München gezeichnet, dann war – die Bilder gingen um die Welt – ein vollbesetzter Bus metertief in einer maroden Straße versunken... nun gab's Ebenhausen.

Mit nervösem Räuspern lenkte Clarissa hinter Solln wieder hügelabwärts, an adretten gelben Häusern vorbei. In einem Wirtsgarten saßen bereits Menschen beim Bier. Die gestaute

Kraft des Grüns war spürbar. Ein ziemlich leerer Gelenkbus fuhr in Richtung TIERPARK. Sie parkte vor einer länglichen Wabe aus Stahl und Glas. Das Büro in dem Neubau, mit schon defekten Jalousien, hatte sie vor vier Wochen übers Internet angemietet, *Nähe Siemensstadt*.

Mit ihrer Schultertasche, aus der leichter Lesestoff ragte, fuhr Clarissa Berg in den zweiten Stock. *Centaur Holding GmbH*, sie passierte die Türen der Gangnachbarschaft *Stockmair-Bau, Value & More Inc.* ... Je schnittiger der Name, desto eher vermutete man krumme Geschäfte.

«Hi.»

«Ihre Arbeitszeiten möchte ich auch haben.» Der junge Mann der Baufirma schien beinahe auf sie gewartet zu haben. «Ich bin seit sieben auf Trab.» Neben der offenen Bürotür prostete er ihr mit seinem Pappbecher zu. Der helle Schlotteranzug, der lockere Krawattenknoten stimmte mit dem Lower-Management-Outfit seiner Kollegen allerorten überein. Nur der Nacken des *Stockmair*-Supervisors war nicht ausrasiert.

«Wir sind erst im Aufbau», sagte sie, was eigentlich erst recht erfordert hätte, daß sie bereits um sechs am Arbeitsplatz hätte sein müssen. Das fiel ihm offenbar nicht auf.

«Kaffee?»

«Vielleicht später», lächelte sie unverbindlich. Problemlos war vorstellbar, wie der *Stockmair*-Mann vor dreißig Jahren neben einer Spielplatzrutsche nach einem Lutscher geschrien hatte und nun, breit und herb ausgewachsen, Familien vor der Luxussanierung aus Wohnungen herausklagte. Aus Jungs wurden Bulldozer. Nach dem Eintippen des Codes und einem Klacken im Schloß schob sie die Tür von Raum 214 auf. Die Sonne schien durch die schief hängengebliebene Jalousie. Kahler konnte kaum ein Büro sein. Auf zwölf Quadratmetern nur ein Tisch, ein Drehstuhl mit Stoffbezug. Aber der Anrufbeantworter blinkte. Nach dem Zuschieben der Tür drückte Clarissa auf *Repeat.*

«Ich habe die Nummer auf der Karte gewählt. Wenn Sie mir helfen können, rufen Sie bitte zurück ... « Und es folgte eine kurze Rufnummer mit ländlicher Vorwahl. Clarissa Berg nahm sich Notizpapier und setzte sich auf die Tischkante.

Zweiter Anruf, eine Männerstimme: «Wegen der Raten für unsere Küche und den Camping-Van müssen wir zum zweiten Mal den Urlaub kippen. Vielleicht können Sie uns finanziell...»

«Idioten», murmelte sie und zog den Packen Illustrierte aus ihrer Tasche. *Cosmopolitan*, *National Geographic* und *Brigitte*, die sie von früher kannte. Der dritte Anrufer hatte gleich wieder aufgelegt.

«Im Studentenheim», hörte sie, «betragen die Wartezeiten drei Jahre. Da meine Freundin Anna mich verlassen hat, kann ich nicht mehr in ihre Wohnung zurück...» «Tja, Junge», zuckte Clarissa die Achseln: «Halt durch. Nach Anna wird Gabriele kommen... Zimmervermittlung sind wir nicht.»

Sie horchte auf.

«Wenn man nicht weiterweiß, muß man doch irgendwo einen Menschen finden. Es reicht. Ich verstehe. Ich flehe Sie an zurückzurufen. Aber ab vier ist mein Mann aus dem Isarstüberl zurück. Er prügelt mich halb tot. Ich halte das nicht mehr aus.» Eine Nummer. Sie notierte sie. Bei der Polizei anrufen und den Drecksack verhaften lassen? Aber so einfach war das nicht, sich in die Hölle einzumischen. Vor allem wenn man selbst die Polizei nicht auf den Fersen haben durfte. – Da hatten sie einiges losgetreten. Im Grunde waren die meisten Anrufer Menschen, denen jeder tunlichst aus dem Weg ginge, Pechvögel und Versager, Verwirrte – Opfer. Anfangs hatte es keine einzige Rückmeldung gegeben. Frau Fontanelli war die erste gewesen.

Das war wohl der Ertrag des Morgens. Geisterbahnfahrt in Richtung Ipanema-Hotels. Clarissa vertiefte sich ins ordentlich Zusammengefaßte, einen exzellent bebilderten Bericht über das noch immer unerschlossene Burma. Es wirkte hanebüchen, daß das zählebige Regime weiter auf Abschottung, Verbote und Knute setzte, obwohl es wissen mußte, auf Dauer damit keine Chance zu haben. Via Satellit war auch Burma längst erschlossen, vermessen, und man konnte die Autos auf einer Kreuzung Ranguns zählen. Die Eingemeindung und Angleichung war eine Frage der Zeit und leider auch der Opfer bis dahin. Die anvisierte allgemeine Weltwohlfahrt würde auch diese Tyrannen wegschwemmen. Der Atem eines unfehlbaren Lenkers, eines alleinseligmachenden Glaubens reichte nicht mehr weit. Gottlob. Alles verschmolz, trotz immer neuer Konvulsionen, im Markt.

Das Fenster ließ sich nur kippen.

Gegen Mittag holte sich Clarissa eine Ciabatta beim Italiener, dazu aus dem Tabakladen *Die Zeit*. Sie erinnerte sich nicht, wann sie Muße gehabt hätte, Zeile um Zeile einen vierseitigen Artikel über die Zerstörung der afrikanischen Landwirtschaft durch Hilfslieferungen aus der EU gelesen zu haben. Irgendwie überraschte das Entsetzliche doch immer wieder.

Um eins rief Monika an. Sie wollte nichts Bestimmtes. Sie habe den widerlichen Rotkohl weggeschüttet. Sie fürchte sich auch bei Tage im Haus. Chouchou habe eine Maus gefangen. Das hätte sie sich bei der lieben Katze kaum vorstellen können.

«Sonst nichts?» fragte Clarissa.

«Ich werde bügeln.»

«Gut», lobte die Schwester.

«Und in den Keller mach' ich keinen Schritt!»

«Verlangt doch auch keiner», stellte Clarissa fest, ehe erste Greingeräusche anhoben: «Bügel. Setz dich ins Glaszimmer, und lies mal ein gutes Buch.»

Kaum war das Gespräch glimpflich beendet und der Hörer aufgelegt, klingelte es.

«Hallo...», eine fast unvernehmliche Jungenstimme.

«Hallo?» senkte Clarissa ihre Tonlage auf annähernd den gleichen Flüsterton.

«Ich. – Ich –»

«Hmm?»

«... hab eine Sechs im Rechnen... Wenn der Fünfer in Heimatkunde dazukommt ... Und die Sechs in Deutsch ... Ich kann nicht mehr nach Hause. Oma ist unglücklich genug ...»

«Aber du ...»

«Ich wohn' bei meiner Oma ... Ich kann da nicht mehr hin ...»

Clarissa blickte um sich, wirr. «Sicher... Sicher kannst du noch nach Hause. Deine Oma hat dich doch bestimmt lieb ...»

«Ja. Deswegen kann ich nicht hin. Oma ist schon traurig... und ... ich hab' mich doch so angestrengt. Aber ... ich kann nicht rechnen.»

«Du kannst doch ein bißchen rechnen.»

«Nein, ich bin zu dumm ... Und ich will nicht mehr. Es ist alles aus.»

«Später gibt es so schöne Berufe, wo du gar nicht viel rechnen mußt. Dann wirst du Handwerker.»

«Was?»

«Maurer. – Kaminkehrer.»

«Was?»

«Ja, Junge, wie heißt du denn?»

«Benny.»

«Wo bist du denn, Benny? – Wie heißt denn deine Schule? – Benny, wie heißt deine Großmutter?»

«Ich kann nicht mehr nach Hause», die kleine Stimme zitterte.

Clarissa saß kerzengerade im Stuhl. «Wo telefonierst du denn? Wir reden mal drüber. Dann ... schauen wir mal zu Hause vorbei, zusammen, Benny.»

«Die Sechs ist sicher ... Es reicht ...» «Hallo, Benny! Wo ... Benny?» Sie vernahm nichts weiter. Entweder hatte er aufgelegt, oder seine Cents waren aus. Das Besetztzeichen ertönte. Erst nach einer Weile legte Clarissa auf. In dieser Stadt gab es doch gewiß eine Hotline für Schüler in Not. Sie mußte hier eine solche Notrufnummer parat haben! Bestimmt würde Benny gleich dort anrufen. Die sprachen geschickter. Doch falls er keine Cents mehr hatte ...

«Scheiße. Scheiße!» Sie schlug mit der Faust auf den Tisch, daß es schmerzte. «Roberto! Why? Porca miseria. Wie soll ich das aushalten?» Aufgewühlt ging sie mit verschränkten Armen durch den Raum und versuchte durchzuatmen. Vielleicht hatte der Bauheini draußen mitgehört. «Ekelhaft, ich will kein Geld, nicht dafür ...», keuchte sie, «bleibe in London und nähre dich redlich. – O Gott, hilf dem Jungen!»

Sie starrte hinaus. Ihr Zigarettenrauch zog durch den Fensterspalt. In einer Viertelstunde käme Ulrich. – Die Leute ließen nicht locker. Beherzt nahm sie den Hörer und spielte nur noch Stimme: «Hallo?»

«Gut», antwortete eine Frau, und dann in einem sehr soignierten Tonfall: «Wenn Sie verstehen, dann verstehen Sie.»

«Ja», entgegnete Clarissa erschöpft und zitierte dann selbst: «Alles in Ruhe.»

«Das ist das beste», lobte die Dame: «Kein Weg mehr.»

«Bedacht? – Alles in Ruhe bedacht?» fragte Clarissa beinahe abwehrend. Käme doch Ulrich jetzt schon, leise, zur Tür herein: «Sie leiden sehr?»

«Wie man's nimmt. Uhren laufen ab. Die Zeit ist um. Vielleicht gibt es keine bessere Welt. Doch gleichgültig.»

«Wir wissen nichts», sagte Clarissa.

«Auch das ist gut so. Vieles ist überhaupt gut so. Alles stimmt. Und eine andere Welt könnten wir uns nicht denken.»

«Aus dieser führt ein Weg hinaus», erkühnte sich Clarissa.

«Es war also keine Täuschung. Ich verstehe Sie. – Wohin darf ich kommen?»

«Höllriegelskreuth. S-Bahnhof. Nachmittags. Dann führe ich Sie zu uns.»

«Von dort muß ich nicht mehr weg?»

«Keinesfalls.»

«Wunderbar. Mein Leben war schön, war reich. – Sie werden mir weiterhelfen?»

«Den letzten Schritt unternimmt man allein.»

«Woran erkenne ich Sie?»

«Einem schwarzen Chiffonschal.»

«S 7, das meiste beginnt doch banal», sagte die Dame. «Morgen? Ich komme gegen halb sechs.»

Clarissa mußte das Wort wagen. «Final?»

«Höllriegelskreuth.»

Völlig erschöpft lehnte sie sich zurück. Raus aus dem Büro, egal, wer sonst noch auf das Kärtchen starrte.

7.

Monika fegte die Treppe. Die Milchschale für Chouchou hatte sie beiseite geschoben. Sie hielt inne und blickte zum Gartentor: «Was haben Sie denn da?»

Der so fragil wirkende Bühnenbildner Olaf Deutler spazierte im weißen T-Shirt und in hochgekrempelten Jeans den Weg herauf. Er hielt ein braunes Huhn an die Brust gedrückt. Während das Huhn unruhig gluckste, lief über sein Gesicht ein Zucken. «Ich hab's unten beim Bauern gekauft. Dann gibt's morgen ein Frühstücksei.»

Die prächtige Landhenne schien an Frieden interessiert und hackte auch nicht, als Olaf Deutler ihr die Wange aufs Gefieder legte: «Es ist so schön warm.»

Der seltsame junge Mann stand jetzt vor Monika.

«Seien Sie ein bißchen achtsam, die haben Milben.»

«Die bestimmt nicht. Sie dürfen sie streicheln.» Monika und das Federvieh wechselten einen Blick, für den es keine Übersetzung gab.

«Kann ich Charlotte im Kaninchenstall unterbringen?» «Ach, einen Namen hat sie auch schon. – Das ist sicherlich eine gute Idee, Herr Deutler.»

«Was heißt sicherlich? Sie wissen es also selbst nicht genau.»

Monika hütete sich zu widersprechen. Sie wollte den möglicherweise abgründigen Charakter nicht noch zusätzlich reizen.

Sie fegte weiter.

Olaf Deutler verschwand mit dem Huhn nach hinten.

Clarissa hatte in der Früh den Obstgarten inspiziert, in dem es über Nacht friedlich geblieben war. Karl Lehmanns Tat schien allerdings noch spürbar zu sein. Ulrich war einmal um den Birnbaum herumgegangen und hatte beklommen den umgekippten Stuhl weggetragen. Gegen zehn Uhr dann hatte er sich mit Klebeband, Zetteln und Schere bewaffnet und war in die obere Etage hinaufgegangen. Sie mußten – fragwürdige Gegebenheiten hin oder her – einen gewissen Überblick über die Verhältnisse in der Immobilie bewahren. – Das Haus besaß fast einen spanischen Grundriß. Sowohl im Erdgeschoß als auch im ersten Stock gruppierten sich die meisten Räume um die Halle. In südlicheren Gefilden wäre sie ein lichtdurchfluteter *patio* gewesen. Die Treppe mündete in eine Balustrade, von der die Zimmer abgingen. Noch höher hinauf, unters Dach, führte eine schmale Wendelstiege. Treppe, Geländer, Paneele waren aus dunkel gebeizter Eiche. In der Beletage hatten vorzeiten die Eigentümer, ihre Gäste und offenbar zahlreiche Kinder gewohnt. Unten, selbstverständlich auf der Nordseite, befanden sich, wie es auch später noch manchmal geheißen hatte, das Dienerzimmer, die Bleibe von Gärtner, Köchin, Hausmädchen – und Chauffeur. Da und dort sah man noch die Messingringe für den Klingelzug. Die Wandtünche mit Blumengirlande im Bügelzimmer stammte gleichfalls noch aus der Welt vor Sarajewo. Zur Zeit von Onkel Roberto und Elena war das Gelaß zum Schuhspeicher geworden. Die Berg-Geschwister hatten die Fülle an farbigen Sandalen und Pumps bestaunt. Mit ihrem Vorrat an Pfennigabsätzen, wenn auch gewiß nicht so vielen, wie Imelda Marcos in Manila sie hortete, hatte Elena bleibende Eindrücke im Parkett hinterlassen. Und sie hatte Strümpfe mit Naht getragen. Nach beider Übersiedlung Richtung Lateinamerika war die Ludwigshöhe von einer Hausverwaltung betreut, vielmehr vernachlässigt worden. Schließlich hatte die Gemeinde

Aussiedler von der Wolga in der Villa untergebracht. In einem Schlafzimmer hatte Monika einen Samowar, eine signierte Photographie von Großadmiral Dönitz und ein Buch *Deutsch für Anfänger* entdeckt.

Ulrich Berg hielt inne. Ihm wurde es unheimlich, Zettel mit den Ziffern 1,2 und 3 auf die Türen der vorderen Fremdenzimmer zu kleben. Mit forciertem Schwung und Klebestreifen brachte er die Nummer 4 am Eingang des ersten Kinderzimmers an. Ein Ordnungsversuch war notwendig. Er selbst wußte nicht, wo Herr Lehmann genächtigt hatte.

Was jetzt wieder aus dem Zimmer 2 drang, ging durch Mark und Bein, wollte man nicht hören am Morgen: «Angst … Ich habe Angst … Ich bin Angst. Schlafen … Aaah …»

Monika hatte zu der Frau hineingeschaut. Die hatte ihr aus dem Bett entgegengeschrien: «Was wollen Sie?» Dann verzweifelt: «Ich will Ruhe … vor der Angst. Bitte.» Schließlich hatte sie mit einem Kleiderbügel nach Monika gezielt: «Wenn ich jemanden ermorde, richtet man mich hoffentlich hin, ganz schnell! Ich werde es kaum spüren.» Ulrich hielt sich, mit der Schere in der Hand, die Ohren zu. Das Stöhnen verlor sich in Wimmern. Die Frau war zwar nervös, aber scheinbar gefaßt eingetroffen. Nun seit anderthalb Tagen die Klage durch die Tür. Ob es sie erleichterte? Erwartete sie, daß man etwas tat? Läge sie morgen noch im Bett?

Ulrich griff sich unwillkürlich an den Hals. Clarissa mußte schleunigst alles in die richtigen Bahnen lenken, vielleicht noch einmal nach London, um zu eruieren, ob sich Passagen des Testaments nicht anders auslegen ließen, ob sich bei den portugiesischen Bestimmungen nicht ein gravierender Übersetzungsfehler eingeschlichen hatte.

Er erschrak. Die Kleberolle entglitt ihm. Ein Mann und eine Frau drängten um eine Balustradenecke.

«Geben Sie mir Ihr Handy», rief die Frau, «bitte!»

«Nicht schon wieder», rief der Mann zurück.

«Ich muß ihn erreichen.»

«Sie reiten sich immer tiefer hinein.»

Ulrich wich zurück. Die beiden Erregten nahmen ihn wahr, doch nicht zur Kenntnis. Die ungefähr vierzigjährige Frau war wohlproportioniert, attraktiv. Sie trug ein hellrotes Kostüm. Einen dunkleren Rotton hatte ihr Lockenhaar. Sie ballte die Fäuste. Schulter an Schulter neben dem wenig älteren Mann stützte sie sich dann plötzlich aufs Holzgeländer – und schaute auf den Steinboden der Halle. Ein flüchtiger Seitenblick streifte Ulrich.

«Er hat mich so verletzt.»

«Angst …», tönte es von fern und gedämpft.

Der Begleiter hob die Arme, als wollte er die Rothaarige schütteln, ließ die Hände aber wieder sinken. Auch er starrte hinab.

«Ihr Handy, bitte.»

«Der Akku ist leer.»

Sie packte sein Jackenrevers. Ihre Hände rutschten langsam herunter. Ulrich sah dunkle Striemen auf ihrem Gesicht. Es waren keine merkwürdigen Schatten im Hallenlicht. Wimperntusche rann über die Wangen bis zum Hals hinab. Das mußte Hanna Reutte sein … falls es ihr richtiger Name war. Clarissa hatte erzählt, sie gehe … falls das stimmte, einem alten, aber nicht häufigen Beruf nach. In Aichach. Dort betrieb die Domina angeblich ihr eigenes Studio. Wie sollte man der verweinten Frau eigentlich ihre – wohl auch steuerpflichtige – Tätigkeit ansehen?

«Wissen Sie, Herr Fehling, wie lange ich gebraucht habe, bis ich mich öffnete, mich jemandem hingab, einem Menschen völlig vertraute? Er muß mir erklären, warum er mich verlassen hat. Das ist seine Pflicht. Das muß er noch.»

Der Mann senkte den Kopf. «Ich denke, das hat er getan. Er empfände Ihnen gegenüber eine… Fremdheit.»

«Fremdheit!» Die Frau schrie, daß es in alle Winkel hallte.

«Die wollten wir doch überwinden! Fremdheit gibt es immer. Aber die verschwindet doch! Er war glücklich mit mir. – Ich weiß es. Ich habe die Beweise. Faxe, sogar Briefe. Wir waren zusammen im Urlaub. Rotes Meer. – Auch für ihn wurde das Leben wie neu. Wir hatten eine Menge hinter uns! Er hat mich akzeptiert, begehrt. Verstehen Sie? Alles war im Wandel. Er war liebevoll, es war schön, wir waren behutsam.»

Noch mehr Wimperntusche floß übers naßglänzende Gesicht bis in den Kragen. «Er wußte, daß ich in meinem Studio mit meiner Kundschaft nur meinen Job tat. Das ist doch alles nur Theater mit Ledermaske und Handschellen.»

«Schon ein bißchen eine heikle Situation…», meinte der Begleiter leise.

«Denken Sie nicht so kleinkariert. Es machte mich ja auch interessant. Er besuchte selbst dann und wann noch seine geschiedene Frau. Aber wir wußten, am Meer, daß wir beide an einem Punkt waren, wo wir gemeinsam etwas Neues aufbauen wollten. Er liebte mich. Ich verwöhnte ihn, ich kaufte neue Kochbücher, ich wurde häuslich», schrie sie wieder. «Und keine Liebe kann je vorbei sein!»

Ulrich verharrte mit Kleberolle und Schere und dem Rücken an der Wand.

«Und nun vermißt er mich… Ja. Ich spüre es. Warum dieser Stolz? Diese Dummheit? Diese Furcht, zu mir zurückzukommen. Der Narr!»

«Wie Sie mir doch selbst erzählt haben», der Mann sank gegen die Säule, «er hat sich einfach von Ihnen getrennt, ganz höflich. Er wollte wieder allein sein. Ganz frei.»

«Frei? Allein?» Frau Reutte schaute durch Täfelungen und Wände hindurch: «Niemand kann allein und frei sein wollen.»

«Doch. Eine Menge. – Sie auch.»

«Das war einmal. Bevor ich ihn kennenlernte. In einem Straßencafé.» Sie lachte auf. «Er hat mich überrumpelt. Seine Augen, das Lächeln. Ich war glücklich, ich lebte gut, ich ging mit meinem Hund spazieren. Ich hatte zwei Wohnungen vermietet und mein schönes Auto. Es stimmte zwischen mir und meiner Kundschaft. Wenn Familienväter gefesselt vor mir knieten und ich sie züchtigte – für ihre Sünden, wer weiß? –, wenn ich große Herren der Finanzwelt in den Käfig sperrte und sie ausgeschimpft werden wollten, fühlte ich mich stark und gebraucht. Bei mir war täglich Beichte… Herr, nun, Soundso von Siemens, der bei mir Quittungen fraß… *Nun nehmen sie den richtigen Weg*… strahlte befreit. – Mit Hendrik aber wollte ich zur Ruhe kommen. Auch er suchte Geborgenheit. Er schenkte mir Rosen, ganze Büsche. Wir haben uns beide wieder für Kino interessiert und uns im Dunkeln geküßt. Spontan haben wir ein Tandem gekauft und sind am Lech entlanggestrampelt. Wir waren so fröhlich, lebendig, wieder so jung. Es war das erste Mal in meinem Leben, daß ich einen Menschen mit all seinen Fehlern lieben wollte. Er trinkt Fanta zum Frühstück. Er behält schreckliche Tennissocken an. Ich will stundenlang in sein Gesicht schauen, in dem ich jede Aknenarbe aus seiner Jugend erkenne. Beim Einschlafen», und sie wiegte den Kopf, «versuchten wir, in denselben Atemrhythmus zu kommen… Was sehr komisch war. Wenn ich seinen fast gefunden hatte, meinte er, meinen gespürt zu haben, und es paßte für eine

Sekunde wieder nicht. Wir lachten beim Einschlafen. Lassen Sie mich offen sein, Herr Fehling, Hendrik war auch die Gegenwelt zum Rotlicht. Und den Kontrast zur Psychiatrie brauchte er auch… Ich will nichts Schlechtes sagen. Aber er war, wie ich mitbekam, nicht ganz unumstritten als Arzt.»

«Ach, das war er?»

«Er ist bequem. Zu mühsame Fälle überweist er weiter. Das ist eine eigene Cliquenwirtschaft. Für Befindlichkeiten, wenn sie ihm zuwider waren, hatte er, glaube ich, weder Geduld noch Gespür. Ein Neurologe, der seine Ruhe haben will, auch merkwürdig. Im Grunde ein wandelndes Schlafmittel mit Maisonette. Und trotzdem hat er mich verlassen. Er soll sterben.»

«Wieso er? Was wollen Sie denn hier? Sie haben sich doch beide ausgesprochen, sagten Sie.»

«Ruhe… Angst», wimmerte es durch die Tür, zu der Ulrich, scheinbar wie unsichtbar an die Wand gepreßt, einen Blick warf.

«Mit einem Seelendoktor kann man sich endlos aussprechen, Herr Fehling. Vielleicht ist gerade das tödlich. Alles und jedes läßt sich deuten. Und zwischendurch ist sogar das Schweigen verdächtig. Aber die Debatten habe ich gemeistert, ich sagte mir, benimm dich normal, und sei einfach du selbst. Soll er sich doch einen Wolf analysieren. Eigentlich viel Gerede und wenig Sex, verzeihen Sie…»

«Kein Problem.»

«Er war im Bett eher verklemmt… aber das hätte ich schon hinbekommen. Seine Hilflosigkeit, seine Unerlöstheit, seine kleinen konventionellen Freundlichkeiten, das hat mir auch wieder sehr gefallen. Ein ganzer Mann, einsneunzig groß, und doch so ein kleiner Junge. Er ist so angenehm warm, lahm, brav. In seiner Maisonette rauchte ich nicht. Es machte mir nichts. Denn er, dieser schöne unsichere Mensch mit narbigem Gesicht, war da. – Ich muß ihn töten.»

Markus Fehling war nun doch irritiert: «Mord?»

Ruhig und bestimmt sagte sie, während Ulrich die Augen schloß: «Er hat mein Leben zerstört. In meinen Beruf kann ich nicht zurück. Ich kann keine leichte Lust mehr verkaufen. Ich will geliebt werden und lieben, ihn, in Ruhe und in alle Ewigkeit. Ich bin nicht mehr ich.»

«Geht das überhaupt? Man wandelt sich stets. Und weiß er das?»

«Was weiß ich, was er in seiner Dunkelheit weiß. Ich bleibe leidenschaftlich, Herr Fehling.» Sie krampfte ihre Finger in seinen Sakkoärmel. «Ich habe seine Wohnungsfenster beobachtet. Ich hab' mich hinter der Litfaßsäule versteckt. Punkt neun Uhr abends geht er am Herrenbach spazieren. Er muß aus der Welt. Er hat mich gedemütigt. Ich kann nicht mehr... Es war so anders mit ihm.»

«Ich fand immer entscheidend, ob jemand Not spürt und bei einem ist.»

Der Journalist war selbst nicht bei Kräften. Sein zerknautschtes gelbes Hemd war schief geknöpft. Das bräunliche Sakko drohte von den Schultern zu rutschen. Markus Fehling atmete schwer.

«Ihr Handy!» herrschte sie ihn an.

«Nein. Sie stellen ihm nicht mehr nach.»

«Einer wird sterben. Er oder ich.»

«Ich weiß, es geht ums Ganze.»

«Er hat mir meinen Wert genommen, meine Leichtigkeit, das Selbstvertrauen.»

«Kehrt wieder.»

«Daß ich hier noch stehe, darf Sie nicht täuschen. Ich habe von meinem Onkel, und das war immer eine Sicherheit, eine Mauser aus dem Weltkrieg.»

«Um Gottes willen», beschwor der Mann sie. Von einer peinlichen Situation konnte für Ulrich schon längst nicht mehr die Rede sein. An sich sollten die Hausgäste nicht andere erschießen. Er war der in Tränen aufgelösten Schönen und dem Journalisten jedoch vollkommen gleichgültig, wie der Gummibaum am Treppenabsatz.

Mann und Frau wankten. Daraus wurden zaghafte Schritte. Erst wandten sie sich nach hinten, dann bewegten sie sich, wie ziellos, an der Balustrade entlang. Frau Reutte schien sich in die Lippen gebissen zu haben, blutete. Dicht hinter der Liebeskranken zog Markus Fehling ein offenes Schuhband nach. Diesen Mann, der in einem der noch nicht numerierten Zimmer genächtigt hatte, kannte man, zumindest seine Stimme, falls man Radio hörte. Fehling deckte als Kommentator ein großes Spektrum von Zeitfragen ab, bis jetzt. Nun sah er nicht nach Analysen irgendwelcher Präsidentschaftswahlen aus. Wohin wollten die beiden? In den Garten? In die Küche? – Gar in den Keller?

Womöglich fuhr Markus Fehling nach München zurück und nahm Frau Reutte mit in die Stadt. Die Gestalten tappten die Treppe hinunter. Ulrich hatte das Gefühl, als hielte er einen Hammer in der Hand, dabei war es das Klebeband.

Der Topf war geleert worden und verschwunden. Aber in der Küchenluft waberten noch Blaukrautdämpfe. Monika legte den Leerdamer neben die Kochsalami auf die Aufschnittplatte. Eine Erniedrigung von Menschen am Ende des Lebens war es, hatte sie empfunden, ihnen als letzten Imbiß – falls sie denn überhaupt einen wollten – eine Ladung Kohl mit Würstchen aufzutischen. Bei Penny hatte sie Tomaten und Schokoriegel gekauft. Das war bescheiden genug. Bei den letzten Mahlzeiten früherer Jahrhunderte war sogar opulent getafelt worden, Delinquenten und Gattinnen Heinrichs VIII. hatten Brathühnchen, Ochsenfetzen, Trüffelpasteten und Wein in Pokalen kredenzt bekommen. Der Priester psalmodierte in der Ecke, Leuchter flackerten auf dem Tisch. Mit Malvasiertrauben vor Augen erhoben sich die Unglücklichen im festlichen Gewand zum letzten Trinkspruch auf die Vergänglichkeit alles Irdischen, unterwarfen sich dem Rad der Fortuna und hofften auf die Glückseligkeit im Jenseits. Zumindest in älteren Filmen über das Leben Maria Stuarts. Solche Hochgestimmtheit in unentrinnbaren Gemäuern ließ sich schwerlich wieder herstellen und mußte es auch nicht. Mönche fehlten, Heldinnen und Helden in Purpur und Aufwärterinnen für die Henkersmahlzeiten mit Glockenschlag. Monika wickelte die Butter aus. Alles war so neu und ungewöhnlich. Man mußte Gutes tun. Und schließlich hatten die schaurigen Gäste den Unkostenbeitrag von 40 Euro zahlen müssen. Auch Clarissa hatte nicht viel auf der hohen Kante. Monika schob das Brot in die Schneidemaschine. Der Ausplünderung Notleidender oder vielleicht sittenwidriger Vorteilsnahme wollte sie sich – bei allem Unabsehbaren – nicht schon im Vorfeld schuldig machen. Zwölf Scheiben mochten reichen.

Die Gestalten hinter ihrem Rücken ließen die Erbin aus Ludwigshafen frösteln. Vier waren nacheinander aus der Hausnacht aufgetaucht und hatten sich, halb mechanisch und offenbar mit einem Urtrieb nach Nahrungsaufnahme, an den Tisch gesetzt.

«Hier ist aber Selbstbedienung», rief die Sechsunddreißigjährige, für ihre Verhältnisse fast harsch, nach hinten.

Keine Silbe antwortete ihr, nur ein Scharren vernahm sie. Sie erblickte drei reglose Gestalten und jemanden, der mit der Fingerkuppe ums Brotzeitbrett fuhr.

«Marmelade?» fragte sie.

Nichts als leichtes und schweres Atmen.

«Möchte jemand? – Ich stell' sie einfach hin.» Mit normaler Konversation kam sie hier nicht weiter. Und wozu auch? Auf keinen Fall durfte sie therapeutisch wirken. Das konnte dem Testament zuwiderlaufen.

«O Gott, ich kann das nicht… Ich kann nicht mehr.» Monika sank kraftlos über die Kurbel des Brotschneiders.

«Marmelade!» befahl eine männliche Stimme, und eine Faust schlug auf den Tisch. Das stoßweise Ächzen einer Frau schien die Antwort zu sein.

Lieber zehn Nachtschichten an der Hotline der Telekom. Monika gab sich einen Ruck: «Sonnenblumenbrot? Das wird schmekken.»

Ein plötzlicher, fast erlösender Radau erschallte von der Küchentür: «Begleiten Sie mich zu Hendrik! Wir werden ihn zur Rede stellen, Herr Fehling.»

«Ich nach Augsburg? Zu Ihrem Exfreund? Sie können Liebe nicht mit Worten erzwingen. Mit keinem einzigen.»

«Ich kann. Ich muß.»

Die Frau mit dem schwärzlich geäderten Gesicht und ihr kleinerer Begleiter warfen einen wirren Blick in die Küchenschummrigkeit, dann knallte die Haustür.

Monika Berg stellte die Konfitürebecher, Erdbeere und Aachener Pflümli, aufs Tablett.

Eine Frau stöhnte.

An diese Klagelaute gewöhnte man sich womöglich. «Sind sie

weg, diese Krachmacher...?» Mit einem gequälten Lächeln sah Monika die Frau an, die am oberen Tischende saß, die Ellenbogen aufgestützt, und sich mit beiden Händen die Ohren zuhielt. «Dies Geschrei. Immer alles laut ... Die Stimmen, aber dann vor allem die Kupplungen, das Quietschen der Bremsen, das Jaulen, wenn sie den Gang hochschalten. Aah ...» Frau Jakoubek hieß sie wohl, Erna oder Ursel. Ulrich hatte sie gestern von Höllriegelskreuth abgeholt. «Jetzt, die Ampel grün! Wuuu-ammmm! ... Jetzt geben sie Gas ... die Tiefkühlwagen ... die Laster mit Betonmischern, diese Holländer mit ihren Wohnwagen, der ganze Dreck fährt los ... Es ist so furchtbar. Und der hupende Ford dazwischen, ja, er will auch auf die mittlere Spur, er hupt, er schafft's, die Sau, und die Reifen quietschen ... Ja, hup doch, du Blödmann! – Da kommen schon die Motorradfahrer, Banden, wie das dröhnt, wie im Krieg, zehn Stunden lang ... Und die Stahlträger wippten hinten vom Hänger, mit roter Fahne, ja, auch du gib Gas und schalt den Gang hoch, daß ich den Verstand verlier', drei Spuren links, drei Spuren rechts. Zweitausend Monstren in der Stunde, und einer läßt noch die Musik aus dem Fenster scheppern. Aaah ... Die Monstren schieben sich über den Mittleren Ring ... auch der fette Sattelschlepper ... das Motorheulen direkt in meinen Kiosk, mein Herz ist plattgefahren, ich höre schon das Martinshorn ... Ja, die Feuerwehr will auch noch durch, fährt mit dem Sattelschlepper durch meinen Schlaf, auch durch die Wohnung, alles voller Gedröhn und Gestank ... Kommen bald die Panzer und die Raketenwerfer? Am Bürgerkrieg wohn' ich ... Und jetzt schreien sie auch noch hier ...» Frau Jakoubek, ob nun Ursel oder Erna, griff flink in die Schachtel vor sich und stopfte sich zwei Kügelchen ins Ohr. Kreideweiß, mit ergrautem Haar und in Strickjacke, starrte sie um sich und horchte, ob es nun endlich still wurde. «Keine Marmelade», sprach sie nun laut mit fast geisterhafter Stimme, «den Kiosk hätte ich aufgeben sollen... Aber auch aus der Wohnung an der Donnersberger Brücke hinaus?... Ich war schon zu schwach nach den Schlaganfällen von den Sattelschleppern.» Frau Jakoubek legte den Mittelfinger vor die blutleeren Lippen, als sie sich jetzt an den nervös schweigsamen Herrn wandte: «Und so haben sie mir die Lungen mit ihrem Staub vollgepustet ...»

Alles in allem schien die Frau ein Zivilisationsopfer zu sein, zu deren ungünstigem Arbeitsplatz noch eine Wohnung in verkehrsintensiver Lage hinzukam, vielleicht sogar im Erdgeschoß, wo ja mancherlei Leute bei verrammelten Fenstern quasi in Motorblöcken hausten... Frau Jakoubek knetete zwei weitere Kügelchen Ohropax. Wo sollten die noch hin? Monika schob lautlos das Tablett mit Käse, Salami und Konfitüren aufs Wachstuch.

«Sie Schmutzfink», fuhr der Mann sie an, der reaktionslos Frau Jakoubeks Anfall gefolgt war. «Sie haben mit der Marmelade gekleckert!»

«Ruhe! In diesem Haus herrschte vorhin so schöne Ruhe.» Frau Jakoubek preßte die Hände an den Kopf.

«Sie haben den Becherrand nicht abgewischt.»

Monika starrte den Mann an. Der unangenehme Mensch in Oberhemd und ärmellosem karierten Pullover bemächtigte sich, auch von Frau Jakoubek beobachtet, der Salami und zog akkurat die Wursthaut zurück: «Ordnung muß sein.» Danach justierte er sofort neu sein Frühstücksbrett, so daß dessen Kanten mit dem Muster auf der Wachstuchdecke übereinstimmten. «Und das noch.» Unter Monikas und Frau Jakoubeks leicht angewiderten Blicken drehte der Sechzigjährige mit spitzem Finger die Marmeladenbecher mit den Etiketten zu sich. «Hoffentlich ist auch drin, was draufsteht. Sonst verklag' ich Schwartau. – Diese Betrüger muß man sowieso alle anzeigen.»

«Da hat er recht», überraschte eine dritte Stimme am Frühstückstisch: «Insbesondere die mit den Haushaltsgeräten. Nach dreimaligem Gebrauch lodert der Toaster. Und die Hi-Fi-Branche gleich mit. Meinem Receiver lag die arabische Gebrauchsanweisung für einen Staubsauger bei. Alles Schrott. Alles Betrug. Ex und hopp, und der Käufer ist immer der Dumme... Alle vor Gericht.»

«Beim Jüngsten werden sie gerichtet.»

«Mir zu spät.»

«Lassen Sie das», rief Frau Jakoubek, doch schon hatte Herr Bauer auch ihr Brotbrett geschnappt und parallel zur Tischkante ausgerichtet. «So! Sie sind wohl auch so eine Chaotin... Sie lassen das Geschirr nach dem Essen wahrscheinlich auf der Anrichte stehen, bis die Bratensoße klebt.»

Frau Jakoubek glaubte nicht, was sie durch ihr Ohropax vernahm, Monika trat einen Schritt zurück.

«Der ist ja verrückt», meldete sich vom anderen Tischende wieder der junge Mann.

«Werden Sie nicht frech», warnte Herr Bauer mit den farbigen Rhomben in der Strickware. «Ich habe für meine Hemden immer die gleiche Menge –»

«Dieselbe –», korrigierte der Jüngling.

«– von Ersatzknöpfen dabei. Ich laufe nicht herum wie ein Zigeuner. Unsereiner kennt Ordnung und System. Ich bin Xaver Bauer, hier», und ehe sie sich's versah, erblickte Frau Jakoubek einen Personalausweis vor ihrer Nase, «immer griffbereit. Mit Marmelade kleckern und ...», seinem ausgestreckten Finger folgten zehn Augen, «Spinnweben überm Wandschrank. Ich hab' jedes Vierteljahr das Schlafzimmer mit Brillux gestrichen, das ist schmutzabweisend. – Als ich auch den Hausflur streichen wollte», er strahlte, «denn Kinderhände beschmieren Tisch und Wände, habe ich gleich die Eltern verklagt. Wenn die kleinen Biester, die samstags auch nach 15 Uhr herumtobten ...»

Frau Jakoubek nickte.

«... aufs Treppengeländer gefaßt hatten, war ich mit dem Wolltuch hinterher. Aber wie soll man mit der Unordnung Schritt halten? Im Herbst fällt das Laub. In Massen. Wie soll ich vierzig Müllsäcke voll wegschaffen? Im Frühjahr kommen die Maulwürfe, ich hau' mit dem Spaten drauf, doch das Viehzeug ist flink.»

«Tja», warf der Jüngling ein, während Monika zum Herd zurückgewichen war.

«Ich werde putzen. Es muß alles weg, die Kieselsteine in den Trambahnschienen.»

«Manches ein bißchen sauberer wäre wirklich nicht schlecht. Einige Grünanlagen sehen aus wie Müllhalden. Deutsche Ordnung und Tüchtigkeit, viel Legende. Bei der Bahn funktioniert gar nichts, Straßen, bis auf Ostdeutschland, sind Schlaglochpisten.» Der junge Mann schien zu erwägen, ob er sich Margarine aufs Brot streichen sollte.

«Ich mache sauber, bis man sich wohl fühlt. Es reicht mit den Schlieren, dem Gestrüpp, dem Müll, den Leuten, die Kaugummis aufs Pflaster spucken, mit dem Lindenblütenstaub auf den Autos, den Falschparkern, die keiner anzeigt ... Wenn das Herz doch besser wäre.» Der Mann sackte in sich zusammen, doch Frau Jakoubek lehnte sich zurück, anstatt hilfreich die Hand des Geprüften zu drücken. Der Frührentner atmete tief durch und knöpfte sich sogar den obersten Hemdknopf zu. Es schien unbegreiflich, daß Selbstmörder Bauer – zumindest deutete sein Ring darauf hin – tatsächlich verheiratet war. Die Ehefrau, falls sie denn noch irgendwo existierte, wurde wahrscheinlich mit Desinfektionsmitteln abgerieben oder war aus lauter Trotz zur Schlampe mutiert. So zeugte sich im Schwierigen das Entsetzliche fort. Herr Bauer prüfte seine Fingernägel und lächelte zufrieden.

Am besten war es gewiß, dachte Monika, die sich am Herd abstützte, wenn Clarissa den schweren Neurotiker in den Wagen lockte und vor einer Psychiatrie absetzte. Dort war Xaver Bauer, mit messerscharfem Scheitel, wahrscheinlich aktenkundig. «Verklagen ist das beste ... Das Land muß strahlen. Aber ich schaff's nicht.»

«Worüber die Leute sich so aufregen», bemerkte der junge Mann, der den Margarinetopf abwägend in der Hand drehte. «Pflanzliche Fettsäuren, ja oder nein? Manche behaupten, die tierischen seien doch gesünder.»

Monika dachte, daß sie diese Leute allein frühstücken lassen sollte. Den Wegweiser, den Ulrich an der Kellertür angebracht hatte, konnten sie auch selber finden. Doch was spielte sich hier überhaupt ab! Hatte sie nicht irgendwo gelesen, daß Menschen, die am Abgrund standen und sich hinabstürzen wollten, schweigsam und zu keiner klaren Mitteilung mehr fähig waren? – Davon konnte bei Frau Jakoubek und Herrn Bauer wohl kaum die Rede sein. Allerdings, so lautete wohl die entgegengesetzte psychologische Fachmeinung, setzte gerade vorm Finale noch einmal ein Offenbarungsdrang ein, war auf Formulierungen zu achten, die, fein eingemengt, auf Abschiedspläne hindeuteten.

Monika schien im Moment die Frau am erträglichsten, die mit Blick zum Fenster auf einem Schemel saß und die Rinde vom Brot schnitt. Ihr helles Haar war hübsch gelockt, schmal waren die Schultern unter einer mauvefarbenen Bluse mit Rüschenstehkragen und leichten Puffärmeln. Ihre Bewegungen waren ruhig, ja schläfrig, denn aus der Großpackung Baldriandragees, die aus ihrer Handtasche ragte, hatte sie sich ausgiebig bedient. Doch auch sie, die Kleine, Zierliche, schüttelte plötzlich den Kopf und sprach, ungefähr in Richtung der Deckenlampe: «Bitte, jetzt nichts Aufregendes mehr. Mein Auge flimmert schon. Es schlägt mir auf den Magen. Die Gefäße verengen sich. Dann läßt die Herzdurchblutung nach, und im Kopf pocht's. Wenn man dann in einem solchen Zustand ist, fördert das sogar Zahnschmerzen, und allen möglichen Allergien sind Tür und Tor geöffnet. Ich hatte schon mit Krampfadern zu tun – weiß Gott, woher? –, und wenn man erst einmal so geschwächt ist, dann kommt es zu Zellmißbildungen – was das bedeutet, darf man gar nicht ausführen –, und die Witterung, die Hormone, die trockene Luft in den Räumen, die Feuchtigkeit draußen, das alles unterminiert grundlegend den Organismus, der doch leben, blühen soll. Doch der ist nur Anfälligkeit und Verfall, dem muß man entgegenwirken, vor allem keine Aufregung, doch... was nützt es?... heute flimmert das Auge, morgen vergiften einen die Konservierungsstoffe, übermorgen ist ein kleiner Schmerz im Zeh das erste Zeichen, daß einem bald das Bein abgenommen werden muß, nein, keine Aufregung, bitte nicht mehr hier!» Die Dame, die von Clarissa an der S-Bahn aufgesammelt worden war, griff in ihre Tasche und zog ein Röhrchen hervor, aus dem sie sich, ohne einen Schluck Flüssigkeit, mehrere Tabletten in den Schlund gleiten ließ, wonach sie erleichtert aufschnaufte. «Ein paar Antibiotika, die ich über eine Altenpflegerin bekommen habe. Mäht die Darmflora weg und läßt sie frisch nachwachsen. Vorzüglich.» Sie blickte in die Runde, aber brachte rasch wieder ihre Röhre in Sicherheit. «Meine Ärzte verschreiben mir nichts mehr. Dabei bin ich nur einmal die Woche hingegangen. Morgens hüstelt man plötzlich. Dagegen braucht man doch etwas. Sonst wächst sich das Hüsteln zur Bronchitis aus, zum Emphysem, zu Lungenkrebs. Nachts muß ich tief schlafen, tagsüber hellwach sein, dafür gibt es doch Medikamente. Nein, sagte meine Internistin, machen Sie am besten Yoga, Sie mästen doch nur die Pharmaindustrie. Meint eine Medizinerin! O Gott, fast vergessen ... Betty Huber übrigens ...» Und Betty Huber griff erneut in ihre Tasche. «Der erste Bissen am Tag und nichts gegen die Magensäure. Die Sachen werden hergestellt, weil man sie braucht ... Doch nun», und die kleine Person drehte ängstlich ihren Armreif, «will niemand mehr mir etwas verschreiben. Ich bin zur Mattigkeit, zum Dahinsiechen verurteilt. Mein Körper wird die Attacken nicht überstehen. Das ist hier das letzte, was ich von der Altenpflegerin ergattern konnte.» Frau Huber blickte die Umsitzenden an, nahm ihre Tasche, kippte ihren Inhalt auf dem Tisch aus: «Für alle Fälle... gegen Aufregung, Schlappheit, Völlegefühl, Zerrungen, Gelenkentzündungen, hysterische Anfälle, Haarausfall und Hühneraugen.» Da lag der Haufen Kapseln, Tabletten, Sprayflaschen, Dragees und Zäpfchen. Und liebevoll umschloß ihre Hand eine helle Packung: «Vor allem Tavor. Das dämpft und hellt doch auf. In Amerika schlucken es alle, schon die Schulkinder. Ein Segen für die Menschheit. Der Vorrat ist bald aus.»

Während man noch die Heilmittel anstierte, brüllte plötzlich Herr Bauer: «Räumen Sie das weg! Das gehört nicht neben die Salami.» Verschreckt schob Betty Huber ihren verbliebenen Schatz wieder in die Kunstkrokotasche. «Leise», fauchte Frau Jakoubek dazwischen. «Nur noch rasch ein Lansoprazol.»

«Hilfe –», entwich es Monika fast lautlos. Sie konnte sich nicht mehr vorstellen, wie sie vor Jahresfrist, zusammen mit ihrer Freundin Ilse, sich in einem Lokal auf Djerba, in trockener Hitze, sorglos zum Couscous niedergelassen hatte. – Die desolaten Herrschaften hantierten mit Messern, Brot und Käse. Frau Jakoubek schielte ungläubig zum Fenster hinaus, weil weder Motorrad noch Dampframme die Stille störten. Herr Bauer zupfte ihr einen Fussel von der Schulter, was sie abwehrte.

«Sie sind doch nicht etwa, vielleicht über zehn Ecken, verwandt mit ...»

«Nein», stellte Monika fest, «der Name Minelli taucht in keinem Zweig meiner Familie auf.»

«Verblüffend.»

Monika lächelte. Sie gestand sich ein, daß sie womöglich nur wegen des vierten Imbißlers noch in der Küchenklapse ausharren konnte. Ja, seinetwegen hatte sie Papierservietten hervorgesucht und neben die Brettchen gelegt. Tassilo Wang war eine Augenweide. Das pechschwarz seidige Haar war fransig geschnitten. Über die Brauen hätte sie mit dem Finger, über die ein wenig hohlen Wangen mit dem Handrücken streichen mögen. Und der junge Monsieur Apollo schien seine Ausstrahlung durchaus nicht verbergen zu wollen. Sein T-Shirt saß eng. Sie musterte den muskulösen Torso, und sein Ohrläppchen lud zu einem Biß ein. An solch ein Lebewesen war sie nie herangekommen, und die Aussichten darauf wuchsen nicht gerade. Tassilo Wang, sicherlich kaum dreißig, wirkte unschlüssig, ob er Erdbeere oder Pflümli nehmen sollte. Er nahm erst das eine, dann das andere, stellte beides zurück. Wie lag so jemand im Bett? Schlief er auf dem Rücken ein oder leicht gekrümmt wie ein mannbares Baby oder mehr auf Hüfte und Lende? «Ob es», er schnippte mit dem Finger und sah plötzlich aufgeräumt wie ein Bogenschütze nach einem zielgenauen Treffer aus, «das ist an so einem Tag erlaubt – zum Frühstück auch einen Rosé gibt, einen kühlen?»

Frau Jakoubek hatte es akustisch nicht verstanden, aber die vier übrigen im Raum faßten den jungen Mann ins Auge. «Rosé Prosecco wäre das beste.»

«Alkohol?» fragte Monika.

«Mein Gott, sind Sie spießig, ja, Schaumwein, am Maimorgen, zu dem billigen Käse.»

«Tja, ich weiß nicht, wahrscheinlich nicht.» Monika schüttelte den Kopf und warf einen unsinnig beflissenen Blick in den Kühlschrank. «Vielleicht was anderes? Magenbitter?»

«Nein.» Tassilo Wang hob entschieden die Hand. «Wein, und zwar Rosé. Der ist weder rot noch weiß, sondern dazwischen.» Dieser Gedanke verfinsterte schlagartig seine Miene. Die Brauen zogen sich zusammen, er wischte sich, wie um einen Kummer zu vertreiben, übers Gesicht.

Sie mußte diesen Menschen retten, das war Monika klar. Solches Schmuckstück, im Idealfall sanft, wehrlos, aber herrlich in der Liebe, ein Labsal, schon wenn er schmollte, durfte nicht von der Erde verschwinden, durfte sich nichts antun. Sie trat etwas näher an ihn heran. «Was haben Sie denn so gemacht, daß Sie morgens Rosé mögen?»

«Ach», er wandte ihr das Gesicht zu: «Ich habe ein Jahr Informatik studiert. In Elektrotechnik hineingerochen. Ich habe anschließend gemalt. Mich in der Kunstakademie eingeschrieben... Wollen Sie das wissen?»

«Ja», erklärte Monika, «alles.»

«Dann bin ich nach Wien gegangen. Ich fand die Stadt interessant. Ich hab' in Mödling als Friseur gearbeitet. Budapest, Sie wissen schon, schien mir dann aber doch aufregender, und im Széchenyi-Bad haben sie mich als Hilfsmasseur angestellt.»

«Natürlich, das glaube ich sofort», munterte ihn Monika auf, während Herr Bauer aufstand und Frau Huber hektisch in ihrer Tasche kramte, vielleicht nach einem prophylaktischen Blutgerinnungshemmer.

«Durch Kurgäste bekam ich später das Angebot, im Casino Taoro auf Teneriffa den Croupier zu machen. Das wurde mir nach einem Jahr zu blöd. Dann hab' ich mit der Informatik wieder angefangen, in Neuwied – es gibt ja so viele Möglichkeiten.» Plötzlich zitterte Tassilo Wang am ganzen Leibe, schluchzte so laut auf, daß Monika nur noch mit Mühe an sich halten konnte. «In der Zeit war ich mit Rebekka verlobt.» «Ach.» «Ihr Vater holte mich in sein Autohaus. Aber ihre Freundin Ines war auch recht hübsch, und da hab' ich auch mit Ines geschlafen...»

«Auch?»

«Na, und dann gab es noch den Bruder von Ines, Rudi, der mich offenbar mochte.»

«Das kann ich gut...»

«Die wußten alle nicht, was sie wollten. Aber das ging zu Ende, weil Rebekkas Vater mich rausschmiss... War auch nicht so schlimm. Dann bin ich nach Mannheim, Fotos ... Habe aber auch viel gelesen... Kierkegaard, den ganzen Updike, neuen deutschen Kram... Mit ein paar Kumpels hab' ich mich dann entschieden, gemeinsam was in Rostock zu probieren. Warnemünde ist wunderbar – wir haben die Pension *Zur Neuen Einheit* aufgemacht.» Tassilo Wang hielt plötzlich inne, und sein Gesicht versteinerte: «Jetzt ist aber genug!»

Monika prallte zurück, empfand ihr knöchellanges Kleid mit einem Mal als arg hausmütterlich und versuchte zu beschwichtigen: «Das find' ich aber alles sehr interessant.»

Einen Augenblick lang wußte sie nicht, ob der schöne Wang

vollends verstummen würde. Seine Züge aber entspannten sich, ja, er lächelte. «Rebekka und ich wollten Kinder. Dann besser nicht. Zuletzt habe ich auf Java als Reisbauer gearbeitet und in Djarkarta Deutsch unterrichtet... Sie!» fauchte er plötzlich: «Ich habe alles erlebt. Und was ich nicht erlebt habe, glaube ich zu kennen und kann aufs Erleben verzichten. Muß ich noch alt und krank werden, um etwas zu erfahren, was mich mit Sicherheit nicht überraschen wird? – Was soll mich noch locken? Ich kann mich für keinen Beruf entscheiden, für keinen Menschen. Wo es so viele Menschen gibt. Weder bei Ines noch bei Rebekka und Rudi. Es war nett, wir redeten, wir fuhren, wir jetteten. Viel Abwechslung, aber mehr auch nicht. Mich hat's nie absolut gepackt.»

«Das kann doch noch kommen.»

«Eher nicht. Mancher kommt eben zu gut zurecht. Wo soll ich denn landen? Bei der Post? Als Papa mit Kinderwagen? Als alter Nörgler oder Barkeeper? Bei Daddy? Ich bin von allen Möglichkeiten und Freiheiten erschöpft, also mitten im Frieden tot. Endzeit.»

«Das hört man so oft. Sie müssen lieben!» Monika wollte ihn an den hängenden Schultern packen, ließ es aber und wiederholte statt dessen flüsternd – damit sie ihr Erbe nicht allzusehr in Gefahr brachte –: «Sie müssen lieben.»

«Was? Alles? Oder die Hälfte?»

«Sie sind ja völlig demoralisiert.»

Er maß sie von Kopf bis Fuß.

«Was machen Sie in dieser Bude eigentlich? Sind Sie die Hauspsychologin?» Tassilo Wang erhob sich. Monika lächelte. Er lächelte zurück. «Sie sind ja ganz lieb.» Er ergriff kurz ihre Hand und drückte sie. «Ich bin Rebekka, Java und das ganze Durcheinander leid. Ich weiß nicht so genau, wie sie es hier machen. Ich möchte vorher ganz gern betäubt werden.»

«Bleiben Sie doch noch ein bißchen.» Monika spürte den Händedruck.

«Rosé ist der Wein der Unentschiedenen. Macht beschwingt und träge.» Tassilo Wang schob einen Daumen hinter den Gürtel und ging zur Tür: «Mach's mal gut.»

Frau Jakoubeks gehörloses Essen war ein Mampfen. Monika hielt sich am Spülstein fest: «Dich betäuben?»

8.

Die Terrassentür des Neubaus Ludwigshöhe 1 stand offen. Bambus spiegelte sich im Wohnzimmerfenster. Das Parkett glänzte. Anthrazitfarben war die Sitzgarnitur um den niedrigen Tisch. Maiglöckchen dufteten aus der Vase. Der verstellbare Armsessel war auf den Flachbild-TV ausgerichtet. Von den Schrankwandregalen grüßten eine afrikanische Holzmaske, eine Nymphenburger Columbine, Buchrücken – *Stephen King*, *Donna Leon*, *Der Blaue Planet* –, eine Holzkassette mit floralen Intarsien.

Aus dem Radio auf dem Fensterbrett meldete der Nachrichtenkanal: «... im Vergleich zum Vorjahr hat der Steuerungssystemhersteller Kontron seine Erlöse von 62,3 auf 86,6 Millionen Euro gesteigert... Die Ulmer Knorr-Bremse AG plant in Rumänien die Schaffung von mehr als 2000 neuen Arbeitsplätzen. Am Rentenmarkt ... die Anleihen deutlich unter Druck ... Rendite der zehnjährigen Bundesanleihe zeitweise um vier Prozent ... Aktuell liegt sie knapp darunter ...»

«Wer will denn diesen Scheiß alle Viertelstunde hören?»

«Wer keine Arbeit hat, hat Zeit dafür.»

Mit einem Knopfdruck hatte Grit Nöllinger den Apparat ausgestellt. «Hoppla», ein bißchen Tee schwappte aus der gelben Kanne auf die Terrassenfliesen. Sabine schnitt zwei Stücke Käsekuchen. Auch dabei behielt sie den Kinderwagen im Auge. Timmy schnorchelte. Sabine warf ihrem rosigen Nachwuchs einen Zwischendurchkuß zu. «Süß. Schau mal, wie er atmet. Prust, prust durchs Näschen. Jajajajaja... Wenn Timmy schläft, zieht er mit den Fingerchen sein Deckchen immer höher. Ich muß es dauernd wieder runterziehen», berichtete Sabine. «Mit der Rassel kann er noch nichts anfangen.»

«Kommt schon noch. Irgendwann wirst du sie ihm sogar wegnehmen müssen.»

«Guck mal, so ein kleiner Rabauke. Jetzt macht er Fäustchen.»

«Ja, wie süß.» Grit schaute in den Wagen.

«Paß mit der Kanne auf!»

«Tu ich doch.»

«Putziputziputzi.» Sabines Finger spielte über Timmys Wange.

Die beiden Freundinnen hatten es sich zum ersten Mal im Freien bequem gemacht. Von November bis zu Sabines Entbindung war der regelmäßige Eleven o'clock tea ausgefallen. Grit Nöllinger bot ihr Gesicht der Sonne dar. Die Schattenlinien von Birkenzweigen flimmerten vor ihren geschlossenen Lidern.

«Ich weiß nicht, wann ich ihm den Beißring geben soll?»

«Tja. In ein, zwei Monaten?» mutmaßte Grit. Sie aß ein Stück Kuchen, während Sabine ein Päckchen Stilleinlagen aus ihrem Korb in den Wagen legte.

«Auf der Entbindungsstation hat Timmylein schon eine kleine

Freundin gehabt. Cynthia-Anne. Sie hat immer zu ihm hinübergeblinzelt.»

«Ach ja. Und er?»

«Timmylein war viel zu sehr mit sich selbst beschäftigt.»

«Wenn ich ein Kind hätte», Grit legte ihre Kuchengabel beiseite, «würde ich es nie Cynthia-Anne nennen... mit Nachnamen Nöllinger. Ich find' es Wahnsinn, was mit Namen getrieben wird. Cynthia-Anne ist ja noch schlicht. Es gibt längst Suleika-Aramantha, Cherry-Leopoldine, Maybritt Juliette Sarah. Bei den Jungs ist es nicht viel besser: Burhan Tom oder der von der Bäkkerei, der hat einen rotschopfigen Knirps, der Diego Fabricius Dietzl heißt. Im Osten treiben sie's wohl am tollsten. Meine Cousine in Halle hat ihren Sohn Migg Torstenson Glenn genannt, wohlgemerkt mit Schlabowitz dahinter. Irgendwann bringen diese Kinder ihre Eltern um oder sich selbst, spätestens wenn Cherry-Aramantha hinter der Wursttheke von Tengelmann arbeitet: *Cherry-Aramantha, schneid die Blutwurst auf!* – Was reitet diese Eltern bloß? Tiefste Stilverwirrung, ach was, komplette Geschmacklosigkeit gepaart mit Größenwahn. Ich warte noch auf Tutti-Frutti Slomka, die mir die Nachrichten ansagt... Nur ganz allmählich hört man auf dem Spielplatz wieder: *Max, gib den Ball zurück! Erika hat neue Flipflops*, oder schöner noch: *Gustavs Sandale ist kaputt*. – Timothy finde ich aber ganz fein», hielt Grit inne und blickte nervös zu ihrer Freundin hinüber, die den Ausführungen nicht ganz gefolgt war und Timothys Füße zudeckte.

«Marzipan», Grit schielte in den Wagen hinein, «das süßeste Büblein, das es gibt.»

«So duftet er auch», nickte Sabine. «Sein Haarflaum ist schon so hübsch.»

Grit goß Tee nach.

«Was gibt's bei dir heute abend?»

«Lammkoteletts, Sojasalat. Und bei dir?»

«Peter kocht jetzt oft», ließ Sabine, nicht ohne Triumph, wissen, «heute bringt er Sushi mit.»

«Mag ich ja nicht.» Die Freundinnen wechselten einen Blick, wie sie ihn noch nie gewechselt hatten. «Du hast schlechte Laune», lächelte Sabine. «Du mußt, Grit, mehr ins Fließen geraten, sanfter fühlen. – Putziputziputzi», wiederholte die junge Mutter und schaute liebkosend in die Karre. Der Schmelz auf Sabines Gesicht seit der Schwangerschaft war noch strahlender geworden. Niemand würde es wagen, ihr jetzt auch nur mit schlechtem Atem zu nahe zu kommen. Und Sabine lebte in dieser Rolle auf. Kürzlich im Supermarkt hatte sie einen Mann angeherrscht, der vor ihr an der Kasse trödelte: «Beeilen Sie sich mal. Ich will hier raus. Die Luft ist für Timmy nicht gut.»

«Kommst du nächste Woche mit zu Patti Smith? Sie tritt noch mal in der Philharmonie auf.»

«Ich? Ins Theater?»

«Konzert.»

«Du, ich hab' Wichtigeres zu tun, als mir da jetzt was anzuhören. Was meinst du, wie uns der kleine Gentleman nachts auf Trab hält … Manchmal denk' ich, wenn ich Leute ohne Kinder sehe, die sind doch gar nicht richtig auf der Welt.»

«Bist du da nicht ein bißchen parteiisch? Man kann auch für sich etwas tun.»

Der Sonnenschirm steckte noch unter seiner winterlichen Plastikhülle.

«Geh du ruhig ins Konzert. Du solltest nicht austrocknen.»

«Was bitte?»

«Robert und du, ihr habt ja nur euch zwei. Da braucht es dauernd Erlebnisse.»

«Wir haben sogar gelegentliches Schweigen gelernt.»

«Das ist sicher viel wert.»

«Dauernd wegen Timmy nachts auf. Das ist auch nicht gesund.»

«Beim eigenen Kind macht das gar nichts, Grit. – Du solltest noch mal eine Hormonkur überlegen. Dir entgeht das Wichtigste.»

«Zehn Jahre lang bist du aus jedem Café geflüchtet, in dem Säuglinge brüllten.»

«Vielleicht aus Neid.»

«Aus Neid?»

«Komm, laß uns nicht streiten. Jetzt ist alles verändert. Hier ist die Zukunft. Ich lebe in ihm weiter.»

«Ja», kam es kurz.

«Auch für deine Rente wird er eines Tages geradestehen.»

«Wir selbst zahlen wahnsinnig viel ein.»

«Und das wollt' ich dir noch sagen und anbieten, Grit. Wenn du dich einsam fühlst oder deprimiert bist, dann kannst du ruhig kommen und mit Timmy spielen oder ihn, aber natürlich jetzt noch nicht, spazierenfahren. Ihr könnt tolle Freunde werden. Und Timmy vertreibt dir alle überflüssigen Sorgen und Gedanken.»

«Die Gedanken auch? – Ich dank' dir, schließlich bin ich ja auch seine Patentante.»

Timmy greinte.

Sabine knöpfte ihre Bluse auf, trank noch einen Schluck vom Malted Assam und hob den Schatz aus der blauen Wäsche. Als sie den Knaben an die Brust führte, begann sie zu summen.

«Er hat es gut bei dir.»

«Das hat er.» Die Mutter blickte aufs Köpfchen.

So wie früher würde es nie wieder werden, das war Grit Nöllinger klar. Sie mußte daran denken, gegen vier Uhr die Lammkoteletts aus dem Eis zu holen. «Du...», setzte sie zu einer Frage an, aber Sabine wiegte Timothy. «Zu sehr solltest du ihn nie verwöhnen. Kinder sind jetzt schon manchmal so seltsam, so abhängig... ich weiß nicht, von was alles. Und oft so im Wechsel aggressiv, habgierig. Autistisch.»

Sabine hatte wohl Gott sei Dank gar nicht hingehört. Mit einem kleinen Stöhnen klaubte sie das heruntergefallene Spielzeug vom Terrassenboden auf und gabelte sich mit einer Hand ein Stück Kuchen: «Für ihn ist's zu heiß. Spann den Sonnenschirm auf.»

Die Freundin erhob sich und entfernte den staubigen Plastikschutz vom Schirm.

«Und im Alter wird es schön. Sogar Enkelkinder», hörte sie hinter sich.

«Ich frag' dich mit der Smith trotzdem noch mal. Die singt bestimmt nicht wieder.»

«Was machen die neuen Nachbarn?» Sabine wiegte Timothy.

«Keine Ahnung», die Gastgeberin rackerte sich mit dem Schirm ab, «das sind fünfhundert Meter bis zum Ungarischen Haus. Aber gut, daß da frisches Leben einzieht. Es soll schon durchs Dach geregnet haben.»

9.

Die ersten Hummeln brummten. Butterblumengelb überschwemmte die Wiesen. Die Isar stäubte über Kies und Gestein. Letztes Treibholz vom Winter, ganze Baumstämme, tanzten in den Strudeln um die Pfeiler von Wittelsbacher- und Tivolibrücke, krachten gegen die nassen Quader, fingen Gestrüpp vom Oberlauf auf, schwankten in der Strömung unter den Brücken mit Trambahnlinien, Radfahrern, Autokolonnen, Touristen, die dem Deutschen Museum zustrebten, Schaulustigen, die sich gegen die steineren Geländer lehnten. Sie fröstelten angesichts der Wassertemperatur und beobachteten die ersten Surfer, die, inmitten der Stadt, vom Flußrand auf ihren Brettern bäuchlings in den Schaum der Wehre sprangen, gegen die Strömung anhielten, sich in schwarzem Neopren kurz zwischen den Strudeln aufrecht hielten, bevor sie, von einem Sog ergriffen, im hohen Bogen weggetrieben wurden und mitsamt ihren Surfbrettern an die grasigen Ufer zurückpaddelten. Applaus erklang, und Ausländer auf der Reichenbachbrücke wunderten sich, welches Treiben vormittags in einer deutschen Stadt zu erleben war. Flöße mit Blaskapellen und Bierausschank sollte es geben. Studenten hockten sich mit Büchern und Laptop ins gleißende Licht auf Schleusenmauern. Unterhalb des Müllerschen Volksbads mit seinen Jugendstilfenstern und prächtigem Turm suchten Sonnennacktbader mit ihren Decken nach einer bequemen Position auf dem Kieselstrand, waren aus Autofenstern und von jedem Spaziergänger in Augenschein zu nehmen, von denen aber mittlerweile kaum jemand mehr – Asiaten und Araber ausgenommen – heimlich Fotos von den Brüsten, Pos, Schenkeln und Genitalien machte. Und manchem Sonnenanbeter hätte man auch gut zureden sollen, sich nicht den Blicken preiszugeben. Die Museumslichtspiele kündigten im 24. Jahr weiterhin die *Rocky Horror Picture Show* an, die Maximilianskirche thronte, bei günstiger Perspektive, wie Notre-Dame de Paris am Ufer, Steinmetze ersetzten verwitterte Gnomnasen. Restauratoren beseitigten letzte Einschußlöcher vom Krieg. Freie Plätze vor den Cafés waren nur noch schwer zu finden, die Polizei ließ sich von Schwarzafrikanern, orientalisch anmutenden Männern die Ausweise zeigen, und zu Thomas Manns Lob «München leuchtete» wollte dann und wann, hier und da, wenn man einige Physiognomien genauer in Augenschein nahm und bösartig dumpfe Kommentare aufschnappte, auch seine spätere Erklärung passen: «Bombardement Münchens, was ich diesem dummen Nest gönne.» Doch an diesem Tage war die stetig wachsende Mittelmetropole weit von Schreckensverbreitung und Strafe entfernt, die Völker mischten sich oder trabten nebeneinander in die Drogeriemärkte und zu Angeboten bei Saturn-Hansa. Die Winterkrusten bröckelten. Die alte Münchner Zunft der Spritzbrunnenandreher entfernte die Verschalungen von wasserspeienden Rössern oder plätschernden Edelstahlkugeln, die Kastanien steckten Kerzen auf – es war eine Lust zu leben! – Zwischen die noch unsicher staksenden Rehkitze und um sich äugenden Osterlämmer mischten sich im Streichelzoo von Hellabrunn die gleichfalls noch stolpernden Kinder. Sie versuchten, eine Gams zu umarmen oder ein Zicklein am Hinterlauf zu fassen, die Lamas spähten vom Nebengehege herüber; und der hellgraugrün sprudelnde Fluß teilte Geschehen, Lärm, neue Kräfte und Aufbegehren in zwei Ufer. Auf dem Rotkreuzplatz im Westen verspeisten Türkenjungs Currywürste, eine Schar Drittklässler, vier Mädchen mit

Kopftuch und ein cappuccinofarbener Knirps Hand in Hand mit der Lehrerin, kreuzte die Ausflugsgruppe einer Lebenshilfe, so daß für Minuten, unter der Fassade der Stadtbibliothek, Rollstuhl, phosphoreszierende Ranzen, Down-Syndrom, schnatternde Achtjährige und untergehakte Schwerhörige miteinander vermischt waren. Auf den Brunnenstufen am Weißenburger Platz saßen ein Junge und Mädchen nebeneinander. Um beide herum blühten die städtischen Stiefmütterchen und Tulpen. Er umarmte seine Freundin. Ihr Weinen ließ kaum nach. Er strich ihr übers Haar und rutschte noch näher an sie heran: «Das wird schon wieder.»

«Meinst du?» Sie blickte auf.

Er streichelte ihr über den Rücken.

«Nun mach dir nicht zu viele Gedanken», flüsterte er. «Ich bin ja da.»

«Na, dann ist gut, dann schaff' ich das.» Beide gewiß noch nicht einmal Sechzehnjährigen kuschelten sich aneinander. Fast stechend schien die Sonne auf den Platz, der Italiener servierte Pizza draußen, beim kurdischen Friseur herrschte Andrang für einen frischen Schnitt zu acht Euro, eine Mieterin pflanzte rote Blumen zwischen weiße, in eiliger Fahrt biß ein Fahrradkurier in seinen Apfel. Auf einen Glockenschlag antwortete es verspätet aus anderer Richtung. Keinen Ort gab es, an dem es sich unbedrohter leben ließ.

Als es bereits dunkelte, schlüpften zwei Gestalten aus der Tür des Ungarischen Hauses. Hinter ihnen brannte das Küchenlicht. Amseln wetteiferten im Abendgesang. Das Rascheln, Zirpen, Schwirren der Natur wurde, wie von einem silbrigen Basso Continuo, durch das Plätschern im Gartenbassin untermalt.

Am Rand des Granitbeckens kauerte, kaum von den Hecken dahinter zu unterscheiden, eine Frau, Ute Wimpf, die bei verlöschenden Tagesfarben und Kühle aus dem Boden ihr Gesicht ins Wasserkristall senkte. «O blinkende Freude. O Mutter der Elemente … Balsam der Zerfetzten. O Hafen und Heimat. Ich komme zu dir …» wurde aus nassem Gesicht gesprochen. Doch war niemand nah genug, um Hymnus und Gebet der Lehrerin zu vernehmen: «Diese Nacht komm' ich zu dir.»

Das Paar, das die Haustreppe herabgestiegen war, führte auf den unebenen Gehwegplatten zum Tor einen eigenen Tanz auf. Die Frau eilte voraus. Der Mann hielt sie am Ärmel fest. Dann schritt er voran. Sie zog ihn zu sich zurück. Beide kehrten nach ein paar Metern um, wandten sich abermals dem Tor zu, griffen und drehten sich in später Choreographie.

«Natürlich antwortet er nicht auf meine SMS. Er hat Angst.»

«Ich leihe Ihnen mein Handy nicht wieder, Frau Reutte.»

«Aber, Herr Fehling, ich gehe da doch jetzt ganz anders ran. – Hendrik hat mein Leben nicht zerstören wollen. Er brauchte eine Pause und wagt nun nicht zu bekennen, daß er zu mir zurück möchte. Er wartet darauf, daß ich den entscheidenden letzten Anlauf unternehme, um ihn von seiner Unentschlossenheit zu erlösen. Komm zu mir, werde ich sagen. Endlich bist du da, wird er rufen: Ich habe nur an dich gedacht! Hendrik ist vielleicht nur ängstlicher, scheuer als ich.»

«Alles, was Sie tun und sagen, Frau Reutte, wird Hendrik …», Markus Fehling wunderte sich, daß er mit dem wildfremden Augsburger Neurologen bereits per *du* war, «nur als bedrängend empfinden. Er will Sie nicht. Deswegen hat er Sie verlassen. Das ereignet sich täglich tausendmal. Und wer liebt, ist ohnehin das Opfer, nicht, wer begehrt wird.»

Hanna Reutte zog den Journalisten ein Stück hinter sich her. «Wir waren glücklich. Er kann doch nicht in die Kälte zurück.»

«Will er aber, wenn 's sich denn wirklich so verhält.»

«Wir haben alle genug Freiheit gehabt.»

Markus Fehling hielt die Aichacherin am Handgelenk fest: «Sie erniedrigen sich ungebührlich!»

«Ich will mich erniedrigen. Um zu siegen», jammerte die Frau auf.

«Kommen Sie rein», befahl Fehling. «Liebeskrankheit ist ein schweres körperliches Gebrechen.» Beide drehten sich um, Hanna Reutte dann nochmals wieder in Richtung Tor. «Ich will die Geborgenheit mit ihm. Den Hörer hat er nicht abgehoben, weil er Angst vor seiner Sehnsucht nach mir hat. Er fürchtet das klare Bekenntnis zu mir. So krank sind die Menschen doch heute! Er und ich. Oder er oder ich.»

Unweit von Ute Wimpf, die widerwillig Stimmen und Schemen in der Gartenmitte wahrnahm, kramte Hanna Reutte, deren duftiges Lockenhaar bebte, in ihrer Handtasche: «Ich hab' die Mauser. Er schwor mir Liebe, dann erklärte er, er könne sich nicht binden. Das geht nicht. – Schluß mit dieser Lauheit! – Sie fahren mich nach Augsburg. Ich bin zu erregt dafür. Ich erzwinge die Unterredung. – Sie können im Auto warten! Seien Sie Kavalier.»

«Jetzt verstehen Sie doch endlich, daß ...»

Hanna Reutte schrie auf. Markus Fehling folgte ihrem Blick und erbleichte auch im Halbdunkel. Von der Blutbuche her nickte ihnen ernst, aber freundlich ein älterer Mann zu, um dessen Hals – allerdings recht locker – ein Strick, ja ein Tau geschlungen war, dessen anderes Ende er in Händen hielt. Wie auf leisen Sohlen entschwand die Gestalt im dunklen Mantel im hinteren Garten.

Hanna Reutte und Markus Fehling faßten sich an den Händen und ließen nicht los.

«Ich ...», stotterte der Journalist, «schon lange. Ich ...»

«Ja?» Die Stimme der Domina klang erschüttert, sie spähte dem Hausopfer hinterher.

«Die Zeit für den Strick ... Ich hasse den lieben Frühling», vernahm sie neben sich. «Alles lebt auf im Frühling. Alles will glücklich sein. Der Frühling verspricht frische Kraft. Licht und Wärme fordern uns auf zu Leichtigkeit, zu Dankbarkeit und zu seligem Schwung. Aber – wehe! – wenn du es nicht empfindest, wenn du auf Ruinen in dir blickst, wenn deine Hoffnungen schwinden, dann wird gerade der Frühling zur Hölle, du findest keinen Ton, um zu jubeln, und mußt dich dafür – neben all dem Blühen – noch mehr hassen. Und bist es kaum mehr wert, dich Geschöpf und Teil vom Ganzen zu nennen.»

«Ach Gott, der arme Mann, sollten wir da nicht ...»

«Der Frühling ist der Aufruf zum Glück. Unselig, wer im Dunkel bleibt und nicht herausfindet. Weh.»

Der Journalist vergrub sein Gesicht in den Händen. «Was weiß ich noch vom Frühling? Seh' ich Blumen, so kenn' ich ihre Namen nicht mehr. Blütenkronen laden zum Spaziergang ein, zum Singen. Wann habe ich mich das letzte Mal unter Bäumen ins Gras gesetzt? Und war lieb zu denen, die mir begegneten? Unwerter Mist», und er schlug sich mit der Faust auf die Brust. «Bist auf der Welt, um ihre Schönheit nicht zu sehen und damit zu verleugnen? – Schöne Hanna Reutte, ich bin nicht der richtige Begleiter für Sie. Meine Feuer sind erloschen. Als Asche, trostlos, feindlich, müdes Grau riesele ich durch die Tage, Tagverzehrer, Tagverderber, Schindludermann.»

Die Domina, die schon seit Wochen nicht mehr ihrem Beruf

nachgegangen war, stand mit offenem Mund vor dem Hörfunkredakteur. Das konnte sie jetzt nicht alles auf einmal, und schon gar nicht im weichen Erdreich zwischen zwei Gehsteigplatten, verstehen. Kurz schwante ihr, daß es vielleicht sogar vorzüglich war, daß es ihm womöglich noch schlechter ging als ihr, daß sie beinahe mit heiler Haut vor jemand völlig Enthäutetem stand, daß auf der Stufenleiter des Unglücks andere sich noch weit unter ihr befanden. Wie abscheulich wohltuend. In Richtung Garten war nichts mehr zu erkennen. – Dann fiel ihr ein, daß sie in ihrer Reverstasche das Bild des blonden Hendrik verwahrte, und ihr Triumph zerrann.

«Wir fahren, und ich kläre meine Angelegenheit.» Sie zog Fehling voran.

«Ja, schießen Sie. Zuerst ihn. Dann mich. Dann sich. – Das Geschenk des Lebens, ich hab's verspielt. Der Frühling ist heillos. Im Winter war ich wie der Winter. Das gehört sich so für einen Unglücksvogel.»

«Geht's wieder los?» schimpfte durch die Dämmerung die Stimme vom Brunnenrand: «Wie soll man bei dem Lärmen den Absprung... Ich habe Wassernacht.»

«Auch unheimlich hier», wisperte Hanna Reutte ins stete Plätschern. «Und Gemecker muß man auch noch ertragen. Was tut die da?»

«Ich bin hier nicht zur Recherche. Ich forsche niemals mehr nach. Ein Hafen war's allemal für eine Nacht. – Der Dachboden bleibt verlockend.»

Die Hände, die im Schrecken sich gehalten hatten, lösten sich wieder. Beide stolperten dem Torbogen entgegen, auf dem hölzerne Bauernpaare ihre Beine schwangen. Die Farben von Hanna Reuttes lachsfarbenem Kostüm und Markus Fehlings Sakko verloschen ins Grau. Wüst sah der Mann ihr zur Seite aus, den sie – sie wußte selbst nicht ganz, wie – in die Pflicht genommen hatte. Fehlings aschblondes Haar hing strähnig-zottelig. Die Haut war bis zum Hals mit nervösen Flecken übersät. Die schludrige Kombination von grauer Cordhose und beigem Sakko hing lappig-knittrig. Doch in seinen hellen, fast wäßrigen Augen lag etwas, dem sie sich hatte öffnen können. Vielleicht sehr abrupt, sehr massiv. Darin lebte noch das Kind, empfand sie, etwas Liebenswürdiges, ein entfernter Anflug von Abenteuermut und Fürsorge. Überhaupt mochte der junge Fehling zwar keine bestechende, doch eine angenehme Erscheinung gewesen sein, vor Jahren, ein akkurater, wachsamer, junger Mann, mit Geist und Eros. Nun raunte der Trübselige: «Ich fahr' uns gegen einen Baum.»

«Auch gut», nickte sie. Sie gewahrte, daß sie beide, wohl um dem anderen den Vortritt zu lassen, neben den Gehwegplatten durchs Gras liefen. Sie mit den empfindlicheren Schuhen.

«Alles egal», brachte er hervor, «nur weil die Zeiten geordnet erscheinen, weil von der Wiege bis zur Einäscherung alles protokollarisch erfolgt, die Menschheit im Gleichschritt die Lebensrunde abmarschiert, muß noch nicht jede Regung vorhersehbar sein ... Wir haben drei Optionen», und er versuchte das Lattentor zu öffnen: «Ihren Verräter zu erschießen – obwohl er ihre Geschichte ganz anders erzählen könnte –, uns selbst oder mit dem Alfa gegen einen Baum zu fahren. Mehr weiß ich nicht, ich bin erledigt.»

«Das klingt ja auch nicht schön, und dann wird alles finster. Weil es das ist? Oder weil wir in schlechter Verfassung sind?» warf sie, mit einem Anflug von Mutlosigkeit, Furcht vorm Ende, vielfältiger Gebrochenheit ein und schlüpfte hinter der Radiostimme durch den Torspalt. Bei einem Blick zurück erfaßte sie die spitzen Zwiebelhauben des dunklen Hauses. «Um was geht's?» rief sie, während sie ihm über Straßenschotter folgte. «Um Verzweiflung», hörte sie und sah in seiner Hand Autoschlüssel glänzen. «Eine Mordnacht... Warum nicht?», vernahm sie. «Ist doch alles denkbar, und was denkbar ist, kann geschehen. Einmal nicht durch andere ausgeführt, sondern von uns selbst. Immer wurde gelebt und gemordet. Das eine steigert die Unklarheit, das zweite bereinigt. In zehn Jahren weiß keiner mehr irgend etwas darüber.»

«Hendriks Meinung, weshalb er mich verlassen hat, interessiert mich nicht.»

«Ja, Schluß mit allem Reden und Verstehen. Es lebe der Furor.»

«Er hat mich verstoßen, betrogen, erniedrigt – das reicht fürs Urteil. Erst er, dann wir.»

Fehlings rötlich schimmernder Wagen war vor einer Nachbarhecke geparkt. Hanna Reutte stieg fast gleichzeitig mit ihm ein: «Ich mußte mit der S-Bahn kommen.»

«Ich bin mit dem Wagen dorthin gefahren und dann direkt hierher, obwohl diese Monika das nicht wollte.»

«Mich hat der junge Mann gebracht, Ulrich.»

«Etwas heimlichtuerisch wirkt das alles schon.»

Fehlings Alfa GT war weniger ein Fahrzeug als eine Rumpelkammer. Zeitungen stapelten sich auf den Rücksitzen. Faxpapier knisterte unter den Sohlen. Ein angebissenes Brot trocknete neben der Gangschaltung. Hanna Reutte zog Scharfkantiges unter ihrem Po hervor und stopfte die Kassetten zwischen die *Activ-Drink*-Dosen ins Handschuhfach.

«Können Sie denn überhaupt schießen?»

«Ich hab' ein bißchen geübt. Bei meinem Beruf.» Der Motor brummte sportlich-italienisch auf. Die Scheinwerfer erfaßten zwei Burschen in Uniformhosen. Sie wechselten die Straßenseite.

Fehling startete. Frau Reutte drehte das Radio an. Bei der sofortigen Vollbremsung hatte sie ihren Gurt noch nicht eingeklinkt.

«Aus!» brüllte der Fahrer.

«Ach so?» murmelte die Betrogene.

«Keinen Ton mehr aus diesem Ding!»

«Aber Sie müssen sich doch nicht mehr selbst hören.»

«Ich kann's überhaupt nicht mehr hören.» Und Markus Fehling sank mit Kopf und Oberkörper aufs Lenkrad. «Ich bin vorgestern aus dem Studio weggelaufen, habe das Morgenjournal geschmissen.»

«Oje.»

«Nächste Woche wär' Abenddienst. Aber ich kann und will nicht mehr. Vorgestern lenkte der Iran im Atomstreit mit dem Sicherheitsrat ein. Nächste Woche geht er wieder auf Konfrontationskurs. Auch in der Redaktion rätselten wir eine Weile, weshalb China sich hartnäckig gegen die Sanktionen sträubt. Aber China braucht jeden Tropfen Öl. Und Rußland? Diese Halbdiktatur spielt wieder Großmacht und will sich nicht einbinden lassen… Darfur! Europa schaut weg, oder sind alle Dörfer schon verbrannt? – Und fragen Sie mich gar nicht nach der Türkei! – Ja, sie ist bei weitem moderner als Rumänien und Bulgarien, ein dynamischer Beitrittskandidat… jedoch, achzig Millionen Muslime, bei einer türkischen EU-Präsidentschaft, als Sachwalter des Abendlands … man sieht das mit Skepsis … Palästina –» Markus Fehling drehte über dem Steuerrad sein Gesicht der Begleiterin zu und stotterte: «Ich … ich … weiß, kann zu Israel, zu Palästina nichts Gültiges mehr sagen. Ich ... ich ... weiß doch auch nicht, wie sechzig Jahre Haß zu beenden sind ... Ich ... kann ... keine einzige Meldung aus Tel Aviv oder Ramallah mehr sehen, hören ... und kommentieren. Ich weiß keinen Kommentar mehr zur Welt.»

In Markus Fehlings wäßrige Augen traten Tränen. «Und es war doch mein Beruf, meine Berufung, zwischen sachlichen Schreckensmeldungen auf versöhnliche Perspektiven hinzulenken. Ich bin den Meldungen nicht mehr hinterhergekommen. Wenn man zwei Minuten der Vernichtung tibetanischer Kultur widmet, fehlt die Zeit für den Drogenkrieg in Kolumbien. Ich lasse Kolumbianer kommentarlos verrecken. Und» – er schaute durch die Windschutzscheibe zu einer Straßenlaterne auf – «ich schwöre, daß ich auch nicht annähernd genug in die Motive, Entwicklungen, Verfilzungen dieses Kriegs in den Anden eingeweiht bin.» Er schluchzte. «Wenn ich die Talkrunden im Fernsehen sehe, und ich war selbst Gast, fällt mir fortwährend auf, was die Teilnehmer nicht sagen, sie nennen neunundneunzig Prozent der Fakten, Zusammenhänge, Konsequenzen nicht. Können es auch gar nicht. Niemand weiß, was alles miteinander im Spiel ist. Die Deutschen müssen länger arbeiten, okay, wieso müssen die Deutschen länger arbeiten, wenn es auf der anderen Seite keine Arbeitsplätze gibt und sie mit Mitte Fünfzig rausgeschmissen werden? Ich habe am Schluß nur noch Agenturmeldungen abgelesen. Aber das geht auch nicht. Jaja, die Welt ist, was der Fall ist – und ich soll solchen Lawinenabgang plausibel, kommensurabel und förderlich kommentieren?»

«Hat das jemand verlangt?»

Fehling stierte auf das Alfawappen.

«Haben Sie», fragte sie sanft, «mal Feldenkrais probiert?»

«Man meldet sich zu Entspannungskursen an und geht nicht hin.»

«Oder zum Psychologen – es muß ja nicht so ein Schwein sein wie Hendrik.»

«Ich weiß mehr als solche Fachleute.»

«Sie hätten vielleicht vorzeiten in mein Studio kommen sollen.»

«Meinen Sie, das hätte geholfen?»

«Mein Gott, wieviel Elend unter den Dächern. Bei mir hätte ich Ihnen den Alltag ... Sie wissen, es gibt auch Peitschen, die keine Striemen hinterlassen. Wie vielen Herren des Marketings, gerade aus der Consultingbranche, habe ich nicht ihre verlogenen, miesen, überflüssigen Berufe für ein Weilchen aus dem Leib dreschen können! Viele flennen nur oder beichten... *Jetzt mußte auf mein Betreiben die Schmidt-Bank zweihundert Mitarbeiter entlassen, haben mich dafür meine Eltern gezeugt?*... Ein ekelhaftes Milieu, die öffentliche Welt. Kalt, klein, verstopft.»

Das Brot neben der Gangschaltung roch.

«Und – das will ich Ihnen sagen, Frau Reutte – in die Ironie will ich mich nicht retten. In die allgemein üblich gewordene Witzelei über das Liebste und das Schlimmste. *Was haben wir denn da*, wenn eine Meldung von dpa hereinkommt, *86 Tote bei Bergwerksunglück in China. Vor einen Monat waren's satte 360. Was? Libyen ist wieder in der Kommission für Menschenrechte? Das nennt man: unbehelligt und hübsch weiterfoltern können.*»

«Fahren Sie. Wir schießen. Und einen Baum wird es auch irgendwo geben.»

Fehling legte den Gang ein: «Mich beeindrucken Sie durch Ihre Unbedingtheit.» Hanna Reutte setzte sich so gerade hin, als ginge es zu einem Staatsempfang. «Wir sind Müllsäcke.»

«Sie erscheinen eigentlich auch recht gebildet», sagte der Fahrer von der Seite.

«Wegen familiärer Zerwürfnisse bin ich in der zwölften Klasse vom Gymnasium abgegangen. Mein Lieblingsdichter ist Rilke, falls Sie das wissen wollen.»

«Sind Sie durch die Dichtung auf die absolute Liebe gekommen?»

«Kann sein.» Die Domina saß starr.

«Gucken Sie mal.» Markus Fehling wies im zweiten Gang auf das Schild *Waldwegstraße*.

«Wir fahren jetzt nach Augsburg, um jemanden, der die Liebe verrät, zu richten.»

Es schien etwas verquer, daß Fehling so nah an Abgründen auf Vorfahrtsregeln achten mußte. «Bekommt man denn noch Munition für die Mauser?»

«Stammt auch noch von meinem Großonkel. Er hat damit '45 auf die Amerikaner geschossen, von da an war, Pardon, das alte Nazischwein an den Rollstuhl gefesselt.»

«Gut so.»

«Wo fahren Sie denn hin?»

Markus Fehling schielte im schon recht finsteren Hangort nach links und rechts. Auf einen Zeller Weg folgte die Ganghoferstraße. Er bog ab. Der Hyazinthenweg war eine Sackgasse. Fehling setzte zurück. Vom Zeller Weg steuerte er diesmal auf die breitere Regerstraße. Bald leuchtete rotweiß ein Schlagbaum auf, hinter dem es in den Wald ging.

«Ich meine, wir müßten zur Poststraße.»

«Da war doch auch irgendwo ein Kloster.»

Nach der Kehre vorm Schlagbaum ging es bergab, dann nach links, wieder ein Stück bergauf. «Da müßte eine Talabfahrt kommen.» Hanna Reutte wies aufs Geratewohl nach rechts. Markus Fehling bremste vor einem dunklen Verkaufskarren mit der Offerte FRISCHER SPARGEL. Sie stellten fest, daß sie auf einem Bauernhof waren. Steinchen stoben beim Rückwärtsfahren. Nach etlichen Metern im dritten Gang hügelan hofften sie, nach der nächsten Biegung zur Hauptstraße ins Isartal zu gelangen. Mit der Stoßstange schabte Fehling bereits über niedrigen Wacholder und beleuchtete in einem Baumrund ein Kriegerdenkmal. «Das ist ja das reinste Labyrinth.» Die beiden Alfa-Insassen sanken gegen die Rückenpolster.

10.

Der Glockenschlag der Benediktinerabtei verkündete von fern her die neunte Abendstunde. Das Haus besaß sein Eigenleben. Nur in den seltensten Fällen ließ sich ausmachen, woher ein Knarren rührte, welches Paneel sich nach der Frühjahrskühle in der Wärme dehnte, wo ein Fensterladen sich vom Luftzug im Scharnier drehte, ob nicht auch das Dachgebälk sich knarzend verzog.

Ulrich stieg die Kellertreppe herauf. Mörtel bröckelte, und einige Schwammstellen des Stiegenschlunds schimmerten bläulich. Von unten fühlte er einen kalten Luftzug im Nacken. Seine Finger waren klamm vom Räumen zwischen feuchten Backsteinpfeilern, Staub und Mäusedreck im Glühbirnenschein. War es dort unten stets kühl gewesen, so verströmten jetzt die Eisbalken aus dem *Penzinger Luitpoldsbräu* wahren Hadesfrost. Er drang aus dem ehemaligen Kohlenkeller, wo Luisa Fontanelli die Gesellschaft von Karl Lehmann gefunden hatte, durch Wände und Türen, daß Ulrich seinen Atemhauch sah. Die Eiseskälte kroch durch die Gewölbegänge in den Einmachkeller, überzog mit Eiskühle die Fahrradruinen und einen Kinderroller, Spinnen erstarrten in ihren Netzen, und ein paar verbliebene Flaschen *Pott Rum* und erstaunlicherweise auch Kabinettwein von der Saale wurden klirrend kalt. Was sich hinter zwei, drei Türen, die mit Eisenhaken verschlossen waren, befand, hatte auch Ulrich weder in seinen Kindertagen noch jetzt erkundet. In Truhen Wäsche, die beim Anfassen zerfiel? Leere mit einem Stuhl.

Er hatte das Tischchen vor die unterste Kellerstufe gerückt, offenbar ein Möbel für den Garten, aus Bambus, hatte die Tischplatte abgewischt und einen Stapel sorgfältig gefalteter Plastiktüten darauf abgelegt. Nicht alle stammten aus dem Supermarkt. Einige der Tüten waren mit den Logos von Boutiquen, einer Parfümerie am Marienplatz, mit *Dallmayr ehem. Hoflieferant* bedruckt. Neben diesen Packen hatte er nicht ohne Schaudern ein Knäuel Schnürband geschoben, eine Schere, fünf Packungen Baldrian forte, die Monika aus der Drogerie besorgt hatte. Dazu das aufgerollte Seil. Wehe dem! – Wohl dem! – Eine Flasche Rum hatte er dann einfach noch danebengestellt, für den nötigen Schwung, die Selbstvergessenheit beziehungsweise die Konzentration. Wer oben den Lichtschalter nicht fand, stürzte aber womöglich gleich auf den Tisch und in die Tüten und fand den Tod.

Nein, das Leben in Ipanema mit thesaurierenden Anteilen an russischen Gasvorkommen war das hier noch nicht. Aber durchs Bittere zu den Sternen. Erst die anderen auf Eis lagern, dann er selbst unter die Palmen.

Mit einer staubigen Flasche *Freyburger Edelacker*, DDR-Jahrgang 1979, nahm Ulrich die Stufen. Er brauchte Ermutigung. Was konnte einem Mann passieren, wenn er klug standhielt?

Schlimmstenfalls ein heldischer Untergang. Dann hinauf ins Firmament zu den anderen Herausforderern des Schicksals, die etwas gewagt und sich des trüben Alltags entledigt hatten. Beim letzten Bewerbungsgespräch um eine Stelle bei *Süd-Strick* hatte die Gleichstellungsbeauftragte, trotz seiner gleichwertigen Qualifikation, eine Frau angestellt, weil erst mit 53 Prozent weiblichen Angestellten eine wahre Parität erreicht sei. Das war eine neuartige Arithmetik. Möglicherweise nicht von Dauer, aber zur Zeit gültig. Von fünf freiberuflichen Pullidesigns pro Woche konnte er nicht leben.

Ulrich blickte auf den Tisch zurück. Die Schere neben dem Schnürband schimmerte. Andererseits war es bequem, sich in diesen Tagen einer Frau wie Clarissa unterzuordnen, auch juristisch. Ulrich Berg war bang. *Man wird sehen*, hatte das nicht immer ein König von Frankreich gesagt? Gescheiteres war vielleicht selten zu Protokoll gegeben worden.

Kein Geländer. Es war gefährlich, auf der Stiege zu träumen. Die Glühbirne unten baumelte an einem Kabel im Luftzug, eine Stufe lag plötzlich im Dunkel. Zuerst schien sich hinter Ulrich etwas Metallisches an Metallischem zu reiben. Mit einem Satz sprang er die Treppe hinauf. In der Kellertiefe rumorte es. Eine Tür schlug zu. Hatte er den Weinkeller womöglich offengelassen? Er stand im Dielenlicht. Gewiß waren irgendwo ein paar Scheiben zerbrochen. Als es unten noch einmal rumste, warf er die Grufttür hinter sich zu.

«Noch fleißig? Und so bleich?» Sein Herz pochte. Vor sich sah er Weiß. Eine weibliche Stimme.

«Ach, ein Abendtrunk. Lassen Sie's nicht fallen.»

Ulrich stand stumm mit der Flasche.

«Ich ess' nur Salat. Hab' ihn mir im Supermarkt geholt. Was

man hier vorgesetzt bekommt, ist das allerletzte. An wen wendet man sich? Mal kein Brot, mal kein Joghurt, und das für 40 Euro am Tag.»

Ulrich identifizierte jetzt das Weiß und wen es umhüllte. In Bademantel und Schlappen stand Frau Hoffmeister vor ihm. Durch den weißen Handtuchturban war die Erscheinung erschreckend groß.

«Ich glaub', das Wetter schlägt um», klagte Frau Hoffmeister.

«Ja», erklärte Ulrich und sammelte Kraft. In der Hand spürte er den staubigen Flaschenhals. Die Frau präsentierte ihm eine Klarsichtbox, in der sich einige Salatblätter krümmten, zwischen denen ein Maiskranz geraspelte Karotten umschloß und ein Streifen Paprika neben einem Thunfischbrocken den Fitneßhappen komplettierte.

«8 Euro – 16 Mark für diese Frechheit, und Vitamine sind wahrscheinlich auch längst nicht mehr drin», schimpfte die Frau. «Einmal war ich in Amerika. In Cincinnati. Dort finden Sie in jeder Shopping-Mall wahre Salatwunder. Mit frischen Röstzwiebeln, Croutons, zwanzig Saucen. Wir sind ein Entwicklungsland. Obwohl ich mir in meiner Uhrenabteilung im Kaufhof auch bei Reparaturwünschen die größte Mühe gab, wir leben in einer Servicewüste. Man wird noch dumm angeredet, wenn man an der Kasse fragt: Haben Sie auch eine Salattheke zur Selbstbedienung? – Aber in diesem Haus gibt es ja rein gar nichts.»

Ulrich wußte, daß sich auf der Kellertür hinter seinem Rücken der grüne Pfeil befand mit der Aufschrift FINIS – FREIHEIT. «Wieviel Zeit haben Sie denn eingeplant?» fragte Ulrich verdutzt.

«Ich habe mein Lebtag nur Druck gehabt. Es reicht. Wollen Sie, daß ich unter Druck Schluß mache? Ich muß stark sein für –

diesen Weg. Zu einem ruhigen Entschluß kommt man nicht bei trocken Brot und Pflümli. Diese Anstalt ist da offenbar etwas nachlässig.»

Von einer Anstalt hörte Ulrich in diesem Zusammenhang zum ersten Mal. «Dies ist ein freiwilliges Hospiz.»

Das stieß auf taube Ohren. Die schnippische Beschwerdelaune schien schlagartig verflogen. Die Salatbox sank, unterm Turban glänzte Schweiß, jetzt flüsterte die Diva Hoffmeister fast unverständlich: «Ich komme hier auf einige Gedanken, die ich längst hätte fassen sollen. Mein Mann war nie eine große Hilfe», und sie klopfte sich an die Brust, «bei allem Seelischen. *Das ist das Wetter*, war sein Standardsatz, wenn ich gebeutelt nach Hause kam, wenn es mir nicht gutging, wenn ich unzufrieden war. *Das ist das Wetter*, ha!... Diese Gleichgültigkeit. Dafür habe ich abends auch kein Essen mehr gekocht. Aus Rache und Strafe, für alle und alles. Ich hab' zurückgeschwiegen, weil er schwieg. Herbert hat vielleicht überhaupt kein Innenleben. Oder will es noch wer suchen? Hin und wieder gab es auch Streit. Ich schmiß ihm das Geschirr vor die Füße. Niemand lehrt einen, was man im Alltag und in der Ehe erdulden muß und was nicht.»

«Es gibt da schon Erfahrungswerte.»

«Nun ist Schluß.»

«Also doch.»

«Ich muß das noch mal sacken lassen.» Das klang aus dem Mund der weißen Frau verständlich. «Ich kann, ich will nicht mehr zurück», schluchzte sie, «ich muß mich sammeln. Für mich allein, losgelöst, und der Regen soll auf die Scheiben prasseln.» Hilde Hoffmeister legte die freie Hand auf seine Schulter: «Ich komm' in dem netten Zimmer endlich zur Ruhe.»

«Ach?»

«Charlotte, hierbleiben!»

Beide starrten abrupt zur Balustrade im ersten Stock. Dort beugte sich eine dünne Gestalt weit übers Geländer.

«Nicht. Herr Deutler!» rief Frau Hoffmeister hinauf und hielt sich die Hand vor den Mund. Aber der Bühnenbildner war schon hinter Holzsäulen verschwunden, schien jetzt über den Boden zu kriechen, plötzlich gackerte es. «Charlotte, du Esel», hörte man.

«Das Huhn muß weg!» rief Ulrich nach oben. «Wir wollen hier keine Henne im Haus!»

«Sehr wohl», vernahm man ängstlich. Schon war Deutler mit dem Tier unterm Arm auf der Treppe, «sofort, Entschuldigung», und im Trippelschritt zur Tür, «ich bring' sie nach hinten.» Schwupps, waren ältlicher Jüngling und Huhn draußen. Solch beflissener Gehorsam wirkte auch wieder deprimierend. Vor allem aber hatte der kurze Aufruhr das Zimmer 2 alarmiert: «Angst... Ich hab' Angst», klang es, nach langer Pause, wieder klagend durch die Halle.

Den schlaffen Salat in Händen, beugte sich Hilde Hoffmeister vor und flüsterte in Ulrichs Ohr: «Ich hab' herausgefunden, was sie quält.»

«Ich kann mich nur an eine Frau um die Fünfzig in einem blauen Kleid erinnern.»

«Ganz schlimme Sache», munkelte Frau Hoffmeister.

«Hier findet sie ihre Ruhe.»

«Also, Frau Hattinger nicht. Die ist übrigens Juwelierin oder so. Herr Kipphard hat ihr Pralinen aufs Zimmer gebracht.»

«Rührend.»

«Und da hat er herausbekommen, der Kipphard, die Frau Hattinger hat Angst.»

«Das wissen wir. Die hat jeder.»

«Aber», und Frau Hoffmeister wirkte mit einem Mal ganz wie beim Pausenplausch mit Kolleginnen im Kaufhaus, «was für eine Angst!»

«Nun?» Und Ulrich hielt seinen Saalewein.

«Frau Hattinger hat Angst vor dem Tod.»

«Was will sie dann hier?»

«Sich umbringen!» erklärte Frau Hoffmeister, als sei es das Natürlichste von der Welt.

«Ja, aber wenn sie Angst hat.»

«Nein, sie hat Angst vor dem Sterben und will deshalb lieber gleich tot sein. Verstehen Sie?»

«Was?»

«Ich hab' von so was schon mal gehört. Das ist ein ganz aussichtsloser Fall. Um kein Sterben durchleiden zu müssen, wollen sie sich schon vorher das Leben nehmen. Man kann sich sogar hineindenken, nicht wahr? Wie grausam. Arme Frau Hattinger. Jeder Tag vergiftet. Ist denn der Tod nicht auch eine am Ende willkommene Erlösung? Es ist doch so eingerichtet. Sie vertraut nicht ihrem Schicksal.»

Ulrich schwieg.

«Tja.» Frau Hoffmeister klopfte ihm auf die Schulter.

«Gute Nacht», antwortete Ulrich, und fast stimmlos in Richtung des oberen Eckzimmers: «Gute Nacht, Frau Hattinger, schlafen Sie endlich.»

«Ich brauche auch meine Ruhe.» Frau Hoffmeister entfernte sich und entschwand, leicht indisch, über die halbgewendelte Treppe. «Zu welcher Organisation gehört eigentlich dieses freie Hospiz?» fragte sie, plötzlich innehaltend: «Man sieht kein Schild, man muß nichts unterschreiben.»

«Ich bereite das noch vor.»

«Vielleicht dann morgen. – Übrigens, Herr Kipphard ist wieder nach Hause. Ich habe dem guten Mann einen Seniorentreff am Altheimer Eck empfohlen. Die unternehmen auch Wanderungen und Busfahrten.»

Ulrich stand allein. Sein grüner Pfeil war akkurat gemalt. Durch die halb geöffnete Küchentür brummte der Kühlschrank. In Lehmanns Keller schepperte etwas. Schnell drehte er den Schlüssel um. Schwarzweiß glänzten die Steinfliesen. Der eichene Leuchter über ihm erinnerte an ein Wagenrad. Das gebeizte Trumm mit Glühkerzen ließ unwillkürlich an einen Jagdsitz Hermann Görings denken. Der Mittvierziger schnäuzte sich. Dieser Mai war kein schöner Mai. Vor sich sah er, in viele Rhomben zerlegt, dämmeriges Kino. Im Glaszimmer war Monika aufgestanden und bewegte sich neben Clarissa. Sonst war nichts zu erkennen. Clarissa trat näher ans Glas. Ihr Umriß wurde deutlicher. Ulrich ging, in loser Gedankenfolge – die sich jedoch nicht verhindern ließ –, durch den Kopf, daß es wohl keineswegs, nie und nimmer, so war, daß Menschen den Tod, das Verlöschen suchten. Sondern, das war ein feiner Unterschied, die Entlastung im Leben. Man mußte beim Leben ansetzen und nicht beim Unbekannten, dem Tod.

Er verharrte dennoch starr und meinte einen Moment lang zu wünschen, daß der Leuchter auf ihn herabstürzte. Er hätte zwar vieles verpaßt, doch auch seine Ruhe gehabt. All dieses Tun und Planen, dieses Hineinwirken ins Unbekannte, in die noch nicht stattgefundene Zeit, vielleicht in die Leere zwischen den Sternen. Der Leuchter war mit doppelter Eisenkette an Deckenbalken vertäut. Man wollte tot sein, um seine Person, vielleicht gerade noch intakt, zu bewahren. Dieser Widersinn war möglich und schlüssig. Das Gewusel des Daseins. Sein Brustkorb weitete sich. Vom Sex am Wochenende pulsierten noch die Endorphine. Gut, daß dieser

Genuß geblieben war... Clarissa trank, sie entfernte sich von den Butzen. Das Flimmern durchs Glas rührte aus dem Fernseher, der offenbar tonlos lief. «... den Dalai-Lama hätte ich gerne mal gesehen. Aber bei dem Gedränge... Der spricht vom Frieden. Und der bleibt das Wichtigste.»

Es mochte Blödsinn sein, daß Ulrich geklopft hatte.

«Da bist du endlich.» Clarissa wandte sich ihm vorm Fernseher zu. Ihr Getränk sah nach Whisky pur aus. Monika schaute von oben in ein Windlicht. Bei ihrem Hang zur Gemütlichkeit schien sie die drei Leuchten in die offenen Fenster gestellt zu haben. Dunkel und voller Nachtgeräusche lag der Obstgarten. Der Blütenduft war betäubend. Über dem Tannensaum des Walds verhieß der klare Himmel weiterhin eher Maiwetter als den von Frau Hoffmeister ersehnten Regenschauer.

«Herr Kipphard ist fort», meldete Ulrich.

«Wissen wir schon.»

«An Heimkehrer hatten wir gar nicht gedacht.» Was erschaute Monika in der Teelichtflamme?

«Herrn Wang hab' ich auch nicht gesehen», stellte Clarissa fest. Monika wandte sich abrupt um. «Er darf nicht sterben. Um den tät's mir leid.»

«Herrje, was für Kriterien.» Clarissa runzelte die Brauen. «Nur weil er schön ist.»

«Und was für ein wunderbarer Vorname: Tassilo.»

«Aber Herr Bauer kann in den Keller, was? Hier muß Gleichheit herrschen, öde, aufreibende Gleichheit.»

Monika blickte trotzig. Ihr Berbergewand war ein wenig abgewetzt.

«Er hat mir heute nachmittag», gab sie preis, «einen Kupferring geschenkt. Paßt zu Ihnen, hat er gesagt.»

«Mir tut er ja auch leid», gestand Clarissa, «aber dürfen wir uns ihm in den Weg stellen? Wer sich von persönlichen Dingen trennt, der befindet sich im Abschied. Der offensive Mensch sammelt, der unsichere gibt.»

«Falls er obendrein unsicher ist, mag ich Herrn Wang noch mehr.»

«Mutterinstinkt. Weil du manchmal selbst auf wackeligen Füßen stehst, Moni, brauchst du auch Schütteres neben dir.»

«Ja.» Mit beiden Händen bewahrte Monika ein Flämmchen vorm Verflackern. «Du bist so streng.»

«Nur dem Anschein nach. Vielleicht weil ich auch verwundbar bin. Du bist so geschunden, daß man dich kaum noch treffen kann. Ein melancholischer Brei.»

«Das ist nicht wahr.»

Ulrich hatte das Gefühl, viele Gespräche seiner Schwestern verpaßt zu haben, und war nicht undankbar dafür. Clarissa nippte eigentlich recht häufig an ihrem Glas. Die Bewegung machte sich aber bei ihrer Figur vorzüglich, zumal sie beim Trinken den Kopf zurückwarf. «Die Kirche, die päpstliche», sie schenkte sich nach, «gesteht den Selbst ... den Finalisten übrigens seit 1992 zu, daß sie möglicherweise nicht vom Himmelreich ausgeschlossen sind.»

«Wie großherzig.»

«Das könnte für uns vielleicht von Bedeutung sein.»

Auf dem Bildschirm spielte ein Orchester stumm vor der Feste Hohensalzberg.

«Herr Wang», räusperte sich Ulrich und ließ sich ins Sofa sinken, wobei er nach einem Korkenzieher spähte, «sitzt im Aussiedlerzimmer und surft im Internet.»

«Was?» Clarissa ließ den Drink sinken. Monika starrte ihre Schwester merkwürdigerweise siegesgewiß an.

«Offenbar denkt er, das sei in den 40 Euro inbegriffen», gab Ulrich zu bedenken, «da sitzt er nun mit der Maus.» Endlich kam er an den Saaletropfen heran und schenkte sich den *Edelacker* ein.

«Dies ist kein Internetcafé», brauste Clarissa auf, «das darf er nicht.» Sie blickte besorgt. «Man könnte ihn orten. Herr Wang will mit dem Leben abschließen.»

«Weil er es zu gut kennt», kolportierte Monika ihr Küchenwissen.

«Vielleicht informiert er sich über den schmerzlosesten Abgang. Ich meine, die Tüte überm Kopf und dann vielleicht noch im Keller gegen die Rohre stolpern.»

«Apropos Rohre, hast du auch die Stricke deponiert?»

«Es ist gräßlich.» Ulrich trank eine Portion 79er auf einen Ruck. Wohltuend rann das Ostgetränk. Ganz überraschend feinherb, wie Frankenwein von halbschattigem Hang.

«Ich kann zwar mit Männern nicht viel anfangen», brachte Monika hervor, «aber Herr Wang ist etwas Besonderes.»

«Das mach mit dir ab», sagte Clarissa und wälzte bei ein paar Schritten übers Stabparkett andere Sorgen.

Daß die tonlosen Musiker Köchelverzeichnis 504, immerhin *Die Prager Symphonie*, spielten, wurde nun am unteren Bildrand eingeblendet. Wie sich sogar optisch aus stummem Geigenstrich Mozarts kraftvolle Auftakte und Harmonien erschlossen, war verblüffend.

«Hier hat alles noch nicht Hand und Fuß.» Clarissa zog aus der Innentasche ihres Boleros Zigaretten und Zündholzheft hervor, und die erste Rauchwolke wölbte sich bläulich kompakt im Raum. «Einer reist kommentarlos wieder ab. Der andere hängt im Internet. Die dritte findet vor lauter Angstschreien nicht den

Weg in den Keller. Ein Kurheim ist dies nun nicht. Wer eintrifft, hat, zumindest mündlich, aber auch das gilt, de jure einen Vertrag abgeschlossen. Die stille Annährung an den gewaltigen Schritt begreife ich wohl. Doch wie lange will Frau Wimpf ihre Wesenseinheit mit dem Wasser zu Ende denken? Sie ist aus triftiger Verzweiflung aus der Welt geflohen, scheint für eine Rückkehr nicht gerüstet zu sein. – Sie zögert gegen ihre eigene Sehnsucht.»

«Du klingst zynisch», warf Monika ein. «Unterschwellig», dämpfte sie ihren Vorwurf.

«Zynisch ist gar kein Ausdruck», entgegnete die Schwester, «ich taste mich in Bereiche vor, bei denen mir selbst Halluzinationen bei Wanderungen durchs schottische Hochmoor nicht weiterhelfen. Für solche Aufgaben wurden wir alle nicht geschult. Und mit der deutschen Polizei möchte ich auch nicht in Kontakt geraten. Aber ich will an die Kohle. Auch ihr wollt es. – Jeder würde es wollen. Mit Geld kann man viel Gutes tun.»

Die Geschwister nickten eilig.

«Ich hasse», Clarissa zog an ihrer Craven Filter, «unnötige Verschwommenheit, nicht eingehaltene Vereinbarungen, Ziellosigkeit. Logos und Ratio sind die Fundamente Europas, aus fruchtbarer Spekulation entstanden. Nur wo Pflichten erfüllt werden, eine humane Ordnung herrscht, kann auch Freiheit genossen werden, das kostbarste Gut. Anders würde auch die Londoner Schule nicht funktionieren.»

«Und?» hakte Ulrich zu Recht nach.

«Wir brauchen eine Hausordnung, ich weiß nur nicht, welche. Für ein paar Euro ausschlafen, unterm Blütenbaum folgenlos grübeln, in bester oberbayerischer Lage, das geht nicht an. Im Nu ist man eher ein Sanatorium statt die Pforte zum Jenseits. Laßt uns mehr ans Geld denken, härter werden. Wer nach Höllriegelskreuth gefahren ist, wollte nicht mehr woanders sein. Also bitte!»

«Es liegt nur an unserer Gewinnsucht, daß wir über Leichen gehen, buchstäblich.» Monika blickte auf den Boden, biß sich auf die Unterlippe.

«Herrgott noch mal, ist es meine Schuld», und Clarissa schien einem unkontrollierten Wutausbruch nahe, «daß wir uns in einem Jahr frei, sorglos – wohltätig! – zum Abendessen in der Pariser Tour d'Argent oder in Monte Carlo treffen können, auch um Vergangenes aufzuarbeiten? Im übrigen erreiche ich Benson in London nicht. Er ist wegen unserer Angelegenheiten in Brasilien.»

«Ach, schon?» atmete Ulrich auf und goß sich nach.

Clarissa rauchte heftig: «Eine Hausordnung muß her. Vielleicht mit einer Frist. Und ich möchte auch nicht noch einmal Frau Huber bei einem Erkundungsgang in meinem Schlafzimmer finden! Nein.»

«Es liegt an etwas Bestimmtem, daß es hapert.» Fliederduft wehte herein. Bevor Monika fortfahren konnte, ging Clarissa auf ihre Flasche Bagpiper Gold zu und schenkte sich mit zornigem Schwung den Scotch vom Flughafen ein. «Alles vorbei ... in einem Jahr», murmelte sie, «zehn Wochen Urlaub mit Faruq ... Madagaskar. Ganz weit weg.»

«Es bleibt ein Unding, Menschen einfach sterben zu lassen. Das tut man nicht. Davor schreckt jeder zurück.» Monika schnaufte, sich selbst bestätigend.

«Sooo?» Clarissas Gesicht entspannte sich im Nu, und sie hatte auch schon die irritierende Salzburger Symphonie abgestellt: «Da haben wir ja genau den richtigen Punkt, um dem Onkel sogar ein Mausoleum zu stiften.»

Ulrich spähte über den Glasrand und fühlte sich betrunkener, als er war.

«Alle Welt verdrängt den Tod», Clarissa drehte ihr Glas, «das Vergehen, das Befristete des Daseins, seine Kostbarkeit, und da wird sich gleich beklagt, daß dieses Haus nun mal dem Besinnen aufs Vergängliche dient. Wie blauäugig.»

Ulrich sann nach, während sich die Älteste mit gefährlicher Schmeichelhaftigkeit Monika näherte: «Frisch, gesund, dauerhaft fit, Athleten bis ins Grab sollen wir alle sein, und solche Verneinung von Reifung, Alter und Zerfall unterstützt Monika auch noch. Haben die Werbung und der billige Zeittrend dich denn völlig verdorben? Ja – es ist zutiefst sinnvoll, daß sich hier diejenigen an der Fähre zur Unterwelt ...»

«Toll», gestand Ulrich.

«... versammeln können, die ausscheren oder dahinsinken unter den Peitschenhieben einer Welt, die unaufhörlich Leistung, Unterordnung, lächelndes Einverständnis und damit den wahren Zynismus einfordert. Wer melancholisch ist oder einfach nur müde, wer an sich selbst verzweifelt, nach Sinn sucht und ihn nicht mehr findet, gegendenkt oder gegenlebt, seine Eigentümlichkeit bis ins Grab verteidigt, wer eine ganz besondere Farbe der Welt ist, der soll bei dir keinen Unterschlupf finden?»

Die Jüngste suchte perplex nach einem Wort. Vergeblich.

«Du leistest einer bedrohlichen Tendenz Vorschub, Monika.» Clarissa strich der Halbschwester über den Pony. «Der uniformen glatten Menschheitsmasse, die krampfhaft auf Mühelosigkeit, schale Vergnügungen und unbeschädigte Attraktion bis ins Greisenalter pocht. Warum soll sie das nicht, wirst du fragen –» Was Monika im Moment keineswegs tat. – «Weil wir selbst, du, Ulrich und ich, in diesem Streß versunken sind, schier ohne Unterlaß einschätzbar, nicht störend, mindestens mittelmäßig fidel zu sein. Es gibt die kleinen Beispiele für diese Unterjochung. Vor zehn Jahren wurden in der Londoner Kantine noch Gin, Whisky, Calvados ausgeschenkt, was nach dem Lunch guttat, auch die Gespräche belebte. Vor fünf Jahren waren nur noch Bier und Wein erlaubt. Mittlerweile sitzen wir, hundertfünfzig Lehrbeauftragte und selbstverständlich alle Studenten, bei Softdrinks und stillem Wasser. Gezähmt, frisch, einförmig sollen alle sein. – Olaf Deutler ist das nicht! Und du willst diesem Mosaikstück der Schöpfung sein Huhn nehmen?»

«Das hab' ich nie gesagt», gab die Sechsunddreißigjährige scharf zurück: «Aber ich treibe ihn und Charlotte nicht in den Tod.»

«Prost.» Ulrich hob sein Glas.

«Der Tod bleibt das unerbittliche Regulativ gegen die Unfreiheit und Versklavung des Menschen. Er lehrt den Wert der Erdentage. Sein Verdrängen ist ein Sakrileg und eine Selbstverstümmelung. Wer vom Vergänglichen weiß, kann lieben. Nur der!»

«Einmal im Jahr über den Tod zu sprechen, das reicht.»

«Das ist im Moment nicht möglich.» Auch Clarissa wirkte angestrengt. «Kein Mensch kann sich über ihn hinwegsetzen.»

«Warum geht man dann mit sich selbst und mit anderen derartig ruppig und gnadenlos um?»

«Aus Vergeßlichkeit.»

«Ja, da liegt vieles im argen – wie immer, zu jeder Zeit.» Ulrich arbeitete sich aus dem Sofa hoch, während die Schwestern zu seinem Erstaunen einander kurz an der Hand faßten. «Früher war vieles deutlicher vermischt. Ihr wißt, daß Opa zu Hause starb. Es war wohl richtig, daß wir Kinder ihn noch im Bett liegen sahen … und beteten.»

Am Fenster wurde sich geräuspert, vielleicht geniert.

«Der Tod ist ein Tabu, deshalb sollte man über ihn sprechen. Das bezwingt vieles. Der Tod», nickte er nachdrücklich, «ist zum Programmfehler heruntergekommen, was er sich womöglich nicht lange gefallen läßt. Zumindest bei jedem einzelnen irgendwann nicht. Ich will nicht behaupten, er freut mich, aber er macht mich doch zumindest – reich. In zwei Wochen blüht der Flieder nicht mehr. Wie er duftet.» Ulrich hatte die Zuhörerinnen für sich. Sein Glas stellte er ab. «Ich kann nichts ergründen. Aus der Distanz sehen wir natürlich gerne Tragisches, im Kino, im Fernsehen, weil» – und Ulrich horchte in sich hinein – «wir uns lokkern müssen, weil wir die Spannung zwischen Gut und Böse, Ruhe und Unruhe, Werden und Vernichtung auch in uns kennen. – Ja. – Aber ebenso natürlich wollen wir das Tragische, Vereinsamung, Leiden, das Unbekannte nicht an uns herankommen lassen. Dieses Fernhalten ist ein Gewinn und hat seinen Preis. Geht womöglich Tiefe verloren, in der Seele, wenn man meistens guter Laune ist, ich weiß nicht?... Freude kann ansteckend sein. Selbstverständlich komme ich mit jedem Menschen besser zurecht, der Schmerzen kennt, der um Verwundbarkeit weiß und meine gestattet. Dort fühle ich mich aufgehobener als in der besessenen Glücksanstrengung ... Der Freitod ... allerdings, das erschüttert schlimmer als alles andere. Herr Lehmann wollte sich nicht mehr, in einem bestimmten, ach was, unfaßlichen Moment. Und er besaß nichts anderes als sich selbst. Wir könnten nicht ihn, aber seine Tat verfluchen, weil sie uns zu zeigen scheint, daß es etwas Harmonischeres, Wünschenswerteres gibt als das Leben, unser Leben. Ich weiß auch nicht ...», tastete sich Ulrich voran: «Es war vielleicht eine andere Welt, härter, feiner, übersinnlicher, in vielem auch kreatürlicher, als der Rat der Stadt Athen, wie berichtet wird, für jeden Bürger, der sich aus triftigem

Grund danach sehnte, sich ins Reich der Schatten zurückzuziehen, den tödlichen Schierlingstrank bereitgehalten haben soll. Auf dem Rathaus. Es war kein Makel, die Lasten, die einem unerträglich schienen, abzuwerfen. Die Götterfamilie herrschte hier wie dort. Man fand am dunklen Fluß seine Liebsten wieder. Und wer sich dann inständig genug zurücksehnte, nach den Olivenhainen im Licht der Erde, der fand vielleicht jene Grotte, um noch einmal aus dem Wogen der Schattenwelt ins irdische Treiben zu treten. – Es war bei den Römern, wie ich Karfreitag im Radio hörte, nicht verwerflich, wenn man die letzte und unendliche Freiheit wählte. Geschlagene Feldherren, gescheiterte Senatoren, Witwen in Pompeji, todkranke Philosophen taten es. Mit welchem Leidensmut. Christliche Märtyrer entleibten sich auf Gottes Geheiß. Heilig wurden sie gesprochen, und das ewige Leben wurde ihnen zuteil. Erst später, und wenn ich mich nicht irre, bis heute, wurden Menschen, doch immer unsere Seelenverwandten, die ihr Lebensende selbst bestimmten, verflucht, nicht begraben, tot in vernagelten Tonnen in die Flüsse geworfen, irgendwo verscharrt. Sie hatten angeblich das mögliche Glück, die Mühsal des Lebens, das ihnen so, wie es war, von Gott geschenkt worden war, verraten. Die größte Gotteslästerung und der Bruch mit allen Versuchen der Kultur, das Dasein lohnend und erträglich zu machen. Aber die Bibel ist vielschichtiger. Sie erzählt von den ersten Selbstmördern, König Saul, der, eifersüchtig und Schüben von Wahnsinn verfallen, kriegsverwundet, sich schließlich selbst auslöschte. Der Held Simson brachte ein Haus zum Einsturz und riß die ungläubigen Philister mit sich in den Tod. Judas erhängte sich, und erst danach konnte die Heilsgeschichte wirksam werden. Undenkbar, daß Judas nach seinem Verrat nur davongelaufen wäre. Ohne Selbstmörder kein Christentum.»

«Das hättest du uns früher erzählen können», hörte man Clarissa nach einiger Stille, «ich dachte, Karfreitag warst du in Berlin.»

«Kleopatra», sagte er, «die verführerischste Selbstmörderin. Am Ende souverän. – Und die Katharer, der Ritterorden», er hob den Finger, «sie verabreichten in ihren Spitälern Leidenden, die darum baten, das tödliche Gift.»

Die Schwestern horchten hellwach.

«Sie waren, bis heute, die letzten, die Sterbehilfe ... wagten. Die manchmal begreifliche Tat gegen das Leben. Und die Katharer wurden vielleicht auch deswegen und wegen ihrer Schätze und vermeintlichen dunklen Machenschaften – ausgerottet.»

Stille erfüllte den Raum.

Spinnweben im Lüster wehten im Windhauch.

«Ich», Monika rang um ein Wort und hielt sich dabei fast die Hände vor den Mund, «ich halte Verdrängung für das beste.» Clarissa nickte ihr unwillkürlich zu. «Das Verdrängen von allem Schlechten und Schweren. Das ist das allerbeste.»

«Der Selbstmörder verrät die Hoffnung. Das ist das Entscheidende», Clarissa fühlte sich in Ulrichs Gedankengänge ein, «und sich selbst zu richten, das bleibt widersinnig. Denn wer kennt sich selbst zur Genüge? Und die Zeiten und Möglichkeiten, die noch kommen mögen? Keiner. Fast jeder Selbstmord ist verfrüht. – Aber ich selbst werde hier zu einem Alptraum. Ich will zu Faruq. Ins schöne Eastend. Ich buche morgen.»

«Kein Geld. Gut», bemerkte Monika. «Dann also heim nach Ludwigshafen. Aber ich habe selten Glück gehabt. Eine Heilwasserquelle.»

«Nun», Ulrich stand auf und trat vors offene Fenster, «was sagtest du, Clarissa, nachdem wir die ersten Karten gedruckt hatten? Es waren Zahlen, die ich nicht vergessen werde: Jeder zweite Todesfall unter vierzig in Deutschland ist ein Suizid.»

«Sui caedere – sich selbst fällen», meinte sie tonlos.

«Tausende Menschen in einem Jahr. Weltweit ungefähr alle zwei Minuten einer. Da ist es gut, eine Anlaufstelle zu bieten, in der es jedem leichtgemacht wird.»

Clarissa sah ihren Bruder an.

«Falls jemand kommt und unheilbar krank ist, fahren wir ihn zu einer Klinik und setzen ihn vor dem Eingang ab.»

«Die haben Gerätemedizin.»

«Wann wird es Tag, um wieder denken zu können?»

«Roberto war Allergiker. Ob das eine Rolle spielt?»

Die drei Windlichter beleuchteten die Gesichter zwischen den Fensterflügeln in unterschiedlichen Farben.

«Schöne Nacht und so windstill.»

«Märtyrer waren heilig. Herr Fehling wäre es nicht.»

«Interpretationsfragen der Überlebenden.»

«Mein Schlafzimmer ist feucht.»

«Pst.»

«Augen zu und durch.»

Das Sternenlicht brach sich auf den Scheiben des Gewächshauses. Eine Schubkarre lag umgekippt beim Flieder.

«Übrigens, da wir uns früh aus den Augen verloren haben», im violetten Schein blickte Ulrich zur Mitte: «Ich bin schwul.»

«Das paßt schon ...», flüsterte es stockend vom anderen Fenster: «Seit letztem Sommer bin ich mit Ilse zusammen.»

«Und was hilft mir das?» stöhnte Clarissa und lehnte sich weit hinaus.

Ein Marder stob durch die Dunkelheit, mit Getöse, an Metall vorbei und durch Geäst.

11.

Komm lieber Mai und mache
Die Bäume wieder grün
Und laß uns an dem Bache
Die kleinen Veilchen blüh'n.
Wie möchten wir so gerne
Ein Blümchen wieder seh'n
Ach lieber Mai wie gerne,
Einmal spazieren geh'n.

Am meisten aber dauert
Mich Lottchens Herzeleid,
Das arme Mädchen lauert
Recht auf die Blumenzeit.
Umsonst hol ich ihr Spielchen
Zum Zeitvertreib herbei,
Sie sitzt in ihrem Stühlchen,
Wie's Hühnchen auf dem Ei.

Komm' mach' es bald gelinder,
Daß alles wieder blüht,
Dann wird das Flehn der Kinder
Ein lautes Jubellied.
O komm' und bring' uns allen
Die lieben Veilchen mit,
Bring' Ros und Nachtigallen
Und viele Kuckucks Lied.

Christian Adolf Overbeck

12.

Noch kein Rauschen durchs Grün. Die Sonne stach. Die S-Bahn ließ auf sich warten. Die Gleise verloren sich zwischen Jägerzäunen, sattem Laub. Zwischen Pendlerautos hatte sie den blauen Peugeot im Blick, die Scheibe stand einen Spalt offen. Clarissa trat unter die Überdachung in den Schatten. Das unberechenbare Kontinentalklima vor den Alpen konnte einem zusetzen. Der Kreislauf mußte auf Temperatursprünge von fünfzehn Grad vorbereitet sein. War er aber nicht. Wurden an solchen Wechseltagen in München nicht sogar Prozesse vertagt, Operationen verschoben? Der lautstarke Lebensbraus und das plötzliche Hinabsacken ins Dumpfe – falls es in modernen Zeiten solche radikalen Stimmungsvarianten noch gab – mochten in dieser Stadt auf der Schotterhochebene mit warmem Fallwind und atlantischen Regenzungen zusammenhängen. Ein Ort, der offenbar von Ausläufern bestimmt war, wie alles zwischen Burgund und Böhmen, und selbst kein Wetter hervorbrachte. So ein Ort, nicht mehr ganz Deutschland, noch nicht Italien, wohl immer wieder in der Historie an Frankreich orientiert und schon mit einem Hauch von Balkan ... wenn man in der Nachmittagswärme blinkende Gleise entlangschaute, im Gestrüpp Zecken und Kreuzottern vermuten mußte, auf einen Schotterdamm, der im Idealfall bald durch das Innviertel und an der Donau entlang durch die Wachau bis in die glühende Ebene von Szeged führen würde: München am Schwarzen Meer. Diese Verschränkung von Ländern, Geographien, Mentalitäten kannten, fühlten die Engländer nicht auf ihrer Insel und taten verwundert, wenn in Mitteleuropa sich alles fortwährend in einer Angleichung, Abgrenzung, Umwälzung befand. Es war strapaziöser, mitunter erregender, auf dem Kontinent seinen Charakter zu definieren als in einem Vorgarten von Kent. Sei's drum. Auch der Comer See war von hier aus bequem zu erreichen.

Schön, und alles schien immer in undurchdringlicher Fülle richtig auf seinem Platz zu sein. Die Welt war so gekommen, wie sie war, und selbst bei vorsichtiger Handhabung hätte man nur zu einem anderen Schaden ein Detail korrigieren können. Gewiß, es wäre gut gewesen, wenn die Vandalen einen Bogen um Rom, alle Truppen einen um Verdun gemacht hätten und, ganz zweifelsfrei, irgend jemand den Sohn der Hitlers in Braunau ersäuft hätte. Größeres Heil für die Menschheit war immer und sogar leicht vorstellbar und blieb die Pflicht.

Clarissa kickte ein Steinchen beiseite, räusperte sich, im Moment hatte sich anderes vor solche Aufgaben geschoben. Gras, das am Bahnsteigende zwischen Verbundpflaster wucherte, mutete jedenfalls balkanisch an. Da hatte man sich in jungen Jahren stets mehr Unordnung, Laissez-faire, gesundes Chaos für Deutschland gewünscht, wenn aber Unkraut an öffentlichen Plätzen sproß, Züge unpünktlich wurden, vor Russengangs in der U-Bahn gewarnt wurde, war es auch nicht recht und wurde unheimlich. Gab sich das korrekt freundliche, sichere Deutschland auf? Noch war alles im Lot.

Sie war versucht, die Kopfhörer einzustöpseln und auf dem iPod ein bißchen Salsa zu hören. Doch das wäre beim Eintreffen von Kundschaft unpassend gewesen. Andere Wartende studierten den verglasten Umgebungsplan. Die Hallenfront der *Linde*-Werke neben dem Bahnstrang wirkte schier endlos. Kühlschränke wurden hier gewiß längst nicht mehr produziert. Eine geräuschlose und schlotfreie Produktion im Grünen, auch Arbeiter erblickte sie hinter dem Maschendraht nicht. In der für Laien nebulösen Branche der Industriegase, entscheidend für das mindestens ebenso undurchsichtige Gebiet der Halbleiter, war Linde wohl sogar Weltmarktführer. Weshalb es statt Halbleiter keine Ganzleiter gab, was wesentlich effektiver klang, blieb für sie ein Rätsel. In den Hallen durchquerten Angestellte wahrscheinlich Reinraumschleusen.

Auch ein Rentnerpaar spähte durch die Baumschneise nach der S 7. Ein Mädchen neben einem Überdachungspfeiler tippte eine SMS, hielt dann das Handy für ein Foto in die Gegend. Sie mochte kaum sechzehn sein, ihr Haar war vorn rot gefärbt, sonst gebleicht. Der lange schwarze Mantel ließ die Metallschnallen der Stiefel nur kurz aufblitzen. Ledermanschetten mit Metallnoppen. Es mußte anstrengend sein oder brauchte Gleichmut, sich zwischen akkuraten Vorstadthäusern im Gothic-Outfit in die Darkwave-Visionen zu versenken. In London hätte sie sich in Heerscharen Gleichgesinnter einreihen können, die sich vom Unglauben ab- und den Druiden zuwendeten. Der Nunhead Cemetery war deren beliebte nächtliche Kultstätte, um sich den Sternen oder Satanas anzuvertrauen. Hier hingegen gewann man den Eindruck, daß sämtliche auffälligen Gestalten auf Bahnsteigen und Straßen zur Belebung des Stadtbilds von der Verwaltung engagiert und bezahlt wurden. *Auch wir haben drei Outlaws und dazu noch vier Bohemiens!* Der wegweisende Triumph des funktionierenden Mittelmaßes war komplett. Und gegen welche Vereinnahmung sollte denn noch rebelliert und vor welcher Spießigkeit geflüchtet werden? Und wohin? In ein Wäldchen am Walchensee? Die Lustangst aller zeigte sich am mittlerweile überall akzeptierten Rauchverbot, dem das Alkoholverdikt folgen würde. In den USA wurde bereits auf Flaschenetiketten vor Weingenuß gewarnt. Einzig ein Desaster oder ein Krieg würden das Gefängnis wieder aufbrechen; Clarissa zündete sich eine Craven ‹A› an. In der Tat blickte eine Mutter mit Kind an der Hand sofort indigniert; dabei strahlte doch gerade in dieser Region das Caesium aus Tschernobyl noch ein paar Millionen Jahre lang aus dem Boden. Verwirrende Zeiten.

Mit Faruq im Bett zu liegen, das wäre das Ideale. Das pakistanische Juwel laborierte aber gerade, fernab der *Linde*-Werke, an einer verfeinerten Teejasminseife. Manches machohafte Gebaren seiner Heimat – die Frau nicht ans Steuer zu lassen, nie hinter ihr zu gehen – hatte er unter englischen Einflüssen langsam aufgegeben oder unterdrückt, hundertprozentig war auch ihm nicht zu trauen. Einen Speckring bekam Faruq allmählich, vom Hocken im Labor, dem Fast food, aber sie wollte oder durfte nicht mehr so sehr auf Äußerlichkeiten fixiert sein. Die Seele mußte sich entwickeln. Sie war das Schatzhaus der späteren und letzten Jahre. Insgeheim liebte Faruq, wie sein Vater, vielleicht noch immer dicke Frauen, die von Aufstieg und Wohlstand durch ihre Kilo zeugten, sie würde jedoch beim Müsli am Morgen bleiben. Nein, auch keine schleichende Islamisierung käme in Betracht. Wenn sie essen gingen, blieb sie beim Chardonnay, mochte er sich durch seinen Eistee glücklich, rechtgläubig und womöglich sogar überlegen fühlen. Auch durch Drogen und dazugehörige Geistesblitze war das Abendland groß geworden.

Vielleicht gab es keine Heimat, nur entschwindende.

Überquerte die S 7 die Großhesseloher Brücke, oder fuhr sie im Tal daran vorbei? Ein riesiges altes Bauwerk, das sich einprägte und bei Grünwald einen wahren Isar-Canyon überspannte. Vorzeiten war es wohl die Todesbrücke der Münchner gewesen. Ihre massive Vergitterung blieb in Erinnerung, mit der in dreißig

Meter Höhe neben Gleisen und Fußweg der freie Fall verhindert werden sollte.

Auf, auf! Trotz allem. Natürlich.

Clarissa trat die Zigarette aus. Das war das Ergebnis abmontierter Aschenbecher.

Es brummte aus der Ferne. Fahrgäste traten an den Bahnsteigrand. Das schwarzverhüllte Mädchen schien nicht mitfahren zu wollen, telefonierte neben der Dachstütze. Der rote Fleck zwischen Unterholz, Gebüsch wurde deutlicher. Schön war das Leben, zumindest, soweit man wußte, einmalig. Sanft bremste der Zug, fast geräuschlos öffneten sich die Türen. Frauen mit Einkaufstüten. Drei Jungs mit weißen Kabeln zwischen Taschen und Ohr schrien sich ihre Mitteilungen beinahe zu, ein Mädchen mit Cellokoffer strebte zum Ausgang, ein jüngerer Mann zog das übergehängte Sakko an den Schultern zurecht. Hinter den getönten Scheiben der Waggons kaum ahnbare Gesichter. Die lauten Burschen latschten der Treppe entgegen. Auf einmal muteten sie und die Cellistin Clarissa zutiefst anrührend an – die vier fremden jungen Leute konnten, sollten sich, ganz gemäß ihrem Vermögen, Unvermögen, Willen und den Gegebenheiten alles Wissen und Geschick der Menschen, seit deren Anbeginn, aneignen, das die Vorgänger mit in die Ewigkeit genommen hatten. Die Beine, die frischen Nacken, mit ihren zarten Nerven, die Köpfe entschwanden treppab. Eine Familie blieb man.

Clarissa spähte um sich, in einer schwer definierbaren Habachtstellung.

Auf dem Bahnsteig war es wieder ruhig. Eine Dame verharrte vor dem abfahrenden Zug. Sie wäre jedoch auch in einer Menschenmenge aufgefallen. Sie trug gelbe Pumps, gleichfalls von sattem Gelb war das Kostüm, das mit dunklen Knöpfen unter dem dazugehörigen paspelierten Sommermantel zu erkennen war. Der Krempenhut spendete porösen Schatten. Die weißhaarige Dame trug ein kubisches Lacklederköfferchen, um dessen Griff dunkles Chiffon geschlungen war. Ohne Orientierung blieb sie stehen, wirkte plötzlich verloren.

«How do you do?» Vorsichtig trat Clarissa auf die Fremde zu, die verwirrt aufblickte. Clarissa verbesserte sich eilig. «Sie haben den Weg heraus gefunden?»

«Hier draußen... war... ich», jedes Wort klang, insbesondere durch die präzise formulierten Rrrs, wie modelliert, «noch nie.» Clarissa nickte. Die Fremde blickte erwartungsvoll: «Es reicht. Genug.» Ein Abnehmen des Köfferchens vereitelte die Dame mit einer abwehrenden Geste. War sie adelig und mußte nun in einen Leihwagen einsteigen? «Gehen wir», bestimmte sie. Clarissa konnte ihren Blick vom Gesicht der Dame kaum abwenden. Es war heutzutage, bei den Verfahren zur Jungerhaltung, schwierig zu sagen, ob es das einer Neunundfünfzig- der eher Dreiundsiebzigjährigen war. Puder, ein Hauch Lidschatten, Lippenrot waren perfekt aufgetragen. Trotzdem lag etwas Gläsernes über Haut und Miene, was von den großen feuchten Augen herrühren mochte. Das Alter ließ sich auch nicht von den behandschuhten Händen ablesen.

«Es sind nur ein paar Kilometer.» Clarissa fühlte sich in ihren Leggings mit weitem Hemd darüber falsch bekleidet.

Umsichtig stieg die Dame neben ihr die Stufen in den Fußgängertunnel hinab. Das wenige Gepäck ließ auf einen schrecklich kurzen Aufenthalt im Ungarischen Haus schließen. Als sie wankte, fing Clarissa die Gästin am Arm auf.

«Es hat ja keinen Sinn, daß ich meine Identität verleugne.» Die Fremde hielt kurz inne: «Aber die Zeit der Greta von Meyenburg geht zu Ende.»

Aus ihren Jahren in Deutschland, Fernseherinnerungen dämmerte Clarissa der Zusammenhang. Die Dame war ein Star. Und gewiß über siebzig. Ein berühmter Film war kürzlich nachts wiederholt worden. Ein aufwendiger Streifen, in dem es um Königin Luise von Preußen, Napoleonische Kriege, den frühen Tod der schönen Monarchin, die Verzweiflung im trauernden Volk ging. Neben der jungen Ruth Leuwerik als Königin hatte Greta von Meyenburg deren Lieblingsschwester gespielt. Kutschfahrten, Hofbälle in herrlichen Roben, Umarmungen der fürstlichen Geschwister ...

«Haben Sie wirksame hurtige Mittel?»

Clarissa nickte leicht verlegen im Dunkel der Unterführung. Später hatte die Meyenburg in allen erdenklichen Rollen – die Eboli oder Nora – auf den Bühnen triumphiert. Aus Boulevardtheatern in Baden-Baden und München war sie, Seite an Seite mit den Schauspielern Felmy, dem Kommissar Lowitz, in Fernsehaufzeichnungen zu sehen gewesen. Ob sie später noch eine engagiert-alternative Karriere bei Fassbinder oder in modernen Stücken gemacht hatte, wußte Clarissa nicht.

«Ich habe mich bei etlichen Organisationen beworben. Doch sowohl Exit in Zürich wie die Friends at the End in Schottland als auch Cosmas-und-Damian in Essen nehmen, soweit ich verstanden habe, nur Leidtragende mit unheilbar körperlichen Gebrechen auf.» Greta von Meyenburg verschnaufte im Tunnel. «Leicht fielen mir die Anfragen gewiß nicht.» Die Sprache nahm etwas Versmaßähnliches an. «Denn aus einer Arztfamilie stamme ich. Aus einer Zeit und Welt, die es nicht mehr gibt. Der Tod ist keine Therapie ... das habe ich von meinem Vater in Erinnerung behalten. Jemandem in den Tod zu verhelfen bleibt eine Gewalttat, Mord. Darüber schwelt der Streit wohl überall, ob aktive und passive Hilfe vorsätzlicher Mord oder nicht doch die äußerste Liebestat ist. Mein Vater, Internist in Neukölln, hätte jedes eindeutige Wort dazu abgelehnt. Trotzdem wird er da und dort gehandelt haben. Vermutlich glaubte Papa, daß auch das Sterben, das schwere Sterben, des Lebens Teil sei, daß niemand von außen das Dasein verkürzen dürfe. Doch wenige sind im Alltag mit den Fällen von Not, Schmerz und Hoffnungslosigkeit konfrontiert. Wann ist Hoffnungslosigkeit gerechtfertigt? Eigentlich nie, meint man. Wohl dem, der gerad' im letzten Moment auf Gott vertraut und selbst in seiner Qual alles für sich bestimmt und geordnet sieht. Gewiß muß die Medizin der Schmerzlinderung noch weit vorangetrieben werden.»

Die beiden Frauen sahen sich an. Clarissa, immer tiefer erschrocken darüber, was sich hier abspielte, Frau von Meyenburg nicht minder perplex über den Gang ihrer Worte im Maitunneldunkel.

«Ich meine, man muß doch darüber sprechen», stellte sie fest.

«Ich weiß nicht», wehrte Clarissa ab, was die Eingetroffene wohl überhörte, denn sonst hätte die Berühmte womöglich die nächste Bahn zurück genommen.

«Ich habe natürlich nachgedacht.»

«Gut.»

«Mit den einzelnen gesetzgeberischen Maßnahmen in den verschiedenen Ländern kenne ich mich nicht hundertprozentig aus. Bei Exit in der Schweiz wird, nach schriftlicher Forderung des Patienten und der Entrichtung eines Erlösungsobolus, das Barbiturat zur Verfügung gestellt. Dezent. Drei, vier Gramm genügen. Passive Sterbehilfe. In den Niederlanden müssen zwei Ärzte beglaubigen, daß ein physisch Kranker mehrmals die Beendigung seines hoffnungslos unerträglichen Leidens schriftlich beantragt hat. Aktive Sterbehilfe. Nun sollen dort allerdings auch soziale Notstände als Todesgrund gelten... Ist das nicht das Ende der Zivilisation? In Belgien, nie habe ich dort angefragt, steht sogar die Tötung von psychisch Kranken wieder zur Debatte. – Not und Schmerzen müssen gelindert werden. Der Tod darf nie zu einer Schönheitsoperation oder Gesellschaftsbereinigung verkommen, er würde zum mörderischen Verbrechen. Die Menschheit taugte nichts mehr.»

Clarissa fror.

Gottlob setzte sich Frau von Meyenburg wieder in Bewegung, ein Parasol hätte zu ihr gepaßt.

«Ich konnte auch für das ehrwürdig hilfreiche Saint-Christopher-Hospiz in London kein körperlich unheilbares Leiden nachweisen. Wen haben sie denn so», der Star klang auf einmal recht resolut und trat in die Sonne, «unter Ihrer Obhut?»

«Frau Fontanelli.»

«Ach. – Und?»

«Herr Lehmann hat sein Heil gefunden.»

«Lehmann?»

«Frau Wimpf wurde von Schülern überfallen und ist traumatisiert.»

«Die Arme. Tja, solche Berufe.»

«Frau Hattinger hat Angst vor dem Sterben und will ihm durch den Tod entrinnen. Sehr schwierig.»

Vor dem Parkplatz spürte Clarissa, wie die Sonne sie neu durchwärmte.

«Herr Deutler hat einen zu kleinen Schwanz. Er sieht darin, soweit ich weiß, den Grund für sein Scheitern und seine Zerrüttung.»

«Ist das», und Frau von Meyenburg nickte für eine Unbeteiligte, die für sich selbst den Port finden wollte, erstaunlich betroffen, «erwiesen? Mit der Größe? Männer machen sich meistens selbst verrückt. Aber das verstehen wir nicht. Sie ringen, unbewußt, immer noch um die Hordenführung oder wenigstens um die zweite Stelle. Und dann spielen das Ding und die Selbstzweifel, die damit verknüpft sind, natürlich eine offenbar begründet absurde Rolle. Ich kannte Männer, die gerade durch den Mangel zur Höchstform aufliefen, in vielfacher Weise beglückten und wendig waren. Die Selbstsicheren saßen nach einer Weile oft nur einfallslos herum.»

«Er ist Bühnenbildner.»

«Wer?»

«Herr Deutler ... und hat jetzt ein Huhn.» Clarissa verstummte. Sie hätte am liebsten jede private Auskunft zurückgenommen. Es gab eine Schweigepflicht, die sie unversehens mißachtet und die Frau von Meyenburg gleichfalls nicht bedacht hatte. Während sie ihren Autoschlüssel aus der winzigen Umhängetasche zog, war die Schauspielerin einen Schritt zurückgetreten. «Ich habe Ihre Organisation in keinem Ratgeber gefunden... etwas mit *letzte Zuflucht* haben Sie am Telefon gesagt... ist das denn kommunal oder vom Marburger Bund?»

Müde schob Clarissa den Schlüssel ins Schloß: «Gemeinnützig. Und für jeden von Vorteil.»

«Aber ich kann dort», Frau von Meyenburg trat zögerlich vor die andere Autotür und blickte verhalten, «sanft dem Leben entweichen?»

Als Clarissa mit einem Kopfnicken die Tür öffnete, sich die größtmögliche Zurückhaltung auferlegte, nahm sie den entschiedenen Ernst nicht wahr, mit dem Frau von Meyenburg eine Wolke am Himmel fixierte.

«Kann ich Ihnen helfen?» fragte Clarissa, als sie sah, wie die Eingetroffene zum Parkplatzrand eilte und ein dickeres Konvolut in den Mülleimer fallen ließ.

«Mein Adreßbuch. Ich brauche es nicht mehr. Gründgens' Hamburger Telefonnummer stand auch noch drin.»

«Sie können noch zurückfahren. Alle zehn Minuten», erklärte Clarissa aus dem Wagen.

Frau von Meyenburg raffte jedoch schon Mantel und Rock und schob sich auf den Beifahrersitz: «Eng hier. – Das hätt' ich mir doch etwas großzügiger gedacht. Nein, ich bin feige und schwach. Bin schwach und feige geworden. Matthias ist tot. Ohne ihn ist alles sinnlos. Leer. Jeder Morgen elend. Jeder Nachmittag nichtig. Jeder Abend makaber. Mein Gefährte ist tot. Matthias war mein Rückgrat. Jetzt weiß ich es ganz genau. Matthias gab mir die Stichworte meines Lebens. Er war mein Halt, mein Echo, mein Sinn, wenn alle mich verließen. Er verstand und vertrieb meine Melancholie, er teilte meine Freuden, er war mein Licht, meine Seele, mein Gefährte und ich sein Wichtigstes.» Der Tränenfluß, der plötzlich aus Greta von Meyenburgs Augen rann, ließ Clarissa unschlüssig erstarren.

«Er begleitete mich nicht immer. Das nicht. Aber er war doch da. Von überall, zu jeder Uhrzeit konnte ich ihn anrufen, und er lachte mit mir, beruhigte mich, hatte immer einen Vorschlag. Mein Ich ist tot, verstehen Sie? – Was soll ich noch? Die besten Freunde ersetzen ihn nicht. Und was für ein qualvolles Sterben ... das hat er nicht verdient! Gewiß werde ich ihn wiedersehen. Seine Stimme klingt in mir, nur weiß ich nicht die neuen Worte, die er mir jetzt sagen will. Denn er ist ja nicht mehr da. – Fahren Sie!»

Kein Windhauch strich über den Parkplatz, den Wagen mit den

beiden offenen Türen. Greta von Meyenburg wehrte die tröstliche Geste Clarissa Bergs ab. «Sie kannten ihn nicht ...» Und unter dem Sonnenhut flossen Tränen über die Wangen, über die Lippen, ins Taschentuch, und die Unglückliche stöhnte auf, als bekäme sie keine Luft, als galoppierte der Herzschlag davon. Sie vergrub ihr Gesicht in den Händen, «... schon Monate her, doch immer frischer ... der Verlust wird täglich spürbarer. Er durfte mich auch beschimpfen. Ihm glaubte ich und seiner Zuverlässigkeit. – Verzeihen Sie. Los.» Das verwüstete Gesicht blickte streng.

«Vielleicht wäre es nicht sein Wunsch.»

«Was wissen wir?»

Clarissa legte den Gang ein. Erzählen konnte sie dies alles niemandem, nicht einmal im Freundeskreis. Neben ihr, im gelben Stoff, schluckte Greta von Meyenburg mühsam ihren Kummer herunter. «Die Kultur sollte helfen ... ich weiß ... tut sie auch manchmal. Feige sollte man nicht sein ... ich weiß ... bin ich auch manchmal nicht. Wir sollten leben und lieben, ich weiß, ich tu' es auch. Doch seine Hand glitt aus meiner. Mit Kanülen, unter Schläuchen.»

«Man hat ihm jede Hilfe zukommen lassen. Er ist in Ihrer Liebe gegangen und bewahrt und wünscht Ihnen Gutes.»

Clarissa setzte, so sachte wie möglich, zurück. Frau von Meyenburg weinte. Der Kampf mit der Scheibenelektronik war ärgerlich und unpassend. Erst beim dritten Antippen der Automatik blieb das Fenster einen Spaltbreit offen. Lindenstaub klebte auf Pendlerkarossen. An einem Mercedes fiel ein britisches Kennzeichen auf. Nach Werksschluß würde hier schönste Parkplatzauswahl herrschen. Clarissa bremste scharf. Der Mann war tölpelhaft. Gerade als sie auf die Straße biegen wollte, stob er zwischen zwei Autos hervor und blieb vor ihrer Stoßstange stehen, etwas Dunkles in der Hand schwenkend. «Mama Mia», flüsterte Clarissa gegen die Scheibe, während Frau von Meyenburg sich erschrocken am Handschuhfach abstützte. Es war nichts passiert, aber Clarissa fuhr sich mit flacher Hand über Stirn und Augen. Der runde Herr, der eine Baskenmütze in der Linken hielt, einen Koffer in der Rechten, beugte sich zum Fensterspalt vor. «Ja, ich weiß» murmelte Clarissa. «Ich irre hier herum», sprach der untersetzte Mann ins Auto, «ich sollte abgeholt werden. Sie haben doch auch gewartet. Können Sie mir weiterhelfen?» Er fischte etwas aus seiner Manteltasche. «Ah!» rief Frau von Meyenburg, «er auch.» Clarissa brauchte den Text auf dem schwarzglänzenden Kärtlein nicht zu entziffern – *Wenn Sie verstehen, verstehen Sie* … –, das der Mann dicht an die Scheibe hielt. Sie war versucht, Gas zu geben. «Soll der auch noch mit hinein?» fragte Frau von Meyenburg, als wollte sie sich ernsthaft empören. «Ankunft 16 Uhr 34 war mir gesagt worden. Sie sind die blonde jüngere Frau, die mich abholen wollte. Wer sonst?» «Es war», und Clarissa öffnete die Tür, stieg aus, zog schicksalsergeben die Rückenlehne des Fahrersitzes nach vorn, «der Tumult bei der Ankunft der Dame … Man widmet sich jedem mit besonderer Aufmerksamkeit … Entschuldigen Sie bitte. Steigen Sie ein.» Den Blick in die Ferne gerichtet, hielt sie starr die Tür auf, während der vielleicht Sechzigjährige im zu warmen Mantel mit seinem Koffer unter begreiflichen Schwierigkeiten versuchte, auf den Rücksitz zu gelangen. Verwirrt verfolgte die Schauspielerin das Manöver. «Es muß ein Ende haben», ächzte der Mann, «Charons Barke war auch nicht sehr geräumig.» «Einfach auf die Zeitungen», empfahl Clarissa, «wir sind gleich da», und der Grauhaarige schob die Druckerzeugnisse beiseite, ehe er sich mit einem Stöhnen ins Polster sinken ließ. Er war hochrot.

«Ich bin Zwilling. Himmelhochjauchzend, zu Tode betrübt. Der Betrübnis entkomme ich nicht mehr.» Greta von Meyenburg nickte knapp. Eilig war Clarissa wieder hinterm Lenker und gab einem Audi die Einfahrt frei. Am *Linde*-Komplex vorbei, durch eine Unterführung, und dann ging's auf die Hauptstraße.

«Lay. Dr. Heinrich Lay.»

«Meyenburg.»

«Berg.»

Brav mit Ortsgeschwindigkeit, wenn nicht noch lahmer, zudem in idiotischem Abstand, so daß man sich kaum einfädeln konnte, zog der Vorstadtverkehr vorbei. Mit einem Hupen war Clarissa zwischen den deutschen Fahrern. Obwohl sich Greta von Meyenburg nach einem neuerlichen Stützgriff ans Handschuhfach nach hinten wendete, konnte Dr. Lay vom Gesicht hinter der Krempe wenig erkennen. «Im ersten Moment hab' ich Sie», meinte die Schauspielerin, «für Wilhelm Killmayer gehalten. Der Komponist wirkt auch immer so zerzaust. Er hat im Herkulessaal sein Abonnement neben mir.»

«Der bin ich nicht.»

«Er ist auch schon steinalt.»

«Eben.»

Clarissa äugte zur Seite, über den Rückspiegel in den Fond, wollte aber eigentlich nichts wissen. Nach Normalität war ihr zumute, nach stinkfaden Tagen mit Examenskorrekturen oder sogar nach einem schlichten Migränetag hinter geschlossenen Vorhängen in der Batterfield Road, mit bedächtigem Teeschlürfen, langsamen Schritten ins Bad, Optimismus für den nächsten Morgen. Selbstmörder sollten doch selber sehen, wo sie landeten. Der einzelne blieb, man mochte es drehen und wenden, wie man wollte, seines Glückes Schmied. Überdies hatte man merkwürdige Treffer bei den Kandidaten. Woran lag es? Selbst Monika hatte mit implodierenden Seelen gerechnet, die stillschweigend, scheu, sauber ihren Handel mit der Schöpfung annullierten – wie nah ruhte der Starnberger See, – statt dessen explodierten einige Seelen, noch, laut. Oder schleppten sich dahin wie Frau Wimpf. Womöglich war es ein Migräneschub, einer der schlimmsten, schoß es Clarissa durch den Kopf, sie lag in Wirklichkeit mit einer Augenbinde auf dem Sofa, es flimmerte stechend im Kopf, und sie halluzinierte nur, wegen eines Komplotts eine voralpine Straße entlangzufahren. Neben allen zugelassenen Träumen, die dann aber auch wieder ein Ende haben mußten, blieben ihr Logik, Klarheit – dabei spielte ihr Name keine Rolle –, Berechenbarkeit das wichtigste. – Greta von Meyenburg war gefährlich. Sie war bekannt. Ihr Verschwinden konnte in absehbarer Zeit entdeckt werden. Andererseits verblieben alleinstehende Menschen allerorten in der modernen Zeit oft monatelang in ihren Wohnungen, ohne daß ein Nachbar auch nur klopfte.

«Buchenhain», las die Mimin vom Ortsschild ab.

«Ich kann es nicht leiden, daß man etwas laut vorliest, nur weil es dasteht. Haben Sie schon einmal bemerkt», kommentierte der Doktor von hinten, «wie viele Zugreisende in Augsburg ‹Augsburg› sagen, weil der Name auftaucht. Völliger Blödsinn.»

«Vielleicht verbinden einige etwas mit Augsburg.»

«Die Fugger etwa? Nein. Das Schaezlerpalais? Die eingegangenen Spinnereien? Niemals.»

«Lassen Sie die Leute doch reden.»

«Es füllt einem unsinnig die Ohren. Und die Stupidität verärgert. Gibt schon genug davon, genau wie von Unfreundlichkeit, Taktlosigkeit, Unsensibilität. Aber wer Freundlichkeit und Sensibilität einklagt, wird nur bitter und verzweifelt. Augsburg – so ein

Quatsch. Das ist wie ‹Das ist die Merkel›, wenn die Kanzlerin das Rednerpodium betritt.»

Gottlob pickte sich Frau von Meyenburg nicht das eventuell Beleidigende aus den Worten vom Rücksitz. «Buchenhain bedeutet durchaus etwas für mich. Hierher hat eine Kollegin ein Jahr lang ihren Hund zur Farb- und Bachblütentherapie gebracht. Das Tier war hysterisch. Es kläffte in der Kantine die Bühnentechniker an, beim Gassigehen riß es die Trude Stein geradezu mit sich. In Buchenhain wurde der Collie zweimal die Woche biologisch behandelt, mit Tinkturen und in einem grünen Raum, von einem Animal-Supervisor oder wie das heute heißt. Ich glaube, es konnte auf Trudes Krankenschein gemogelt werden. Schon auf dem Wege der Genesung, ist der Hund hier überfahren worden.»

«Viecher. Nicht weniger, aber auch nicht mehr.»

«Matthias hatte Trude wegen des Kassenbetrugs allerdings anzeigen wollen. Matthias hatte noch etwas vom Anstand der alten Schule.» Die Beifahrerin schluchzte unter der Krempe und schien sich gleichzeitig nachpudern zu wollen.

Clarissa und der Promovierte prüften beim Blick auf die zumeist weißen Häuser, unter welchem Dach sich wohl der Stimmungstherapeut für Collies und Wellensittiche verbergen mochte. Das war nicht herauszufinden. Doch in zwei benachbarten Anwesen mit größeren Fenstern, vielleicht Schaufenstern einer ehemaligen Reinigung und eines Raumausstatters, erblickte man die neuartigen Arbeiter, die, so war es überall, auch nach Einbruch der Nacht, sogar am Samstag und Sonntag, allein, von außen bestens einsehbar, in ihren PC tippten, Graphiken aus ihrem Drucker zogen. *Window-Workoholics* hatte Clarissa diese Gattung im Kunstlicht schon längst getauft, zumeist junge Männer, die in den Immobilienhandel eingestiegen waren, sich in der Finanzberatung zu behaupten versuchten. Tag-und-Nacht-Ich-AG konnte man die Malocher auch nennen.

Der Wald vor Baierbrunn schloß sich um die Straße. Motorbiker brummten vorbei. Lederkluft wurde sichtlich durch labbrigere Goretex-Overalls verdrängt. Schade, Männer in glänzender Montur waren manchmal ein erotischer Anblick gewesen.

Der Doktor beugte sich weiter schräg vor: «Sind Sie es denn wirklich?»

«Ja», ließ Greta von Meyenburg geschmeichelt vernehmen.

«Aber, verehrte gnädige Frau… welche Ehre. Sie hier mit im Wagen.»

Die Bühnengröße hob abwehrend die Hand.

«Ich war lange nicht mehr im Theater. Doch noch unter Everding hab' ich Sie in den *Drei Schwestern* bewundert.»

«Die Mascha Sergejewna.»

«Everding war als Regisseur ja reichlich plakativ. Aber als Organisator groß.»

«Wir haben ab der Premiere oft gegen seine Regie angespielt.»

«Tschechow – kein einziger Satz eine Parole – dennoch stimmen alle – vielleicht deswegen.»

«Die beste deutsche moderne Bühnensprache konnte ich noch bei Botho Strauß kennenlernen. Einsamkeit, Zickigkeit und Restcharme bei ihm, sage ich immer.»

«Bedenkenswert.»

Der Peugeot ruckte stets beim Herunterschalten vom vierten in den dritten Gang. Clarissa lehnte sich ostentativ zurück, und endlich zog der Doktor, der ihre Rückenlehne gepackt hatte, seine Finger weg.

«Nun: aus?»

«Aus», hob die Schauspielerin den Kopf. «Es ist so ein Nerventag heute.»

«Ein Nerventag. Der richtige Begriff beruhigt schon. Ja, es ist wieder ein Tag am Rande des Faßlichen. An andere Tage erinnere ich mich kaum noch. Was für eine Zeit, was für Menschen, Zumutungen und Erlebnisse.»

Im hübschen Baierbrunn mit seinem Maibaum hätte Clarissa das Gefährt am liebsten in die Waschanlage gesteuert, wäre herausgesprungen und hätte die beiden zwischen den Schaumwalzen verschwinden sehen.

«Die junge Dame wird uns in den Frieden helfen.»

«Die Todesbeauftragte.»

Als sie nach einer Zigarette greifen wollte, blickte Frau von Meyenburg sie derartig strafend an, daß Clarissa die Craven in der Packung ließ. Der Herr hinten setzte sich die Baskenmütze auf.

«Noch weit?»

«Nein.»

«Wem geben wir die 40 Euro?»

«Mir. – Sie können sich ein Zimmer im ersten Stock aussuchen.»

«Zimmer?»

«Wir sind keine Metzgerei.»

Schweigen herrschte im Vehikel. Zwischen den Bäumen tauchte die Turmspitze der Benediktinerabtei auf. Immerhin hatte Herr Dr. Lay seine finalen Leiden für sich behalten, hatte nach Frau von Meyenburgs Bericht vom Ableben des Gefährten Matthias nicht auch noch seine Enderschütterung mitgeteilt. Wer viel redete, sich offenbarte, war mitunter weit vom entscheidenden Schritt entfernt. Andererseits ... es gab die unvorhersehbaren Momente, in denen die Kräfte versagten, Hoffnung nicht mehr denkbar war, der schwarze Schlund sich auftat. Allem Reden zum Trotz.

Clarissa bog ins Wegegewirr Ebenhausens ein.

«Wo sind wir denn hier?» fragte Frau von Meyenburg.

«Wir fahren sozusagen nach Ungarn.»

«Waldwegstraße», wunderte man sich im Fond.

Die Hirten und Mädels der Puszta tanzten ihren Reigen.

13.

Nur die Gedankenlosen und Leichtfertigen wagten es, nach bitterer Winterszeit bereits wieder über Schwüle zu jammern. Andere vertagten die Klage noch oder wagten sogar die Behauptung: «Lieber matt sein und um den Kreislauf fürchten als frieren und heizen.» Jene, Ältere, denen die Jahre bereits durch die Finger rannen, meinten sogar übermäßig nüchtern: «Der nächste Frost kommt schneller, als man denkt.» All die Wetterklagen hatten auch mit der Lage Deutschlands zu tun. Da es sich in der Mitte befand, von Europa und sehr vielem, verlangte man insgeheim, daß diese Mitte sich endlich doch dem Süden zuneigen solle, an den sie schließlich grenzt, und sonniges, zumindest halbwegs italienisches Wetter bescheren möge. Das geschah jedoch nicht. Keine Freude war anhaltend, stets wurden Schauer angekündigt. Andere, die sich auf die Nördlichkeit der Mitte eingestellt hatten – «bei dem heißen Mai gibt's einen verregneten Juni» –, waren dann nicht offen für zwei Wochen mit heiß-feuchten 32 Grad. So war Deutschland das Wetterkommentarland Numero eins, was auch Debatten über Zugluft einschloß, und verwirrte jene, welche die Mitte, berechtigt, sich südlicher dachten, ebenso wie ihre Bekannten, die empfanden, die Mitte sei doch ohnehin ein verhangener Ausläufer Skandinaviens. So blieb man, vielleicht auch in der gesamten Mentalität, in lamentierender Bewegung, auf der Suche und war manchmal beglückt.

Egal.

Vielleicht auch nicht.

Vor drei Wochen war zuerst Clarissa mit Ulrich, dann Monika die drei Stufen zur Haustür hinaufgestiegen. Ein Kommunalbeamter hatte ihnen aufgesperrt und den Schlüssel überreicht: «Wir waren mit der Nutzung nie zufrieden. Ich hoffe, Sie werden sich hier wohl fühlen und vielleicht sogar Wurzeln schlagen.» «Die Rotbuche war schon früher so riesig», war Monika aufgefallen. «Wenn sie zweihundert Jahre alt ist», hatte ihre Schwester kommentiert, während Ulrich nach dem Platz spähte, wo er und ein Bauernbursche die Halstücher getauscht hatten. «Bei dem mäßigen Zins», erklärte der zuständige Beamte, «haben wir unser Asylantenkontingent hier untergebracht. Anfangs Vietnamesen, nach dem Fall von Saigon, später Schahgegner, bald darauf Flüchtlinge vorm Khomeini ... dann länger nichts, nur DDR-Aussiedler, es schien ziemlich friedlich auf der Welt gewesen zu sein, was ich aber nicht glaube ... schließlich Kosovaren und, ich glaube, Bosnier, dazwischen immer wieder ein Schub Volksdeutsche aus Kasachstan. Asiaten wären noch mal gut gewesen, die reparieren alles. War bunt hier oben. Andere Gesichter im Ort. Melihate Sandriu aus Pristina führt jetzt unser Sportplatzrestaurant, ganz prima, ihr Bruder sitzt im Knast. Einbruchserie. Sie ist halb froh oder sogar ganz, ihn los zu sein.»

Der Mann vom Liegenschaftsamt hielt ihnen sogar die Tür auf. «Ich empfehle Ihnen natürlich unsere einheimischen Handwerker. Da geht so manches, auch am Sonntag.»

Zu viert hatten sie in der Halle unter dem Leuchter gestanden und ins spitze Dachlicht hinaufgeschaut. Bemoostes Riffelglas. – Anderthalb Wochen war es her, daß Frau Fontanelli mit zwei Gehstöcken mühsam aus der S-Bahn gestiegen war und Ulrich die Schwerkranke zum Auto geleitet hatte: «Meine letzte Fahrt. Nach 88 Jahren. Man muß dankbar sein. Halten Sie mir dann die Hand? Ich hab' niemanden mehr. Ich rufe Sie, wenn es soweit ist. Ich werde mich doch nicht vor den Zug fallen lassen. Da wird man dann noch nachträglich beschimpft, daß man den Verkehr aufhält. Ich hab' meine Medikamente nicht mehr dabei.» Drei Tage und Nächte hatte sich das Leben dennoch, fast triumphal bis zum letzten Herzschlag, geweigert zu weichen. Die letzten Stunden vor und im Zimmer Frau Fontanellis, ihr Kampf ums Verlöschen begannen Ulrich und Monika jetzt allmählich gegenwärtig zu werden. «Es ist so merkwürdig hier», hatte sie gehaucht, «aber das ist genau richtig… Bitte, Ihre Hand.» Der Diabetes war nur ihr längstes, aber nicht ihr schwerstes Leiden gewesen. – Das winzige Kruzifix hatte sie in ihren Fingern behalten. – «Warum liebt man die Leidenden?» hatte Monika in der Nacht nach dem bedrückenden Kellertransport gefragt. «Weil man es, schon aus Egoismus, zu tun hat.»

Graublau wölbte sich der Himmel. Das Buschgrün schien gedrückt von Schwüle. Mittagslicht ruhte auf den Dächern, ein paar Schafe und Ziegenästen langsam, durch die geöffneten Fenster drang kein frischer Luftzug. War es Montag, war es Dienstag? Unter dem äußersten Gezweig der Rotbuche bewegte sich allein Xaver Bauer und brummte vor sich hin. Der Temperatur zum

Trotz trug er den rhombengemusterten Pullunder überm weißen Hemd. Die Wollstrümpfe waren grau wie die Cordknickerbokker. «Unordentliche Hacke», schimpfte er. Tatsächlich wackelte das rostige Hackeisen am Stiel. «Quecken, ich komme.» Der Mann rückte dem Grün zwischen dem Gehwegschiefer des Ungarischen Hauses zuleibe. Bei seinem Drang, zu dem die Welt nicht paßte und vielleicht nicht einmal er in sie, hatte er mit dem Gerät aus dem Gartenschuppen erst ein halbes Dutzend graue Platten von der wuchernden Umgrünung befreit. Zeitraubend wirkte vor allem, daß Herr Bauer alle paar Minuten zum Bassin hinüberstapfte und sich die Hände wusch.

«Laß ihn nur», hatte Clarissa bei einem Blick aus dem Fenster zu Monika bemerkt, «wenn er noch etwas durchhält, kann er auch die Hecke schneiden.»

Stille regierte das Haus. Nicht ganz. In der Küche hinkte Ute Wimpf. Die Schwüle machte ihrer Wade zu schaffen. Der Schüler hatte mit seiner Schere zwar keinen Nerv verletzt, doch die Fleischwunde und Narben würden vielleicht immer wetterfühlig bleiben. Hungrig griff sie sich einen Schokoriegel aus einem Korb mit Süßigkeiten und Bananen.

Nach vier Wochen war die Erinnerung an den Überfall neben der Sporthalle eher beklemmender geworden, als sich zu verflüchtigen. Sie hatte als Pausenaufsicht um die Ecke zu den Fahrradständern geschaut und die drei Burschen rauchend über ein Heft oder eine Broschüre gebeugt gefunden. «Keine Zigaretten mehr auf dem Schulgelände ... Was habt ihr da Interessantes zu schmökern?» hatte sie fast kameradschaftlich gefragt. «Ey, du, du steril Paukvotz!» hatte der Älteste wie besinnungslos losgebrüllt, «Verpiß dich, wenn du noch kannst!» Im Schock hatte sie dummerweise noch die Hand nach dem Heft ausgestreckt, war wegstoßen worden, rücklings über einen Fahrradständer gestolpert und hatte den heißen Schmerz im Bein gespürt. Blut an der Hand, am Rock, Blut überall. Wegpreschende Gestalten, schwarz war ihr vor Augen geworden. Nie wieder in diese Klasse, in dieses Inferno, nach einem Monat Unterrichtsausschluß latschten die Hooligans mitten in der Stunde wieder ans Fenster und gaben Kumpels draußen Zeichen. Immer wieder, in ihren Gedanken, stolperte sie, sah sie die Hand mit der Schere vor sich, «du lange schon für Lektion gut!» – Hatte sie vorher enorme Fehler begangen? War sie zu nachsichtig gewesen, als sie in den lärmenden Klassenhaufen so beherrscht wie möglich einfach weiter elementare Fakten über den Kreisauer Widerstandskreis vermittelt hatte? Die paar aufmerksamen Schüler, Aischa, die sagte: «Ich interessiere mich für die Geschichte», waren selbst immer kleinlauter und fahriger geworden. Nach der nervenzehrenden Freundlichkeit war ihre plötzliche Strenge der womöglich noch größere Fehler gewesen. Vor Wut über ein Mädchen, das sich die Fingernägel lackierte, hatte sie ihm mit dem Lineal auf die Hand geschlagen und sich dann beim Direktor sogar vor den Eltern, die allerdings kaum Deutsch verstanden, entschuldigen müssen. Zumindest in der Oskar-Maria-Graf-Schule war alles aus dem Lot. Sie hätte zu Gesprächen regelmäßig die Elternhäuser aufsuchen müssen – aber wann? –, um vielleicht einmal die Worte und Werte *Fleiß* und *Disziplin, Lernen fürs Leben, für den Genuß!* schmackhafter zu machen. Aber manche Familien lebten gut auch ohne all das, schon bald in der vierten Generation, mit gewiß bescheidenem Einkommen, aber vorm Flachbildfernseher. Nur nicht bitter werden, rückständig, selbst aggressiv, hatte sie sich kurz vor dem Überfall dennoch einmal vorgenommen. – Ute Wimpf goß auf der Anrichte Mineralwasser aus einer Plastikflasche in eine

Glasflasche um. Kunststoff tötete die inneren Schwingungen von Wasser, zerstörte seine Kristallstrukturen, die durch Glas wieder in natürliche Bewegung gerieten, sofern dies überhaupt bei Wasser möglich war, das durch Leitungen geflossen war. «Traulich und treu», summte die Geschichtslehrerin, «ist's nur in der Tiefe …» Daheim hatte sie eine kleine Sammlung Wagneropern besessen. Wenn alles in der Schule ohne gültige Richtlinien vor sich hin brodelte, äußere Formen unter Verdacht standen, zwingend wieder zum 3. Reich zu führen, wenn jeder nur sich selbst, innerlich verlassen, voranboxte, dann war im Grunde für jeden Schüler und jeden Pädagogen ein Therapeut vonnöten. Wo sollte das hinführen? – Vor einer Vereinigung mit dem Wasser war es sicherlich richtig, auch den eigenen Wasserhaushalt dem freundlich gesunden Urelement anzunähern. Ute Wimpf trank vom wohltuenden Naß, in das sie eine Messerspitze Quarzkristalle eingerührt hatte. In einem der beiden Ayurveda-Läden am Ort hatte sie zur Umkehrosmose des Flaschenwassers Ikosaederzutaten aufgetrieben. Vielleicht brauchte sie für eine klare Energie, die zum entscheidenden Entschluß führte, auch unverfälschtes Steinsalz. – Wieso war alles, inmitten von Wohlstand, Freiheit und Selbstverwirklichung, so trist geworden; oder war die Tristesse nur ihre persönliche Projektion? Und das Leben war in gewandelter Verkleidung so, wie es schon die Sumerer gelebt hatten. «… treu ist's nur in der Tiefe», sie genoß die Erfrischung.

So angenehm kühl wie in der Küche war es auch in der Halle.

«Kann ich Ihnen helfen?» fragte Frau Hoffmeister.

Ulrich wandte sich um. «Nein danke.» Er hielt mehrere zusammengeklebte Papierbögen empor, die er innen an der Haustür zu befestigen versuchte.

«Allein ist das schwierig.»

«Dann halten Sie das Tesa.» Als Frau Hoffmeister in ihrem weißen Bademantel eben nach dem Kleberoller greifen wollte, hielt sie inne und stützte sich statt dessen an Ulrich ab: «O Gott, die Wallungen, unvermittelt, erst heiß, dann eisig, mit Schwindel ... auch die Schilddrüse spielt verrückt.»

Ulrich blickte verhalten.

«Da müssen Sie nicht durch. Ich kenne mich selbst nicht mehr. Endlos kommt mir diese Zeit vor ... ich muß mich ausruhen.»

«Ausruhen?»

Hilde Hoffmeister reagierte nicht. Eine Hand lag auf Stirn und Turbanrand. Im Grunde sah die Uhrenverkäuferin aus dem Kaufhof, die daheim randaliert hatte, um einiges älter aus, als sie sein konnte. Herbe Gesichtszüge, fast männliche Wangenknochen, schwarzgraue Haarfransen unterm Frottee, aber doch lebhafte Augen. Seit Tagen geisterte sie im Negligé durch die Diele und über Treppen. Im Bedarfsfall hätte Ulrich sie auf über Fünfzig geschätzt.

Sie wankte einen Schritt zurück, hielt aber den Kopf lesend vorgestreckt. Ulrich durfte sich nicht irritieren lassen. Es gelang ihm, den doppelten Papierbogen ans dunkle Holz zu kleben.

Verehrte Gäste, entzifferte über seine Schulter hinweg die Mittagswandlerin: *Verehrte Gäste!, die wir als entschlossene Finalisten ansprechen möchten. Der Aufenthalt in unserem Hause scheint sich für manche ... wider Erwarten über mehrere Tage zu erstrecken ... Das Tagegeld von 40,– Euro wurde hingegen nur einmal entrichtet. Dies ist für den Betrieb und die nötige Grundversorgung (Wasser, Strom, unverzichtbare Lebensmittel) nicht ausreichend. Wir bitten daher, für jeden zusätzlichen Verweiltag jeweils 40,– Euro im Sparschwein zu deponieren, das auf der Hallenanrichte ...* Hilde Hoffmeister blickte sich, gemeinsam mit Ulrich, um, wo nun tatsächlich ein traditionelles, sehr voluminöses Sparschwein neben einer leeren Obstschale zu sehen war, … *aufgestellt worden ist. Eine Abbakliste liegt anbei. Im übrigen verweisen wir noch einmal auf unsere Kellerräume, in denen Sie nach alter Methode, ebenso geräuschlos wie abgeschieden, Ihr unverrückbares* ‹Es reicht› *in die Tat umsetzen können.*

Mit besten Wünschen, Ihre Hospizleitung

Aus ihren dunklen Augen starrte Frau Hoffmeister Ulrich an. «Das ist schwer zu formulieren», gab er zu. «Man will ja niemandem weh tun. Herr Lehmann hat einmal bezahlt und blieb …»

Mit Tränen in den Augen stürzte Hilde Hoffmeister in ihren Puschen davon und die Treppe hinauf. «Man soll auch noch schnell machen.» «Die meisten verdienen wahrscheinlich mehr als ich», rief Ulrich, fast schon zu privat, der Weißen hinterher, die in ihre Unterkunft Nr. 10 stürzte.

Erna Jakoubek schlurfte aus einem bereits ehemaligen Gästezimmer in die Halle. War es soweit? Hatten die ferne Säge und ein Motorrad, das in der Nachbarschaft offenbar repariert wurde, ihrer Lärminvalidität den Rest gegeben? Die fahle Kioskpächterin vom Mittleren Ring bewegte sich gebeugt durchs Dämmerige. Sie nahm Ulrich nicht wahr, der einen roséfarbenen Ohropaxpunkt im Ohr erahnte. Die Kellertür stand einen Spalt offen. Die dritte Stufe war besonders uneben. Erna Jakoubek verharrte in Strümpfen vor der Wandtäfelung. Sie fand die Klinke vom Klo. Während alsbald die Spülung rauschte, ein Rasseln der Kette am Wasserkasten vernehmlich war, verlor sich Ulrichs Blick im Lichtstrahl, der durch ein Vorderfenster auf eine Fliese zielte. Bunt tanzte der Staub im Licht. Ob die Partikel aufwärts oder abwärts kreisten, war nicht zu erkennen. Beileibe drehte sich nicht nur namenloser Staub. Er stammte von irgendwoher. Von der Straße, war jahrmilliardenalte Substanz, Hergewehtes aus Nordafrika, weiter zirkulierende Feinspur aus den Kriegstrümmern Münchens, Knochenspreu aus dem siebzehnten Jahrhundert, Sternengruß, Memento mori, auch Lebenssignal, unzählbar oft aufgewirbelte Ewigkeit, funkelnd kristallin, sehr streng, aber auch bezaubernd. Der in sich geschwinde Pfeil, meinte Ulrich, schien ein paar Millimeter über den Stein gewandert zu sein.

Hanna Reutte, locker in ein Bettlaken gehüllt, erschien oben hinter der Balustrade und spähte mutmaßlich nach Herrn Fehling. Doch der Rundfunkredakteur war nicht zu sehen. Er hatte die Tür verriegelt und die Kattunvorhänge zugezogen. Markus Fehling lag in Slip und Unterhemd auf dem zerwühlten Bett und fixierte die Stuckgirlande ums Lampenkabel. Schweiß stand ihm auf der Stirn. Kein hörergültiger Satz fiel ihm ein, den er zum derzeitigen Verhältnis zwischen den USA und Rußland sagen konnte. «Die Washingtoner Administration drängt ...» Bei allem mußte er den russischen Krieg gegen muslimische Separatisten in Tschetschenien im Auge behalten. «Gemeinsam mit Westeuropa ...», «In Anbetracht aller Umstände ... auch im Iran ...» Nichts. – Hübsch häßlich war es hier im Übergangsbau. Die Vorhänge an der Eisenstange mußten vorzeiten Farben und Muster gekannt haben. Durch einen Spalt im schattierten Grau leckte die Sonne über schrundiges Stabparkett und Furnierschrank, dessen Türen sich nicht schlossen. Die Nachttischlampe, vernickelt und mit senfgelbem Glasballon, mochte in den mittleren Jahren der Weimarer Republik hergestellt worden sein, in Kassel, Jena, in Liegnitz, Niederschlesien, Art Déco plus Neue Sachlichkeit.

«Mit seiner Einwanderungsproblematik wird Frankreich …» Markus Fehling hieb mit beiden Fäusten ins Bettzeug. *Die Migrantenströme haben alles erfaßt…* waberte es ihm durch den Kopf. Er mußte nicht frei moderieren! – Er mußte jetzt nicht die Welt in vierzehn Zeilen à sechzig Anschlägen erfassen und erklären! «Wenn der Iran aber auf Atomwaffen verzichten würde, könnte – das sei doch der Regierung in Teheran ins Stammbuch geschrieben –, der Westen…» Ins Stammbuch? Einer Regierung. Abgegriffene Formulierung. Der Vormittagskommentator der beliebten Hörfunkwelle, die durch allerlei musikalische Auflokkerung bedenklich unterhaltsam geworden war, wälzte sich in der Wärme zur Seite, kniete sich vors Bett und warf seinen Oberkörper aufs Lager. Diese Beichtstuhlhaltung war bereits als Junge über ihn gekommen, wenn er vor Mißmut oder Grimm in die Matratze gebrummt und gebrüllt hatte: *Ich will, ich will, ich will mit auf die Skiwanderung in den Harz! – Wenn ich Ulrike nicht mehr treffen kann, dann …* Markus Fehling brüllte unartikuliert ins Laken, bis ihm der Kopf schmerzte. *Der österreichische Bundeskanzler und der Berner Bundesrat…* «Blah, blah, blah», keuchte Fehling. Er spürte den Wulst um seine Hüften. Hastige Mahlzeiten, dreimal im Leben war er gejoggt. Seine Zunge strich über seine Zähne. Bereits drei Implantate, anderes wackelte – das Zahnfleisch war auf dem Rückzug, eine Streßfolge, wie man neuerdings wußte. «Schanghai boomt.» – «Afrika ist völlig vergessen!» Er schielte in die Zimmerecke. «Viele warten, bis das afrikanische Chaos aus Bürgerkrieg, Korruption und Aids sich durch den allgegenwärtigen Tod aufgelöst hat und der Kontinent für einen Neubeginn bereit ist.» Er grub das Gesicht ins Leinen. Fünfundzwanzig Jahre lang war er mit Schwung, Disziplin, gelegentlichem Überdruß ins Funkhaus gegangen, hatte die Meldungen gesichtet, nach Wichtigkeit geordnet – Kinshasa war nicht so wichtig wie Schanghai, Abholzung des Regenwalds und Überfischung der Meere hielten sich an düsterer Schlagkraft hingegen die Waage –, hatte er Hintergründe recherchiert, wie es sich gehörte, hatte Telefoninterviews mit dem Verbraucherminister über Genroggen, mit den Oppositionsführern über die Novellierung der Arbeitslosenunterstützung geführt, geschmeidig, ohne das beliebte voreilige Verfinstern sämtlicher Gegebenheiten, er hatte Hörerpost empfangen, in der sein Stil als «gentlemanlike» bezeichnet wurde. Gewiß war es die *déformation professionelle*, aber immerhin professionell gewesen, auch an dienstfreien Tagen acht Zeitungen zu studieren, in den Urlaub sich die großen Blätter nachsenden zu lassen. Je intensiver er auf Fuerteventura tagsüber gelesen hatte, desto kräftiger hatte er abends gesoffen, vier Sambuca nach dem Dessert, so daß Karin ihn ein-, zweimal ins Hotel hatte manövrieren müssen. Die Welt erschöpfte. Chronist hätte er sein sollen, in einer mittleren mittelalterlichen Stadt, Soest, Lemgo, um im überschaubaren Zirkel alle paar Wochen die Zunftbeschlüsse, die Raubzüge von Strauchrittern gemächlich in die Annalen zu kritzeln, aber so ... Spezialist in sämtlichen Belangen der Volkswirtschaft, von Ökologie, Politikwissenschaft und Völkerrecht hätte man – auch als Hörer – sein müssen, um reinen Gewissens, haltbar für zwei Tage, mit förderlicher Zielsetzung für die Menschheitszukunft zu behaupten: «Es geht Deutschland schlechter als vor drei Jahren.» – Markus Fehling krampfte die Finger ins Unterbett. An sich war dieses hohe schäbige Gelaß das Richtige, um zu schluchzen. Er müsse auf eine überraschende Dienstreise für fünf Tage zum Außenministertreffen nach Dublin, hatte er Karin mitgeteilt, die ihm längst nicht mehr den Koffer packte. Er hatte sie auch schon aus Dublin angerufen, aus Ebenhausen: *Das Wetter sei mittelprächtig, die Termine jagten sich, der polnische Außenminister habe als vermeintlichen Witz tatsächlich gesagt: Was wir von Europa wollen, ist Geld*... Dafür interessierte sich Karin nur mäßig. – Er hatte nichts oder wenig gestaltet in seinem Leben, er hatte ausschließlich Heranflutendes kanalisiert, unbewältigte Aktualitäten abgehakt – an strammen Tagen mit dem schützenden Zynismus: «Was sich lange genug abschlachtet, kommt irgendwann zur Ruhe» –, hatte sein Bestes getan und gegeben. Aber die Kräfte reichten nicht. «Palästina»... schon seit langem hatte er geahnt, daß der Nahostkonflikt seine Todesfalle sein würde. Seit seinem Berufseinstieg verfolgten ihn die Feindseligkeiten und das Gemetzel dort. Was sollte ihm zum beständigen Haß noch einfallen? *Vertragt euch doch, alles andere macht euch weiterhin unglücklich*, hätte er am liebsten angesichts von Attentaten und Vergeltung im Gelobten Land kommentiert, doch das klang naiv. Der Konflikt war ihm immer diffuser erschienen, zwischen den Verlautbarungen aus Tel Aviv, Ramallah und dem, was einzelne Palästinenser und Israelis Gütliches erstreben, hatte er sich nicht mehr zurechtgefunden. *Die sind böse, die sind gut*... wie erfrischend wäre solche Klarheit gewesen! Es gab sie nirgends! Und das sollte er dann darlegen. «Nach dem jüngsten Überfall in Palästina ...», hatte er seine letzte Moderation noch begonnen und war dann ins Stocken geraten, «die israelischen Gegenreaktionen ...» Und dann war ihm noch Syrien in die kleine Analyse geraten: «Wenn die syrischen Palästinenser mit amerikanischer Hilfe den ägyptischen Friedensplan für Gaza ... Ja, dann!», hatte er noch etwas irre ins Mikro gefaselt, wobei die Regie den Regler offenbar bereits zugezogen und ein Chanson von Gilbert Bécaud eingespielt hatte. Markus Fehling fühlte die Tränennässe im Laken. Das war kein Leben mehr, das war räudiger Verschleiß. Vor gut zehn Jahren, mit Anfang Vierzig, hatte er das erste Mal von der Rente geträumt. Wie beschämend! Klapprig, aber erlöst zu sein, was für ein degenerierter Wunsch. Seine Knie schmerzten auf dem Parkett. Gut. Das war wie eine Züchtigung der Inquisition, die das Seelenheil im Sinn hatte, für die Gläubigen, die auf ihrem schmalen Daseinspfad nicht ins Heillose abirren durften. Nach einem gewaltigen Schluck aus der Pulle, die auf einem Kellertisch stehen sollte, würde er zu Gott kommen. Heil dir, Gott! Ich bringe dir das mies behandelte Leben zurück! Andererseits: Erdentage meinten Arbeit, Kummer, Überforderung, jedenfalls wenn man mit dem herben Katechismus im Konfirmandenunterricht aufgewachsen war: *Ächze, also bist du*. Doch auch die Katholiken wurden immer zweckhöriger, angepaßter und protestantischer. Markus Fehling glotzte übers Bett in den senfigen Ballon der Nachttischfunzel. Hatte er ertragen, was alle ertragen mußten, oder etwas Besonderes? War er, mit seinem Atem, seinem Blut, eine Sollbruchstelle des Systems?

Gleichwie. «Fett, alt, grau», murmelte er, die Arme weit ausgestreckt: «Ich bin ein Junge, ich bin ein Mann, ich bin ein kleiner Junge… Markus, Markus… Ja!» Er furzte so kräftig, wie er konnte. Er spähte um sich. Er schaffte es abermals. Erleichtert, wenigstens mit eigener Duftmarke ins Nichts. Ein Bein hievte er aufs Bett. Noch einmal Wärmemittagslichtschlummern.

Er hörte es durch die Wand rumpeln. Schlimm erging es Betty Huber. Die zierliche Hinterbliebene des Versicherungsmaklers Konrad Huber strauchelte zwischen dem Mobiliar hindurch, das ihr Klappbett umstand. Offenbar war sie in einem Stuhldepot einquartiert worden. Neben zwei Korbsesseln vorm Fenster, diversem Küchengestühl, das sich längs der Wand reihte, war es vor allem ein immenses Samtfautieul, der jede freie Bewegung vereitelte. Atemlos ließ Betty Huber von weiterem Stühlerücken ab, ihre letzte *Voltaren* blieb unauffindbar, war vom Waschtisch weggerollt, unter die vierbeinige Eiche und vielleicht unters Bett in einen Bodenschlitz. Das Gestell quietschte bei jeder Regung, und wahrscheinlich mußte sie froh sein, wenn die Liege nicht plötzlich unter einem zusammenklappte. Die blondierte Haidhausenerin sank quer in den Armsessel. Venenverschluß. Der Wadenschmerz hatte seit dem Vormittag zugenommen. Wirklich helfen konnte das läppische Antiphlogistikum, kombiniert mit drei 800er *ASS*, auch nicht mehr, eher beschleunigte die Ratiopharmportion den Magendurchbruch. Und die Vorräte, um noch leidlich bei Kräften mit dem hinfälligen Leben dann Schluß zu machen, waren auch bemessen. Zwei Stimmungsregulierer, gutes *Lexothanil*, hatte sie Erna Jakoubek abgegeben, die nun nur über geringe Sehstörungen klagte, andere Zäpfchen, *Tavor*, Mutmacher aus der versiegten Altenheimquelle, hatte ihr der verschwundene Herr Kipphard abgebettelt. Mit Juckreiz, Atemnot und Schüttelfrost mußte er natürlich rechnen. Ohne Nebenwirkungen war ein Heil nicht zu erhoffen. Auf jungen Birkenblättern vorm Fenster flirrte das Lichtgold. Betty Huber sah ihre offene Krokotasche auf der Kommode. Wann sie sich in frühen Jahren an einem Waschtisch mit Krug und Schüssel gewaschen hatte, wußte sie auch nicht mehr, jedenfalls erstmals wieder vorgestern. Darauf kam's nicht mehr an. Der Schmerz im Unterbein wechselte zwischen stechend und stumpf. In hübscher Bluse, hellem Rock, in Schuh und Strümpfen lag die Achtundfünfzigjährige schräg im Sessel, plötzliche Wadenschwellung, irgendein monströser Schmerzknall im Letztbewußtsein – nun mochte es schnell gehen. Noch einmal die Arme von sich strekken, Aufschreien, Blutrinnsale aus den Mundwinkeln, verschwommene Erinnerungseruptionen, letztes Hecheln – die grauenhafte, sündteure Sorge ums Wohl wäre überstanden. Eigentlich wollte sie lange und munter leben, deswegen hatte sie sich teilweise ruiniert. Aber Medikamentenhörigkeit konnte man es nicht nennen, wenn ein alleinstehender Mensch dem Leberverschleiß entgegenwirkte. Und ein Leben lang war sie Passivraucherin gewesen. Von Asbest war sie bedroht worden. Richtig intensiv mit Prophylaxe und Kur war es nach dem Wegzug Gerda Rieslings, der engsten Freundin, nach Heidelberg geworden. Mit Gerda hatte sie *Aktren* und *Flurazepam* für den Tiefschlaf getauscht. Dann hatte Gerda auf einer Kreuzfahrt Wilfried Kübler kennengelernt und sich für ein neues Leben am Neckar entschieden. Noch vor ihrem Umzug hatte Gerda eine gewisse befremdliche Verwandlung durchgemacht, war in die Sauna gegangen, hatte sich eiskalt abgeduscht und dabei offenbar gedacht: *Entweder falle ich tot um, oder es geht mir gut. – Auch das Wohlgefühl nach dem Saunieren*, hatte sie Gerda gewarnt, *kann täuschen, und selbst ein Röntgenbild zeigt nicht das, was geschehen könnte und sich vielleicht schon anbahnt. – Ich glaube, unser Kontakt wird nachlassen, Betty*, hatte die Leichtfertige reagiert, *und überhaupt, koch' dir doch eine Suppe aus deinen Fußpilzsalben!* Hoffentlich bereute Gerda ihre Gedankenlosigkeit nicht. Tatsächlich hatte sie nichts mehr von ihr gehört. War sie tot? – Betty Huber erhob sich, stützte sich an der Fransenlehne ab – Bewegung brachte die Embolie erst richtig in Schwung –, humpelte vor den Waschkommodenspiegel. Va banque sei das Leben, hatte ihr Mann vor seiner Afrikareise zu ihr gesagt, was immer das exakt hieß. Wenn ein so umtriebiger, oft auch gehässiger, ja brutaler Mensch wie Konrad Huber verschollen blieb, so mußte das in seinem Fall – mochten auch zwölf

Jahre vergangen sein – keineswegs endgültig sein. Safari hin, Antilopen her, in das Malariagebiet mit Salmonellenansturm und Skorpionen unterm Hut wäre sie niemals mitgereist. Erstaunlich, daß Menschen überhaupt irgendwo überlebt hatten, angesichts der Mikroorganismen. Dreck reinigt den Magen, hatte vor Urzeiten ihre Großmutter in Abensberg gelacht, als sie im Sandkasten ihre Puppe gefüttert hatte. Betty Huber schob den Kopf vors Spiegeloval. Das ins Weißliche spielende Blond hatte sie ansprechend frisiert, mit zwei Halblocken an den Schläfen. Eigentlich sah sie blendend aus – dank oder trotz *Aktren*. «Dummes Ding.»

Konrad hatte sie betrogen und sogar geschlagen. Sie hatte es bis zum Schluß ungeachtet ihrer blauen Flecken nicht glauben können und für Ausrutscher gehalten. Das durfte doch nicht sein. Betty Huber legte sich wieder hin. Hoffentlich war das Monstrum, das sie einst geliebt hatte, gerecht und flink dahin. Sie schluckte und schloß die Augen. Warm wehte es sie von draußen an. Das durfte man kaum jemandem wünschen. Nein. –

«Herr Fehling?» flüsterte es vor der Nachbartür. Zu pochen traute sich Hanna Reutte nicht. Die Domina schaute in die Halle hinab, als vom Eingang schwere Schritte erklangen. Mit emporgehaltener Hand eilte Herr Bauer auf die bunte Glaswand zu, klopfte gegen die leise klirrende Tür. Das dunkelhaarige Fräulein Monika öffnete ihm überrascht.

«Der Hackenstiel ist morsch. Den Splitter habe ich heraus. Ich verblute fast.»

Die gestutzte Minelli blickte auf den tropfenden Finger.

«Es muß doch Pflaster geben!»

«Was?» fragte sie.

«Pflaster. – Finger. – Blut.»

«Dafür sind wir eigentlich nicht da.»

Herr Bauer stampfte mit dem Haferlschuh auf.

«Gleich.» Die Minelli verschwand, ließ aber die Tür einen Spalt auf. –

Sitzend, mit übereinandergeschlagenen Beinen, mußte Greta von Meyenburg mit einem Schrankspiegel vorliebnehmen. Sie zog den Lippenstift nach.

«Da gehn, wo Räuber streifen, Schlangen lauern,
Da kette mich an wilde Bären fest.»

Sie tupfte mit dem kleinen Finger am Mundwinkel.

«Birg bei der Nacht mich in ein Totenhaus
Voll rasselnder Gerippe, Moderknochen
Und gelber Schädel mit entzahnten Kiefern.»

Endlich herrschte große Ruhe rundum, und allein das Vogelgezwitscher erfüllte die mittägliche Stunde.

«Heiß in ein frisch gemachtes Grab mich gehn
Und in das Leichentuch des Toten hüllen!»

Sie war parat. Puder, Lidstrich, ein Hauch Rouge – alles Maske der Vergänglichkeit. Gast war sie gewesen. Sie gab ihre irdische Visitenkarte wieder ab. – Dieses Meisterwerk, vor vierzig Jahren das letzte Mal gespielt – mit dem noch unverbrauchten Friedrich von Thun in Veroneser Strumpfhosen –, sie versuchte sich an die letzten Verse zu erinnern.

«Sprach man sonst… solche Dinge, bebt' ich schon,
Doch tu' ich ohne Furcht und Zweifel sie,
Des süßen Gatten reines Weib zu bleiben.»

Unschätzbar blieb es, im Schutze der Kunst die Erdentage zu durchwandeln. Alles hatten die Dichter erfühlt, erkundet, erspäht und erwogen, und ihr Wort wurde zum Gewand, in das die fröstelnde Seele sich hüllen konnte.

«Gib, Liebe, Kraft mir! Kraft wird mir Hülfe leihen.» Ein Handtuch hatte sie als Frisierumhang über die Schultern gehängt. Ein Luftzug blähte die Stores. Womöglich hatte sie Glück gehabt mit dem Wartezimmer. Die Eckfenster sorgten für angenehmes Licht. Das Nußbaumbett war eine Antiquität. Ein Gazeschleier darüber – und es hätte in Schnitzlers *Einsamer Weg* gepaßt, anheimelnd melancholisches Wien der Jahrhundertwende ... «Sie sollten alles glauben, woran andere nicht glauben können ...» – Düsseldorf, 1964, ein rauschender Erfolg, noch mit Balser als Professor Wegrat, der Wessely als Gabriele ... im Grunde ein *Ufa*-Ensemble, das in den schlimmen Zeiten durch Unterhaltung, *auf höchstem Niveau*, wie Paula auch bei ihrer Entnazifizierung bekundet hatte, Widerstand geleistet hätte, «subversiv, durch Ablenkung» ... Mit Paula hatten die Menschen, gerade in dem prekären Streifen *Heimkehr*, trotz seiner Rassenhetze grandios besetzt, am innigsten gelitten und geweint. Später, 1964, war man zwischen den Proben auf der Rheinpromenade noch an ausgebrannten Fassaden entlangspaziert. Für die meisten im Ensemble war es ein lustiger Sommer gewesen, mit reichlich Bowle, sie hatten sich alle längst wieder forsch und beseelt ins Neue, wenn auch spürbar Ruinierte gefügt – Trümmer, geschändete Sprache, Schuldfragen, Tätergewimmel, Überwindung der Nachtmahre. Paula Wesselys Roben hatten Bewunderung auf der Kö erregt. Sogar Magda Schneider, gleichfalls aus dem Burgtheaterarsenal, und Romy, damals bereits liiert in Paris, hatten sich zur Premiere eingestellt. Letztere, von einer alles überstrahlenden Grazie, war ebenso liebenswürdig wie unnahbar geblieben.

Wie meinte Schnitzlers Johanna noch zum vergebens begehrten Sala: «Ein Dasein ohne Schmerzen wäre wohl so armselig wie ein Dasein ohne Glück.»

Greta von Meyenburg wischte über den Rock und legte die Hände in den Schoß. Eine Autobiographie hatte sie nie abgefaßt. Mimenrückblicke veralteten rasch, waren weder Philosophie noch Literatur, sondern Anekdotenreihung mit Applaus dazwischen. Gewiß, die Aventüre mit Tennessee Williams wäre erzählenswert gewesen, als er nach einer Vorstellung von *Endstation Sehnsucht* mit russischen Soldaten Unter den Linden weiterfeiern wollte und in einer DDR-Checkpointbude landete, der Weltgroßdramatiker … – Nun, zu spät für jeden Bericht.

In der Ferne heulte noch einmal das Motorrad auf. Aus einem Garten ragte ein rotes Dach. Den Geruch von Bärlauch mußte man um diese Zeit akzeptieren. – Merkwürdiges Hospiz im Grünen. Bei Exit in Zürich hätte alles mitten in der Stadt geendet.

Was sollten weitere Jahre in die spürbare Entkräftung hinein? – Zarte Verse Julias reichten jetzt nicht hin, um den Übergang in jene Gefilde silbenreich zu umkleiden. Greta von Meyenburg erhob sich. Sie trat einen Meter vom Spiegel zurück und musterte sich zur Gänze. Ein einziges Mal, unter Flimm in Stuttgart, war sie für ein Trauerspiel, ein blutiges, sprachdonnerndes, barockes um eine afrikanische Königin, von einem Dichter Lohenstein, engagiert worden.

> «Wie spielt nicht die Natur auf Erden? Nicht ein Blatt
> Des einen Baumes gleicht des andern Laub und Rinden.
> Kein Vogel ist, der nicht ganz andre Federn hat;
> Was ist für Unterschied in Früchten nicht zu finden?»

Welch Vergnügen hatte es bereitet, solche Verse vorm dunklen Zuschauerraum aufleben zu lassen, mehr und mehr in majestätischer Pose, ja wie eine Sängerin vom unentrinnbaren Lauf der Dinge zu künden:

«Vor allen aber ist der Mensch ein Spiel der Zeit.
Das Glücke spielt mit ihm und er mit allen Sachen.
Man bringt mit Kurtzweil ihm das erste Lallen bey
Und zeugt ihm: daß ein Spiel das ganze Leben sey.»

Greta von Meyenburg wußte, daß ihre Stimme trug, Wände durchdrang, erst zwischen Baumkronen verhallte, aber es war ihr gleich angesichts des Abschieds:

«Was für ein blindes Spiel fängt aber mit uns an
Der Jugend erster Trieb, ihr wallendes Geblüte?
Die Lust, die man mit Fug auch Marter nennen kann,
Verrücket die Vernunft, verstellet das Gemüte.

Man stellt kein Schauspiel auf, wo nicht die Raserey,
Der Liebe Meisterin im ganzen Spiele sey.»

Sie räusperte sich. Korrigierte im Spiegel ihre Schulterhaltung.

«Wie nun der Sterblichen ihr ganzer Lebenslauf
Sich in der Kindheit pflegt mit Spielen anzufangen,
So hört das Leben auch mit eitel Spielen auf.
Ja, unsre Zeit ist nichts als ein Gedichte.
Ein Spiel, in dem bald der tritt auf, bald jener ab;
Mit Tränen fängt es an, mit Weinen wird's zunichte.
Ja, nach dem Tod pflegt mit uns die Zeit zu spiel'n,
Wenn Fäule, Mad' und Wurm in unsren Leichen wühl'n ...»

In Kostümrock und Dessous trat die Schauspielerin vors Fenster. Fast perfekt geübtes Gedächtnis. Die bedrängte afrikanische Königin, ihrer Freiheit beraubt, hatte auch in der Stuttgarter Aufführung heldisch die Giftphiole an ihre Lippen geführt:

> «So sterb' ich hochvergnügt. Dies kummerhafte Leben
> Kann uns mehr keine Lust, die Zeit kein Heil mehr geben.
> Recht so! Wer herzhaft stirbt, lacht Feinde, Glück und Zeit,
> Vertauschet Ruh und Ruhm mit Angst und Eitelkeit.»

Das war Tobak! – Wie Vorhänge öffnete die Bewohnerin die Stores. – Wann wurden hier in Grünhausen die Barbiturate verabreicht und wie? – Eine Schande, daß jener Lohenstein so selten gespielt wurde! Wahrscheinlich war er nicht kleingeistig genug, griff ins Große. Spiel, Trug und Eitelkeit, das erfaßte doch die gesamte Mischung, in der man sich mit ein wenig Lauterkeit und Liebe zum Nächsten, aktiver, behaupten mußte.

Das Hüftgelenk schmerzte. Greta von Meyenburg ließ sich auf der Bettkante nieder. Bei eingetrübtem Augenlicht fürchtete sie, Flecken auf der Kleidung nicht mehr zu erkennen. Sie griff nach ihrem Köfferchen. Zeitlebens hatte sie es gehaßt, sich mit Photos von Kollegen, Freunden, Verblichenen zu umstellen. Solche Porträts bauschten eine natürliche Verbundenheit auf, schufen eine beengende Kapellenstimmung. Sie zog das gerahmte Bild neben ihrer Geldbörse hervor. «Nur noch du, Matthias.» Sein Haar war grau gelockt. Der Gesichtsausdruck trotz scharfer Falten, eingefallener Wangen noch ein wenig bübisch. Die Narbe unterm Jochbein rührte von einem Autounfall. «Du hast mich aus meinen Alpträumen geholt.» Behutsam stellte sie die Aufnahme auf den Nachtkasten. «Vom Engagement in Chemnitz hast du mir abgeraten. Bei meinen Tobsuchtsanfällen hast du dir ein Bier geholt. Beim Frühstück hast du Kinokarten auf den Tisch gelegt und gesagt: *Los, Madame, wir schauen uns mal neue Filme an.*» Greta von Meyenburg streichelte über den Rahmen. «Ohne dich bin ich nicht mehr tapfer. *Nach einem reichen Leben,* würdest du sagen, *machst du schlapp und bist undankbar? Hast deine Trauerschübe nicht im Griff?* – Du würdest mich hier rausholen. – Aber ich komme zu dir. – Ich will mich nur noch einen Moment ausruhen… Matthias.» Sie küßte das Bild.

14.

«Es ist nicht gut.» Monika starrte gegen die Decke. Mit dem linken Fuß streifte sie den rechten Schlappen ab. Auch er fiel vors Sofa. Sie ließ die Füße kreisen, daß es leise in den Knöcheln knackte. Im Grunde war es vorzüglich, sich mittags hinzulegen, ein Kissen in den Nacken zu schieben und im Schatten zu dösen.

«Was ist nicht gut?» Fast zehn Meter entfernt blickte Clarissa nicht von ihrem Magazin auf. Auch sie hatte die Füße hochgelegt, aber auf einen Cocktailsessel. Das Zeitungspapier unter den Schuhen knisterte.

Monika gab es auf, die Stuckkerben an der Deckenkante zu zählen: «Ich hab' das Gefühl, sie schlafen jetzt alle. Und wenn sie schlafen, dann erholen sie sich.» Mit mehr Geld könnte sie sich noch ein Leben lang Siesta gönnen.

«Aber im Gegenteil, meine Liebe.» Clarissa blätterte durch Werbung: «Schlaf sollte dosiert sein. Zuviel Ruhe macht träge und trübsinnig. Sie halten keinen Mittagsschlaf, sie flüchten schon einmal.»

Monika nickte, ohne daß die Halbschwester es sah.

«Schlafentzug wäre das probatere Mittel, die Lebensgeister wieder anzufachen. Napoleon – fünfzehn Minuten Schlaf im Sattel –, und er walzte Europa nieder. Kam, schlief und siegte, hat sich wohl nicht eingebürgert. Müßiggang ist der Vorhof der Melancholie.»

«Aber doch auch schön.» Monika massierte die Fesseln.

«...und der Verzweiflung. Wer weiß, sie schlummern sich in die Ermattung und zugrunde. Fluchtschlaf kennt man doch auch von sich selbst.»

«Wir können mit Müßiggang vielleicht nicht mehr recht umgehen. Jede Minute soll einen Zweck haben. Selbst der Urlaub muß Erholung für zu Hause sein.»

Clarissa blickte verblüfft vom Magazin auf.

«Früher gab es alte Leute, die einfach am Fenster hockten. Das möchte ich später auch.»

«Kannst du ja dann, Schätzchen.»

Monika hörte, wie sie umblätterte. Der leichte Schweißfilm auf der Brust war angenehm. Fliegen kreisten offenbar immer in der Raummitte.

«Ein Nickerchen. Ich bin so fertig vom Leben und allem.»

Sie drehte sich zum Sofarücken.

«Mach nur.» Clarissa hob den Blick zum Gartengrün. Man konnte jede Astgabel, jede Baumform auf sich wirken lassen. Sie legte die Lektüre beiseite. Mit zurückgelehntem Kopf atmete sie tief durch. Solche Landluftwürze hatte sie in England nirgendwo gerochen.

Es schellte.

Beide Frauen fuhren hoch. Monika stützte sich auf Hände und Ellenbogen. Clarissa schien bis zur Haustür spähen zu wollen.

Es läutete abermals.

«Wer?»

Das Glöckchengebimmel verhallte wieder.

«Das weiß ich doch nicht.»

«Gefahr?»

«Bin keine Wahrsagerin.» Clarissa ging langsam zur Glastür, Monikas Blicke folgten ihr. In der Halle erkannte Clarissa, daß das Messingglöckchen an der Metallspirale weiterschwang. Jemand zog draußen erneut am Knauf. Es schellte durchs Haus.

«Clarissa», rief im Flüsterton Monika der Älteren hinterher.

Die ging auf den Eingang zu.

«Aber wenn das...?» hörte sie hinter sich. Beherzt drückte sie die Klinke.

Die dunkle Erscheinung vor ihr war mindestens zwei Köpfe größer als sie. Schatten fiel auf ihr Gesicht.

«Wenn dieses Haus so lang nur steht,
bis aller Neid und Haß vergeht,

Dann bleibt fürwahr es so lang stehen,
bis die Welt wird untergehen.»

Clarissa machte zwei schaukelnde Schritte zurück. Etwas rundes Schwarzes beugte sich vor ihr. Jetzt mußte sie gegen die Sonne die Hand über die Augen halten.

«Haben Sie Arbeit für mich?» Sie schluckte vernehmlich. War es der Leichengräber von Oberbayern?

«Oder etwas zu essen?»

Nur langsam schärfte sich der Umriß im Gegenlicht. Schwarze Weste. Schwarze Hosen. Weißes Hemd. Schwarzer Hut in der Hand. Sombrero? Jemand aus Brasilien?

«Wer... sind Sie?» Mordsschultern, frohes Gesicht.

«Der Erwin.» Rötliche Haare, rötlicher Backenbart.

«Der?»

«Ich bin Freier Vogtländer. Der beste Schacht.»

Von hinten stierte Monika.

Clarissa trat vor, erkannte über sich Ohrringe.

So einen hatte sie seit Jahr und Tag nicht gesehen. Sie zogen noch umher? Wie schön. Sechs große Knöpfe schmückten die Weste. Eine blinkende Nadel am Hemd. Ein Bündel in der Hand.

«Bosheit, Feinde, schlimme Leiden ...»

Der Zimmermann auf der Walz riskierte einen zweiten Haussegen:

«... sollen eure Türe meiden!
Freude, Glück und Sonnenschein
Sollen euch willkommen sein.»

«Ja, ja, das sollte man wohl wünschen. Ich danke Euch.» Clarissa geriet in einen älteren Ton. «So, der Erwin.»

«Drüben», und mit dem Daumen wies der Wandersmann nach links, «wollten sie mir keinen Kanten Brot geben. Zigeuner, haben sie gesagt. Gibt immer mehr solche harten und dummen Herzen. Bayern sind oft die brutalsten. Ich hab' ihnen ein Zeichen vor die Haustür gemacht.»

«Dann kommt Schlimmes?»

Erwin nickte. «Haben Sie etwas zu schengeln und zu essen?» Das meinte wohl auch die Frage nach Arbeit. «Ich will bis Namibia. Ein weiter Weg. Aber von den drei Jahren und einem Tag Lehrzeit hab ich noch vierzehn Monate.»

Clarissa war völlig verzückt, ein solch wanderndes Exemplar alte Welt vor sich zu sehen.

«Ja, Erwin, kommen Sie doch ein bißchen herein. Ich schau' mal, was zu essen da ist.»

In Schlaghosen trat der Geselle ins Halbdunkel. Irgendwie durfte er aber auch nicht tiefer ins Haus. «Schönes dickes Sparschwein.» Der Geselle nickte zur Konsole.

«In der Küche wird was sein ...» Der Gast nickte, während Clarissa stolpernd dem Kühlschrank zustrebte. «Hier gäb's schon was zu schengeln!» rief Erwin ihr nach. «Hier könnte ein ganzes Bataillon ein paar Wochen lang das Haus aufmöbeln!» «Wir sind gerade erst aus England hergezogen», hörte er von nebenan. Er staunte. «Herrje, das ist ja wirklich elend, was als Imbiß da ist. Doppelkeks. Bananen. Mögen Sie Bratwürste, roh?» «Nein!» Es rumpelte in der Küche. Der Freie Vogtländer erblickte hinter einer Säule im ersten Stock eine eilende Gestalt in Weiß und grüßte hinauf. Die delligen Treppenstufen schlossen nicht mehr mit dem Sockel. Kurz spähte er hinter die Tür: *Verehrte Gäste!, die wir als entschlossene Finalisten ansprechen möchten...* Die nicht mehr ganz junge Frau, mit etwas knochigem Gesicht, der Haut einer Raucherin, die auch Alkohol nicht verschmähte, kam wieder aus der Küche. In einem flachen Korb trug Clarissa Brot, Käse, Salz, ein Besteck, Salami und zwei Joghurts herbei, dazu in der anderen Hand Cola: «Ihre Familie dürfen Sie zur Erholung zwischendurch wohl nicht besuchen, aber Sie telefonieren doch sicherlich manchmal mit daheim...»

«Handyverbot.»

«Nein!» entfuhr es Clarissa, während sie zur Verwunderung des Zimmermanns zwei Stühle fast bis in die Haustür zog: «Verboten? Aber Sie kommen ja trotzdem durch.»

«Prima sogar.»

«Dann sind Sie ja ein Revolutionär.»

«Wir werden auch immer mehr. Die Jugend will die Welt sehen. Die Jugend will wandern. Man soll doch was erleben. Ich werde über Österreich, den Balkan nach Afrika machen. Hab' schon einen gebuchten Auftrag in Kairo. In der deutschen Botschaft. Eine Bar bauen.»

«Ach? – Herrlich.»

«Hmmmh», stimmte der Handwerksbursche zu.

«Schmieren Sie sich so viele Brote, wie Sie wollen.» Mit dem Korb auf seinem Latzschoß war er bereits dabei, während die dünne Dame auf dem zweiten Stuhl ihm zuschaute.

«Wenn Sie in Namibia gewesen sind, können Sie nachher wieder hier vorbeikommen. Dann werden wir flüssiger sein und sollten den alten Kasten auf Vordermann bringen.»

«Mal sehen.» Erwin pellte Wurst ab.

«Haben Sie auch einen Ehrenkodex?»

«Klar.»

«Welchen.»

«Sag' ich nicht. Geheim.» Er schmierte sich die zweite Stulle. Den Ausdruck auf Clarissas Gesicht beachtete oder deutete er nicht.

«Ja, dann richten Sie sich also erst ein. In England war ich auch. England ist blöd. Die wollen nichts mit Leuten von woanders zu tun haben. Mit Deutschen schon gar nicht. Die denken immer noch, es ist Krieg. Die Fischköppe sollen meinethalben auch aus der EU austreten, wenn sie nichts mit dem Festland zu schaffen haben wollen. Man wird den Engländern keine Träne nachweinen. Für sich genommen, sind sie ja ganz lustig. Frauen mit Lockenwicklern auf der Straße. Super Paraden.»

«Nun ja, das sind doch komplizierte Themen.» Und die interessierten den Wandersmann auch nicht weiter, denn er klappte zwei Brothälften zusammen.

«Ich bedauere, bißchen ungemütlich, kalte Platte an der Tür.»

«Besser als nichts wie bei den Hartherzen nebenan, aber die sind verflucht.» Erwin nahm Monika, die in der Glastür stand, nur freundlich zur Kenntnis.

«Stammen Sie von weit weg?»

«Arnstadt, Thüringen.»

«Das grüne Herz Deutschlands. Wenn man lange im Ausland gelebt hat, zuckt man immer noch ein bißchen zusammen, ja erschauert fast, wenn man vom Osten hört.»

«Ich nicht.»

«Nun, Sie sind ja auch von da.»

«Genau.»

«Ist Thüringen so schön?»

«Wunderschön. Altes gutes reiches Land. Kommt schon wieder hoch.»

«Ach, aus Ihrem Munde glaubt man das.»

Nur keine Herzensunachtsamkeit, rief sich Clarissa ins Gedächtnis, sie war weltläufig, sie hatte mit Arnstadt nichts am Hut, mit thüringischem Fachwerk und anrührenden Wäldern, sie war Global Playerin und mit Faruq liiert.

«Das ist Ihr ganzes Gepäck.»

«Der Charlottenburger? Das Bündel? Ja.»

«Und das funktioniert», schwärmte Clarissa, «mit leichtem Gepäck durch Gottes weite Welt! Hinreißend. Man hat's vollkommen vergessen.»

«Wollen Sie etwa die Hütte mit ins Jenseits nehmen?»

«Nein. – Die Villa nicht.»

Der stattlich gebaute, über ein Meter neunzig große Handwerksbursche stand auf. «Gurke da?» Sie schüttelte bedauernd den Kopf. «Die Flasche Cola nehmen Sie mit, Erwin. Und ... warten Sie ...» Clarissa eilte zu Monika, wechselte mit ihr ein paar Worte und kam mit einem Portemonnaie zurück. «Bleiben Sie ein guter Mensch, Erwin. Und kommen Sie zurück, wenn Sie in Afrika fertig sind. Mögen Sie behütet sein auf Ihrer Reise, freier Mann. Merken Sie sich die Ludwigshöhe 3. Hier sollen Sie willkommen sein. Immer. Und es wird Ihnen nichts geschehen.»

«Sehr wohl.» Der Zunftgeselle umgriff etwas beklommen seine Hutkrempe.

«Nehmen Sie bitte», und Clarissa drückte ihm drei Zwanzig-Euro-Scheine in die harte Hand. Eine Fingerkuppe fehlte.

«Ich geh' dann mal auf die Walz.»

«Tun Sie das, Erwin. Und ich weiß gar nicht, warum Sie jetzt soviel Sonnenschein gebracht haben.»

«Das machen wir immer.» Der junge Mann verbeugte sich, mit der Flasche in der Jackentasche und Mettwurstbroten in der Rechten.

«Haben Sie noch einen Segen.»

«Klar.

In jedes Haus, wo Liebe wohnt,
Da scheint hinein auch Sonn und Mond.
Ist es noch so ärmlich und auch klein,
Kommt der Frühling doch hinein.»

Clarissa kämpfte mit den Tränen.

«Machen Sie's gut.»

«Ja denn... Und auch danke schön.»

«Bye-bye.»

«Bye dann auch.» Der Schwarze in seinen schweren Schlaghosen marschierte davon. Clarissa hielt die Türkante umfaßt.

«Was ist denn?» Monika kam eilig nach vorn.

«Ich weiß auch nicht… Da geht er.» Erwin aus Thüringen setzte sich seinen Hut auf und schloß das Gartentor.

15.

Es war Mittagszeit im Supermarkt von Wolfratshausen. Nur eine Kasse war besetzt.

Eine Dame ließ leere Batterien in den Recyclingkasten fallen. Im Fenster neben ihr wurden Topfsets, Toilettenvorleger und Bastkörbe zum Monatssonderpreis angeboten. Einkaufswagen standen ineinandergekettet. Kassenzettel wellten sich auf dem Bodendraht. Einige Kunden hatten Salatblätter, Flaschen, die der Pfandapparat nicht geschluckt hatte, in den Körben liegen lassen. Paletten australischen Rotweins, daneben *Sommercracker* versuchten gleich hinter der Eingangsschranke zum Kauf zu locken. Ein säuerlicher Molkereiduftmix wurde von der Klimaanlage über die Diabetikerwaren und das Asian-Food-Regal bis an die Wursttheke verteilt. Fleischsalatpackungen in verschiedener Größe, Aufschnittvariationen, Preßsack, Truthahnpasteten mit Pistazien, Grünem Pfeffer oder Trüffel warteten, wie auch Käsekrainer und Rheinisches Sauerfleisch, auf Kundschaft. Manche mochten vor dem Preishit *500 gr. Frisches Rinderhack 1,19 €* einen Moment irritiert verharren: Wie konnte ein Pfund Mittagessen, das immerhin den Weg von Kuh und Bulle, ja sogar von Besamung zum Kalb, durch Stalljahre und Schlachthof hindurch, den man sein Lebtag nicht sehen möchte, genommen hatte, beim Schleuderpreis enden? Dahinter lauerte Ungutes; Import von gekühltem Blockfleisch aus Argentinien, dort zuvor Östrogenbegasung der Tiere; oder hessische Bauern erhielten pro Stück Vieh 500 Euro

Schlachtprämie aus Brüssel, die man selbst und auch der Bauer durch den Transfer eines Prozentanteils der deutschen Kfz-Steuer an die EU-Kassen vorfinanziert hatte. Diese Vorgänge waren obskur, nicht schön und bedrohlich.

«Ein Kilo, bitte», wünschte eine jüngere Frau. Die Verkäuferin, die beim Verschweißen von Tilsiter gestört wurde und nicht guten Tag sagte, zog einen frischen Handschuh fürs Gehackte über.

Neben die herabgesetzten Osterhasen in einem Pappständer hatten sich noch Tüten mit Schokotannenzapfen verirrt. Die Filialleitung tat ihr mögliches, aber die Angebote für die Festtage überkreuzten sich immer häufiger.

Ein Bursche im Kittel füllte das Suppenangebot auf. Man war froh, daß er einen Job hatte und vielleicht seinen Weg machte. Er stellte eine Brokkolicreme von den Thaisuppen an ihren angestammten Platz zurück. Ob die Leute, die hier kauften, wenig Geld hatten oder reichlich, wußte er nicht, die Waren flossen ab. Ragoût fin ging wenig, der Imbiß war in und um Wolfratshausen nichts Angestammtes. Nach den Dosen wartete das Gemüse. Zweimal am Tag mußten die älteren Karotten vorsichtig auf die frischeren gelegt werden. Die Kundschaft wühlte die Schichten, wie bei der Butter, dann wieder um.

In allen Geschäften gab es das gleiche, wenn auch vielerlei. Neben den Softdrinks, der Bio-Hirse und Dinkel, schließlich den Zahnkillern *Schleckmonster* und *Galaxy-Drops* für die überfetteten Kinder in Augenhöhe nahm sich das Zeitungsangebot eher bescheiden aus. Vier ewige Blätter mit Regionalteil, zehn Exemplare *FAZ*. Nichts Ausländisches. Und kein hiesiger Türke hatte sich, soweit man es überblicken konnte, hier je einen *Spiegel* gekauft. Auch nicht ideal für den Umsatz.

«Zweite Kasse, bitte!» Verzweifelt faßte die Kassiererin um ihr Mikrophon. Dann zog sie weiter Tuben und Konserven über den Scanner. «Kundenkarte? Treueherzen?» Der Kunde verneinte wortlos. Was trug er in seiner Umhängetasche? Die Kassiererin war es leid, pflichtgemäß nach Gewohnheits- und Spaßdieben zu fahnden. Mochte es doch in unabsehbarer Zeit den Bach runtergehen. Vom letzten ertappten Klauer hatte sie sich sogar noch obszön anfahren lassen müssen. – Gerade mittags war nie vorauszusehen, ob nur eine Seniorin mit 75 Gramm Gelbwurst abkassiert werden mußte oder plötzlicher Arbeitspausenandrang herrschte. In der Schlange warteten jetzt auch Bauarbeiter, die Getränke und Semmeln bezahlen wollten.

«Saftladen», grummelte es von hinten aus der Reihe.

«Die Kollegen müssen auch ihr Mittag machen.» Die Kassiererin bemühte sich um Freundlichkeit.

«Zwei Minuten kauft man ein, eine Viertelstunde dauert das Blechen.»

«Wenn Sie genau auf die Uhr schauen, ist das bestimmt nicht so.» Die Griechin gab Wechselgeld heraus, während die nächste Kundin ein bißchen verschämt, was jedoch nur sie selbst spürte, nach Aprikosen ein Sechserpack Toilettenpapier aufs Band legte. Es blieb doch peinlich, intime Reinigungsrollen vor fremden Augen aufzutischen.

«Wir zahlen auch für Service», rumorte es wieder hinten.

«Jaja.» Die Kassiererin wußte auch nicht weiter. «Zweite Kasse bitte, Antonia!»

«In Amerika müßte man leben, da packen einem die Mexikaner alles sogar noch in die Tüten, und alle sind glücklich.»

«Fahren Sie doch hin», murmelte die Griechin und schlug eine Münzrolle auf.

«Sie haben mir nicht patzig zu antworten.»

«Es läuft doch nichts weg», gab ein Herr zu bedenken, «oft geht es noch langsamer.»

Ein Drama entging sowohl ihm wie Eleftheria, die in der Kassenbucht große von kleinen Tüten zu trennen versuchte. Hinter dem Herrn, der beschwichtigen wollte, schob eine Frau ihren vollgepackten Wagen einige Zentimeter vor. Ein etwa vierzigjähriger Mann in hellen Hosen und FC-Bayern-Shirt rollte seinen Wagen gleichfalls ein Stück voran. Radieschen und Joghurts hatte er besorgt. Mit seiner Wagenkante stieß er unmerklich gegen die Frau vor sich, blickte dann umher. Die Frau zog Bananen unter Babynahrung hervor. Sie trommelte auf den Wagengriff, der Mann hinter ihr ebenso. Abermals rückte die Schlange ein Stück vor. Abermals fuhr der Mann wie versehentlich gegen seine Vorkäuferin.

Abrupt wandte sie sich um: «Eine Anmache ist dieses Geschiebe wohl nicht! – Weil's nicht schneller geht, wollen Sie mich hier weghaben. Weil sie mich weghaben wollen, müßte ich nicht vorhanden oder, wenn's nach Ihnen ginge, sogar tot sein. Sie wollen mich wegrammen, Sie Mistvieh, damit Sie eine Minute früher berappen können! Sie sind einer der Schlimmsten. Wer so drängelt, drangsaliert auch auf der Autobahn. Wie viele haben Sie denn schon auf dem Gewissen?»

Der Mann zuckte die Achseln, zeigte ihr einen Vogel, «die ist doch plemplem», grinste er nach hinten zu den Bauleuten, die nicht wußten, was vor sich ging. Sie zahlten an der zweiten Kasse als erste.

16.

Er mußte nicht länger liegenbleiben.

Er mußte nicht aufstehen. Also konnte er liegenbleiben oder aufstehen.

Dr. Heinrich Lay strich mit den Fingern über die Wand. Einen Lichtschalter ertastete er nicht. Wo war er nun eigentlich gelandet? In einem Entsorgungsbetrieb oder Therapiezentrum? Aber recht burschikos hatte die blonde S-Bahn-Abholerin erklärt: «Alle Schinderei hat ein Ende. Bei uns werden Sie sich für vierzig Euro selbst los.» Das klang nicht nach Meditationskurs und Ich-Regeneration im Lotussitz. Welche ureigene Persönlichkeit sollte man auch finden, man war ja schon vorher jede Minute die authentische gewesen. Stockfinster war's. Und die versierteste Seelenheilstelle hätte nichts mehr genützt. Das einzige Institut, das Zukunft und Freude hätte versprechen können, wäre eine Bank gewesen. Ob nun *Dresdner*, *Citi* oder eine Sparkasse … Nein, dies war der Port. «Sie haben bereits viele lebenswichtige Entscheidungen getroffen! Bei uns geht es am besten und rasch im Keller», hatte die ranke Dame noch angefügt. – *Jeder wird in Königsberg geboren und stirbt in irgendeinem Schwarzwald*, hieß es ganz unsentimental in einem Gedicht. Sein Geburtsort war Würzburg, und am Schluß handelte es sich um diese voralpine Katakombe. Alles verwehte der Wind. Und zwar schnell. Wenn auch … zumindest eine Spur hinterließ jeder. Das war tröstlich. Man wollte schließlich nicht nichts sein und war es auch keinesfalls.

Beklommen hielt der Bankrotteur inne. Nur jetzt nicht über Erlebtes, Durchlittenes, Schönes und Gräßliches nachsinnen – er hätte damit abermals eine gute Lebenshälfte zubringen mögen, die Fülle als einmaligen Tumult auch zu würdigen ... Die Kommunionsfeier, 1955, als Tante Hedwig auf dem Tisch, spät, Bossa Nova getanzt hatte; die Beisetzung von Onkel Winfried ein Jahr darauf, als der halbblinde Bruder Winfrieds an seinem Stock geradewegs bis ins Grab marschierte, sich aber gottlob nichts brach. Ministranten hatten den Greis wieder herausgezogen. O Fülle, Abenteuer, Spaß und Unternehmungsgeist der frühen, vielleicht gar nicht dümmeren Jahre. Halte fest, was dir durch die Finger gleitet.

Der Nachtwind kühlte angenehm.

Heinrich Lay ließ sich gegen die Wand sinken. Ein Hosenträger kniff in der Schulter. Wegen dieser Altertümlichkeit, bei ihm womöglich eine Marotte, die jedoch auch das Innere zusammenhalten und straffen konnte, hatte man ihn vorzeiten öfter belächelt. Nun waren Hosenträger wieder groß in Mode, sogar grell gemustert, in Leuchtfarben.

Er stieß frontal gegen einen Schrank.

Die Nase schmerzte.

Das Gebäude war voller Tücken. Von lebensgefährlichen Kellerstufen war die Rede gewesen. Vielleicht handelte es sich, nach dem Muster amerikanischer Hospize, um ein ausgeklügeltes System, um durch einen Sturz sich selbst gleichsam unbeabsichtigt plötzlich hinter sich zu haben.

Das Schlüsselbein schmerzte auch.

Schemenhaft waren nun doch das Bett und Schrank zu erkennen. Dr. Lay konnte sich nicht erinnen, wann er das letzte Mal tagsüber ins Bett gesunken und bis in die Nacht geschlafen hatte. Das war Künstlerluxus.

Das hübsche Wort, daß es für ihn Matthäi am Letzten war, machte nichts erfreulicher.

Zwei Frauen, zwei Scheidungen, das war teuer. – Seine Hand zitterte. Das hatte er immer öfter bemerkt. Ob es von der inneren Belastung herrührte oder ob sich ein Leiden anbahnte, war nicht mehr von Belang. Manchmal hatte er schon die zuckende Hand festgehalten, wenn es niemand sah.

Gisela arbeitete halbtags. Die Trennung war leicht verkraftbar. Die zweite Gisela ging völlig im Haushalt, Sprachkursen und mit dem Nachwuchs auf. Sie hatte von der Richterin einen enormen Monatsbetrag zugesprochen bekommen. Doch selbst die Summe war abzuzweigen.

Es mußte Schluß sein. Er durfte nicht unter einer Brücke enden. Kein Fehler war es gewesen, sich wieder zu verlieben. Ein kapitaler hingegen, ein zweites Mal zu heiraten und spät Kinder in die Welt zu setzen. Der Mann blieb mit zugeschnürter Brust im Zwielicht stehen.

Alimente für sechs Kinder von den beiden Giselas machten selbst einem mittleren Unternehmer den Garaus. Zwei studierten bereits. Einer im ruinösen Cambridge. Frederik nahm den zweiten Anlauf zum Abitur, aber war erst einmal – das tat man jetzt so – auf dem Pilgerpfad nach Compostela. Die Jüngsten sollten auch aufs Gymnasium.

Den Betrieb aufgeben und sich als hilfsbedürftig melden?

«Kommt nicht in Frage», sagte der Mann energisch. Die Hand fand endlich einen Schalter, aber Licht ging nicht an. Dichtes raschelndes Blätterwerk vorm Fenster verlieh der Dunkelheit changierende Schattenmuster.

Er faßte den Türgriff.

Beide Autos hatte er abgemeldet und war mit dem Fahrrad in die Arbeit gefahren. Aus der gemeinsamen Wohnung war er, ohne es im Verlag ruchbar werden zu lassen, in anderthalb Zimmer umgezogen, fast ohne Möbel, unwohnlich, nach dem langsamen Auseinanderleben schockierend einsam. Ein Dosenfraßkandidat im unrevidierbaren Unglück.

Sich sammeln, dann die Tat, es hinter sich bringen.

Dr. Heinrich Lay zog die Tür einen Spalt auf. Ein Lichtstreif zerteilte ihn. Es mochte Mitternacht sein. Vier Uhr früh oder erst elf. Die dunkle Halle schien ihm tief, hoch. Ein geräumiger Katafalk mit Wagenradlüster über Steinschachbrett.

Scharen von Buben und Mädels waren in seiner Kindheit keine so erdrückende Sorge gewesen. Im Hause von Tante Hedwig, einer kleinen Winzerei, hatte sich ein halbes Dutzend Gören getummelt, Hedwigs, Winfrieds und beider Kinder, wie es damals geheißen hatte. Obendrein im Gemenge die Blagen aus der Nachbarschaft. Roswitha … Gesine, Klein-Horst und wie sie alle geheißen hatten, die sich oft mit an den Tisch mogelten. Brot, Butter und Sirup. Ja, in den Ferien waren sie noch mit in die Betten gekrochen. Vielleicht hatten manche Nachbarskinder gespürt, daß sie mit Winfried verwandt sein mochten. So durchmischt war's doch im Nachkriegsdeutschland, falls es nicht anderswo bitterer zuging. Im Hof wurde Stehbock-Laufbock gespielt, während im Dachzimmer die Oma verschied. Verlassene Frauen hatten schlimmere Zechen zu zahlen gehabt.

Stille rundum. Falls es erst elf Uhr war, konnte er sich bis zum Morgengrauen Zeit lassen. Das war die Stunde, in der die Parzen den Faden durchschnitten. Den alten Weibern konnte nachgeholfen werden.

Er tappte zur Balustrade vor. Ein Licht schimmerte aus einem der unteren Räume. Das Flackern ließ auf einen Fernseher oder Monitor schließen. Vielleicht wurde bei Firmen Pharmazeutisches nachgeordert.

Die Entschlußkraft konzentrieren, dann der Keller.

Dr. Lay tappte über knarrende Paneele. Schauderhaft war's hier, doch das war gerade recht so. Nur jetzt nichts Flauschiges, mit gediegener Beleuchtung und augenfreundlichen Tapeten. Die Hand glitt übers Geländer.

«Angst», vernahm er hinter einer Tür, «Angst hab' ich doch ... vor allem», der Verleger nickte, «helft mir doch, ich will nicht sein.»

Eisig durchrieselte es ihn. Kam denn bald jemand zur Erlösung? Er nahm die oberste Stufe und blickte zum Stöhnzimmer zurück.

Beim Eintreffen hatte er die Pflanze nicht wahrgenommen. Auf den Treppenabsatz gehörte ein Gummibaum – und dort vegetierte er.

Sein Ohrensausen meldete sich. Wenigstens hatte die Nase nicht geblutet. Gebrechen blieben gegeneinander abzuwägen. Es fand sich immer eines. Seinen Körper hatte er stets dem Streß untergeordnet und gehofft, daß er nicht zu früh versagte.

Rot waren seine Hosenträger.

Zu den Netten sei nett, zu den Bösen vernichtend, und wenn ihre Rache wild ist, dann rüste dich; warum ihm das jetzt einfiel, wußte er auch nicht, das war das Gehirn.

«Ich weiß gar nicht, ob wir eine Flatrate haben. Sie waren jetzt lange genug in der Versteigerung.»

«Ich hab geschaut, was verhökert wird.»

Das Internet unten leuchtete deutlicher. Im Türrahmen erschien eine Gestalt im T-Shirt, tiefer im Raum war ein größerer Blonder zu erahnen.

«Tut mir leid, Herr Wang, ich muß auch mal ran. Schluß mit eBay.»

«Okay, Süßer. Dann hau' ich mich mal in die Falle.» Der Dunkelhaarige im Shirt trabte an Dr. Lay vorbei. «n'Abend.» Aus der Halle schaute der Hospizmitarbeiter hinterdrein, schloß dann leise die Tür.

Der Achtundfünfzigjährige stieg tiefer in einen leicht säuerlichen, doch auch schmackhaften Tomatenduft hinab. Unweit der Haustür erkannte er Bewegung in der Küche. Eine Frau im weißen Bademantel hantierte im Dampf mit einem Sieb. Sie brummelte vor sich hin. «Ein paar Spaghetti dürfen wohl sein ... al dente ... Ohne Stärkung geht gar nichts ... so, und noch eine Prise Zucker in den Sugo ... das rundet.»

Dr. Lay schob die Eingangstür hinter sich zu. Und atmete durch. Nachtluft, wie er sie lange nicht mehr gerochen hatte. Würze von Erde und Kräutern vermengten sich. Rascheln und Knistern aus allen Winkeln. Allmählich begann sein Auge, Sterne zu erkennen. Schwarz standen Hecken. Von einem fernen Straßenlicht wurden konkave Säulen, Wacholder, ausgeschnitten. Ein Brünnlein rieselte, Baumwipfel rundum. Der Mann wünschte sich, ein munterer Taugenichts zu sein. Doch die Sphären warteten auf ihn. Das schwerelose Silberlicht, in das er verfließen würde. Todessehnsucht war es nicht, aber die Schwingen wollten sich sorglos und frei ins Ewige ausbreiten.

Heinrich Lay nahm achtsam die Steinstufen in den Garten hinab. Er wollte nicht daran denken, wie es war, die Sonne nicht mehr zu sehen. Übermenschlich war's, eine Summe fürs Leben zu ziehen, Dank und Kummer auf die Reihe zu bringen, auch nur auszuloten, was für ein Geschöpf man im kosmischen Experiment war. Leben, dann nicht mehr – eine präzisere Klärung wäre nicht möglich.

Und hieß es nicht, daß, ohne das eigene Zutun, beim letzten Lidzucken, alles Gewesene in einem wahrscheinlich sogar akkurat geordneten, wenn auch irrwitzigen Film sich im Bewußtsein abspulen würde, bis die Schlußschlaufe leer rotierte? Früheste Erinnerungen würden am grellsten aufblitzen, Gesichter längst Vorausgegangener, ein Takt aus einem Blaskapellenkonzert, die Bucht von Genua, D-Mark-Scheine… Sodann war alles, das kleine, pulsierende Leben höheren Mächten zu überantworten, in den Schoß zurückzulegen.

Der Wille nähme Abschied. Das war das Unausdenkliche, der Wille, der Götterfunke, der in einem, gleichsam als Pfand, geleuchtet, gebrannt oder auch nur geglimmt hatte. Womöglich wäre neben dem Willen zeitlebens mehr Aufmerksamkeit vonnöten gewesen. Nun hatte er sie: Dr. Lay strich sachte über den borkigen Verputz des Hauses. Welche der Erscheinungen verdiente nicht Würdigung? In einer solchen Nacht.

Beklommen, aber auch selig über starke Gefühle, umrundete der Herr die Villenecke. Noch mehr Garten bis zum Wald zeichnete sich ab. Er durchquerte Gras. – Sein Leben war nicht mehr finanzierbar – er zog die angelehnte Tür eines länglichen Holzschuppens auf. Sich irgendwo in völliger Dunkelheit hinkauern, sammeln für den Weg ins Nichts. Die vom Tag aufgestaute Wärme umfing ihn herrlich. Die Bretter dufteten. Wie im fränkischen Kindersommer. Schritt um Schritt über Unebenheiten, Heu oder Stroh trat er in die stille Schuppenwärme. Mit dem Knie stieß er gegen etwas. Eine Schubkarre. Stoff, Metall, wackelig. Er wagte, sich auf dem unsichtbaren Gartenstuhl niederzulassen. Ein Platz bereits neben der Welt.

«Hallo.»

Dr. Lay zuckte zusammen. Er umkrampfte die Stuhllehnen.

«Erschrecken Sie nicht.»

Die Stimme klang leise, wie im Falsett, aber jung. Aus welchem finsteren Winkel kam sie? Von ganz nah? Er lehnte sich abwehrend zurück.

«Ich heiße Herr Deutler, Olaf.»

«Lay...», sprach er ins Dunkle.

«Im Schwarzen ist gut sein.»

«Heinrich ...»

«Im Schwarzen gibt's kein Gewicht. Man braucht niemandem was zu beweisen. Man fühlt sich einfach bei sich.»

Es hatte keinen Sinn, suchend umherzustarren. Die Stockdüsternis gab nichts preis.

«Man hockt im Schneidersitz und massiert sich die Füße.» Gott sei Dank stand das Falsett, womöglich mit einer Waffe, offenbar nicht ganz nah.

«Mußten Sie viel beweisen?»

«Dies und das. – Ja. – Rund um die Uhr», kam es aus Dr. Lay hervor, «als Unternehmer...»

«Es bleibt klar vor Augen. – Gunnar hatte beim Duschen den viel größeren Schwanz als ich. Alle. Es ließ sich künstlich nichts dran ändern.»

«Äh...» Mehr fiel Dr. Lay nicht ein.

«Wie dann alles weitere damit zusammenhing, wer will's noch zerlegen, überblicken und neu zum Besseren fügen?»

Dr. Lay zuckte die Achseln. «Das hat dann», räusperte er sich, «zu einer, wie heißt's, Dysfunktion geführt, zu einer phallischen? Üble Sache», hörte sich der vielfache Vater sagen, im Moment über sich selbst verblüfft.

Es raschelte irgendwo. Kläglich.

«Bei mangelndem Selbstbewußtsein gerinnt man zu nichts oder wird Winkelakrobat. Man muß sich fortwährend etwas einfallen lassen, während die anderen geruhsam ficken.»

«Kein Befund übers Leben stimmt. Da teilen Sie die Menschen ein wenig zu schlicht ein.»

Wo hockte das Falsett? Die Stimme, die so unangenehm nicht klang, schien von links aus dem Verschlag zu kommen.

«Ich bin erschöpft von allem.»

«Ich auch.»

«Ich hab' sogar Sex gehabt.»

«Immerhin. Ist die halbe Miete.»

«... um zu kompensieren, daß ich im Bett vielleicht nicht gut bin.»

«So abnorm ist das vielleicht nicht.»

«... auch im Theater war ich ja nicht allzu übel.»

«Sie sind Künstler?»

«Ich habe in Lüneburg bei *Frau Holle* Bühnenbild und Regie gemacht. Kaum ein Budget. Aber mit gebrauchten Spiegelwänden habe ich den schauerlichen Schneefall aus ihrem Kissen bis ins Publikum wehen lassen. Bei einer Schlagerrevue in Detmold mußten die Schauspieler auf drei Schrägen Cha-Cha-Cha in Gegenbewegung tanzen. Das war ein toller Effekt. Aber ich habe mich nicht wehren können, als die Intendantin – kaum war der Erfolg absehbar – auf dem Programmheft ihren Namen dick über meinem drucken ließ. Ich habe Ideen und knicke ein. Ich fürchte, nicht gut genug zu sein, lächele und sage immer: Entschuldigung. Ich bin freundlich aus Angst. Entschuldige, darf ich dich fragen, ob du mich liebst? ... Nee, nee, so kann ich nicht weitermachen.»

«Wegen dieses Schwanzes da, unter der Brause?»

«Wenn ich den größeren gehabt hätte, würde ich die Salzburger Festspiele leiten.»

«In was für absurden Rastern denken Sie?» fragte Dr. Lay in die Schwärze.

«Entschuldigung.»

«Vielleicht hat der Leiter der Festspiele den allerkleinsten Österreichs und hat sich eben deswegen zum Impresario hochgewerkt. Doch nicht aus eitel Seelenruhe, sondern aus gemutmaßtem Mangel entsteht das Eindrucksvolle. Oft. Weil sie etwas Mangelhaftes spüren, wollen Künstler das Bessere, und schon sind sie am Schaffen.»

«Manchmal wäre es aber auch nett, aus strahlendem Glück und Überschwang das Begeisternde hinzufetzen. Wie Alexander, der, zack, den Gordischen Knoten zerhieb, wie ...»

«Wie wer noch? Ich kenne mich in Bühne und Musik nicht so gut aus, aber das weiß man doch, gerade die Spender des Heitersten, Schwungvollsten waren im Inneren die verzagtesten: Gioachino Rossini – manisch depressiv, Jacques Offenbach – periodisch verdunkelt, Beethoven taub, als es zur *Ode an die Freude* kam, Johann Nestroy, Johann Strauß, Shakespeare vermutlich auch – Fässer der Verzweiflung. Und sie haben Jammer, Hinfälligkeit und Sehnsucht verzaubert. Nur aus dem Hinfälligen wächst der Wille zum Standhaften. Das hätte bei Ihnen auch so sein können, Herr ...»

«Deutler.»

In welcher Ecke jammerte der Mensch?

«Sie kennen sich aber recht gut aus.»

«Ich war, bin Verleger... werde gewesen sein», stotterte Dr. Lay.

«Aha.» Stille. Ein bißchen mehr Interesse hätte sich, selbst im Holzstall, schon kundtun können. «Massieren Sie noch immer Ihre Füße?»

«Nein, jetzt nicht.»

Die Bretter knackten. Die Dachpappe duftete nach Teer. Irgendwie war es auch schön, noch einmal mit einem Menschen beisammen zu sein.

«Hatten Sie nie eine Dysfunktion?»

«Nein.»

«O Gott. Dann haben Sie vor der Welt ja keine Angst gehabt. Sie standen da und sagten: *Hier bin ich, los geht's.* – Entschuldigung.»

«Zuviel Ouzo bekam mir nicht. Ich habe offengestanden nie daran gedacht zu versagen… im Grundlegenden …»

Ein Schniefen, fast ein Heulen war, wohl doch eher aus dem rechten Schuppenbereich, zu vernehmen.

«Aber dafür zahl' ich jetzt auch, mit dem Leben. Davon haben Sie Klausner gar keine Ahnung, was zwei Familien bedeuten. Möchten Sie sechs Kinder und zwei Frauen, die Gisela heißen?»

«Nein.» Das Schluchzen versiegte abrupt.

«Und dann krabbelt da auch noch etwas Uneheliches herum.»

«Oje – aber das ist doch gut für Deutschland, mächtig Nachwuchs.»

«Ich habe nicht für die Demoskopie geliebt. Außerdem täte es dem Land gut, wenn weniger Menschen es zertrampelten und parzellierten. Die Natur könnte aufatmen.»

«Wenn man den Hades überquert hat, redet man dann genauso weiter?»

«Vielleicht singen wir dann, schweben fünf Meter über dem Boden und lächeln.»

«Hhmm. – Charons Barke fände ich schon toll! Man harrt mit anderen Schatten am Ufer, zitternd und bang, nach allem Abschied, dann nähert sich ein grauer Fährmann, und nacheinander, in wehenden Gewändern, besteigt man das sacht schwankende Boot auf silbereisigen Fluten, keine Sonne mehr, und am anderen

Ufer, den elysischen Gefilden, erahnt man bereits die Schemen der Unwandelbaren. Dazu Klänge von fern her, Theorbe und Harfe.»

«Griechisches Jenseits hat Stil. Götter nahen sich, Proserpina weint bisweilen, und sogar Lebende könnten sich alle paar tausend Jahre Einlaß ersingen, um eine Weissagung zu erhalten, den Blick der Heimgegangenen zu erflehen.»

«Ich würde mich Achill und Hektor anschließen», raunte der Verborgene, «um von den Helden das Kämpfen zu erlernen. Zuerst gürtete ich ihnen selbst die Beinschienen und reichte ihnen den Schild. Auf Schattenrössern sprengten wir in die Schattenwildnis davon.»

«All mein Sehnen will ich, all mein Denken,
In des Lethe stillen Strom versenken,
Aber meine Liebe nicht.
Horche! der Wilde tobt schon an den Mauern,
Gürte mir das Schwert um, laß das Trauern,
Hektors Liebe stirbt im Lethe nicht.»

«Schön.»

«Schiller», sagte Heinrich Lay.

«Es gibt nichts Herrlicheres als die Menschenfamilie und was sie empfindet.»

«So ist es.»

Die Augen gewöhnten sich gewiß ans Dunkel. Aber das nützte nichts. Nur am Schuppendach war ein Streif Helle erahnbar.

«*Frau Holle* in Lüneburg?»

«Daran war nichts Abträgliches. Weihnachtsmärchen in der Provinz sind wichtig. Die Kinder waren selig. Allerdings glaubte im Stadttheater niemand mehr, daß er auf der Welt etwas bewegen könne. Das wirkte lähmend. Ich verdiente für die Inszenierung übrigens weniger als der Beleuchter, der zudem dauernd freihatte. Die Gewerkschaft.»

«Für Orchester werden doch auch Opern gekürzt, weil die Musiker höchstens dreieinviertel Stunden spielen dürfen?»

«Mozart hören Sie, ohne tariflichen Zuschlag, selten vollständig.»

«Was fehlt, scheint manchmal gar nicht vorhanden gewesen zu sein. Auch in der Musik.»

«Ich merk' durchaus, wenn wegen einer Straßenbahn die Tempi schneller werden.»

Dr. Lay horchte auf sein Ohrensausen. Einem Pochen war es gewichen. Wer war der Dunkelpartner? Hatte er ihn im Haus erblickt? Vielleicht war es ein Klotz, der ihm, bei seinem labilen Gemütszustand, plötzlich die Kehle zudrückte. Der Fremde hatte ihn hereinkommen sehen, wußte womöglich, wo er saß. Von einer hohen heiseren Stimme durfte man nicht auf einen Hänfling von Bühnenbildner schließen. Eine Depression ließ Stimmen gequetschter und höher klingen.

«Gibt man hier Barbiturate?» fragte Dr. Lay.

«Die haben einiges in petto.»

Die Bretter knisterten. Nachtgetier war unweit rege.

«Herr Lehmanns Gesicht wirkte nicht friedvoll. Im Keller scheint vieles vonstatten zu gehen. Ein Raum sieht von außen aus wie ein Heizkeller und hat eine Stahltür.»

«Ein Kühlraum?» mutmaßte Dr. Lay. Er meinte, einen Laut zu hören, wie ein gleichmütiges «Pffffft». – Auf eine Stahltür mehr oder weniger kam's vielleicht tatsächlich nicht mehr an.

«Theaterstücke haben Sie auch verlegt?»

«Die nun nicht. Aber ohnehin zu vieles. Fotobände. Reisereportagen. – Ein paar Ratgeber. Romane.»

«Ah ja.»

«Es war, bei fünf Angestellten, bereits so ein zu filigranes Sortiment. Gegen die geballte Macht der Konzerne kamen wir immer schwieriger auf den Verkaufstisch. Sie wissen, Bücher und Literatur meint den Kampf um die Zentimeter Regalplatz für drei Monate im Buchhandel. Davor und danach existiert Dichtung nicht. Jedenfalls nicht im Laden.»

«Mich wundert nichts mehr.»

Was war das hier überhaupt für ein Gesprächsforum im Schober zu unnennbarer Uhrzeit mit jemandem, der nun wieder lauter im Stroh raschelte? Falls er sich nicht anschlich. Dr. Lay sackte kurz in sich zusammen – aus vielerlei Gründen.

«Hatten Sie denn noch Einsendungen von Romanmanuskripten?»

«Ob wir was noch hatten?» schnellte der Verleger fast mit Wucht vor ins Dunkel, so daß sein Aluminiumstuhl kippte. Der Bühnenkünstler und Fußmassierer stand mitsamt seinem problematischen Phallus nicht nur am Ende des Lebens, sondern war obendrein ein Depp.

«Wenn wir durch Altpapier Gewinn machen konnten, dann wegen der unaufgefordert eingesandten Romanmanuskripte, Herr…»

«Olaf. – Das ist doch schön, daß die Menschen in Schriftform noch immer von ihrem Leben und ihren Gedanken Zeugnis ablegen wollen.»

«Alle schreiben, aber keiner liest mehr. Ein paradoxer Zustand. Hat aber vielleicht mit einer Art von allgemeinem Autismus zu tun. Sogar in besseren Tischrunden will jeder seine eigenen Geschichten loswerden, erkundigt sich kaum nach fremden, hört dann nur fahrig zu und ist schon wieder bei sich selbst: *Ich hatte damals* … Damit ist eine ganze Kultur vor die Hunde gegangen. Die des aufmerksamen Gesprächs.»

«Aber es geht ja auch ohne Kultur.» Da zischte etwas. Sollte es eine Getränkedose sein?

«Hier steht ein Fahrrad neben mir», stellte der Versteckte fest.

«Ach ja?»

«Hinter mir eine Hacke. Sogar ein Spinnrad weiter links. – Ich habe gestern nacht angefangen, das Ertasten wiederzuerlernen. Das macht Spaß. Sie sollten ein bißchen vorsichtig sein. Bei Ihnen hängt irgendwo eine Sense.»

Heinrich Lay erschauerte. Aber es mußte ihm einerlei sein, was der Schnitter mit ihm vorhatte: «Mich erinnert der harzige Duft an Nachmittage, als wir Kinder auf Scheunenböden Verstecken spielten. Das war wunderbar, vor lauter kleinen Sorgen wußte man noch nichts von den großen. Und nachts schlief man tief und fest wie ein Stein.»

«Dann riechen Sie mal wieder, und ich ertaste. Was dieses krumme Ding hier rechts sein soll, versteh' ich nicht, Holz, Eisen.»

«Eine alte Armbrust?» fiel es Dr. Lay ein. Jetzt erst erschnupperte er, daß sich Zwiebelartiges, Bärlauch unters Harzige, den Teer mischte, kühlfeuchte Erde das Nachtaroma rundete. Man befand sich doch wie in einem Sinnestempel. Die Beine konnte man ausstrecken und nach Jahrzehnten der Fahrlässigkeit versuchen, Lavendel oder Pfefferminze aus dem horrenden Düftegemenge zu filtern.

«Keine Armbrust …» Ein Gegenstand fiel um. «Au!»

«Haben Sie sich weh getan?»

«Dann verblute ich eben.»

«Na, na. – Also Olaf Deutler?»

«Ganz recht.»

«Ist mir im Feuilleton leider nie aufgefallen.»

«Stand auch nie überregional drin. – Ich habe feine Fingerkuppen, ich werde schon herausfinden, was für ein Ding das ist. Gespannter Draht.»

«Vielleicht doch eine Armbrust.» Eine Seitenlehne bei Dr. Lay gab nach. Mochten beide Giselas und der Nachwuchs sich im Moment austoben, wo sie wollten. Er schwebte mit seinem Theatermann durch die Galaxis.

«Machen Sie doch eine Tastschule auf.»

«Das wäre eine Sache.»

«Meine Nase ist alt und kaputt. Vielleicht hätte auch eine Riechschule Zukunft. Die Menschen wollen doch wieder nah ans Ursprüngliche und zu sich kommen. Tasten und Riechen wäre ein Anfang. Sinnesschulen! Deren Kurse könnten dem Leben wieder ein ruhiges Volumen verleihen. Sich hinsetzen und schnuppern. Sich hinlegen und fühlen.»

«Sollte man das Leben nicht so lassen, wie es ist? Es bahnt sich selbst immer den Umständen gemäß seinen Weg. Was man tat oder ließ, es war immer genug zum Grübeln da.»

«Und zur Freude!»

«Zur Freude auch.»

Dr. Lay vernahm ein Schlucken und Gluggern. Es schien ihm, als würde bei der Hacke eine Dose Bier geleert. Er wurde neidisch und lechzte danach. Der Fremde hatte sich für seine späte Meditation verproviantiert. Schritte klangen dünn von den Gehwegplatten.

«Ich krauche jetzt ein bißchen auf allen vieren. Im Stroh. – Das ist schön, das bereichert mein Lebensgefühl.»

«Aber stoßen Sie sich nicht wieder.» Dr. Lay schob den Kopf vor. Es war an der Zeit, auch einmal kundzutun, was er soeben tat im Schementheater: «Ich …»

«Ja?»

«Ich strecke beide Arme aus …»

«Gut.»

«Jetzt schneide ich eine Grimasse.»

«Ah, das ist lustig!» wurde Lay aus einem Strohgeraschel gelobt, «das aktiviert die Gesichtsmuskulatur. Das wird an Schauspielschulen auch trainiert. Es befreit. – Ziehen Sie mal an Ihren Ohrläppchen.»

«Sie sind mir ein Schelm.»

«Los, Herr Verleger.» Beide lachten kurz im Schuppen.

«Ich kann mich nicht so heftig bewegen, der Stuhl wankt.»

«Vorsicht, wegen der Sense. Sie hängt an der Wand.» Dr. Lay regte sich nicht mehr. – «Als Sie hereinkamen, wirkten Sie im Gegenlicht rundlich.»

«Und Sie?»

«So, wie man halt aussehen kann. Allerdings kein Gramm Fett. Fast Skinhead.»

«Wie eine Gerte also.»

«Na ja.»

«Es webt Lavendel in der Luft», Dr. Lay roch, «wunderbar.»

«Oh, jetzt hab ich wohl schwarze Finger. Ich schwöre, das ist ein Sack mit Koks.» Es knirschte aus der Finsternis.

«Kommen Sie», lud der Verleger von seinem Sitz ein, «wir riechen und tasten noch ein bißchen.»

«O gerne. Ich beschreibe Ihnen, was ich anfasse, und Sie raten, was es ist.»

«Und ich?» fragte Dr. Lay.

Herr Deutler schien auf dem Boden oder sonstwo zu überlegen: «Sie erzählen mir, welche Kinder damals auf dem Land beim Versteckspielen noch dabei waren und was aus ihnen geworden ist.»

«Gut, ich versuch' mich zu erinnern. Ist das dann eine Performance?»

«Wir brauchen keine Bezeichnung mehr. Wir sind, was wir machen und erzählen.»

«Topp, die Wette gilt.»

«Welche Wette?»

– Als Monika Berg zu später Stunde keinen Schlaf fand und mit einem Glas warmer Milch einen Gang ums Haus machte, vernahm sie vom Nachbargrundstück her, oder eher aus dem Schuppen, plötzlich ein Gepolter, dann eine Stimme, die ausrief: «Das ist ein Strohhut!», sodann leiser: «Die blonde Doris war meine erste Liebe ... Doris war die erste, die in der Volksschule damit auftrumpfte, Honigmelone gegessen zu haben. War exotisch.» Schließlich vernahm sie verebbend: «Ich mußte sie beim Pingpong besiegen, um ihr zu imponieren ... Oh, die Sense.» «Vorsicht.»

Monika eilte davon. Sie verschüttete das halbe Glas.

17.

Hell, geschmeidig, eng anliegend – warum sie sich heute den kleinen Traum erfüllte, zum Autofahren erstmals die neuen sündteuren Handschuhe überzustreifen, wußte sie nicht. Das Lenkrad griff sich besser. Das Schalten war ein Genuß. Clarissa gab Gas. Split spritzte unter den Pneus weg. Schade, daß sie keinen Sportwagen fuhr und sich nicht den Fahrtwind ums Gesicht brausen lassen konnte. Doch Fenster und Schiebedach waren offen.

Daß Ebenhausen nicht flach war und eine Waldwegstraße besaß, paßte zusammen.

Wie der Holunder blühte. Und noch prächtiger der Goldregen. Trotz der Ruhe des späten Vormittags gab sie auf Seitenverkehr, Radfahrer, Kinder acht. Ein Unfall, vor allem aus Unachtsamkeit, wäre das verheerendste.

Sie war übermüdet und hellwach.

Das Haus strapazierte ungemein.

Doch beim Jüngsten Gericht – oder auch bereits nach einer noch fernen, aber erholsamen Woche – wog es bestimmt nicht, ob sie in einer Mainacht vier oder acht Stunden geschlafen hatte. Die Grenzen seiner eigenen Belastbarkeit kannte man kaum. So war's, so ging's, so blieb's.

Worte legten sich über die Welt. Immerhin, eine schöne Dekke, über dem Magma.

Berggrate im Süden schimmerten bläulich. Waren nach der Kurve wieder fort.

Nur nichts Allgemeines denken. Das war immer fruchtlos, traf nie das endgültig Richtige. Die Worte, auch die nicht gesprochenen, begrünten die Erde. Sie blieben, neben dem Handeln und der Liebe, die Krönung. Wessen? Die des Universums. Vielleicht. Nein, wahrscheinlich. Monika hatte von Stimmen und Gepolter im Holzschuppen berichtet. Auch egal jetzt.

In hundert Jahren wüßte niemand mehr von irgendwem hier irgend etwas. Davor durfte es im Schuppen durchaus rumpeln. Wer wollte denn richten? Solange der Schuppen nicht in Flammen aufginge und Blut über die Holzschwelle sickerte.

Monika war dumm. Vielleicht war das nicht richtige Wort. Sie war weichlich, sentimental, begriffsstutzig, unorganisiert. Ihre Qualitäten mochten auf anderen Ebenen liegen. Acht Jahre im Callcenter der Telekom in Ludwigshafen zeugten nicht von gestalterischer Kraft, doch in ihrem engen Kreis ging es womöglich harmonisch zu. Dauerhafter harmonisch als mit Faruq. Leben zu vergleichen, war schwierig.

Also: weiter!

Bisweilen gab es die Erfüllungen, die sich, ungerufen, einstellten, seien wir dankbar.

Was für ein Gepolter im Schuppen mochte es gewesen sein? Ulrich würde nach Leichen schauen. Der Arme. Oder bis zu ihrer Rückkehr damit warten, um zu zweit in dem Verschlag nachzusehen. Entsetzlich. Frau Wimpf? Die es nicht bis ins Wasser geschafft hatte?

Nein, es waren Männerstimmen gewesen. Ein Doppelselbstmord? Auch eigenartig.

Clarissas helle Handschuhfinger beruhigten sich wieder auf dem Lenkrad.

Es hieß, die Zeit, wie die Londoner im Krieg den deutschen *Blitz*, durchzustehen. Als die V-2-Raketen, bald *Torkelwanzen* genannt, wochenlang in die Stadt einschlugen, hatten die Briten dennoch die Tauben auf dem Trafalgar Square weitergefüttert. Auch so ließ sich Bedrohliches bewältigen.

Die Geschichte war voll von Beispielen zu allem. Man konnte sich üppig bedienen.

Voll war alles, auf der Welt, in den Gehirnen, in den Seelen. Voller denn je?

Es mußte trotzdem gehandelt werden.

Clarissa strich Haar aus ihrer Stirn. Vor der Hauptstraße riskierte sie, mit dem Anzünder die Zigarettenspitze zu treffen. So rostanfällig französische Automobile auch waren, die Glutspender funktionierten tadellos. Das sprach für die Lebenskultur der Nation. Lieber zwei gebrochene Achsen im Stau vor Bordeaux als ohne Stimulanz im Chassis brüten. Vive la France!

Sie überholte einen Traktor mit Heuanhänger. Dabei spähte sie nach dem Zimmermannsburschen Erwin aus Thüringen. Er, mit seinen Segnungssprüchen, mochte ein Pfundskerl sein, später ein womöglich viel zu freundlicher, nachgiebiger Ehemann und Vater. Seiner Tochter und seinem Sohn mochte er eigenhändig die schönste Puppenstube tischlern und eine Ritterburg, falls dergleichen Spielzeug von den Kleinen noch begehrt wurde.

Der Wandergeselle lehnte gegen keine Hauswand, sondern marschierte, hoffentlich frohen Gemüts, aufs Salzburgische zu. *Ja, die Mädels, die Mädels, ja!*, sang er am Straßenrand, falls es ein solches Lied gab, oder Erwin erfand es selbst. Wie warm, gesund, rechtschaffen seine Hände gewirkt hatten. Und einen Erwin sollte man nicht zum Feinde haben, unter einer Kränkung seines ordentlichen, aber doch offenen Wesens zerbräche er, so kräftig er auch auftreten mochte – er war aufs Böse nicht vorbereitet –, oder er verfolgte rasend den Übeltäter. Bleibe davon verschont, Erwin, sann Clarissa. Meistens stellte man sich das Leben anderer heller vor als das eigene.

Wie absolut fort er war.

Clarissa nahm den Staub auf dem Armaturenbrett, Fussel und Schnipsel auf dem Peugeotboden nicht ungern wahr. Ein bißchen Unrat war das Zeichen bewegten Lebens. Manchmal forschte sie nach Altersflecken an ihren Händen. Noch immer blieb es, von Zeit zu Zeit, ein schockartiges Erlebnis, daß ihre Seele, von der auch sie nicht alles wußte, ausgerechnet diesen Körper als Heimstatt gefunden hatte.

Es war Zeit, nach einigen Tagen im Büro nachzuschauen. Der Anrufbeantworter quoll gewiß über. Wer wußte, wie viele schon ohne Rückmeldung einen Ausweg gesucht hatten? ... Clarissa bremste unwillkürlich. Zudem war es in Zeiten des Terrors und der Terroristenfahndung nicht ratsam, ein ohnehin fadenscheiniges Büro allzu lange unbesucht zu lassen; die Mieter der Nebenräume konnten bei der Polizei anrufen und vorbringen: *Da kommen unterschiedliche Leute immer irgendwann in Raum 214, kein Firmenschild, und eine blonde Frau, das haben wir gehört, hat auf englisch mit jemandem laut telefoniert, der Faruq oder Famouk heißt. Da sollte man mal nachsehen ... Wir wollen hier nicht in die Luft gejagt werden.*

Also wollte sie besonders beschwingt ins Büro gehen. Und später, in der Stadt, sich einfach in ein Café setzen. Shoppen. Einkaufen beruhigte und hellte das Gemüt auf. Eine elegante Trachtenjacke, hüftlang, tailliert, wäre in London ein Blickfang.

Der Suchlauf des Radios rastete in Buchenhain bei den *Vier Jahreszeiten* ein, *Frühling* oder *Herbst*. Wäre Vivaldi am Leben, würde er alljährlich, allein durch die Gewitter-Takte, Millionen an Tantiemen häufen. Verfrüht war der komponierende Priester aber, wie so viele Künstler, mittellos gestorben. Armengrab? Ungelöschter Kalk aufs Gebein. Oder doch einen Hauch würdevoller, mit Solokantate an der Gruft. *Klassik-Radio* beendete die Jahreszeit nicht, warb mittendrin für sich selbst, dann für wetterfeste Fensterrahmen von *Bayerwald* und blendete in Brahms' *Akademische Festouvertüre* über, in ein Crescendo, wo es rhythmisch feurig zuging. Schon ein Weilchen horchte Clarissa im Sender für den gehobenen Geschmack auf ein Störgeräusch. Es blubberte seltsam unter den Geigen. Oder die Bremsflüssigkeit des Peugeot machte Scherereien. Als sich Beethovens *Adelaide*, Klavier solo, über Brahms' Universitätseinweihungsgalopp schob, wurden das Blubbern und ein Plätschern noch vernehmlicher. Sie beugte sich zum Radio herunter, obwohl die Lautsprecher vielleicht eher seitlich installiert waren. In der Tat. – Der Sender, der «Entspannung zu jeder Uhrzeit mit Meisterwerken der Menschheit» versprach, ließ – à la meditative Tropfsteinhöhle – unter sämtlichen zerfledderten Genietaten einen Sampler mit Tropfgeräuschen und Wasserfallgeplätscher laufen. Sie drückte auf *Search*.

Sonnenlicht und Blätterschatten flogen über ihr Gesicht. Es blendete, wischte dunkel über die getönten Gläser. In Trance versetzte der fliegende Wechsel von gleißendem Schein und Baumschatten, machte angenehm irre. Der Wagen schluckte die Mittelstreifen. In Buchenhain blickte eine ältere Spaziergängerin vom Gehweg freundlich, fast mit einem Nicken, ins Auto.

Vielleicht gefiel der Dame die Fahrerin, die anscheinend lässig und mit einem Lächeln eine Hand in Chevreauxleder im Seitenfenster ruhen ließ. Clarissa grüßte zurück. Die Müllabfuhr leerte Container. Ein Vorgartenzaun wurde gestrichen. Eine Patientin trat aus einer Zahnarztpraxis und wandte sich sichtlich erlöst noch einmal um.

Was war das doch für ein nettes Land! Unprätentiöser als deutsche Bürger wirkte auf der Welt kaum jemand. Ohne weitere und historisch längst erledigte Anmaßung hielten sie ihr Gemeinwesen sachlich flott in Gang. Die Gesichter, gewiß nicht alle, aber die meisten, erschienen einem, insbesondere wenn man von außen kam, als die geradezu üblichsten der Erde. Auf private und kleine zivile Ziele gerichtet. Ohne Exzentrik, sehr oft vertrauenswürdig, ernst, mit einigem Frohsinn im Hintergrund, ja bisweilen faszinierend durch eine Alltagsgepflegtheit, den Ausdruck der Zuverlässigkeit, leicht verhaltener Weltoffenheit, durch ein durchschnittliches Auftreten, hinter dem sich sämtliche Schätze der deutschen Kultur, des Kultursinns verbergen mochten. Mozart, Mies van der Rohe, delikate Germknödel mit Zwetschgenmus. Eine kleine dicke Postangestellte leerte einen Briefkasten. Doch gar nichts mehr von einer KZ-Wächterin in dieser Person, die über ihren Dienst schimpfte, ihn bei Schnee und Regen verrichtete, einmal im Jahr nach Mallorca abdüste. Der Schrecken schien endgültig von Deutschland gewichen zu sein, der wie ein selbst heraufbeschworener Feuersturm getobt hatte – kurz im Vergleich zu jeder anderen Epoche im Land – und dessen Spuren blieben. Die Droge der Massenhysterie war verflogen. Nun schienen sie wieder vorhanden zu sein, die braven deutschen Bürger, die jahrhundertelang Achtung und Witzeleien auf sich gezogen hatten. Fast wunderte sich die umgebende Welt, wie zahnlos das europäische Mittelgebiet in internationalen Belangen auftrat. *German vote* hieß in Brüssel die häufige deutsche Stimmenthaltung.

Die Postangestellte in katastrophal häßlicher Uniform stieg in ihren gelben Wagen. Engländer, wußte Clarissa, mochten so klug sein, wie sie wollten. Dumm war aber längst, seit vielen Jahren, der besessene Unfug geworden, alles Deutsche mit Hitler zu verknüpfen, jede Regung deutscher Politik mit NS-Größenwahn gleichzusetzen, eine unsinnige Neidphobie auf die erfolgreiche maßvolle schlichte neue deutsche Republik. Der heldisch gewonnene Krieg hatte Britannien sein Empire gekostet. Franzosen, Niederländer, Belgier, die mindestens so gelitten hatten, waren konzilianter.

Verdrängte sie etwas, indem sie sich an solche übergeordneten Angelegenheiten heftete?

Alles gehörte zusammen.

Derartig benommen war sie gefahren, daß der Postford sie überholte, mit einem strafenden Hupen. Sie zeigte der Postlerin einen Vogel, womit man wieder im Alltag war.

Die gläserne Kuppel des Bundestags im Reichstagsgebäude, durch die in Spiralen über den zähen Debatten der Volksvertreter die Bürger, Wähler, Besucher spazierten, war ein vortreffliches Symbol für den föderalen, auf allgemeines Wohlergehen ausgerichteten Zivilstaat. Die Deutschen sollten ihm, durch alle Krisen hindurch, Ewigkeit wünschen. Und man mußte das Glück auch während des Glücks erkennen.

Vieles blieb verbesserungswürdig.

Und wieder Astdunkel, Sonnenstreifen durchs Schiebedach über die Augen. So ließe sich in angenehmer Betäubung, wenn das Meer nicht dazwischen läge, bis Tripolis fahren. Ein Spinett klimperte eine zarte Melodei alter Zeit ins Auto. Zu leben brauchte man kaum, man hatte genug zum Denken.

Clarissa trank einen Schluck Wasser.

In der *School of Economics* herrschte zur Stunde Hochbetrieb, die Studenten schoben sich in die Seminare, bei Nelson Monegrave würden die Sitzplätze knapp. *Management and Cost Accounting* blieb für Anfänger ein Vorlesungshit. Im Grunde war sie selbst mit ihrem nun verschobenen Kurs *Development of Arabic… Staatenbildung im Osmanischen Reich* eine Hinterbänklerin im Geschichtlichen. Sie hatte sich allerdings nach der Assistentinnenzeit in dieses Problemfeld eingearbeitet. Und es war klar, daß viele Unruhen in Nahost erst durch die übereilte und radikale Zerschlagung der osmanischen Herrschaft durch die Siegermächte des Ersten Weltkriegs befördert worden waren. Die Türkei, *die Pforte*, war über Jahrhunderte die Ordnungsmacht der Region gewesen und hatte sich gerade auf dem Weg zu ihrer energischen Modernisierung befunden. In diesem Moment war sie zertrümmert worden, und Stammesstaaten hatten sich etablieren können ... Der famose Lawrence von Arabien war einer der Haupttäter gewesen ... allzu sympathisch war es nicht, achtzig Eisenbahnbrücken und vierzig vollbesetzte Züge der, wiederum von Zwangsarbeitern in die Wüste getriebenen, türkischen Bagdadbahn in Qualm, Staub und Blut aufgehen zu lassen. Ein Grauen... Leichen im Sand.

Ein Sonnenbalken, nein, bleibendes Lichtfeld, keine Bäume und Äste mehr nah am Straßenrand. *Search* fand mittägliche Unterhaltungsmusik.

Aus der Ferne erkannte Clarissa das länglich gewölbte Metalldach des Büroriegels. Wieder einmal mußte sie hinter dem Gelenkbus der TIERPARK-Linie stoppen. Das Gefährt verkehrte offenbar in engem Takt. Eine letzte Fahrtzigarette war opportun. Die Handschuhe verleiteten zum Trommeln aufs Lenkrad. – Sie nickte und sagte: «Gut so.» Damit meinte sie, während sie in den Rückspiegel schaute, niemand anderen als Onkel Roberto. «Richtige Idee», sie trödelte dem Bus hinterdrein. Eine sinnvolle Auflage war es, den Antritt des Erbes von der Fürsorge um andere abhängig zu machen. Und die beiden Hotels in Ipanema hatte sie mit eigenen Augen gesehen. Das waren keine Zementbaracken. Das *Caesar Park* mochte auf zwanzig Etagen gut und gerne dreihundert Viersternezimmer zählen. Vornehmer war ihr das *Luxor Continental* erschienen. Brunnenschale, gemusterter Blumenteppich im Innenhof, livriertes Personal und Suiten mit Meeresblick. Stand einem solches Kapital vor Augen, wurde die Lust auf den mühsamen täglichen Broterwerb, seine Wiederholungen, noch schwächer. Wer dankte es ihr, in einem tieferen Sinne, daß sie sich, eine Zeitlang sogar mit Fahrrad, morgens um sieben in den Verkehr stürzte, um dann in einem klimatisierten fensterlosen Raum Thesenpapiere zur Entwicklung Jordaniens in die Runde zu reichen?

Mittlerweile funktionierte sie aber aus einer tristen Alltagshektik heraus am effizientesten. Ein Zehntel Anteil an der französischen Heilwasserquelle würde reichen, um gut versorgt die zweite und letzte Lebenshälfte anzugehen. Das Hotelmanagement in Brasilien sollten sie zumindest fürs erste belassen. Die Leute waren eingearbeitet, und weder Ulrich noch Monika vermochten auch nur die wöchentlichen Wäschereirechnungen, in Reais, zu verifizieren. Benson & Baldwin sollten sie weiter beraten, die Kanzlei verfügte über alle erdenklichen Kontakte. Im nachhinein blieb es erstaunlich, wie entspannt, obendrein mit einigen Telefonaten zwischendurch, Benson aus dem Testament hatte verlauten lassen: «Ihr Onkel wünscht, daß Sie vor der Übereignung der Vermögenswerte – und das ist ihm offenbar das entscheidende Anliegen ... Pardon, scheint es gewesen zu sein – ein Hospiz führen ... Sie wissen, was das meint?» Und die einbestellte Clarissa hatte nur vor Schreck den Kopf geschüttelt. «Vorgesehen dafür hat der Erblasser sein, just a second, please», und George M. Benson hatte die Handschrift entziffert: «his real estate in Shaftslaarn – Upper-Bavaria. Must be somewhere there.» – Dann hatte der Anwalt leicht grimmig geblickt, als seine Klientin sich im aschenbecherlosen Raum eine Zigarette angezündet hatte. In der Kanzlei in der Southern Colonnade war man allem Anschein nach an erheblich krassere Erbfälle, Scheidungsgründe, brenzlige Komplikationen bei Vermögenstransfers via Bahamas nach Bern gewöhnt. – Clarissa parkte ein. Vortrefflich hatte Onkel Roberto gehandelt – über dessen Ableben noch Genaueres in Erfahrung zu bringen war! Für alle Jahre durfte das soziale Gewissen ruhiger bleiben, da sie, Monika, Ulrich sich zumindest eine Zeitlang mit Haut und Haar hilfsbedürftiger Menschen angenommen, sie dezent umsorgt ... den Hoffnungslosen ins Offene, Leichte ... geholfen hatten. Von den guten risikoreichen Taten zehrte der Mensch sein Lebtag lang.

Als Clarissa Berg mit fahrigem Puls die Autotür zuschlug, hing ihr Rock. Der Saum hatte nun ölige Striemen.

«Grüß Gott, die Dame.»

«Good morning.»

Der Angestellte von *Stockmair-Bau* schien einen Großteil seiner Arbeitszeit auf dem Gang im zweiten Stock zu verbringen und seinen Schlotteranzug zu lieben.

«Heute mal einen Kaffee aus unserer neuen Maschine?»

«Vielleicht meld' ich mich nachher», erklärte sie.

«Ich heiße übrigens Gassner, Florian.»

«Freut mich.»

«Und Sie?»

«Dann bis dann, junger Mann.» Sie eilte mit höflichem Lächeln vorüber. Ihr Alter und die Augenfältchen hätten ihr jetzt mehr Schutz bieten dürfen. Auf wenig war Verlaß.

«Okay, da wir hier in der Nachbarschaft wirken.»

«Haben Sie zufällig heute morgen schon meinen Mann gesehen?» fragte sie dreist.

«Sie können wegen des Kaffees klopfen.» Florian Gassner zog sich zurück. Es war gut vorstellbar, daß in solchem etwas entlegenen, steril anmutenden Bürokomplex und an besonders heißen Tagen in Abstellräumen der Teufel los war.

Clarissa Berg warf ihren Illustriertenstapel auf den Tisch, zupfte das Leder von der Hand. Der Anrufbeantworter blinkte vernichtend.

Sie fixierte das rote Lämpchen. Schweiß trat ihr auf die Stirn. Der Kreislauf flirrte. Langsam näherte sie den Finger der Wiedergabetaste. Daneben eine anthrazitene Löschtaste. Ihr fiel ein, daß ohne vorheriges Abhören das Löschen nicht möglich war. Ein Manko der Technik. Es konnte sein, daß die Kanzlei ihre Aktivitäten kontrollierte. Benson besaß diese zehnstellige Nummer. Vielleicht warteten unter dem Blinklicht ein, zwei Anrufer, die sich verwählt hatten, dazu nur eine fälschliche Faxeingabe.

Sie drückte.

Tatsächlich. Ein Dauerschrillen. Nein, auch für Werbefaxe befand sich hier kein Anschluß.

«Hilfe! Hilfe» schrie es aus dem Lautsprecher. Clarissa faßte aufs Fensterbrett. «Hilfe!» hallte es ein drittes Mal durch den Raum. Sie stürzte zum Apparat, um die Lautstärke zu dimmen. «Ach...», vernahm sie, dann das Auflegen.

Das konnte kein Mensch ertragen. Sie drückte die gespreizten Hände auf die Ohren.

«Ich bin es noch mal, Tante ... der Benny. Ich bin nicht zur Oma zurückgegangen. Wo soll ich jetzt hin? ... Tante, bist du da? Ich hab' doch die sechs in Rechnen. Wo soll ich nächste Nacht schlafen? ... Ich bin die Autobahn entlanggegangen. Kannst du helfen, Tante?»

«Benny, nein, ich war nicht da.» Clarissa ging vor dem Telefonapparat auf die Knie und weinte. «An der Autobahn wird dich bestimmt jemand aufgelesen und zur Polizei gebracht haben ...»

«Dann, tschüs.»

«Das wird, Benny!»

Sie drückte die Stopptaste und schluchzte. Sie konnte doch das Elend der Welt nicht besiegen! – Verfluchte Visitenkarten! – Sie wischte über die Augen, saß im Lotossitz.

Ergeben drückte sie *Repeat*.

Wenigstens eine Erwachsenenstimme: «Sie haben es gut formuliert: *Kein Weg mehr?* Wir können nun nicht mehr weiter», sagte die Frau, «ich bin behindert, mein Mann hat vor Weihnachten seine Arbeit verloren. Er ist über fünfzig und wird nichts mehr finden. Damit konnten wir nicht rechnen», Clarissa nickte, «und wir haben uns übernommen. An das Abzahlen ist gar nicht mehr zu denken. Wir haben auch unsere Wohnung aufgeben müssen. Jetzt ist das Furchtbare passiert. Die Bank hat unser Konto gekündigt. Da wissen Sie doch womöglich Bescheid! – Ohne Konto findet mein Mann nicht einmal einen Gelegenheitsjob. Mit der Krankenkasse funktioniert nichts mehr. Der neue Vermieter will kein Bargeld – was soll werden? Wissen Sie Bescheid, mit einem Konto, irgendwo? – Wir leben zur Zeit in Poing. –»

Die Frau hatte versäumt, eine Telefonnummer oder genaue Adresse anzugeben. Aber wozu auch?

Die Sonne ließ keinen Raumwinkel dunkel.

Gottlob, wieder schrillte ein fehlgeleitetes Fax.

«Keiner da?.... Nee... Ich meld' mich später wieder.»

Clarissa schloß beim nächsten Piepton die Augen.

«Was soll 'n das? ... Wieder keiner da. Fuck you. Ist wohl alles Betrug.»

Sie zuckte die Achseln. Der schmucke Neubau gegenüber wurde eingerüstet. Renovierungswahn. Der nächste Anruf währte lang. Es bestand aus einer Mischung von Atmen, Schnaufen, wieder hastigerem Atmen, bedrängender Stille, Schnaufen ... Ob es sich um Geräusche unsagbaren Elends oder gar um eine pornographische Zumutung handelte, ließ sich nicht deuten. Mit zittrigen Fingern klaubte Clarissa unterdessen den Zettel mit Notrufnummern, die sie notiert hatte, aus ihrer Bolerotasche, entfaltete ihn. Ächzen nach dem Schnaufen. 110 für Polizei; 112 die Feuerwehr; Notarzt dieselbe Nummer; Giftnotruf: 19240, nicht flink zu merken; Psychiatrischer Notdienst – hatte sie nicht gefunden, dafür die Nummer einer vom Namen her vertrauenerweckenden Praxis: Professor Dr. Dr. Clemens Neufeld; sodann konfessionelle Seelsorge mit abstrusen Nummern – katholisch 08001110222, evangelisch: 08001110111, muslimisch oder orthodox: nichts. Und der Frauennotruf war wichtig: 763737… – Heilpraktiker und Babyklappe brauchte sie nicht parat zu haben. Phantastisch, welches Hilfsnetz die Zivilisation unter Menschen im Sturz gespannt hatte. Sie atmete beruhigt durch. Was tat jemand in Nepal, der einen giftigen Pilz verzehrt hatte oder durch einen Lawinenabgang traumatisiert war? – So aufnahmebereit sie auf der Ludwigshöhe auch sein mußten, entscheidend blieb bei Anrufen die Notarztnummer. Unmöglich konnten sie, bis zum Gang in den Keller, jemanden in der ersten Etage unterbringen, der von akuter, aufwendiger medizinischer Hilfe abhängig war. Der gewährte Unterschlupf käme dem Mord gleich.

«Ich weiß nicht. Wo hab' ich die Karte?… Da war's. Aber gestern. – Ich glaub', Gerd wollte kommen. – Nein, der war doch erst da. Jaja, später. Sollt' ich was essen? Später dann …»

Alzheimer?

Sie hatte ein Piepsignal mit einem Anruf überhört. Sie drückte nicht die Wiederholungstaste. Ihr wurde übel. Soeben hatte sie das Verbrechen begangen, einen Notschrei ignoriert zu haben. Deswegen gehörte sie bestraft, alles, was sie gelernt und gelehrt hatte, wurde schlagartig nichtig, wenn sie nicht *Repeat* drückte. Mit schwerem Finger ließ sie das Band – falls sich in einem digitalen Apparat noch dergleichen drehte – zurückspulen.

«Ich bin's, Moni. Geht's gut? Na, dir immer. Bring' doch bitte aus der Stadt ein paar DVDs mit. Ich brauch' was, um mich zu beruhigen. Am besten schmalzige Liebesgeschichten, je länger, desto besser. Gerne mit Lana Turner, bei der schlaf' ich meistens gut ein. Unsere alte Schauspielerin hat sich übrigens in ihr Zimmer eingesperrt. Wer weiß?»

«Wo haben wir denn einen DVD-Player her?» fragte Clarissa ins beendete Telefonat. – *Piep*. «Bin's noch einmal, stell' dir vor. Ulrich hat einen Player im Russenzimmer unterm Bett entdeckt. Noch frisch verpackt. Tschüs! – Kann auch *Yentl* sein.»

«Ach so.»

Clarissa entschied sich für *Stop*.

Das Rotlicht blinkte.

Zuerst ins Café, dann ins Kino gehen, war eine gute Idee.

Zum Shoppen fehlte der Schwung.

«Ich weiß nicht», sagte die nächste zarte Frauenstimme, «woran ich hier bin … Ihre Karte flößt mir Vertrauen ein. Und mir wird es gleichgültig, worauf ich mich einlasse. Ich bin zweiundvierzig Jahre alt. Ich habe Vorsorgeuntersuchungen immer vernachlässigt, aus Vergeßlichkeit und Angst. – Nun ist es soweit. Wie der Befund sein wird – ich ahne es. Ich bin wie versteinert. Und bin kopflos. Kann das jetzt schon mein Ende sein? Und die Qualen vorher! – Ich will mich dem nicht aussetzen, verstehen Sie. *Kein Weg mehr?*, schreiben Sie. So ist es für mich. Ich liebe doch das Leben. Und verstehe natürlich nicht, warum das Schicksal mir das antut. Wir leben doch in modernen Zeiten, in denen man nicht einfach stirbt. Nicht wahr? – Es wäre ungerecht. Muß ich Abschied nehmen? Aber wie? Ich bin … aber es gibt kein Wort dafür … Es ist das Schlimmste, das ich jetzt akzeptieren soll. Ich kann es nicht. Natürlich werde ich es können. Aber ich kann es mir nicht vorstellen. – Wird meine Familie mir alles erleichtern? Oder wird der Abschied von ihr alles noch schlimmer machen? Ich bin im Grausamen, ohne Hoffnung. Vielleicht entstehen Hoffnungen? Ich will arbeiten, solange ich kann. – Aber meiner Zersetzung will ich mich entziehen. Wie ich's sagen soll, weiß ich nicht. Vielleicht bin ich bald nicht mehr. *Kein Weg mehr.* Natürlich schreiben Sie auch: *Prüfen Sie sich.* – Vielleicht habe ich also ein, zwei Tage zu früh angerufen. Es tut mir gut, etwas zu sagen. Ich will doch noch die Menschen, die mir etwas bedeuten, schonen. Wer weiß, was sie mit mir, was wir durchstehen müssen? Ich arbeite in einer Bank. Was rede ich? Ich werde die Schmerzen ertragen, die andere ertragen mußten. Ich werde in mein Leben zurückschauen. Der Arzttermin ist übermorgen. – Haben Sie vielen Dank. Ausgerechnet Ihnen habe ich das erzählt. Meine Nummer gebe ich Ihnen nicht, aber ich behalte Ihre. Vielleicht hat alles einen Sinn. Ich erkenne ihn aber im Augenblick nicht.»

Clarissa lag am Boden, hatte die Hände zu Fäusten geballt und war die nächste Stunde mit ihren verweinten Augen nicht in der Lage, das Büro zu verlassen.

18.

Auf rosenfarb'nem Gewölk bekränzt mit Tulpen und Lilien
Sank jüngst der Frühling vom Himmel. Aus seinem Busen ergoß sich
Die Milch der Erden in Strömen. Schnell glitt von murmelnden Klippen

Der Schnee der Berge herab; Des Winters Gräber die Flüsse,
Worin Felshügel von Eis mit hohlem Getöse sich stießen,
Empfingen ihn, blähten sich auf voll ungeduldiger Hoffnung.
Der Boden trank endlich die Flut. Von eilenden Dünsten und Wolken
Floh'n junge Schatten umher. Den blauen Umfang des Himmels
Durchbrach ein blitzendes Gold. Feldrosen, Hecken und Schleh'strauch,
In Blüten gleichsam gehüllt, umkränzen die Spiegel der Teiche
Und seh'n sich drinnen. Gereizt vom Frühling
Durchstreichen mutige Rösser den Wald mit flatternen Mähnen,
Der Boden zittert und tönt, es strotzen die Zweige der Adern,
Ihr Schweif empört sich verwildert, sie schnauben Wollust und Hitze,
Es lachen die Gründe voll Blumen, und alles freut sich, als flösse
Der Himmel selber zur Erden. Empfangt mich, heilige Schatten!
Ihr Wohnungen süßer Entzückung,
Ihr hohen Gewölbe voll Laub und dunkler schlafender Lüfte! …

Ewald Christian von Kleist

19.

Grit Nöllinger, Bewohnerin des Hauses Ludwigshöhe 1, freute sich des öfteren über die prächtige Buchsbaumhecke, die das Ungarische Haus umgab. Sie selbst hatte Buxus gepflanzt, allerdings im Kübel. Eine Hecke brauchte Jahrzehnte, um zur grünen Mauer zu werden. Wegen ihrer Dichte versuchte man um so lieber, durchs Blattwerk zu lugen. Da und dort leuchtete das Hausgelb. Die junge Hausfrau schlenderte zum Forst. An sich war sie von daheim geflohen, um einmal nicht Sabine und ihren Supersprößling Timothy morgens auf der Terrasse zu haben. Fast schon aus Rache wünschte sie sich wieder stärker ein Baby, um der Freundin, die zur unfehlbaren Mutter geworden war, Paroli zu bieten. Nun, Sabine leckte, wie eine Bärin, das Bürschchen in Form. Das war gut so. Ein metallenes Geräusch hinter der Buchsbaumhecke konnte die Passantin nicht identifizieren. Sie stopfte die Hände tiefer in die Taschen des ländlich karierten Rocks. Der Torbogen mit den geschnitzten Pußta-Tänzern hätte einen frischen Anstrich gebraucht. Ans Blau der Joppen erinnerten Farbtupfer. Ein solcher Einfahrtschmuck würde mittlerweile ein Vermögen kosten. Villen dieser Dimension, mit Zwiebeltürmen, wurden heute nicht mehr riskiert. Selbst Banker verbargen sich lieber, soweit man davon wußte, in überschaubaren pflegeleichten Anwesen … Nun mochte Sabine klingeln und gleichzeitig in die Kinderkarre schnurren … Abermals hörte Grit Nöllinger ein kratzendes Geräusch. Daraufhin das Grummeln eines Mannes. Dann ein energischeres Schnappen. Die Spaziergängerin zuckte die Achseln. Sie passierte am Ende der Hecke eine Peitschenlampe. Keine schöne Idee war es gewesen, den Ort mit diesen Modellen zu bestücken. Die Bogenleuchten erinnerten an Autobahnzubringer oder die grell erhellten Grenzbefestigungen der DDR.

Hilde Hoffmeister stützte sich am Fensterrahmen ab. Ihre Hitzewallung war stets mit einem Schwindel verbunden. Sie hatte Schluckbeschwerden. In diesen unberechenbaren Zuständen, wenn der Kopf glühte, die Füße eiskalt wurden, war sie zu nichts zu gebrauchen. Im Kaufhaus war sie aus ihrer Uhrenabteilung in den Aufenthaltsraum geflüchtet. Zu Hause hatte sie sich auf einen Küchenstuhl sinken und das Essen verschmoren lassen, bei ihrer Schwiegertochter war es zum Tobsuchtsanfall gekommen, bei dem sie Gläser an die Wand geschmissen hatte. Tagsüber Müdigkeit, nachts glockenwach im drückenden Bettzeug. Rotkleekapseln und Traubensilberkerze hatten gegen die Schweißausbrüche kaum geholfen. Vielleicht war es leichtfertig von zwei Gynäkologen gewesen, von Hormonen abzuraten, nicht nur die Krebsgefahr, sondern in ihrem Falle auch das Infarktrisiko seien beträchtlich. Sie besaß keine Kraft mehr für ihre Verwandlung. Sie spürte, wie der Körper bei jeder Wallung breiter, voluminöser und zugleich schlaffer wurde. Der Frohsinn war dahin. Doch vor allem die Aussetzer in der Wahrnehmung, der Selbstkontrolle waren vernichtend geworden. Einen Paketboten hatte sie angeschrien, weil in der Pappe vom Versandhauspaket ein Riß gewesen war. Ohne zu kassieren, hatte sie einen überdies unehrlichen Kunden mit einer teuren Uhr ziehen lassen. Im Kaufhaus erstickte sie. Ihren Mann, der seinen Schlendrian mit ein paar Bürostunden und zwei Herrenabenden pro Woche weiterlebte, ertrug sie nicht. Hilde Hoffmeisters Stirn ruhte auf der Küchenfensterscheibe. «Gehört der zu uns? Oder ist der hier Gärtner?» fragte sie nach hinten, wo Geschirr klapperte und Spülwasser lief.

Eine Antwort blieb aus. Hilde Hoffmeister beobachtete weiter den Mann in Knickerbockerhosen, der sich an der Gartenumgrünung zu schaffen machte. Die Heckenschere schien nicht ganz so zu wollen wie er. Wahrscheinlich eingerostet. Mehrmals ließ er sie auf- und zuschnappen, ehe er sie wieder am Buchs ansetzte. «Herr ... Bauer, wenn ich mich recht erinnere. Gestern hat er die Gehsteigplatten geschrubbt. Der Mann ist Gold wert. Aber hat er nicht draußen, in der Welt, auch fremde Müllcontainer ausgewaschen und Kaugummis vom Gehsteig gekratzt?»

«Herr Bauer ist krank», hörte Hilde Hoffmeister von hinten, «er erträgt nichts Unordentliches.»

«Die Hecke hat einen Schnitt nötig.» Hilde Hoffmeister nickte unwillkürlich, nachdem in der Ferne auch Xaver Bauer genickt hatte, als er mit Händen und Schere in den Hüften eine Partie des gestutzten Wildwuchses begutachtete. «Für die ganze Hecke würde er drei Wochen brauchen.»

«Drei Wochen!» vernahm die Kaufhausangestellte vom Spülstein und ein gedämpftes heiseres Lachen. «Die Welt wird sich ohne uns weiterdrehen.»

Da das gesamte Geschirr aus den Hängeschränken für die konfusen Frühstücke des Hauses und die gelegentlichen Imbisse sich stapelte, kein sauberer Löffel mehr zu finden war, hatte sich Frau Jakoubek entschlossen, dem schmutzigen Berg aus Tassen und Bestecken zu Leibe zu rücken. Die Kioskpächterin, welche die Leiden Hilde Hoffmeisters hinter sich hatte, spülte geradezu beklemmend leise. Mit Schwamm und Fingern – oft das beste Reinigungswerkzeug – wischte sie über Teller, rieb eingetrocknete Marmelade von den Messern. Aus dem langen Wasserrohr floß es handwarm in den Spülstein. Manchmal zuckte Erna Jakoukeb zusammen, hielt inne, stützte sich an der Anrichte ab. Einmal hatte die Fünfundfünfzigjährige sogar grell aufgeschrien. Weiterhin dröhnten ihr die Lastwagen des Mittleren Rings durchs Gehör, hörte sie den Stop-and-go-Lärm vom Verkehrsstau vor ihrer Wohnung an der Donnersberger Brücke, durchstartende Biker, Polizeihubschrauber über ihrem Dach, Partyradau von Nebenmietern.

«Soll ich abtrocknen?» Hilde Hoffmeister trat näher an die Lärminvalide.

«Lassen Sie nur. Arbeit bringt einen wieder ins Leben zurück.» Hilde Hoffmeister nickte, hatte aber das Gefühl, daß Erna Jakoubek ihr nicht zutraute, Teller annähernd lautlos ins Abtropfgitter zu stellen. Die Jüngere wollte keinen prüfenden Blick in Erna Jakoubeks Ohren richten, ob viel, kein oder wenig Ohropax zu erkennen war. Wahrscheinlich hatte die sich eine ganz eigene Stadtgeographie angeeignet, eingeteilt nach Straßen mit regem Zulieferverkehr, Kreuzungen mit vier oder mit acht Fahrspuren, Parks mit und ohne Bolzplätze, verkehrsberuhigte Zonen oder Durchgangspisten. Eine Krachpegelkarte mußte Frau Jakoubek im Gehör haben. Ähnlich Blinden, die ein Areal nach Düften und Geräuschen aufteilten.

«Singen Sie», hörte Hilde Hoffmeister von der Spülerin, «Singen macht mir nichts. Es kommt von Herzen.»

«Ich will aber nicht singen», flüsterte die Kaufhofangestellte, was dennoch verstanden zu werden schien. «Ich fürchte, ich kenne auch kein Lied und keinen Schlager mehr ganz …»

«So ist's, Hupen können die Leute, aber leise, leise, fromme Weise kennen sie nicht mehr. Bergab geht's.»

«Man darf jetzt nicht aus dem Elend heraus die gesamte Welt beurteilen … Viele Jugendliche engagieren sich ehrenamtlich.»

«So?»

Hilde Hoffmeister griff das Geschirrtuch: «Immer war ich das Stehaufmännchen vom Erdgeschoß! Die Hoffmeister hat Grippe, aber sie kommt zur Arbeit. Ihre Kollegin braucht einen freien Tag, Hilde Hoffmeister springt ein. In der Glas- und Vasenabteilung herrscht personeller Engpaß: Holt doch die Hoffmeister herauf! Ich kann nicht mehr. Freundlich und rege war ich zur Stelle … jahrelang. Wird es einem gelohnt? Nein. Diensteifer und Bescheidenheit zählen nicht über einen Tag hinaus. Ich gehörte schlichtweg zu den Dummen. Und zu Hause war es ja nicht anders! Natürlich brachte ich meinen Sohn, der damals schlimm unter seinem Asthma litt, morgens zur Schule. Fragt er heute einmal, ob er mit mir einen Ausflug in die Berge machen könnte? Nein. Selbstverständlich war ich es, die ihre Migräne zu überspielen versuchte, um abends wenigstens ein warmes Essen aufzutischen. – Regine Matussek war wegen einer Knöchelverrenkung acht Monate lang krank geschrieben und bekam Blumen bei ihrer Rückkehr. Unsereiner wird vergessen wie eine … Dose Schmieröl. Habe ich zuwenig an mich gedacht? Ich habe zu viele Erwartungen erfüllt. Dank fehlte.»

«Sie haben's schon richtig gemacht. Jeder tummelt sich an seinem Platz.» Erna Jakoubek wusch Spülschaum von einem Teller.

«Nein! Man beginnt sein Leben ganz normal. Und in was gerät man unversehens hinein? In Abgründe, Sackgassen, Verfall, Unumkehrbares und Primitivität.»

Erna Jaboukeb blickte ein wenig staunend zur Seite. Dennoch gab sie Obacht, ihre Bluse nicht naßzuspritzen. Beide Frauen wirkten gekleidet wie für einen besonderen Tag. An der Goldkette der Kioskpächterin hing ein goldenes Herz. Von ihrem beinahe beruhigenden grauen Dutt stand kein Härchen ab. Neben ihr tastete die etwas größere Hilde Hoffmeister über die Taschen eines sogar taillierten Kostüms. Hatten die Frauen für einen entscheidenden Moment festlichere Kleidung eingepackt gehabt?

«Ist egal. Ist ja nun wohl wirklich egal, ob ich mir noch Lungenkrebs beibiege», haspelte Hilde Hoffmeister, auf deren schwarzgrauer Dauerwelle Haarspray schimmerte, und zündete sich aus einer kartonartigen Zigarettenpackung eine *F 6* an.

Nach dem ersten tiefen Zug schien sie schier zu taumeln.

«Die hatte ich auch im Sortiment. Haben nur Ostdeutsche gekauft.» Erna Jakoubek wandte ihr Gesicht von der Qualmschwade ab.

«Ich hab' die Marke plötzlich für mich entdeckt», hüstelte Hilde Hoffmeister. Erst jetzt, im dunklen, nur dünn weißlich gestreiften Kostüm, gewahrte Erna Jakoubek die auch sehr gepflegten Hände der Uhrenverkäuferin. Das Wasser plätscherte gleichmäßig in die Spüle. Aus der Ferne war, mehr wie eine Ahnung, ein Schnappen der Heckenschere zu vernehmen.

«Diese Stille hier», die Raucherin ließ ihren Blick durch die hohe Küche schweifen, «beklemmend.»

Erna Jakoubek horchte beglückt: «Mir gefällt dieses Haus. Jeder Raum hat ein Gesicht. Man spürt, daß schon viele Menschen hier durchgegangen sind. – Heute?»

«Herr Lehmann trug Krawatte.»

«Ich habe ihn nicht kennengelernt. Sie haben ihn gefunden? Sah er friedlich aus?»

«Das läßt sich so nicht behaupten», blickte Hilde Hoffmeister zurück, «die Zunge hing ihm gräßlich aus dem Mundwinkel.» Sie schaute vom Fliegenstreifen weg, auf dem dicht an dicht schon Jahrgänge von Insekten ausgehaucht hatten. Auch die vertrockneten Alpenveilchen auf dem Fenstersims, der Teller mit einem

Sprung in Erna Jakoubeks Hand schienen einem Drängen der Hospizleitung zu entsprechen.

Gelb erfüllte die Küchentür. «Kann mir jemand einen Kaffee aufbrühen? Gibt es einen Frühstücksraum? Oder ein Büfett? Ich verhungere. In dieser Schwäche kann ich keinen Entschluß fassen. Was schauen Sie denn so und tun nichts? Stehen Sie denn hier nicht in Lohn und Brot?»

Die Frauen vom Spülstein starrten auf Frau von Meyenburg, die zwar schon einige Sekunden im Türrahmen stand, deren gelbes, mit Spitzen besetztes, fußlanges Seidentüllgaze-Negligé sich jedoch noch in vielfältiger Bewegung befand. «Ich habe zweihundert Euro ins Sparschwein getan. Dafür werde ich doch wohl ein anständiges Frühstück bekommen! Fürs Barbiturat zahle ich meinetwegen extra. Aber mit Unterzucker und einem Gefühl des körperlichen Elends finde ich nicht die Kraft zum Äußersten. Ehedem hat mir Matthias das Frühstück ans Bett gebracht. Machen Sie mir mal ein paar Toasts, und ein Ei nehme ich auch. Los doch!» Die Schauspielerin, die zwar gut ausgeschlafen wirkte, in deren Augen sich aber tatsächlich ein Hungergefühl ausdrückte, ließ sich, von der Umgebung ein wenig irritiert, mit Grazie auf einen Küchenschemel sinken, raffte Morgenrockfalten und fixierte vor allem Frau Hoffmeister: «Nun gut, kein Frühstückszimmer. Ich habe mich meistens zuwenig vorher informiert – eine Art Gottvertrauen –, und dann saß ich im Schlamassel. Dann eben hier den Imbiß. Mein Gott, ist das schlecht organisiert! – Bemerkenswert, die Hängeschränke, wie aus einer Heiner Müller-Inszenierung, Schäbigkeitsambiente … Schon gar ohne Kaffee bin ich zu nichts imstande und werden Sie mich nicht beerdigen können. Sie können mir aber Gift unter den Honig mischen, doch bitte eines ohne Geschmack. Ohne Matthias …

Oder mischen Sie's ins Müsli. Eigentlich will ich meine Todesstunde ja nicht kennen, denn nur das … schenkte Lebenskraft.» Tränen traten in die Augen der fremden Hereingerauschten, und Erna Jakoubek gab Hilde Hoffmeister mit dem Kopf ein Zeichen. Die nahm einen frisch gespülten Becher, schenkte aus der Maschinenkanne ein, griff auch noch die angebrochene Packung Kekse und stellte alles vor Greta von Meyenburg ab: «Wir sind Selbstversorger. Mehr oder weniger.»

Die Schauspielerin blickte verwundert hoch.

«Aber Sie haben recht …»

«Von Meyenburg.»

«Oh. – Hoffmeister. – Man wird hier eher ausgehungert als umgebracht. Dabei sollte man stark sein, wenn man in den Keller oder Obstgarten geht. Hungrige Menschen denken zuerst ans Essen.»

«Ja, Obst wäre auch fein.» Greta von Meyenburg verstand einen Teil der Mitteilung falsch: «Wer Sie sind, ist mir egal, Frau Hoffmeister, aber ich geb' Ihnen Geld, und dann besorgen Sie etwas Gutes aus dem Kaff. Ich brauche Kraft für den … Kraftakt. – Wer ist denn das hier überhaupt alles so?»

«Das ist Frau Jakoubek, Erna», wies Hilde Hoffmeister zur Spüle, «sie wurde vom Verkehr am Mittleren Ring plattgemacht.»

«Guten Tag», nickte es herüber, «ich hab' Sie oft im Fernsehen bewundert. Diese Pfarrhausserie.»

«Über die bitte nicht sprechen. Das war Müll zur Pensionsaufbesserung. Mit dem unsäglichen Fritz Wepper. Grinsen oder Betroffenheit, sonst nichts in der Mimik. TV-Charge.»

«Ich hab' den gern angeschaut. Der regte nicht auf», erklärte Erna Jakoubek, während sie aus dem Kühlschrank noch verstreute Reste von Teewurst und Käseecken griff.

«Muß man für den Tod schwach oder stark sein?» fragte Greta von Meyenburg mit einem Blick in die Gesichter neben ihr.

Ehe sie eine Antwort erhielt, schaute ein jüngerer Mann von der Tür in die Küche: «Alles in Ordnung hier?»

«In etwa.» – «Scheiße», sagte Ulrich und verschwand wieder ins Russenzimmer. –

Die Flurbalustrade im ersten Stock schimmerte in dunklem Holzglanz. Als Ute Wimpf aus ihrem Zimmer trat und zur Tür des benachbarten Zimmers schaute, schämte sich die Lehrerin. Es hatte sich herumgesprochen, bei irgendeinem Geflüster vor dem Kühlschrank, daß die Bewohnerin von Zimmer 12 der professionellen Prostitution nachgegangen war. Nun wurde die Augsburger Pädagogin das Gefühl nicht los, daß im Nebenraum weiter Sex gegen Cash zu haben war, merkwürdige erotische Praktiken betrieben wurden, die versierte Unzucht ihr Plätzchen gefunden hatte. Ute Wimpf klagte sich selbst ihrer Spießigkeit und Borniertheit an. Trotz unfreiwilligen, aber gelegentlichen Horchens war ihr kein auffälliger Laut zu Ohren gekommen. Nun, welcher hätte es sein sollen? Stöhnen und Schluchzen vernahm man hier hinter jeder Treppenhaussäule. Sie hinkte zur Brüstung, die Stichwunde vom Pausenhof schmerzte an einigen Tagen heftiger. Eine Etage unter ihr glänzten die Fliesen hart. Konnte ein segensreiches, friedliches, mächtiges Wasser sie nicht wie von selbst umfangen und zu Gewoge, Wellen und Gischtkränzen auflösen? Bis übers Kinn hatte sie eine halbe Stunde im Starnberger See gestanden. Keine der gefürchteten Springfluten hatte sie in die Tiefe mitgenommen. Sich selbst zu beenden war schwieriger, als durch eine höhere Macht getilgt zu werden. Sie mußte eine noch tiefere Freundschaft mit dem Urelement schließen, alle Furcht vor ihm abstreifen. Doch manchmal wollte es ihr scheinen, daß besiegte Todesangst unversehens etwas Gegenläufiges bewirken konnte, nämlich eine unerwartete Gelassenheit, Ruhe vor dem Unvermeidlichen.

Sie umfaßte die Balustradenkante. Das war doch merkwürdig. Vieles konnte man sich im Leben aussuchen, Kleider, Essen, Hobbys, doch fast niemals die Menschen, die einen umgaben, mit denen man sich arrangieren sollte. Ob es die Eltern waren, die Kollegen, die Erstkläßler, die lieb wißbegierig oder fahrig mürrisch auf ihren ersten Stundenplan warteten – stets blieb man, oft bis zu dieser völligen Erschöpfung, im Spiel mit einer fremden Dynamik. Ute Wimpf mußte lächeln. Bei der letzten Einschulung waren plötzlich Hand in Hand ein dunkelhäutiges Mädchen und ein schwäbischer Bub vorgetreten, und die Kleine hatte gesagt: «Ich bin Joanna, und das ist mein Freund Rüdiger. Damit alles gutgeht, haben wir eine Torte für dich gebacken.» Der Napfkuchen, den Rüdiger aus einer Tüte zog, war gerecht aufgeteilt worden. Doch Tempo, irgendein Druck, in der Hölle erzeugt, verschluckten so entzückende Ereignisse, aus denen allein alle Kraft kommen konnte.

«Ich will mit nichts mehr etwas zu tun haben», murmelte Ute Wimpf. «Ich bin's satt. Nehmt mich, die Undankbare, fort. Ins Kloster oder ins Wasser.»

Unten gewahrte Ute Wimpf den jungen Hospizmann, der einen Getränkekasten neben die Haustür hievte. Stimmen drangen aus der Küche. Türen klappten. Der kreisrunde Leuchter schien sich unmerklich zu drehen. Vorwärts … rückwärts.

«Herr Fehling, wo sind Sie?»

«Aah.» Wie vom Schlag gerührt, sank Ute Wimpf gegen den Geländerpfosten und griff sich ans Herz.

«Ich hab' Sie nicht gesehen, Entschuldigung.»

Die Lehrerin wandte den Kopf zurück und wurde noch bleicher. Vor ihren Augen zappelte eine Waffe: «Tun Sie den Revolver weg», rief sie, für die Verhältnisse in diesem Hause vielleicht reichlich voreilig.

«Aber das ist eine Pistole», korrigierte die Zimmernachbarin Reutte, die sich weiter im Treppenhaus umschaute. «Herr Fehling wollte mir erklären, wie ich die Kugeltrommel weiterdrehen kann, da ist ein Widerstand beim Laden.»

«Herr Fehling?» Ute Wimpf erblickte den stählern rostigen Mündungslauf in Rippenhöhe.

«Der Journalist ... Er wollte vorbeikommen», redete Hanna Reutte an der Bedrohten vorbei. «Er sagte, als Schüler habe er mal eine Mauser Parabellum in Händen gehabt. Diese ist ja von meinem Onkel. Wehrmacht, wenn nicht schlimmer.» Die Domina aus dem Augsburger Umland zog und schob kräftig am Mittellauf der Waffe. Aber dort war nichts zum Bewegen. Als sie am Griff zog, klickte es. Eher fragend betrachtete die Domina, die schwarze Leggings und einen schwarzen Pulli trug, den Lauf.

«Jaaa», entfuhr es Ute Wimpf, die sich rückwärts über die Brüstung lehnte und das Tödliche vor sich spürte, «das Schicksal will es jetzt so ... Drücken Sie ab! ... Schnell! ...» Die Lehrerin im langen roten Kleid reckte ihre Brust vor: «Tun Sie's, ehe wir überlegen! Ich bin in diesem Moment bereit ...»

Sie vernahm keine weiteren Geräusche.

Nach einer Weile, in der sie bei geschlossenen Augen ein Farbgewitter vielleicht fast schon einer anderen Welt wahrgenommen hatte, schärften sich wieder die Umrisse ihrer Nachbarin. «Verzeihung ...» Sie kam wieder gerade zu stehen, räusperte sich und zog leicht schülerinnenhaft ihren Rock zurecht. Der Pistolenlauf vor ihr wies nach unten.

«Recht so, die Gefühle müssen raus», tat Frau Reutte, selbst spürbar perplex, kund, «aber ich kann Sie doch nicht einfach erschießen. Ich kenn' Sie doch gar nicht.»

«Wimpf, Ute.»

«Hanna Reutte. Der Schuß ist für jemand anderen bestimmt. Oder für mich.»

«Ach, dann sind Sie es, die von einem Kerl so schlimm sitzengelassen wurde?»

«Ja», kam es scheinbar eiskalt.

«Aber solcher Kummer verweht doch wieder.»

«Ich habe genug von matten Leidenschaften. Ich absolviere meine bis zum Schluß. Und sei es nur, daß ich am Ende weiß: Es gibt noch Hingabe, Treue, zumindest Zuverlässigkeit oder Vergeltung.»

«Wunderbar, archaisch, islamisch», murmelte Frau Wimpf und versuchte noch immer, sich aus den vergangenen Augenblikken zu sammeln.

«Der Mann muß fallen.»

«Man liest dergleichen in Zeitungen, aber natürlich kommt so etwas im Leben auch vor ... Aber bei Ihrem Beruf, Sie verzeihen, das hat sich ein wenig herumgesprochen ...»

«Was? Wo?» fragte Frau Reutte.

«In der Küche, im Garten», murmelte Ute Wimpf. «Wenn Liebe, Sie verzeihen bitte, etwas Mechanisches angenommen hat ...»

«Ich bereue wenig, Frau Wimpf.»

«... kommt dann wohl der Tag, an dem um so vehementer der Drang nach Bindung, Geborgenheit, endgültiger Zuverlässigkeit aufwallt.»

«Ich kann das nicht beurteilen. Ich leite ja das Liebesleben anderer auch nicht aus ihrem Beruf ab», verwahrte sich die Domina. «Im Grunde bin ich eine Frau, die mehr ausleben und erfahren konnte, als es sich andere Frauen gestatten. Doch ich will Sie nicht beleidigen.»

«Tun Sie nicht.» Ute Wimpf strich sich über ihr langes, sehr helles Haar.

«Warum stehen wir uns hier so harsch gegenüber?»

«Keine Ahnung. Vielleicht weil Ihr Revolver noch immer auf meinen Fuß zielt.»

Hanna Reutte nahm die Parabellum beiseite, die sie natürlich trotzdem noch gefährlich in der Hand hielt.

«Jetzt hab' ich Sie nicht erschossen.»

«Wie das Leben so spielt.»

«Könnten», brüllte es erbost aus einer Tür, «größere Konferenzen woanders abgehalten werden!»

Hanna Reutte hakte sich bei der Lehrerin unter: «Was treibt Sie hier rein? Was treibt Sie in den Tod?» – Hinkend nannte Ute Wimpf den Überfall durch die türkisch-slawisch-deutsche Schülerschar: «Ich kann diese Rohlinge nicht mehr disziplinieren, wenn ich Angst vor ihnen habe. Dabei sind solche Gestalten nur das Resultat verrotteter Elternhäuser, in denen geprügelt wird, rund um die Uhr Fernsehen oder Video läuft. Wir wissen von Handys, auch bei Schülerinnen, auf denen Folterfilme, Hinrichtungen durch Kopfschuß zu sehen sind ... Auch Kollegen haben den Kampf dagegen aufgegeben, bewerben sich auf Landschulen. Ob es dort noch lange friedlicher sein wird?»

Hanna Reutte schüttelte den Kopf. «Unsereins, kinderlos, hört nur hin und wieder von Gemetzeln an Gymnasien. Man will es nicht glauben. Wie mit den Babymorden. Schon fast seriell.»

«Man kann sich auch», Ute Wimpf hielt an einer Säule inne,

«wie überall im Leben, auf die anständigen Schüler, auf das Funktionierende konzentrieren. Doch das Gewalttägige, Dumme zieht auch alles andere immer nach unten. Ich bin des Kampfes müde.»

«Man darf nie an einer Generation verzweifeln. Jede richtet sich neu ein. Zum Schrecken der vorangegangenen. Aus Frust, Perspektivlosigkeit, scheinbarem Chaos im Hirn sind doch diese Breakdancer, Hip-Hop und allerlei wilde Kreativität hervorgegangen. Lustige coole Jungs und Mädchen, die dann auch irgendwann unter die Haube kommen, ruhiger werden, sich um ihre Bandscheibe sorgen müssen.» Frau Wimpf schaute verblüfft, worauf Hanna Reutte sogleich richtig antwortete: «Ich sagte schon Herrn Fehling, daß ich Vorabitur gemacht habe.»

«Daß ich für Anstand, Disziplin, Reinlichkeit und Ordnung plädiere, hätte ich niemals bei mir vermutet. Wir waren doch, im Studium, für Freiheit, fürs Duzen zwischen Pennälern und Lehrkräften, sogar für die Abschaffung von Zensuren. Jetzt, angesichts der Verlotterung, tendiere ich zu Karzer und Prügelstrafen, für die meisten Eltern gleich mit. Wir haben unser Erbe, das wir lebendig erhalten müssen. Wir dürfen keine Horde von Wildschweinen ins Leben entlassen. – Gott, bin ich konservativ geworden!»

«Nicht doch», tröstete Hanna Reutte die Weinende. Durch den Tränenfilm sah Frau Wimpf, daß einige Jahrzehnte Schminke ihre Spuren im Gesicht der Domina zurückgelassen hatten.

Betty Huber schlurfte an ihnen vorbei. «Morgen. Bloß ein Klo. Unglaublich.» Die Frau, die eine Tablettenröhre in der Hand hielt, blickte noch einmal kopfschüttelnd zu Frau Wimpf: «Meine Güte, sehen Sie schlecht aus. Grausig. Sie kommen mir seit gestern wie um Jahre gealtert vor. Der Kreislauf ist wahrscheinlich am Boden. So kündigt sich mindestens eine chronische Bronchitis an oder ein Halsnaseninfekt. Ich kenn' mich aus. Da ist dann guter Rat teuer, wenn sich die Viren erst einmal eingenistet haben. Arzt, Arzt und wieder Arzt. Na ja, die Altersschwelle. Ich könnte Ihnen eine halbe Doxy-CT abgeben.»

«Gehen Sie pissen», herrschte Hanna Reutte die Dame an, während Frau Wimpf sich an der viereckigen Säule vollends in Tränen auflöste. Die Domina streichelte ihr über den Arm: «Das sind keine Menschen, das sind Trampel. Hören Sie nicht darauf. Bronchitis! So ein Unfug. Die Alte hat ja keine Schere in die Wade bekommen.»

«Zum Brunnen. Ich will das Wasser fließen sehen und es plätschern hören.»

«Gut. An die Luft», willigte Frau Reutte ein. «Aber mir schlägt Plätschern auf die Blase, das sag' ich Ihnen gleich.»

Humpelnd und mit Pistole erreichten beide Frauen die Treppe. Erst jetzt gewahrte Hanna Reutte oberhalb der Wandtäfelung, dunklen Holzkassetten, eine Reihe kolorierter Stiche mit Kirchen, die englisch anmuteten, Flüssen, Weidengrün, Pferden.

«Dann lebten Sie auch solo?»

«Ja», schniefte Frau Wimpf, «fast. Ich war zu aufgerieben für jede harmonische Entwicklung. Michael hat akzeptiert, daß ich mitunter bis elf Uhr abends Unterricht vorbereiten mußte. Wir sind nicht zusammengezogen. Unseren Kinderwunsch haben wir zu lange vertagt. Vielleicht hätte eine Familie mich gestützt. Aber man weiß nicht. O Frau Reutte, ich habe auch sehr munter gelebt, früher. Dann habe ich mich vielleicht zu sehr an meine eigenen Alltagsrituale gewöhnt, um noch geschmeidig auf eine Zweisamkeit einschwenken zu können. Auch bei Michael lag mir daran, immer unsere Nähe zu genießen und wieder Abstand zu halten. Ein kleines Verderbnis des langen Singlelebens. Frühe Freiheit hat ihren Preis in später Einsamkeit.»

Frau Reutte hielt inne und starrte auf eine Treppenstufe: «Für Kinder war es für mich zu spät. Hendrik und ich wollten Geschwister adoptieren. Ein aufwendiger Vorgang. Nach den Flutkatastrophen in Asien gibt es viele Waisen dort. Wir wollten für uns und diese Kinder da sein. Ich war nie eine besonders gute Hausfrau. Aber ich habe schon Kochkurse besucht. Wir hatten uns in einem schönen Neubaugebiet eine Vierzimmerwohnung ausgesucht … Dann. Aus. Die billige Floskel: Ich liebe dich nicht genug.»

«Na ja», zuckte Ute Wimpf die Achseln.

Stumm nahm das Paar in Kleid und Leggings einige Stufen.

«Männer vergessen schnell.»

«Frauen nicht.»

Markus Fehling erschien oben an der Brüstung: «Sie wollten doch … Wegen des Patronenmagazins. Eine Mauser hat keine Trommel, soweit ich mich erinnere.»

«Später», antwortete die Aichacherin hinauf. In diesem Moment konnte man hören, daß sie es gewohnt war, Herren Befehle zu erteilen.

«In welcher Misere stecken wir eigentlich?» fragte Frau Wimpf, die ihre Hand auf dem Geländer behielt, «in der kompletten?»

«Mancher von außen würde sagen: Die sind ja verrückt. Ich glaube, nur bis man fünfunddreißig ist, geht alles seinen unbeschwerten Gang, bestenfalls, danach – viel Kampf in Sackgassen.»

«Ich brauche Aufmunterung, Frau Reutte!»

«Gut. Wir werden zusammen in den Keller gehen.»

«Erst einmal zum Brunnen.»

Hanna Reutte wußte immer weniger, wohin mit der doch schweren Parabellum. Doch der Hosenbund war nicht stabil genug, um die Waffe zu gürteln.

«Ausgerechnet in Aichach ... Vielleicht war auch mein Schulleiter bei Ihnen. Er sprach oft von Verwandtenbesuch dort. Und an den Tagen danach war er gut gelaunt und offensiv.»

«Es war durchaus ein Salon, ein modernes Studio, meine Liebe. Am Industriepark. Mit Pool und trotzdem preisgünstig. Mit der Landbevölkerung hatte ich nie Probleme. In einem Kaff, wo alles ziemlich stillsteht, gedeihen die Triebe oft am besten. Nur wer Furcht zeigt, wird gedemüdigt. Im übrigen hatte ich die meisten Männer des Orts instinktiv auf meiner Seite, und solange sie sich zu Hause behaupten konnten, hatte ich nichts zu befürchten. Und ich meine, halb Aichach schaut Privat-TV, da wird's dubios, sich über ein angemeldetes Gewerbe zu erregen. Ich belegte eine ganze Fitnessetage, mit zwei Kolleginnen nebenan, separatem Solarium, Sportcenter. Fast zu aufwendig für eine Kreisstadt.»

«Hat es Spaß gemacht?»

«Oft.»

«Sie Glückliche.»

«Nun.»

«Und das Ekelhafte?»

«Ach, ich habe letztlich die bunten Kreaturen gemocht, denen ich den Stiefel in den Nacken setzte, dieses ganze Arsenal des Irrsinns. In sehr unappetitlichen Fällen dachte ich: Hanna, das Geld, mit dem Geld irgendwann ein anderes Leben. Die Renten- und Arbeitslosenbeiträge seit 2001 reduzierten natürlich erheblich den Gewinn.»

«Ach, Sie bekämen Rente?»

«Frau Lehrerin, ich bin eine sozialpflichtige Unternehmerin gewesen. Auch mit meinen Steuern wird die Bahn subventioniert.»

«Man muß alles geschehen lassen. So frei war der Mensch noch nie, und trotzdem kann er aus nichts ausbrechen. Wir sind, ohne bösen Willen, Marionetten, die sich frei fühlen sollen. Jeder Ausfallschritt wird bestraft. Ich durfte keine Wäsche auf meinem Balkon trocknen, weil es den Ensembleblick beeinträchtigen würde.»

«Die Welt wirkt schon sehr ungewöhnlich.»

«Wir haben eine seltsame Mischung aus größter Freiheit und maximaler Spießigkeit.»

Hanna Reutte überlegte und sagte dann: «Kann sein. Sich auspeitschen, knebeln zu lassen, dann hinter Gittern zu ejakulieren, hat ja von sich aus noch nicht viel mit Phantasie und Freiheit zu tun. Im Alltag müßten die Lust und das schäumende Gemüt und die Großherzigkeit und das Spontane zu Hause sein. Wir leben vielleicht alle schon längst in einer großen einförmigen Wabe. Obwohl, das habe ich noch nie gedacht. Auch merkwürdig hier.»

«Raus! Luft», Ute Wimpf zog ihre Nachbarin zur Haustür.

Es schien Frauentag zu sein. Aus der Küche trat eine Dreierschwadron, angeführt von der berühmten Schauspielerin in gelbem Plissee: «Henkersmahlzeiten hatten ihren Sinn. Sie stärkten den Delinquenten. Gehen Sie bitte ins Dorf runter, und bestellen Sie was, Roastbeef, Melone, ein paar Käse, gute Brote, irgend etwas mit Trüffeln … Sie wissen schon, womit man sich labt. Bloß keinen Nymphenburger Sekt, die Plörre wirkt grausam … Ich hol' Ihnen meine Kreditkarte. Es ist nun nicht der Moment, um zu sparen, wenn man vor den Herrgott tritt … Matthias hat mich nie in einem jämmerlichen Zustand gemocht. Wir sind es den Toten schuldig, daß wir nicht greinend das Jammertal durchtaumeln, in dem sie mit uns tätig, voller Optimismus und Ideen zu Hause waren ... Ein sicheres *Du hast bezüglich dieser Welt ist besser als ein unsicheres Du könntest haben bezüglicher jener*, erklärte schon Friedrich der Große.»

Alle vier blickten der stoffumwehten Mimin nach, die zu ihrem Bar- und Plastikgeld entschwand.

Die Mitteilungsblätter der Hospizleitung an der Haustür bewegten sich im Luftzug. Chouchou schlüpfte herein und bog sich miauend für eine kleine Rückenmassage um Hilde Hoffmeisters Bein.

Hanna Reutte und Frau Wimpf traten ins lichte sonnige Freie.

«Was für ein schöner Besitz! Wem dies gehört, der hat einen Puffer gegen Kummer. Was würd' ich nicht tun, um hier Hausherrin zu sein! Nach Monaten in der Stadt wirkt der Garten fast wie die grüne Hölle. Im Herbst müßte man die Äpfel mosten. Schauen Sie, Frau Reutte, hinter der Rotbuche scheint Rittersporn zu wachsen. Giftig. Aber eine der prachtvollsten Blütenkerzen. Erinnert mich an die Beete im Garten meiner Tante.»

«Seitdem ich Sie getroffen habe», die Domina stieg die mattvioletten Schieferstufen hinab, «denke ich dauernd an meine erste Schulfibel. Auf der ersten Seite war ein Junge abgebildet mit rotem Pullover, Mütze und Schal, an der Hand seinen Roller, hinter ihm eine Fachwerkhausstraße, wie es sie damals längst nicht mehr so idyllisch gab. Unter dem Bild stand: *Da ist Heiner.* – Das war mein erster Satz. Heiner begleitet mich durch mein Leben, mit Mütze und Roller. War ich durch Heiner in der Fibel so früh auf Männer fixiert? Ach, wie heimelig, als die Welt aus mir, einem kleinen Jungen und einem Satz bestand.» Die gewerblich Liebende atmete tief durch. «Wäre heute wohl gar nicht mehr möglich, daß ein Junge den Auftakt zur Schulbildung liefert.»

«Nein, jetzt ist es im Namen der Gleichberechtigung ein Mädchen.»

«Heiner hatte sogar, Sie wissen schon, wo, einen kleinen betonenden Strich in seiner kurzen Hose. Ferkelei würde man heute sagen, denke ich mir, bei all der neumodischen Korrektheit. Das liegt an den Amerikanern, diesem hysterischen Prüderieverein, der mir eher von Gott verlassen als von ihm erwählt zu sein scheint, da haben nicht einmal Donald und Daisy Duck ein Poloch. Das ist doch krank! Die beiden Enten sterben an genetischer Verstopfung.»

Ute Wimpf blickte ein wenig verwirrt, zumal Hanna Reutte weiter mit ihrer Knarre jonglierte.

«Vieles ist überspannt geworden, das stimmt. Nach dem Unterricht haben Mädchen aus der 1b auf dem Schulhof noch gespielt. Die kleine Samantha Hargiebel ist dabei von der Rutsche kopfüber schlimm in den Sand gefallen. Der Herr, der zugeschaut hatte, ihr dann aufhalf, mit einem Taschentuch über ihr Gesicht wischte, ist dann von den Eltern stante pede wegen unsittlicher Annäherung angezeigt worden. Ich würde mich, schon gar als Mann, außer Dienst heute keinem Kind mehr nähern, ja eher sogar wegblicken, als etwas Nettes zu sagen. Das Perverse hat viele Gesichter. Für Verzärtelung war ich nie», Ute Wimpf strich in der Sonne ihr Haar zurück, «in den besseren, in den tonangebenden Häusern wurden vorzeiten die Säuglinge der Amme und Erziehern übergeben und wurden, wenn ein Mindestmaß an Vernunft und Anstand gereift war, im Kreis der Erwachsenen willkommen geheißen. Diese Ordnung war nicht nur schlecht. Der Nachwuchs genoß Freiheit und biß sich durch. Im übrigen brachten Mägde und Hausknechte schon den Frühpubertierenden die Wunder und Geheimnisse der Liebe auf sorgfältig liebevolle

Weise bei. Die Sexualkunde ist ein trüber Ersatz für den ersten Kuß vom Stallburschen. Nein, wir sind wirklich in vielem sehr kleinkariert und ängstlich geworden. Eine beklemmende Vermütterlichung der Welt, allseitige Absicherung, Abenteuerlosigkeit sind nicht der Weisheit letzter Schluß.»

«Alles ist aus dem Lot.»

«In dem war es noch nie. Es wurde stets etwas unterdrückt.»

«Na, bringen wir erst mal die Gleichberechtigung zu Ende.»

«Selbstverständlich.» Mit einer Hand schob Ute Wimpf die Waffe von ihrem Oberschenkel. «Ohne akute Bedrohung sieht man das Leben wieder objektiver.» Die Lehrerin schlug den Weg übers Gras ein. Es war noch taufeucht.

«Auch wenn ich zurückblicke. Immer lieber Orgie als Theorie», stellte die Domina, vielleicht etwas unklar, fest. Ein bißchen erschraken die Brunnengängerinnen, als eine dunkle und eine fistelhafte Männerstimme hinter ihnen erklangen. Der füllige ältere Herr mit roten Hosenträgern und sein schmaler Begleiter kümmerten sich nicht um die Damen im Grünen: «Inspizieren wir das Gewächshaus, Herr Deutler.» «Aber, Dr. Lay, es ist völlig verwuchert und hat kaputte Scheiben.» «Ich schau' mal rein ... Wer weiß?» «Es ist schon morgens von der Sonne aufgeheizt.» «Deswegen ist es ein Gewächshaus, Herr Deutler.»

Hanna und Ute blickten den beiden nach, die ums Hauseck verschwanden. Ute Wimpf trug bereits einen Stuhl vom Ginster zum Beckenrund. Ihre Füße, «Aaah», ließ sie ins sehr kühle Wasser gleiten, das in silbrigen Blasen aus dem Rohr quoll.

«Wollen Sie mit mir ins Wasser gehen?»

«Sie wissen, was ich zu erledigen habe. Er hat achtundvierzig Jahre gelebt. Das müßte reichen.»

Die Maisonne durchwärmte die Glieder. Moos schimmerte auf

dem Rund des Granitbassins. Eine saphirblaue Morgenlibelle verharrte über dem Naß. Zwischen Gras und duftigem Klee neigten sich Schlüsselblumen. Der Maulwurf hatte frische Hügel hinterlassen.

«Was treiben Sie denn da?»

Beide Frauen blinzelten zum Gartenweg. Nicht präzise erkennbar war im Gegenlicht die Gestalt. Doch es mußte die blonde Hospizverwalterin sein, die ihre Hände in die Hüften gestemmt hatte.

«Sitzen Sie jetzt da?»

«Tun wir», gab Ute Wimpf verständnislos zurück und hielt sich die Hand über die Augen.

«Haben Sie die vierzig Euro bezahlt?» Die Fragende wartete die Antwort nicht ab, sondern eilte zum Haus.

Nach der Lehrerin schob auch Hanna Reutte ihre Schuhe von den Füßen, streckte sie jedoch nicht ins Wasser. Im Nu wirkte das Plätschern des Brunnens balsamisch. Auch das Schnappen der Heckenschere stimmte kaum wacher. Ja, als es ausblieb, spähte die Aichacherin in Richtung des Gärtners. «Herr Bauer ist ein Psychopath. Aber recht tüchtig. – Erzählen Sie doch einfach mal, wo Sie vor einem Jahr waren.»

«In der Schule.»

«Erzählen Sie mir von Ihren Schülern. Und von sich.»

«Nur, wenn Sie mir mal einen Tagesablauf erzählen.»

«Im Studio?»

«Exakt.»

Beide Brunnengängerinnen schlossen die Augen.

20.

Den Chinesen, den Indern sollte man das ganze verstaubte, verstopfte, mühsam murksende Land übergeben. Die Asiaten waren fit, geschmeidig und werkelten optimistisch in die Zukunft.

Guido Rentzler schwitzte. Den Kampf gegen seinen Bauch vom Sitzen im Büro, Sitzen am Steuer, Arbeitsimbißmeetings hatte der Angestellte aufgegeben. Nach fünfzig Metern Waldlauf würde ihn eine Herzattacke fällen. Seine Frau mochte ihn mit der hellen Wulst weniger als früher – er sich selbst auch, aber selten nahm er sich wahr. Die Sonne brannte. Der Vierzigjährige saß im Kühlen. An Feinelektronik um ihn herum fehlte es nicht. Das Armaturenbrett blinkte wie ein Revuetheater. Ideal war der Aktivsitz des neuen Audi. Alle fünf Minuten spürte der Rücken die sanfte Veränderung des Polsters. Perfekt auch der Automatic Hold mit Cruise Control, gerade bei Stop-and-go ersparte er sich das Dauergezappel mit Bremsen, Gasgeben und Schalten. Nun starrte man reglos auf Autonummern aus Dachau, Ulm und hatte das Hirn freier. Nur das Navigationssystem schien nicht mehr up to date zu sein. Die Frauenstimme, wie aus Styropor, hatte ihn auf die Garmischer Straße geleitet, wo der Verkehr bereits zum Stehen gekommen war. Immerhin hatte die Scoutpilotin ihn nicht, wie den verunglückten Kollegen in Brandenburg, auf eine Brücke geführt, die sich als Fähre erwiesen hatte. *Eatbest – Highlight of Quickfood* – als Guido Rentzler im Spiegel das runde Firmenlogo auf den Seitentüren sah, würgte er unwillkürlich. Er selbst konnte fast nur noch hausgemachte Eintöpfe, Kartoffeln, Fleisch frisch vom Erzeuger essen. Dazu abends viel zuviel Pils. Seit einiger Zeit auch Schnäpse, für den Magen. Vor allem keine Pute mehr, das müde kranke Fleisch geschundener Antibiotikabomben; und nichts mehr aus dem Supermarkt, denn er kannte die Steak- und Sülzefabriken. Ob die AAC-Sensoren im Schleichverkehr durchgehend funktionierten, war auch die Frage – nur ganz selten wollte er möglichst rasch und ohne Planung unter der Hinterachse eines Brummis vor sich enden. Ein Testament hatte er nicht aufgesetzt; wäre er erst einmal weg, würde Roswitha, nach dem ersten Schock, schon alleine alles auf die Reihe bringen. *Eatbest* hatte auch den Flughafen im Griff. Bis zur Cateringzentrale in Erding würde er noch eine gute Stunde brauchen. Noch erblickte er nicht einmal den Olympiaturm, geschweige denn die Autobahn. Es gab ein Mortadellaproblem. Die Lieferungen aus Breslau dauerten zu lange, außerdem fehlten auf den Sandwiches für den Flughafen oft die Pistazien in der Wurst. Das mußte behoben werden. Gott sei Dank war *Eatbest* als Wurstsubunternehmer nicht auch noch für die Käsebeschichtungen der Terminalsnacks zuständig – obwohl … die Chefetage wollte rein in das Segment. Beim Thunfisch war man nah dran und unterbot schon fast *Mare-Italia*. Zum Kotzen. Als studierter Betriebswirt reiste er mit Salami- und Kalbsleberwurstkatalogen durch die Region. Auch wenn es keineswegs erwiesen war, dem Lebensgefühl nach steuerte er mit Dreck über die Straßen, Sättigungsprodukten für den eiligen Überernährten. Irgendeine Strafe mußte das alles für alle nach sich ziehen. Ein Trommelfeuer. Der Fahrer im Volvo neben ihm machte vielleicht in Duschvorhangleisten, nein, angesichts der teuren Karosse verteilte er eher Immobilien um. Es war so bitter, von jedem praktischen Handgriff im Leben ausgeschlossen zu sein – wozu die Arbeit in der Schlachterei natürlich keine Alternative wäre –; irgendwie hantierte die halbe Nation ausschließlich mit Papierkram, Verträgen herum und fühlte nie etwas Geschaffenes in der Hand. Geld, das er selten sah, wurde verschoben. Er kam hinter dem Dachauer eine Mittelstreifenlänge voran und hatte Lust, so scharf zu bremsen, daß ihm der Airbag in die Fresse platzte. Ein Bub, ein junger Mann war er gewesen. Nun dünnte das Haar merklich aus. Hübsch hatten einige Anwohner ihre Balkone gestaltet, mit farbigen Windrädchen, die sich im Feinstaub drehten, Blumenampeln. Undekorierte Wohnungen neben den sechs Spuren wirkten bedrohlicher, so, als könnte aus einem Klofensterspalt plötzlich eine Schrotflinte in die Unsinnsbewegung abgefeuert werden, in einen Flüssiggas-LKW. Das wäre ein Spektakel, bevor sich erneut das Blech über die Spuren wälzen würde. Dabei: wohl nicht im mindesten ein Vergleich mit dem Geschiebe auf Trassen in Schanghai oder Mumbai – doch dort stürmten, laut Hörensagen, die Bevölkerungen wohlgemuter voran, waren weniger auf das individuelle Glück geeicht. Dort starb man auch jünger und in schlechten Krankenhäusern. Einen holländischen Caravan hupte er zur Räson und schloß auf. Sandwichbelag – ein Fluch! Was sollte er später einmal seinem Sohn sagen? Als die Mortadella ohne Pistazien aus Breslau kam, habe ich *Menue-C'est-Bon* ins Spiel gebracht. Die lieferten aus dem Elsaß zuverlässiger. – Nun kam es darauf an, das Catering der Allianz-Arena ins *Eatbest*-System einzubinden. Kochschinken und Gürkchen für achtzigtausend Fußballfans. Eingedost wurden die günstigen makedonischen Gurken in Marokko. Guido Rentzler fuhr fast auf den Seitenstreifen. Wirtschaft. Das war er. Das war bedeutend. Wehe, Nachfrage und Verbrauch gerieten noch weiter ins Schlingern oder stagnierten auch nur. Stagnation war Untergang. Warum eigentlich? Weil alles teurer wurde. Lohn- und Preisstop würden das Land beruhigen. Aber die Rohstoffkosten stiegen. Also ginge es weiter in der Spirale. Mitsamt dem Gemüt.

Die Adaptive Cruise Control bremste, ohne daß er Obacht gegeben hatte. Ein Unfall weniger. Aussteigen, weglaufen – so war's doch in Filmen. Nach Amerika rübermachen und sich dem Blues ergeben, in New Orleans, dem halb weggeschwemmten, mit Roswitha und Tobias einen deutschen Eintopfimbiß eröffnen, neu atmen. Was das pinkfarbene Blinken unter drei hellblauen Lichtern bedeutete, wußte er nicht. Er schleifte abermals am Seitenstreifen entlang. Das Rückenpolster schwoll links ab, rechts an. Irgendwer, nein, Manager-in-Executive Meerbohm, hatte beim Wochenendtraining auf Schloß Lauenberg bemerkt, die amerikanische Verfassung, *die für uns alle gilt*, verspreche nicht, wie manchmal gemeint wird, das Recht auf Glück, sondern das Recht auf die Jagd nach Glück. *Eatbest* war *fake*. Im Grunde existierten hinter dem globalen Namen nur die Regionen *Süd*, *Hessen-Lippe* und *Brandenburg-Berlin*. Andere Lieferanten mußten geschluckt werden – das blieb die Devise. Expansion, Einsparung und Optimierung! Klarer Fall. Das Teamwork und die Gruppendynamik sollten nachhaltig intensiviert werden – man wußte nur noch nicht, wie. Aber *Francfort-Consulting* würde da schon eine strategische Mortadellaphilosophie austüfteln.

21.

Der Wetterhahn stand fest. Im Rost. Die Hochdrucklage hatte sich verändert. Ohren und Nerven nahmen, stärker als die Augen, die feine, aber fundamentale Verwandlung der Wetterlage wahr. Neutraler Sonnenschein, wie er sonst die Welt vergnügte, war den alpinen Fallwinden gewichen, die kaum ein Blatt bewegten und das Wasser der Seen nur matt kräuselten. Winddruck, der warme Luftmassen über die Grate Tirols und des Wendelsteins über die Nordhangalmen in die Schotterebenen preßte. Der Föhn trieb von weit her Geräusche von Süden heran, im Tal vernahm man minutiös das Surren und manchmal ein Quietschen der Zugspitzbahn, Baumsägen der Forstarbeiter schnitten drei Kilometer nördlich durchs Gehör, Dorfglocken läuteten bis in die Städte, die Waggonräder der Züge nach Wien ratterten durch die überklare Luft einzeln über die minimalen Unebenheiten zwischen Schienen, als führe der Expreß durch die Zimmer oder über die Terrassen. Dünne, verharrende, oft bizarr gestaffelte Wolkenfähnchen, manchmal gleich gereihten Muschelschalen, bewiesen das Inversionswetter, den bedrohlichen Gruß aus dem Süden. Ein Drittel der Bevölkerung litt mit Schädelweh unter dem unentrinnbaren Luftdruck. Ein weiterer Teil geriet in Hochstimmung, ohne zuerst zu wissen, warum. Touristen sonnten sich. Radfahrer kamen von geraden Straßen ab. Autofahrer brüllten sich vor roten Ampeln Flüche zu. In Büros und Bussen Landshuts und Münchens schien man Sekt geschlürft zu haben. Chirurgen, die ein Handzittern fürchteten, versuchten Operationen zu verschieben, Prozesse wurden vertagt, da Schöffen sich nicht konzentrieren konnten und Anwälte wegen Herzbeklemmung nach Luft schnappten. Falschen Sommer schob der Föhn das ganze Jahr immer wieder, oft mit schlagartigen Wärmesteigerungen, übers Land, machte den Katholizismus und die Politik irre, war Kokain oder Hammerschlag, womöglich beides in einem. Die einen trauten sich nicht, in den Spiegel zu schauen, jedes Fältchen blieb präzise eingekerbt unter aufgequollenen Lidern. Andere toupierten sich ihr Haar, denn ohne Zutun waren sie in Ekstase geraten und verpulverten ihr Geld für Kunstkrokopumps. Bayern hing schief im Kosmos. So möge es weitergehen, sehnten sich die einen, unter Wölkchenmuscheln und Luftdruck aus Rom und von Sizilien halb gaga, zwischendurch luzide; ihre Nachbarn hingegen spähten beim ersten bösen Südgeräusch nach Regenschauern, Kühle, Ordnung, Zusammenbruch des Lichtstroms, begehrten verschleierte Umrisse und ruhige Kellner. Der jeweilige Verbrauch von doppeltem Espresso, Aspirin und Betablockern stieg im fetten, klandestin rumorigen, weiten Freistaat jedenfalls sprunghaft. Kinder hopsten auf der Stelle, Greise fühlten sich filetiert. Die Mortalitätsrate war an diesen Tagen hoch, die Zahl der Liebesschwüre nicht weniger.

Dunkelrot schimmerte das Sparschwein auf der Konsole der Halle. In einer Ecke unterhalb der Treppe hatte es sich Tassilo Wang in einem Sessel bequem gemacht. Zeitungen lagen um den jungen Mann herum. Eine endgültige Körperhaltung hatte er für sich noch nicht gefunden. In porösen Jeans und weißem T-Shirt ließ er einmal, querliegend, die Beine über eine Lehne baumeln, reckte sich; dann wieder, alle Viertelstunden, lehnte er sich gegen das große ovale Rückenpolster, streckte die Beine aus und ließ die Arme seitlich baumeln. Ein wenig öfter pustete er sich – in einer Mischung aus Kraftüberschuß und Langeweile – die ebenholzfarbenen Haarfransen aus seiner Stirn, die jedoch rasch wieder ihren Platz über Brauen und makelloser Nase fanden.

Der Tattooreif um den linken Bizeps verlieh dem vielgereisten, vielerfahrenen Exinformatiker, Gelegenheitsdiscjockey, früheren Kunststudenten und ehemaligen Lover einer Ines und ihres Bruders endgültig das Aussehen eines Indianers. Tassilo Wang gähnte, ohne für seine Zähne das Werbehonorar einer Dentalkosmetikklinik einzustreichen. Der MP3-Player inklusive Ohrstöpsel war halbwegs in die Rückenritze des klobigen Fauteuils gerutscht. Er kannte alle drei–, vierhundert Chartclimber von Take That,

Rammstein, Björk, Franz Ferdinand, Yusuf, auch Grönemeyer. Natürlich konnte er einiges immer wieder hören, zur Vertiefung, zum Verwerfen, zum Weiterträumen. Schrecklich wies der grüne Pfeil am Kellereingang nach unten. Der Vierunddreißigjährige äugte über die verstreuten Zeitungsseiten um die Sesselfüße. Das EU-Parlament verschärfte das Chemikaliengesetz… *Gepflegtes Äußeres und minimale Rechtschreibkenntnisse helfen bei der Jobsuche* … «Soso», murmelte Tassilo Wang. Er spähte nach einer guten Nachricht. *Rettungsmaßnahmen Venedigs angesichts steigender Meeresspiegel obsolet* … Das war keine. Wollte noch jemand guter Dinge leben, wenn Venedig und Amsterdam verschwunden wären? Würde wohl doch Erhebliches fehlen. Eine der Zeitungen, die er am Hauseingang gefunden hatte, war vom März vergangenen Jahres datiert. Auch egal, was vor Monaten akut gewesen war, wirkte nun wieder neu und doch gleichsam einigermaßen erledigt.

«Woher haben Sie eigentlich Ihren Namen?»

«Von meinen Eltern, schätz' ich.»

Die gestutzte Minelli verharrte einen Moment neben dem Sessel: «Und was bedeutet er?»

«Ein bayerischer Herzog.»

«Sie wären mir ohnehin zu unverschämt…» Sie rauschte in ihrem dunklen Hängekleid weiter und die Treppe hinauf. Der launische Tassilo zeigte ihr im Rücken den Stinkefinger und fläzte sich im Plüsch. Hier im Winkel war ein guter Platz zum Dösen und gelegentlichen Erlebnis. Er wußte nicht, was er noch so recht brennend wissen wollte. Es war völlig unklar, wie facettenreich oder monoton ein Leben verlaufen mußte, um nicht allzu beschwerlich zu geraten. Manchmal wollte er nur schlafen, dann wieder die Koffer packen und so lange verbotene Whiskeypartys in Saudi-Arabien feiern, bis er eingelocht würde und nichts mehr entscheiden müßte. Er konnte sich auch wieder in den Alltag aufraffen, schließlich hatte er einen Grundkurs in Elektrotechnik besucht, und in der Hi-Fi-Branche reüssieren. Aber durch irgendwelche Fügungen – das zu betuchte Elternhaus, das lange Zuflucht gewesen war –, durch eine merkwürdige Reizbarkeit war er hellwach erschöpft von den Fährnissen, Konstellationen und Phänomenen. *Du kannst nicht lieben*, hatte Ines ihm einmal vorgeworfen. Stimmte das, da er doch alles womöglich nur zu sehr bestaunte? Wenn er Häuserzeilen wahrnahm, konnte er sich im Nu vorstellen, daß es sich um hochgetürmte, fortentwickelte, mit allerlei kurzlebigem Schnickschnack ausgestattete Steinzeithöhlen handelte. In Menschen konnte er lustige oder desolate Tiere erkennen, die sich einen Schlips knoteten oder Montblancfüller in die gleiche Hand nahmen, die gerade noch Keulen gegen Mammuts geschwungen hatte. – In der Schule hatte er eine Menge schnell erfaßt, doch sich kaum die Mühe gegeben, es in gute Noten umzusetzen. Träumerische Faulheit? *Du kannst nicht lieben ...?* Tja, obendrein die unleugbare Schönheit, die ihm selbst den längsten Teil des Tages gleichgültig war. Schon als Knirps war er gehätschelt worden. Im Gymnasium flogen ihm gewiß zu viele Blicke zu. Er hatte kein Mädchen erobern müssen. Die, mit denen er nicht geflirtet und geschlafen hatte, hatten ihn um so inständiger gehaßt: *Dieses arrogante Schwein!* Was wußten die Häßlicheren, Langweiligeren von der Vielzahl der Möglichkeiten?

Tassilo stöhnte, zuviel Verreisen mit den Eltern, zuviel Spielzeug, all die Menschen und Orte, Gedanken, denen er nachhängen konnte. In dreißig Jahren würden es noch mehr, doch er nicht klüger sein.

Da man verging, warum nicht jetzt, in der Spätblüte, gesund nach mancher Üppigkeit, vor noch größerer Leere, Fülle, Langeweile, wechselnden Sehnsüchten, die weitere heraufbeschworen, vor Verfall und größerem Kummer?

«Uff.» Tassilo lag bäuchlings über den Lehnen und ließ sein Haar baumeln.

«Gerad' richtig für einen Tritt in den Arsch», vermeinte er von der Hausbewohnerin zu hören, die nach ihrem Gang ins Obergeschoß wieder hinter der scheppernden Glastür verschwand.

Von der nächsten Frau registrierte Tassilo Wang nur die Stimme: «Zwei Tage gönn' ich mir noch. Also achtzig Euro ins Schwein.» Auch Münzen rasselten in die Logiskeramik.

«Gut so. Stille sitzen. Das ist das richtige.» Tassilo beäugte den neuen Mitbewohner, der laut Hörensagen ein Verleger war, mit roten Hosenträgern. «Alles Unglück rührt aus Bewegung, hat ein weiser Moralist gesagt. Die Menschen hätten bescheiden in gut geheizten Kemenaten sitzenbleiben sollen, bei Suppe, Wasser, dann und wann einem Bier, und nicht immer das Trachten nach Mehrung von Besitz und Wissen. Dann wäre das Leben in größerem Frieden vonstatten gegangen. Eine Firma mit Fotobuchsparte, zwei fruchtbare Ehen, neue Autos, das war zuviel. Wir bezahlen, einzeln oder als Gesamtheit, die Rechnung, nimmersatt, veränderungswütig zu sein. Warum nicht einmal alles ein bißchen auf sich beruhen lassen, in sich gehen, erkennen und genießen ... Das machen Sie ganz richtig, Sie lassen ja schon seit dem Vormittag die Seele baumeln.»

Tassilo starrte den untersetzten Agilen an.

«Das Projekt, stille und freudig zu sein, muß man weiterverfolgen. Ich hätte nur zehn, zwölf Bücher verlegen sollen. Wozu braucht es neue Bücher? Das Wesentliche haben Homer und Augustinus formuliert: Kampf, Heldenmut, Opfer, Moira, Gottvertrauen. Bleiben Sie hocken. Vielleicht kommen Sie ja dann noch heil aus diesem Verhau raus ... stand der Sessel schon immer hier?»

Tassilo Wang zuckte die Achseln.

«Ja», begeisterte sich der Flurpassant unterm Göringleuchter. «Bringen Sie sitzend Ihre Seele ins Gleichgewicht. Nur nicht rühren. Wenn Sie die Entspannung schaffen, werden Sie frei wie ein Mönch. Oder murmeln Sie – was ich schon fast für zu beweglich halte – das immerwährende Gebet vom Berge Athos: *Jesus, ich bin Dein, Du bist mein* ... Keine Silbe mehr ... Und die Drangsale, die Getriebenheit, ganz gleich, welche, fallen von Ihnen ab. Ach, hätte man, ich, doch früher auf dieses Wissen gehorcht! Das Gemüt wäre ruhig, der Kern heil. – Aber das kann der gemeine Mensch natürlich nicht so bewerkstelligen, wie in einer orthodoxen Klosterzelle, und will man ja auch gar nicht. Jedenfalls nicht durchgehend. Rumor muß sein. Trara, zwischen Apathie und Radau werden wir zum Homo sapiens. Jedoch, heikel, heikel, unbefriedigend, es gibt keine Rezepte, fassen wir die Gelegenheiten beim Schopf, ohne uns zu verlieren ... Sie verstehen schon! ... Na ja, dann lass' ich Sie mal. Ich habe oben noch ein Klo, ein komplettes Bad entdeckt. – Unsereiner ist am Ende. Aber Sie, Jungblut, lassen Sie Ihre Seele baumeln. Es ist mir ein Trost, Sie sich hier sammeln zu sehen. Ein Mensch, mit Bewußtsein, und mehr besitzen wir doch nicht. Im Halbdunkel ist gut sein, nicht wahr?»

Tassilos ausbleibendes Nicken vermerkte der Hallenpassant nicht. Er nahm die ersten Treppenstufen. Oben schien der Bursche mit den Pulsnarben zu warten.

Er hätte sein Leben, meinte Tassilo, in die Künste einfließen lassen sollen. Malerei, Schrift oder Videoinstallationen hätten sein Wesen aufgefangen, es gefiltert und ihm eine Richtung gegeben. Außerdem bedeuteten Werke eine Hinterlassenschaft.

Er lehnte sich zurück. Wenn er nach rechts spähte, erkannte er durch den Türspalt wechselnde Farben eines Monitors. Zumeist ließ sich ein sehr helles Blau ahnen. Ein Fernseher war es nicht, Tastaturtippen, mit diesem Kunststoffgeräusch, blieb vernehmlich. Die Heimleitung saß bei der Arbeit. Dies und das mußte wahrscheinlich geordert, die Buchhaltung erledigt werden. Es war ein Irrtum gewesen, daß ein Hospiz nur aus gepflegten Krankenzimmern, Schwesternzimmer, gedämpften Korridoren und Ikebana-Blumenarrangements bestand, die Trost, Abschied und Fürsorge signalisieren sollten. Hier verfolgte man eine andere Linie und setzte andere Akzente. Nonchalantes Sparschwein, gelindes Aushungern, Verweis auf den Mut zur Tat im Untergeschoß, fehlende Gesprächstherapie, um die Seelen nicht unnötig aufzustacheln. Ein bemerkenswertes Konzept. Er lugte durch den Raum. Was wußte er, was hinter einigen Türen geschah? Insbesondere im Rückgebäude mochten sich Zimmer befinden, in denen schließlich fachgerecht, hinter Lamellenjalousien, zwischen pastellfarbenen Wänden der Weg in eine bessere Welt gebahnt wurde. Wer dort bettlägrig war, gepflegt wurde, den erblickte man natürlich gar nicht.

«Angst», wimmerte es dünn von oben.

Tassilo fror. Er verschränkte die Arme und rieb sich über die klammen Schultern.

Den Stampfschritt kannte er schon. Der Bayer in Knickerbokkern und scheußlich kariertem Pulli schien halbwegs zum Gartenpersonal zu gehören. Er hatte sich an der Hecke zu schaffen gemacht. Das PC-Tippen war übertönt. Der Mann polterte die Stiege herunter, seine Trachtenschuhe glänzten frisch gewienert:

«Papier hab' ich», erklärte Xaver Bauer, «aber die Kulimine ist fast alle. Haben Sie einen Stift?»

«Nein.»

Der Landsmann trat auf ihn zu. Bluthochdruck. «Jetzt wird Ordnung geschaffen.» «Ach ja –». «Den Buchs hab' ich fast fertig. Jetzt geht's den Gesetzesbrechern an den Kragen. Ist höchste Zeit und noch hellichter Tag. Dann muß eben mein Kuli reichen … In München kam ich nicht richtig dazu. Alles schmutzig und rücksichtslos …» Tassilo unterbrach den Gärtner, der als Erscheinung, gedrungen und proper, 5. Sekretär des Tölzer Bergwandervereins hätte sein können, lieber nicht. «Hier hab' ich sie alle vor Augen. Ich geh' zur Hauptstraße runter. Diese Leute sind gefährlich, unverschämt, und ich werde sie überführen.» – «Das ist gut», gestand der Sitzende zu. «Die letzte Zeit kann ich sinnvoll verbringen. Ich notiere mir die Nummern, die Uhrzeit. Die Liste werde ich an die Polizei schicken. Die Polizei kann anhand der Nummernschilder die Täter dingfest machen. Ja. An der Landsberger Straße, wo jeder fast totgefahren wird, habe ich schon einmal eine Liste gemacht. Aber verloren.» «Das ist schade», rätselte Wang. «Alles verludert!» – «Nun krieg' ich sie am Schlafittchen. Sie denken, ihnen gehört die Welt. Dabei fahren sie Kinder an, lassen alte Leute über den Zebrastreifen hetzen, donnern Radfahrer krankenhausreif. Ich kann sie nicht ausstehen mit ihrem Gequatsche im Auto. Ich selbst wurde angefahren.»

Xaver Bauer griff sich kurz ans Knie. «Wer im Auto telefoniert, in dem ist das Schlechte. Mußte man früher im Auto telefonieren? Wer hinter dem Steuer quatscht, meistens Unsinn, gehört hinter Schloß und Riegel, er biegt unaufmerksam ab, schabt an Passanten vorbei, gabelt unversehens eine Kinderkarre auf. Es ist verboten!»

«Aber Freisprechanlagen ...»

«Ich hasse Handys. Spielzeug. Na, die werden sich umsehen, wenn ihnen die Strafmandate ins Haus flattern. Uhrzeit und Nummer notiere ich mir ... jeder Anruf kann rückverfolgt werden. So, jetzt runter ins Dorf.... In einer Stunde hab' ich fünfzig beisammen ... keinen Kuli?»

«Nein», bestätigte Tassilo.

«Na, dann. Das ist erst der Anfang. Ich werde schon noch Ordnung schaffen. – Radfahrer, die auf dem Gehsteig auf mich zuhalten, schubse ich einfach beiseite ... Schluß mit der Verluderung. Auch wenn es nie Anstand gab, er wird kommen.»

«Tja», bemerkte Tassilo, «ein größeres Thema.»

Der wütende Gärtner brummte. Der Schlips zwischen V-Ausschnitt und weißem Hemdkragen war gepunktet. «Und ich hol' mir eine Leberkässemmel. Haben Sie Mittag gehabt?»

«Brot», brummte nun Tassilo zurück.

«Fünfzig, sechzig auf einen Streich», der Mann rieb sich die Hände, «auch nicht übel für die Staatskasse. Man muß im Kleinen anfangen. Man wird mir mehr danken, als Sie jetzt vermuten. Ich postier' mich einfach am Friedhof.»

«Na, denn, Glückauf.»

Der Fortgehende machte das Victory-Zeichen: «Der Bürger muß wachsam bleiben ... sonst werden wir alle überfahren. Können Sie sich nicht ein bißchen anständig in den Sessel setzen!» Er schloß achtsam die Haustür. Den gelegentlichen Anruf bei der Ehefrau von der Hauptstraße bei überhöhter Geschwindigkeit in Ebenhausen: «Schatz, ich habe heute früh die Biotonne rausgerollt, eigentlich kannst du sie schon wieder reinholen», würde kein Autofahrer so flink wieder vergessen.

Tassilo wandte den Kopf nur ein wenig nach oben und zur Seite. Die beiden Frauenstimmen waren ihm nicht fremd. Sie gehörten zur Wassergängerin mit dem langen blonden Haar und der Domina mit der Knarre. Auf dem Weg zum Mietschwein, in den Keller oder gleichfalls gen Dorfstraße?

«*Selberschön* hieß der Laden. Am Jakoberwall.»

«Wo das Marionettentheater ist?» fragte die Rothaarige.

«Aber nein. Nähe Euro-City-Garage. Das hat mir eine Weile sehr gutgetan.»

Es war angenehm, nach dem Poltern in Trachtenschuhen zarteren Frauenschritt von den auch leiser knarrenden Stufen zu hören.

«*Selberschön* ist, wie soll ich sagen, eine kreative Geschäftsinitiave, insbesondere für Singles, hauptsächlich Frauen.»

«Damit fangen Sie mich nicht», lachte die Domina.

«Scheren, Leim, Papier, Stoffe, Säfte und Cappuccino stellt *Selberschön*. Vor zwei Jahren hat es mir viel inneren Ausgleich verschafft. Als eingetragenes Mitglied können Sie jeden Abend, wenn Ihnen die Decke auf den Kopf fällt, wenn man mal wieder am Boden ist, in den Laden gehen und mit Filz basteln. Von Aichach gar nicht weit.»

«Mit Filz?»

«Sie glauben gar nicht, Frau Reutte, was man alles aus Filz herstellen kann. Fingerpuppen und Eierwärmer waren nicht so meine Sache. Aber warme Hausslipper, bunte Schachteln und sogar Halsketten mit geometrischen Applikationen. Eine Cornelia, die ich öfter dort traf, schneiderte am Schluß herrliche Umhängetaschen.»

«Aber wenn man in Regen kommt?»

«Imprägnierspray. Natürlich konnte man bei *Selberschön* auch mit japanischem Seidenpapier basteln, mit Holz oder sich was stricken. Wir saßen gemütlich beisammen, und ein Abend war im Nu bewältigt. Dank der Duftschalen war es immer ein wenig wie Weihnachten. Meistens Orangenessenz. Männer fanden sich selten ein, aber wenn, war's ganz schön, doch immer ein bißchen prickelnd.»

«Beim Puschenschneidern?»

«Es war besser als die Glotze. Wenn man zuviel Material verschnitt, mußte man natürlich einen Obulus draufzahlen. Es war so meditativ. – Ich weiß gar nicht, warum ich dann bei *Selberschön* aufgehört habe? – Nun ja, 200 Euro im Monat war doch ein ganzer Batzen.»

«Und man hat ohnehin genug Staubfänger zu Hause.»

«Sie verstehen nicht, was einen Single in der Großstadt umtreibt. Der braucht Rückhalt.»

«Filz oder Karate.»

«Irgendwann hab' ich dann wieder mehr gelesen.»

«Ist ja auch gut.»

«Lassen Sie uns aber mal schauen, ob wir nicht etwas finden.»

«Okay.»

Als beide hinter dem untersten Geländerpfosten hervortraten, sah Tassilo, daß die Domina unbewaffnet war. Die Frauen grüßten herüber.

«Wenn man genau in der Mitte wohnt, ist es Augsburgs Fluch, daß es bei München liegt. Man fährt dann lieber in die größere Stadt.»

«Das ist töricht», sagte die Lehrerin, «in den Augsburger Geschäften werden Sie aufmerksamer bedient, Sie haben die gleiche Auswahl, und es ist billiger. Augsburg, von Kaiser Augustus gegründet, war bereits eine Metropole, als München bestenfalls aus einer Fischerhütte bestand.»

«Sie sind gebürtig von dort?»

«Ich bin ein Kind vom Lech.»

Tassilo Wang hatte auf eine solche Art von Auskunft noch nie anerkennend die Hand gehoben, tat es aber intuitiv, da beide Damen doch schon ein rechtes Weilchen zu ihm hinüberblickten.

«Auch in der Isar strömt viel Wasser.»

Im Stehen knickte die Lehrerin nach dieser Bemerkung sichtlich ein, hakte sich bei ihrer Begleiterin im Hosenanzug unter, wie kraftlos, worauf die andere ihr auf den Arm klopfte: «Jetzt schauen wir erst einmal.»

Tassilo Wang hob abermals unmerklich die Hand, die beiden nickten, und neben der Domina hinkte die Augsburgerin gebeugt hinaus. Schon ein paar Sekunden Licht von draußen genügten, daß seine Augen schmerzten.

Alle haßten ihn, vermeinte Tassilo, das heißt, niemand liebte ihn wirklich, würde ihn vermissen, um ihn kämpfen, länger als zwei, drei Tage. Dabei hatte er sich nichts zuschulden kommen lassen, war aber auch für niemanden, unter Einsatz all seiner Möglichkeiten, in die Bresche gesprungen, war niemandem hinterhergereist, um ihn für sich zu gewinnen. Eine dekorative Stehlampe des Lebens, mit mäßiger Ausstrahlung, das war er gewesen. Seine Eltern, zwei Zahnärzte, weilten im Haus auf Korsika. Dort hatte er sich oft über dem Meer gesonnt.

Es war gut, vom Keller zu wissen, der alles verschluckte. Es wäre Zeit gewesen, schon vor Jahren, eine eigene Familie zu gründen. Mit Ines. Ines wollte Kinder. Klar. Er war entwichen vor der unübersichtlichen, unrevidierbaren Mutprobe, im Anzug aufs Standesamt zu gehen, zu zweit eine Wohnung mit Kinderzimmer zu suchen, bereits Enkel vor Augen zu haben, die «Opa» zu ihm sagten. Und doch wäre es der althergebrachte, warme, aufreibende und wieder in Mode gekommene Gang der Dinge gewesen, sich mit Familie in eine endlose Gemengelage zu verlieren. Ein guter Rückzug vom Ich oder eher dessen Eroberung, in familiären Klippenkämpfen mit Fondue zu Silvester. Selbstredend auf manches verzichten für die Ausbildung der Kinder, wachen, wenn sie Säuglinge waren, gemeinsam, er und Ines mit Sprößling Robert und seiner Schwester Luzia, einen neuen Familienvan kaufen – das wäre ein voluminöses Mannesvaterleben gewesen. *Papa, kein metallic, das ist out. – Der läßt sich auch mit Rapsöl fahren. – Die Kinder sollten genug Platz haben.* – Bis jetzt hatte er nicht geheiratet.

«Ufff», wiederholte Tassilo einen Stoßseufzer, der ihm zunehmend zur Gewohnheit geworden war. Die Tage waren auch ohne Standesamt in fragwürdiger Fülle vergangen. Wem schuldete er Rechenschaft? Den Sternen und dem Gewissen. Der gewaltige Radleuchter über ihm schien sich zu bewegen.

Tassilos Gesicht hellte sich um eine Spur auf. Das Tastenklappern erinnerte freundlich an die Zivilisation, die trotz aller Grübeleien den Alltag regelte, aller Anarchie Einhalt gebot. Ehe er sich's versah, hatte er sich erhoben. Mit dem Dösen und Versenken ins Nichts war es in der Hallenecke nicht so weit her, wenn alle paar Minuten jemand vorbeidackelte und Autotelefonierer dingfest machen wollte oder voller Begeisterung das Basteln mit Edelfilz anpries.

Der Föhn machte irre. Den Menschen zog es doch zum Menschen. In dicken Tennissocken tappte Tassilo zur einen Spaltbreit geöffneten Tür. Neben dem Kunststoffgeklapper drang nun auch das Wort «geil» an sein Ohr. Falls im Büro dringend nötige neue Bettwäsche oder Infusionsständer geordert wurden, geschah das mit unangebrachter Intensität. «Alte Sau ...» Neben dem grünen

Kellerpfeil hielt Tassilo inne. Er durfte umherschleichen, wie er wollte, er hatte nichts zu verlieren, seine Nächsten verbrachten sechs Wochen auf Korsika, ohne sich auch nur zu melden. «Dich lösch' ich.» Das klang gefährlich. «Miststück.» Merkwürdiges Vokabular für dieses Haus.

Tassilo klopfte und schob gleichzeitig die Parterretür auf: «Der Gärtner will die Polizei informieren.»

Was der lächelnde Eindringling nun vor sich sah, war auch bei Inversionswetter nicht zu erwarten gewesen. Der blonde Hospizmitarbeiter wandte sich in seinem Drehstuhl so hastig um, daß die Hydraulik des alten Gestühls ebenso abrupt nachgab, der Blonde halb auf Bodenhöhe sank, mit ruderndem Arm einen Kaffeepott vom Schreibtisch fegte, wobei die Scherben unter ein Feldbett flogen, während die andere Hand an der Wand nach Halt griff.

«'tschuldigung.»

«Wer?»

«Der Gärtner.»

«Wen?»

«Polizei.» Vor, doch auch beinahe unter sich sah der Eingetretene den Angestellten oder was immer er war, im hektischen Wechsel an sein Knie und den Hydraulikkolben greifen, um wieder hochzukommen. Ein Samowar stand in der Zimmerecke. Auf dem PC war auf blauem Hintergrund eine senkrechte Fotogalerie wahrzunehmen, rechts der Porträts Schriftspalten.

«Die Polizei? Es gibt keinen Gärtner.» Als Ulrich, mit neuer Vehemenz, nun vor Tassilo stand, doch offenkundig mit schmerzendem Gelenk, wollte er den Eingetretenen augenscheinlich ärgerlich messen, doch geriet sein Blick eher panisch.

«Da Sie's nicht wußten, ist es sicherlich gut, daß ich es Ihnen sage. Der Gärtner ist mit Zetteln zum Friedhof hinunter, um Fahrer zu notieren, die mit Handy telefonieren. Die Liste mit Uhrzeit will er der Polizei schicken.»

«Herr Bauer von der Hecke? – Das geht nicht. Auf keinen Fall! Ich werde wahnsinnig. Wir werden wahnsinnig. Auch noch Denunzianten. Was der heraufbeschwört!»

Diese Überlegungen interessierten Tassilo Wang im Moment wenig. Er schielte am minimal größeren Blonden vorbei und gewahrte untereinander etwa acht Männer in unterschiedlichen Posen. Der oberste, ein Glatzkopf, grinste vom Monitor den Betrachter an. Darunter strahlte einer in Lederkluft von einem Motorrad. Ein wenig tiefer in der Fotogalerie hing ein Wesen in einer Art Zimmerschaukel und grätschte die Beine mit eindeutigem Wunsch. Exakt war die Gestalt beim raschen Blick nicht von ihrer Umgebung zu unterscheiden, zwischen schwarz glänzenden Wänden steckte sie in einem Ganzgummianzug und trug zudem eine Gasmaske. Um so friedlicher nahm sich auf dem Monitor ein Bursche in Tracht aus, der mit einer Tasse Kaffee in einer Blumenwiese hockte. Dann folgten auf *Gay-Switchboard* – so war die Homepage in dicker Schrift betitelt – etliche Kerle am Strand, ohne und mit Badehose.

«Was soll denn das?» entfuhr es dem Blonden unwirsch, und er schob sich vor Wang.

«Ach, Sie bestellen gar keine Bettwäsche. – Donnerwetter, das scheint aber gut organisiert.» Tassilo trat einen Schritt vor, denn im Grunde konnte er nur noch sein Leben verlieren: «Sie müssen sich vor mir nicht genieren. Ich bin auch nur ein Mann.»

«Ich genier' mich nicht», erklärte Ulrich, der weiteren Blicken nicht Einhalt gebieten konnte.

«Donnerwetter.»

«Lassen Sie.»

«Perfekt.»

«Kann jeder anklicken», haspelte Ulrich.

«Keine Angst. Ich petz' nicht. Das ist zum Liebefinden, ein Katalog?» Mit geschürzten Lippen schob Wang den Internetnutzer fast ein Stück beiseite.

«Liebe? – Nun ja.» Ulrich wollte jetzt nichts verleugnen. «Gut, durch Sex kann Liebe entstehen.»

«Klar.»

«Dann weiß man schon mal im Groben, woran man ist.»

«So gesehen.» Tassilo entzifferte: «Olli, 26 … stämmig und vertrauensvoll.» Ulrich vermerkte den Duft von Wangs Haar in der Nase. Der reckte den Kopf weiter vor: «Ein Kaufhaus.» «Nein, alles ohne Geld.» Obwohl erotisch nichts mehr verheimlicht werden mußte, stand Ulrich beklommen neben dem Traumgast. Frau Wimpf hätte er längst hinausexpediert. Aber Indianer mit Bizepstattoo vertrieb man nicht.

«Ich kenn' ein paar Chatrooms vom üblichen Ufer, *Hautnah*, *Flirt-Night* und *Love-talks.de*, aber dies scheint anders gestaltet zu sein, offensiver …»

Trotz des allgemeinen Statements fühlte Ulrich auch sich selbst gelobt: «Bei Gay-Switchboard ist die halbe Republik organisiert. Fünfzehn- bis hunderttausend Anbieter rund um die Uhr. Aber jetzt lassen Sie mal … kühles Interesse ist nicht angebracht. Das ist schließlich intim.»

«Nee, nee.» Tassilo Wang hatte sich auf den noch immer bloß halbhohen Stuhl geschoben, «irgendwie waren wir ja alle mal Brüder, das kann dann nicht uninteressant sein.»

«Brüder, Kameraden, Genossen, Schufte, Kerle, Männer, ich liebe diese Worte», bekannte Ulrich und wußte, daß er damit

Tassilo nicht beleidigen konnte. «Willst du da wirklich was sehen?»

«Ja, mach' schon.» Der Selbstmörder griff die Anrede auf. Neben den kleinen Lockfotos zeigte eine Schriftzeile die rudimentären Mitteilungen: *29, 190 cm, 87 kg* und für den internationalen Gebrauch Körpergröße und Gewicht gleich noch einmal auf Englisch *6'3", 183 lbs*. Es folgte der Wohnort: *Mühlheim/Ruhr, München-Bogenhausen, Birmingham, Calw, München ...*

«Ich weiß nicht», Ulrich fuhr mit seiner Hand kurz über den Bildschirm, «bloß für die Neugierde ist die schwule Männerwelt zu schade.»

«Mann, vertraust du mir oder nicht?»

Ulrich war davon berührt, daß Tassilo auf dem Stuhl saß, den er angewärmt hatte.

«Darf ich mal blättern?» Tassilo klickte auf *next page*. Abermals acht Männer, zwei ältere in Leder, jüngere auf Betten in Sportshorts, trainierte Körper, von einem sah man vornehmlich die Rangerboots, die er dem Betrachter entgegenstreckte. «Fetischklamotten», kommentierte Ulrich und beugte sich auch vor. *47.134 User online*, verkündete die Seite in der oberen linken Ecke. «Man kann sie anklicken, sich aufgeilen, schwatzen oder verabreden. Manche reisen in jeder freien Minute zu Treffen über den ganzen Kontinent ... mit dem Alter läßt der Aktionismus nach.»

Tassilo lachte auf: «Was issen das? *Wer im Saustall hockt, sollte nicht mit Schweinen schmeißen.*»

«Na ja, jeder Benutzer von Gay-Switchboard, diesem allgemeinen Marktplatz, muß eine Kopfzeile haben, aus der man sofort erkennen sollte, was er sucht, wie er sich definiert ...»

«*Suche aktive Stecher.*» Tassilo blickte hoch.

«Das ist das Übliche.»

«Suche spontane unkomplizierte Dates. Beziehung nicht ausgeschlossen.»

«Harmlos. Und ein bißchen bedrängend wegen des mitklingenden Beziehungsdrangs.»

«Leder, Bike, lange Touren ins Glück. Blümchensex ist was für Oma.»

«Nun denn.» Ulrich zuckte die Achseln. «Männer wollen manchmal hart rangenommen werden, in dieser labbrig gewordenen Welt. Das Zärtliche im geeigneten Moment darf dann natürlich aber auch nicht fehlen. Kuß unter Motorradhelmen. Kompliziert.»

«Schnucki sucht Schnucki. Liebe italienische Küche und vielleicht auch DICH!!!!!»

«Jedem sein Pläsir.»

«Bi-Sexueller sucht Männerabend zu dritt.»

«*Bi* halt ich für eine Ausrede. Aber natürlich ist es besonders reizvoll, einen Familienvater sich entspannen zu sehen. Alles große Kapitel. Hinterher wird man manchmal zum Eheberater.»

«Das ist gut», Tassilos Finger berührte fast eine User-Zeile: *«Wäre Michelangelo hetero gewesen, er hätte die Sixtina weiß mit der Rolle ausgemalt.»*

«Schwules Selbstwertgefühl ist nicht zu unterschätzen.»

«Und das hier? *Glück ist, wenn kein Gedanke dazwischenkommt.*»

«Hat *Turmfalke*», entzifferte Ulrich über Tassilos Schulter den Decknamen, «doch recht.»

«Wo die Neurosen wuchern, möcht' ich nicht Landschaftsgärtner sein.»

«Die meisten sind ganz lieb. Wollen halt alle erobert werden.

Die letzte pure Männerdomäne. Hätt' ich nie gedacht, daß es in diesem Ausmaß so weit kommt.»

«Eine Weltmacht. Klar. Eine alte. – Hast du denn eine Vorliebe?» fragte Tassilo.

«Das geht nun doch ein bißchen weit. – Ich bin nicht dazu da, Wissenslücken zu stopfen. Du bist hier vor fünf Minuten 'reingeschneit.»

«Ich kenn' ja auch andere Chatrooms.» Tassilo schaute kurz auf die Wand. «Ines hat mir mal welche gezeigt. Nicht schön für eine Frau, die Liebe sucht. Die muß wahnsinnig auf der Hut sein, sich durch eine Annonce einem Typen nicht auszuliefern. Richtig gefährlich.»

«Hab' ich jetzt länger nicht bedacht», gestand Ulrich.

«Dies», und Tassilo nickte zum Schirm, «ist viel herber. Und witziger.»

«Witz bleibt der Kleister zwischen den Nöten.» Ulrich starrte an die Decke. «Klingt nur überzeugend.»

«Rudi hatte auch Humor. Aber nur für eine Nacht. Ines' Bruder. Ich war blau. Er nicht. Egal.»

«Man muß alles mal mitgemacht haben.» Ulrich war geneigt, dem nun etwas trübsinnig die Maus umfassenden Wang auf die Schulter zu klopfen. Oft waren heterosexuelle Männer beleidigt, wenn ein Homosexueller sie nicht, mit unterdrücktem Begehren, wahr- und ernst nahm. Ulrich war dankbar, daß er zum olivgrünen Shirt eine grauweißschwarz scheckige Uniformhose mit breitem Armeegürtel trug. Die Kluft machte ihn stabiler.

«Ich dachte, du bestellst Bettwäsche.»

«Müßte man wohl.»

«Wirkt ziemlich verkommen hier.»

«Hat System.»

«Erleichterung des Abschieds von der Welt.»

«Das ist gut gesagt.»

Die Sonne war ein Stück ums Haus gewandert. Sie blendete durch die ungeputzten Scheiben. Tassilo hielt sich die Hand vor die Augen. Und seufzte. «An schönen Tagen wollte ich immer besonders glücklich sein.»

«Ah», tönte eine Stimme von hinten dazwischen, «die haarige Fraktion. Haben Sie sich bewegt, Herr Wang?» Ulrich nahm von Monika einen Zettel entgegen: «Wenn du in die Stadt fährst, brauchen wir unbedingt Flüssigseife, Klopapier und Blaue Gauloises. Ich hab's Rauchen wieder angefangen. Steht alles drauf.» Mit einem skeptischen Gesichtsausdruck verschwand die Stiefschwester wieder. Ulrich ermannte sich und griff Tassilo Wang vorsichtig schüttelnd auf die Schulter. «Ich bin ein bedeutender Erbe.» Die zögerliche, fast gequetscht hervorgebrachte Mitteilung verstand der Sitzende nicht.

«Vor dem Schlußstrich reden wir noch mal miteinander.»

«Mal sehen.»

Falls je Nachmittagsruhe geherrscht haben sollte, vornehmlich auf dem Dachboden und in den Zwiebeltürmen, war es nun mit der Stille vorbei. «Die Tüten gleich in die Küche.» «Mein Kopf platzt bei diesem Wetter.» «Gesalzene französische Butter hatte ich lange nicht.» «Sie mögen Pumpernickel, Frau Jakoubek?» «Dann und wann.» «Das Restgeld gleich an Frau von Meyenburg retour.» Die Küchentür quietschte, Schranktüren klappten. «Zwei Kilo Aufschnitt.» «Das Käsesortiment, beachtlich ... Läden auf dem Land haben mehr Platz.» «Walnußöl.» – «Die Pasteten auf eine Extraplatte. Haben Sie Obstschalen gesichtet, Salatbestecke?»

Ulrich und Tassilo lauschten reglos, mit großen Augen.

«Den Rest liefert der Caterer.»

«Eigentlich eine glitschig klingende Berufsbezeichnung. Nannte sich vorzeiten mal, glaube ich, Traiteur.» Das war der Alt Frau Hoffmeisters.

Es wäre behaglich gewesen, unter anderen Voraussetzungen.

Monika hatte sich in einen Gartenstuhl gesetzt und streckte ihr Gesicht der Sonne entgegen.

Nicht weit entfernt schlummerte auf einer Wolldecke im Gras unter einem Apfelbaum Dr. Lay ein, dessen Gedanken über die Kreditunwürdigkeit seines *Thetis-Verlags* einem Sinnieren in die Blüten gewichen waren.

Erna Jakoubek wurde im Zimmer von Greta von Meyenburg empfangen, wo die Schauspielerin zuerst fassungslos die Lebensmittelrechnung über 778 Euro und 11 Cent angestarrt hatte. Nun diktierte sie der Kioskpächterin die Zutaten und das Backverfahren für eine finale Pastete *Tour Lorraine*. «In den Blätterteig einen winzigen Spritzer Essig … Matthias liebte französische Pasteten.»

Tauben gurrten auf der Regenrinne.

Hilde Hoffmeister atmete durch. Eine Ibuprofen von Frau Huber und ein naßkalter Waschlappen auf der Stirn vertrieben der Liegenden den Kopfschmerz. Mit forschem Schritt kehrte Herr Bauer heim und hielt eine akkurat beschriftete Papierrolle in der Hand: *M – HP 1271, 15 Uhr 03, M – MV 6676, 15 Uhr 27 OAL – AM 8008, 15 Uhr 30, L – NS 1939, 16 Uhr 58.*

Olaf Deutler drehte sich im Gewächshaus, geschwind wie ein Artist, um die eigene Achse, fixierte gegen Schwindelgefühl einen Punkt und ließ Energien fluten.

Markus Fehling hatte über die Leiter den Dachstuhl erklommen. Mächtig heizte die Sonne die Schindeln, Balken und das staubige Gerümpel auf. Zwischen einem halboffenen Bauernschrank und Kartons mit bejahrten Hosen hatte der Rundfunkmoderator auf einer Truhe Platz genommen und las in einem Büchlein, das er gerade an strapaziösen Tagen oft in der Sakkotasche umfaßt hatte: *Jeder Tag mag so gestaltet werden, als ob er die Reihe der Tage beende und das Leben restlos erfülle. Wenn Gott uns dazu noch das Morgen schenkt, so wollen wir es frohen Herzens hinnehmen. Jener Mensch ist der Glücklichste, Sorgloseste und am meisten seiner selbst gewiß, der dem Morgen ohne Sorgen entgegensieht*, bedachte Seneca. *Wer stets zu sagen vermag: Ich habe wahrhaft gelebt, erhebt sich morgens stets zum Gewinn* …

Starke Forderung des Römers.

Markus Fehling starrte zur Dachluke.

22.

«Menschen faszinieren mich immer mehr, ich kann auch nicht sagen, warum. Aber sie sind ja das einzige, was ich habe. Ich vermag nicht auf einen Nenner zu bringen, was in ihnen rumort, wieviel oder wie wenig und wie alles miteinander verknüpft ist, sie sind eben die Menschen, und man wird mit ihnen nicht fertig. Das nimmt einem den Atem, aber belebt ihn auch. Was für eine einmalige, unruhige, sehnende, oben und unten verschmelzende Gattung, sie ist die einzige Dimension, wir haben keine andere. Man könnte dauernd, wenn man's bedenkt, die Menschheit einfach lieben. Sie hat so viel zu erkennen und zu bewältigen, verschafft sich ihre Freuden, und wir sind warmer beseelter Teil davon. Welch Geschenk!» – Clarissa drehte sich einmal vor ihrer Zimmertür und verschwand dann dahinter. «Ich muß mich frischmachen. Bin gleich wieder da.»

Ulrich blickte vom Sessel Monika an: «Was redet sie? Ist sie verliebt?»

«Die Hitze.»

Monika erhob sich, fächelte sich mit einer Broschüre Luft zu, trat vor die offenen Nachtfenster und wandelte tänzelnd zum nächsten. «Irrsinn», murmelte sie, «schönes Haus. Maigrün. Duftender Garten.» Ein wenig – und eine Assoziation konnte nicht vollends täuschen – schien Monika zu lächeln und sich zu bewegen wie Scarlett O'Hara, die sich in Ball-Laune vor den Balkontüren von Twelve Oaks dreht und durch Baumkronen hindurch zu Baumwollfeldern schaut. Sogar die Frage hätte halbwegs im Film gestellt werden können: «Meinst du, in einem Jahr haben wir alles schon halb vergessen und können irgendwo auf der Welt aus dem vollen schöpfen? Es ist nicht vorstellbar. Aber andere gewinnen im Lotto. Ich hoffe, ich werde mit dem Müßiggang zurechtkommen. Doch Ilse wird bei mir sein.»

«Ilse? Dann sicher noch dieselbe Ilse wie vor zwei Jahren.»

«Ich lass' sie ungern allein in Ludwigshafen.»

«Klar.»

«Ihre Chefin ist immer nah um sie herum.» Monikas Miene verdüsterte sich: «Aber weil Ilse auf Distanz bleibt, außerdem weiterkommen will, wird sie aus Rache mehr und mehr gemobbt. Es ist ekelhaft. Sie kommt von der Arbeit oft völlig nervös nach Hause, panisch. Ganz durchschauen wir's nicht. Sie wird von Frau Laudertach dauernd kritisiert, morgens heißt es: *Sie sehen aber müde aus*, aber sofort muß Ilse durchs Amt rennen und persönlich die Einladungen zu den Konferenzen übermitteln. Reine

Schikane. Im Lob von der Laudertach steckt immer ein Giftpfeil: *Da haben wir aber wieder schicke Ohrringe, ein bißchen rustikal.* Statt Frau Baluschek, heißt es alle naselang: *Ach, Frau von Baluschek, haben wir denn noch ein Momentchen Zeit – hier arbeitet sich ja ohnehin niemand tot –, mal die Grundbücher von 1977 zu holen? Sie haben doch kräftige Beine. Ist das Tabakduft oder ein neues Eau de Cologne, das Sie benutzen? Markant.* Das Stadtbauamt ist die Hölle für Ilse geworden.»

«Läßt sich juristisch schwer fassen.»

«Eben, und Solidarität in der Belegschaft gibt es nur, solange keiner selbst ins Visier gerät», bestätigte Monika und lehnte sich gegen einen offenen Fensterflügel. «Die Laudertach ist ein frustriertes Monster. Mit Ilse würde ich gern eine Andenwanderung machen, wochenlang, nur mit Rucksack und Spirituskocher. Sonnenaufgänge in dreitausend Meter Höhe im Frühwind.»

«Ungemütlich.»

«Stört mich mit Ilse nicht.»

Die Halbgeschwister schauten einander an wie aus zwei Glaskugeln. Was die erotischen Reize der jeweiligen Partner anging, hatten sie einander rein gar nichts mitzuteilen. Nicht über die Seele, aber über den sonstigen Zauber Ilses wollte Ulrich ebensowenig informiert werden wie Monika über die Attraktionen zweier haariger Männer, die nach Mann rochen und mit finsterer Gewalt übereinander herfielen. Schauderhaft roh, mit abscheulich bedrohlichen Organen, wo doch Liebe schwesterlich war, knospenzart, duftig, weich.

Ulrich stöhnte.

«Was?» fragte sie.

«Es kommt zu keinem guten Ende. Das Kellereis schmilzt dahin. Wir brauchen Gefriertruhen. Meinetwegen gebrauchte.»

Monika schlug die Hand vor's Gesicht. «Es ist alles für einen guten Zweck», brachte sie hervor: «Für unser Wohlergehen und das von Frau Wimpf. Sie will nicht mehr leben.»

«Das ist eigentlich Unsinn», sann Ulrich und streckte die Uniformbeine von sich: «Dieser Drang ins Jenseits ist keine Verneinung des Lebens – das ist ein fataler Trugschluß. Jede Sehnsucht nach Ruhe, Erlösung meint eigentlich den Wunsch nach einem besseren Leben, nicht nach dem Tod. Das ist doch logisch. Gerade der Selbstmörder will den Tod nicht, sondern das idealere Leben.»

«Solche Fragen.» Monika schien sich abwenden zu wollen.

«Wichtige doch.» Ulrich wagte sich weiter vor: «Der Freitod, nicht wahr – und wer hat nicht schon einmal den Drang nach der kompletten Erlösung gehabt? –, meint so vieles: Kränkungen werden abgestreift, für immer, um den Preis des eigenen Daseins. Einmal, vielleicht ein einziges Mal, benimmt der Mensch sich souverän. Auf die schwarze Weise – indem er souverän das Leben, das ihm nicht taugt ...»

«Wie kann das Leben nichts taugen?»

«... verläßt. Aber meint das nicht fast das schlimmste Leistungsprinzip? Jemand fürchtet, das Leben nicht zu bewältigen, aber steigert den Druck noch dadurch, daß er auf einen Schlag sein Dasein durch den Tod bezwingen will. Der Unglückliche. Unsäglichen Sorgen wird aufgekündigt, ohne im Lebtag noch etwas in Ordnung bringen, durchstehen zu müssen. Begreiflich. Und doch. Der Preis ist der unermeßliche. Das Schrumpfen zum fühllosen Nichts hinter den Planeten. Anorganisch werden, weniger als Luft. Die, die sich heimdrehen, sagen die Österreicher zu Selbstmördern. – Das ganze Leben, so ist es doch wohl mehr und mehr, soll aus Energie, Mobilität und Zuversicht bestehen, ist es da nicht natürlich, daß so viele Seelen schlappmachen und plötzlich die höchste Energie und den größten Mut, der von Feigheit nicht zu unterscheiden ist, aufbringen, um sich aufzulösen?»

«Ich will das hier durchstehen, aber nicht darüber nachdenken», wünschte sich Monika und schaute ins Freie.

«Klar, wir wollen es nicht an uns herankommen lassen. Es. Den Tod, den freiwilligen Tod. Jeder hat das unbestreitbare Recht auf sich selbst, auch Herr Lehmann. Möge es ihm gut gehen! Aber hat er uns nicht den größten Schlag ins Gesicht versetzt, indem er mit unumkehrbarem Drang alles, was Welt und Leben ist, mit tödlicher Verachtung gestraft hat? Er hat das gewonnen, was er wollte, vielleicht – aber uns in einer Nichtswürdigkeit, der Welt, zurückgelassen. Merkwürdig ... Ich fühle mich langsam hinein. Der Selbstmörder liebt das Leben so sehr, daß er es in einer schlechten Form nicht ertragen mag. Er betet geradezu das schöne, aber ihm nicht gerecht werdende Leben an. Und dann wirft er es verzweifelt weg, als könnten wir uns mit etwas anderem behelfen. Können wir nicht. Wir sind der hinfällige, bösartige, manchmal kostbar bemühte Haufen, der sich befristet arrangieren muß.»

Ulrich faßte nach seinem Glas auf dem Boden und kippte den Wein von der Saale. «Mich läßt doch hier nichts völlig unberührt. – Blöde Formulierung! – Tassilo werde ich retten. Dann zieh' ich mit ihm auch durch die Anden. So was Blödes. Sich umzubringen, wegen Antriebslosigkeit und weil er schon alles erlebt hätte!»

«Man sollte Christ sein, werden.» Monika war plötzlich recht dankbar für ein paar fundamentalere Gedanken, die sie in Ludwigshafen nie so hatte fassen können oder wollen.

«Am Rande des Ergründbaren», meinte Ulrich.

«Als Christ trägt man ein Kreuz. Und man muß es bis zu Ende

tragen. Dann gehört jedes Leiden dazu. Man wird in Gottes Hand, nach seinem Wunsch leben. Man selbst muß den Sinn aller Plagen und Freuden nicht erkennen, Gott behält die tiefste Weisheit für sich.»

«Ich schäme mich, über Gott zu sprechen.»

«Wir sind niemandem verpflichtet. – Aber wollen wir ihn leugnen? Ein unergiebiger Aufwand. Ich bete. Ich sage dann aber: *Lieber Gott, Allah und Höchstes Wesen.*» Auch Monika lächelte schamhaft.

«Warum sollen wir hier nicht einmal frei reden», bestärkte Ulrich, «aber es bleibt unlösbar. Wenn alles Gottes Vorsehung ist, dann doch auch der Schritt in den Freitod. Wie grausam.»

«Du sollst nicht töten. Gilt das auch für die eigene Person?»

«Ist Christus nicht freiwillig in den Tod gegangen? Er hätte zum Passahfest nicht nach Jerusalem gehen müssen, als Gottes Sohn hätte er jederzeit entkommen können.»

«Du sollst nicht töten», wiederholte Monika. «Wie ich mit einem Mord leben würde, weiß ich nicht», schloß sie aus irgendeinem anderen Zusammenhang an.

«Wir können nichts sagen über jemanden, der aus dem Leben scheidet. Von ihm gibt es keine Nachricht. Und wer sich in den Auflösungsmoment hindenkt, denkt gewiß Falsches. Im Todesmoment strömt Unnachvollziehbares zusammen. – In meiner Klasse hat sich ein Mitschüler umgebracht, weil sein Taschengeld nicht erhöht wurde. Ich weiß nicht, welche Geschichte von Liebesentzug, eingebildetem oder echtem, von Kummer, Rache an den Eltern, endgültigem Hinweis auf seine Verletztheit sich plötzlich ballte. Stolz und vernichtet, ist Friedrich vom Dach gesprungen.»

«Furchtbar jung.»

«Ja, furchtbar jung. Keiner hatte etwas geahnt.»

«Ach, wenn man die Menschen doch mit Fesseln ans Leben binden könnte.»

«Du bist lieb», nickte Ulrich, «insgeheim natürlich auch, damit wir durch den Tod nicht erschüttert werden. – Und seltsam auch», bedachte der Bruder, «daß im nachhinein alle in Friedrich ein Wesen des Unglücks sahen, das nach seinem Tod immer unheimlicher und präsenter wurde. Er war ein unauffälliger Mitschüler gewesen. Nun wurde jede Melancholie, jeder Streit im nachhinein als Vorbote seines Selbstmords gedeutet. Er war nicht länger Friedrich, sondern der Selbstmörder. Das ist gewiß unfair ihm gegenüber. Ich denke hin und wieder an ihn und was er vielleicht gerne noch erlebt hätte. Aber Fritz thront irgendwo wie ein schwarzmarmornes Totem.»

«Seine Eltern?»

«Entsetzlich. Opfer und Täter, sie wußten selbst nicht, was sie waren. Keiner fühlte sich mehr bei ihnen wohl. Sie zogen weg.»

«Du sollst nicht töten.»

«Tun wir auch nicht. – Wir helfen.»

«Alles Vorsehung», nannte Monika einen Halt.

«Wie sehr ich Onkel Roberto hasse, muß ich wohl nicht sagen! Wir verzichten auf dieses kranke Erbe.»

«Können wir ja immer noch», erklärte sie, «aber was so schlimm daran sein soll, Frau Huber zu helfen, ist natürlich auch nicht ganz einzusehen.»

«Ich sauf mich zu», Ulrich nahm einen Schluck aus der Flasche, «und wenn ich aufwache, bin ich mit Tassilo fort. Ich will auch mal ausspannen. Je antriebsloser er ist, desto treuer bleibt er vielleicht.»

«Ich schreib' später mal ein Buch darüber.»

«Im Knast?»

Nach einem Radau aus dem Vorderhaus hob Ulrich den Finger: «Deine Frau Huber kocht noch. Soufflé? Jetzt ist ja die Parole Henkersmahlzeit ausgegeben worden.» Monika, die lange das Rauchen erfolgreich bekämpft hatte, zündete sich eine Zigarette an, blies das Blau in die Nacht. «Ohne Gauloises wollte ich drei Jahre länger leben ... Es schmeckt. Wer sich eine Sucht gestattet, duldet gleich mehrere. – Christus, Uli, hat keinen Selbstmord begangen. Er hat sich geopfert für ein höheres Heil. Wie ein antiker Held. Die haben sich für Städte hinschlachten lassen, die Ehre, einen Schwur. –»

Ulrich kam nicht dazu, seine Verwunderung über die nächtliche Gedanklichkeit der Jüngeren zu äußern, denn hinter sich hörte er, obwohl es zwei Uhr sein mochte, eine andere Stimme: «Menschen faszinieren mich immer mehr ... Ich kann auch nicht sagen, warum. Sie sind das einzige, was ich habe. Sie nehmen mir den Atem, aber beleben mich auch.»

«Das haben wir schon gehört.»

«Ja, wenn schon. Ich kann noch nicht schlafen. Erholung wird nachgeholt.» Clarissa ging, unter einem fernen Grollen aus der Schwärze auf ihre Schwester zu und ließ sich Feuer geben. Ihr Haar war naß und gekämmt. Der Morgenmantel glänzte von den Schultern bis zu den Fersen, dunkelgolden fließendes Viscosegewebe: «Trübsal blasend und kleinmütig?» musterte Clarissa ihre nächsten Verwandten: «Denkt ruhig über alles nach, es ist Gewinn. Der Freitod meint das Leben. Bei soviel Bedrängung um uns her», und sie horchte kurz auf Stimmen vor der Butzenglaswand, «werden wir Frohsinn, Pulsschlag, guten Mut, selbst die Zickzackbewegungen des Lebens für immer vielleicht nur um so mehr wertschätzen. Der Tod lehrt leben, mit gehöriger Dankbarkeit und Demut. Gut.»

«Kann man eigentlich auch ohne Hoffnung leben?» fragte Monika in die Schwüle.

«Ich glaub' schon.» Ulrich drehte sein Glas. «Ich lebte durchaus in Phasen, in denen ich nichts Sonderliches erhoffte, kein Liebesglück, keinen Aufschwung im Strickdesign, nichts vom Jenseits. Man verleimt dann die Tage mit ihren Gewohnheiten, das funktioniert, wider Erwarten auch. Gewiß sogar meistens so. Selbst Langeweile ist ein Geschehen.»

Währenddessen hatte er aus der Hosentasche eine Packung gezogen und aus Silberfolie eine grüne Pille gedrückt. Er spülte sie mit Freyburger Edelacker herunter. «Die Nebenhöhlen fangen an zu rumoren», erklärte er den irritierten Frauen. «Sinupret. Streß ist Gift bei Rhinositis.»

«Haben wir beim Testament nichts falsch verstanden?» fragte Monika. «Gewitter täte gut.»

«Ich wüßte nicht, was.» Clarissa schaute auf Ulrich, der nach dem Schnäuzen das Papiertaschentuch prüfte. «1,4 Millionen Reais Bargeld sofort. Dann aus dem Aktienpaket die Anteile an Gazprom und dem Heilwasser... Kapital bleibt ein gewaltiger Motor. Wollt ihr später nach einer enormen Verzichtsübung in einem Altersheim mit Doppelzimmern verlöschen? Rente gibt's bald nicht mehr. Oder mit Blick vom Bootssteg in die Brandung?»

Monika zuckte fahrlässig die Achseln. Die ältere Schwester durchkämmte mit den Fingern das blonde Haar: «Und wir gehen jetzt erheblich pragmatischer vor. Cooler. Wo ist denn der Pferdefuß, wenn wir bedrängten Menschen den Weg ebnen? Andere betrügen, führen Krieg, lassen verhungern. .»

«Du bringst», wagte sich Monika wieder vor, «das ganze hochheikle Wesen der Hospize, der Sterbebegleitung, der letzten Fürsorge in Mißkredit.»

«Wo bin ich! – Was reden wir!» Ulrich fuhr kurz aus seinem Sessel auf.

«Ich verunglimpfe gar nichts, wenn ich Frau Huber zu einem Wohlgefühl verhelfe.» Clarissa ließ sich Feuer geben. «Also, nun unsentimentaler weiter. Wir erhöhen das Tagewartegeld auf fünfzig Euro.»

«So viel hat Frau Jakoubek nicht.»

«Da läßt sich eine Sonderregelung finden. Herr Bauer scheint guter Dinge zu sein. Die Hecke hat er meisterhaft gestutzt. Ich denke, die Fenster bräuchten neuen Lack, und das schöne Glashaus ist völlig vermoost. Seine Ausflüge an die Dorfstraße muß man ihm allerdings untersagen. Ordnungswahn läßt sich kanalisieren. Dann die Kühltruhen ... erste Priorität, wie man so sagt.»

«Es wird sich», brachte Ulrich langsam und gewichtig hervor, «es wird sich ... ich seh's noch nicht. Also, mein Verdacht, es wird sich niemand ... vielleicht niemand umbringen.»

Clarissa hob den Finger und schwenkte ihn mit ihren Silben, gleich dem Zeiger eines Metronoms. «Sie sind hier, weil sie es wollten. – Sie werden von hier nicht mehr wegkönnen. – Von hier, im Bett, am Brunnen, unter den Apfelbäumen erkennen sie immer eindringlicher, wie und weshalb sie draußen verzweifelten.»

«Bist du fies», murmelte Monika.

«Ihr Weg in den Alltag wird von Stunde zu Stunde schwieriger. Die Zeit arbeitet für uns. Ich meine, fürs Testament. Ich meine, fürs Heil», stotterte Clarissa ein wenig. Und dann, sie faßte sich ans Herz, hustete, beugte sich vor, griff um Halt nach Monikas Hand: «Was ist?» rief diese angstvoll. Auch Ulrich war eilends herangetreten. «Gleich», hüstelte die Schwankende, «Stiche ... das ist ja wohl verständlich. Oh, gleich geht's wieder. Ich bin auch nur eine Angestellte aus einem Großbetrieb ... immerhin wärt ihr jetzt um mich. Man muß immer damit rechnen ... und das vergißt man am besten ...» Sie atmete vorsichtig und tief durch die Nase, drückte die Hand auf die Brust. «Ein Lächeln sollte schon noch sein», lächelte sie und kam wieder gerade zu stehen.

«O Gott», flüsterte Monika, «Rhinositis, Herz und die arme Ilse. Man kann sich's kaum aussuchen.»

«Und wir sollten», Clarissa fand zu programmatischen Gedanken zurück, «auf die Trennung zwischen Finalisten und uns achten. Eine Vermischung ist gefährlich. Ich weiß auch nicht, warum. Aber es ist mit beruhigenden Hierarchien und Autoritäten natürlich schwierig in diesen demokratischen Zeiten, selbst hier ... Also, die Kühltruhen, weitere sinnvolle Aufgaben für Herrn Bauer und dann ein bißchen mehr», ihre Stimme wurde klar, laut, fast herrisch, «Druck in dem ganzen Geschehen. Die sollen endlich über die Klinge springen, das ist ihr Begehr', und wir wollen an die Kohle. *Damn it*, dies ist doch kein Irrenpensionat. Und wir spenden hinterher üppig für gute Zwecke! Es kommt, das schwöre ich, noch Schwung in die Chose.»

«Bei allem spielt die Liebe eine so große Rolle.» Monikas Stimme war leise.

«Warum redest du oft so unzusammenhängend?» beklagte sich Clarissa.

«Tassilo hat sich schon hingelegt», sagte Ulrich.

«Unbefriedigend, alles noch so konfus.» Die Älteste spähte ins Dunkel.

23.

Die Nacht hatte längst gewonnen. Leer lagen die Straßen. Feucht und farblos neigten Gräser und Schaumkraut sich über rieselnde Wasser. Büsche drohten, Schotterwege glänzten. Hinter frischbepflanzten Blumenkästen auf den Fensterbrettern drehten und schnauften sich die Menschen, die Tölzer und Penzberger, in noch tieferen Schlaf und Träume, an die es morgens keine Erinnerung gäbe. Da und dort tappte einer, wach, aber eher schlummernd, zum WC, tastete sich an der Kachelwand entlang. Der Blick danach auf den Wecker versprach noch viel Ruhe und Entgleiten. In Vogelbauern wurden ein paar Federn gesträubt und der Schnabel wieder ins Gefieder vergraben. Der Mantel umhüllte alles. Der Kranz der Berge umschloß den See, der übermächtige Friede durchdrang die halbgeöffneten Fensterläden von Gmund und der Kurorte. Aus manchen Papierkörben der Promenaden quoll unkenntlicher Müll. Die großen Scheiben des Casinos von Bad Wiessee glänzten tot in die tiefste Stunde.

Die Nacht herrschte nicht absolut. Ampeln blinkten orangefarben an größeren Kreuzungen, alle paar Minuten doch ein PKW, Lastwagen auf den Autobahnen – mit welchem Ziel im Süden oder hinter Nürnberg? Weithin sichtbar wölbte sich über der Landeshauptstadt das Licht. Ein früherer Mensch wäre irrsinnig geworden angesichts solch verschwebender Helligkeit, über der die Sterne nicht zu finden waren. Trost war Licht, auch Ruhelosigkeit, die sich steigerte. Der Ängstliche ließ den Vorhang einen Spalt offen, um eine Prise Laternenschein bei sich zu haben, der andere zog sich ein Kissen über den Kopf. Keiner konnte mehr Kometen von Satelliten exakt unterscheiden, man schnaufte im Schlaf, knirschte mit den Zähnen oder schürzte zwischendrin die Lippen, fast wie zum Kußmund. Die zarte Haut umschloß alle lebendig. Brillen ruhten auf Nachttischen, Kontaktlinsen im Bad, verbeulte Sportschuhe neben der Haustür. Manche Gläser waren nicht gespült.

O liebliche Menschheit.

«Komm! Und erlöse uns. Gewitter –» Markus Fehling lag auf zerwühltem Laken, schwitzte. Regen mochte die Seele kühlen. Die Abstände zwischen dem Grollen aus der Ferne waren kleiner geworden. Und lauter gewitterte es von Westen. Wehe, das Unwetter bahnte sich einen anderen Weg, bliebe über den Seen hängen. Schwaches Wetterleuchten durch die Vorhänge hindurch mochte zu Blitzen werden, Krachen, Sintflut.

«Verrat!» schrie der Rundfunkmoderator im befremdlichen Raum und reckte den rechten Arm in die Luft. «Ich verrate alles und jeden.» Der Körper sank zurück ins Bettzeug. Mit neuem Schwung schien der Mann vom Lager kommen zu wollen, zum Keller. Er wälzte den Kopf. Feucht war das Kissen. Gleich die Stiege hinab.

«Ich gebe euch alle preis.» Kein Lüftchen regte sich. Das war ein gutes Vorzeichen. Hier käme er nie wieder heraus. Er verschränkte die Hände überm nackten Bauch und wimmerte: «Papa und Mutti, ihr habt mich gezeugt, ich danke euch fürs Leben … Ihr habt mich damit beladen, was für eine Unermeßlichkeit, und nun seid ihr schon tot, und ich stehe da. Tante Luise», er blickte zur Decke, «du hast mir die ersten Buntstifte, später den Führerschein geschenkt. All das, deine Geschenke, deine Liebe, deinen Stolz auf mich werfe ich zusammen mit mir weg. Markus ist böse, Markus ist verzweifelt.»

Verrat, geisterte es durch sein Gemüt. An Karin und Daniel-

Fabian wagte er immer weniger zu denken und tat es immer heftiger. «Der Mann, der Vater verrät euch ... jede Geste, jede Berührung, jedes Wort, unsere Fahrradtouren – ihr werdet es nicht mehr schön in Erinnerung behalten.» – Daniel-Fabian befand sich mit einem Stipendium in den USA, natürlich würde der achtzehnjährige bereits wissen, daß sein Vater spurlos verschwunden war. Bei der Entfernung, bei der Coolness von Jungs, die mit dem Krieg der Sterne aufgewachsen waren, würde Daniel-Fabian in Cincinnati mittelmäßig besorgt, aber optimistisch zum Baseball gehen. Das Stipendium war, trotz mäßiger Noten, durch jemanden im Innenministerium eingefädelt worden ... Und Karin? Ein Mann mit gutem Posten und Gehalt verschwand nicht einfach. Und schon gar nicht für immer. Wohin auch? Für eine Entführung war er denn doch zu wenig prominent und begütert. Konnte er die Wohnungstür wieder aufschließen, sich ein Bier aus dem Kühlschrank holen und Karin sagen: *Du, ich habe Schluß machen wollen.* War ein tieferer Vertrauensbruch vorstellbar? – Verrat an der Liebenden. An allem, was man sich gemeinsam aufgebaut hatte. An den Kollegen im Funk, mit denen er gemeinsam auch beschwerliche Wege gegangen war. Verrat an Frau Jungke, der Sekretärin, die ins Intendanzvorzimmer aufgestiegen war, aber zum Grüßen gerne vorbeikam.

Natürlich hatte er auch zwischen Popanzen, Illusionen, Nichtigkeiten, Niedertracht, mit Lügen gelebt.

Der nächtliche Föhn schien das Hirn zu schälen. Ein Vorhang blähte sich. Hörte er Regentropfen? Die Polizei war zweifelsohne über sein Verschwinden informiert. Konnte er in die Redaktion zurückkehren und halbwegs aufrichtig schwindeln: «Ich war in der Psychiatrie. Aber nun, frisch ans Werk.» – Durch sein Verschwinden war das Programm keine Sekunde lang unterbrochen gewesen. Sie hatten Guggenau aus dem Urlaub zurückgeholt. Der war beinahe noch beliebter als er.

Der Herz flatterte. Meistens nachts spürte er die Implantatnarben. So sehr hatte der Beruf ihn aufgesaugt, daß er die Beisetzung seines Vaters wegen eines Kanzlerinterviews hatte verschieben lassen. Ekelhaft. Markus Fehling griff nach dem wehenden Vorhangstoff. Mochte das Rollen zum Krachen, Lichtzucken zu Blitzschlag werden, das war das Kellerwetter, Tropfen, gewiß dick wie Krondiamanten, trafen das Weinlaub. Die Nächsten waren versorgt. Eine qualvolle Trauerfeier für die Hinterbliebenen. Im Grunde dann aber schon ohne ihn.

Markus Fehling stemmte sich mit beiden Händen vom Bett hoch. Verzagen im Irgendwo. «Scheißwelt, hat nicht getaugt», und jetzt krachte es, da entluden sich überheiße Vorsommerwochen, Blitz, drei, vier Sekunden Pause, Donner, das Land wurde aus dem Schlaf geboxt, Fensterläden schlugen zu, das Tröpfeln wurde zum Prasseln, Donnerschlag, im Lichtschein war die Furniermaserung des Schranks zu erkennen ... aufrecht saß Markus Fehling im Bett: «Los jetzt!»

Welche Glöckchen schellten? Sprangen Nachtgeister mit Narrenkappen Ringelreihen?

Türen im Haus klappten, vor seiner vernahm Fehling Getrappel. Er schob sich auf die Bettkante. Auf dem Parkett schimmerte Wasser. Vom Flur knarrten schwere Schritte. Er lugte zum Lichtspalt, beugte sich zur Tür vor, erhob sich, tappte krumm und schluchzend durch Windschübe. Das Bimmeln riß nicht ab.

«Tod», murmelte er, «man muß dich aussprechen ... immer wieder ... Freiheit.» Wie ein Greis stützte er sich am Schrank ab. Er zog die Tür auf, eine Gestalt rannte durch matten Flurschein:

«Handtücher.» «Ja», hallte es von unten. Der Bühnenbildner hing über die Brüstung, als wollte er sich hinunterstürzen. «Wer sind Sie?» hörte Markus Fehling aus der Tiefe. Während auf der gegenüberliegenden Balustradenseite ein Kopf im Türrahmen sichtbar wurde – Frau Reutte? –, schlich der Redakteur ungeachtet seiner Blöße zum Geländer vor. Ohne Brille erkannte er nichts in letzter Deutlichkeit. Eine Person stand schief im Hauseingang. Sie zog abermals am Klingelknauf oder hielt sich daran fest. Das Glöckchen rasselte. Die Katze raste durchs Gewittertoben an der Fremden und der Kioskpächterin vorbei ins Innere.

«Was wollen Sie?» rief Frau Jakoubek, «Frau Hoffmeister, kommen Sie. Mit oder ohne Handtücher. Schnell. – Rein oder raus?» vernahm man die Münchnerin. «Sie ist grün und blau im Gesicht. Kommen Sie, Hilde! Sie hatte einen Unfall.» Wer sich in der Halle einfand, sah Frau Hoffmeister ohne Trockentücher hinabeilen, wo Frau Jakoubek im grauen Bademantel die Hand nach der Fremden im Eingang ausstreckte. Die taumelte. Hosen trug sie. Darüber ein klitschnasses Kleid. Ein Kopftuch. «Schürfwunden, Hilde, Schorf.» «Ein Arzt. Die Polizei?» «Sie hat unsere Karte.» «In die Badewanne», hörte man die zwei Frauen von unten. Doktor Lay trat oben ans Geländer, rieb sich die Augen.

«Aziza.»

«A-was?»

«Aziza hat sie gesagt. Und: nix Polizei.» «Nix Polizei?» Die beiden Hausbewohnerinnen blickten sich im Regenwind an. Gab es denn hier niemanden, der für Ordnung sorgen konnte? Von der Verwaltung, die jedoch wohl schlief oder sich sonstwo aufhielt? Der Gewitterneuzugang sank gegen Frau Hoffmeisters Brust.

«Wer ist sie denn?» hörte Markus Fehling neben sich Herrn Wang, der einen Slip trug.

«Aziza ... sie hatte einen Unfall.»

«Ach was, verprügelt!»

«Schickt sie weg. Wir sind genug. Kann man denn nicht rüberschlafen?» vernahm man aus einem Winkel, ohne die Stimme klar identifizieren zu können.

Nun ließ ein Windstoß die Türglocke hallen. Es blieb nichts anderes zu tun. Ehe das kraftlose Wesen im Wolkenbruch auf den Stufen zusammenbräche, mußten die beiden Selbstmörderinnen je einen nassen Arm greifen und das Kind stützen.

«Aziza», erhaschte man von der Fremden.

«Wissen wir.»

«Nicht Polizei. Wieder heim dann, bald. Schon mal ...»

«In die Wanne.»

«Mein Gott, wie dürr.»

«Kann ich helfen?» rief, recht verspätet, Olaf Deutler in die Tiefe, wo auf den Steinquadern eine Regenlache zusammengeflossen war und Frau Hoffmeister bei einem Donnerschlag der Haustür mit dem Fuß einen Stoß versetzte.

«Eine Türkin», mutmaßte Markus Fehling.

«Eine Libyerin vielleicht», flüsterte Herr Wang, dem offenbar das Exotischere näherlag.

Hilde Hoffmeister und Erna Jaboubek, mit der Verletzten in ihrer Mitte, bewältigten die ersten Stufen. Nein, nichts Malerisches war an der Fremden. Wenngleich der triefende Stoff nur das Gesicht freigab, sah man doch geschwollene Lippen, eine Platzwunde neben dem Mund, Blutergußfarben ums Auge. Hanna Reutte eilte heran, um zu stützen, Markus Fehling lief in sein Zimmer, da er nur sein Hemd trug.

«Lassen Sie Wasser ein, Frau von Meyenburg.»

«Ich? Wo? ... Warum?» rief die Schauspielerin, die eben erst vor ihre Tür trat und tatsächlich nichts wissen konnte. «Ertränken? Nein, das nicht! Mitten in der Nacht. Endlich Regen, das tut gut.»

«Hier sind Sie vor Ihrem Mann sicher», sprach Frau Hoffmeister zur Seite.

«Bruder», schüttelte die Fremde den Kopf. Endlich griff auch Tassilo Wang zu und löste die arme Frau Jakoubek beim Stützen der Entkräfteten ab, welche die zerfaserte, aber bekannte Pappe zwischen den Fingern hielt: *Reicht es? Kein Weg* ... Vor Tassilo schien Aziza sich zu fürchten, aber er hievte sie zuverlässiger als Frau Hoffmeister. Ängstlich blickte das Mädchen zum Eingang zurück.

«Ich will kein Kulturdrama», fiel es Frau von Meyenburg ein, «mein Vater hat als Armenarzt in Berlin auch in deutschen Familien genug Roheit erlebt.»

«Aber jetzt geht's um sie hier», wies Dr. Lay die Schauspielerin zurecht. «Der Bruder gehört in den Kerker. Diese Verwilderungen sind unerträglich!» Der Verleger zog sich die Hose hoch. «Die Gesetze des Abendlands haben für alle zu gelten, die hier Wohnstatt haben.»

«Darum sollen sich die Lebenden kümmern. Mir wird es egal, ob bei Ladendiebstahl demnächst die Hand abgehackt wird und der Ayatollah den Weihnachtssegen spendet.»

«Das ist ein weites Feld», versuchte Markus Fehling, der in vollständiger Unterwäsche wieder sein Zimmer verließ, zu beschwichtigen.

«Ist ein ziemlich überschaubares», beharrte Dr. Lay. «Europa. Hier herrschen die verbrieften Menschenrechte. Und wer sich nicht danach richtet, gehört bestraft oder dorthin, wo er sich austoben kann. Aber nicht bei mir zu Hause.» Die Nerven lagen hörbar blank, während Blitze die Halle erhellten, brüllten sich die Herrschaften übers Geländer an.

«Frau Huber», verschaffte sich Frau Hoffmeister Gehör, «hat Bepanthen, Hansaplast und mindestens Ibuprofen. Holen Sie's, falls sie lebt, und sonst auch.»

Aziza schaute um sich und schien in Ohnmacht zu fallen.

«Nur ruhig, mein Kind. Ein Cognac wird Ihnen guttun. Was die Franzosen erquickt, stärkt jedermann. Heimlich wird ohnehin überall viel getrunken.» Frau Hoffmeister umfaßte die klamme Hand.

«Baden Sie sie», empfahl Heinrich Lay ungefragt und zog sich zurück: «Will sie sich denn umbringen oder was?»

«Ich denke nicht mehr. Ich lass' es sein. Nein, ich denke nichts mehr», murmelte Tassilo Wang vor sich hin, «das ist besser.»

«Ist da wer?» Ute Wimpf schlurfte aus ihrem Zimmer.

Aziza schien kurz Reißaus nehmen zu wollen, aber die Kräfte reichten nur für eine kleine zuckhafte Drehung.

«Draußen ist Bruder», warnte Hilde Hoffmeister, was Tassilo Wang ins Deutsche übersetzte: «Ihr Bruder, der fehlgeleitete Primitivling, könnte draußen sein.»

«Talib... Nadjib.»

«Einer mit Doppelnamen oder zwei?»

«Talib und Nadjib», die Stützenden verharrten, verblüfft über das fast akzentfreie *und*, «denken, ich wär' nach Ingollstatt geflochen.»

«Gut. Dann suchen sie Sie ja nicht hier», befand Hilde Hoffmeister bereits auf den oberen Stufen. «Und Frau Reutte hat eine Mauser.»

«Wo?» Das Mädchen äugte durch den Raum und mußte beinahe gezogen werden. «Burg?»

«Nein, nein, Villa.»

«Wir Wohnung.»

«Wer nicht? – Jetzt kommen Sie ins Wasser. Dann gibt's Bepanthen. Und wir sehen weiter.»

«Rein hier. Es sprudelt schon. Gebadet hat sonst noch keiner. Das nenn' ich ein Privileg.» Frau Jakoubek stemmte vor den Dampfschwaden die Fäuste in die Hüften.

«Sergio schreiben, bitte», flehte Aziza.

«Sie liebt einen Italiener», schloß Tassilo.

«Sie verschwinden jetzt», befahl ihm Hilde Hoffmeister.

Es mochte gegen vier Uhr früh sein, als unter Wetterleuchten die junge Frau, denn ein Mädchen war sie nicht mehr zu nennen, sich vorsichtig auf den Wannenrand setzte, das Kopftuch abstreifte, Hilde Hoffmeister ihr beim Ausziehen nasser Stoffschuhe half und Erna Jakoubek mit der Hand die Wassertemperatur prüfte: «Das geht mich alles nichts an. Gar nichts.»

24.

Er hatte vorzüglich geschlafen.

Nur für ein Weilchen hatte das Gewitter ihn aus den Träumen geweckt, wonach er sich aber um so wohliger wieder ins warme Bettzeug gedreht hatte. Ulrich ließ die Augen halb geschlossen. «He, Ho!» brummelte er. «Spann' den Wagen an», es prasselte gegen die Scheiben, «sieh, der Wind treibt Regen übers Land», und er versuchte im Baß einen hohen Ton des Kanons zu treffen, «hol' die goldnen Garben! Hol' die goldenen Garben!» Was man in der Schule gelernt hatte, taugte fürs Leben. Clarissa konnte ihn im Nebengelaß nicht hören, falls sie dort ihr Bett machte.

Immer vermutete er sie beim Aufräumen, und ihr Zimmer sah gewiß picobello aus. Frauenglanz.

Der Körper genoß die Abkühlung. Grüne Gartenluft drang durch Fensterritzen. Ulrich fühlte sich jung und alt. Er zog die Hände unter der Decke hervor. Es war vielleicht ratsam, den kurzen Rausch zu vertagen und in potenter Gespanntheit in den Morgen zu treten. Im Morgengrauen hatte er ins Waschbecken gepißt. Verpöntes machte Spaß.

«... hol' die goldenen Garben», nebenan rauschte der Wasserhahn. Clarissa machte sich frisch. Monika nächtigte auf der gegenüberliegenden Seite des Glaszimmers. Vielleicht hatte sie schon die Kaffeemaschine angeworfen. Eine merkwürdige, aber zwingende Konstruktion war es, daß jeweils zwei kleine Räume neben dem großen lagen. Ulrich blickte von der Matratze auf die Regenmäander. Seit Studentenzeiten an der Modeschule hatte er nicht mehr in Bodenhöhe geschlafen. Ein gewisser Trugschluß war es, daß er sich unbedingt nach Reichtümern, Aktien, einer Meeresterrasse in der Südsee sehnte. Womöglich wüßte er unter ewigen Palmen gar nicht so viel mit sich anzufangen. Dieses Haus lockte. In gemäßigten Breiten, mit allem Heimatlichen drum herum, Spazieren an der Isar, hier könnte er ausgefüllt leben, mit einem erfreulichen Guthaben im Hintergrund, das eigene Pulloverlabel lancieren. Zeit seines Lebens, wenn er an ein Nonplusultra-Strickdesign dachte, stand ihm der Anzug vor Augen, in dem David Bowie als Ziggy Stardust aufgetreten war: unifarbene Schulterpartie, Brust Norwegermuster, Unterleib schräg gestreift, ein Bein nackt, das andere grell umstrickt, um den Hals die Boa. *Press your space face close to mine, love, freak out in moonage daydream oh yeah*, furiose Zeiten, vielleicht war er wegen dieses wahnwitzigen Anzugs, mit nur einem Ärmel, auf die Entwerferschiene geraten.

Geliebt wurde er derzeit nicht. Jedenfalls nicht, daß er wüßte.

Clarissa wusch sich gründlich. Die Leitung brummte.

Und das war vielleicht auch gar keine Tragödie. Die Liebe hatte ihn stets gelähmt. Zuerst euphorisiert, unkoordiniert gemacht, nervös und dann wie einen Schmetterling festgenagelt. Nie hatte er gewußt, wie man sich in der Liebe benimmt. Wie hingebungsvoll sollte man sich verhalten und ab welchem Punkt seine Eigenheiten behaupten, auf seinem Freiraum beharren? Gewiß, in der ersten Glut wollte man alles rund um die Uhr zu zweit erleben. Doch das konnte von vornherein nicht der Alltag sein. Ein stilleres Bekenntnis zueinander mußte folgen. Aber wie sähe das aus? Wenn man sich nicht mehr fortwährend nach dem anderen sehnte, wäre es doch keine Liebe mehr! Er hatte einige Male in dem Wahn gelebt, mit Johann, mit Ulrich, daß er alle übrigen Männer schlagartig herabstufen und fast aus seiner Wahrnehmung ausschließen mußte, um vollständig Johann und später Ulrich geweiht zu sein. Das war ebenso heldisch wie absurd gewesen. Die Crux der Liebe blieb, einen Menschen zu lieben, aber durchs empfundene Glück binnen kurzem auch andere gleichfalls angenehm, faszinierend, verlockend zu finden. Dann mußte man sich schwören: Nur der eine gilt. Ein schwereres Ausschlußverfahren konnte die Seele kaum leisten. Im Alltag, in einer gemeinsamen Wohnung, während zweisamer Urlaube mußte man einander unersetzlich werden. Nur so funktionierte es, als Verschworene isoliert neben anderen zusammengeschweißt zu bleiben. Mit Johann hatte er mutig eine gemeinsame Wohnung bezogen. Aber alsbald nicht mehr gewußt, wie oft in der Woche, im Monat sie miteinander schlafen mußten, um das Siegel Liebespaar zu verdienen. Auf die Nähe, das Vertrauen kam es an, nicht auf die Zahl der Samenergüssse. – Wie, krude betrachtet, liebte eigentlich Monika? Ein Geheimnis. – Mit entsetzter Verwunderung hörte er auch immer wieder von Paaren, die einmal im Vierteljahr, sogar noch seltener miteinander schliefen. Wie handhabten das Gemüter? Mann und Frau legten sich neunzigmal abends nebeneinander ins Bett, lasen, gaben sich einen Gutenachtkuß, löschten das Licht und rollten sich jeweils auf ihre Seite. Schrumpfte dabei nicht der Organismus, lud sich dabei nicht eine Höllenwut aufs nicht ausgeschöpfte Leben auf? Bestaunenswertes Schrecknis in Schlafzimmern. Es blieb verwunderlich, daß nicht viel mehr Menschen einander töteten. Die Macht der Gewohnheit mußte das Mächtigste sein. Liebesstöhnen war möglicherweise weitaus weniger wichtig als der Geruch des anderen im Badezimmer, das rituelle Gemuffel am Frühstückstisch, die Gewißheit: Auch in fünf Jahren fahren wir gemeinsam in die Ferien und buchen ein Zimmer in einer netten Pension, später zusammen im Seniorenzentrum.

Grausam, die stillen Nächte mit Johann. Er hatte gehorcht, ob Johann schon schliefe oder noch zur Verschmelzung bereit war. Vielleicht war er viel zu vorsichtig und höflich gewesen und hätte den Mann aufreizen müssen. Vielleicht hatte er auf Befehle gewartet. Johann war – das hatte sich nicht von Anfang an deutlich gezeigt – Alkoholiker gewesen. Über Alkoholiker besaß man keine Macht. Außerhalb vieler toter Nächte hatte sich Johann zunehmend zum Kneipengänger verwandelt. Dort war er dann Blickfang und lebte wieder auf. Über Nacht war er immer häufiger fort geblieben, bei anderen. An die Schreckensjahre wollte Ulrich sich nicht erinnern. Einmal hatte er sich liebend preisgegeben und war zertreten worden. Männer hatte er erstmals gehaßt, wegen ihrer vitalen Umtriebigkeit, durch die sie auch begehrenswert wurden. Und er hatte nicht gewußt, wieviel Treue er aufbringen müßte, um weiter zu Johann mitsamt seinen Fehlern zu stehen und als der siegreiche Lebenspartner aus den vielleicht befristeten Verwerfungen hervorzugehen. Über die Liebe wußte niemand irgend etwas Genaues, die Ratschläge von Freunden machten es deutlich. Durchhalten, sich gewöhnen, Erniedrigungen vermeiden oder fortgehen, mit den Wunden in die Kälte, sich sehnsuchtsvoll einigeln, das blieben die Alternativen. Männer, insbesondere schwule, waren kaum zu bändigen, und wenn sie zahm wurden, fehlte ihnen auch der Biß, und einem willfährigen Lebenspartner wäre er noch stärker verpflichtet, wurde vom Erlahmten, quasi durch dessen Tatenlosigkeit, gefangen: *Schönen Abend, wie war der Tag? Gibt es Omelett?* – Die Frage hatte Johann nicht oft gestellt. Er hatte seinen Job verloren, hatte gute Vorsätze gefaßt, war manchmal reumütig zu Hause geblieben, dann wieder ins Nachtleben fort. Nach Auseinandersetzungen, bei denen sie, lange nach der Verliebtheit, sogar Türen eingetreten hatten, war Johann mit einem Argentinier fort ... und versumpft.

Nie wieder Liebe, hatte sich Ulrich geschworen. Besser stolze Einsamkeit. Nun ja. Vor Jahren.

Mit Ulrich, dem schwarzhaarigen Namensvetter, hatte er schon keine gemeinsame Wohnung mehr bezogen. Ein Sicherheitsabstand sollte herrschen. Das hatte man auch nicht die ideale Hingabe nennen können.

Ernüchternd, jeder lebte, emotional, von der Hand in den Mund, bis zum Schluß.

Einzelgänger blieben erregender als noch so zerklüftete Paare, als saturierte sowieso.

Er drehte sich noch mal auf die Seite, mit Blick auf Scheiben und Fensterkreuz. Clarissa hatte ihre Morgentoilette beendet. Spätestens sie würde jetzt die Kaffeemaschine anstellen. Die erste Tasse blieb der Pflock im Dasein.

Dazu der bedenkliche Hedonismus, in den er vielleicht von Natur aus und durch die munteren achtziger Jahre geraten war. Welches Erlebnis, welche Begegnung sollte er willentlich auslassen? Gott hatte die Menschen vor die Menschen hingestreut, und das sollte die Kreatur nicht würdigen? Es wäre Blasphemie. *Trübsal ist nicht das einzige, was man blasen kann*, fiel ihm ein flotter Spruch aus dem Gay-Switchboard ein, und er grinste.

Nein, hier im Haus wollte er bleiben, bedachte er, und lebenszugewandt sein, bis vielleicht niemand ihn mehr begehrenswert fände, bis er gleichgeprüfte, ältere Freunde hätte, die er hier einquartieren könnte. Schwules Altersheim. Mit Bibliothek, Geburtstagspartys im Gewächshaus, Kegelbahn im ... Keller.

Ulrich saß abrupt senkrecht im Bett.

Für unten würde sich schon eine Lösung finden.

Er mußte warten, bis ihm die Liebe, die gefürchtete, entgegenkäme. Die Suche nach ihr wurde zumeist mit Tritten belohnt, dem *Njet*. So mußte der Mensch, in sich ruhend, unaufhörlich die Antennen ausrichten. Irgendwie ginge auch damit das Leben über die Bühne. Hauptsache, es war voll, nicht überstrapazierend, von Aufmerksamkeit erfüllt. Aufmerksamkeit war doch das Gebet der Seele.

Ach, wie zart Männer denken können, lobte er sich und kuschelte den Kopf ins Kissen.

Es half nichts, er kam nicht drum herum und wollte es auch gar nicht. Er schloß die Augen, dachte an Ärsche, schöne, kostbare und was die seelischen Kräfte alles in Bewegung setzen konnten. Das war sein Privatreich. Tassilo Wang mochte seinerseits denken, woran er wollte, was ging es einen an?

Es mochte einen Hauch heller geworden sein als beim vorherigen Aufwachen.

Jetzt waren weder Schlafschwere noch Traumgelulle in ihm. Und es klopfte wieder: «Wird Zeit, Bruderherz», hörte er Clarissa.

Mit Schwung und einem Gelenkknacksen kam er von der Matratze hoch.

«Alt.» Er schaute in den Spiegel.

Das Wasser lief. Die Zahnbürste harrte.

Er hatte Aids überlebt. Welch Gottesgeschenk! Der Rest des Lebens durfte Dankbarkeit sein. Auch Johann lebte nicht mehr.

Irgendwer hatte kürzlich die Devise ausgegeben: *Nicht nachdenken, handeln.* Sie erwies sich als unverzichtbar. Auf dem Fensterbrett erblickte er die Liste, die er am Abend auf Schwesterngeheiß vervollständigt hatte, fürs Maximum an Ordnung:

Nordseite, oben:
Zimmer 1: Greta! von Meyenburg!
Zimmer 2: Hattinger, Jakoba (?)
Zimmer 3: Wang, Tassilo
Zimmer 4: Fehling, Markus (Rundfunk)
Zimmer 5: Huber, Betty
Zimmer 6: Erna Jakoubek

Südseite, oben:
Zimmer 7: Bauer
Zimmer 8: Lay, ?, Dr.
Zimmer 9: Deutler, Olaf
Zimmer 10: Hof(f?)meister, Hilde (Turban)
Zimmer 11: Wimpf, Ute (Wasser, vielleicht See)
Zimmer 12: Aichach, Reutte, Hanna (= Prostituierte)
Zimmer 13: Nobody

Erdgeschoß/Nordseite:
Chauffeurzimmer: Fontanelli, Frau †
Köchinnenzimmer: (Verhau, leer, Schuhlager von anno dunnemal)
Bügelzimmer: Empty
Alte Wäschekammer
Besenkammer

Das verschaffte einen Überblick und ging im Vorderhaus niemanden etwas an. Er drückte die Paste mit Zahnweißer auf die Borsten. Die empfindliche Nase war ziemlich zu, Überforderung tat den Schleimhäuten nicht gut. Bloß nicht wieder Polypen. Nasenhärchen sollte er stutzen. Wie hieß die Aktion? Rhinoküre? Die Brauen wuchsen Gott sei Dank nicht zusammen. Trotz schlechter Geruchsorgane schien es ihm, als würde der Regen einen beklemmenden Geruch vertreiben, der unterm Fußboden seinen Ursprung haben mochte, übel süßlich. Irgendwann war eben jeder dran, davon konnte man viel Aufhebens machen oder auch weniger. Höhere Mächte entschieden wohl letztlich, das war doch trostreich. Höhere Theologie brauchte es für dieses sehnende Empfinden nicht.

Im Grunde fürchtete er sich vor der Liebe.

«Ulrich!»

Clarissas Schrei gellte durchdringend.

«Hilfe – Komm!»

Er schnappte sich ein Handtuch, schlang es sich um die Hüften und stürzte ins Glaszimmer. Kaffee duftete. Clarissa stand an der offenen Tür und starrte in die lärmige Halle. Er stellte sich hinter sie: «Was ist das?»

Die Antwort erübrigte sich. Kühlfeuchter Wind pfiff herein.

Durch die Haustür schleppten zwei Männer in weißem Overall und mit Baseballkappen einen mächtigen Styroporcontainer mit roter geschwungener Aufschrift, die halb verdeckt war: *South... atering*. Ein kleines Menschenknäuel umstand sie, Frau Hoffmeister dirigierte: «Links rein. In die Küche.»

Aus ihrem Gemach schlurfte Monika ins Glaszimmer: «Kaffee fertig? Es zieht. War ein Mordsgewitter.»

Derweil tänzelte Dr. Lay durch die Küche und konnte den Aufwand kaum fassen. Der Tisch war vors Fenster geschoben. Blumensträuße schmückten ihn links und rechts. Dazwischen lockten Köstlichkeiten ohne Zahl. Melonenspalten waren mit Schinken umwickelt, eingelegte Zucchini von karamelisierten Zwiebeln umkränzt, Oliven in Schälchen waren entweder mit Mandel oder Paprika gefüllt, panierte Schnitzelchen füllten eine Platte neben Fleischbällchen sowie sechs bis zehn Käsesorten, Russisch Ei, altmodisch und lecker. Doch was auf dem vollen Tisch besonders ins Auge stach, waren Hochbauten, ja Türme aus Blätterteig, aus denen es fein dampfte, nach edlem Fleisch und Pilz duftete, Pasteten! Daneben glänzten wie Tortenheber stattliche Messer. «O Gott, mein Geld. – 750 Mark!» Frau von Meyenburg schlug vor dem Büfett die Hände zusammen. «Euro, Frau von Meyenburg», berichtigte Hilde Hoffmeister und lenkte die Lieferanten in die geräumige, wenn auch nicht saalweite Küche, «Roastbeef schmeckt auch kalt, und Ragout läßt sich vorzüglich aufwärmen. Neben die Weißbrote, bitte.» Die Männer von *Southern Catering* öffneten ihre Thermobox und plazierten mehrere Schüsseln und Platten wenig gefühlvoll neben den Körben. Einer der Auslieferer hatte Pickel, der jüngere grüßte immerhin in die Küche, wo Frau von Meyenburg vor Selbstzubereitetem und frisch Gebrachtem einherwanderte:

«Ich habe wohl zu sehr auf Pasteten bestanden ... Überbackene Aubergine ... Egal, Henkersmahlzeit. Er gönnt es mir. Das Geschirr wirkt aber ziemlich zusammengekramt. Die Bouquets hätte man vielleicht sparen können. Aber wie oft war ich eine Königin. Auch die Stuart ... Sie müssen ja stundenlang gewerkt haben, Frau Hoffmeister.»

«Den Käse hab' ich spendiert», erklärte Frau Jakoubek, die dem Cateringburschen eine Sauciere abnahm: «Bevor man in die Grube fährt, sollte man noch einmal zulangen.» Der junge Mann mit *SCG*-Logo auf der Kappe schien irritiert von der etwas derangiert wirkenden Kundschaft, die sich siezte. Die ältere Dame im Negligé fegte mit ihren Ärmelspitzen beinahe die Quichetörtchen vom Porzellan, der Frau ihr zur Seite steckten dicke rosa Stöpsel in den Ohren, in einer Ecke würgte eine andere eine Handvoll Pillen herunter, während der beleibte Herr mit roten Hosenträgern einen leeren Teller griff und ein weiterer Kunde ein paar Baguettekrümel zusammenkehrte: «Lassen Sie die jetzt mal liegen», wurde der angeherrscht, «Sie können nachher die Halle fegen, Herr Bauer. Kein Schafott war je blitzblank. Kommt auch überhaupt nicht darauf an, ob was schief ist oder verstaubt! Schreckliche Manie.»

Der junge Caterer eilte seinem Vorgesetzten nach, der bereits an der Haustür wartete. Hoch war der Stundenlohn in diesem Job gewiß nicht. «Ihr Trinkgeld.» Der Junge nahm es und nickte. An sich war es erfrischend gewesen, gleich welches neue Gesicht erblickt zu haben. Andernorts pulsierte das Leben offenkundig hemmungslos weiter.

«Wo ist die Neue?» Dr. Lay wartete darauf, daß Frau von Meyenburg das Büfett offiziell eröffnete.

«Schläft. Neben Frau Reutte war ein Zimmer frei.»

«Vielleicht ist sie Perserin», der Verleger plante schon eine Imbißkomposition, «für alles Persische habe ich ein Faible. Es sind diese alten Kulturen, die mich betören. Ich bin selten so vielen würdevollen Menschen begegnet wie in Teheran. Noch zu Schah-Zeiten. Ernsten Menschen, doch auch munter, dabei immer die Form wahrend. Lachend, selbstverständlich nie gröhlend. Herrliche Augen. Und die feine Gestik. Eine Trauer habe ich im Lande gespürt, als beweinte man weiterhin den flammenden Untergang von Persepolis und des Weltreichs.»

«Meinen Sie, daß solche Katastrophen die Taxifahrer und Hausfrauen des Orients noch beschäftigen? Fragen Sie mal bei uns nach, wen die Schlacht im Teutoburger Wald noch aus dem Schlaf reißt», kommentierte Frau von Meyenburg diese Impression.

«Es existiert ein kollektives Gedächtnis. Ich mag und kann die Menschen nicht nur flach in ihrer Gegenwart wahrnehmen. Sie sind Summen des Vorangegangenen. Je mehr man darüber weiß, desto reicher. Und sehr reich sind die Perser!»

«Iraner?» warf Frau Hoffmeister etwas unsicher ein und harrte offenbar auch auf ein Zeichen der Schauspielerin zum Zugreifen.

«Für mich klingt Perser opulenter. Und ich habe mein Recht zur Benennung», sprach Dr. Lay nach links. «Als blutjunger Lektor durfte ich auf die dortige Buchmesse, ins Reich der Ornamente und Kalligraphie, faszinierend. Natürlich waren wir gegen den Schah und seine Gewaltherrschaft. Niemand ahnte, daß noch Schlimmeres kommen würde, dann obendrein als geistig-geistlicher Terror. Merkwürdig, gegen den Schah wurde zu Recht im Westen protestiert. Gegen die vielleicht noch ärgeren Ayatollahs nie. Wo ein Hauch von Volksherrschaft suggeriert wird, bleibt die Linke im Westen immer erschreckend still. Nach den Protesten gegen die Amerikaner und ihre Marionettenregierung in Vietnam ...»

«Ich erinnere mich kaum mehr. General ... Thieu? Ein schmaler lächelnder Mann.»

«... hätte man in Paris und Berlin mit ebenso gutem Grund gegen die kommunistischen Sieger und Eroberer Saigons auf die Straße gehen müssen. Vor ihnen flohen Hunderttausende. Viele davon ertranken im Meer. Stets gab es vehementen Protest gegen Washington, von Massendemonstrationen gegen Sowjetführer, gegen die Unterdrücker im Osten weiß ich nichts. Das rhethorische Mäntelchen einer Volksherrschaft ließ und läßt die kritischen Köpfe meistens verstummen. General Chiang Kai-shek auf Taiwan galt als gefährlich konservativer Diktator, aber der Befreier, dann jedoch auch größte Massenmörder der neueren Geschichte, Mao Tse-tung genießt weiter das Renommee des wohlmeinenden Volkshelden, dem, nun ja, leider ein paar dutzend Millionen Menschen zum Opfer fielen.»

«Geschichte, weiß doch keiner mehr was. Politik, will doch keiner mehr wissen.» Greta von Meyenburg verwunderte sich über die Wortwechsel, fühlte aber nicht die Energie, an solchem Vormittag, mit fremden Leuten auf dem Land, über irgend etwas noch völlig perplex zu sein. Sie klatschte einmal, fast unhörbar in die Hände: «Darf ich bitten. Greifen Sie zu. Viel Hunger habe ich gar nicht.»

Heinrich Lay gewahrte die Gesellschaft, in der er sich befand, plötzlich genauer und befand sie als wenig vorzeigbar. Herr Bauer füllte sich so üppig und erstaunlich unordentlich auf, daß ein geringes gesellschaftliches Comment zutage trat.

Frau Hoffmeister wollte auch schlemmen, garnierte sich aber

den Teller hübsch mit Oliven und Cornichons. Die Kioskpächterin Jakoubek schien sich mit Geiz auszukennen, sie schaute, ob sie beobachtet würde, gabelte die kleinste Scheibe Roastbeef, als würde die Spenderin der Köstlichkeiten gleichfalls eine kleinliche Buchführung betreiben. Man zog die Hocker heran, unter dem Tisch entdeckte Dr. Lay vier Kartons Prosecco, Olaf Deutler betrat staunend die Küche und hatte sich etwas Tuch um die Handgelenke gewickelt.

«Man fängt etwas an und bringt es nicht zu Ende. Man greift ein Wort auf, und tausend andere, die Gott weiß wohin führen, folgen. Ich will denn aber doch noch etwas zu Persien sagen.» Lay saß mit Anchovis, Forellenfilet und Miniaturschnitzel auf einem Schemel. «Es jammert mich, in welchem Zustand dieses Land ist. Die Chance hat der Schah schlimm vertan, die heidnisch persische Kultur, islamische Geistigkeit und Errungenschaften des Westens, immaterielle und faktische, Freiheit und Kühlschrank, zusammenzuführen. Der hinreißend reiche Orient hätte es verdient. Sie taumeln statt dessen von einer Gewaltherrschaft in die nächste, Demokratie ist nicht erkannt und erprobt ...»

«Der Islam ist zum Kotzen.» Wer hatte das mit vollem Mund gemurmelt? Herr Bauer? «Ich will den nicht hier haben.»

«Gewiß», stimmte Frau von Meyenburg mit Gurke in der Hand nach rechts zu. «Es ist eine Religion, die sich besser dünkt als andere, man hat darüber gelesen, und das ist schon immer fragwürdig. Die Stellung der Frau im Islam, eine Katastrophe, nur über meine Leiche. Gewähren Sie Gedankenfreiheit, heißt es bei Schiller. Nur das gilt. Im *Arte*-Fernsehen gab es einen Islam-Abend. Eine Eheberatungssendung aus Saudi-Arabien wurde gezeigt. Ein freundlicher Saudi vor einer Bücherwand erklärte sehr überzeugend, daß es in jeder Ehe zu Krisen komme. Was dann tun, im modernen Wüstenstaat? Der Mann macht sich eine Liste mit den Beschwerden der Frau. Die Eheleute setzen sich zum Gespräch zusammen. Gut so. Die Kinder werden hinausgeschickt, um von den Problemen der Eltern verschont zu bleiben. Auch vertretbar. Punkt um Punkt bespricht der Mann mit seiner Gattin die Probleme, in Riad, und erwägt, als – so sagte der TV-Eheberater – der vernünftige Teil des Paars, Besserungsideen, etwa daß er abends einmal öfter bei der Familie bleibt, anstatt ins Café zu gehen. Schließlich erklärte der Moderator aber: Wenn die Frau sich allen Vorschlägen unzugänglich zeigt, darf der Ehemann sie schlagen. Allerdings nicht ins Gesicht und auf den Kopf. – Unerträglich.» Frau von Meyenburg legte kurz die Gurke zurück.

«Aber es gibt doch die vielen lieben Muslime», erwog Hilde Hoffmeister.

«Sie sollen glauben, was sie wollen. Zumindest in diesen Breiten haben sie die mühsam, unter hohem Blutzoll errungenen Menschenrechte zu respektieren, öffentlich, immer und ohne Abstriche. Sonst werde ich wütend, schon aus Selbstschutz. Ich will nicht ins Mittelalter zurück. In eine Theokratie ... Prophetokratie ... Der Islam sollte sich reformieren.»

«Darüber muß man konzentrierter und sachkundiger reden.» Olaf Deutler beugte sich vor allem über die Früchte und den Käse.

«Wir sind sachkundig», insistierte Dr. Lay.

«Niemand würde über den Islam reden», fuhr der Bühnenbildner, augenblicklich selbst leicht unkonzentriert fort, «wenn er nicht die Religion der mächtigen Ölstaaten wäre. Jahrhundertelang beschäftigte sich hier niemand mit diesem Glauben, erst die Wirtschaftsmacht, weitreichende Waffen, der Terror, die Beweglichkeit der Menschen bringen vieles durcheinander. – Ich finde es grotesk, ja geradezu beleidigend, daß unsereiner sich heute wieder ernsthaft mit menschlichen Definitionen Gottes, starrer Dogmatik beschäftigen soll. Wir waren zivilisationsgeschichtlich längst weiter, freier, mutig einsamer und selbstbestimmt. Ein Freund von mir», Olaf Deutler nahm eine Banane, «sollte *Nathan der Weise* …

«Ach, die sanfte Recha», ließ Frau von Meyenburg hören, «ein vornehmer Part.»

«… Lessings altes Stück der Glaubensversöhnung, beim Goethe-Institut in Kairo aufführen. Keine Affäre, vermutet man, Juden, Christen und Muslime bringen sich bei Lessing nicht um, sondern lassen einander schließlich gelten. Mein Freund fand in Ägypten keinen Schauspieler, der den Juden Nathan zu spielen wagte, keinen, der den christlichen Tempelherrn darstellen wollte, nicht einmal einen für den duldsamen Sultan Saladin, der jeder Gewalt abschwört.»

«Ich erinnere mich nicht präzise. Aber das tut er wohl, wenn er von Lessing stammt.»

«Also, dieses hierzulande als verstaubt verschriene Stück *Nathan der Weise* konnte im Nahen Osten nicht einmal besetzt werden! Im Bibelgürtel der Vereinigten Staaten und in Nordirland vielleicht gleichfalls nicht. Ich will keine Religion, die mich bedrängt! Entmündigung ist Scheiße!» Olaf Deutler explodierte regelrecht vor Wut und blickte verwundert in den Halbkreis.

«Lassen Sie uns für Frieden sein», versuchte Frau Hoffmeister zu glätten.

«Eben. Aber energisch. Selbstbewußt und wehrhaft, meinte Matthias auch», beharrte Frau von Meyenburg. «Das gilt in jede Richtung. Aber im Vergleich zu Mekka ist Rom ja locker wie

Wittenberg geworden.» Ihre flinke Luzidität verwunderte die Schauspielerin.

«Zu Persien vielleicht später.» Dr. Lay gab weitere Gesprächspläne auf. «Persepolis. Götter, Ruinen, Hitze.»

«Auch Quom klingt betörend, diese Mullah-Metropole, wie ein Gong, der zu Versenkung und Demut ruft, in schattigem Hof mit filigranen Säulen und reinigendem Wasser.»

«Ist doch erstaunlich, was einen umtreibt.»

«Eben das, was einen angeht. Noch sind wir Bürger und könnten wählen gehen, falls Wahlen wären. Ah», der Verleger wies mit der Gabel zur Tür, «Herr Fehling! Bitte zu Tisch. Wir sprachen über Gott und die Freiheit, Quom, Irland und den Nahen Osten. Wie sieht's denn mit Palästina aus, wie wird sich das Gelobte Land beruhigen? Ist doch furchtbar. Ein Gemetzel zwischen Brudervölkern. Wie schön, wenn Israel das Kaufhaus des Orients wäre und Syrien die Werkstatt, Beirut das Monte Carlo. Man würde gerne dort weilen. Visionen sind nötig.»

Der Rundfunkmoderator taumelte in der Tür, faßte am Pfosten nach Halt, sein Laufschritt hallte durchs Gebäude.

«Wie konnten Sie nur?» flüsterte Frau Hoffmeister.

Erschreckt und beschämt ließ der Verleger die Gabel sinken.

«Sekt?»

«Tagsüber trinke ich sonst nie. Aber zu streng muß ich nicht sein», bedachte Greta von Meyenburg. Auf ihren eher unwillkürlichen Blick krabbelte Olaf Deuter unter den Tisch und zog Flaschen aus den Proseccokartons. Der Bühnenbildner füllte die Gläser. Schweigen bemächtigte sich der Anwesenden. Wie in einem gruppendynamischen Reflex schien man auf den Hockern und neben den Bouquets zu bedenken, warum man mit wem ausgerechnet unter einer solchen Lampenkugel mitten in der Woche, falls es nicht bereits Samstag war, Melonen verzehrte, während auf einem Merkblatt in der Halle die Hospizleitung zur Eile gemahnte.

Frau von Meyenburg äugte zu Betty Huber, die in Tweed mit Antipastozwiebel am Tisch stand. So ein Blödsinn, sich wegen Tablettensucht umbringen zu wollen. Worin bestand der Zusammenhang zwischen der medikamentösen Gesundheitsstärkung und dem Finaltrieb? Es gab keine Verbindung. Es sei denn, die Huber war durch Pillen krank geworden oder ertrug den Streß der aufwendigen Chemikalienzufuhr nicht mehr. Womöglich wollte sie durch einen Schlußstrich jedem Siechtum entgehen. Man hätte Psychiater sein oder Rätsel gelten lassen müssen.

Mit laschem «Moin, Moin» trat Tassilo Wang ein. «Oha», schloß der indianisch wirkende Mensch mit Blick über die letzte Verproviantierung an. Er griff nach Brot und mit prüfendem Schauen nach einer marinierten Artischocke. «Cola? Trinke ich morgens gern.» Er latschte zum Kühlschrank. «Es könnte wenigstens Cola geben. Öde.» Der junge Mann wirkte im Moment zum Fürchten, niederschmetternd, wie ein Verhängnis. Er stand in der Ecke und kaute. Kein Wort zu den Pasteten, den Iris und Fresien. Wangs Gleichgültigkeit gegenüber seinen Hausgenossen und dem fein Aufgetischten enthüllte womöglich seinen wahren, und das heißt abstoßenden Charakter. Nichts genügte! Nichts begeisterte. Kein verbindlicher Satz. Gleichmütige Sättigung ohne ein Resultat, das irgend jemanden einbezöge. Wer auf Tassilo Wang, den Kalten, angewiesen wäre, konnte gleich sein Testament machen. Stürzte man in eine Gletscherspalte, würde so ein toter Egomane vielleicht noch hinterherrufen: *Ich geh' dann lieber weiter links*. «Hätten sie nicht so sauer einlegen sollen.» Er ließ die angebissene Artischocke in den Müllkübel fallen, nahm noch eine Handvoll Baguettescheiben und verschwand. «Wenn die heute alle so sind, will ich sowieso lieber tot sein», bemerkte die Schauspielerin, «amorph oder übersättigt, wenn nicht beides.»

«Prost.» Dr. Lay stieß mit der berühmten Mimin im gelben Hausgewand an. Sie kippte den Perlwein: «Ich schneide den Blätterteig an.» Als von Ferne Frau Hattingers «Angst ...» hereinwehte, beobachteten die Bruncher, mit welchem Geschick der ehemalige Film- und Bühnenstar es verstand, den obersten Teigkranz der duftenden Türme zu tranchieren: «Teller.» Frau Hoffmeister reichte ihren und erhielt ein dampfendes Stück Kalbfleischtorte: «Göttlich.» Nach diesem Befund füllte die Dreiundsiebzigjährige der Reihe nach auf. «Keine Pilze», bat Frau Huber, als die Südseitler Wimpf und Reutte mit Applaus in die Herrenhausküche traten.

Die Heimleitung mit ihrer tristen Anweiserei wünschte man jetzt gar nicht zu sehen.

«Die Pistole immer dabei?»

Auf Dr. Lays Bemerkung ließ die Domina ihr Schießeisen in ihrer aparten Umhängetasche verschwinden.

«Nach der Henkersmahlzeit müßte es dann wohl sein», merkte zwischen zwei Schlucken die Kioskpächterin an. Trotz ihrer Ohrstöpsel schien sie auf ein Hubschraubergeräusch zu horchen, das durch den Regen vernehmlich war. Vielleicht besaß sie das absolute Gehör und war vom Zivilisationsradau um so gnadenloser gefoltert und zerrieben worden. Was an der Pächterin die Form bewahrte, war allein der Dutt.

«Wir müssen aber noch einmal ins Gewächshaus», sagte Olaf Deutler, der Dr. Lay bittliebend anschaute wie einen wiedergefundenen Vater. «Machen wir, Junge. Auch wenn's nichts wird, an einer Ortsbegehung soll's nicht hapern.» «Das Gewächshaus wäre ideal.»

«Geheimnisse?» lächelte Frau von Meyenburg.

«Herr Deutler ist so unruhig», erläuterte ihr Nebenmann wenig erhellend, «das Gewächshaus hat's ihm angetan. Mal sehen. Wäre natürlich atemverschlagend, verrückt... aber, na ja. Geht Sie dann vielleicht auch noch an, gnädige Frau.»

«Wohl nicht», gab sie freundlichst dem Verleger zurück, der ihr in seiner rundlichen Bonhomie ein bißchen ans Herz wuchs. Ein Jammer, daß er pleite und über kurz oder lang auch nicht mehr auf der Welt war. Er ließ sich nachfüllen. In Stulpenstiefeln, Pumphosen und mit Federhut hätte der Bankrotteur einen behaglichen Falstaff abgeben können. «Salute», hob Dr. Lay sein Glas und toastete in die Runde, «normalerweise muß immer ich bei solchen Festanlässen eine Rede halten. – Lass' ich jetzt.»

«Prost? Das ist vielleicht denn doch das Falsche», vernahmen die Speisenden aus dem Hintergrund die Stimme von Ute Wimpf und wandten ihr den Kopf zu. «Wir wissen, was uns blüht!»

Die Damen und Herren spiegelten Ahnungslosigkeit vor, räusperten sich, Frau Jakoubek weinte.

Die Lehrerin stellte ihren bescheidenen Imbiß zurück. «Völlerei ist der falsche Weg... Für den großen Schritt aus den Bedrängnissen heraus», meinte sie zögerlich, «tut mir leid, wären Fasten, Wasserkur, Selbstversenkung, Meditation in der Stille der Kammer der richtige Weg. Man muß mit sich ins reine kommen und nicht den Darm belasten. Es geht darum, sich zu sammeln, zu finden, alles zu bedenken, sich Rechenschaft abzulegen, und nicht darum, abermals mit Saus und Braus alle innere Klärung – wer bin ich? Was will ich? Was hat gelohnt? Wo war ich brauchbar? – zu übertönen. Setzt euch mit Wasser aufs Bett», riet die Lehrerin, «dann geht alles geschwind zur Neige.»

«Die einen können doch schlemmen, die anderen fasten.» Der

Verleger ließ sich nicht beirren. «Chacun à son tour, Frau Wimpf. Ich fasse mit Wasser auf dem Bett keinen Gedanken und ringe mich zu nichts durch.»

«Sie haben es nie gewagt», giftete die Augsburgerin ein wenig, «bei sich zu sein. Wir wollen klar fließen. Reduktion, nicht noch mehr Gifte, Ballast.»

«Was faselt die?» Erna Jakoubek löffelte vom Ragout im Blätterteig nach. «Ich brauche Kraft.»

«Halt, schaut her», meldete sich Olaf Deutler mit brüchiger Stimme und wies mit seinen verwundeten Händen auf die Fenster, schimmernd platzende Regentropfen, das verschwommene Grün des Gartens: «Wie schön das matte Sonnenlicht, wie mächtig das Unwetter, schaut euch die immer neuen Wege an, in denen der Regen über die Scheiben rinnt. Wie fein, wie wohltuend, niemand will etwas von mir.»

Man legte Gabeln auf die Teller, stellte Gläser ab und vertiefte sich in das Naturschauspiel. In der Tat konnte es die Sinne benebeln, in welchen unendlichen Variationen das Himmelsnaß verfließende Mäander schuf, Labyrinthe entwarf und wieder verrinnen ließ. «Lange nicht beobachtet.» – «Zauberisch.» – «Wunder.» Frau Hubers Blick wurde durch den Hinweis des Bühnenbildners selbst schon ganz verschwommen. Sie mußte sich gegen ein Schwindelgefühl am Tisch abstützen.

«Irgend etwas ist hier insgesamt seltsam», tat Dr. Lay kund.

«Ich bekomm' das im Moment auch nicht in den Griff», pflichtete ihm die Kollegin und, nach ihrem eigenen Bekunden, Freundin von Ruth Leuwerik bei.

«Solche Essenseinladung hatte ich noch nie», betonte der Geschäftsmann sein Befremden.

«Das nehmen wir jetzt mal so hin.» Frau von Meyenburg faßte

ihn kurz an die Hand. «Wird schon alles seinen Sinn haben. Ich will jetzt jedenfalls genießen. Das wollte ich immer. Alles andere wäre Unsinn gewesen.»

Beide stießen mit Trebbiano Frizzante an.

«Ich wandele hinaus – adieu», verabschiedete sich Ute Wimpf, und schon hörte man die Haustür, welche die Hinkende ins Schloß fallen ließ. «Da geh' ich nicht mit.» Hanna Reutte schien sich entschuldigen zu müssen. Die Domina wurde gebeten, sich zu setzen.

«So, jetzt erzählen Sie uns vielleicht mal etwas Hübsches oder einen Witz, Herr Dr. Lay», bat die Schauspielerin, «auch Lachen kräftigt, fürs Endgültige.»

Er sann nach, schluckte ein Stück Bergkäse: «Also ... Da war ein Mann mit einem Glasauge, der fuhr langsam die Straße entlang ...»

«Das Gewächshaus nicht vergessen», mahnte zwischendurch Olaf Deutler.

Regenstunden vergingen in vielfältiger Weise.

Nachdem sich Markus Fehling unbehelligt noch einen Büfetteller zusammengestellt hatte, hatte er sich abermals auf den Dachboden zurückgezogen, wo das Prasseln des Regens auf die Schindeln, da und dort ein stetes Tropfen, eine Art flutender Schwerelosigkeit suggerierten. Auf der Sitztruhe las er in seinem Seneca: *Wer des Reichtums am wenigsten bedarf, hat am meisten von seinem Reichtum. Wer des Reichtums bedarf, fürchtet ihn. Doch niemand hat Freude an einem Gut, um das er Sorge hat. Stets trachtet er, seinen Besitz zu vermehren, und während er darauf bedacht ist, vergißt er, seinen Besitz zu nutzen.* Der Geschundene blickte über den Rand seines Reclam-Bändchens. Die Klarheit der Antiken blieb überwältigend. *So oft versucht es der Tod mit mir. Mag er es tun. Auch ich habe es schon oft mit ihm versucht. «Was denn?» so fragst du. Der Tod bedeutet Nichtsein. Was dies ist, weiß ich schon. Dies wird der Zustand nach meiner Existenz sein, wie er schon vor meiner Existenz war. Wenn darin etwas Schlimmes liegt, so mag es auch darin gelegen haben, ehe wir das Licht der Welt erblickten. Doch wir haben damals keinen Schmerz gefühlt. Wäre es wohl nicht töricht, glauben zu wollen, es wäre schlimmer für die Lampe, wenn sie erloschen ist, als bevor sie angezündet wird. Auch wir werden angezündet und erlöschen wieder; in der Zwischenzeit empfinden wir Schmerz* – «Nicht nur», murmelte Fehling nachdenklich –, *vorher und nachher aber tiefe Ruhe.* – Er blätterte weiter. *Alle meine wahren Güter habe ich bei mir; ich habe nichts verloren; meine Redlichkeit, meine gute Haltung, meine Weisheit sowie vor allem die Überzeugung, daß nichts ein wahres Gut sei, was mir entrissen werden kann ...* Fehling streckte sich auf der harten Holzunterlage aus. Die Dachluke schwamm.

In ihrem Eckzimmer ging Frau von Meyenburg unruhig auf und ab. Für den Einkauf und einen Geldautomaten hatte sie der Uhrenverkäuferin auch ihre EC-Karte ausgehändigt und in diesem besonderen Falle mehrmals die vierstellige Geheimnummer genannt. Das war leichtfertig gewesen. Vielleicht lebte Frau Hoffmeister länger, käme an die Karte heran und machte sich dann, wider Erwarten, einen schönen Lenz, mit den Einkünften aus vielen Filmen, der Pension der Bühnengenossenschaft. – Ließe sich überdies von der Bank nicht nachprüfen, wo Geld abgehoben worden war? Für ihre Putzfrau hatte Greta von Meyenburg, um unbehelligt zu sein, auf der Flurgarderobe einen Zettel zurückgelassen: *Bin nach Sizilien.* Sie umfaßte wandernd fest die Chipkarte.

Im Sessel in der Halle lümmelte Tassilo Wang.

Während die Heimleitung auf das Bacchanal in der Küche auf ihre Weise reagierte.

«Letzte Stärkung hin oder her. Hier ist nicht das Casino de Paris», echauffierte sich Clarissa.

«Wir können niemanden standrechtlich erschießen.»

«Das wäre die sauberste Lösung.»

«Ich lehne das Erbe ab», antwortete der Bruder.

«Tust du nicht.» Clarissa beugte sich über seine Schulter zum PC-Monitor im Russenzimmer vor. «Man kann in diesen Zeiten nichts mehr befehlen, das ist die Crux. Alles versinkt in Mitbestimmung.»

«Gottlob.»

«Da, 250 Liter. Reicht das?»

Ulrich zuckte die Achseln und scrollte die Angebote für Kühltruhen bei eBay: «Modell *Privileg 235*, *Frost Super Energiespar*. Wie soll das bewerkstelligt werden? Wir brauchen unten Stromverlängerungskabel. Und dann ... die Umbettung.»

«Rein da mit der Huber und den Ragouttörtchen.»

Ulrich blickte die erregte Halblondonerin fassungslos an.

«In zehn Jahren können sie abtauen.»

«570 Euro», las er.

«Geschenkt. Eine reicht natürlich nicht.»

«Ich wäre für eine ehrenvolle Bestattung. Bei Nacht.» Clarissa starrte das Herzchen an.

«Ich lehne ab, Clara.»

«Hast du eigentlich je Monikas Freundin kennengelernt? – Vielleicht müssen wir mal eine Hausversammlung einberufen. – Man sollte Fresien übrigens nie auf ein Büfett stellen. Der Duft zieht in jedes andere Aroma.»

«Der Heringssalat ist göttlich.»

«Ach, Monsieur hat genascht oder war sogar geladen?»

Als Tassilo von seinem Fauteuil aus Bewegungen und Schatten im Russenzimmer verfolgte, tappte auf dem Balustradengang Frau Hoffmeister vom Südseitenzimmer über die Paneele zur spürbar kühleren Nordseite.

Auch an eine kleine Mittagsruhe war nicht zu denken gewesen. «Angst ...» Bald spräche sie selbst das Wort endlos vor sich hin. Was es sodann innerlich anrichtete, entzog sich jeder Spekulation. Angst war wohl überhaupt das Furchtbarste, falls sie nicht Vorsicht und Mut lehrte. – «Angst ...» An einer akustischen Trift im Hause mochte es liegen, daß dieses Grauen schubweise zu ihr herüberklang und durchs Türholz noch an Resonanz gewann. Herr Deutler nebenan litt weniger unter diesem Vibrato. Hilde Hoffmeister mußte den Schritt wagen. Sie hielt am Eckpfosten inne. Sie konnte helfen und zugleich die Bedrängnis abstellen. Auch bei Frau Hattinger selbst. Therapie, Analyse konnten so übermenschlich schwierig nicht sein, denn sie wurden von vielen Menschen ausgeübt. Immer wieder sah man in Filmen jemanden auf einer Couch liegen und auf einem Stuhl daneben einen Seelenkundigen zuhören. Danach ging es zumindest dem Liegenden besser. Die «Angst!» mußte weg, wenigstens auf drei-, vierstündigen Rhythmus reduziert werden. Sonst wäre an ihre eigene Zustandsklärung nicht zu denken. Die Angestellte sammelte Kräfte. Helfen. Helfen war das wichtigste. Falls niemand die Hattinger knebelte, mußte der Sirene des Schreckens geholfen werden. Hilfe verband sich hier ideal mit Eigennutz.

Hilde Hoffmeister zog das weiße Handtuch um ihren Kopf straffer. Der Turban wärmte immer angenehm.

Von unten nahm Tassilo Wang einen Zipfel des Tuchs wahr. «Die Maharani», flüsterte er.

Sie schob die Hände in die Bademanteltaschen. Vor der Tür von Frau Hattinger stand wie immer ein tiefer Teller. Es hatte sich eingebürgert, ihr morgens einen Imbiß hinzustellen. Wann sie das meistens nicht gänzlich geleerte Porzellan wieder hinausschob, blieb unerforschlich. Manchmal fand sich auch die leere Wasserkaraffe wieder vor der Tür.

«Ah, nein … tot … Oooooh.»

Hilde Hoffmeister pochte.

Drinnen erstarb jeder Laut.

Die Turbanträgerin wiederholte ihr Pochen.

Nichts.

Sie drückte die Klinke hinunter, schob vorsichtig die Tür einen Spalt auf. Innen kein Geräusch, kein Atmen. Halbdunkel.

Hilde Hoffmeister räusperte sich. Nicht uninteressanter Raum. Ein mächtiger, geschwungener Schrank. Messingleuchter. Mehrere halb abgegessene Teller. Nicht sehr appetitlich. Ein Stuhl vorm Barockmöbel.

«Frau …» Kein Bett? Kein Mensch? – Eine Wand im Zwielicht. Papageien auf der großen Fläche, exotische Gewächse, verblaßt, bräunlich. Eine Stellage. Ein Windschutz, ein Paravent, eine spanische Wand um die Bettstille. Ein wenig Kissengeräusch schien vernehmlich.

Am besten tat man nichts Munkelhaftes, Verlogenes, Gleißnerisches. Dort verbarg sich das Trauma, hier kam die Stärkung.

Mitunter fügte bereits die bloße Namensnennung ein zerstobenes Ich wieder zusammen. Im vertrauten Namen lag Halt.

«Frau Hattinger?»

Hilde Hoffmeister erschrak. Konnte sich die Unbekannte durch Atemstop selbst ersticken?

«Ich will nichts Böses.» Die Uhrenverkäuferin näherte sich dem Stuhl und bestaunte die amazonische Wildnis auf dem Paravent, gewebte verschlissene Orchideen mußten vorzeiten eine Augenfreude gewesen sein.

«Sie sollten einfach mal zum Essen herunterkommen. – Luft schnappen.»

Kein Pieps oder Schnarren.

«Wir stärken uns alle. Und dann, nach einem großen Willensschwung, sind wir tot.»

Nichts. Es wurde gefährlich.

«Sie müssen keine Angst vor dem Sterben haben. Jeder von uns wird es meistern. Und wenn er tot war, ein kurzer Wechsel, dann wird alles wieder gut.»

Was redete sie? «Da müssen wir durch. Und wir können es. Niemand hat es nicht auf seine Weise geschafft. Klingt einfältig, ist aber vielleicht so. Ach, mich dauern die Menschen ja. Die schönsten, die stolzesten, die liebsten müssen gehen. Aber ist diese Flüchtigkeit nicht auch der Zauber? Mit Wehmut liebt man die Menschen. Und wie herrlich sie sich in ihrer kurzen Zeit entfalten können!»

Welche Nachmittagspredigt kam ihr in den Sinn. Sie stieß gegen einen Teller mit Cornflakes. Wenn sie redete, konnte sie natürlich noch weniger Atem registrieren.

«Ich weiß, Sie sind da, Frau Hattinger. In meinem Zimmer höre ich Sie dauernd. – Aber ich will Ihnen jetzt keinen großen Vorwurf machen.»

Mit einigem Unbehagen ließ Hilde Hoffmeister sich auf dem Stuhl zwischen Nußbaumschrank und seidigem Amazonas nieder.

«Hübsch.»

Die Liegende konnte kaum erraten, was der hoffentlich nicht allzu lästige Eindringling meinte. Sie atmete! Hilde Hoffmeister hörte ein gedämpftes Schnaufen. Lugte am Kopfende blondes, blondiertes Lockenhaar hervor?

«Wenn Sie nicht mehr leben wollen, müssen Sie auch sterben. Daran führt kein Weg vorbei. Muß man um das Unabänderliche so viel Aufhebens machen? – Wenn Sie draußen wären, gäbe es beste Medizin, um jeden Schmerz zu lindern. Ist das nicht ein Triumph der Menschheit? Ja! Das Sterben gehört noch zum Leben, ohne es wären wir lebende Tote, schreckliche Materie.» – Was genau sie mit der Schlußidee exakt meinte, wußte sie nicht, aber die entlaufene Ehefrau und Mutter war beinahe stolz auf ihre suggestiven Fähigkeiten.

Endlich. Bettzeugrascheln.

«Gehen wir das doch jetzt mal an, Frau Hattinger. Auch von Frau zu Frau. Sie sollten leiser werden oder mit Ihrem Stöhnen mal pausieren. Allerdings, vielleicht gäbe es im Schuppen noch einen Platz, wo Sie ganz frei sein könnten.»

Hatte sie eine Art Grunzen vernommen?

«Der Tod, natürlich nebst dem Leben, heiligt uns, ohne Sterben ist das nicht zu erlangen. Das ließe sich gewiß erfreulicher vorstellen. Aber es gibt keine Wahl, nur den einzigen Weg aller, der sie zusammenführt, letztlich auch wundersam vereint. Wir können uns gar nichts anderes vorstellen. Also fügen wir uns in bangem Vertrauen.»

Irgend etwas wirkte schief bei der Analyse. Hilde Hoffmeister rückte ihren Turban zurecht. In keinem Film hatte sie gesehen, daß ausschließlich der Psychologe sprach. Sie schlug die Beine übereinander und faßte sich kurz an die Stirn. Sie mußte schlicht nur da sein und auf Regung und Äußerung warten.

Hilde Hoffmeister wartete.

Sie stellte das Beinwippen ein.

Konzentriert und bereit, musterte sie die Blätterpracht auf der spanischen Wand, eine Meerkatze, die zwischen blühendem Gezweig hockte.

Ein ziemlich massives Schweigen begegnete ihr. Solcher Starrsinn wirkte, falls sie empfindlich sein wollte, geradezu beleidigend.

Sieh da, die Meerkatze knackte eine Nuß.

«Frau Hattinger?»

Hatte sich die Besuchte zum Weiterschlummern einfach das Kissen über den Kopf gezogen? Das helle Haar war weg.

«Hallo!» lockte leise die Besucherin. «Warum geht's Ihnen denn so schlecht?»

Die Grunzgeräusche waren unsympathisch.

«Wie kann's einem so schlecht gehen, daß man nicht mal tagsüber auf die Toilette geht, sondern sich nachts durchs Haus stiehlt? Also, sich so gehen zu lassen ist nicht recht. Aber egal. Sie dürfen. Wer wollte Ihrer Seele Vorschriften machen … solange Sie keine Übeltäterin sind.»

Ein herberer Anstoß wieder ins Leben hinein war vielleicht sinnvoll: «Raffen Sie sich doch auf! Sie müßten wahrscheinlich auch mal in die Badewanne. Gleich hier oben ums Eck. Ein heißes Bad wirkt Wunder, und dann schreiten Sie zur Tat.»

Schlug da jemand gegen eine Wand?

«Okay», erklärte Hilde Hoffmeister. Aber das war nur eine Behauptung. Warten half nicht. Aufmuntern auch nicht. Der Fall war nicht normal. Aber deswegen war er ja einer. Hatte sie nicht irgendwo gehört, von ihrer Schwiegertochter, daß Therapie keineswegs eine 08/15-Normalität herstellen sollte, keinen schablonenhaften Menschen, daß der Patient sich zu sich selbst bekennend – das mochte das Merkwürdigste meinen – lebensfähig gemacht werden sollte? Nicht weniger und nicht mehr. Narren, die sich im großen Narrenhaus geschmeidig zwischen den übrigen bewegten.

«Ich will Ihnen helfen.» Nichts. Was garantiert gewünscht wurde, wurde nicht eingefordert. Aus unsinniger, schädlicher Scham.

«Ja, nun?» sprach Hilde Hoffmeister durch die spanische Wand. «‹Zeit ist Geld›, will ich unter hiesigen Umständen nun nicht sagen, aber … Sie spannen einen auf die Folter. Ich würde auch einer schrecklichen Geschichte aufmerksam zuhören. Sie können mir vertrauen. Ich bin verschwiegen. Aber dieses Rufen muß mal aufhören.»

Der nächtliche Wolkenbruch hatte sich längst in einen Dauerregen verwandelt. Der Garten troff hörbar. – «Packen Sie aus, das erleichtert. Und dann kommen Sie mit zum Kaffee 'runter, gleich oder morgen. Herr Deutler würde Sie sicherlich gerne kennenlernen. Er ist ein lieber verlorener Junge. Ich mag ihn, er hat bei Herrn Lehmann mitgebetet. – Merken Sie, was Ihnen alles entgeht? Auch Schönes, Intensives. Frau von Meyenburg hat beim Frühstück Schiller rezititiert: *So strömen des Gesanges Wellen hervor aus nie entdeckten Quellen* … als gereimt wurde, konnte man sich Verse noch merken.»

Es fruchtete nichts. Reizworte, fiel es der Südseitenbewohnerin ein, sie mußte die Sirene aus der Blockade locken.

«Das hat doch alles seinen Grund, Frau Hattinger. – Sie liegen da und sagen nichts. War alles so schlimm? Oder etwas Bestimmtes? Kann es an Ihren Eltern liegen? Nun, das Leben ist keine Rotkreuzveranstaltung. Jeder hat etwas erlitten. Meine Mutter hat mich drangsaliert. Ich habe sie verflucht… näher lasse ich sie nicht an mich heran. Man muß sich auch vor Verweichlichung hüten. Alle schreien, dies und das macht mich kaputt – aber das sollte jeder zehnmal prüfen, ehe er in den Chor einstimmt. Im Krieg durchstanden die Menschen das Unglaublichste, nun bekommt die Gattin eines Soldaten, der freiwillig im Auslandseinsatz ist, nach einem halben Jahr einen Seelenarzt zugeteilt. Das ist doch absurd. – Aber gut, lassen Sie sich fallen. Wurden Sie als Kind eingesperrt, bekamen nur einen Teller vor die Tür gestellt? Schrecklich. Rächen Sie sich durch Souveränität, gute Laune und Ihren eigenen Weg!»

Die spanische Wand wackelte ein wenig. Die Patientin hatte sich immerhin wohl im Bett gedreht.

«Falls Sie Kinder hatten und einem etwas zugestoßen sein sollte, darf ich nichts kritisieren, ich weiß.»

Ein beinahe erleichterndes Stöhnen war vernehmlich. Mehr Licht hätte auch gutgetan.

«Raus mit dem Müll, dem Gifthaken in der Seele, ich möchte mich drüben ruhiger ins Unvermeidliche fügen. – Falls Sie nur den sozialen Abstieg hinter sich haben … nein, das ist auch furchtbar.»

Hilde Hoffmeister verstummte. War es nicht so, daß man keine Ratschläge geben durfte, wenn der Leidende selbst seinen Zustand bereits zigfach durchgrübelt hatte? Wie sah der Zugriff aus, um eine Seele zu berühren, irgendwann zu streicheln und, ganz langsam, wieder der Sonnenwärme zuzuführen? Brauchte man noch viel mehr Geduld als überhaupt vorstellbar war? Half ein Schock?

Sie zog den Bademantelgürtel enger.

Tod oder Leben.

«Wir tragen Sie hinaus in den Garten. Binden Sie an einen Baum und lassen Sie eine Nacht durchregnen. Dann werden Sie sich schon wehren und wieder Kräfte spüren.» Gar selbst dann nicht? – «Frau Hattinger», der Nachmittagsgast beugte sich vor, lächelte: «Ich mein's gut.»

Hilde Hoffmeister blies die Wangen auf. In diesem Zimmer dämmerte ein Abgrund oder grassierte die sturste Bockigkeit.

«Tja, dann.» Die Laienpsychologin erhob sich. Beim Gedanken an die Rufe setzte sie sich wieder.

Da schimmerte wieder die helle Dauerwelle.

«Mir können Sie sich anvertrauen. Und ich will keine Dankbarkeit. Natürlich erfüllt es mich eigentlich mit dem besten Lebenssinn, auch helfen zu können. Das Nur-für-sich-Sein ist die Hölle. Vielleicht sind wir nur zum Helfen auf der Welt. Das wäre nicht das Schlimmste. Wir beobachten einander, wir kritisieren uns, wir reiben und wärmen uns aneinander – und jeder bringt den anderen auch einen Schritt weiter, wie freundliche Murmeltiere auf ihrem Hügel. Ist das nicht schön, was für eine Gemeinschaft wir eigentlich sind, mit all ihren Ausreißern, Depperten, Feen und Wahnsinnigen? Kommen Sie doch zu uns zurück, Frau Hattinger. Mehr als beschwören kann ich Sie nicht.»

Sie ächzte. Im Unsichtbaren schien die Geplagte an die Schwelle von Worten zu gelangen. War nicht schon fast ein «Ich … w» zu erahnen? Mit Worten wäre Frau Hattinger geholfen gewesen und außerdem weniger Jammer aus diesem Bett.

«Ich sage nichts.» Hilde Hoffmeister setzte sich aufrecht, umgriff die Stuhllehnen und blickte streng, aber offen. «Ich habe jetzt nichts vor. Ich warte. – Also raus mit dem Trauma, mit ein bißchen gesundem Menschenverstand kriegen wir's hin.»

Die Uhrenverkäuferin konnte gerade noch aufspringen. Nicht mit Wucht, aber in ganzer Breite schwankte die Sichtblende ihr entgegen, sie entwich zur Tür, ein Teller zerschellte neben ihr am Lichtschalter: «Raus!»

«Bitte», entgegnete in einer Mischung aus Schreck, Kränkung und Ärger die Besucherin. «Aber ich komme wieder. Oder schikke Frau Jakoubek. Wir kommen schon ran an die Störung. Sie leben ja schließlich nicht allein.»

Im Bett, über das die Dschungelwand zurückgekippt war, schien die Liegende ins Leere um sich zu greifen, Hände sah man, Nachthemd, Puschen. Geduckt schob sich Hilde Hoffmeister zur Tür hinaus: «Noch haben wir Zeit zur Geduld.»

Die Besucherin war nicht übermäßig geknickt. Immerhin hatte sie der Gepeinigten schon einmal ein neues und entschiedenes Wort entlockt.

«Nanu, Frau Hoffmeister?»

«Tag auch. Ich sprach gerad' von Ihnen, Herr Deutler.»

«Ach, lohnt doch nicht.»

«Sie nehm' ich mir auch noch vor.»

«Bei jeder Aufmerksamkeit schrumpfe ich.»

«Das muß man umkehren.»

II. Buch

25.

Gott muß man in allen Sachen,
Weil er alles wohl kann machen,
End und Anfang geben frei.
Er wird, was er angefangen,
Lassen an ein End erlangen,
Daß es wunderherrlich sei.
Evangelisches Gesangbuch

«Da muß noch einiges gemacht werden.» Kfz-Meister Schuler verschwand abermals unter der Hebebühne und dem Ford: «Bremsbeläge sowieso. Klar, neue Reifen. Aber der Rost», er klopfte mit dem Griff seines Schraubenschlüssels gegen die Karosseriewanne, «Auspuff. Na ja. – Dazu das Phasenproblem bei den Kolben.»

«Können Sie nicht mit dem TÜV-Mann reden?» Karl Ottobaum wollte nicht, daß der Meister so kräftig mit seinem Werkzeug gegen die Wagenunterseite klopfte. Traurig hingen die Räder.

«Die lassen nicht mit sich handeln.»

«Wieviel?»

Der Meister trat unter dem Auto hervor, aufrichtiges Mitleid war zu erkennen: «Alles in allem, na, zwofünf ... Mit Stoßdämpfern dazu, dann der Lackschaden.»

«War morgens plötzlich im Kotflügel.»

«Gut drei, dreisechs. – Nach sieben Jahren ohne Garage.»

Der Kunde nickte. «Ich ruf' Sie an.»

«Aber bald, wir haben keine Stellplätze frei.»

«Ein Montagsfabrikat.»

«Manche haben Pech.»

«Können Sie den TÜV von jetzt ab datieren? Ich bin erst durch den Strafzettel auf den Termin gekommen.»

«Da können wir nichts drehen. Sicherheit dient doch am Ende auch Ihnen.»

Karl Ottobaum nickte. Der Kneipier trat in den Regen. An ein neues Auto war nicht zu denken. An die Reparatursumme derzeit auch nicht. Wahrscheinlich kostete die Verschrottung bereits einige hundert. Und wo wurde verschrottet? Bis dorthin brauchte er einen Abschleppdienst. Der Fünfzigjährige stampfte vor Wut aufs nasse Verbundpflaster neben dem gläsernen Autosalon. Zur Trambahn, zu Fuß, im Gewerbegebiet. Die Erkältung fraß sich fest. Wenn zumindest der Einkommensteuerbescheid schon da wäre. Sonst war das Finanzamt flink. Seine Belege waren gefilzt worden, in einem neuen Prüfungsmusterverfahren, und als nächstes käme nicht der Bescheid, sondern eine Vorladung bei der Staatsanwaltschaft. Selbstverständlich hatte er ein paar Feiern mit Freunden als Bewirtungskosten geltend gemacht. Wahrscheinlich war ein Verfahren gegen ihn in Vorbereitung. Hier marschierte er noch an Teppichmärkten vorbei – in einem Amtszimmer wurden Anklage und die anschließende Vorstrafe gegen ihn eingeleitet.

In der Ferne fuhr die S-Bahn durchs Grau. Bei Schneefall versagte sie im allgemeinen, aber Regen schienen die Verkehrsbetriebe zu bewältigen.

Drei Köche hatten innerhalb von fünf Monaten Ade gesagt.

Dabei wurden in der kleinen Billardrestauration beim Isartorplatz nur Bistrosnacks serviert, Suppen, Toasts, Enchiladas. Trotz der Arbeitslosigkeit war kein Personal zu bekommen, und wenn man jemanden hatte, maulte er, meldete sich nach vier Tagen krank, oder Frauen gingen in den Schwangerschaftsurlaub. Zum Glück hatte in diesem Jahr nur ein Kellner die Abendkasse mitgehen lassen. Studenten waren zuverlässiger, wollten dann aber vom Gast dafür von gleich zu gleich behandelt werden.

Gras wucherte um die Trambahnschienen. Kein Geld für die Pflege. Den Selbständigen wurde der Hals umgedreht, von Staat und Stadt.

Es machte keinen Spaß mehr.

Rauchverbot in einem Nachtlokal. Da kam Stimmung auf. Demnächst Alkoholbeschränkung, Kontrollen der Faserdichte des Klopapiers nach EU-Norm.

Sollte doch alles, minutiös geregelt, zuerst ersticken und dann in den Orkus sausen.

Doch er ließ sich gehen, in die Verdrossenheit.

Wasser drang durch die Halbschuhnähte.

Mit dem Auto mußte er morgens zum Großmarkt. Er konnte nicht länger Salat in ein Kombitaxi laden. – Falls das Finanzamt ihn zur Abschreckung prüfte, zehn Jahre rückwirkend, das konnte ... selbst wenn man wenig zu verbergen hätte, ... das konnte in die Zehntausende gehen. Knast? Die Reise, um sich Billardcafés in Österreich anzuschauen, mit *fachkundiger* Begleitperson ... Sibylle. An den Kleinen im Lande wurde doch am problemlosesten und schärfsten das Gesetz vollstreckt!

Sauereien rundum.

Die weißblaue Trambahn näherte sich auf schnurgerader Strekke in fast irrwitzigem, womöglich unerlaubtem Tempo.

Wann hatte er das letzte Mal gelacht?

Hatte er ein Recht darauf? In seinem Alter und mitten im Leben?

Niemand sonst wartete. Asphalt, Sanitärgeschäfte, Baumarkt, Pension *Rotes Huhn*, Tankstelle mit Autowaschanlage.

Die 17er schleuderte beinahe auf den Gleisen. Sah der Fahrer hinter seinem Scheibenwischer noch, was auf ihn zukam?

26.

Grit Nöllinger hatte keine Lust, ihren Schirm zu halten. Sie schloß ihn und klemmte ihn sich unter die Achsel. Für den Spaziergang und die paar Tropfen mußte der Regenmantel mit Kapuze reichen. Erstaunlich, wie sie manchmal mit Nichtstun, ein bißchen Putzen, Zeitunglesen, Anruf bei Mutter und Waldgängen ihre Ebenhausener Tage füllen konnte. Wolfgang verdiente bei *Linde* gut, und es war jedermanns Ziel, ohne viele Verpflichtungen seine Zeit gestalten zu können. Das tat sie. Dennoch blieb vielleicht von der Erziehung her dieser Druck, niemals in den Tag hineinleben zu dürfen. Bisweilen fuhr sie einkaufen, um kleine Centmünzen loszuwerden. Es fehlte plötzlich der Morgenbesuch von Sabine mit Timmy. Beide waren zum Kinderarzt, eine Routineuntersuchung. Besser Sabines *Putziputzi* und *kleine Blubbimaus* als die stille aufgeräumte Küche. Sie hatte Timmy liebgewonnen. Das Marzipanbüblein patschte ihr mit den Händchen gerne ins Gesicht.

Grit Nöllinger umrundete eine Pfütze. Die Zeit floß. Sie lächelte, das Leben war schön. Sie schneuzte sich und kickte einen Kieselstein beiseite. Sie sah das Gefährt aus dem Augenwinkel.

Sie wich auf den matschigen Gehweg aus. Dunkel, schwarz kam es annähernd geräuschlos von hinten. Solche Begegnungen mochte sie nun gar nicht. Sie liebte Krimis, gruselte sich gerne auf der Couch, doch dieses Fahrzeug mußte sie nicht unbedingt an einem unbeschwerten Morgen überraschen. Warum verlangsamte es zudem seine Fahrt? Viele Leute wohnten hier nicht. Die Anwesen oberhalb der Ludwigshöhe waren noch dünner gesät. Lieber ein paar Horrorfilme als die scheinbar sanfte Begegnung. Der Leichenwagen der Firma *Denk* fuhr langsam an ihr vorbei, war blank poliert, straffe anthrazitfarbene Vorhänge umgaben den Fond. Reifen knirschten auf Schotter. Man hoffte immer, daß der Fahrer und sein Begleiter rüstige, aber sensible Menschen wären unter ihren Schirmmützen. Die Bremslichter leuchteten kurz. Der Mercedes fuhr weiter. Die Ludwig-Thoma-Straße und der Woodrow-Wilson-Weg zweigten von der Ludwigshöhe ab. Von ihrer Beklemmung machte sich Grit Nöllinger durch ein inneres Stoßgebet frei. «Gott schütze mich, Sabine und Timmy, Wolfgang und alle, die ich kenne.»

Das Ungarische Haus wurde offenbar peu à peu aus seinem Dämmer geweckt. Die Buchsbaumhecke war wie mit dem Senkblei rasiert. Hinter feuchtem Grün schien das Kaisergelb durch, erhoben sich die spitzigen Türmchen. Der rote Alfa mit Münchener Nummer, der vorm Tor geparkt hatte, war verschwunden. Grit Nöllinger hatte einiges Kommen und Gehen beobachtet. Eine ältere Dame war einmal unter dem Rundbogen hinaus und wieder in den Garten gerannt. Noch vor wenigen Monaten waren Asylanten mit Plastiktüten ein und aus gegangen. Alle Anwohner hatten ihren Argwohn gegen die Ausländer gut gezügelt. Vielleicht würde bald sogar der Wetterhahn neu vergoldet werden. Die rollende Barke der renommierten Bestattungsfirma wurde kleiner. Grit Nöllinger sah, daß eine blonde Frau die Ungarische Pforte von innen eilig zuschob. Die Passantin grüßte aufs Geratewohl.

Sie klemmte sich den Schirm unter die andere Achsel.

Es war gut, wieder eine berechenbare Nachbarschaft zu bekommen. Wenngleich die Asylanten vom Balkan immer hübschen Anlaß zu Vorsicht, Verdächtigungen und Austausch geboten hatten. Zum geplanten *Tag des Miteinanders* war es nie gekommen.

Hinter seinem Fenster verbarg Markus Fehling das Gesicht in den Händen und meinte, weinen zu müssen.

Seneca mochte recht haben, sich nicht an irdische Reichtümer klammern zu sollen. Aber dies war denn doch hart. Der Moderator zog die hölzernen Läden zu, äugte aber doch noch einmal unter die Gartenkiefern. Auf Bitten der englischen Heimleiterin hatte er seinen auffälligen Wagen aufs Grundstück und unter die Bäume gelenkt. Er hatte die Nummernschilder abmontiert. Nun war Xaver Bauer am Werke. Ziemlich geschickt hatte der Mann in Knickerbockern mit Folie und Kreppband die Scheiben, Scheinwerfer und das Schiebedach verklebt. Diese Maßnahme fürs unauffällige Verschwinden ging recht weit. Das Faktotum hatte Büchsen mit Lackspray zur Hand. Vom italienischen Automobil leuchtete unter Gezweig nur noch die Motorhaube feuerrot. Der Rest war olivfarben geworden. Der Verlust des Sportcabrios war ein herber Schnitt.

Markus Fehling hockte sich auf die Bettkante.

Die Stimmen vor der Tür lenkten ihn kaum von seinem Untergang ab.

«Bei mir um die Ecke wohnt eine junge, recht gutaussehende Frau. Im dunklen Haar trägt sie eine helle Stirnsträhne.»

«Und?»

«Ihr Afghane hat die gleiche Strähne.»

«Was geht's einen an?»

«Trotzdem.»

Clarissa schob die Haustür hinter sich zu. Neben ihr stand, kaum durchgeregnet, ein jüngerer Mann im grauen Anzug, den Kopf gesenkt. Sie musterte kurz den Neuzugang von der S-Bahn. Aschblond. Gott sei Dank nur mit Aktentasche. Angenehmerweise war das Haus ruhig. «Na, ist's bald soweit?» grüßte Clarissa Berg Frau Huber, Elisabeth oder Betty, die mit moderat gefülltem Teller vom Dauerbüfett ihrer Besinnungsklause zustrebte. Oben hinter der Balustrade verschwanden Frau Jakoubek und noch wer. Der Fremde neben der Londonerin nahm die Halle wahr. Sein Blick verweilte etwas länger auf dem Sparschwein, bei den Rosé-Flaschen, die Tassilo Wang am Plüschfauteuil hatte stehenlassen. Der feuchte Ankömmling wandte sich langsam um und las an der Tür, offenbar Buchstabe um Buchstabe, die Verlautbarung, die mittlerweile in einer Klarsichthülle steckte:

Verehrte Gäste… Der Aufenthalt in unserem Hause … Das Tagegeld von 40,– Euro wurde hingegen … Eine Abhakliste liegt anbei. Im übrigen verweisen wir noch einmal auf unsere Kellerräume.

Der schüttere Lockenkopf widmete sich der zweiten kurzen Mitteilung. *Jeglicher Lärm im Vorgarten und bei Nacht ist zu vermeiden. Etwaig noch benütztes Küchengeschirr unbedingt selbst abwaschen. – Als besonders stimmungsvoll empfehlen wir die Stunde mit dem Mitternachtsgeläut der Abtei Sankt Benedikt. Farewell!*

«Oh, wer ist das?» Viel zu überschwenglich, mit ausgebreiteten Armen, trat Monika aus dem Glaszimmer und wischte mit lockerem Kleidsaum über die Fliesen.

«Ich weiß nicht», entgegnete Clarissa, «er sagt nichts. Er scheint ein entschlossener Mann zu sein.»

«Na denn», befand die Schwester, um ein *wunderbar* sichtlich zu vermeiden. «Die Kühltruhen sind bestellt. – Ich schau' mir gerad' *Is was, Doc?* an. Ich kann's immer wieder sehen, Ryan O'Neal könnte man weglassen, dann hätte man nur die Streisand. – Ach, man sieht ja gern jemand Neuen.» Monika nickte nochmals dem Endgast zu, dem unbehaglich zumute zu sein schien. Er war kleiner als Clarissa und offenbar ein bißchen fettleibig unterm billigen Anzugstoff.

«Alles grausam», Monika fand die passenden Worte.

Der vielleicht gut Dreißigjährige nickte.

«Das wissen wir. Und Abhilfe gibt's kaum. Da ist man auf der Welt, altert, und dann ist Schluß.» Clarissa wurde nervös, und der durchaus rosigwangige Neue blickte sie hilfesuchend an.

«Ist da wer?» ließ sich Ulrich aus dem Russenzimmer hören, von wo das Monitorblau leuchtete.

«Ich geh' mal wieder», rief Monika. «Gleich rasen alle Autos vom Pier in die San Francisco Bay. Die Polizisten stürzen auch in die Bucht. Tolles Durcheinander.»

Clarissa meinte neben sich ein fast tonloses Räuspern gehört zu haben. Es war nicht der Moment, sich in der Familienehre gekränkt zu geben.

«Sie haben rechts das Fontanellizimmer. Alles Weitere finden Sie unten. Sie wissen, je kürzer, desto preiswerter. Sie werden hier schon deprimiert genug werden. Ein Mann, eine Tat, war doch früher immer so», sie klopfte dem vorderhand weichlich wirkenden Stummen auf die Schulter. Erstaunlich, wie leicht ihr abscheuliche Worte mittlerweile über die Lippen flossen. Er schlurfte in die angewiesene Richtung, seine Mappe war dünn. Hier schien einmal kein größeres Problem zu lauern.

Die Tür schloß sich hinter dem Jammer.

«Herr Jüssen?» fragte Ulrich leise um die Russenecke.

«Keine Ahnung. Du hattest ihn am Telefon... als er noch sprechen konnte.»

«Das ist übertrieben.» Der Bruder verschwand wieder.

«Es reicht.» Clarissa zog sich das Seidentuch vom Hals, warf ihre Tasche auf die Konsole mit dem Schwein und wischte sich über die Stirn: «Faruq, ich liebe dich! Sehnsüchtiger, als du es dir vorstellen kannst.» Mit ihren schönen langen Beinen betrat sie das Glaszimmer, wo die synchronisierte Barbra Streisand vom Beifahrersitz Ryan O'Neal am Steuer zurief: «Ich glaube, da unten ist 'ne gute Straße!» und mit ihm eine Hangtreppe in San Francisco hinabpolterte.

Rauchend stellte sich Clarissa mit vor den Apparat. Sie lachte, zuerst etwas verkrampft, dann selbstvergessener. Monika zappte mit der DVD-Fernbedienung auf den Anfang der Verfolgungsjagd zurück. «Kintopp am Vormittag», murmelte sie, «das ist morbide.» Das noch verzankte Liebespaar sauste mit einem geklauten Pizzaservice-Rad schreiend bergab unter die Drachenschlange einer chinesischen Prozession, schmetterte in einen Kostümverleih, aber ihre Verfolger, die gleichfalls die wichtige Tasche wollten, nahten im Taxi über frisch zementierte Seitenwege, und bald wurden alle dem Richter vorgeführt, der einen Nervenzusammenbruch erlitt.

Immer wieder mußte Clarissa hinter sich zur Schwester auf dem Sofa blicken, die auch bei weniger turbulenten Sequenzen lachte und beinahe unangemessen heiter zu sein schien. Zwischendurch brachte Monika hervor: «Nun wird alles schneller gehen.»

«Schneller? Wieso? Ich mag es nicht, wenn du so sphinxhaft bist. Das steht dir nicht.»

«Ich hab' was gekauft und verteilt.»

«Was? Wann?»

«Gestern nacht.»

«Du hast nichts verteilt, hoffe ich. Du hast auf eigene Faust gar nichts zu unternehmen.» Clarissa verschränkte unruhig die Arme.

«Doch», kam es störrisch vom Sofa. «Ich bin bei Tchibo drauf gestoßen. Ein verstaubter Sonderposten, und ich hab' einen Packen mitgeschleppt.»

«Mokka? – Unterwäsche?... Duschschläuche? Vom Kaffeeröster – wenigstens wir müssen uns abstimmen.»

«Du wirst sehen, nun haben wir's rascher hinter uns. Bei dem Titel kann nichts schiefgehen.»

«Titel?» Clarissa wandte sich vollständig ihrer Schwester zu.

«Sie verhökern jetzt auch Buchrestposten.»

«Na, das wird was sein.»

«Ja», beharrte Monika und zog die Beine aufs Sofa.

Clarissa winkte unwillig ab, seufzte und ging in ihr Zimmer.

«Du wirst sehen, es hilft», murmelte ihr die Jüngere nach.

Doch die Tür knallte.

Monikas persönlicher Vorstoß zeitigte indes Früchte. Zuerst war Ute Wimpf morgens auf dem Weg ins Bad über das grünliche Rechteck gestolpert. Nun saß die Augsburger Lehrerin auf ihrem kühlen Heizkörper und blätterte.

Ihre Nachbarin Hanna Reutte hatte das mysteriöse Werk mit dem eindeutigen Titel neben ihren Schuhen entdeckt. Knapp zweihundert Seiten, aber sehr abstrakte Passagen und von einem Unbekannten – Epikur. Gedankensplitter? Memoirenreste? Warum?

Was exakt sie dazu antrieb, mit dem Taschenbuch in recht zugiger Luft in den Türrahmen zu treten und zu rezitieren, wußte Greta von Meyenburg nicht genau, womöglich war es ein eingefleischter Drang.

«*Jeder Schmerz ist leicht zu verachten. Bringt er intensives Leiden, so ist die Zeit kurz bemessen, hält er sich lange im Fleisch auf, dann ist er matt.*» Die Schauspielerin im Morgengewand kräuselte die Stirn und fuhr gedämpft in die Halle hinein fort: «*Wer sich nicht an das Gute erinnert, das ihm geworden ist, ist heute schon ein Greis.*» Sie sog die Luft ein. Das war fabelhaft. Epikur: *Von der Überwindung der Furcht*.

Auf ein solches Werk hätte sie früher, noch zu Lebzeiten, aufmerksam werden sollen. Der Spitzenkragen fiel locker über die gelben Negligéschultern. Die Mitbewohnerin der Nordseite, Huber, ebenfalls mit diesem Hauspräsent bewaffnet, das jedoch weiter in der Schutzfolie steckte, trat, ganz Publikum, auf Frau von Meyenburg zu, die umblätterte und aus diesem Vademecum vortrug: «*Wer der Natur folgt und nicht den leeren Meinungen, der genügt in allen Dingen sich selbst. Denn im Hinblick auf das der Natur Genügende ist jeder Besitz ein Reichtum, im Hinblick auf die unbegrenzten Begierden aber ist auch der größte Reichtum Armut* ... Darüber muß man nachsinnen, über all das.»

Betty Huber nickte dem Star zu.

«Wollen Sie noch mehr?» fragte die Dreiundsiebzigjährige ihre spontane Zuhörerin, die rätselnd aufs Geschenk blickte, das sie in der leeren Waschschüssel entdeckt hatte.

«*Von der Überwindung der Furcht. – Weder wer in allem nur den Nutzen sucht, ist ein Freund, noch der, der überhaupt nie mit der Freundschaft den Nutzen verknüpft. Denn der eine verkauft sein Wohlwollen gegen Entgelt, der andere schneidet die zuversichtliche Erwartung des Künftigen ab* ... Raffiniert. Aber richtig!» Greta von

Meyenburg rückte ihre Brille zurecht. «Dies versteht jeder sofort», merkte sie in Richtung der ziemlich fremden Korridorgenossin an: «Merk auf! – *Ein Übel ist ein Zwang, aber es besteht kein Zwang, unter Zwang zu leben.* – Das reicht, Frau Huber, ich bin nicht präpariert.» Sie konnte vom Vortrag offenbar trotzdem nicht ablassen: «*Die Liebesleidenschaft löst sich auf, wenn der Anblick, das Miteinander-Sprechen und das Zusammensein aufhören.* – Nein!» rief die Schauspielerin unkontrolliert aus: «Du bist fort. Aber bei mir. Und ich werde dir folgen ...» Betty Huber blieb allein auf der Balustrade zurück. Das Buch war gefährlich, und vor Herrn Fehlings Tür lag es noch unberührt.

– Bäuchlings lagerte Tassilo Wang, neben dem Rosé-Glas, auf seinem Bett, schaukelte mit den bloßen Beinen, hatte den Kopf in die Hände gestützt und schmökerte in etwas, das er tatsächlich noch nicht gekannt hatte, trotz drei abgebrochener Studiengänge: *Das schauerlichste Übel also, der Tod, geht uns nichts an; denn solange wir existieren, ist der Tod nicht da, und wenn der Tod da ist, existieren wir nicht mehr. Er geht also weder die Lebenden an noch die Toten.* – «Sauber», murmelte der Bayer: *Die Menge freilich flieht bald den Tod als das ärgste Übel, bald sucht sie ihn als Erholung von allen Übeln des Lebens. Der Weise hingegen lehnt weder das Leben ab, noch fürchtet er das Nichtleben. Denn weder belästigt ihn das Leben, noch meint er, das Nichtleben sei ein Übel. Wer aber meint, der Jüngling solle edel leben und der Greis edel sterben, der ist töricht, nicht nur weil das Leben liebenswert ist, sondern auch weil die Sorge für ein edles Leben und diejenige für einen edlen Tod eine und dieselbe ist.*

Eigentlich muß ich über den Tod nichts wissen, sann Tassilo, denn er ist da. Damit natürlich auch in ganzer Kraft das Leben. Und wer, irgendwelchen Parolen folgend, heute meint, der Tod sei verdrängt worden, unterschätzt die Menschen. Auf eine Würde, in allem, kommt es an. Er legte die Beine übereinander und blätterte noch nach Erbaulichem in dieser Wurfsendung: *Das Entstehen des höchsten Gutes und der Genuß daran sind gleichzeitig.*

«Man müßte schöpferisch sein», der junge Mann im Slip ächzte und drehte sich auf die Seite. «Und bescheiden. Auf höchstem Niveau. Königlich demütig.» Der Begriff gefiel ihm. Er griff das Glas mit dem Rosé. Stellte es zurück. Trotz aller Dekadenz, der Alkohol am Morgen mundete nicht. Er würde blau, aber wozu im Moment? –

Ihr fröstelte. In den Spiegel wollte sie nicht schauen. Es gab auch keinen. Das blutunterlaufene Handgelenk tat weh. Der Blusenärmel verbarg weitere Quetschungen. Der Kopf schmerzte. Ein geschwollenes Ohr glühte.

Aziza faßte vorsichtig auf ihr Gesicht. Sie spürte die Reste der dicken weißen Creme, die ihr die Turbanträgerin auf Wange, Stirn und Unterkiefer geschmiert hatte. Das verglaste Gemälde an der Wand war hübsch. Völlig naturgetreu sah darauf das schneebedeckte Hochgebirge aus, der wilde Bach, über den ein geschwungener Steg führte, der Hirsch am steinigen Ufer schien gewaltig zu röhren. Aber es war gewiß keine Impression aus dem steilen Taurusgebirge, den Schluchten des Elburs. Die Siebzehnjährige blickte auf ihr Bett, sie hatte kaum eine Kuhle hinterlassen. Ihr war schwindelig, übel, sie hatte Angst. Mit Schaudern nahm sie die Flasche auf dem Kommodenmarmor wahr. Likör? Ihr Deutsch war nicht gut, dabei bestand die Schrift nur aus den wenigen kantigen lateinischen Buchstaben. «Ma-ri-a», entzifferte sie, «cron. – Maryamcron.» Nun, es war vielleicht gar nicht Alkohol gewesen, sondern ein Schlafmittel, obendrein mit der Mutter Isâs', des Propheten, im Namen. Im Glas befand sich noch ein Rest. Ihre Hose und Strümpfe hingen akkurat über einem Stuhl, die silbernen Schuhe schienen abgewaschen, aber noch feucht. Aziza erhob sich mit Mühe. Sie wankte. Aber noch lebte sie. Barfuß und mit kleinen Schritten tappte sie aufs Fenster zu. Wie grün, wie fett und naßdunkel der Garten war! Der Himmel hier hatte wieder eine Sintflut vergossen. Sie äugte vorsichtig hinaus. Leerer Park. Fast. Zwei Männer betrachteten ein schmutzig olivfarbenes Auto. Mit einer Hand, die selbst bei dieser Bewegung schmerzte, zog sie die Gardine einen Spalt auf. Sie spähte zum Tor. Ein großes Tor. Nichts Verdächtiges dort. Auch, soweit sie erkennen konnte, auf der Straße nicht. Nur eine Frau mit Schirm unterm Arm. Nadjib und Talib hatten ihre Spur verloren. Aber der ältere Bruder war findig. Er war plötzlich an einer S-Bahn-Station aufgetaucht, noch in den Wagen gesprungen. Sie war nach vorne in den Zug geeilt, zwischen einem Pulk Deutscher ausgestiegen, in die Bahn auf dem gegenüberliegenden Gleis gesprungen. Sie hatte Nadjib aus den Augen verloren. Er sie?

Aziza zitterte. Vater und Mutter hatten eisern geschwiegen, Vater war immerhin Ingenieur, und Mutter schwieg, wenn er schwieg, aber Talib und Nadjib hatten einen anderen Mann für sie im Auge, gewiß nicht den verrückten Italiener, der ihr im Winter auf einer eisigen Straße gefolgt war, Sergio, den sie mehrmals heimlich hinterm Parkplatz, bei den Müllcontainern getroffen hatte, nur zum Streicheln, zu komischen Sätzen mit viel Lachen: *Tu sei cara, you bist beautifull* und zum Küssen. Einen so schönen Namen hatte er: «Sergio» Dandolo. An seine Adresse in Deutschland erinnerte sie sich nur ungefähr: *Millbattz* und dann noch etwas mit *Hoffen*. Es war ein Fehler gewesen, ihm ihre Handynummer zu geben. Nadjib und Talib hatten ihr Handy untersucht.

Das Mädchen ließ sich gegen die Wand sinken. Aus – für immer – alles. Sie durfte sich nie wieder irgendwo sehen lassen. Vielleicht in ein, zwei Jahren, wenn die Brüder selbst geheiratet hätten, die ersten Kinder da wären, würden sich die Wogen geglättet haben, Mutter konnte nicht so grausam sein. Bevor sie mit Vater verheiratet worden war, war sie in Homs einmal mit seinem Bruder bummeln gegangen.

Waren die Sitten lockerer gewesen?

Gipsschnörkel an der Decke.

Wo befand sie sich?

«Dan-do-lo», sie lächelte.

Wie in einem Gefängnis, das sie schützte, bewegte sie sich mit dem Rücken an den Wänden entlang. Sie würde fragen, ob sie im Schloß etwas arbeiten könnte, und etwas Zeit wäre gewonnen. Wie dick die Mauern waren! Wie massiv die Tür! Sie schaute abermals zur Tür. – Grün. – Das war sehr aufmerksam. Das war beinahe aufdringlich aufmerksam, was sollte das? Das machte ihr Angst. Ein grünes Buch. Sie näherte sich dem Buch. Sie wußte nicht, wo Südosten lag, es war schwierig genug zu beten. Das heilige Buch, für sie? Nur *ein* Buch durfte so grün sein. Sie blickte auf den Titel. Allah hatte Arabisch gesprochen. Seine Befehle und Tröstungen durften kaum in andere mindere Sprachen übersetzt werden. Die Gabe war zudringlich. Sie wollte als Imamitin, die sie zufällig und mit schwächlicher Hingabe war, nicht beim Aufwachen, mit Schmerzen, als Gläubige begrüßt werden. Sie war ein Mensch, in Not. Wie einfühlsam und tolerant sie hier waren. Sie hielten für sie die schöne Sure griffbereit وَإِنَّ رَبَّكَ لَيَعْلَمُ مَا تُكِنُّ صُدُورُهُمْ وَمَا يُعْلِنُونَ *Ja, was in der Brust verschlossen ist oder sich kundtut, erkennt der Herr* … Die Syrerin aus einer Bergstadt im Antilibanon, wo Imamiten von der Überzahl der Sunniten immer heftiger bedrängt worden waren, griff nach dem

Buch, das nicht auf dem Boden liegen durfte. Von der Anzahl der Buchstaben konnte es in etwa stimmen, wenn auch der übersetzte Titel in Deutschland mit *Epi-* begann und nicht auf *ân* endete. Und was für eine seltsame Einteilung in seitenlange oder verknappte Abschnitte: «Nurr … der Weis-e erkennt d-en Weisen», buchstabierte sie in lateinischen Lettern schwer Begreifliches. Vielleicht verbargen sie im Schloß sogar den Talmud und modelten das Jüdische um. Um schließlich alle hinters Licht zu führen. Europa war verführerisch gefährlich. Das hatte sie schon vor der Flucht der Familie gewußt. Europa wollte die Welt verschlingen und wurde von den Amerikanern verschlungen oder so ähnlich. Das syrische Fernsehen hatte sich nicht ganz festgelegt, ein Kampf jedenfalls vor dem endgültigen Triumph des rechten Glaubens und bevor die Europäerinnen dann züchtig und gehorsam würden, wie Vater und Nadjib hofften.

Ein Hirsch am Bach, eine Flasche.

Gäbe es Tee, irgendwo?

Aziza faßte den Bettknauf und schleppte sich zum Lager zurück. Sie ließ sich aufs Leinen sinken, zog die Decke unter ihr Kinn. «Dan-do-lo.» Ihr wurde schwarz vor Augen. Er war ihr trotz des Kopftuchs gefolgt. Ungeheuerlich. Genau deshalb hatte sie sich umgewandt.

Das Pflaster hatte die Christin mit Turban nach dem Bad schief um die Fingerkuppe geklebt.

Die Schläfen pochten, wo war sie? … Ein Jagdschloß mit Türmen und halbnackten Männern auf Fluren in der Nacht. Abendland. Wildnis.

Im Heckengestrüpp zur Hügelhöhe wuselte es bunt. Eine rote Hose und eine blaue Mütze leuchteten zwischen dem Grün, dann auch gelbe Stiefelchen. Dr. Lay und Markus Fehling beobachteten das Treiben. Das Kind wurde von seinem orangefarbenen Ranzen behindert, bückte sich, halb auf dem Nachbargrundstück, aber noch einmal und griff auf den Boden.

Es hielt etwas Blinkendes in der Hand. Durch ein Loch im Gezweig lugte der ABC-Schütze herüber und machte ein Pst-Zeichen. Dann stob das Bürschchen mit seinem Fund oder etwas Verstecktem davon.

«Der schwänzt die Schule.»

Die beiden Herren hatten die Hände in den Hosentaschen. Von den Kiefern tröpfelte es. Beide umschritten den Alfa GT. «Hat er nicht ordentlich gesprüht. Überall kommt's rot durch.»

«Er wird sich noch mal dranmachen», mutmaßte Fehling.

«Wenn Sie mich fragen: Das grenzt an schwere Sachbeschädigung», der Kleinere mit Baskenmütze wandte sich nach hinten um, wo der Moderator zusammengesunken dastand und mit den Tränen kämpfte.

«Der Wagen fällt auf, sagte die Engländerin.»

Dr. Lay zuckte nachdrücklich die Achseln.

«Er war mein einziges Vergnügen. Kleine Spritztouren nach der Arbeit. Zum Baden an den See. Mit meiner Frau zu ihren Eltern nach Günzburg. Ich hab' ja sonst nichts aus meiner Freizeit gemacht. Nicht in die Oper, selten ins Theater, ins Kino. Lesen, ja. Aber Freizeit hat man ja nur, um sich für den Morgendienst zu regenerieren.»

Dr. Lay baute sich vor dem Fahrzeug auf: «Schlimmer als eine Rostlaube.» In der Tat, neben dem scheckigen Rotoliv waren auch noch Einkaufstüten über die Windschutzscheibe, die Stoßstangen geklebt.

Markus Fehling brach in Tränen aus.

«Ja, raus mit dem Kummer. – Irdischer Tand. Daran hängen wir doch nicht mehr», klang es ein bißchen forciert. «Wenn er komplett grün ist, hat's wieder ein Aussehen.»

Markus Fehling wollte die Hand auf den Kotflügel führen, hielt aber inne. «Leichtmetallräder. Ledersitze. 35 000 in vier Raten.»

Dr. Lay schaute noch einmal nach dem Bengel von nebenan. Der war über alle Berge.

«Ohne Sie möcht' ich gar kein Radio mehr hören.» Der Verleger schob die Daumen unter die Hosenträger. Es war Zeit, den Düpierten und Niedergeschlagenen auf andere Gedanken zu bringen. Auch wenn Fehling weinte, konnte man ihm doch schlecht den Arm um die Schulter legen. «Sie hatten das perfekt Moderate eines ... Moderators. Ein Hauch eigener Meinung war bei Ihnen herauszuhören, doch nie Parteilichkeit. Dazu die Stimme! Vertrauenerweckend und ein bißchen ungezogen. Kein alter Sack, der dienstbeflissen seinen Sermon herunterleiert. Ich finde, Sie haben in Ihrem Magazin Politiker nie denunziert.»

«Warum sollte ich?» Markus Christoph Fehling wischte sich mit der Hand die rotzige Nase. «Wir haben die Politiker, die wir als Wähler verdienen. Man kann stets auch selbst in die Politik einsteigen, wenn man meint, etwas besser machen zu können. Auch in die Stadtteilpolitik. Ich halte von Meckern nicht viel. Das wird Stammtisch.»

«Wenn ich so denke, daß ich Sie hier hören kann, ohne das Radio anzustellen.»

Das war dem Anchorman der Vormittagsmagazine im Moment egal.

«Ich bewundere auch die Nervenleistung.» Ganz sanft berührte der Verleger mit der Schuhspitze eine der Turiner Radkappen: «Man hockt bei Tagesanbruch allein im schalldichten

Studio und muß vor Hunderttausenden von Hörern, die man nie sieht, Planungen des Weißen Hauses mit dem Eigensinn des Elysée-Palais, russische Großmannssucht und das Kleinklein der deutschen Länderregierungen geschmeidig miteinander verbinden.»

«Die Routine ist in keinem Beruf genug zu loben. Man sollte wie im Halbschlaf arbeiten. Und es gibt die Räuspertaste, wenn man sich verhaspelt.»

«Ich habe Versprecher immer geliebt, sie machen die Medien lebendig. Dazu die Menge der Nachrichten, die Sie verarbeiten und darbieten mußten.»

«So viele Nachrichten gibt es gar nicht», der Moderator blickte auf. «Da unterliegen Sie einer Täuschung. Weltweit schütten die Agenturen ein überschaubares Quantum aus. Dazu natürlich auch Winzigkeiten über Hotelbrände, einen wilden Bären in Vancouver, Stau bei Biebelried – der Mitteilungswert ist da gleich Null. Ich glaube, eine klassische Nachricht ist es nur, wenn sie das Verhalten von Menschen anspricht, ja ihre Gesinnung. Nicht dauernd rührt sich etwas Fundamentales, und das ist auch gut so. Nur das Medium, es giert nach Gefahren, Katastrophendetails, bis eine neue Flutwelle noch längst nicht überstandene Erschütterungen zuschwappt; vor allem Erdbeben verschwinden schnell wieder aus der Hörfläche, obwohl deren Opfer noch in Zelten darben. – Man darf nicht drüber nachdenken. Ich», und Markus Fehling schien erleichtert zu sein, kurz in sein eingefleischtes Metier abschweifen zu können, «hatte einmal den Plan, die Sparte *Unerledigte Desaster* ins Programm zu rücken. Oder können Sie sich erinnern, was aus dem Mord an der russischen Journalistin Politkowskaja geworden ist, aus der Entdeckung von Plutoniumspuren in London, aus den Plünderungen der Grabungsstätten von Babylon und Ur? Die Aufarbeitung war nicht durchzusetzen. Der Hörer ist jetzt schon zugewalzt vom Schrecklichen. Und genausowenig klappte es mit meiner Sparte *Die gute Botschaft.* Ich meine, es gibt doch viel Segensreiches zu vermelden, die Feuerwehr löscht einen Brand, Gentests erweisen, daß man wahrscheinlich keine Arthrose bekommt, der Papst lädt alle Konfessionen zum Gebet nach Arezzo. Doch das wäre so ungewohnt, einen froh nickenden Hörer vor dem Radioapparat zu wissen. Er könnte meinen, man würde nicht nachdenken wollen. Das Kneten der Seele geschieht hauptsächlich durch Furchtbares, vielleicht eine Fehlentwicklung ...»

Dr. Lay ermannte sich, dem gewissenhaften Genossen auf die Schulter zu klopfen.

«Und mich als Journalist zu bezeichnen... ein großes Wort. Wer meiner Kollegen recherchiert noch, auch ich habe mich meistens nur im Internet kundig gemacht. Der mustergültige Journalist ist auch dort, wo die Dinge sich zutragen, wagt sich vor, verflicht Meinungen, entblößt das Versagen der Mächtigen. Wir aber sitzen im Mustopf, worum man uns auch wieder beneiden darf. Im Frieden macht man sich's meckerig bequem, und das ist fast gerechtfertigt. Früher war ich selbst, um mir ein Bild vom ewigen Konflikt zu machen, in Pa- Pa-» und Fehling taumelte gegen den Spraylack seines GTs, «läst- in ... – Heute nichts mehr zu Ha-Ha-mas und ...»

«Knesset? Gaza? Tempelberg!» sekundierte der Verleger, «verheerende Verbissenheit dort unten. Dazu möchte man aus berufenem Munde Lösungen hören.»

Mit grün klebriger Hand winkte Fehling ab und legte sich mit dem Oberkörper quer über sein Cabrioverdeck, flennte lauthals. Hier stand nichts Weltkonstruktives mehr zu erwarten.

«Könnten Sie nicht ein Weilchen in die Psychiatrie, um sich wieder zu fangen?»

Der Moderator blinzelte.

«Unsereiner ist ja nur pleite. Da helfen auch keine Tabletten. Wir sollten vielleicht ein paar Schritte gehen.»

Markus Fehling, tief gebeugt, hängte sich an den Arm von Dr. Lay, der fast auf das Haupt neben sich niederschauen konnte. «Früher meinte ich», sprach Fehling, «ein Problem verdrängt wunderbar das vorige.»

«Das klingt sehr deutsch. Sind Sie Protestant?»

«Nun habe ich kein Neues mehr.»

Heinrich Lay grummelte.

«Aber das Unglück der anderen tröstet oft übers eigene hinweg. Wie bankrott sind Sie denn?»

Der Stützende hielt inne: «Total. Die Nebenkostenexplosion für die Verlagsetage bewerkstelligte den Rest.»

Man schlurfte zur Rotbuche, wo in der Erde ein Rechteck aufgewühlt war, und ihre Schritte führten sie unter die ersten Fenster der weinbelaubten Nordseite. Kühl war's.

«Ich habe altmodisch gewirtschaftet», gestand Dr. Lay. «Zu viele Gattungen unter einem Dach. Kunstbildbände, Kochbücher, Fotobände neben der Literatur, das funktioniert nicht. Aber meine zweitälteste Tochter wollte Fotobücher betreuen, also habe ich das teure Segment beibehalten. Ja, sie meinte, selbst interessant zu fotografieren. So haben wir dann *Starnberger Impressionen* und *Die Welt des Märchenkönigs* produziert und bald verramscht. Kochbücher schreiben schwarze Zahlen, gewiß, aber bei zwölf Angestellten müssen Sie schon einiges von *Zu Gast bei Cecilia Bartoli* verkaufen.»

«*Römische Risotti*. Besitzt meine Frau.»

«Danke.»

Etliche Fensterläden der Ludwigshöhe waren verriegelt. Beinahe fürchtete man, vom zeitlosen Gemäuer her, daß plötzlich ein Nachttopf von oben geleert würde.

«In der Literatur hatte ich nie einen großen, aber doch einen ehrbaren Namen.»

«Aber da kam nichts rüber?» Der Moderator schien um Jahre gealtert.

«Wenn mich ein Werk begeisterte, stand ich dafür ein. Und der Begriff der Autorentreue galt für mich. Gabi Lenz ...»

«Ah, jaja.»

«... veröffentlichte bei mir ihren Erstling *Kaltes Eis*. *Wie kommt der Sand in die Wüste* und *Das rote Blut der Einsamkeit* wurden dann völlige Bruchlandungen. Aber ich sagte der teils doch sehr begabten Hannoveranerin: Ich will auch dein nächstes Manuskript sehen, jeder hat das Recht auf seine Entwicklung, ich will, Gabi, daß du deinen ganz eigenen Ton findest. Das ist doch meine Pflicht in der Literatur. Nun, die Lenz ist ein besonderer Fall. Es ist natürlich wirtschaftlich gefährlich, Belletristik sich entwikkeln zu lassen. Damit Profile und Aussagen sich schärfen, die des Autors und des Verlags. Ein Verlag hat es immer schwerer, für eine Linie zu stehen, er muß den zumindest punktuellen Erfolg forcieren, dafür wird die Autorenschaft gesichtet und zunehmend flink wieder abgehalftert. Nicht schön. Und vieles hat sich sehr verändert. Es existieren ein halbes Dutzend Schreibwerkstätten ...»

«Poesieschulen.»

«... wo unter kundiger Anleitung Dramaturgie, Stil, Branchenauftritt gelehrt werden. Die Manuskripte, die ich von dort bekam, waren perfekter als die Tippexschlachtfelder früherer Zeiten, aber einander auch so viel ähnlicher. Man liest alles zügig, sagt *Aha* und bleibt kalt. Keine Frage, es tendiert alles zum genormten Geschmack. Wie beim Wein, der jetzt überall nach Eichenfaß schmecken soll. Ich staune, wie lange sich Narreteien und Individualitäten, Eigensinn dagegen behauptet haben.»

«Fürs globale Dorf die globale Spannung.»

«Und ich hatte nicht das Kapital, in Frankfurt, London ausländische Bestseller einzukaufen und sie als meine Großtat zu präsentieren.»

«Ist das schlimm?»

«Gar nichts ist schlimm. Ich habe mich verkalkuliert. Und kenne die neuen Netzwerke zwischen Schreiblaboren, Agenten und Fördergremien nicht zur Genüge. Ich habe noch nach Botschaften gefahndet, als schon längst die Titelflut und der aparte oder enthemmte Auftritt von Schreibenden, die auch nur ums Überleben kämpfen, bestimmend war.»

«Sie stochern im Trüben.»

«Wie meinen Sie das?» wandte sich Lay an den nicht mehr ganz so krummen Alfa-Liebhaber.

«Wenn Botschaften nötig wären, gäbe es sie. Aber alles ist satt und bereits vorhanden. Amerikaner schreiben tolle Bücher, beziehen die Wissenschaften mit ein, Kriegsveteranen, Traumatisierte, die wir nicht mehr haben, ihre verschiedenen Rassen vor Ort, Weltmachtpolitik, weite Räume ihres Landes, alles Neue, das sich zuerst bei Ihnen zeigt.»

«Jeder Mensch, gleich wo, hat eine Stimme, eine gültige. Zu Poesie kann alles werden, vielleicht gerade durch das rücksichtslose Insichgehen, ohne Kriegsinvalide und Baseballspiele. Alles bleibt offen, das hat die Poesie ihren einzelnen Epochen und Dienenden voraus.»

«Meine Frau schreibt auch. Sie hatte Muße», bekannte Fehling.

«Mit Bartoli kochen und schreiben. Alle Achtung. Wieso *hatte*?»

«Nein, ich meine, ich hatte eine Frau…» In seiner Betrübnis war sich Markus Fehling nicht sicher, ob er die Hausinderin mit einer Kunststoffwanne und Wäsche im hinteren Garten erblickt hatte. Das Huhn, das den beiden Männern entgegenstakste, mußte Herrn Deutlers Charlotte sein. Auch das Tier schien nicht frohgemut über Tannenwurzeln und vorjährigen Nadelteppich dem Vorgarten zuzustreben.

«Sie schreibt keine Ausschüttung in Ich-Form, nein, so einfältig ist Karin nicht. Sie nennt ihre Romanheldin *Martha* und läßt diese all das Eigene erleben.»

Der Exverleger verschränkte die Arme: «Aus Günzburg stammt ihre Frau, sagten Sie?»

Fehling bejahte.

«Elternhaus?»

«Eine Forellenzucht.»

«Und es gab nichts Spektakuläres, aber Bewegendes im Leben Ihrer Frau?»

«Karin studierte in Freiburg. Sie war sehr links. Öfter fuhr sie in die DDR, aber in den Ferien auch nach Malta und auf die Azoren. Sie hatte Liebhaber. Einen Franzosen. Einen Rainer, der jetzt bei der WHO in Wien arbeitet. Karin hat sich umgetan. Mit Kommilitonen ist sie tatsächlich vom Breisgau durchs Rheintal bis nach Groningen gewandert.»

«Hm», bedachte der Verleger.

Fehling blickte fragend.

«Gewiß, auch das mag Seiten füllen. Lachsforellen, Freiburger

Wohngemeinschaft, der Fußmarsch durch Köln. Ein bißchen Osten und der französische Galan dazu. Tja, aber, aber.» Dr. Lay wiegte skeptisch den Kopf. «Unsere Lebensläufe. Selten weltbewegend! In Deutschland wissen wir alle in etwa, wie der Nebendeutsche aufgewachsen ist, was ihm ungefähr widerfuhr – auf der Schule und in der Liebe – und daß er im Leben vierzigmal den Frankfurter Hauptbahnhof passiert hat. Dazu die Schutzimpfungen und die obligate Krankenversicherung. Viel Zunder ist aus all dem nicht herauszuholen. Wir sind durchsichtig. Fast jeder hat die Bahncard und geht einmal im Monat zum Italiener. Wie soll das Werk denn heißen?»

«*Du, er und ich.*»

«Na, da haben Sie's, wobei ich Ihrer Gattin nicht zu nahe treten will: erzählerischer Wackelpeter in Alessi-Schüssel, wahrscheinlich, als Geschmacksverstärker mit einer kriminellen Untat im Nachbarhaus. Ach, wir sind langweilig wie die Schweiz geworden, in vielem aus dem Rennen. Es fehlen der Knall, das Tobende, die Farbe und der Witz. Wer *Duisburg* schreibt, hat in der literarischen Arena meistens schon verloren. Weil wir ruhig im zweiten Glied leben, und das ist ja», erklärte Lay mürrisch, «auch gut so.»

«Sie soll sich verwirklichen», warf sich Markus Fehling für seine Frau ins Zeug.

«Natürlich», gestand der Verleger zu.

Seufzend wandten sich die beiden Herren wieder dem Garten zu. Der Journalist war froh über einen Zeugen für seinen Autokummer. «Ich vertraue diesem Land», insistierte er.

«Ich auch», stimmte Lay zu.

«Seiner Vitalität.»

«Klar, wer sind wir denn!»

Nach einer Krisensitzung mochten irgendwann einmal zwei Minister oder Attachés derartig schweigsam schnaufend und mit sondierendem Blick vor einem Weinlaubspalier einhergewandelt sein. Dr. Lay spähte in die Luft, der Leidensgenosse sah zu Boden. «Schön, sich mit Ihnen zu unterhalten.»

Der rundliche Begleiter nickte.

«Wann?»

Lay zuckte die Achseln: «Bald. Gut geblüht, früh gewelkt.»

«Wie viele Kinder?»

«Sechs, sieben. Ich fürchte, sie werden danach für mich geradestehen müssen.»

«Frau von Meyenburg?»

Der Themenwechsel überraschte Dr. Lay wenig, sein Gesicht erhellte sich: «Ich finde sie charmant. Es könnte sein, daß sie nur aus Rollen besteht. Aber wenn, war es stets vom Feinsten, die Stuart, Titania, ganz anders natürlich die Nell in einer Mülltonne bei Beckett, Film, ehedem sicherlich auch etliche Male das Gretchen.»

«Sie kommt allein nicht zurecht. Diese Frau war für Publikum erschaffen worden. Selbst wenn es nur ihr Gefährte war.»

Dr. Lay hob hilflos die Arme. – «Ach, da ist er zugange.»

Markus Fehling konnte nicht erkennen, was gemeint war. Aber er bemerkte erstmals, daß das Terrain des Obstgartens zum bewaldeten Hügel hin leicht anstieg und schon Teil des Abhangs war. Junges Laub ungestutzter Bäume, etliche in Reih und Glied gepflanzt, hatte sich entfaltet. Blütenblätter waren über Gras und Löwenzahn geschneit. Welche Fruchtsorten reifen würden, nach seiner Zeit, konnte er nur erraten. Baumwuchs und unterschiedliche Rindenfarben gaben ihm weder Pflaume, Schattenmorelle oder Aprikose preis. Bei einem Landausflug hatte er gemerkt, daß er sogar die Getreidearten nicht mehr unterscheiden konnte, einzig Hafer mit seinen Kornperlen wußte er noch von Weizenähren, Roggen und Gerste zu trennen. Ein Schubkarren ruhte mit verwittertem Gartengerät zwischen helleren Stämmen. Von einer Vogelscheuche unterm Grün war nur ein Holzkreuz mit einem ausgebleichten Schlips übriggeblieben. Auf eine Liege hätte er sich trotz der Feuchtigkeit legen mögen, um die Hände unterm Kopf zu verschränken und hinauf ins sich immer neu schattierende Himmelsgrau zu träumen, unterm Tropfenkonzert die Augen zu schließen. Weißlich zog ein Wolkenstreif über die Hügelwipfel, verfloß schon wieder.

«Ich werde ihm nachher wieder helfen. Das kann ich noch leisten. Dann mag er allein weitersehen.»

Dr. Lay wies zum Treibhaus hinüber. Im schmutzigen Glas des Gewächsgewölbes, wohl noch aus Gußstreben gewölbt, fehlten einige Scheiben ganz. Hinter einer Luke nickte Olaf Deutler. Das Gesicht verschwand, ein kurzes Gepolter ertönte aus der blinden Orangerie.

«Ein bißchen Pastete, was? Noch ist sie frisch.» Der Verleger klopfte dem Moderator auf die Schulter.

«Nein», murmelte er.

27.

Betty Huber saß im Fransensessel ihres Zimmers. Sie blickte zum Teller auf ihrem Schoß. Neben der angenagten Melonenspalte lag eine Entwässerungstablette. Die Vorhänge hatte die Gefährdete zugezogen. Licht schmerzte sie immer spürbarer. Es regte auf, verursachte Kopfweh und Herzflattern. Wahrscheinlich zeigte sich jetzt der wirkliche Grund all ihres Leidens. Eine Lichtallergie manifestierte sich, deren Auswirkungen auch die Kanzlergattin Hannelore Kohl schließlich erlegen war. Und die Medizin besaß kein Mittel dagegen. Betty Huber atmete schwer: geboren 1950 in Abensberg, gestorben ein gutes halbes Jahrhundert später in Schäftlarn. Das mußte sie so hinnehmen. Am Ende ließ man alles vielleicht sogar nur mit leichter Wehmut fahren, wollte nur noch befreit sein, durchs Unabänderliche. So war es höheren Orts eingerichtet worden. Die Witwe schloß die Augen. Wegen ihres zeitlebens unruhigen Pulses, der gelegentlichen Atemnot hatte sie im Grunde bereits bei jedem Ortswechsel, auch im Urlaub, schon die Annoncen vor Augen gehabt: … *gestorben in München, entschlafen auf Mallorca, von uns gegangen beim Umsteigen in Mannheim, unerwartet heimgerufen in Bad Vilbel …* Falls ein Faktum die menschliche Ohnmacht bloßlegte, dann war es der unrevidierbare Ort, an dem jeder gefällt wurde. Gegen diese Bestimmung oder den Zufall nützten die Sparrücklage, die neue Polstergarnitur, gute Kontakte zu Pflegekräften, all die Maßnahmen für die Gesundheit nichts. Der Vorhang fiel, gleich wo, oft unangekündigt. Schrecklich. Keine Macht der Welt, ob die Queen oder der russische Präsident, konnten dagegen das geringste ausrichten. Wieso verzweifelte der Mensch nicht von Anfang an daran, daß er aus dem Leben scheiden mußte? Und zwar niemals auf angenehme Weise, nie. Sie hatte sich dem Verfall und Verlöschen, die vielleicht ebenso unsinnig waren wie die Geburt, frühzeitig gestellt, das heißt, sie hatte leider selten vergessen können, daß alles zerstäubte. Eine böse, niederträchtige Fügung des Schicksals. Wäre sie schön fromm gewesen, hätte sie sich stets sagen können: Mein Gott, ich komm' zu dir! Aber wieso hatte *ER* sie zuvor überhaupt auf die Erde gesetzt, mitten ins zwanzigste Jahrhundert, in Niederbayern? Um sie zu prüfen? Um ihr Gelegenheit für gute Taten zu geben? Um sie blühenden Flieder, Spargel, die Sonne der Balearen genießen zu lassen? Es war, wie es war. Doch nun diese zunehmende Angst vor Licht. Hatten über Jahre die scharfen Herausforderungen an sie und ihre Kräfte gefehlt, daß sie Verlöschen von Wehleidigkeit nicht mehr unterscheiden konnte? Mutter und Großmutter waren 1945 mit dem Treck über das vereiste Haff in den Westen geflohen, hatten Freunde, Heimat, Besitz verloren und mühsam von vorne angefangen. Als man den Holzwagen durch den Schnee ziehen mußte, hätte eine Lichtallergie nicht gezählt, wäre vor Anstrengung kaum spürbar geworden. Von keinem Nebenleid, Zahnweh, Bandscheibenvorfall, Migräne, hatte sie erzählen hören – die Flüchtenden waren vom schieren Überleben in Anspruch genommen gewesen. Oder hätte sie nach Details des Elends fragen sollen? Nun jedenfalls gab es Zeit und Muße genug, um achtsam hinfällig zu werden, den gefährlichen Lichtschein zu beobachten.

«Ach.» Betty Huber hob die Hände und faßte wieder um den Tellerrand. Sie konnte ja nicht noch einmal aus Ostpreußen fliehen, um sich gefordert, wichtig, selbstlos und stark zu fühlen. Sie schluckte die grünliche Xipamid. Insgeheim vertraute sie vielleicht doch darauf, daß *ER* alles lenkte. Dann bräuchte sie sich weniger zu sorgen, denn hinter allem waltete ein väterlicher Wille.

Sehr gehässig hatte ihre Exfreundin Gerda ihr beim Abschied ins neue schwungvolle Leben in Heidelberg vorgehalten: *Ob ich dich vermissen werde, Betty? Du kümmerst dich doch nur noch um dich. Bei dir ist jeder Tag Vorsorge. Was sonst geschieht, ist dir einerlei. Wie vermessen, gesund in die Grube fahren zu wollen. Traut sich noch jemand, in deiner Nähe zu niesen oder einen Wein zu bestellen? Ich brauche Abstand. Du hast mich mit deiner Bärlauchpaste schon fast vergiftet.*

Aber ob Gerda noch wohlauf war?

Vielleicht war jetzt gleich mit ihr Schluß, hier im Sessel, mit der Melonenspalte auf dem Porzellan. Das Herz war nicht gut. Die Frucht verdankte sie Frau von Meyenburg. Das war doch schön.

Herzschlag im Fransenstuhl. Weiteres Grübeln bliebe ihr erspart und der gesamte verschlungene Weg. Im Juli 1975 hatte am Ammersee links von ihr hinter einem Lattenzaun plötzlich ein schwarzer Hund gekläfft. Spätestens seit diesem Zeichen hatte sie achtsam weiterleben wollen.

Tannenwipfel auf dem Hügelkamm verschwammen im Dunst. Im Gewächshaus lärmte es. Unterm Farn am Komposthaufen blinkten Spiegelscherben. Während Amseln in einer Lache auf dem Schuppendach badeten, raschelte in einer Kellerluke Getier.

«Wir müssen uns mehr absichern», sann Clarissa durch die Scheibe ins Getröpfel.

«Das glaub' ich auch», antwortete die Schwester vom Sofa. Monika löste Kreuzworträtsel. Das erste Mal seit der Schulzeit.

«Sie müssen ihre Handys abliefern.»

«Ah, das Terrorregime greift um sich.»

Clarissa ließ den Blick durch den Garten schweifen: «Das ist eine Frage der Perspektive. Behörden, auch hierzulande, können jedes Telefonat fast auf den Meter exakt orten. Ich vermute, niemand vermißt Herrn Deutler. Aber falls Doktor Lay wider Erwarten plötzlich telefonieren sollte, ich wage nicht ... es zu Ende zu denken.»

«Sind wir denn so illegal?»

«Damit will ich mich gar nicht übermäßig beschäftigen.»

«Ja, bitte, regele du das», kam es plötzlich fast flehentlich von Monika. «Wir sind doch nur der letzte Port», griff die Jüngere eine Parole auf.

«Die Anforderungen wachsen spürbar mit Zeit», bedachte Clarissa weiter und wirkte in höchstem Maße besorgt. «Alle sollten eine Erklärung unterschreiben, daß sie freiwillig hier sind. Das kann nie schaden. Wir brauchen einen Vordruck, damit das Papier offiziell aussieht. Nur dann macht es auf die Jakoubek und Herrn Bauer Eindruck.»

«Dann bräuchten wir einen Namen.» Monika legte ihren Kugelschreiber beiseite und löste sich aus dem Schneidersitz.

«Zum Blauen Kreuz», Clarissa zuckte die Achseln, «das klingt nach was. – Port zum Blauen Kreuz. Selbst etwas Halboffizielles beendet die Trödelei.»

Monika blies die Wangen auf. «Höchste Zeit wird's vor allem, daß du den Londoner Advokaten an die Strippe kriegst.»

«Vielleicht flieg' ich hin. Benson ist in Dubai. Dann wieder in Südamerika. Für uns. Für dich! Am Telefon erfahr' ich kaum etwas.»

«Wir sollten das Haus dann renovieren lassen.» Monika beugte sich vor. «Vielleicht bleib' ich mit Ilse hier. Immer nur Karibiksonne gefällt mir gar nicht.»

Clarissa maß ihre Schwester. «Dort habt ihr durchaus ein paar Taifune pro Jahr. Aber natürlich, die Villa wird irgendwann renoviert. Derzeit ist das meine geringste Sorge.»

«Ich verstehe.»

Clarissa ließ diese Anmerkung so stehen.

Eine gräßliche Spannung lag im Raum.

«Ob sie leben oder sich töten, geht uns nichts an.» Diese

fadenscheinige Beschwichtigung Monikas tat Clarissa wohl. Sie ging, ihre Schwester zu umarmen.

«Na siehst du.»

«Sie sollten aber ... wenn ich mich recht erinnere. – Wo ist eigentlich Ulrich?»

Monika rümpfte die Nase: «Wahrscheinlich zum Ficken in die Stadt.»

«Ah ja, der Druck.»

«Ein Mann ist schlimm genug. Und dann noch zwei zusammen. Immer wollen sie überall ihren Saft verteilen. Das schafft diese haarige Unruhe.»

«Ich mach' uns einen Kaffee, Moni.»

«Sie verbrüdern sich immer schamloser gegen uns Frauen. Wahrscheinlich ist das der Angstreflex auf die Gleichberechtigung.»

«Nun ja, wir durften uns seit eh und je öffentlich umarmen und herzen. Ist er jetzt wirklich dorthin, oder ist das dein Trauma?... Es tritt zuviel auf der Stelle.» Clarissa war mit ihren Gedanken offenbar woanders, wandte sich aber der Schwester zu. «Und du bist mit deinem Rätsel noch gar nicht weit. Komm, wir lösen's zusammen.» Die Ältere setzte sich neben die verblüffte Jüngere. «Englisches Kurbad – schreib rein: Bath.» Nach einem Weilchen sprang Clarissa auf: «Entschuldige. Ich muß Faruq erreichen. Er hat Mittagspause. Mir platzt der Kopf.» –

«Sei's drum.» In der Küche schenkte sich Hilde Hoffmeister vom Prosecco nach. «Du auch, Erna?» Nachdem sie ihre Frage lauter wiederholt hatte, goß sie auch der sitzenden Kioskbetreiberin ein. «Los, noch einen.» In den Kartons stand genug Spumante zur Verfügung. Die Uhrenverkäuferin füllte die Gläser auf. «Prost», toastete sie, «mal den Tag durchsaufen und dann ab, die Stiege runter.» Das verstand die verstöpselte Hausgefährtin nicht mehr, die im dickwandigen Vorratsraum verschwunden war. –

Durch die Halle hindurch konnte Ute Wimpf im Bügelzimmer einige Laute aus der Küche vernehmen. Aber sie horchte nicht und lächelte mild. Mit den Händen strich die Lehrerin ein paarmal über die große blanke Fläche des alten Wäschetischs. Die Stichwunde schmerzte bei Regen wieder. Mit ein paar Schritten war sie an ihren Wasserflaschen vorbei und bei den Tüten vom Ebenhausener *Bastelbedarf*. Beutelchen mit bunten Holzperlen zog sie heraus, die Schere schob sie zur Seite. Behutsam breitete sie die Rollen mit unterschiedlich farbenem Filz aus. Der Mauve-Ton war schön, das Orange würde sie für eine Borte auch verwenden können. Als würde sie von einem weisen Meister des Fernen Ostens begutachtet, glättete sie sanft ihr Material. Es hatten in ihrem Leben immer jene Arbeiten gefehlt, bei denen sie am Schluß etwas Greifbares, Nützliches, Persönliches in Händen hielt – sie hatte, selbst als Erzieherin, mehr und mehr mit Formalem und Abstraktem zu tun gehabt, mit PC-Listen über Schülerabwesenheiten, vierteljährlichen Daten mit Lernzielabgleichen fürs Direktorium, wo das obligatorische Papier bald in den Schredder wanderte, Tabellen für ein Leistungsoptimierungskurrikulum, welche das Schulamt in der Göggingerstraße wollte. Zu neunzig Prozent strapaziöser Mist. Sie schüttete die Schmuckperlen über den Tisch, die bis an den Rand kullerten. Sie würde die bunte Umhängetasche zu schneidern versuchen, die ihr bei *Selberschön* nicht vollständig gelungen war.

«Du meinst, Basteln hilft?»

«Ich finde zu mir.»

Ein dunkles «Gewiß» war aus der Ecke zu hören, wo Hanna

Reutte von einem Stuhl aus der Nachbarin beim Sortieren der Accessoires zusah. Die Aichacherin wagte nicht anzumerken, daß Ute Wimpfs langes Kleid seit Tagen der Wäsche bedurft hätte. Zu Grasflecken und Wasserrändern von Gartenaufenthalten waren seit dem Büfett noch fast unvermeidliche kleine Fettspuren hinzugekommen. Doch viel Chic und äußerlicher Schein waren im gedämpften Hausambiente ohnehin nicht gefragt. Sie selbst hatte bei jedweder Reise, mochte es auch die letzte sein, stets dieses oder jenes Textil zu Auffrischung und Variation im Gepäck.

«Wann tötest du Hendrik?» Unaufgeregt klang die Stimme vom Bügeltisch herüber.

«Es war nicht schlecht, einige Tage zu warten.» Die Domina schlug ein Hosenanzugbein übers andere. «Vielleicht meinte er, ich würde ihm im Affekt auflauern und anbrüllen: Verräter. Du hast mich alt werden lassen. Nach dir kann ich niemandem mehr vertrauen. Er wähnt sich in Sicherheit. Ich komme plötzlich aus dem Nichts.»

«In der Liebe ist jeder ein Schuldiger.»

«Er besonders.» Die Domina fingerte, doch sehr nervös, am Kragen ihrer Jacke. «Es müßte eine sonnige Stunde sein. Er tritt aus dem Haus. Ich steige aus dem Taxi. Er ist verblüfft, dann lächelt er. Ich lächele zurück. Ach, Hanna? Du hier? Wenn du willst, wir können reden. – Ich sage gar nichts, ich greife in meine Tasche. – Ich muß es tun, schon aus Selbstwertgefühl und aus Gerechtigkeit.»

«Das ist aber nicht mehr Sitte», Ute Wimpf rollte den blauen Stoff aus.

«Man tat es immer. Auch heutzutage melden es Zeitungen. Alles zu verzeihen ist läppisch.»

«Oder groß.»

«Wir hatten Möbel ausgesucht.»

«Du hast Erfahrungen gesammelt.»

Die Domina sank auf ihrem Eckstuhl zusammen, vergrub ihr Gesicht in den Händen. «Komm.» Die Freundin trat mit ausgestreckter Hand auf sie zu. «Bastele mit mir.»

«Von meinen früheren Reizen und Qualitäten soll wenigstens die Entschlossenheit bleiben.»

«Schau dir mit mir den See an.»

Gerade diesen Satz hätte die Augsburgerin nicht sagen sollen. Aufs neue schwammen die Augen der Gefährtin in Tränen; erst nach einer Weile blinzelte sie auf, machte Anstalten, sich zu erheben: «Was soll ich denn basteln? Ich kann das nicht.»

«Er hat dir keinen Reiz gestohlen. Im Gegenteil. Wundsein verschönt, läßt die Seele glänzen.»

Hanna Reutte stützte sich an der Stuhllehne ab. Was trieb sie in einem düsteren Bügelraum, mit Ölfarbgirlanden, einer Glühbirne unterm Emailleschirm und Stoffballen im Funzelschein?

Ein ähnliches Befremden empfand auch Herr Jüssen eine Wand weiter. Der mattblonde Mann mit dem stets etwas geröteten Gesicht hegte das unbestimmte Gefühl, daß er gleich abgeholt würde, eine Spritze bekäme, mit Lederriemen um Knöchel und Handgelenke auf einer Trage fixiert und abschließend in eine schalldichte Kammer transportiert würde. Spätestens dann könnte er sich fallenlassen, wäre alle Verantwortung los. Der Akademiker mittleren Alters durchmaß im zugeknöpften Anzug die Bleibe. – Wieso nannte sich das Loch Fontanellizimmer? Von einem namhaften Architekten mit besonderer Inspiration konnte es nicht herrühren. Hoch war der Raum, kalt, feucht. Vor einem Feldbett stand ein Paar Pumps. Vergilbte Schwarzweißaufnahmen hingen an der Wand und zeigten einen altertümlichen Automobilisten in Schnürstiefeln, mit Handschuhen und Lederkappe, der neben prächtigen Vorkriegskarossen, einem Mercedes-Benz, einer Horch-Limousine mit seitlichem Ersatzreifen stand. Ein korrekter Mann, mochte man beim Anblick der steifen Haltung des Chauffeurs mutmaßen, oder ein strammer Nazi. Der in Beruf und Leben gescheiterte Dozent marschierte, die Hände im Rükken, auf und ab. Mit strengem Gesicht trat er vor den Spiegel und stützte sich am verkalkten Waschbecken ab. Der Geologe, den manche auf bereits Vierzig schätzten, stierte auf sein Konterfei. Diszipliniert, gelehrt und doch an den Cliquen der universitären Geologenmafia zugrunde gegangen. Insbesondere seine Forschungen über die Bedeutung von Mangan, angefangen bei den Waffen der Spartaner bis hin zur verbesserten Insulinherstellung und den immer notwendigeren Entschwefelungsverfahren in der Schwerindustrie, hatte er in denkbar gefälliger Form, kulturhistorisch ausgeschmückt, in Wissenschaftsforen großer Zeitungen dargelegt. Aber gerade diesen Vorstoß in eine breite Öffentlichkeit, die bemerkenswerte Resonanz auch von laienhaft Interessierten, hatten ihm die verbeamteten Kollegen nicht verziehen. Seine Artikel in der *Süddeutschen* und der *FAZ*. hatte er als Diskussionsbasis – völlig üblich an allen angloamerikanischen Universitäten – an seine Institutstür geheftet. Oft schon am nächsten Morgen hatten die halbwegs begreiflichen, populären Darstellungen über Manganvorräte in den Meeren und ihre Bedeutung zerfleddert und zerknüllt auf dem Gangboden gelegen. Neid, Eifersucht, Rankünе. Jedenfalls duldeten deutsche Gelehrtenkreise, besonders wenn sie selbst schon lange unfruchtbar in ihren C3-Professuren nisteten, kein Ausscheren aus dem inneruniversitären Inzest. Obwohl ausgewiesener Fachmann auch in Fragen einer Wiederbelebung von Bronze, war er zu keinem

Kongreß mehr eingeladen worden. Man fürchtete seine zugespitzten Thesen, seine physikalisch-philosophischen Fragestellungen und denunzierte ihn als *Boulevardgeologen*. Auf Festanstellung war nicht mehr zu hoffen. Jüngere, Dümmere, Gefügige wurden ihm vorgezogen, die sklavenartig ihren Doktorvätern zuarbeiteten. Kein Aufbruchsfeuer irgendwo.

Als Privatdozent würde er – das war noch die optimale Aussicht – ohne Salär Vorlesungen halten dürfen und müßte, versorgt mit Hartz IV, eine Woche lang Kartoffelsuppe essen. Er hatte es sich mit den engen Fachzirkeln verdorben, dagegen half kein Charme mehr, kein Schweigen, und jede weitere Veröffentlichung machte ihn noch verhaßter. Und es gab zudem diesen einen schrecklichen, unrevidierbaren Grund, weshalb er bei den federführenden Geologengremien verspielt hatte. Auf der Jahresversammlung in Gera hatte er sein Hotelzimmer neben der Schlafstätte der Vizepräsidentin gehabt, der äbtissinnenhaften, unverheirateten, vergrämt wirkenden, dabei perfekt vernetzten Leibniz-Preisträgerin. In Kongreßlaune hatte er die Nacht mit einer jungen slowenischen Kollegin durchgevögelt. Der stundenlange Radau mußte Frau Professor Juntz aufs tiefste empört und verbittert haben. Seit Gera ging es noch steiler bergab, kein Lehrauftrag mehr, Ablehnungen von jeder Hochschule – wobei er gegen die Frauenquote, so war es eben, ohnehin kaum eine Chance hatte. Sein Grabstein hieß Juntz, Mechthild Juntz, die während dreißig Jahren eine einzige Broschüre über *Kokereien, Wandel und Perspektive* publiziert hatte.

Deutsche Universitäten waren keine offenen Bildungsstätten, ehedem oft von Weltformat, sondern Brutkästen der Angst, der Fachidiotie und Konformität.

Nekropolen des Geistes.

An denen übermorgen nur noch Englisch geradebrecht würde. Jürg Jüssen grinste in den Spiegel. Der Schlips war ihm eine liebe Gewohnheit. Er schürzte die Lippen. Jüssen schob die kleinen Finger in die Mundwinkel und zog diese auseinander. Er riß die Augen auf und knurrte, brummte, er bellte. Nun sah er endlich wahnsinnig aus mit seiner Grimasse. Er legte den Kopf schief und machte ein Doppelkinn. Er trampelte auf der Stelle. Fratzen schneiden, die Zunge rausstrecken, kläffen. Es war der letzte Moment, um sich gehenzulassen, wenigstens die Mimik zu lockern. Er lachte. Er war ein Verrückter. Aber die anderen waren es auch, nur gaben sie es nicht zu. Er fletschte die Zähne und schnappte in Richtung Spiegel. Endlich die Zügel schießen lassen, auf die Verhinderer scheißen, Frau Professor Juntz anspucken und erst danach *Entschuldigung* sagen, interaktive Seminare veranstalten, beschwingt sein, informativ, offen für die Manifestationen des Lebens, das Unübliche zulassen. Dr. Jürg Jüssen lief rot an. Er drückte seine Nase auf dem Spiegel platt. «Wuff – Wau!» bellte der Verlorene, er wollte sich aufs Bett werfen und zusammengerollt einschlafen, als Kind, als erwachsenes Kind. Unschuldig schon tief ins Leben geraten. Er horchte. Schritte. Kamen sie, um ihn auf die Bahre zu fesseln, ihm ein Krematoriumsseditativ zu verabreichen und der Entspannung und Entsorgung zuzuführen? «Es reicht», wiederholte er das Sätzchen von der Karte, das er auf der Arbeitsagentur gefunden hatte. Dort hatte ein Sachbearbeiter ihm, der in Oxford und in Krakau Vorträge gehalten hatte, einen Ein-Euro-Job als Elektroschrottsortierer zuweisen wollen.

«Wuff!»

28.

Grau hatte sich übers Oberland geschoben. Im Gehwegschotter schimmerte Regennaß. Hinter bemoosten Weidepfählen und Elektrodraht graste das Vieh. Autos mit geschlossenen Fenstern verlangsamten vor den Ortsschildern von Großdingharting und Icking ihre Fahrt. Gestühl der Biergärten war gegen die Tische gekippt. Glaser fügten in Grünwald getönte Scheiben in metallverkleidete Geschäftsbauten ein. Die Isar spülte über Ufergras, wühlte Schlamm und Kies auf. Grünbräunlich schäumte sie über die Wehre vor der Stadt. Sportradler keuchten flußaufwärts unter ihren Helmen. Der Anflug eines Regenbogens formte sich über den Wassern zwischen Schloß Berg und Possenhofen. Unter einem *ADAC*-Helikopter strebten späte Zugvögel als unregelmäßiger Pfeil nordwärts.

Fräulein Kunisch war gegangen. Ihr kleiner Stoffeisbär hielt neben dem Telefon seine Brezel in der Tatze. Täglich vier Stunden lang erledigte sie die Büroarbeit für das Kloster Schäftlarn mit seinen Forsten, verpachteten Ländereien, der Bräustube auf der gegenüberliegenden Straßenseite. Abt Odilo blickte im stillen Raum aus der Fensternische auf Straße und Anhöhen. Noch eine Viertelstunde bis zur Mittagshore, danach das Essen mit den vierzehn Brüdern, den beiden Novizen, die sich seit Februar in die Gemeinschaft einlebten. Einer war klein, dick und pustelig. Der Krefelder hingegen eine asketische Latte, die eher zu den Franziskanern gepaßt hätte. Mittwochs tischte Pater Eusebios gerne Tellerfleisch auf, mit feiner Petersilienwurzel aus dem Kräutergarten, wo die Schweden, längs des niedergebrannten Westflügels, anno 1632 ihr Feldlager aufgeschlagen hatten. Im

Klostergeviert, bei geregeltem Leben, guter Luft und nach und nach bezwungener Unruhe konnte eigentlich jeder Bruder hundert Jahre alt werden. Abt Odilo gewahrte den Transporter der Firma *Elektro-Schaderer*, die das Heizgebläse im Seitenschiff der Basilika reparierte.

Man mußte in vielem durchhalten.

Von allem berührbar, in manchem wandelbar bleiben.

Die Glocke rief zur Andacht.

Der Geistliche seufzte, räusperte sich dann und zog das Kruzifix über der Kutte gerade. Goethe und verwandte Freigeister hatten keinen am Kreuz hingeschlachteten Menschen, den Gottessohn, um sich dulden wollen, den der Gläubige beim Abendmahl obendrein, wenn auch halbwegs symbolisch, verzehrte. Finster und bluttriefend erschienen den Abtrünnigen die Erbschuld und der Opfertod auf Golgatha, wo das Lamm das Leid auf sich geladen hatte. Die Heilige Schrift war für die Selbstdenker zum kulturhistorischen Steinbruch, zur Sage geworden, bestenfalls noch zum Anlaß und Anreger der Sinnsuche. Aber immerhin, in der traf man sich ja, zunehmend kompromißbereit oder geschmeidig in diesen oder jenen Punkten, der Barmherzigkeit, der Geduld, der Nächstenliebe und Schöpfungsverantwortung. Allein die Dumpfen und Ruchlosen, die Gott gewiß als Herausforderung gewünscht hatte, waren schwer zu ertragen und fortwährend in Schach zu halten.

Der Mensch war, da gab es kein Wenn und Aber, göttlich. Alles andere wäre abgründig. Biochemisch gesteuerte Materie, die sich für einen Hauch von Zeit halbwegs arrangierte, dann einfach ins Dunkle verlosch … Nein. Ein nichtswürdiger Gedanke.

Der kleine Novize beklagte sich über Zugluft in seiner Schlafstatt. Dem Krefelder hingegen konnte eine Zelle wahrscheinlich nicht karg genug sein. Sie sollten tauschen.

Die Heizungsfirma hatte lange auf sich warten lassen.

Abt Odilo trat auf den Gang.

Erst Andacht, dann Kompott, dann weiter.

Stets fanden sich einige Touristen zur Hore ein.

Im *Gasthof zur Post* bestellten sich Gäste schweren Herzens Apfelschorle, da die Weiterfahrt nach ein, zwei Weißbieren nicht ratsam war. Die Butterblumen genossen das durchtränkte Erdreich. Paketdienste lieferten Kartons bei ihren Empfängern ab.

Clarissa bezog ihr Bett frisch. Während sie die Steppdecke ins Makosatin schob, beugte sich neben ihr Monika aus dem Fenster des Seitenkämmerchens: «Mir kommt hier alles so merkwürdig vor.»

«Das kann ich im Moment auch nicht ändern.» Dabei wußte die Ältere nichts von der Geschäftigkeit, die ihre Schwester beobachtete. Herr Bauer mähte Rasen. Nun gut. Ein weißuniformierter Angestellter von *Southern Catering* spazierte im Vorgarten. Zuvor hatte er einen Thermobehälter ins Haus geschafft und einen Korb voller Schüsseln herausgetragen. Noch während er das Grundstück in Augenschein nahm, erschien eine Frau auf dem Gartenweg, die offenbar eine Reinigung aufgesucht hatte; über ihrem Arm hing Kleidung in Zellophanhüllen. Monika beugte sich verblüfft weiter vor. Hinter dem Lieferwagen vorm Tor stoppte ein dicker blauer Bus mit klarer Aufschrift: *LiesMobil – Leihbücherei Wolfratshausen*. Auf diesen Transporter schien Herr Deutler bereits gewartet zu haben. Der Dürrling eilte hin.

«Haben wir noch alles im Griff?» fragte Monika beklommen.

«Gewiß doch», beruhigte Clarissa sie und fand, wie schon so

oft im Leben, im Bettzeug einen Knopf weniger als Knopflöcher. Aber auch sie vernahm Motorengeräusch: «Die Tiefkühltruhen müßten heute kommen.»

«Ich glaub', da sind sie.» Monika sah, wie hinter der Landbibliothek ein riesiger Truck dröhnend verlangsamte, Baumlaub streifte, zum Halt kam.

«So früh?» Clarissa ließ alles stehen und liegen. «Ulrich soll den Studentenservice anrufen. Irgendwie müssen die Kästen in den Keller. Aber vorher ...»

«Nein!» schrie Monika auf.

«Doch. Die können die Truhen nicht reintragen, während die beiden noch auf dem Schmelzeis liegen.»

«Ich rühr' sie nicht an!» brüllte Monika und lief ihrer Schwester hinterdrein.

Drei Stunden später war das Problem halb gelöst. Unter einem Schirm gegen den Nieselregen schaute Frau von Meyenburg rätselnd zu, wie sechs, acht Jungs, von der Sprache her wohl zumeist Osteuropäer, die sich zwischendrin in bruchstückhaftem Deutsch – «Hey! Auf Kante», «Deckel zu», «Das wummen wa» – verständigten, immense und sichtlich schwere Kühlaggregate aus dem Laderaum eines LKWs neben den Kellereingang schafften, aus dem es irgendwie unangenehm, ja schwer erträglich roch.

Mit unguten und verworrenen Gefühlen gesellte sich Frau Huber zu Greta von Meyenburg: «Meine Güte, wird jetzt alles auf Tiefkühlkost umgestellt?»

«Mit solchem Zeug fang' ich nicht mehr an.»

Schließlich lagerten die weißen, da und dort aber schon verkratzten Truhen, die aus Supermärkten stammen konnten, im Kies und wurden von Clarissa und Monika mit Plastikfolie überspannt.

«Das ist schlecht organisiert», schimpfte Clarissa.

«Im zweiten Anlauf kriegen wir sie in den Keller.»

«Ich hätte zu Dignitas nach Zürich gehen sollen.» Frau von Meyenburg setzte ihren Weg fort. «In der Schweiz ist alles akkurater und sauber – obwohl ich mich vielleicht auch gerade deshalb in der Schweiz immer gelangweilt habe. Matthias fuhr gern hin, aber er hatte ein Konto dort. Spazieren wir doch ein bißchen durchs Grün», schlug die Mimin Frau Huber vor. «Welche Ehre, gerne! Aber Sauerstoff regt mein Herz zu sehr an.»

«Ein-, zweimal ums Haus», bestimmte die Schauspielerin, behielt aber ihren Schirm für sich, «zu frischer Tat gehört frische Luft.»

Die beiden Damen bemerkten, wie der Dünne und der Dicke, Herr Deutler und Dr. Lay, mit hochgekrempelten Hosenbeinen im Gras knieten und nebeneinander fast wie die Trüffelschweine schnüffelten. «Riechen Sie, Herr Doktor, auch frischnasses Erdreich haben wir lange nicht gerochen ... Hier scheint es etwas säuerlicher zu duften als drüben.»

«Herr Deutler, das geht zu weit, und dann noch am Tage.»

«Wunderbar. Stecken Sie nur Ihre Nase hinein ... Wir können das Elementare wiederentdecken. Und heute nacht schauen wir uns an, wie sich das Mondlicht im Gewächshausglas bricht.»

«Ja, das fände ich sogar reizvoll.»

«Legen Sie sich auf den Rücken, und lassen Sie den leichten Regen Ihr Gesicht benetzen.»

«Nein.»

«Im Gewächshaus bin ich übrigens bald fertig, Dr. Lay. Bleiben Sie mit von der Partie?»

«Sie machen einen so kindisch, Herr Deutler.»

«Ich will noch einmal alles mitnehmen.»

Die beiden Spaziergängerinnen wandten sich von den Herren ab, die vor Mondlichtreflexen eindeutig diverse Bodengerüche erkundeten.

«Mich geht's nichts mehr an», erklärte Frau von Meyenburg.

«Normal ist das nicht», flüsterte Betty Huber erheblich kleinlicher. Es wäre angenehm gewesen, sich weiter über die Mitbewohner ärgern zu können, doch Greta von Meyenburg promenierte fort, erhobenen Hauptes: «Ich muß mich auf Matthias vorbereiten. Wir werden uns in einer fernen Welt treffen.»

«Ich erwarte mir von drüben nichts.»

«Lassen Sie einen Höheren walten.»

«Warum dann all diese Plagen?»

«Das Perfekte, Frau Huber, wäre geschmacklos. Wir brauchen das Rauhe, um gehaltvoll zerrieben werden zu können.»

«Dann hab' ich etliches geleistet.» Betty Huber gab sich fast drein. «Aber vier Operationen weniger wären mir lieber gewesen.»

«Erzählen Sie, meine Liebe, das hilft, mitunter wird aus Leiden dann sogar Erlebnis und Fülle.»

«Also ...», setzte die Witwe an, und Frau von Meyenburg gab nun doch einige Zentimeter Schirmdach ab: «Man muß zuhören können, auch wenn es nicht immer fesselnd ist.»

«Meine Hüft-OP und die Kieferkorrektur waren nicht langweilig, jedenfalls nicht für mich.»

«Ich sag' ja, erzählen Sie. Ich bin zur Stunde nicht in Eile. Ich bin längst in einem Alter für kreativen Kummeraustausch. Nur wer das Schwarze sieht, nimmt die Sonne wahr.»

«Mit der Hüfte begann es links, rechts war's eine Fehldiagnose.» Sie standen mittlerweile vor dem Erdloch, das ehedem Herr

Kipphard ausgehoben hatte. «Sollte wohl ein Bassin werden oder eine Vogeltränke?»

«Kindergebuddel.»

Gegen den Türpfosten des Russenzimmers klopfte es. Ulrich blickte vom Monitor zum halboffenen Eingang: «Bitte?» Er erkannte den Turban. «Ich bringe mein Handy», sagte Hilde Hoffmeister, hielt jedoch zwei Geräte in der Hand: «Ich habe das von Frau Hattinger gefunden und auch gleich mitgebracht.»

Ulrich war überrascht.

«Wieso müssen die abgegeben werden?» fragte Frau Hoffmeister nach.

«Sie wissen, die Hausordnung», brachte der Sitzende zuwege, und dieser Hinweis funktionierte: «Ich kann Ihnen eine Quittung geben.»

Die Frau im Bademantel schüttelte langsam den Kopf und blickte verklärt. «Dann», Ulrich wies nach links, «legen Sie sie zu den übrigen.» Nokia, DeTeWe, mehrmals Sony Ericsson ... Hilde Hoffmeister legte ihre Handys in die Reihe der bereits konfiszierten Mobilfunkgeräte, deren Besitzer jedoch mit Klebezetteln vermerkt waren: *Wimpf, Wang, Araberin, Dr. Jüssen* ...

Dies waren die gewiß unangenehmsten Momente überhaupt, empfand Ulrich, der Kontakt, obendrein unter vier Augen, mit den Insassen.

Vielleicht sah er überdies jeden zum letzten Mal.

Es leuchtete ihm zunehmend ein, was Clarissa angemerkt hatte. Sie war nur mäßig beunruhigt darüber, daß nach London noch kein beeindruckender Vollzug gemeldet werden konnte, daß Herr Fehling weiterhin auf dem Dachboden kauerte und meditierte, daß Xaver Bauer die Sense schwang, Frau Wimpf Filzbahnen zuschnitt und Frau Hoffmeister vor allem in der Küche rege war. Was nach fortwirkenden Lebenskräften aussah, spürte Clarissa, konnte im Nu, in Sekundenschnelle sich verkehren. Der Entschluß zum Äußersten … mittlerweile hatte man ja schon ein ansehnliches Verbrämungsvokabular für den Selbstmord kreiert … dieser Entschluß trat zumeist abrupt ein. Keine quicklebendigen Optimisten und Bergeversetzer waren auf der S-Bahn-Station Höllriegelskreuth eingetroffen, sondern zutiefst Angeschlagene. Ein Leben lang konnten Menschen mit Melancholie existieren, mit finsteren Schüben, im Wechsel zwischen Trott, Aufschwung und Verzweiflung normal altern. Ja, die meisten konnten sich jahrelang folgenlos, immer wieder, vielleicht nur für Momente, nach der Selbstauflösung sehnen. Oft nach einer partiellen. Doch es geschähe nicht. Der Daseinswunsch, so matt er auch sein mochte, obsiegte. Bis zum natürlichen Abschluß. Nicht auf andauernde Melancholie oder ein Anschwellen des Verzagens kam es an, hatte Clarissa klug erkannt, sondern auf die Sekunde. Es gab die böse, die erlösende oder wie auch immer zu nennende Sekunde, in der die Kräfte verpufften, der schwarze Nebel kam, kein Boden unter den Füßen blieb, alle Verknüpfung zerriß, jene nicht vorher zu bestimmende Sekunde, in welcher der Mensch nicht mehr sein wollte, die Sekunde am Hang, auf der Brücke, an einem Sonnentag hinter der Brüstung der Petersdomkuppel und des Eiffelturms. Wahrscheinlich schaute jeder zweite, dritte Besucher mit solchen Kurzreflexen von der Frauenkirche auf die Stadt oder über den nächtlichen Ammersee. Mit einem vielleicht aufgestauten, dann aber plötzlichen *Genug*. Alles mochte dabei durch Kopf und Seele wirbeln, aber wenig Verbindliches mehr – unergründlich blieb das letzte Ich-will-nicht-mehr, das dann tatsächlich die Aufkündigung sein sollte, der Schritt vom schönen oder abgelatschten Teppich, den die Menschheit fürs Leben gewoben und ausgerollt hatte. Sogar aus größter Lust konnte die schwarze Sekunde emporsteigen, in einem Augenblick, nach dem nichts Beglückenderes mehr erwartbar schien: Hatte man nicht kürzlich von einem Millionär gehört, jung, attraktiv, der nach einer Nacht mit der Geliebten an der Côte d'Azur in seinem Maserati Gas gegeben hatte, um die Berghänge hinabzufliegen?

Die Lebenden führten, halb begreifend, ihr Geschäft weiter.

Clarissa hatte im beruhigendsten Sinne recht. Man konnte ziemlich saubere Hände behalten. Nicht die perverse Antreiberei zählte, der Schubs in den Keller, sondern die unkalkulierbare Umschlagssekunde, in der die Psyche zerbrach, sich verwandeln wollte, wohl zumeist in nichts.

Das Ganze benötigte natürlich den faktischen Vollzug – und da hatte die Schöpfung, neben dem Gedanklichen, doch erhebliche Hemmschwellen eingebaut. Die Seele und der Puls wollten sich, geradezu immer.

«Ist Ihnen nicht wohl?» Die Hausinderin trat einen Schritt auf Ulrich zu.

«Doch, doch», winkte Ulrich bleich und matt ab.

«Wie hübsch.» Hilde Hoffmeister entdeckte das Südseeposter an der Wand: «Da möchte man wohnen. Am warmen Meer. Morgens ins Wasser laufen, danach Kaffee und Croissant, Sonne im Nacken, ja, da wäre man ein anderer Mensch. Karibik?»

«Brasilien», klärte Ulrich räuspernd auf.

«Wo ich schon mal da bin», die Frau im Bademantel, die ihre Entscheidungssekunde noch umschiffte, baute sich vor dem vermeintlichen Hausangestellten auf: «Ich weiß nicht, welche Philosophie, so sagt man doch heute, Sie in diesem Hospiz verfolgen –»

«Eine schleichende», warf Ulrich hastig ein. Nach Möglichkeit waren er und seine Schwestern bisher jeglichem Kontakt mit den Hinfälligen ausgewichen. Er schneuzte sich, der Streß aktivierte die Rhinositis.

«Ob schleichend oder nicht», die Besucherin wirkte recht fordernd, «die Unordnung in diesem Haus trägt nicht wirklich zur inneren Sammlung bei.»

«Nicht?»

«In jedem Heim gibt es regelmäßige Essenszeiten. Frau Jakoubek und ich haben unsere Kostüme selbst in die Reinigung geben müssen. Eine Andacht dann und wann wäre auch gut. Von frischer Bettwäsche will ich gar nicht reden.»

«Sie sind nicht hier ...»

«Ich zahle vierzig Euro am Tag.»

«... um in gemachte Betten zu steigen.» Ulrich verlor die Beherrschung und brüllte, wie es bei sonst ruhigen Menschen dann um so heftiger geschieht, die umtriebige Frau in ihren besonders heiklen Wechseljahren an: «Wir werden Ihnen eine Frist setzen, sonst gehen Sie!»

«Pah», kam es von Frau Hoffmeister zurück. Andererseits schien sie aber diese Zurechtweisung gebraucht zu haben, denn sie bemühte sich um ein Lächeln: «Ich leg' mich wieder hin.»

«Tun Sie das. Dauerruhe entkräftet gut.»

Sie schloß die Tür.

Wieder allein, strich Ulrich sich über die Uniformhosenbeine. Ein bläulicher Vogel ließ sich draußen auf den Gefrierkästen nieder, konnte aber auf der Plastikplane nicht laufen.

«Man müßte die Rente erreichen», hörte er vor der Tür eine Stimme, «dann ginge es einem gut. Endlich freie Zeit, ruhige Versorgung.»

«Doch dann schwinden auch die Kräfte, um zu genießen.»

«Vorher – so viel Kampf.»

«Mit einer Rente sollte das Leben beginnen. Dann ab dreißig steigt man ins Arbeitsleben ein.»

«Das wird nie irgendwo gestattet werden.»

«Trinken wir was?»

«Mittags?»

«Gerade deswegen.»

Er konnte die Hallenpassanten nicht identifizieren und weckte den PC aus der Ruhephase. Aus all der Überforderung und Beengung half nur noch Sex heraus, den er – moralisch aufgewertet – vor seinem Herzen als Zugang zu Liebe und Treue einstufen konnte. Bei Gay-Switchboard wartete noch eine Anfrage auf ihn: *Willst du kuscheln?*

Diese Dauerbitte von *Teddy-Lieb* begann ihn zu verdrießen. Mit Kuscheln war gar nichts gewonnen. Man wurde immer nervöser, wenn man sich nur in den Armen lag, streichelte und schnurrte. *Teddy-Lieb* verheimlichte gewiß einen Defekt. Deswegen fehlte wohl auch ein Foto. Die Altersangabe *34* im *Profil* meinte vielleicht 58, und das angegegebene Körpergewicht *88 kg* durfte man womöglich auf 95 aufrunden. *Nein, reicht mir nicht*, tippte Ulrich als Antwort ein.

Können zusammen auch DVDs schaun, antwortete es flink.

Schon hatte Ulrich den Anflug von schlechtem Gewissen, einem alten fetten Mann nicht aus der Liebesmisere zu helfen. *Auf alle Fälle einen schönen Tag noch!* gab Ulrich aus sicherer Distanz ein.

Fick dich doch selbst, kam als Retourkutsche. Ulrich war jedoch erleichtert. Um einen frustrierten Wüterich, der kein Konterfei von sich preisgab, mußte er sich keine Sorgen machen. Auch eher unansehnliche, dauerhaft zurückgewiesene Leute kamen mitunter glänzend zurecht, hatten sich gepanzert, wurden schließlich sogar dreister als manche empfindsame Schönheit, hatten scheinbar nur noch wenig zu verlieren.

Blöder Ochse, tippte Ulrich.

Komm doch kuscheln! Bitte, bitte!

Er mußte den Empfang der zudringlichen Mails von *Teddy-Lieb* blockieren. Ein Klick genügte, dann sähe *Teddy* den Vermerk *Einfahrt verboten*. Nun ritt Ulrich aber doch der Teufel: *Wo wohnste eigentlich?*

Fast im selben Moment las er weiß im blauen *Chat*-Feld: *Bei Lohhof. S-Bahn, dann Bus. Bin immer zu Hause. Können Piccolo trinken, dann kuscheln. Ich hab' Dich lieb.*

Nun hatte *Teddy* sich endgültig selbst aus jedem Rennen geworfen. Ein Schwuler, der in einer Mansarde eines Vororts hauste, hatte im Leben etwas grundlegend falsch gemacht. Man vegetierte nicht in der Einöde, wenn man die Strudel des Männerlebens brauchte. Es sei denn, *Teddy-Lieb* züchtete Pferde oder betrieb eine Gärtnerei. Doch Piccolo aus farbigen Gläsern, zwischen Schalen mit Zierkürbis und hinter geschlossenen Aluminiumjalousien – vor solchem Vergnügen sollte man sich eher den Fangschuß geben.

Ulrich *blockte* den Daueranfrager, in dessen Gebettel natürlich schon etwas Heldisches lag. Nun hockte der Sehnsüchtige in Lohhof neuerlich vor dem Nichts, ginge aber vielleicht spazieren und brutzelte sich dann etwas Leckeres.

Schoner gailer Brasillaner mit Deutchkentnissen will Böcke besteigen – der 25jährige auf dem *Profil*-Foto war, im Vergleich zu Teddy, zur Verheerung der Menschheit von Satanas selbst kreiert worden. *185 cm, 72 kg, Typ Latino-Europäer.* Dieses Geschöpf – vor dem auch die Frauen reihenweise das Bewußtsein verlieren mochten, den

Gott aber auf andere Bahnen gesandt hatte – trug eine Art römischer Sandalen, mit Lederriemen geschnürt bis unter die Kniekehlen. Vor dem schlanken, bezwingend lächelnden, im übrigen nackten Monstrum stand ein Barhocker, über den sich ein Schwanz reckte. In lückenhaftem Deutsch war vermerkt: *prima Rit!*

Wovon lebte hierzulande solch ein *Brasillaner*? Im Zweifelsfall: Gastronomie. Worüber sollte man sich mit ihm unterhalten? Über Mindestlohn und das Wetter? Andererseits galten Brasilianer als seelenvoll, und vielleicht bot er sich so hinreißend an, um den idealen Lebensgefährten aufzuspüren und ihm treu zu sein. Neben dem Leben war das Internet die Hölle.

Hi, mailte Ulrich den Amazonaskönig an. Die Kürzestfloskel war zu blöd, meinte wenig, außer Interesse plus Scheu.

Was machst Du heute abend? Angesichts der imposanten Pracht fürchtete Ulrich fast am meisten die Antwort: *ich warte auff dich um 20Ur an Marienplaz.*

Doch Jaõ, so hieß er zumindest im Netz, war offline gegangen. Das gab's, daß manche sich nur anonym bewundern lassen wollten.

Es war alles schlimm oversexed, so wehrte man die Lockungen ab, falls man nicht gerade selbst begehrte und begehrt wurde. Und merkwürdig war, daß bei dieser pornographisierten oder auch schlichtweg offen erotischen Welt offenkundig seltener Treffen, Liebe, stabil Gemeinsames zustande kamen als in den verklemmteren Zeiten. Ein sogar weltweiter Grabbeltisch bot sich dar, allerdings dann doch noch immer, oder womöglich mehr und mehr, mit den Unwägbarkeiten der Psyche im Hintergrund. Jaõ, mit der furchterregenden Lanze auf dem Barhocker war vielleicht musikalisch hochbegabt und selbst schutzsuchend – neben seinen Eskapaden.

Ulrich seufzte.

Die Menschen hielten ihren perfekten Zurschaustellungen im Internet kaum stand, verblüfften dann allerdings – stand man sich gegenüber – durch Duft, Mimik, Unregelmäßigkeiten, ihre Stimme, in der ihre Geschichte mitklang.

Deutsche Männer waren die besten, zuverlässigsten, berechenbarsten – mit ihnen ließ sich über die Kindheit in der Rhön oder in Worms plaudern.

«Ich bin süchtig ...», murmelte Ulrich und klickte das *Party-Forum* an.

Stuttgart annoncierte eine Kellerfete, *20 Euro Eintritt, Dresscode Jeans und Leder.* Zu weit weg.

Maskenball in Nürnberg. – Dreißig, vierzig Männer, die in dunklen Räumen vielleicht Gasmasken überstülpten, um sich als virile Masse in einem Fronterlebnis zu verlieren, alle Hemmungen zu überwinden, wonach sie am Wochenanfang dann wieder um so adretter und erfüllter in ihre Büros traten: *Guten Morgen, Frau Gerberer, wie geht's Ihrer Mutter?*

Seine Designerkollegin Judith hatte Ulrich berichtet, daß nicht wenige junge Mädchen sich insgeheim ins schwule Chatforum einloggten. Zuerst war Ulrich entsetzt gewesen, hatte den Grund aber schnell nachvollzogen: Wo sonst konnten Mädchen direkter und anschaulicher, aus Spaß oder Gier, die pure Männerwelt erkunden? Sie präsentierten falsche Fotos, imitierten jedoch makellos die Körperangaben.

Ulrich hatte den Verdacht, vielleicht schon mehrmals statt mit einem Mann mit einer Frau gechattet zu haben... wobei es aufschlußreiche Stopmomente gegeben hatte: *Wie magst du's? – Lang und intensiv. – Hardcore? – Darf schon sein. Ein bißchen. – Mit Kugeln? – Womit? – Welche Sorte Poppers? – Weiß nicht. Mir egal. –*

Wie oft kannst Du kommen? – Ach, fünfmal. – Die andere Sozialisation, etwas Unkundiges traten dann doch zutage, und spätestens bei einem Verabredungstermin wäre Schluß gewesen.

War das nun alles Not oder Lust? Oder war solche Frage der größte Blödsinn? Die Leben und das Land funktionierten im Grunde fabelhafter denn je. Das Internet würde die Liebe, genauso wie Kontaktanzeigen früherer Epochen, weder befördern noch beseitigen können. Bestaunenswert blieben die mittlerweile Legionen junger Männerpaare, die zusammenlebten, verpartnert waren und mit lockerer Geste dritte, vierte für gemeinsame Wochenenden suchten. Treue mußte offenbar neu definiert werden.

«O Amsel, wie dumm», blickte Ulrich aus dem Fenster, wo der Vogel abermals auf der Plastikplane landete, rutschte und davonflog.

Er starrte auf den Schirm.

Hallo, wie geht's? Hab heute an Dich gedacht, Roland.

Danke, bin irgendwie im Streß. Man müßte sein Leben ändern. Oder auch nicht, mailte Ulrich erleichtert nach Eckernförde zurück, wo er seit Jahr und Tag in gelegentlichem Bulletinaustausch mit jenem Roland stand.

Manchmal denk' ich, ich liebe Dich.

Gleichfalls, schrieb er.

Was machsten heut'? Kiss, Kiss!

Müßte noch ein paar Leichen umbetten.

Okay, dann viel Spaß.

Und Du?

Muß gleich in die Arbeit. Sollten uns mal treffen, meinte Eckernförde.

Mit Roland sollte er es sich nicht verderben, dachte Ulrich, in irgendeiner Not könnte er zu ihm flüchten. Roland sah völlig normal aus, auf seinem Foto, in Jeans und grüner Bomberjacke vorm Ehrenmal von Laboe.

Nachmittagssonne brach sich im Fensterglas, auf dem Fischgrätparkett, im Staubfilm des dunklen Monitors. Auf der Suche nach ihrem Bruder trat Monika ins Russenzimmer. Hölzer und altes Wachs dufteten. Tee schwappte über ihren Tassenrand – im Hinausgehen gewahrte sie nebeneinander abgegriffene und neuere Handys auf dem Asylantenfeldbett. Ein gelber Klebezettel an jedem. Monika verharrte. Das Haus war still. Sie schaute um die Ecke in die Halle. Niemand. Sie stellte ihre Tasse ab. Mit beiden Händen schob sie die Tür zu. Ein altmodisches Handy fiel in der Reihe auf, groß wie ein Schuh ... «Ja-koubek», entzifferte Monika in Ulrichs Schrift. Auf leisen Sohlen trat sie vor die Elektronik. Die meisten hatten sich für Sony Ericsson entschieden. Ein rotes ruhte neben dem weißen von ... Frau Reutte. Das schicke mit Edelstahlgehäuse gehörte – Monika beugte sich vor: «Wang.» Sie legte den Fernsprecher von Frau Hoffmeister wieder hin. Die Schauspielerin schien keines zu besitzen.

Nein, das konnte sie nicht tun.

Konnte schon, aber durfte nicht.

Sie schaute zur Tür, spähte aus dem Fenster.

Das Motorola-Gerät des Rundfunkmoderators lag gut in der Hand. Der hatte sich tatsächlich davon getrennt – ungeheuerlich. Und war dabei sogar fahrig, übereilt gewesen. Das Display leuchtete auf. Tasten waren überall ähnlich.

«Ich komme heute erst später nach Hause. Mußt nicht auf mich warten, Markus. Bring die Konferenz gut hinter dich.» Eine ganze Flut unbeantworteter Anrufe hatte den Hörfunkmann erreicht:

«Ich komm' doch früher. Pizza steht schon im Ofen. 180 Grad, zwanzig Minuten.»

«Markus – wo bist du?»

«Markus? Ich bin so was von sauer.»

«Markus, bist du versackt? Wo bist du? Werd' langsam unruhig. Ciao, Ciao.»

«Mein Gott, Markus! Rühr dich doch. Wo hast du die Nacht verbracht? Ich hab' kein Auge zugedrückt. Bist du nach Berlin, aber warum? Meld dich.»

«Markus, ich geb' dir noch zwei Stunden. Was war im Funk los? Die rufen hier dauernd an. Komm, meld dich.»

«Ich geh' zur Polizei. Also rühr dich.»

«Markus!»

Der letzte Anruf war schon ein paar Tage alt.

Bauer, Xaver? Kein Mobilteil. Wimpf, Ute. Sorgfältig ausgestellt.

Frau Reutte? Bloß gesperrt, aber mit versiegendem Akku.

«Bin um zwanzig Uhr ... Wie immer: Käfig. Der kleine Puma.»

«... Alte will zum Chinesen. Zahle selbstverständlich das Ausfallhonorar. Armstrong.»

«Tschukitschukitschuki, der böse Hein...»

Der Nachruf auf Hanna Reutte?

Jakoubek. Nicht ausgestellt. Nichts drauf. Huber. Defekt. Ein Flackern. Lehmann. Passé. Vorsichtig griff Monika das edle Klappmodell mit einer Menge Buchsen, Wang. Fehlanzeige. Tot, dunkel.

Endlich. Aufschlußreiche Konfiszierung. Frau Hoffmeister,

konfus, hatte wahrscheinlich die Entlassungsankündigung vom Kaufhof gar nicht abgehört. Eine bayerische Stimme dröhnte:

«Wo rennst 'n rum? Soll ich zum Abendbrot kalte Tomaten fressen? In die Klapse gehörst du.»

Doch Frau Hoffmeister hatte noch einen letzten Gruß vom heimischen Herd: «Komm du mir nach Haus, oide Ziefern. Dich walk' ich durch.»

Konsterniert legte Monika die Billigmarke zurück. Die Inderin schwebte in Lebensgefahr. Sie konnte nicht heim.

Monika räusperte sich. *Dr. Lay* steckte gut verwahrt in einem Kunststoffetui. Besser nicht anrühren. *Hattinger, Jakoba* – mit ein bißchen Stolz auf eine Scham, die sich nachdrücklicher in ihr meldete, ließ sie das Gerät liegen.

Entsetzt wich sie einen Schritt zurück. Schütter bebte das Handy von Frau Reutte, erlahmte im Nu endgültig.

Die Lauscherin wurde kreideweiß, der Mund blieb offen, und am liebsten hätte sie nach Clarissa gerufen, was sie aber auf keinen Fall durfte. Hatte sie durch ihre Aktivierung Hinweise zur Ortung der verlassenen Apparate ermöglicht?

Sie wandte sich um.

Mit einem Klopfen stand Herr Fehling halb im Raum: «Bitte, mein Handy.» Er trat ein, erkannte sein Gerät, nahm's, fingerte daran, drückte ein Knöpfchen, ein Signalton verklang: «Vorhin vergessen. – Ist Ihnen nicht wohl?»

29.

Eine Frau mittleren Alters löste sich aus dem Menschenstrom im Fußgängergeschoß des Hauptbahnhofs. Den blauen Mantel umschloß der passende Gürtel. Sie eilte krumm dahin. Ihre Schultertasche baumelte. Im Seitengang passierte sie eine Reformhausparzelle, in der auch Angorawäsche angeboten wurde. Auf der gegenüberliegenden Seite warteten beim Herrenfrisör Kurden auf ihre Kundschaft. Kaugummiflecken auf den Granitbodenplatten. Am Schalter der Strafgebührendienststelle für Schwarzfahrer gestikulierte ein Mann vor einer Angestellten der Verkehrsbetriebe. Der Gang – im Grunde eine Herzinfarktzone –, der zu den Treppen in Richtung Bayerisches Pilgerbüro und zur Paul-Heyse-Unterführung führte, verengte sich. Die Eilende blieb stehen. Die Innenbeleuchtung war gelblich. Rotweißkarierte Stores mit bäuerlicher Spitze schmückten die Fensterflächen. Rustikale Lampen hingen über alpenländischen Resopaltischen. Neben der Theke kreuzten sich über einem Strohkranz ein Dreschflegel und ein hölzerner Rechen. Die Frau starrte ins Innere der Kaschemme *Zur Reblaus*. Im senffarbenen Schein hatte ein Mann einen Schoppen vor sich stehen. Öfter verharrte sie hier auf ihrem morgendlichen Weg und ließ den Anblick der *Reblaus* auf sich wirken. Mochten manche Tage auch noch so bedrängend sein. Nein, so weit war sie nicht. Bestimmt würde sie nie um halb neun Uhr früh in die *Reblaus* einkehren und allein, anstelle von einem Frühstückshappen, unter einem schauerlichen Lampenschirm einen Heurigen, Fusel aus Südtirol, in sich hineinkippen.

Der Mann trank.

Die Angestellte eilte zur Treppe.

30.

Über mangelnde Lebhaftigkeit vorm Untergang konnte man nicht klagen.

Ulrich hatte ein weiteres Mal den Studentenservice geordert. Schon auf den bloßen Augenschein hin erwies es sich als undenkbar, die Kühltruhen mit gleich welchen Tricks durch den Seiteneingang in den Keller zu schaffen, es sei denn, man bräche Mauerwerk ein. Nur der rumänische Student hatte bereits bei der Anlieferung der Eissärge zugepackt, seine fünf Kommilitonen waren neu. Die Jungs wunderten sich, daß sie die unhandlichen emaillierten Kästen in den Gartenschuppen bugsieren mußten. Wahrscheinlich sollte, hier auf dem Land, Wild eingelagert werden. Ulrich machte sich mit Kabelrolle und Mehrfachstecker nützlich, denn der nötige Strom mußte vom Haus zugeleitet werden. Es war wünschenswert, daß nach etlichen Tagen möglicher organischer Prozesse Frau Fontanelli und Herr Lehmann noch hineinpaßten. Was wußte man? Es gab kein Zurück. Mit Surren, innerem Beben sprangen die gebrauchten Markenfabrikate an.

«So.» Ulrich stemmte die Hände in die Hüften.

Ein Student beäugte das Schuppeninventar, ein paar Heubündel, ein Fahrrad ohne Lenker, eine Armbrust. Nun ja, andere Leute, hatte er gehört, parkierten Oldtimer oder horteten Plattenspielersammlungen in Schobern.

Die beiden Herren in der Halle hielten im Gehen inne und drehten sich um. Markus Fehling und Dr. Lay sahen und hörten Frau Reutte, die ins Bastelzimmer von Ute Wimpf rief: «Keinen Appetit? Ich mach' dir einen kleinen Teller.» «Nein», antwortete die Augsburgerin. «Ich faste. Ich glaub', das ist jetzt das Wichtigste. Weg mit allem Ballast. Dann geht alles leichter. Wie in Trance.»

«Gut. Ich esse», antwortete die Aichacherin: «Ich muß stark sein. Ich schlemme sogar! Aus dem Vollen ins Unbekannte. So hab' ich es meistens gehandhabt.» Mit ihrem gut gefüllten Teller nahm die Domina die ersten Treppenstufen. Mit einem herzlichen Blick bedachte sie Markus Fehling, der zurücknickte. Sie hielt inne. «Bald ohne Sie», vernahm er von der Treppe. Sie schien lächeln zu wollen und wurde sogar ein wenig rot.

«Oder für immer zusammen», gab er zurück.

Langsam stieg Hanna Reutte die Stufen hinauf.

«Kleist und Henriette Vogel, ja allen voran Romeo und Julia», kommentierte Dr. Lay leise, aber geradezu animiert: «Warum nicht. Zu zweit geht das meiste leichter. Nur in diesem Fall muß man sich wirklich aufeinander verlassen können.»

Markus Fehling wirkte ein wenig geniert. «Eine nette bezaubernde Frau, gewiß. Hätte etwas Besseres verdient, als hier auf die Nacht zu warten.»

«Wer nicht? Wir wurden alle nicht fürs Unglück geboren. Oder doch? Gott sei Dank haben bei mir immer das Handeln und Bewegung die tieferen Sinnfragen erübrigt. Andererseits ist es natürlich völlig klar, daß Schmerz und Leid die Voraussetzungen sind, um zwischenzeitlich glücklich zu sein.»

«Nur wann darf man das Leid übermächtig nennen?»

«Schätzungsweise nie. Da wir den nächsten Moment nicht kennen.»

Mit gesenktem Kopf setzten die beiden Herren ihren halbwegs zufälligen Rundgang durch die Fliesenhalle fort, wobei sich nur Tassilo Wang als Hindernis erwies, der in seinem schweren Sessel alte Zeitungen las. Oben sah Fehling, wie Hanna Reutte sich ihrem Zimmer näherte.

«Jesus», Dr. Lay hob eine Hand und schien über sich selbst verwundert, «hat das gesamte Leid der Welt auf sich genommen. Wir sind erlöst. Und allen Kummer müssen wir nicht mehr in den Mittelpunkt rücken.»

«Tja, das lebe man einmal im Alltag. Vielleicht hätte man tatsächlich stets ein Kreuz um den Hals tragen sollen, um unserer Erlöstheit zu gedenken.»

«Ich mag mich nicht einem Glauben hingeben, höchstens im innersten stillen Seelenwinkel. Man gerät sonst – sei alles auch noch so schwierig, wie es eben sein mag – in die Fänge der von Gott nicht autorisierten Besserwisser, der Priester jedweder Couleur.»

«Wenn sie es gut mit dem Menschen meinen, wirken sie in seinem Dienst. Und falls es Gott gibt, hat er ohnehin alles gewollt. Man entkäme ihm keine Sekunde lang.»

«Ist doch tröstlich.» Gleich seinem Nebenmann hatte auch Dr. Lay beide Hände im Rücken verschränkt: «Haben Sie im Rundfunk oft solche Gespräche geführt?»

Markus Fehling blieb irritiert stehen.

Lays Gedanken arbeiteten bereits in eine andere Richtung: «Jahrhundertelang brachte man sich wegen der verlorenen Ehre um. Wer zählt die Duellanten, die im Morgengrauen aushauchten?»

«Bitter. Welcher Blutzoll.»

«Das ist aus unseren Breiten völlig verschwunden. Erstaunlich. Ist die Ehre drittrangig geworden?»

«Man ist liberal. Da braucht es nicht mehr viel Ehre oder Dünkel. Die Ehre beruhte auf Abgrenzung, klarer Hierarchie, der

Angst vor dem Fall, Entblößung. Die Würde des Menschen ist ihre moderne kreatürlichere umfassendere Fortsetzung und Variante. Die Ehre war ein Korsett, die Würde meint das Fleisch selbst.»

«Interessant», nickte Heinrich Lay, «Ehre. Hat trotzdem was. Ist ein Comme-il-faut, eine eindeutige Haltung, falls sie nicht zu Völkerschlachten und Sippengemetzel führt.»

«Ehrversessenheit macht schnell blind und kalt.»

«Ich meinte die aristokratische Tugend. Hier bin ich – dort ist das Schicksal. Sehen wir, wer stärker ist.»

«Tja, Sie sind nicht Fürst und ich nicht Puschkin.»

«Gleiches gilt bei jeder Flamme. Im übrigen heißt es ja, Fehling, die schönsten Eigenschaften der Seele werden erst durch die Leiden offenbar. Davon habe ich bei meinem Bankrott allerdings wenig gespürt.»

«Ich habe das Gefühl, Doktor, wir leben nur noch durch Worte weiter ... nun, nichts in der Moral stimmt endgültig. Leiden macht großherzig, sanft oder noch mehr zum Egoisten. Denken Sie an die Dramen auf sinkenden Schiffen. Der eine hilft seiner Frau, ins Rettungsboot zu klettern, und bleibt an der Reling, der andere stößt ein Kind beiseite und springt noch rasch ins Schlauchboot.»

«So viel zu denken», verharrte nun der Verleger.

«Ist doch schön.» Fehling sah den Kleineren von der Seite an.

«Und so vieles geht durcheinander. Zumindest scheinbar.»

«Das ist auch modern.» Der Moderator entschuldigte auch dieses Phänomen. Nur mäßig störte es, daß Tassilo Wang in seinem Polster eine Zeitungsseite umblätterte und vermutlich jedes Wort mithören konnte. Hier war nicht der Ort falscher Scheu.

«Eigentlich», hob Markus Fehling dennoch zögerlich an und brauchte einen Anschub.

«Ja. Was?»

«Eigentlich habe ich an vielen Tagen meines Lebens an Flucht, auch an Selbstmord gedacht. Meist nur ganz kurz, wie ein Blitz. Ich will's nicht verhehlen», er räusperte sich, «ich war lange Zeit Bettnässer und noch länger Stotterer –»

Dazu wußte Dr. Lay im Moment nicht das Rechte anzumerken.

«Bettnässer mit zwölf und Stotterer noch mit fünfzehn. Sie können mir glauben, daß ich oft verschwunden, weg, tot sein wollte. Seither wußte ich vom Tod als dem dunklen Hafen. Er vermittelte fast das Gefühl einer Geborgenheit.»

«War mir fremd.»

«Es gab also immer die Möglichkeit, sich davonzustehlen. Meine Eltern waren nicht sehr liebevoll.» Markus Fehling packte jetzt aus. «Vielleicht auch deswegen habe ich so lange in die Laken gepinkelt. Ich bereitete ihnen damit wenigstens Ärger, und manchmal nahm mich meine Mutter dann auch in die Arme. Wenn ich mich mit dem Küchenmesser erstochen hätte, wäre ich für immer die Anklage in ihrem Herzen gewesen. Das lockte mich durchaus. Ich fiel sogar manchmal um, wie bei einer Ohnmacht, mitten im Wohnzimmer, und sie mußten mich hochheben und ins Bett tragen.»

«Was es alles gibt, aber vielleicht ist das gar nicht außergewöhnlich.»

«Wer nicht geliebt wird, will zumindest schaden.»

«Die Liebe, die Liebe, die ist's», rief Dr. Lay aufs Geratewohl aus, während Tassilo Wang die Lippen schürzte.

«Das Ja zum Leben und zu sich selbst war dann aber wohl stärker», mutmaßte unweit des Sessels der Bankrotteur, «und dann: vom Stotterer zum Moderator! Das ist doch ganz enorm.»

«Eben überhaupt nicht.» Markus Fehling breitete kurz die Arme aus. «Alles bleibt Überlebenskampf. Was meinen Sie, was ich geübt habe, bei vorzüglichen Spracherziehern, um vom gehänselten Schü-Schü-Schü-ler schließlich an der Uni zum Fachschaftssprecher zu werden! Immer Überwindung, Disziplin, wieder Überwindung, weitere Disziplin ... bis man's vielleicht übertrieben hat. Vom Bettnässer und Stotterer zum Interviewer des Bundeskanzlers ... nun, das war schon was. Ich habe mir meine kleine Bedeutung wahrlich erkämpft ... und genoß dann natürlich auch ein Machtgefühl. Daß man nicht bequem leben und etwas erreichen kann, hat mich oft gepeinigt.»

Die Herren waren vor der Konsole stehengeblieben und schauten das Sparschwein an.

«Durch Bettnässen und Ohnmachten mußten Sie sich Liebe erkaufen?»

«Ja. Auch im Schmollen, Beleidigtsein, trübsinnigen Schauen war ich gut – ich wollte doch, daß die Mitschüler, Kollegen auf mich zukommen und sagen: Komm, wir brauchen dich, du bist unersetzlich, wir wollten dich nicht kränken, sei wieder gut. Können wir dir helfen? Der freiwillige Tod ist natürlich das Zeichen des äußersten Beleidigtseins. Ihr wollt mich nicht, also gehe ich.»

«Die Zeche bezahlt man selbst.»

«Hinterläßt doch wenigstens Gram und Schuld auf der Welt.»

«Maroder Triumph.»

«Keiner hat das Recht, den Kummer des anderen zu verachten.»

«Ich pflegte», Dr. Lay kratzte sich am Ohr und marschierte fort, «gegen innere Abstürze doch immer eine Menge brauchbarer Gewohnheiten. Nach der ersten Scheidung duschte ich morgens so lange heiß und kalt, bis das Gemüt zwangsläufig wieder in Fahrt kam. Nach der zweiten Scheidung, wieder eine Gisela, wie Sie wissen, versuchte ich mich in Askese, bis ich mir dachte: Ach was! Steh zu dir, mach, was dir gefällt, und genehmigte mir mittags ein Bier. Überhaupt: Die Flasche Cabernet am Abend brachte mich meistens wieder ins Lot. Mit Trübsinn hat unsereiner noch nie Trübsinn bezwungen. Ich bin ein Kind der Zivilisation! Ich schätze gutes Essen, meine Morgenzeitung, das Theater, die aufwendig gefeierten Jubiläen, maßgeschneiderte Oberhemden – alles, was die Menschheit erfand, um uns durch ein bißchen Schmuck weiterzuhelfen. Wir müssen uns einfühlsam und formvollendet miteinander beschäftigen, dann wirbeln wir gemeinsam wie eine etwas disparate Ballgesellschaft übers rissige Parkett hinweg.» Dr. Lay faßte seinem Nebenmann auf die Schulter. «Man sollte nicht zu sehr aus Trott, Rhythmus, Marotten geraten – die Gewohnheiten halten uns zusammen, sonst zerliefe das Plasma. Ach, wie schön sind die Hochkulturen! Die uns viele Spiele gestatten!»

Markus Fehling strich sich weißblonde Strähnen aus der Stirn. Stets wirkte er ein wenig verschwitzt. «Wieder raus hier?» flüsterte er ängstlich.

«Ich kann nicht», kam es dumpf von Lay. «Draußen: Prozesse, Gefängnis?, Schulden und Elend bis ans Ende.» Der korpulente Mittelstandsunternehmer maß kurz ärgerlich Tassilo Wang, obwohl der weiter nichts tat, als in alten Zeitungen zu blättern, zuzuhören und Orangensaft zu trinken. «Beeindruckend waren immer meine Begegnungen mit Walter Kempowski», nahm Heinrich Lay den Hallenplausch wieder auf.

«Sie kannten ihn persönlich? War der nicht äußerst unwirsch, mäkelig und undankbar?»

«Ach was, nicht immer. Mir auch egal, wie ein exzellenter Schriftsteller im persönlichen Umgang ist. Und als freier Konservativer, ein Mann, der auf Formen achtete, unter Dummheit und Unbildung litt, war er oft im Recht, gegen die Mitwelt gallig zu sein. Er bewahrte Eigensinn. Dreimal war ich bei ihm in Nartum. Kempowski schuftete ja wie ein Bergarbeiter, um seine Tagebücher, Chroniken und Romane ans Licht zu fördern. Abends in seiner Bibliothek, mit seinen geliebten Hunden auf dem Teppich, streckte er dann sozusagen alle viere von sich. Auch das war beeindruckend. Ich erinnere mich bestens. Bei einem Besuch hörte ich aus seinem Ohrensessel: sitzenbleiben, sich nicht mehr rühren, Grog haben wir, alles laufenlassen, einfach verfaulen.»

«Ohne Aufwand vergehen. Nachvollziehbar. Funktioniert aber nicht einmal bei einem Fakir. Wir sind, also sind wir.» Markus Fehling beugte sich vor, wie um seinem philosophischen Extrakt einigen Nachdruck zu verleihen.

Tassilo Wangs Augenbrauen schienen sich gehoben zu haben.

«Ich konnte Kempowski nicht als Autor gewinnen. Ich stünde anders da. Gegen die Vorschüsse von Bertelsmann konnte ich nichts ausrichten.»

Die beiden Männer standen wieder bei der Haustür. Ihre Wanderung im Karree, nach dem Zusammentreffen auf der Treppe, ließ an den Ausgang auf einem Gefängnishof und das Promenieren in einem Klosterkreuzgang denken. Mönche im Schlurfschritt.

«Das ist doch alles gestrig und überholt!» rief plötzlich Dr. Lay fast wütend zum Zeitungsleser hinüber.

Wang hob den Kopf: «Es gibt nichts Beruhigenderes als die Nachrichten von gestern. Ich jedenfalls hatte vergessen, daß die

Gegenkandidatin des französischen Präsidenten Ségolène Royal hieß.»

Weiter kam man nicht. Die drei Herren in der Halle beobachteten, daß Frau Huber, akkurat gekleidet und frisiert, herunterkam. Nichts Gutes konnte ihr widerfahren sein, ihr Gesicht war starr und leichenblaß, sie klammerte sich ans Geländer. «Der Tee», flüsterte sie, «der Gratistee in der Küche. Jetzt ist mir ein Licht aufgegangen ...» Die Männer fixierten sie. «Es geschieht doch irgend etwas», raunte die Bewohnerin von Zimmer 6. «Wir leben hier doch nicht einfach so vor uns hin. Das ist ungeheuerlich raffiniert. Der Tee! Immer ist Tee da. Und ich fühle mich auch schon deutlich schwächer. Oh, das ist schlau. Aber meinen Körper betrügt man nicht. Im Tee», flüsterte sie über das Geländer, «ist das Gift. Wir trinken den Tee, mal eine Tasse am Nachmittag, mal eine abends – und langsam werden wir matt, willenlos, und dann sucht man plötzlich vergebens seinen Puls. Ganz feine Methode, als wäre nichts, aber im Tee ist das Mittel. Wie furchtbar, wie klug. – Ich trinke jetzt noch ein Täßchen. Wollen Sie auch? So wird man hinübergeschleust in die bessere Welt. Assam. Daß ich nicht lache. – Wo ist Frau Jakoubek? Ich habe sie seit gestern nicht gesehen. Hat sie etwa eine Tasse zuviel genossen? Die Selige.» Elisabeth Huber erinnerte an eine Nachtwandlerin bei Tage, in Kostüm und Pumps taumelte sie beinahe zur Küche, es fehlte nur noch – *Il dolce suono, mi colpì di sua voce!* – die Wahnsinnsarie der Lammermoor: «Ich riskier' eine Portion. Sanfter ist's nicht möglich. Die Schierlingskanne. Welch guter Ort. Und da meint man, es passiere nichts. Ha!» Sie verschwand zum Trunk.

Dr. Lay blickte entgeistert.

«Vielleicht hat sie recht», konstatierte Markus Fehling.

Tassilo Wang spähte über seinen Zeitungsrand. «Gibt es frischen Tee?» Ute Wimpf trat aus ihrem Meditationszimmer. «Mit Filz ist nicht viel zu bewerkstelligen, ich werde mir Knetmasse besorgen und Klangschalen ...» Sie bewegte sich zur Küche.

«Heimelig», erklärte Dr. Lay.

«Bei Regenwetter ist es hier ein bißchen wie Weihnachten, vor allem dunkel.» Markus Fehling sah zum Leuchterrad empor. Wohl wegen des Schummerlichts hatte niemand die zweite Gestalt hinter der Hallenbalustrade bemerkt. Zudem war sie lautlos wie ein Hauch. Tassilo Wang registrierte als erster eine Hand auf dem Pfosten, ein weißes Gesicht mit dunklen Augen, ein seidiges Kopftuch.

«Ahlan wa sahlan», sprach er in recht perfektem Arabisch, da er sich vor Jahren auch in Dubai gelangweilt hatte, hinauf.

Die Gestalt huschte weg.

«Sabâh an-nûr», schob er nach.

«Masâ' al-chair», kam es zurück.

Dr. Lay nickte anerkennend. «So viele Sprachen einer spricht, so viele Male ist er Mensch, hat Kaiser Maximilian einmal gesagt.» «Weiter weiß ich auch nicht.» Und Wang vertiefte sich wieder in sein Blatt.

Was war zu tun? Nichts. Hier verging jeder auf eigene Rechnung. Das Mädchen, das plitschnaß nachts ins Haus gestolpert war, tastete sich furchtsam an der Brüstung entlang. Ob seine Kleidung rückständig, Tracht war oder zur allgemeineren neuen Mode gehörte, war unklar. Über einer dunklen lockeren Hose trug die Muslima ihr gemustertes Kleid. Schon aus der Ferne glänzten die Augen. Keine Strähne war unter dem Tuch zu erkennen. Mit einer Hand schien sich die Fremde an der grünen, im Haus verteilten Epikur-Ausgabe festzuhalten. Ihr zögerlicher Schritt wirkte normal, nicht sonderlich graziös, nicht wie aus 1001 Nacht, aber es mußten weiß Gott auch nicht alle Rechtgläubigen märchenhaft sein, vielmehr, so hieß es, hätten mittlerweile viele Völker des Orients, wie in Europa, mit Übergewicht zu kämpfen. Doch dieses Kind, diese junge Frau wirkte abgemagert. Sie hielt abermals inne, versuchte die Halle zu erfassen, blickte auf einen Stich, der die Dreimastfregatte *Brabant* im Sturm darstellte.

Es war erbarmungswürdig. Kurz hielt das Mädchen eine Hand wie eine Schale vor ihren Mund.

«Mein Gott, sie ist am Verdursten und Verhungern», erkannte Markus Fehling. «Wie lang lag sie denn wo?»

«Alam? Aschrab? – Matbach… taht yasâran», klaubte Tassilo mit Müh und Not zusammen.

Ein klares Nicken antwortete ihm. Die gegrätschten Beine schlug er übereinander, denn durch die Anwesenheit einer Morgenländerin stellte sich rasch ein Gefühl von westlicher Obszönität ein. Gleich grätschte Wang die Beine wieder, schließlich saß er als Bayer in Bayern. Und da ging es weniger formal oder verklemmt zu.

«Wenn sie hier lebt, versteht sie vielleicht auch Deutsch», mutmaßte Dr. Lay. Sie nickte scheu und weniger deutlich.

«Hun-ger.» Dieses Wort hatte keiner der Anwesenden seit Jahr und Tag oder auch noch nie so bewegend gehört. *Hun-ger*, das kannte man doch gar nicht mehr als gesprochene Silben der Not.

Markus Fehling ging Aziza ein paar Schritte entgegen. «In die Küche», er wies nach links, «viel Essen. Kaffee und – Tee.»

«Tee, gut.»

«Ich kenne mich hier nicht mehr aus», gestand Dr. Lay. «Man irrt durch die Halle, und die fremdesten Menschen strömen in die Küche, um sich zu vergiften.»

«Sie ist von ihren Brüdern verfolgt worden. Sie liebt einen Christen. Frau Hoffmeister hat sie gebadet und dabei die Geschichte herausgehört. Nun will sie sich wohl umbringen», summierte Tassilo.

«Ach so», Dr. Lay schien empört. «Da sollte man doch eher die Brüder zur Rechenschaft ziehen.»

Aziza wankte ein wenig. Die hilfreiche Hand des Moderators berührte sie nur kurz.

«Offenbar ist's ein Italiener, den sie liebt.»

«Wie schön.»

«Dandolo», wußte Wang.

«Die Dogenfamilie?» Dr. Lay war perplex. «Der Untergang meines Verlags wirkt zivil gegen dies hier.»

Der Effekt auf der Treppe war furchtbar. Der Glanz in Azizas Augen wurde zu Tränen: «Sergio, Sergio ...», jammerte das magere Wesen, «ich, Hunger.»

«Der Cognac in der ersten Nacht hat ihr geholfen», registrierte Wang recht kühl.

«Es geht hier überhaupt nicht um Helfen, sondern ums Verschwinden», merkte Dr. Lay leicht wirr an, «wo ist überhaupt die Hausleitung! Fortwährend soll man in den Keller. Und wenn wirklich etwas geschieht, ist keiner da.»

«Was Sie reden, versteht draußen sowieso niemand mehr.»

«Nun kommen Sie.» Markus Fehling half der Syrerin die glatten Stufen hinunter. «Ein Happen und eine Tasse Tee, und dann regelt sich schon manches.»

«Burg?» fragte Aziza, sich umschauend, «Judenburg?»

«Jetzt wird's aber wirklich zu doll. Nein, Kreuzritter. Geben Sie ihr etwas zu essen, die Arme ist ja ganz neben sich. Meine Großmutter war Jüdin. Deswegen kann dennoch jeder hier sein Brot brechen. Bin ich im Bürgerkrieg?» Dr. Lay marschierte aufs Geratewohl ins leere Bastelzimmer. «Ehrenmord. Dreihundert Jahre nach Voltaire! Die Brüder gehören vor die Kimme, hinter Schloß und Riegel, vors Verfassungsgericht. Idiotisch, verstaubt, daß man beim Zusammentreffen mit Mohammedanern fortwährend an Religion denkt, doch das liegt diesmal nicht an den Christen.»

«Hier, vorm Tod, mein Kind, kommt es nicht auf Jehova, Gott und Allah an, denn alle sind eins, ungefähr», moderierte Markus Fehling und führte die Flüchtige zur Küche, wo Ute Wimpf und Betty Huber mit Teetassen unerwartet Spalier standen. Wang fächelte sich Luft zu. Er verglich sein Zuschauerdasein mit dem Warten auf Airportterminals und dachte darüber nach, welch unterschiedliche Eindrücke man jeweils gewann. Das eine bescherte ihm beinahe mehr Abwechslung als das andere.

Hinter seinem Sessel öffnete sich die Tür in der prächtigen Glasbutzenwand. Das leise Klirren flößte Respekt ein. Es geschah nicht oft, daß sich der Durchgang zwischen Halle und Hausadministration auftat. Gleichfalls schweigend behielt Ute Wimpf das Geschehen im Auge. Die ranke, blonde Hospizdame, die mit dem Auto mehrere Insassen von der S-Bahn-Station abgeholt hatte, rollte ein Fernsehgerät auf einem Tischchen in die Halle. Dabei grüßte die Angestellte nicht. Angespannt wirkte sie in ihrem Leinenkostüm. Eine Stirnfurche, jener der blonden Hauptdarstellerin von *Doktor Schiwago* in einigen Szenen auffallend ähnlich, zeugte aber auch von konzentrierter Energie. Mit ihrem grauen TV-Gerät steuerte sie einen hinteren Hallenwinkel an.

Stumm sah man ihr zu. Die Hospizangestellte, falls sie nicht sogar die Chefin oder Filialleiterin war, fand im Halbdunkel die Steckdose und stellte die Zimmerantenne auf den Kasten. Ein Anflug tiefer Genugtuung war in ihrem Gesicht zu erkennen. Sie stellte den Fernseher an. Schwarzweiß. Rauschen. Im scheckigen Geflimmer der Mattscheibe war ein Sprecher zu erahnen. Unbeeindruckt von ihren Beobachtern, justierte die irgendwie auch böse wirkende Frau die Antenne. Der Nachrichtensprecher war nun klar auszumachen: «Angesichts der wirtschaftlichen Entwicklung mahnt die IG-Metall ...» Nur kurz blieb die Stimme wieder weg: «Pilotabschluß im Tarifbezirk ...»

Entrüstet starrten Ute Wimpf und Markus Fehling sich an. Nachrichten? Hier im Haus der letzten Einkehr?

«Warnstreiks bei BMW nicht ausgeschlossen ...»

Alljährliches Tarifgeplänkel hinter dem dicken Gemäuer, wo die Seele sich auf ihren Abschied und die göttliche Ankunft vorbereiten sollte? «Berlin. In einer neuerlichen Gesprächsrunde will Bundesverkehrsminister ...»

Die Selbstmörder standen wie versteinert. Der Effekt jeder Verlautbarung aus dem schmutzigen, lauten, verdorbenen Alltag war entsetzlich. Das heilige Halblicht der Halle war vergiftet, die Mauern schützten nicht mehr, das Regengeräusch aus dem zauberischen Garten wurde übertönt: «... während die Allgemeinen Ortskrankenkassen für das nächste Jahr...» Markus Fehling hielt sich die Ohren zu. Genau vor diesen Brackwogen aus Prozentziffern und Funktionärsstatements war er geflohen. «Bei seinen Besuchen in Beirut und Jerusalem hat der Außenminister darauf hingewiesen, daß Palästina dringend ...» Fehling rannte in sein Zimmer davon, nachdem er kurz überlegt hatte, gleich in den Keller zu stürzen. Perplex nahm von der Küche aus auch Betty

Huber wahr, daß sie in ihrer Endzeitstimmung nun auch noch den Wetterbericht verkraften sollte: «Bei leichter Schauerneigung ...» Sie schlürfte soviel Tee, wie möglich war. Ute Wimpf weinte. Sie brauchte Ruhe, um Wunden in Mut zu verwandeln und dann dem grünen Pfeil hinab zu folgen. Doch die Hospizbetreiberin wollte es offenbar noch viel ärger. In ihrer Ecke schaltete sie auf die Privatsender. Sofort ein Mord mit einer Rohrzange, lila Zeichentrickfiguren kreischten durcheinander, ein Reporterteam drang in eine Wohnung, wo eine dicke Frau Chips in sich hineinstopfte und ein stumpfsinniges Kind vor Computerspielen rülpste. «Suhl.» – Auch Ute Wimpf floh, kopflos, in den Garten. Der Fernseher war mörderisch, nach Tagen des Schlafens, der letzten Gespräche, des Träumens ins nasse Blätterwerk der Ulme.

Höchst zufrieden über die Wirkung ihrer Installation, schaute Clarissa auf die Mattscheibe, wo die Reporter in Suhl nun nach Schlüsselkindern in Müllbergen fahndeten: «Zeichen der Verwahrlosung finden sich bereits vor der Wohnungstür ...»

Tassilo Wang, dem Gerät am nächsten, ließ seine Beine über die Sessellehne baumeln, wobei selbst seine eher gleichmütige Physiognomie den Ekel weniger über das Berichtete als über den abrupten Schlammeinbruch ausdrückte.

Clarissa lächelte ihm süffisant zu. Sie zappte weiter und schien nach einer Steigerung des Terrors zu suchen. Und sie fand sie. Den Werbekanal *HKV*. In derselben Ecke, wo soeben noch Dr. Lay und Markus Fehling promeniert waren und über das Maß erträglichen Leidens disputiert hatten, agierte nun in einem dürftigen Studio die elendste Darstellerkategorie, eine dralle Dreißigjährige und ein welkender Beau, und priesen eine Tischbackhaube an: «Wenn du einen Braten im Ofen hast.» «Ja, das hab' ich oft.» «Ja, klasse, ich mag Braten auch gern. Aber was machst du dann, wenn du gleichzeitig einen Kuchen backen willst?» «Da steh' ich dumm da, Robert, denn ich weiß, die Röhre ist voll.» «Das passiert dir nicht mehr mit der Backhaube. Du stellst sie auf den Tisch und backst.» «Und der Braten bleibt im Rohr.» «Exakt, Claire.» «Das ist so super. Ich kann braten und backen.» «Du kannst sogar im Schlafzimmer backen, wenn du willst.» «Das ist 'ne Idee, Robert!» «Also, die mobile Backhaube. Ein Haushalt ohne sie ist verloren.» «Und wir haben nur noch 93 Stück im Angebot. Bestellen Sie jetzt.» «Mann, ich back' einfach mal irgendwann auf dem Klo!» «Aber paß auf, daß dir dann dein Rollbraten nicht in der Küche verschmort.»

Tassilo Wang schien sich übergeben zu wollen.

Clarissa rieb sich die Hände. Der Erfolg war durchschlagend. Im Alltag waren die Labilen zu ihrem Freitodentschluß gelangt. Den Alltag brauchten sie, um wieder neu zu verzweifeln. Traumtänzerisches Palaver im Haus, Schlummernachmittage bei Regen, Henkersmahlzeiten in der Küche, sogar erhöhte Tagesgebühren halfen nicht weiter. Die Dauerbeschallung aus dem siegreichen Bildmedium konnte eine gefährdete Frau wie Hilde Hoffmeister vielleicht doch unversehens zum Sprung aus dem Fenster verleiten.

«Braucht meine Backhaube eine hitzebeständige Unterlage?» «Nein. Deine Haube ist selbst hitzebeständig.» «Dann könnte ich also wirklich auf dem Bett backen?» «Kannst du, Claire, back und leg dich daneben, das geht mit *Cakeproud.*» «Mann, und gleichzeitig das Fleisch im Rohr.»

Vor dem angewiderten Blick Tassilo Wangs stellte Clarissa triumphierend ihr Knickschild auf den Apparat: *Bitte anlassen!*

«Wir backen und braten. In der Küche oder auf dem Klo –»

Clarissa verschwand ins Glaszimmer. Die Tür klirrte. Die Eingebung mochte sich als ultimativer Coup erweisen. Leider vernahm man den Mist auch gedämpft im hinteren Raum. Wang fischte seine Kopfhörer aus dem Sesselpolster und klickte auf dem iPod Madonnas *Hung up* an. Dann wechselte er zu Carlo Gesualdos *Madrigali libro terzo* über, um nach ein paar Takten von Schostakowitschs eingespeicherter *Leningrader* abermals – ein bißchen zu heftige Symphonik jetzt – bei *I'dont know what to do, I'm hung up, waiting for your call, Baby day and night, I'm fed up* ... zu landen. Bei geschlossenen Augen bemerkte er nicht, daß eine Etage über ihm Erna Jakoubek wie irre in die Halle starrte, die Quelle der TV-Beschallung entdeckte und die Daumen auf ihre Lärmstöpsel preßte. Unten fältelte Herr Bauer sorgfältig zwei Zwanzig-Euro-Scheine, schob sie in den Schweineschlitz und setzte sich seinen Trachtenhut auf, um an der Hauptstraße die Liste telefonierender Autofahrer zu komplettieren. Für 44 Anzeigen reichten die Notizen schon. Vielleicht konnte er, gekoppelt mit der Uhrzeit, auch Geschwindigkeitsüberschreitungen melden. Auf dem Weg zu seinem Posten warf der Münchner auch gern seine Zettel in die Briefkästen: *Zaun streichen! – Fenster sind dreckig! – Regentonne läuft über! – Fahrrad liegt im Garten!* oder zusammenfassend: *Schweine! So geht Deutschland unter. – Lassen Sie Stefan los!*, hatte eine Frau hinter ihm hergebrüllt, als er einen ABC-Schützen an der Hand gepackt hatte, um den Knirps nach dem Befehl *Erst links, dann rechts schauen!* über die Straße zu führen. Die Mutter war dem Mann in blitzblanken Haferlschuhen und Knickerbockern noch ein Stück nachgerannt: *Das machen Sie nicht noch einmal. – Ordnung. Nicht zuviel und nicht zuwenig! –*

Tassilo kratzte sich am Sack. Vielleicht hätte er Kinder zeugen sollen. Er hätte weniger an sich gedacht, sondern verantwortungsvoll in die Zukunft. In England allerdings ließen sich die Frauen fast schon häufiger aus dem Labor befruchten als vom Mann selbst. Das bedeutete womöglich die tiefste Wende. Die weiterhin männlich dominierte Wissenschaft hatte den Mann gestürzt, die Frau halb zum Vater gemacht, und die Kinder mußten zusehen, was aus ihnen würde. Vielen Dank. Tassilo drehte lauter, nun doch die *Leningrader*. Schnee, Kanonen, Hunger, tragische Musik der Belagerten von 1942. In die Kunst durfte das Schlimmste einfließen, sie selbst war die Zuversicht.

Immer dieses unergründliche unmerkliche Drehen des Leuchters.

Schwieg Frau Hattinger für immer?

Stimmte etwas an der Teethese?

Chouchou sprang auf Tassilos Schoß. Katzen suchten manchmal Zuspruch. Er streichelte ihr über den Kopf und den sich krümmenden Rücken. Es war ein gutes Zeichen, zumindest von einem Tier gebraucht zu werden. Er rauchte weniger, eine Ruhe war über ihn gekommen. Tee hatte er nicht viel getrunken. Da er bei geschlossenen Lidern mit Schostakowitsch, Chouchou und sich selbst beschäftigt war, bemerkte er die Troika nicht, die aus der Graukühle ins Haus trat. Allein die Imamitin Aziza zog sich mit trockenem Brot und einem Glas Assam tiefer in einen dunklen Küchenwinkel zurück. Die vorderste Frau klopfte einen Schirm aus. Ihr hing eine zweite im Arm, die ein Gummicape trug und rasch die andere auf den Mund küßte. Hinter beiden erschien eine blasse Frau, fast haarlos, trotz mittleren Alters krumm auf einen Stock gestützt. Aziza packte einen großen Löffel, sie wußte nicht genau, warum.

«Mein Fernseher. Was soll das!»

Mit dem Schirm, der sich auf Knopfdruck zusammenschob, durchquerte Monika die Halle, trat vors TV-Gerät und stellte es ab. Ratlos blickte sie die Begleiterin im feuchten Cape an: «Ich hab' ihn nicht hierhergestellt.» Statt zu antworten, schaute sich die Fremde im überdachten Innenhof um: «Puh, so groß? Düster. Ah, hinter den Butzen kampierst du. Wenn der Leuchter runterkracht! Gibt 'n fettes Loch. Fette Treppe. Gut, daß so was heut' nicht nur wenigen gehört. Sondern allen.»

«Allen?»

«Anlassen, bitte, laß das an.» Clarissa eilte aus dem Rückraum.

Chouchou sprang weg. «Mon Dieu.» Tassilo schien sich mittlerweile nun doch gestört zu fühlen und stellte, quer über den Fauteuil gefläzt, die Symphonie um ein paar Dezibel lauter.

«Da ist sie.» Monika strahlte.

«Wer? Wer ist wo?» Clarissa schien die Mitteilung einordnen zu müssen. «Sind die Winterreifen ausgewechselt? Hast du im Büro den Anrufbeantworter gelöscht? Wir verkraften nicht mehr.»

«Ja, nach einem spontanen Gespräch», antwortete Monika, «aber hier ist sie. Ich sagte dir, daß sie Urlaub hat und kommt. Das ist Ilse, Clarissa. Ilse, das ist Clarissa, meine Schwester.»

«Hi.»

Clarissa schürzte die Lippen, als sollte sie etwas küssen, das sich noch nicht vollständig materialisiert hatte, sich aus Schwefel, galaktischem Gallert und tödlichen Borsten erst noch formte.

«Sie ist verschwiegen.»

«Ilse?» wiederholte Clarissa.

«Sie wird doch im Amt von Frau Lauderbach gemobbt und braucht Urlaub.»

«Ilse.»

«Sie war nie in Oberbayern.»

«Ilse? Meine Schwägerin.»

«Schön dich, Sie zu treffen», grüßte die knapp Dreißigjährige im Ölzeug, «Moni hat mir gesteckt, was hier abgeht. Ich find's gut, Menschen zu helfen. Am Moloch Staat vorbei.»

«So.» Der Vokal in Clarissas Reaktion fiel sehr knapp aus.

«Und», Ilse schob sich von hinten dicht an Monika, «ich hab' meinem Bruder, der ist bei der Feuerwehr, probehalber gesagt: In München werden Leute eingesammelt, die sich gegen Gebühr vergiften können.»

«Und?» hakte Clarissa nach.

«Jetzt werden aber auch alle abgezockt, hat er gesagt, war allerdings gerade in eine Fußballübertragung vertieft.»

«Siehst du», triumphierte Monika. «Ihr Bruder hat sich gar nicht aufgeregt. Ist doch ein gutes Zeichen. Später wandern wir beide aus. Bring deine Sachen in mein Zimmer.» Monika blickte ihrer Gefährtin in die Augen, die ein sehr rosiges Gesicht hatte, kurze pechschwarze Strähnen, einen Ohrring aus silbrigen Scheiben. Sonst war ihre Statur eher untersetzt, und die Gummistiefel paßten zum Umhang. Alles sehr schwer einschätzbar.

«Gibt es Eide unter Lesben?» Clarissa wußte nicht genau, warum sie das gerade jetzt und so unverblümt fragte.

«Wir lieben uns seit vier Jahren.» Die Ludwigshafenerinnen stupsten sich kurz mit ihren Nasenspitzen an. «Es wären schon fünf, wenn damals diese ekelhafte zickige fette Kuh von Janine nicht gewesen wäre», gab Ilse preis, «aber jetzt hab' ich dich.»

«Meinen Bruder stell' ich dir später vor.»

«Hat Zeit.»

«Ilse will hier Kanu fahren.»

Clarissa wirkte sehr einverstanden: «Auf dem Lech soll's wunderbare, wenn auch tückische Stromschnellen geben. Vielleicht erholen Sie sich da eine Weile. Gar nicht weit.»

«Mal sehen.»

Hatte Monika überhaupt damit gerechnet, daß ihre Schwester, groß, rank, auch auf manche Geschlechtsgenossinnen anziehend wirkte? Sie verdrängte schon den Anflug unleidlicher Visionen, wurde aber insgesamt vom Gefühl beschlichen, sich stärker mit Ulrich verbünden zu müssen. Manchmal zeitigte eine männliche Willensdemonstration eine durchgreifendere Wirkung als alles Gezänk und Gemauschel.

«Und Marmelade möchte Ilse kochen.»

«Prima.»

«Wo ich schon auf dem Land bin.»

Clarissa nahm der Fremden das Gummicape ab. Schwarze Hose, schwarzer Pulli.

Die drei Frauen schickten sich an, den Rückraum aufzusuchen, als Geräusche und ein Stöhnen sie zur Tür blicken ließen. «Scheiße. Total vergessen», rief Monika aus und eilte zum Hauseingang. Dort rutschte die Frau im Trenchcoat, der sie nach ihrem Notruftelefonat in Höllriegelskreuth ins Auto geholfen hatte, trotz ihres Gehstocks gerade an der Wand herab. «Sie ist geheilt. Aber noch schwach. Frau Patini ... sie scheint zu allem Übel jemand Nahestehenden verloren zu haben.»

Auch Clarissa griff nach dem Arm der Zusammengesunkenen, deren spärlicher Haarflaum auf eine hochdosierte Behandlung schließen ließ. Der Blick hieß Leid und Leere. Der grausame Abgrund.

«Ich konnte sie doch nicht abwimmeln.»

«Natürlich», murmelte Clarissa, «nicht.»

Von hinten trat Ilse näher und hielt sich die Hand vor den Mund.

«Frau Patini, Wasser?»

Die Gestrandete nickte, während Monika ein Glas holte und Clarissa die Frau, die kein Gleichgewicht fand, zu stützen versuchte: «Trinken Sie. Ruhen Sie sich aus. Wir legen Sie hin. Dann sieht man weiter.» Reden mußte man. «Aus München sind Sie?»

«Send-ling», murmelte sie. «Kann – nicht – mehr –.»

«Kommen Sie.» Clarissa drückte den bleichen mageren Kopf an ihre Brust. Tränen traten ihr in die Augen. «O Roberto», flüsterte sie, sie streichelte über den Flaum.

Die blaßblauen Augen der Fremden waren offenbar zu trokken, um Tränen vergießen zu können. Clarissa wischte sich die eigenen aus den Augen: «Sie leben. – Sie haben alle Chancen.»

Sie reagierte nicht.

«Ausschlafen. Das hilft.»

«Mein Mann ... auf der Fahrt zum Krankenhaus.»

«Das ist zuviel ... das geht nicht», sagte Clarissa, «das darf nicht sein ...»

Der Blick der kleinen Frau Patini war hohl. Drei Frauen umfaßten Schulter, Kopf und Hand der Verlorenen. «Das soll der Allmächtige gewollt haben? – Das schaffe ich nicht mehr», raunte Clarissa ihrer Schwester zu.

«Wie will man sich jetzt entziehen?»

«Alles voll. Das hättest du wissen können», setzte sich das Gewisper fort.

«Die Hoffmeister könnte zu Frau von Meyenburg. Das Erkerbett ist breit.»

«Quatsch.»

«Oder Herr Deutler. Die sind schließlich beide vom Theater.»

Clarissa schien die Jüngere würgen zu wollen, während Frau Patini für einen Moment von sich selbst ins Organisatorische abgelenkt wurde.

«Die Jakoubek zur Huber und das Feldbett aus dem Russenzimmer mit hinein.»

Clarissa nickte: «Sie nehmen den Stock, Ilse.»

«Li-za Mi-nelli», hauchte Frau Patini.

«Wissen wir.»

Gestützt von vier Händen, wurde die Entkräftete über die ersten Stufen geleitet. Ihr Kinn sank auf die Mantelbrust. «Nicht mehr ...» – «Sie ruhen sich aus.» – «Liegen.» – «Vielleicht sind Sie hier richtig. Vielleicht nicht.» – «Richtig?» – «Das sehen wir dann. Das Krankenhaus ist in Wolfratshausen.» – «Krankenhaus ...» – «Herr Deutler setzt sich nachher zu Ihnen. Wir geben ihm Bescheid, daß er nichts sagen soll. Herr Deutler ist fein und dann einfach da.» – Lea Patini verschwand hinter dem Panzerglas ihres Leids.

Im Lichtpfeil, der durch ein Vorderfenster fiel, kreiste der Staub, nicht so farbig wie an Sonnentagen. Ob die Partikel sich abwärts oder aufwärts bewegten, war nicht zu erkennen. Die wirbelnde Feinspur zog ihres Wegs über die Fliesen. Tassilo hatte sich davongestohlen. Aziza umklammerte in der Küche ihr Glas mit Tschai.

Im linken Erkerzimmer hatte Greta von Meyenburg sich an den Frisiertisch gesetzt.

Liebe Ruth ...

Beim Schreiben mit dem Füllfederhalter wischte sie mit der Ärmelspitze ihres Morgenmantels übers Furnier.

Dir geht es, hoffe ich, gut. Mögen sich die Gelenkschmerzen nun im Frühjahr ein wenig gelegt haben, und ich hoffe, Du bist wieder etwas beweglicher. – Hier geht es indes zu Ende! Ich habe mich in ein Hospiz zurückgezogen, das von der Reinlichkeit und dem Komfort her nicht ganz meinen Erwartungen entspricht. Aber so endet eben alles wie in einem dunklen Film. Was soll ich in meiner Wohnung? Wie Du vielleicht erfahren hast, ist Matthias im Februar gestorben. Jedes Zimmer, jeder Sessel, alles in Schwabing erinnert mich an ihn. Ich höre seine Stimme noch, aber sie kann mir kaum mehr Ratschläge geben, mich trösten, mich aufmuntern. Er, der in meinem Schatten zu leben schien, war meine Sonne. So bin ich nun ein letztes Mal aufgebrochen. Mutig war ich nie, wie Du weißt. Doch ich hielt die von ihm erfüllte Welt ohne ihn nicht mehr aus. Ich taumelte buchstäblich herrenlos durch die Tage. Arbeit gibt es ja für Damen unseres Alters kaum mehr. Aufgaben, gute Regisseure hätten mir vielleicht ein Stück weitergeholfen. Doch so – nur Blumengießen, ein bißchen Altdamenfutter einkaufen, in Wartezimmern von Ärzten herumsitzen – trostlos. Du und ich, wir waren doch immer zu aktiv! Und ins Theater mochte ich nicht mehr gehen. Unsere jungen Kollegen schreien so viel auf der Bühne, und wenn sie leise reden, versteht man sie nicht, dann hab' ich mal etwas von einem Schlingensief gesehen. Ich sag' Dir: eine einzige selbstverliebte Schmuddelei, die auf nichts zielt und gar nichts bewirkt. Es wurde mit Obst gematscht, um des Gematsches willen. Aber vielleicht begreife ich nicht mehr genug. Sonst stehen immer dieselben Stücke auf den Spielplänen, Onkel Wanja, Warten auf Godot, Wer hat Angst vor V. W., hin und wieder Kabale und Liebe – der gesamte Giraudoux, Shaw, Mrozek und Sartre sind vergessen. Nun, einerseits hat alles seine Zeit, andererseits muß mehr gewagt werden. Noch ist das deutsche Theater natürlich das reichhaltigste der Welt. Seien wir stolz darauf, solange man es existieren läßt. Kultur soll ja nichts kosten.

Greta von Meyenburg hielt inne. War es das, was sie ihrer verehrten Kollegin hatte mitteilen wollen? Noch nach den Dreharbeiten 1956, bei denen sie sich so hervorragend verstanden hatten, waren sie öfter gemeinsam essen gegangen. Zu Geburtstagen hatten sie sich gegenseitig angerufen, eine innere Verbundenheit war bestehengeblieben.

Ich bin müde vom langen Leben. Ich bewirke nichts mehr, ich friste mich nur noch. Ich hasse die Welt, die mich nicht mehr braucht. Nein, ich hasse sie nicht. Und mit der Welt geht es ja ohnehin nicht mehr lange. Die Menschheit hat sie vernichtet. Was soll ich auf einem sterbenden Erdball? Alle wissen, daß die Wasser steigen, daß Stürme kommen, daß die Armen wandern werden, daß wir uns durch unsere wirtschaftliche Hemmungslosigkeit selbst töten, den Nachfahren eine Wüste hinterlassen. Ich hasse die Menschheit, die ihren einzigen Besitz zugrunde richtet, die Erde. Welches Geschenk war sie, mit ihren Wäldern, Tieren, ihrer Vielfalt – und nun erlischt ihre Pracht. Wie soll man da, als ein Gewissen, das man doch auch ist, froh werden? Und sie wollen uns doch gar nicht mehr. Ich sag' Dir, die Kassen sind froh, wenn wir weg sind.

War es dies, was Ruth Leuwerik als Abschiedsgruß von der Kollegin lesen sollte? Sie würde in ihrem Haus in Nymphenburg die Brille absetzen, ihr noch immer einzigartiges Lächeln würde gefrieren. Als junge Filmkönigin Luise hatte sie ihr mecklenburgisches Schwesterchen, Greta von Meyenburg, an die Hand genommen und gesagt: *Vor den Scheinwerfern mußt du dich gar nicht fürchten. Spiel einfach mir vor und nicht dem aufgeregten Herrn Liebeneiner.*

Ging es Ruth selbst noch passabel? Konnte sie noch lesen, oder mußte sie sich vorlesen lassen?

Nur Matthias verstand mich, selbst die Nuancen meines Schweigens. Zum ersten Mal gehorche ich ihm nun ganz und gar nicht, wenn ich mein Leben wegwerfe. Er muß es mir verzeihen. Seine Hand noch einmal und wieder halten. Menschen, die ich jetzt kennenlerne, streife ich innerlich nur noch, bestenfalls, und sie wissen nicht, wer und wie ich war und bin. Hier gibt es allerdings einen Dr. Lay, der mich sehr hofiert und intelligent ist. Obwohl todgeweihter Verleger. Und eine frustrierte Kurtisane stirbt hier, die mir noch viel aus ihrem Leben erzählen zu können scheint. Jeder ist ein Faß ohne Boden. Wie da überhaupt Kunst zustande kommen kann, da die Menschen und ihre Verhältnisse doch endlos sind! Fern halte ich mich von einer Frau Hoffmeister. Sie ist entsetzlich hektisch und nur Uhrenverkäuferin. Da ist letztlich nicht viel geistiger Gewinn zu erwarten, wenn man ehrlich ist. Andererseits sind es oft die schlichten Leute, die plötzlich das wärmste Herz zeigen. O Gott, wie unübersichtlich ist alles, und jedes Urteil darf kaum das letzte sein. Jeder ist doch beeinflußt und nicht nur er selbst. Liebe Ruth, immer warst Du mir mit Deiner Grazie, Deinem Freimut ein Vorbild und nahe. Hätten wir in Amerika gefilmt, wären wir vielleicht Grace Kelly und Katherine Hepburn geworden. Aber so hat uns der schlechte deutsche Film verschlissen. Wir lächelten in eine miefige Zeit, Deine feinen Grübchen aber und Dein zartes Sprechen, fast ein Lispeln, werden für immer an Anmut und scheue Empfindsamkeit erinnern. Dafür sei Dir Dank.

Hier schallt nun unerträglich ein Fernseher durchs Haus.

Es heißt, mit Tee würde man zur Neige gebracht. Aber welches Lebensmittel ist nicht vergiftet?

Adieu, meine Teure.

Spielen wir in einer anderen Welt einfach mit einer Wandertruppe der Commedia dell'arte. Denn Colombina und Pantalone müssen auch drüben sein. Im Kerzenschein, mit Bühnenmusik in den Gasthäusern Venedigs! Es muß voll im Jenseits sein. Ob es ein angemessener Ersatz fürs Diesseits ist? Hoffen wir, wie stets, das Beste.

Adieu, meine Holde.

Adieu, Du Stern. Einmalig waren wir alle. Man muß nur hinschauen.

Deine Greta, vor dem Abstieg, wenn Du verstehst, was ich meine.

Greta von Meyenburg betrachtete ihre Zeilen. Ihre Lippen zitterten. «Du», flehte sie hin zum gerahmten Bild. «Ich weiß, Schauspielerinnen können nicht so schreiben wie Schriftsteller.» Schwankend erhob sie sich und sprach ins Gartengrün:

«Und alle Stürme glaubt' ich eingeschlafen
Und freudig winkend sah ich schon das Land
Im Abendglanz der Sonne sich erhellen –
Da kommt ein Sturm, aus heitrer Luft gesandt
Und reißt mich wieder in den Kampf der Wellen!»

Es paßte nicht ganz, dennoch:

«Siehe! Da weinen die Götter, es weinen die Göttinnen alle,
Daß das Schöne vergeht, daß das Vollkommene stirbt.
Auch ein Klagelied zu sein im Mund des Geliebten ist herrlich
Denn das Gemeine geht klanglos zum Orkus hinab.»

Der Store blähte sich. Der Morgenrock wehte. Die Briefbögen flatterten.

31.

Ulrich fuhr aus dem Schlaf.

Es war geschehen.

Er tastete nach Slip und Handtuch.

Ein tragischer Moment. Letzter Mut um vier Uhr früh.

Der dritte nach Frau Fontanelli und Lehmann.
Das dumpfe Gepolter war aus dem Keller gekommen.

Er schlich zur Tür, Sternenschein erhellte schwach das Glaszimmer. Er tappte übers Parkett. Monika schlummerte mit Ilse. Clarissa hatte eine Schlaftablette genommen. Er öffnete vorsichtig die Klirrtür. Keine Regung in der Halle. Der Fernseher flimmerte ins Ausgestorbene. Jemand hatte den Ton abgedreht. Eiskalt waren die Fliesen unter den nackten Sohlen. Wer? Deutler? Entsetzlich. Frau Hattinger? Wer hatte auf sie geachtet? – Der neue Herr Jüssen? Kaum hier – schon vollzogen. Bleich wagte Ulrich sich voran. Die Kellertür stand offen. Er war zu früh gekommen. Noch tobte der Kampf zwischen Leben und Nichts. Ächzen von unten, doch auch beinahe sanftes Aushauchen. Funzellicht fiel aus dem Schlund. Frau Reutte hätte die Pistole genommen. Wang! Das versetzte Ulrich einen Stich ins Herz. Die Zehen fühlten den rauhen Fliesenstein. Auch die Küchentür stand offen. Wimpf? Doch nicht ins Wasser? Die Übersprungsreaktion, mit der Clarissa rechnete. Hic finis hic salta. Wie bitter! Ulrich schob sich an der Täfelung des Kellerschlunds vor. Eine Geschichte war zu Ende, ein Leben, eine Lebensgeschichte. Einmal in die Welt geworfen, nun niemals wieder da. Frau Hoffmeister? Auch Wechseljahre vergingen. Weder er noch Moni, noch Clara hatten aktive Beihilfe geleistet – das beruhigte wenig. Unten ein Scharren, Füße schleiften unterm Heizungsrohr noch über den Boden. Die Zunge – er wußte, wie's mit der Zunge aussah, gräßlich herausgestreckt. Erst jetzt kippte unten der Stuhl um? Die Schauspielerin, falls sie's war, hatte hoffentlich bis zum Schluß an eine Rolle gedacht und womöglich nur halb gemerkt, daß sie das Ende an sich selbst vollzog. Stille aus der Tiefe. Über die obersten Kellerstufen wankte Licht. Er wagte nicht, weiter hinabzuschauen. Heilige oder unheilige Stille. Die Glühbirne unten mußte sich im Windzug bewegen. Über die Stiegenwand bewegten sich matte Schatten. Noch ein Gurgeln. Ulrich schrak zurück. Er spähte tiefer. Radau, Klirren ließen ihn erstarren, Glas zerbarst, elendes Gehechel, etwas Hartes rollte über den Boden. Schuhe, Beine, Saum – da lag sie! Eine Hand patschte ins Naß. Es roch nach Rum. «Aaaaah-Aaaach ...», vernahm Ulrich. Der Tisch mit den vorbereiteten Stricken, den gefalteten und gestapelten Plastiktüten für den Kopf, die Flasche mit dem Betäubungsmittel war umgestürzt. Alkohollachen und Frau Huber rücklings zwischen allem. «Aaah ...» Sie reckte ihm die Hand entgegen, hielt noch den abgebrochenen schlanken Hals einer Weinflasche umfaßt. «Mein Bein ... die Hüfte, diese Treppe. Aaah ...» Sie starrte Ulrich an, hilfesuchend, schuldbewußt... «Wenn die Medikamente aus sind, brauche ich was zum Schlafen ...» Ulrich erkannte, daß sie am Saale-Unstrut-Vorrat gewesen war, an grünlichen Scherben hing das Etikett. Beim Sturz von den Stufen mußte sie auf die Tischkante geprallt sein, Wein und Anästhesieschnaps tränkten Stricke und ihr Haar. Die Hand griff ihm im stinkenden Gedämmer ans Bein. «Ich komm' nicht hoch ...»

32.

Die Stadt wurde den Alptraum nicht los, der Wirklichkeit gewesen war. Widerstand gegen das Lager hatte es nicht gegeben, bestenfalls ein Murren gegen das ungeheuerliche Züchtigungs- und Mordarreal, das die Zivilisation beendete. Es lag seitab, es blieb das Stigma, mit gebündelten Kräften versuchten die Nachkommen, den Schlachthof für Menschen zum Gedenkort zu machen, der gegen Gewalt, Fanatismus und Menschenverachtung mahnen sollte. In Autos, meistens mit Begleitung, trafen letzte Überlebende ein, denen auf dem Gelände und vor den Bildern die Kräfte versagten. Aus Bussen stiegen Schulklassen, die zwischen den Pritschen der Baracken schweigsam wurden und sich vorstellten, wie es gewesen sein mochte, im Winter 1943 um sechs Uhr früh in Holzpantinen oder barfuß, zum Skelett abgemagert, auf den Appellplatz gestoßen zu werden, um sich für den Abmarsch in die Kiesgruben und Moore bereitzumachen; mehrere tausend russische Kriegsgefangene wurden erschossen, Gesunde zu *medizinischen* Experimenten in der Unterdruckkammer eingesperrt, bis ihnen die Lungen platzten, die Augäpfel herausquollen, bei lebendigem Leibe in Bassins zu Tode unterkühlt und gefrostet. Aus dem Rauch des Krematoriumschlots flockten Frauen, Männer, Kinder aus ganz Europa, jeglicher Herkunft und Sprache, in den Schneematsch, aufs Herbstgras, auf den deutschen Tann.

Das Ausmaß der Bestialisierung war nicht zu bewältigen, Dachau quälte sich, doch unnennbar viel weniger als zwölf Jahre lang zweihunderttausend Entrechtete, die, bewacht von ihren Mördern, bei Westwind den Glockenklang der Stadtpfarrkirche Sankt Jakob hören mußten.

Gut sechzig Jahre war es her.

In blühenden Vorgärten, wo zwischen Kräuterbeeten, frühen Buschmalven und Clematisgittern der Regen vom Gartengestühl trocknete, hatte allein der Rhododendron es schwer, auf säuerlichem Boden die gewünschte Pracht zu entfalten. Der Verkehr in die Kreisstadt staute sich an zwei Baustellen. Wer an den Zufahrtsstraßen im Erdgeschoß wohnte, war verloren. Stilvoll herausgeputzt leuchtete die Innenstadt, barocke Wirtshausschilder waren frisch vergoldet, unter bescheidenen Renaissancegiebeln öffneten italienische Kellner die Sonnenschirme einer Eisdiele, schoben Angestellte von Drogeriemärkten und Textilläden ihre Sonderangebote vors Geschäft. In Kooperation mit dem Bezirksmuseum warb eine Buchhandlung mit Bildbänden und Stichen für eine Ausstellung über die Künstler, die im Dachauer Moos die Freiluftmalerei miterfunden hatten, Johann Georg von Dillis, Carl Spitzweg, dann Lovis Corinth und ein ganzer Schwarm von Motiveroberern und Farbrevolutionären, die sich mit Staffelei und Palette an einen Ackerrain gesetzt hatten.

Fern der Gedenkstätte, nicht ganz so weit von den noch geschlossenen Gemälderäumen, marschierte eine Gruppe Sechsjähriger Hand in Hand hinter ihren Kindergärtnerinnen durch den Hofgarten des Dachauer Schloßbergs. Hinter den imposanten Fenstertüren des verbliebenen Palaisflügels bereitete eine Putzkolonne die Öffnung des Caférestaurants vor. Vielfarbige Rabatten mit Stiefmütterchen flankierten symmetrische Spazierwege. Unter der Allee gestutzter Linden tastete eine Erzieherin nach dem Autoschlüssel in ihrer Hosentasche, während hinter ihr der Halbbrasilianer Jorge der ohnehin verschüchterten Marietta einen grüngoldenen Blatthornkäfer in die Kapuze rutschen ließ. Wer in der Ausflugskolonne das Panorama genoß, wurde unter der Hand bayerischer, was immer das für seine Zukunft heißen mochte.

Vom Chiemgau im Osten über den Ammergau bis zum Allgäu reichten die sattgrünen Landschaften, die sich dem Auge auftaten. Mehrere hundert Kilometer Alpengrate, Wetterstein, Karwendel, Zugspitze und Benediktenwand erhoben sich im fernen Dunst. Davor ruhten, scheinbar winzig, gelegentlich in die Frühjahrssonne blinkend, die Seen der schier überreich gesegneten Weite. Kelten, Römern, noch den mittelalterlichen Kaufherren hatte sich vom Dachauer Hügel nur eine dünnbewohnte irdisch-himmlische Weite aufgetan, in vielen Kriegszeiten vielleicht da und dort mit den Rauchfahnen verglimmender Dörfer, lodernder Kirchen und Schlösser. Schreie der Ausgeplünderten, Drangsalierten, Erschlagenen in Wasserburg oder Kempten waren überm Land verklungen, die Festmusiken der Residenzen, die getragenen Märsche bei Wallfahrten und Prozessionen. Feldprozessionen hoch zu Roß, Bittfahrten in Kähnen auf dem Staffelsee, das Darbieten der Monstranz und die Bußzüge durch die Gassen der Städte. Die Hälfte der Fluren und Wälder war Klostergut gewesen. Die reichsten Bibliotheken, vorzüglichsten Apotheken, Brauereien und Sägewerke wurden von Orden verwaltet, bevor die geistlichen Oberherrschaften, im Namen der Vernunft, der Effektivität annulliert wurden, ihre Schätze beschlagnahmt, verschleudert, in Archive und Museen überführt wurden, in den revolutionären Jahren um 1810, als das alte ehrwürdige handlungsunfähige Heilige Römische Reich Deutscher Nation zerbrach, seine Landesfürsten zu moderneren Regenten werden mußten. Durch die Ebenen waren im Dreißigjährigen Krieg sengend und mordend die Protestanten siegreich gegen die sengenden und mordenden Papisten bis vor die Bergsenken, die Wand Italiens gezogen. Rauchsäulen stiegen allerorten in die Lüfte. Und als der König von Nordland, Gustav Adolf, in die Hauptstadt einzog, bedachte er München mit dem Diktum: «Ein goldener Sattel auf einem mageren Gaul.» Den kurfürstlichen Palast fand der Wasa so verlockend prachtvoll, daß er die Saalfluchten «auf Karren nach Stockholm schaffen lassen» wollte. In der unfaßlichen europäischen Abfolge von Krieg, Zerstörung, Friedenserholung, Wiederaufbau in verändertem Geschmack, bleibt dunkel, woher die Leidensfähigkeit der Vorfahren und ihre Kraft rührten. Das Land war bankrott, der Blaue Kurfürst baute Schloß Schleißheim und Lustheim und ließ von gefangenen Türken Kanäle für Gondelfahrten ausheben, der Steuerdruck schien unermeßlich, doch irgendwo gaben ein paar Kühe noch Milch, und Reichenhall exportierte wertvolles Salz. Einquartierungen der Österreicher, Plünderungen durch die verbündeten Franzosen des Sonnenkönigs. Beim furiosen Aufstand gegen die Besatzer wurden Oberlandbauern in der Sendlinger Mordweihnacht durch kaiserliche Truppen 1705 niedergemetzelt. Wohlstand und neue Gängelung wenige Jahre danach. Zur Aufrechterhaltung von Ruhe und Ordnung blieben Folter und Hexenverbrennung opportun, so daß aus Sanssouci Friedrich der Große befinden konnte: «Überall in Europa macht die Vernunft Fortschritte, wobei ich Polen und Baiern ausnehme.» Dennoch, in der hochkomplizierten, jedoch stets staatsrechtlich lückenlos verklausulierten Struktur Europas, dem Gewirr von Systemen, auch hier im Bauernland, Prälatenstaat und Fürstentum, sinnliche Ausschweifung, gewiß exaltierter als in Preußen, neben den Sonntagen sechzig kirchliche Feiertage im Jahr, sizilianisch bunte Kirmes, ein Schaukeln zwischen Armut und Überschwang, Bettelmönche in jeder schmutzigen Gasse, pompöse Hofoper, für die Mozart *La Finta Giardiniera* und *Idomeneo* komponierte. Und immer wieder – häufiger als man glauben mag – französische Marschkolonnen zwischen Almgehöften, vor den Stadttoren, auf dem Weg nach Osten. Napoleon brachte und forderte die Verwirklichung der deklarierten Menschenrechte vom 26. August 1789 auch in diesem Teil des Kontinents, Meinungs- und Glaubensfreiheit, das Ende von Fronzwang und Zensur. *Die Menschen werden frei und gleich an Rechten geboren und bleiben es.* Bayerns Gesetze wurden für eine Zeitlang die fortschrittlichsten Europas, denn der hiesige Minister Montgelas formulierte wegweisend: «Es ist erwiesen, daß es nicht die vernünftige und dem Stande eines jeden angemessene Bildung, sondern vielmehr die krasse Unbildung der Völker ist, welche die Revolutionen hervorruft und die Reiche umstürzt. Je aufgeklärter die Menschen sind, desto mehr lieben sie ihre Pflicht und stehen zu einer Regierung, die sich wirklich um ihr Glück bemüht.» Impfpflicht, Schulpflicht, Gleichstellung von Protestanten und Juden der Ära Napoleons und Montgelas' und abermals der Blutzoll. 30 000 Bayern in der Grande Armée des Korsen blieben verstümmelt, zerhackt, erfroren in den Weiten Rußlands zurück. Verhältnismäßig freundliches 19. Jahrhundert vor der Alpensilhouette, in dem Angst vor Krieg und Aufruhr lange ein zwar duckmäuserisches, doch zumindest friedenssehnsüchtiges Bürgertum hervorbrachte, und König Ludwig I., der begeistert griechische und florentinische Bauten in seine Hauptstadt pflanzte, damit es endlich heißen konnte: «Wer München nicht gesehen hat, hat Deutschland nicht gesehen.» Freundlich war der Musenhof seines Sohns Maximilian II., der zur Förderung von Wissenschaft und Kultur auch *Die Nordlichter*, Forscher und Dichter aus Berlin und Lübeck, um sich scharte. München, die *europäische Hauptstadt der Cholera*, erhielt durch Pettenkofer eine der modernsten Wasserversorgungen. Bald darauf ließ Ludwig II. im Hoftheater für sich allein Richard Wagners *Lohengrin* aufführen, um alsbald seine Weltflucht bei Schlittenfahrten im Fackelschein und in Traumschlössern zu vollenden. Oft sehr souverän und eigenwillig war das aufgewühlte Paradies entlang der Isar, dreimal versagte die lautstarke bayerische Besonderheit. 1870 ließ es sich in den Krieg gegen Frankreich ziehen, 1914 reihte es sich jubelnd ein in den Totentanz ganz Deutschlands, es nährte Hitler, und die Kleinnation rannte mit der Großnation abermals ins völlige Verderben, das Ende aller Italianità und Unversehrtheit. Doch immerhin, erst als letzte in Deutschland und nach einigem Widerstand wich die bayerische Regierung 1933 dem Auflösungsbefehl aus Berlin. Und die Geschwister Scholl, die Widerstandskämpfer der *Weißen Rose*, stehen spät und einsam für die kämpferische Menschenwürde im ausgedehnten Areal.

Besucher, die es eher zufällig in den Dachauer Hofgarten geführt hatte, stützten ihre Hände auf die niedrige Ziegelmauer, um über den Gebüschhang und Häuser am Ufer der Amper die Weite zu durchforschen. Den Olympiaturm erkannten sie, kleiner die Türme der Frauenkirche – die als doppelter Phallus erstaunlich unanständig wirkten –, ein gewaltiger Klotz mit Schornsteinen im Westen konnte eine Müllverbrennungsanlage sein. Über die flache Lage Münchens verwunderten sich einige, eng an die Berge geschmiegt hatte man es sich in Kanada und Japan vorgestellt. Wenige Hochhäuser ragten als Stümpfe in den Dunst. Zwischen viel Grün, unter Schindeln in allen Rotschattierungen regten sich ein bis zwei Millionen Menschen, gewiß das übliche Gemisch aus Einheimischen, Türken, die man nicht mit Kurden verwechseln durfte, eine kleine Gruppe indischer High-Tech-Spezialisten, hier im Süden nicht schnell identifizierbare Österreicher, illegale polnische Putzfrauen in den Villen, Italiener in jedem vierten Restaurant, Franzosen auf einer Baumesse, sämtliche Nationalitäten in den Gängen und auf den Rolltreppen des Flughafens, weit im Osten, wo auch der Domberg von Freising sich erhob. *Bitte anschnallen, wir landen in wenigen Minuten auf Franz-Josef-Strauß.* Die schräge Ankündigung aus dem Cockpit war vornehmlich auf Betreiben von Frauenrechtlerinnen untersagt worden: ... *Passengers with connecting flights please pay attention to the announcements.* Englisch, das längst kein britisches mehr war, triumphierte auch in München. In den Gebäuden des Max-Planck-Instituts wurde auf englisch konferiert, die Fakultäten der Alma mater hießen *Departments*, manche Studenten brachen sich beim Nennen ihres Abschlußgrads *bachelor* die Zunge ab, die deutsche Sprache floh bereitwillig in den Hintergrund, und hübsch grotesk wurde es, wenn die Tonbandstimme in einem Bus zwei Fahrgästen verkündete: *Exit on the right-hand side.* Und niemand im verwunderten Ausland dankte den Deutschen diese vorauseilende späte Nachkriegsselbstverleugnung oder lobte die zumindest äußerliche Internationalität.

Der Fremde auf dem Schloßhügel im Norden wußte nicht, daß er zuerst über die Problembezirke der Landeshauptstadt schaute. Doch selbst wenn er mit dem Auto durch Hasenbergl und Milbertshofen gefahren wäre, hätte er nicht erkannt, daß gepflegte Straßen mit gesichtslosen Wohnblöcken dann und wann zu *Slums* stilisiert wurden, in denen fünfzehn Prozent Arbeitslosigkeit grassierten, alleinstehende Mütter ihren Kindern nur einmal im Monat eine Kinokarte spendieren konnten, wo im Winter bloß ein Zimmer geheizt wurde ... Not in Deutschland fiel Besuchern aus den Partnerstädten Harare und Kiew nicht auf, und sie hätten in eine Arbeitsagentur geführt werden müssen, die sie anfangs vielleicht für ein Ministerium gehalten hätten.

Dank im Lande über den großen Wohlstand, die vielen Lebensalternativen und die erhebliche Abgesichertheit gab es nicht. Deutschland war mäkelig, wirkte mittlerweile verwöhnt und würde wirkliche Not vielleicht schwer meistern.

Die Fußballarena ruhte als überdimensionaler Zeppelin neben dem Band der Autobahn. Hinter der illuminierten Kissenhaut entschied es sich, ob nach den Spielen die Kernfans von Schalke, AC Mailand oder Bayern in der Innenstadt sich heiser brüllten und Flaschen zerschlugen. Ein Sud wie überall zu allen Zeiten, oft wanstige Gestalten, um die Passanten einen Bogen machten. Flächendeckend überwacht und ohne sensationelle Spannungen oder verblüffende Eruptionen lief das Leben in München ab, so daß die Theater kaum Zuschauer für Stücke mit sozialer Sprengkraft fanden. Dafür wurden Shakespeares Dramen und *Die Lustige Witwe* opulent inszeniert. Daß die Stadt vor nicht einmal hundert Jahren eine wenn auch kurzlebige kommunistische Räterepublik mit einem idealistischen Regierungsprogramm – Freiheit, Wohlstand, Bildung uneingeschränkt für alle – hervorgebracht hatte, bleibt ein Mirakel, oder auch nicht, denn Obrigkeitshaß gärt in einem Land mit sich unfehlbar dünkenden Mächtigen. – Holländische, dänische Urlauber schoben sich mit ihren Wohnwagen im Stau an Lärmschutzwänden, Industrieparks vorbei, wenngleich die Südreisenden sich erst nach dem Abzweig *Salzburg* innerlich auf vierzig Kilometer Stop-and-go eingerichtet hatten. Vom Ort, den sie umfuhren, wußten sie wenig außer *Oktoberfest*, natürlich nichts von Wilhelm Buschs Erinnerung:

Auch uns zu Ehren sei's gesagt,
Hat einst der Karneval behagt,
Besonders und zuallermeist
In einer Stadt, die München heißt.

Für Festmusiken hatte Orlando di Lasso um 1570 hier mit der Hofkapelle eine neue Stimmenvielfalt erobert, vor seiner Italienfahrt hatte Michel de Montaigne an der Isar Rast eingelegt und sich übers unaufhörliche Auftischen von Flußkrebsen beklagt, die meisterlichsten Bronzegießer nördlich der Alpen hatten während eines Skulpturenrauschs Portallöwen, Engel und Götter gegossen, an Brunnen und vor Kirchen hatten sich Jesuiten und Aufklärer wechselseitig bespitzelt, aus Liebesleid und im Wertherfieber war die sechzehnjährige Fanny von Ickstatt 1785 vom Nordturm der Kathedrale gesprungen, das Gemenge von Bier, Gala und Schmutz, Staatsglorie und Radau hatte viele Reisende abgestoßen, *Ich habe in meinem Leben viele Torheiten begangen, indes keine so große und alberne als die, nach München zu reisen*, jammerte Casanova. *Dorf, in dem Paläste stehen*, befand Heinrich Heine, der keine Anstellung erhielt und bald wieder floh, schwächere Romantiker verliebten sich in Weihrauch und gaben sich dem Marienlobpreis hin. Die Eisenbahn nach Augsburg wurde gebaut. Zur vorletzten Jahrhundertwende tummelte sich unter dem Laisser-faire eines jovialen Regenten, der zuvor womöglich die Ermordung des ruinösen Märchenkönigs geduldet hatte, die Creme der kreativen Freigeister im neuen Schwabing, und im *Café Luitpold* begegneten sich Wassily Kandinsky und Rainer Maria Rilke, Frank Wedekind berichtete Franziska von Reventlow, daß in dieser ihrer Stadt *Wahnmoching* Stefan George bei einem Atelierfest mit seinem Geliebten Maximin als Dante und junger Römer erschienen waren. Lenin sann an einem Nebentisch über die Beseitigung der Zaren, den Umsturz und ein totales Menschheitsbeglückungsprogramm nach, während Richard Strauss und Hans Pfitzner sich aus dem Wege gingen, da die orientalische Lüsternheit der *Salome* und der Drang nach *teutschem Klang und Heil* nicht zu vereinen waren. Die genialisch verworfene Familie Mann-Pringsheim wurde allmählich legendär, mit ihren Kunstsammlungen, der munteren, doch auch zügellosen Kinderschar, dem Gemisch aus Tüchtigkeit und Laszivität, mit Heinrich Mann und seinen Halbweltdamen, die er in die Theaterlogen führte. Als Mentor des Clans mutete der zweite Senatorensohn aus Lübeck und Verfasser der *Buddenbrooks* an. Mit Hut und Pelerine radelte der Empfindliche auch im Sommer unablässig zum Zahnarzt, musterte dabei die Wachgrenadiere vor der Residenz. Im neuen hellen Seidenanzug, wie man erfuhr, war Thomas Mann abends an der Isar entlangspaziert und plötzlich aus Dunkelheit und Geäst von einer Fledermausschar bedrängt worden. Durch den Stil seiner Schriften wollte er gewiß auch, so schien es, eine Feinheit im Verhalten und in den Gedanken retten, Bildung und ein kulturelles Bewußtsein in den Menschen lebendig erhalten. Ein erschöpfendes Unterfangen. Freitode erschütterten das Haus, die Schwestern Carla und Julia, der Freund der Kinder, Ricki Hallgarten, wurden zu Grabe geleitet.

Brauerdynastien ruhten auf dem Thalkirchner Friedhof, der Bauherr der Ludwigshöhe und seine ungarische Gattin blieben zwischen zwei verwitterten Engeln vereint.

Nach einem fast schneelosen Winter wärmte die Maisonne. Die Bewohner konnten es das wetterfreundlichste Jahr nennen, wenngleich die Furcht hineinspielte, daß die wohligen Temperaturen nicht mehr nur die Ouvertüre der endgültig diagnostizierten Erderwärmung waren. Sie schienen der eindeutige Beweis, daß die unheilvolle Verwandlung sich beschleunigte, mit Palmen in der Eifel, bald Wanderdünen vor Bologna, – und niemand schien dagegen etwas zu unternehmen. *Es wird schon nicht so schlimm werden*, verwandelte sich klammheimlich in ein: *Dann sind wir eben das Ende der Zukunft.*

Auf dem Viktualienmarkt dufteten Früchte und Käse im Schatten von Sonnenschirmen und Markisen.

Straßenkehrer lehnten ihre Besen an den Kasten mit Streusplitt für den Winter und legten eine Zigarettenpause ein. Eine Ausflugsgruppe von Frauen, deren Männer im Kosovo stationiert waren, fand freie Terrassentische im *Café Nymphenburger*. Verkniffene Weiblein fütterten schmutzige Tauben. Ein Spaziergänger hob ein umgestürztes Fahrrad auf und lehnte das Gefährt an eine Laterne. Obwohl angekettet, war das Rad Olaf Deutlers im Herbst vorm *Arena*-Kino gestohlen worden. Arme Einwohner durchstöberten Müllkörbe nach Pfandflaschen. Rauchfahnen eines Turnhallenbrands im Westend sah man in den Straßenschluchten nicht. An Museumskassen bekamen erste Touristen ihr Wechselgeld und machten sich bereit für Dürers Apostel, den Kriegerfries von Aegina, Neoninstallationen von Dan Flavin oder frühe Flugapparate im Deutschen Museum.

Im Ziegelhochbunker an der Isar, der Philharmonie, gab der Stardirigent dem Orchester und der Sopranistin den Einsatz, und im neuen Probenanlauf erklang mit Harfe, Bogenschlag und Schellenbaum das trunkene Flirren der Vierten Symphonie Mahlers:

Dort läuft schon Sanct Peter
Mit Netz und mit Köder
Zum himmlischen Weiher hinein.
Sanct Martha die Köchin muß sein!
Kein Musik ist ja nicht auf Erden,
Die uns'rer verglichen kann werden.

Sightseeingfahrten in Doppeldeckerbussen, steinerne Bodenmarkierungen für den Sicherheitsabstand bei der Einfahrt von U-Bahnen, süßlicher Maischeduft um die *Paulaner*-Brauerei, Fußgänger, Ampeln, Ungeduld in Fahrstühlen, «Grüß Gott!» in den Wirtshäusern um den Großmarkt, immer häufiger «Tschüs» auf den Korridoren der *Allianz* und der *Rückversicherung*.

Nach den Regentagen waren die Metzger auf die Nachfrage vorbereitet. Grillwürste, Nackensteaks, mit Knoblauch und Öl bereits mariniertes Fleisch, mitunter die komplette *Partypalette* wurden für den Abend eingekauft. Salate bereiteten die Kunden zu Hause selbst zu. Mit Tupperware, Bestecken, Tomaten in Kühltaschen und Pilsner-Sixpacks im Kofferraum oder gewagt im Fahrradkorb brachen sie am Spätnachmittag zu Zigtausenden aus den Vierteln auf, in Richtung Fluß, zu den weiten Kieselufern, tapsten übers lockere Gestein, hockten sich mit Familie, Verein oder Geliebter unter Baumkronen neben die Wehre, entfachten ihre Feuer, stießen mit weißblauen Bechern an, schoben Flaschen ins kühlende Flußwasser, breiteten sich in hereinbrechender Nacht auf Decken aus, von Freising im Norden bis hinter Höllriegelskreuth, eine Rauchfeuerstrecke längs durchs Land, glimmende Grillkohle, prasselnde, lodernde Holzscheite – ein Lichtermeer in der Dunkelheit, daß man meinte, die babylonischen Heerscharen, die Truppen Assurbanipals, sämtliche Armeen des Dareios hätten ihre Lager und Zelte aufgeschlagen und brieten sich Kälber und Zicklein und Ochsen in der Nacht vor der Schlacht.

Im Gras verfingen sich Duft und der Rauch.

33.

Wolken verharrten im Süden.

Haut und Nerven entspannten sich im Licht.

«Aurikeln habe ich lange nicht gesehen.» Hanna Reutte verschränkte die Hände im Rücken und beugte sich andächtig vor. Die zartgelben Blütenkelche zitterten im Wind.

«Guter kalkiger Boden. Welcher Philosoph meinte noch: *Nur im Stein ist kein Betrug?*»

«In den Blumen auch nicht.» Mit mattgrünen Blättern blühten die Aurikeln zwischen allerlei Kraut.

Zwanglos hatten Frau Reutte und Dr. Lay nach dem Frühbüfett ein paar Schritte vor die Tür gewagt. Das Gras war naß.

Als Mann, meinte Dr. Lay, dürfe er nicht länger als eine Frau – ein Reflex, den er zu spät verwarf – feine Flora bewundern und hatte sich wieder aufgerichtet, was bei seiner rundlichen Gestalt, die von den Hosenträgern gestrafft wurde, kaum auffiel. Hanna Reutte lächelte noch den Erdschmuck an.

«Dieses Haus», und Dr. Lay hatte mit ausgebreiteten Armen die Ungarische Villa ins Auge gefaßt, «Fenster, Jalousien, Treppen und Türmchen, auch solche Gemäuer sind in Wahrheit, wie Wang schon spürte, nur eine Variante der Urzeithöhlen, in denen die Primaten vor Donner, Blitz und zähnefletschenden Schakalen Unterschlupf fanden. Von der schützenden Felsspalte im Hohen Atlas zur Lehmhütte des Tuareg, vom Belvedere des Prinzen Eugen bis zur Klospülung hier – die flüchtige, geschundene, hochfahrende Kreatur hat nur den Stil und Komfort ihrer Verschanzungen verfeinert. Vielleicht sind alle Häuser nur der Mutterschoß und die Gebärmutter, aus welcher der Mensch nicht freiwillig in die Wirklichkeit hinauswollte, die ihm zudem seine Endlichkeit offenbarte, Zack, ein Mammutzahn durch den Bauch, der Sturz vom Pferd, der letzte Stoßseufzer irgendwo unterm Sternenzelt. Heroisch, der Mensch! Wie er sich um Gesetz, Wohlfahrt, Bleibendes und Sinn bemüht. Das macht ihm keiner nach. Bravo! Glück auf, Mensch, du mein Bruder! rufe ich.»

«Wie?» Erst jetzt hatte Hanna Reutte sich vom Blütenzauber getrennt. Der Verleger hatte in der Küche nach ein, zwei Schinkencanapés zum Prosecco gegriffen. Die Marke war offenbar süffig.

«Alle in einer mehrstöckigen Urzeithöhle mit Tapeten», er wies mit einer Geste zur Haustür, «und wer dort heraustritt, welch ein Wunderwerk! Schlanke Waden, empfindliche Gelenke und Bänder, sensationelle Augen, Haarschopf, darunter die Schaltzentrale mit ihrem aberwitzigen Kombinationstempo, ihrer Speicherkraft, Plattfüße, Fingernägel mit Halbmond, das leidige Gebiß, Lippen, Schließmuskel und die atmende Brust. All dieser effiziente und hinfällige Aufwand an Gebein und Gekröse, um die Seele zu bergen, sie durch die Welt zu bewegen, sie dem Dunkel und Licht, dem Haß und der Liebe zu überlassen. Wer aus der Haustür tritt, ist das vollkommene Rätsel der Welt, so begabt, den Erschütterungen überantwortet. Ich möchte weinen, wenn ich an den Menschen denke, vor Teilhabe und Leidensglück.» Lay erfand ein Wort, das Frau Reutte nicht wirklich weiterhalf.

«Jaja», sagte sie, «der Mensch» und faßte dem im Augenblick reichlich anspruchsvollen Begleiter kurz an die Hemdschulter.

«Der Mensch», Dr. Lay biß sich kurz auf die Lippen, «nichts rührt mich mehr. Dieser Kampf vielleicht um so wenig ...» Sein beklommenes Räuspern war der Domina nur halbwegs peinlich.

«Gut. Es gehe, wie es wolle.» Der vormalige Unternehmer faßte sich wieder. War zutage getreten, weshalb er Gefühlen, Risikobüchern, der Treue zu emphatischen Lyrikern, dem schöngeistigen Experiment vor exakter Buchhaltung, Kündigungen und Katzenkalendern den Vorrang eingeräumt hatte?

«Auch blühende Disteln habe ich ewig nicht gesehen.» Die Aichacherin zog den Mann mit sich fort und bestaunte am Jägerzaun die stachelige Unkrautpracht. «Womöglich doch stillschweigend bald überall ausgerottet.»

«Und Sie wollen nicht mehr töten?» erkundigte sich Dr. Lay und bemühte sich um Aufmerksamkeit fürs Violett aus der Asternfamilie.

«Wie kommen Sie darauf? Ein Mann vergißt vielleicht seine Verwundungen. Eine Frau selten. Meine Pläne werden präziser.»

Das stellte für Dr. Lay einiges klar. Der Psychiater in Augsburg mochte die längste Zeit guter Dinge gewesen sein.

«Was soll denn das?» Er wies auf eigenartige Tellerchen, die in gewissen Abständen entlang der Grundmauer aufgestellt waren. Zudem war eine helle Pulverspur auf Gehsteinen zu erkennen. Auch Hanna Reutte musterte in ihrem schwarzen Hosenanzug die Auffälligkeit. Kein Zweifel. Schneckengift, Ameisenfallen. Dergleichen konnte, angesichts der allgemeinen Schlamperei, nur auf das Konto von Herrn Bauer gehen, der nach der Heckenschur, dem Kampf gegen Plattenmoos nun dem Kleinstgetier zu Leibe rückte, ehe er nebenher noch die Disteln jätete. Der Ordnungswahn war nur bedingt zu bemängeln. Gegen die Hausmauer gelehnt, stand eine Leiter, von der aus der Psychopath gewißlich hängendes Weinlaub kappen oder befestigen wollte. Es blieb stets die Frage, wo kam Herr Bauer zum Stillstand? Störten ihn plötzlich Schweißgeruch, ein Hosenfleck, eine krumme Nase, Frau Wimpfs Humpeln, die allseits beraunte Wendigkeit von Herrn Wang, Ficken von vorn, Poppen von hinten, und die Sense, nachts, unvorhersehbar, tröffe von Blut?

Man müßte viel mehr aufpassen, immer.

Das Böse suchte sich oft die Stillsten, Liedlosen, Emsigen. «Ameisen sind doch auch süß.»

«In Maßen.»

Die beiden wandten sich von Pulverspur und Trichlorködern ab. So leidensfähig, wenn nicht debil, die Frau eines Xaver Bauer auch sein mochte, erleichtert fühlte sie sich gewiß, seit geraumer Zeit nicht mehr zweimal am Tag die Fensterbretter wischen zu müssen. Beider Bleibe war, hatte man erfahren, mit drei Schichten Schallschluckvlies ausgepolstert. Von daher bedeutete der Sarg keine nennenswerte Modifikation. Die Bauers mußten der Alptraum sein. Er in Knickerbockern, sie mit Fleischgabel unter der Abzugshaube. Daß diese Zeitgenossen bei der Wahl übers Gemeinwohl mitbefanden, war beunruhigend.

Lind strich der Wind über Leiter, Wein und durch den Garten. Tau hatte die Schuhe benetzt. Die beiden promenierten die wenigen Meter am Haus entlang unter die Rotbuche. Immer wieder sog ihr herrliches Geäst die Blicke empor. Die Katze rieb sich am Stamm. Ihren Namen konnte sich Dr. Lay nicht merken, vielleicht nannte jeder sie anders: «Susi, Susi.» Das Tier entfernte sich mit ein paar Streckbewegungen ins Sonnige. Es war schön, die morgendlichen Naturgeräusche auf sich wirken zu lassen. Aus allen Winkeln zwitscherte, knisterte es, und frischfeucht dehnte sich die Luft. *Akelei und Rosmarin wollen auch nach Süden ziehn …* irgend so ein törichter Refrain trällerte im Gemüt. Dr. Lay war stolz, mit einer so schönen Frau wie Hanna Reutte die Blutbuche zu bestaunen. Aber es war nicht der Ort für überschwengliche Komplimente. Warum eigentlich nicht?

Sie fingerte über Blattwerk und Rindenmaserung.

«Was ist heute? Montag?»

«Ich weiß nicht», antwortete sie.

«Wer bis hierher gelangt ist, hat eigentlich viel Mut bewiesen.»

«Kann sein, es bleibt ein Schwanken zwischen Mut und Feigheit.»

«Dauernd wird alles relativiert», beklagte er sich lächelnd.

«Ist so. Da muß man durch.»

«Es stimmt wohl», er räusperte sich, «daß Sie Abitur haben?»

Sie lächelte zurück und wies auf einen alten Vogelkasten droben am Stamm. Es betrübte sie, daß er unbewohnt war. Um diese Zeit hätten Jungzeisige ihre aufgesperrten Schnäbel den Eltern entgegenrecken können.

«Wenn Menschen mich sehen, denken sie zuerst an meinen Beruf. So tief nisten die Begierde und die Erlösungswünsche in ihnen. Mein Ruf ist sozusagen ruiniert, drum kann ich um so ungenierter meine Einkäufe erledigen. Aber lassen wir das.»

«Selbstverständlich.» Dr. Lay verbeugte sich ganz unwillkürlich, verschränkte die Hände im Rücken und dachte dabei, wie stets, an Napoleon. Sie umwanderten gemächlich den Baum, gaben acht auf die Wurzeln. Für das erdige Rechteck im Rasen hatte sich der Begriff *Kipphardkuhle* eingebürgert, man wußte gar nicht exakt, warum.

«Darf ich einmal Ihre Hand halten?» Dr. Lay erschrak über sich selbst.

«Aber bitte.» Hanna Reutte streckte ihm die Linke hin, die er umfaßte, sie nickte und entzog sie ihm sanft wieder. In ihm pochte es.

«Was ist das hier?» fragte er ziellos.

«Ein bißchen Nähe», sagte sie, «ein bißchen Ruhe, ein wenig Aufmerksamkeit.»

«Madame», kam es ihm ritterlich über die Lippen, «Sie sind wunderbar.»

«Ach.» Sie wischte das weg in den Morgen. Eine seltsame Tändelei unter der Buche. Angenehm zart. Irgendwie wie bei Hofe, wie man sich galante Zeiten so vorstellte. Es fehlte möglicherweise eine blumenumrankte Schaukel, die von einem Ast hing, in der Schäfer und Schäferin die Schuh abstreiften, die Seidenbänder flattern ließen und sich den duftigen Kuß gaben. Konnte es nicht immer Spiel und Rokoko sein? Der Himmel blaute. Schwer war's, in die Wirklichkeit zurückzufinden, und in welche?

Unweit sprang ein Rasenmäher an.

Wie sehr war das Sirren der Sense Herrn Bauers vorzuziehen.

«Entsetzlich!» Hanna Reutte trat aus dem Schatten, blickte zu den Tannen, ging weiter auf das dahinter Verborgene zu und legte die Hände an die Wangen. Aus solcher Nähe hatte sie die namenlose Verunstaltung noch nicht wahrgenommen. Der ehedem gambiarote Alfa Markus Fehlings schien in seinem Tarnoliv mittlerweile sogar in den Boden gesackt zu sein. Die Scheiben waren erdgrün besprayt, damit der Flitzer auch von der Straße nicht erkannt wurde, Gezweig war auf Kühler und Verdeck befestigt. Ein gestrandeter Spähwagen des italienischen Pionierbataillons *Pontinische Sümpfe*.

«Hin», kommentierte Dr. Lay.

Mit plötzlich forschem Schritt ging Hanna Reutte auf eine Qualmschwade zu: «Rauchen Sie doch nicht so viel!» Sie erntete ein heiseres Lachen. Lay folgte ihr nach. Der Besitzer des Cabrios hockte auf dem feuchten Boden gegen einen Scheinwerfer gelehnt und inhalierte. Neben ihm abgebrochene Zigarettenfilter und ausgedrückte Kippen. «Nichts vom Nahen Osten sagen ...», murmelte von hinten der Verleger der Domina zu. Zu laut. Fehling blickte gequält hoch. Wenigstens eine Decke hätte er sich unterlegen können. Aber er fürchtete wohl keine Hämorrhoiden. «Oh», Fehling hob den Finger, «auch zu China fällt mir nichts mehr ein … und es wird den Verräter auch niemand mehr fragen.» Seine Schnürsenkel hingen lose, Socken trug er nicht, Eigelb befleckte sein Hemd, sogar die Lippen des Verwahrlosten schienen rissig zu sein. «Ist doch schön, daß Sie sich vielleicht nur eine Auszeit gönnen», merkte Frau Reutte halbherzig an. Geäst vom Kühler ragte über seine Schulter. Das Haar hing wild. Nur mit hoffnungsvoller Anstrengung ließ sich am vergammelnden Mitbewohner ein ansprechender Hauch von *Outlaw*, Easy Rider und kühnem Anarchisten entdecken. «Meine Frau wollte ich schon seit längerem nicht mehr sehen … sie mich auch nicht», gab er preis. Hanna Reutte nickte.

«Hier singt jeder seine Arie», bekannte Dr. Lay.

«Draußen auch», wies ihn die Aichacherin zurecht.

«Oder Sextette, irgendwas im Chor … doch das meiste ist oft schon von Früheren intoniert worden.»

«Wie mutlos», tadelte Frau Reutte.

Der Wortwechsel scherte Fehling nicht. Er strich zärtlich über die moosfarbene Stoßstange. «Wenn wir draußen wären», erklärte der Verleger, «würd' ich sagen, gehen wir einen heben. Aber wir sind ja nicht hier, um uns Hoffnung zu machen.»

Etwas blöde starrte Fehling nach oben. «Hab' schon einen Gerichtstermin versäumt. Zeugenaussage … Programmseminar mit dem Intendanten. Mit dem Ministerpräsidenten Audienz beim Papst. Der Papst kam sicher, ich nicht. Aus und vorbei.»

«Man kann nicht verschwinden», bestätigte Hanna Reutte und vermied, an eigene Termine zu denken. «Wer aussteigt, bräuchte drei Jahre, um es wiedergutzumachen und daß andere einen nicht mehr für unberechenbar halten.»

Fehling kratzte mit hängender Lippe Dotter vom Knopf. «War erschöpft. Jetzt hab' ich mich hingerichtet.»

Hanna Reutte hockte sich ein wenig in die Knie, Dr. Lay strich unwohlig über den Kotflügel.

«Bringen Sie das dann bitte für mich», richtete sich Fehling an die Mauser-Besitzerin, «zum Buchmobil der Stadtbücherei zurück, kommt zum Einsammeln demnächst wieder vorbei.»

Nun hatte der Moderator doch auf etwas gesessen, allerdings auf einem foliegeschützten Taschenbuch mit Registriernummer. «Muß es nicht zu Ende lesen, ist einmalig, die unverrückbare Wahrheit ist mir längst klar.»

«Oh! Thomas Bernhard», entzückte sich hinter ihm Heinrich Lay, «wenn man die Lizenzen besäße! Ich würde auch noch den Beck-Verlag übernehmen.»

«*Denken heißt scheitern, dachte ich. Handeln heißt scheitern*», sagte oder zitierte Markus Fehling etwas, «da bleibt dann nicht mehr viel. *Was sich Mensch nennt, sind Schweine. Ein albernes unflätiges stumpfsinniges Schweinegehabe ist's, mit dem man zu tun hat* ...»

«*Frost*?» rätselte Dr. Lay, «*Verstörung*?»

«Wenn ich Thomas Bernhard viel früher gelesen hätte, hätte ich mich auch schon viel früher umgebracht.» Markus Fehling drückte sich den Band liebevoll an die Brust: «Gegen alle Aufschwünge, die man unternimmt, gegen alle Hoffnung und voreiligen frohen Mut klärt uns dieser Mann über das Wahre auf: *All unsere Versuche enden nur in Verbitterung*! – *Das einzige, was Mutter gut kochen kann, ist Kartoffelsuppe. Aber niemand von uns mag Kartoffelsuppe. – Jeder macht etwas gegen mich. – Jeder will als ein glücklicher Mensch gelten, niemals als ein unglücklicher, immer als ein total verfälschter, niemals als der, der er in Wirklichkeit ist, nämlich immer der unglücklichste von allen.*» Fehling schnaufte, Lay versuchte das Vernichtende einem Titel zuzuordnen, Hanna Reutte wußte nicht ganz, wie ihr geschah. Doch Markus Fehling schlug den Band auf, wo er ein Eselsohr eingeknickt hatte: «*Das Eheja beschließt das Ehejoch. – Die grausamen Kinder waren nach und nach zu ebenso grausamen Erwachsenen geworden. Die Kinder waren schon nicht schön, als Erwachsene sind sie nur mehr noch häßlich.*» Er blätterte und las, beinahe in sich gekehrt: «*Alle diese Leute hassen, was ich liebe, verachten, was ich achte, mögen, was ich nicht mag. Selbst ihre Luft empfinde ich nur mehr noch als eine ekelhafte. Sie leben, um zu arbeiten, aber sie arbeiten nicht, um zu leben. Sie sind gemein, sie sind niedrig, gleichzeitig größenwahnsinnig. Auf perverse Art sagten sie guten Morgen, ebenso pervers guten Abend, gute Nacht. Denkst du an die Deinigen, wird dir übel, denkst du an die übrigen, wird dir genauso übel. Wessen Verachtung, Niedertracht, Infamie, Haß hat die größere Berechtigung? –*»

«*Zerfall. Eine Auslöschung*», mutmaßte Dr. Lay. Als bräuchte Markus Fehling einen weiteren Schub für seinen Abschied von einer verruchten, geisttötenden, auf zermürbender Verlogenheit beruhenden, von Unrat besudelten Welt, ließ er Thomas Bernhard sagen: «*Wie überhaupt das Schöne mit Füßen getreten wird. Die Auslöscher sind am Werk. Sie sitzen auf ihren dicken Ärschen in den Tausenden und Hunderttausenden von Ämtern in allen Winkeln des Staats und haben nichts als Auslöschung und das Umbringen im Kopf, sie denken nichts anderes, als wie sie alles zwischen Neusiedlersee und dem Bodensee gründlich auslöschen und umbringen können.*» Und halb aus dem Gedächtnis erklärte er: «*Und die Jungen sind noch dümmer als die Alten, mit welchen es meistens wenigstens grotesk ist. Wir leben immer in dem Irrtum, daß sich, so wie wir uns entwickelt haben, gleich wohin, die andern auch entwickeln, aber das ist ein Irrtum, die meisten sind stehengeblieben und haben sich überhaupt nicht entwickelt, weder in die eine noch in die andere Richtung, sie sind nicht besser und nicht schlechter, sie sind nur alt geworden und dadurch in höchstem Maße uninteressant.*»

«Der Dichter schenkt reinen Wein ein», nickte Heinrich Lay betrübt. «Er zitiert oft Kafka, wie Fehling jetzt Bernhard, um vom Schrecken, Bösen, Häßlichen zu erzählen, in dem wir uns bewegen.»

«Wenn wir es übersehen, sind wir auf einmal völlig allein und stehen gänzlich ohne einen einzigen Menschen da.»

«Großer Gott», bekannte Hanna Reutte.

Die Herren schwiegen.

Was bedeutete der Alfa, seine Lederpolsterung?

«Natürlich sah ich längst alles Infame, Widerwärtige und Schäbige, auch in mir», Fehling blickte auf seine Knie, «aber Alltag, Arbeit, das Intrigieren gegen Intrigen, das Abnicken von Lügen, die ängstliche Bequemlichkeit übertünchten es. Ich bin besudelt und besudelte, mit gerafften Nachrichten, zu feigen Worten rundum. Unsere Städte sind so häßlich, daß sie zerbombt gehörten, kein Koch kochte mir etwas mit Liebe. Warum sagte ich es nicht? Ich warf den Fernseher nicht aus dem Fenster.»

«Das konnten Sie doch nicht», sagte Hanna Reutte wieder gefaßter, entfernte sich ein paar Schritte, ging dann rasch zum Haus. Fühlte sie sich gekränkt durch die Befunde des Dichters? «Ich geb's dann ab», rief sie noch.

«Es ist doch alles gräßlich?» fragte Fehling.

«Vielleicht», sagte Lay.

«Glaube, Nationalsozialismus, Egomanie, Familien, der Urlaub, Klimaanlagen, Sozialismus, Kleinbürger, Staaten, Mobilfunk, Redner, Initiativen, Rentner, Junge …»

«Vielleicht.»

«In den Theatern wird bei Stücken von Bernhard meistens heftig gelacht. Weil alle das auf sie gemünzte: *gräßlich*, *widerwär-*

tig, verlogen, infam, wieder von sich abschütteln wollen. Ein perverser Vorgang.»

Dem schien nicht viel hinzufügbar. Dr. Lay hielt zugleich nach Freiraum Ausschau: «Genialer Dichter, die freie Schönheit in allem will er. Wie Bernhards Radikalität leben?»

«Die Menschheit ist verflucht, am schlimmsten wäre es, wär's durch sich selbst.»

Als fände der Bankrotteur noch ein Ziel, machte er sich zum Brunnen auf. Vor der Kühlerhaube war Fehling ins Sinnen versunken. Das Buch sah wahrscheinlich ramponierter aus als vor der Ausleihe. Solche Leser hätte Lay sich für eigene Programmtitel gewünscht, für *Frühling in Como* von Hilke Kröger-Farini, ein doch eher mattes Geschreibsel. Hatte er zum letzten Mal mit dem Gefährten vom Zimmer gegenüber gesprochen? Lay biß sich auf die Lippen und schlurfte traurig. – Ein Spazierstock wäre willkommen gewesen.

Erster Fliederduft war zu riechen.

Der Verleger entsann sich, daß ab zehn Uhr Olaf Deutler im Gewächshaus auf ihn wartete. Einen Termin zu haben tat wohl. Er wandte sich neben einer Dosis Maulwurfgranulats zum Hintergarten.

Im Haus wurde zunehmend gehinkt. Der Geologe Jüssen war im Dunklen gegen das Nachttischbein gestoßen und mußte eine Zehschwellung hinnehmen. Ute Wimpfs Wadenwunde blieb wetterfühlig. Am oberen Geländer stöhnte Elisabeth Huber. Mühsam hielt sich die Weindiebin aufrecht. Hätte Hilde Hoffmeister nicht Flaschensplitter aus Rücken und Gesäß gezupft, kalte Wickel gemacht, läge sie mit blutigen Prellungen in Zimmer 6 noch immer auf dem Bauch. Überdies mit Erna Jakoubek als Mitbewohnerin, die wegen Platzmangels mitsamt einem Feldbett einquartiert worden war. Durst, brennenden Durst verspürte Betty Huber. Womöglich hatten Sturz und Aufregung, neben allen übrigen Leiden, einen Diabetes zum Ausbruch gebracht. Was hatten bis vor kurzem gute Röntgenbilder, passable Blutwerte, der allerdings stets schlackrige Kreislauf genutzt, wenn man sich matt fühlte, zur Krankheit bestimmt war? Sollte sie um Wasser rufen? Sie zog das kaum wärmende Bettlaken über der Schulter zusammen. Wäre sie vielleicht doch besser zu Hause geblieben?

Unten sah sie eine Beinahe-Kollision. Dieser Wang und die Jakoubek wollten gleichzeitig hinaus und zwängten sich unversehens nebeneinander durch die Haustür. «Das haben Sie davon. Sie wollten doch die Gleichstellung», fauchte der hörbar mißgelaunte Wang die verdatterte Kioskpächterin an. «So wird's jetzt immer gehen, Mann und Frau auf Augenhöhe, bis es richtig kracht.»

«Wasser», hauchte Betty Huber, aber es war niemand in der Nähe.

Unbeachtet hockte Clarissa schon ein Stündchen auf dem Fensterbrett neben der Treppenpflanze. Der Leinensaum hing auf dem Boden, das Kinn hatte sie in die Hand gestützt. Sie befand sich in einer qualvollen Stimmung aus Verzweiflung und Zuversicht. «Ich will meine Gazprom-Aktien», murmelte die Londonerin. Immer wieder kam es ihr so vor, als hätte sie am 14. März keineswegs ein Taxi in die Southern Colonnade genommen und im Büro von John A. Benson auch nicht um einen Aschenbecher gebeten. Aber irgendwo fände sie vielleicht noch die Taxiquittung. Millionen, der Blick durchs Fenster zum Millennium Dome, Rubel, Reais, Schneetreiben an jenem Tag …

Monika und Ilse waren zum Baden.

Auf ihre spätabendliche Frage an Ulrich, wie oft er denn noch

Sex habe, hatte er geantwortet: «Höchstens noch einmal pro Woche.» Oft sei es aber nur eine rein organische Entladung und dürfe nicht mit Liebe verwechselt werden. Das wisse er selbst und beschuldige sich auch dafür. «Besser das als nichts», so folgenlos die Verschmelzung auch sei. Wegen der Vielfalt der Begegnungen sei er für die Monogamie vielleicht verdorben. Kürzlich hätte er einen verheirateten Bäckermeister mit Neigung zu Volantroben kennengelernt, «echt katholisch pompös. Stammt auch aus Ostpolen. Deutschland ist eine super Drehscheibe.»

Clarissa schürzte die Lippen.

Die Stiege hätte gebohnert werden können.

Eigentlich lief alles ganz gut, denn die Stimmung war mies. Sie zündete sich eine *Craven* an. Der Fernseher in der Hallenecke nudelte vor sich hin. Immer wieder schaltete sie von ZDF und arte auf den Werbekanal zurück, wo heute Urinsteinentferner und waschmaschinenfeste Mouse-Pads angepriesen wurden. Das zermürbte auf die Dauer. Tassilo Wang zickte mit alten Damen herum, Frau Reutte war gesenkten Kopfes ins schöne 12er-Zimmer zurückgekehrt und Ute Wimpf von ihrer meditativen Filzbastelei schnell entnervt gewesen. Mit den Klangschalen, die sich die Lehrerin besorgt hatte, klappte es wiederum auch nicht ganz. In die sphärisch-erlösenden Harmonien, die aus dem Bügelzimmer drangen, mischte sich immer wieder Schräges, ein Pfeifen und Schmirgeln. Die Abstimmung von Alphawelle und Herzton zur Tiefenentspannung verlangte bei den teuren Messingtöpfen hörbar viel Übung. Frau Jakoubek befand sich angesichts des gelegentlichen Geräuschpegels im Haus dauernd auf der Flucht. So ging die Rechnung wohl auf, daß eine neue Form von Alltäglichkeit allmählich wieder zermürbte. Besonders die graziöse Syrerin war bedenklich verwirrt. Stundenlang wandelte sie, wie in einem

Kreuzgang, hinter der Balustrade auf und ab, fragte einige Eilende: «Judé?» und umklammerte das spendierte Römerbuch, in dem allerdings vermerkt war: *Du mußt der Philosophie dienen, damit du die wahre Freiheit erlangst*. Der Tee! Verfall und diffuses Gezänk mochten vom Tee herrühren. Clarissa schmauchte mit Behagen. Irgendwem war es in den Sinn gekommen, daß dem reichlich gebrühten Küchenassam mindestens ein Sedativ und Betäubungsmittel beigemischt wäre. Daraus, wie rundum der Tee getrunken wurde, ließ sich exakt die innere Verfassung bestimmen. Xaver Bauer hatte sich gestern einen Becher eingegossen, war erbleicht und hatte ihn wieder abgestellt. Er würde also vielleicht sogar noch das Dach reparieren. Ute Wimpf war meistens mit einem Täßchen zu sehen. Vielleicht würde man sie hier mittlerweile noch inniger vermissen als draußen. Hilde Hoffmeister hatte eben vor der Küchentür auch eine Dosis kühlgepustet und mit geschlossenen Augen den Becher bis zur Neige geleert. Doch die Maharani war sprunghaft, die Zeit würde es weisen, wie das Leid-Lust-Pendel in ihr ausschlüge. Aziza nippte fortwährend *Tschai*, obwohl sie nur zu den Flüchtlingen zählte; aber wie sollte man ihr alles erklären? Der Assam. Durfte Clarissa einer mittellosen, bisweilen nur dem Anschein nach begriffsstutzigen Halbschwester bis ins letzte trauen, einem umtriebigen Bruder, mit dem sie über Jahre kaum Kontakt gehabt hatte und die beide auch Licht am Ende des Tunnels sehen wollten? Sie selbst jedenfalls hatte ihre *Lipton*-Beutel.

Sie schnippte Asche in den Eierbecher. Schade, daß SMOKING KILLS für sie bedrängender wirkte als für den blitzgescheiten Herrn Fehling. Der genoß innerlich ja vielleicht schon Ruhe.

Ein Messingsirren. Lag im Ton eine Verbindung zum Uranos? Clarissa lehnte sich gegen die Stiegenwand.

«Vierhundert», hörte sie unten.

«Nein.»

«Wenigstens zwei. Geizen Sie jetzt nicht. – Bitte.»

Clarissa sah, wie Herr Jüssen jemandem hinter der Tür blaue Scheine in die Hand drückte. «Ich bete für Sie. Kommt ins Schwein.»

Der Geologe, dem Kollegen eine Mineralienerkenntnis gestohlen und die Zukunft zerschlagen hatten, hinkte ins Dunkel.

Was war mit Frau Patini zu tun? Wie alle schlief sie am Anfang viel oder sogar durchgehend. Mußte die grausamst heimgesuchte Frau nachts vor einem Krankenhaus abgesetzt werden? Lea Patini mochte noch ruhen, bei angelehntem Fenster und Luft aus den Gärten. Der Mann war auf der Fahrt zum Krankenhaus verunglückt. Wer sollte da an den Schöpfer glauben?

Clarissa drückte die Zigarette aus.

Wenn sie jetzt selbst auch noch Schwimmen ginge, würde es keiner bemerken.

Was ihr zu schaffen machte, war dieses blaubeschriebene Schild *A N D A C H T*, das sie am Köchinnenzimmer entdeckt und entfernt hatte. Es brauchte keine Kapelle, wenn man vom Schwamm nur mäßig befallene Kammern zum versiegenden Sinnieren hatte. Am Ende holte noch jemand den Pfarrer von Benediktbeuern, der im geblümten Raum im vollen Ornat zum Handy griffe und Behörden alarmierte. Sie strich sich stöhnend über die Beine und stand auf. Die schlechte Stimmung durfte sich nicht auf sie übertragen. Natürlich konnten noch einige Zügel straffer gezogen werden.

Als Mädchen war sie auf den Fliesen Hunkelkasten gesprungen. Sie sah sich selbst dort hüpfen, auf einem Bein, im Schottenrock.

Von der Balustrade starrte Aziza sie an.
Sie grüßte knapp, strich sich das Haar hinters Ohr.
«Angst», drang es aus der zweiten Kammer.

Was sollte man am späten Vormittag tun, wenn man nichts zu tun hatte? Das Alltagsgrauen von Arbeitslosen wurde ihm bewußt und das Wunder, daß die meisten, deren Kraft und Fähigkeiten nicht erwünscht waren, durchhielten. Er zog das linke Bein unters rechte. Schöne, nutzlose, gleichgültige Natur vor dem Fenster. Recht kühl strich der Wind übers Bett. Auf dem blöden Nachtschrank stand mittlerweile eine Batterie von Flaschen, Cola Light, Wasser mit und ohne Sprudel, Rosé d'Anjou, Rum, Maracuja-Gesöff, irgendein Geschmack je nach Stimmung. Tassilo hatte keine Lust mehr, wußte nicht exakt, warum. Diese Woge aus Mißmut kannte er, irgendwann kam man nicht mehr gegen sie an. Sogar auf Bali, als er dort in einer Urlaubssiedlung eine Art von Strandaufseher gegeben hatte, war mit der Brandung auch der Mißmut gekommen, dieses angeborene Erzgift. Ja, gerade auf Bali hatte es zu zirkulieren begonnen, denn wenn man sich an traumhaften Orten nicht selig und wie neu fühlte, war die Bahn frei für alle Facetten des Verdrusses: die Palmen – keine Erlösung, exotisches Essen – beim dritten Mal kein Erlebnis mehr, er selbst – unwert. Er hatte es satt, auf Glück und freudige Erfüllung zu spekulieren, während er sich durchs vielfältige Grau wand. Eine Fehlkonstruktion war er, konnte sich nicht auswechseln, andere waren robuster oder raffinierter beim Selbstbetrug, daß *alles doch ganz normal und sogar recht schön sei*. Die Zeit an der Kunstakademie war lebhaft gewesen, das verrückte Vierteljahr, in dem er in Wien als Frisör ausgeholfen hatte, allerdings nur mit Waschen und Föhnen. Jetzt käme nichts mehr oder in zu weiter Ferne, dann obendrein zu flüchtig und durchschaubar, als daß es ihn fesseln und in Jubel versetzen würde. Es hatte keinen Sinn zu theoretisieren, wenn man statt dessen energisch ins Leben eingebunden sein sollte. Aber wie lächerlich waren die, die allwöchentlich ihrer kleinen Beglückung entgegenstürmten: *Bei Praktiker haben wir wundervolle Duschvorhänge gesehen.* – Und worauf steuerte alles Trachten und Treiben zu, dieses ganze wichtigtuerische Herumreisen der Menschen im Land, in vollen Zügen, City-Jets, Autos, Stoßstange an Stoßstange? Auf die Bettpfanne irgendwann in einem Heim, mit Schnabeltasse. Na wenn schon, dachte Tassilo, das war nicht das Schlimmste, wenn eine Frist um war. Das bißchen Versiegen, spät, gehörte dazu. Entsetzlich, wenn alle endlos laut und agil blieben, das unsterbliche Bundeskabinett, auf alle Zeit dieselben Showgäste, Verbandssprecher und der Präsident des Kölner Karnevalsvereins. Die Unsterblichkeit wäre der weitaus größte Fluch. Dahin alle Melancholie, jedes unnennbare Entzücken, eine kummerfreie Menschheit – die furchtbarste Bestialität unter den Sternen.

Ihm half alles Sinnen nicht mehr. Zu müde. Oder empfand er diese Ausgelaugtheit – wie eigens gegen sich selbst gerichtet, anmaßend selbstzerstörerisch –, weil gerade ihm, Tassilo, dem Begehrten, dem Smarten, alles offenstand? Wollte er sich aus bösem Übermut quälen? Wollte er fortwährend angeregt und erfüllt sein, triumphieren, statt die Dunkelpfade in Kauf zu nehmen? Er litt ungern – was Wunder? – und wollte Glück und Unglück nur nach seinem vorgefertigten Maß hinnehmen. Das duldeten die Parzen nicht. Um das Schicksal zu erniedrigen und zu bestrafen, schnitt er selbst den Faden durch. Mochten die Göttinnen dann greinen. Ätsch! Er war erhabener als die Parzen. Der Sieg gehörte ihm. Um sein leeres Bett in München mochten sie dann zornig und bestürzt schleichen.

Wie gut wäre es, als Sancho Pansa auf dem Grautier durchs Land zu zockeln, dem hochgemuten Ritter auf seinem Rosinante hinterdrein. Der wohlig beleibte Knappe blieb der beste Gegenspieler des Todes. Wie sollte jemand noch munterer Genießer sein, da er, wenn er dieses Haus verließe, sofort wieder funktionieren müßte, mit sämtlichen Aktenzeichen, die ihm angeheftet wurden? Man streifte nicht mehr, Schnapskruke und Speck im Sack, durch die Mancha, um vom schaukelnden Rücken nach der nächsten Rast zu spähen, wo im Schatten plötzlich ferner Mandolinenklang zu hören war.

Der junge Mann besann sich.

Gegen den Luftstrom zog er seinen Wollrollkragen hoch.

Gegen die Parzen, schrieb er aufs Papier, das er zwischen seinen Beinen auf den Zeitungsstapel gelegt hatte. Tassilo strich die Überschrift wieder durch. Der Linkshänder griff zur Fanta-Flasche, dann trank er doch einen Schluck Cola.

Mit verblüffend schön geschwungener Schrift schrieb er auf einen neuen Bogen:

Scheiß Eltern!

Es gab Schuldige an seiner Misere. Seine Erzeuger. Die Anrede war vielleicht zu hart. Zwei Bogen aus dem PC-Drucker hatte er noch. Und er konnte seine Eltern gemeiner verwunden:

Liebe Mary, lieber Robbie!

Ich hoffe, Ihr fühlt Euch wohl auf Korsika! Ich konnte wegen der Trennung von Yvonne dieses Jahr keinen Abstecher zu Euch unternehmen. Und ich werde Euch auch nie wiedersehen.

Er schluckte vor Kummer und Selbstweh.

Ihr habt mir ein Leben geschenkt, das ich nicht will.

An dieser Stelle konnte er doch nicht schon schniefen –

Und Ihr seid mit schuld. Statt Liebe, Aufmerksamkeit und Aufmun-

terung bekam ich von Euch zu oft Spielzeug, Fahrrad, Vespa und Geld. Ich weiß, daß Ihr nicht mein Unglück wolltet, aber Ihr konntet mir nicht annähernd einen Weg durchs Leben weisen. Als ich Lust aufs Gitarrespielen hatte, habt Ihr mir eine Gitarre gekauft, als ich Fechten lernen wollte, habt Ihr mich beim Fechtclub angemeldet, es war ein Fehler, mir das Apartment in Berlin zu schenken, obwohl ich es wollte. Meine Vorfreude konnte nie wachsen. In Wirklichkeit habt Ihr mich immer sehr allein gelassen und dachtet, das wäre mir recht. Vielleicht aber wartete ich immer nur auf die richtigen Worte von Euch. Ihr wart manchmal stolz auf mich, ich habe es aber viel zu selten gespürt. Ihr habt nicht erkannt, wann ich Euch brauchte und wann ich mich ungestört entwickeln mußte. Mutter wird mir nachweinen, es wird zu spät sein, die Wärme reichte nicht.

War das infam. Tassilo riß die beiden mit in die Katastrophe.

Ich sollte erfolgreich sein wie Ihr. Ich wurde es nicht. Ihr habt schwer begreifliche Phasen bei mir akzeptiert. Das war viel. Doch ihr lauertet mit der Erwartung: Jetzt kriegt Tassilo die Kurve, findet eine tolle Freundin, und die Praxis von Vater kann er irgendwann übernehmen. So dachtet Ihr im Innersten, glaube ich. Mein unruhiges Leben war für Euch nur ein Zwischenspiel. Ihr wart nie wirklich frei. Ich mußte es um so mehr sein!

Worauf steuerte er hinaus?

Ich will Euch verzeihen, wenn Ihr mir verzeiht. Versteht mein Ende nicht als Rache! Es gibt noch andere, an denen ich mich rächen könnte. Vielleicht habt Ihr Gelegenheit, mit Yvonne zu sprechen. Yvonne lernte mich in einer üblen Zeit kennen. Sie war viel zu sehr an Äußerlichkeiten interessiert, sagt ihr das ruhig. Nur zur Hälfte habe ich selbst mein Leben verpfuscht, bin satt der Sättigungen, ich fand nicht die passend gestimmten freudigen und sensiblen Menschen um mich herum. Vielleicht bin ich auch nur verflucht. Macht Euch bitte keine Gedanken.

Es muß so sein. Mein Foto im Terrassenzimmer könnt Ihr hängenlassen oder wegräumen. Wo ich sein werde, werde ich es nicht mehr erfahren. Grüßt Francesca von mir, die Perle hat immer die leckersten Gnocchi gemacht. Falls Ihr mal an mich denkt, dann tut es ohne Gram. Nichts paßt genug, so wie man es sich vielleicht träumt. Wenn ich kann, werde ich an Euch denken und Euch Gutes wünschen. Glaub' mir, Mary, besonders Dir, denn Du warst ja vielleicht selbst noch zu jung, als Du einen Jungen bekamst, mich, den Undankbaren, den Verschwommenen, den Verräter. Doch ich bin Unglück, und das läßt sich nie ganz mitteilen. Zu verwöhnt? Kann sein. Meine Acrylbilder verbrennt bitte, an mich muß nichts erinnern. Ich bin dann die Wolke, die übers Land zieht, frei und glücklich ist und deren Weg der Wind bestimmt. Ihr denkt gewiß manchmal an mich, wenn Ihr nach oben schaut. Ich habe einen Überdruß, den ich nicht empfinden darf. So verteilt sich Schuld auf alle. Ich hätte eisern meine Diplomarbeit zu Ende schreiben sollen oder bereit sein müssen, auf Bali nach und nach ins Hotelgeschäft einzusteigen. So viel kommt auf uns zu, wo wir entscheiden müssen. Werdet bald wieder schön munter, als Gastgeber seid Ihr immer die besten. Ade, Glück auf, in nachdenklicher Dankbarkeit, Euer Tassi.
PUNKT.

Es hatte schon ein Weilchen in ihm gewürgt. Mit Mühe konnte er das Gemisch aus Limonade und Bel-Paese-Happen wieder runterschlucken. Das abschicken? – Den eigenen Jammer oder Katzenjammer als Vergeltung verkaufen? Marys Leben wäre vernichtet – sollte es vielleicht ja auch insgeheim, als Signal, und doch nicht –, der Vater würde verstummen, Yvonne eine Weile halb irre werden. Für Tassilos Nachruhm.

Seine Worte waren noch nicht die Tat.

Er mußte weg von hier weg. Dies war ein Sumpf hier.

Er probierte es auf dem letzten Bogen:

Tschüs und Schluß.

Es klopfte.

Tassilo rührte sich nicht, atmete leiser.

Ein sanfteres doppeltes Pochen.

«Herr Wang», die Minelli schaute herein, «Ulrich und Ilse lassen fragen, ob Sie zur Anprobe mit zu einem Pornoladen fahren wollen?»

34.

Nein, es waren nicht die Zeiten und der Ort für Zartbesaitete. Der zunehmende Mond goß Silber über stille Wipfel. Kein Vogel, kein Zweig regten sich. Nach dem Abschalten der Straßenlaternen waren die Fledermäuse der Ludwigshöhe von der Jagd unter ihre Balken und Schindeln zurückgekehrt. Während entlang dem Fluß die letzten Grillfeuer in Nachtfeuchte verglommen, war die Seitentür schwer aufzustemmen. Zwei dunkle Gestalten keuchten heftig. Eine Taschenlampe auf der Ummauerung der äußeren Kellerstiege beleuchtete die Hantierenden. Schwarz glänzend bewegte sich die eine Person. Die andere, mit phosphoreszierenden Streifen um Jackensaum und Oberarm rammte die Schulter abermals gegen den Seitenzugang. Lange Schlangen, Atemschläuche baumelten vor Gesichtern und Brust. Rund und leer glänzten die Augengläser in Masken. Die Tür gab nach, öffnete sich. Worte wurden nicht gewechselt. Ein stoßartiges Schnaufen, undeutlich tiefes Grunzen war zu hören, Schmirgelgeräusche von Sand und Steinchen unter dicken Gummistiefelsohlen. Die kleinere Gestalt griff zur Stablampe, die größere ging einen Schritt voran. Der unruhige

Lichtstrahl ließ auf dem Rücken des Vordermanns die Lettern *FDNY* aufleuchten.

Die schwarzen Eindringlinge starrten sich an. Ihr Schnaufen wurde intensiver.

«Nein», keuchte Ilse.

«Komm», forderte Ulrich.

«Die Drecksarbeit, immer die Türken oder wir.»

«Los.»

«Ich kann nicht.»

«Für Monika, Geld und sowieso.»

Wild baumelten die Schläuche, Augäpfel starrten sich im Widerschein an.

«Jungs mögen aktiver sein. Aber wir haben mehr Gefühl.»

Da ohnehin kaum ein Wort zu verstehen war, zerrte Ulrich die kleinere Ilse hinter sich in den klammen Kellergang. Im Laden am Ostbahnhof hatten sie das Nötigste besorgt. *Protection Gear* hieß die Abteilung, in der betont männliche Schutzkleidung, GI-Overalls, Kanalarbeitermonturen, Feuerwehrzubehör zu kaufen war. Für Ilse hatten sie lange nach der passenden Größe gesucht. Preiswert waren die Ganzkörperanzüge, mit einem Reißverschluß vom Gesäß bis zum Kragen hinauf, nicht. Der Verkäufer beim Latexsortiment war von einer Kundin ohnehin irritiert gewesen und hatte nur fünf Prozent nachgelassen. Ilses Schnaufen erstarb. Ulrich wurde nervöser und klopfte der tapferen Assistentin auf den Rücken. Unter den französischen Gasmasken für sehr spezielle Breath-Control-Spiele, bei denen Sauerstoffmangel Euphorien erzeugte, konnten sie nur mühsam durchatmen.

«Ruhig.»

Ilse umgriff seinen Unterarm.

«Nicht heben, nur schleifen, hörst du.» Die Luftfilter am

Schlauchende schepperten gegeneinander. Ilse brüllte unter ihrer Maske.

«Ihre Seelen sind in Sicherheit. Es geht nur noch um die Körper. Sie müssen hier raus. Das ist nicht mehr Frau Fontanelli. Ihre Seele wiegt sich längst wohlig in den Sphären.»

Ilses Finger lösten sich vom Ärmel der schweren New Yorker Feuerwehrkluft, die Ulrich gekauft hatte.

Den Helm mit Nackenschutz brauchte er nicht, er lag im Gras. Aber die Stiefel waren notwendig. Bereits im Gang hatte letztes Eiswasser, das aus dem geheimen Stauraum sickerte, den Lehmboden aufgeweicht.

Ulrich trat die Tür auf. Sie leuchtete. Rauhe Wände. Zusammengeschmolzener Katafalk. Vögel im Garten schwirrten auf.

Finsteres Blei floß durch die Nacht.

35.

«Die Luft ist reiner geworden. Der Regen hat sie durchgewaschen.»

«Vor einem Jahr war ich in Madrid. Trockene Hitze macht mir nichts. Im Gegenteil.»

Hilde Hoffmeister und Dr. Lay lehnten sich in die Polster zurück und schwiegen.

Der Geologe beugte sich mit seinem Glas zur Frau in der Wolldecke vor: «Jüssen, Jürg.»

Seine Zimmernachbarin mit dem fast wächsernen Gesicht hauchte: «Patini.»

«Mein Vater stammt aus Dithmarschen», erläuterte er.

Lea Patini zog das Plaid unterm Kinn zusammen.

Wo vordem Tassilos Sessel gestanden hatte, hatte sich im stillen, jedoch zügig einiges geändert.

Bereits am Vortag hatte Heinrich Lay aus seiner Kammer eine weitere Sitzgelegenheit geholt, um mit Herrn Deutler *eine Angelegenheit* durchzusprechen. Wenig später hatte Jüssen seinen Stuhl dazugestellt. Ute Wimpf war mit einem Küchenhocker hinzugekommen. Zu viert hatten sie ein Weilchen die Konsole, das Schwein, die Treppentäfelung angeschaut. Heute war Frau Patini aus ihrer Unterkunft dazugeweht.

Obwohl sie tagsüber lange im Dunkeln geruht hatte, war Hilde Hoffmeisters Stirn schweißfeucht. Mitbewohnerinnen wußten, wie der Körper sie malträtierte. In Rock und Strickjacke wirkte die Inderin fremd, kein Turban verdeckte das grauschwarze Haar. «Vielleicht, Frau Wimpf», sprach sie ins Halbrund hinüber, «wollen Sie Ihr Leben nur ändern. Vielleicht sind Sie deswegen hier. Wegen einer Neuorientierung. Nicht alle Schüler sind wie die, von denen Sie niedergestochen wurden.»

Ute Wimpf sah zur Seite: «In eine öffentliche Schule traue ich mich nicht mehr. Ich könnte ohne Angst keine Klasse betreten. Wie soll ich unterrichten, wenn ich aus einer Tasche etwas Metallisches glänzen sehe?»

«Ein solcher Überfall passiert nur einmal.»

«Eine Ordensschule wäre eine Möglichkeit gewesen. Dort haben die Kinder unweigerlich mit Moral zu tun.»

«Sehen Sie», bestärkte Frau Hoffmeister.

«Ich müßte erst einmal wieder in die Kirche eintreten. Was soll das? Wegen einer Bewerbung. – Ach, nein, der Tod ist fein. Es verschwimmen Sorg' und Plag'. Ich muß mich noch stärken. Was im

Leben sinnvoll ist und festigt, erleichtert auch den Weg nach drüben. Die Schalenklänge bedeuten für mich auf eine vollendete Harmonie. Belächeln Sie mich nur. Sie haben sich alle nicht mehr auf die Ruhe, den Wohlklang eingelassen, die uns auch gebühren.»

«An einem so milden Abend sollte man nichts erzwingen.»

Eine Unruhe machte sich bemerkbar. Hilde Hoffmeister, die sich mit einer Brustbeklemmung zurücklehnte, hatte selbst das Stichwort geliefert: das Leben ändern. Neben dem Verschwinden blieb die Reform natürlich das Mittel, um ohne Selbstannullierung davonzukommen. Bilder der Erneuerung geisterten durch die Anwesenden. Jüssen schwebten ein Kraftschub und Jugendfrische vor, Hilde Hoffmeister sah sich ihre Scheidung einreichen und irgendwann einen Neubeginn in ihrer Geburtsstadt Innsbruck, wenn nicht gar im sonnigen Meran wagen. – Oder bescheidener werden, in allem, das war's. Zur Not mit einem Minimaleinkommen ohne Bitterkeit sein Tagwerk tun, abends zeitig ins Bett, dann und wann mit lieben Freunden eine Pizza und ein Glas Orvieto genießen. Kleine, reinliche Wohnung, Spaziergänge, offene Augen für die Menschen, die Natur und die Kunst. So sähe ein gefälliges Leben aus, das von Explosionen, Hochmut und Gegrübel frei wäre und besänftigte. Für Markus Fehling fände sich ein Pöstchen im Funkarchiv, wo er fern der Öffentlichkeitspolka Sendungen katalogisierte. Frau von Meyenburg konnte sich darin fügen, ohne Lebensgefährten, Schutz und Zuspruch ihre Bahn zu vollenden. Hanna Reutte kam sich plötzlich dumm vor, wegen der Liebe und erträumten Gemeinsamkeit zu morden. So schlicht und gedämpft erfreulich konnte alles verlaufen, wenn man die Ansprüche überdachte, dem Wollen das Haben entgegensetzte. Krank durchs Wollen war alles, das weniger Verlokkende mußte man lieben oder akzeptieren lernen. Sodann entdeckte der Mensch stillere Schätze, die einmalige Minute, eine Leere, die nicht mehr schmerzte, den wahren Geschmack von Brot und Frucht.

«Ich lade Sie ein, den schönsten Klang in sich aufzunehmen. Das OM kann man mit dem Salweideklöppel oder einfach durch die Fingerkuppen hervorrufen», bot Ute Wimpf an.

«Wird nicht wirken, bin zu gebildet», bezichtigte sich Dr. Lay selbst.

Ute Wimpf nippte vom Tee, während Markus Fehling sein Leihtaschenbuch knetete und Hanna Reutte sich aus dem Siebenerhalbkreis erhob. «Liebe ich euch alle ein bißchen?» fragte sie und nahm den *Ramazotti* von der Konsole. Es war die Domina selbst, die das eine oder andere Getränk vom Büfett und aus den Zimmern organisiert hatte. Spumante im Eiskühler, Anis von Frau Hoffmeister, eine Flasche Mailänder Magenbitter von Fehling, die Wasserkaraffe aus dem Bügelzimmer füllten die behelfsmäßige Lounge-Bar. Die reife Schöne goß sich ein. Angenehmes Licht verbreiteten die beiden Schirmlampen links und rechts der Haustür. Hinter Schwein, Flaschen und Gläsern hatte jemand, gewiß aus seiner Unterkunft, die Reproduktion eines Bildes im Stile Klees mit Rhomben, Fähnchen, Vögeln postiert, damit das Auge sich an Farben, Motiven und deren Zusammenhängen erfreuen konnte.

«Bad im Gräßlichen», murmelte Markus Fehling, «ohne Abfluß.» Lea Patini hatte ihre Wolldecke bis unter die Nase gerafft. Eine Strickkappe verdeckte den vermutlich haarlosen Kopf. Die Fremde reagierte auf nichts, die Augen schienen keine Tränen mehr herzugeben. Nur den winzigsten Hauch von Nähe schien sie zu wünschen und zu ertragen. Hilde Hoffmeister zog die Hand zurück, mit der sie kurz ihren Arm hatte berühren wollen.

Oben schien Frau Hattinger zu schlummern.

«Sie sind nur ausgegangen und werden jetzt nach Haus gelangen», summte Ute Wimpf, «sie machen nur den Gang zu jenen Höh'n, wir werden sie wohl wiederseh'n.»

Dr. Lay wollte keine derartige Trauer und wunderte sich, wie sie ihn überall einzuholen gedachte. Er versuchte, sich ein paar Takte Forsches, Vorwärtsgewandtes ins Ohr zu rufen, den Radetzky-Marsch, und nach einer Militärkapelle sah er vorm inneren Auge alsbald eine glanzvolle Menge durch den Ballsaal walzen. Glück! So viel Rausch war möglich. So oder so, man mußte weiter. Fehling blickte zu Lays Fuß hinüber, der den Takt auf die Fliesen klopfte. Mit guter Intuition reichte Hanna Reutte dem Verleger einen Drink. Ein prasselndes Kaminfeuer vor der Runde fehlte. Flammen saugten Gedanken auf und belebten.

«Kommen Sie doch runter zu uns!» Frau Hoffmeister winkte Erna Jakoubek zu. Sie fand im Zimmer mit Betty Huber gewiß keine Ruhe. Derweil die Endfünfzigerin in braunem Kostüm und mit Dutt zu ihnen hinunterstieg, sprach Hilde Hoffmeister aus, was ihr durch den Kopf ging: «Karl Lehmann war Blutspender.»

Man fixierte die Uhrenverkäuferin. Wer war Karl Lehmann? Einige Langzeitzauderer erinnerten sich, daß es hier einen Steuerberater gegeben hatte. Und daß Frau Hoffmeister und Deutler ihn an seiner Richtstätte entdeckt hatten. Dadurch erwies sich schlagartig ein Rangunterschied zwischen den Anwesenden, den neueren und alteingeweihten.

«So», befand Fehling.

«Er konnte mit dem Gefühl scheiden, über sich selbst hinaus etwas geleistet zu haben. Der bedrängte Herr Lehmann konnte insgeheim leichteren Herzens in den Garten gehen, draußen lebten Menschen, denen durch seine Spenden geholfen wurde.»

Erna Jakoubek nahm Platz und wischte sich über den Rock. Worauf steuerte die, nun ja, Freundin zu? «Nach einiger Zeit ohne Pflichten», die Hoffmeister beugte sich zu den übrigen vor, «verstärkt sich ein ungutes Gefühl der Überflüssigkeit.»

«Ich stoße auf ein paar prinzipielle Wahrheiten», wandte Ute Wimpf ein, «Urgründe.»

Die Altbewohnerin winkte ab: «Wir müssen helfen!»

Man wechselte Blicke.

«Helfen ist das A und O. So, wie wir jetzt dasitzen, gehen wir trübsinnig und überzählig von dannen. Wir werden keinen Dank hinterlassen.»

Sprachlich schienen einige im Hause durch mancherlei Austausch mit einem Moderator, einer berühmten Schauspielerin Fortschritte gemacht zu haben.

«Man kann mit einem besseren Gefühl den Laden schließen. Ich selbst habe mich bereits um Frau Hattinger gekümmert, sie zum Bekennen ihres Leids schier gezwungen. Sie blieb zwei Tage ruhig. Das hat mich erfüllt. Ich sagte mir: Hilde, du hast einer Fremden die Angstschreie genommen, noch jetzt hattest du auf dieser Welt deinen Wert. Und der Wert kommt doch erst durch das, was man anderen tut ...»

«Für andere», verbesserte Fehling.

«Eben. Wir sind das, was wir halfen. Ich möchte mit einem guten Gefühl gehen, nicht wahr, Herr Dr. Lay.»

Die Hitzige schlug ihm aufs Knie, daß er zusammenzuckte und ein Ja zugestand.

«Ich bin dafür, daß wir helfen. Wer geholfen hat, muß sich nicht mehr schämen. Es muß ja gar nicht passieren, daß wir dann vom Keller nichts mehr wissen wollen. Aber im Helfen, das weiß man doch, beweist sich der Mensch. Alles andere, was er sonst tut, ist Quark. Wer nur etwas für sich tut, hätte gar nicht geboren werden müssen. Pfui, weg mit solchen Leuten, sie sind kümmerlich, unwert und ersticken ganz schnell an sich selbst. Das ist, wie wenn man immer die Tür abschließt und glücklich sein will. Ein Elend, nicht freundlich für andere dazusein. Die Menschen brauchen sich.»

«Einander.»

Frau Hoffmeister fuhr sich über die Stirn, herb waren ihre Züge, die Augen wollten strahlen.

«Helfen rundet unser Leben ab. Einige von uns haben Geld. Wir spenden für ein Hilfswerk, hier oder in Afrika, diese Kinderdörfer in Not oder was man für die Rettung vom Urwald tun kann. Eigentlich kann man immer nur helfen, bei allem, was in Bedrängnis ist. Es werden doch auch Kollegen von Ihnen, Herr Fehling, aus Gefängnissen freigekauft. Oder einfach Misereor. Wer hat, spendet alles.»

Erna Jakoubeks Ohropax schien momentan undurchdringlich zu sein, zwar nickte sie, prüfte dann aber ihre Fingernägel.

«Spendet! Es ist der Moment. Wollt ihr denn als gefühlskalte Egoisten gehen?»

«Was man früher tat, zählt nicht? Wir hatten Kinder aus Weißrußland aufgenommen», stellte Markus Fehling klar.

«Jetzt heißt es, rückhaltlos den Nächsten zu lieben. Ich fand immer, das ist das wichtigste Gebot.»

Von oben spähte Aziza hinab, ein Stück ihres Tuchs vor dem Mund.

«Ich bin nicht mehr lange da», sagte Ute Wimpf, «ich kann da jetzt keine weiteren Entschlüsse fassen. Vom Krankengeld ist nicht mehr viel übrig.»

Die Uhrenfachfrau ließ nicht locker: «Ich will helfen. Nach

einer guten Tat werde ich mich freier fühlen und näher bei Gott.»

Fehling trat zu Hanna Reutte an den Bartisch.

«Bei der Gemeindeverwaltung hängen Annoncen aus. Babysitter gesucht! Stundenweise Betreuung der Oma. Jemand sucht eine Bastelgesellschaft fürs Einzelkind. Wir können noch viel Erfahrung vermitteln. Es können sich noch ganz andere Sachen ergeben. Machen wir unser Gewissen gut und frei. Wer macht mit?»

Hilde Hoffmeister musterte die Runde.

«Ich überleg' mir das», sagte Ute Wimpf leise.

Jürg Jüssen schüttelte den Kopf.

Zaghaft hob Frau Jakoubek die Hand.

«Gut, Erna», dankte die Freundin, «du hast das Herz auf dem rechten Fleck.»

Dr. Lay erhob sich. «Gut denn, meinen Glückwunsch dazu. Hab' jetzt noch einen Termin mit Herrn Deutler. Aber es gibt ja das Bild, das Sie anschauen können. Ich meine, die grünen Vögelchen auf den roten Platanen haben etwas Magisches. Wohlsein, Herr Jüssen.» Er ging an dem Geologen vorbei.

«Adieu», meinte Fehling.

Heinrich Lay trat vor die Tür und versuchte die Treppenstufen zu erkennen. «Unerträglich. Unerträglich alles.» Eine Waschschüssel, Schwamm in der Wand, ein Hallenklo – der Exunternehmer konnte sich nicht daran erinnern, je solche Tagesimprovisation mit solcher Kleinbürgerschar gerade noch ertragen zu haben. Fehling – ja, das war ein Mann von Format gewesen, die große Meyenburg – eine Begegnung fürs Leben, unter geeigneteren Umständen. Doch diese marode Lehrerin, der verklemmte Manganspezialist und allein der Dutt der Jakoubek! Warum brachte der deutsche Boden stets so viel Verknittertes, Glanzloses, Krückenhaftes hervor? Beengte Wohnverhältnisse in Städten, die für Weltläufigkeit nie groß genug waren, das ständige Bücken unterm Regen mußten ein Hauptgrund fürs Verkrümmte, das Niederdrückende sein. Imperiale Selbstmörder, die hatte es doch auch gegeben! Kleopatra, die im Kreise der Dienerinnen die Viper an ihren Busen führte, Varus, der Schwert und Stolz der Gefangenschaft im Moorkraal der Cherusker vorzog, eine Gestalt wie Werther, dessen unglückliches Lieben eine ganze Epoche weinen ließ, edle, nach idealer Freundschaft und irdischer Göttlichkeit sehnsüchtige Romantiker zuhauf, die unter Opiaten letzte unsterbliche Verse dichteten, dann mit dem Pistolet in den Nebel der Themse schritten, alles nachvollziehbar, falls man sich ein Mitempfinden bewahrt hatte. Nun Erna Jakoubek und klandestiner Auflösungstee. Jede Zeit hatte ihre Helden. Heinrich Lay tappte die Stufen hinab. Das Verschwinden von Bankrotteuren war gewiß auch nie glorios gewesen. Er durfte nicht ungerecht sein. Falls man nicht als ägyptische Königin, Feldherr, genialisch Verzagter zur Welt gekommen war, konnte das Ende schwerlich durch die Jahrhunderte beraunt werden. Es verlief heute alles anders, und jeder blieb doch er selbst. Finale innerhalb einer sozialen Volksherrschaft, bei der niemand wußte, wer letztendlich die Zügel in der Hand hielt und die Stimmung prägte, die Regierenden, die Wähler, Demoskopen, die Wirtschaft oder die Juristen. – Aber egal. – Er selbst war auch nicht Seneca in der Badewanne. Hätte er der seelenruhige, betrauerte Philosoph Roms sein wollen, um den Preis, auf Neros Befehl zu sterben?

Heikle Frage.

Gemäß Frau Wimpf bestand die Welt aus unterschiedlich starken Magnetfeldern. Dieser Hügelhang mußte zu einem intensiveren gehören. Gottlob brannte meistens irgendwo ein Licht, dem man sich nähern konnte.

Dr. Lay überquerte das Gras. Der Schuppen war seit gestern mit einem Schloß verriegelt. Und endlich waren die Kabel, die vom Keller in den Holzstall führten, mit Leuchtband markiert. Noch nachmittags war Frau Huber über diesen Fallstrick gestolpert, so daß es einen partiellen Stromausfall gegeben hatte. Um weit geöffnete Kellerfenster machte er einen Bogen. Von weitem sah er schon das faszinierende Schimmern des Gewächshauses. Erquickend war die Nachtluft. Um ihn reiften Kirschen, Birnen und Aprikosen. Wenn er es recht bedachte, hätte ein ungefähres Erfassen seiner Person aus Satztrümmern und Silbenblitzen bestehen müssen – *Lay. Der Lay? Jener. Gisela. Zweimal Ehefrau. Nacht im Garten. Der Dutt ist grau. Willst du, willst du, willst du? Das Essen sackt durch den Leib. Ra-Wumm, Ra-Wumm – der Dampfhammer neben dem Verlag. Lay, Knast, jawohl, Herr Richter, Layrichterknast, und alle Sternlein blinken, Hast den Brei aufgegessen? Ja, Mutter. Und dann zur Buchmesse. John Updike auch da, Finnigans Wake, wer fängt die Buchstaben wieder ein?? – Sind Stück für Stück ein Wa-ha-ha-res. Nun marschieren wir mal hübsch weiter. Laß alle Sternlein singen, der Lay im Grün, mit der Schuld, mit der Schuld, Wirbelsäule, alle Achtung! Aufrecht! Schuh naß, plitsch, DA HAT MAN DANN, WAS MANN WILL, Fragezeichen, Auf-Bruch, am Johannisbeerzaubersüßunddunkelfeld undsindjagarnichtvonderAutobahnsoweit, Stillehier, im Kopfe selten, Diagonale traversal, Wabumm...*

So sah doch das Menschenbild aus, wenn man ehrlich war. Eine irrwitzig verstrebte Fülle der Befehle, Rückblenden, immerwährender Dunkelstellen. Nach außen *Grüß Gott*, innen das Chaos. Er entsann sich, daß er um Weihnachten herum ein Manuskript mit solcher getreulicher Wesensbeschreibung nach kurzem Anblättern an den Autor oder die Autorin hatte zurückschikken lassen. Die kakophone Symphonie des Inneren blieb eine Zumutung. Da konnte man sich gleich in einen Kaktushain stürzen.

Seit zehn Uhr wartete Olaf Deutler auf ihn. Seit der Bekanntschaft mit dem Unglücksraben fühlte Heinrich Lay sich seltsam beschenkt. Wie schön verrückt war es gewesen, im finsteren Schuppen gemeinsam unsichtbare Gegenstände zu erraten, sich Geschichten zu erzählen. In den hintersten Garten hatte Deutler ihn mitgeschleift, um Blätter, Kräuter zwischen den Fingern zu zerreiben und daran zu riechen. Am eigentümlichsten, doch vielleicht am nachhaltigsten hatte die Verlangsamung gewirkt, zu der Deutler ihn überredet hatte. Bereits jenseits des Gartenzauns, am Waldhang, hatte der Theaterbursche gesagt: «Jetzt machen wir alles doppelt so langsam.» Wie ein Storch unter Baldrianeinfluß war er über den Tannenboden gestakst, hatte sich im Zeitlupentempo hinter dem Baum versteckt, so gewinkt, daß das Winken ganz geisterhaft wurde. Höchst zögerlich, mit Blick zum gottlob leeren Garten, hatte Heinrich Lay mitgemacht, sich so verhalten gedreht, daß er beinahe kindlich lachen mußte. Der Magerfex wußte für vieles zu sensibilisieren. «Horch, Lay, die Bäume summen ein Seemannslied. Für bayerische Matrosen.»

Er hätte ein bißchen Erfolg auf der Bühne verdient, schon in Lüneburg.

Unruhig, ein wenig furchtsam sogar entfernte sich Lay von der Hecke. Das Rascheln der Marder war flink, abrupt, mal da, mal weg, meinte er. Die Geräusche hatten, seitdem er draußen war, kaum aufgehört. Und wenn es still gewesen war, dann fast zu still. Doch wahrscheinlich würden Marder und Wiesel ihn im Auge behalten und, sobald sie ihn witterten, erstarren. Igel konnten es sein, die sich durch Laub wühlten.

Nicht gut war's, allein durch die Nacht zu pirschen, wenn die Hecken lebten.

Seine Augen schärften sich.

Er horchte.

Eine womöglich begründete Angst stieg in ihm auf. Das Hekkenlaub glänzte.

Mit ein paar Schritten rückwärts war er schließlich am Gewächshaus. Er schob die Tür hinter sich auf.

Feenpalast war übertrieben. Aber für die Raumwirkung hätte ein Lichtgestalter zahllose Arbeitsstunden geopfert. Es waren nicht allein die Glasscheiben, die sich zwischen den Gußeisenstreben Bahn um Bahn über dem Ziegelboden wölbten, was die aquarische Stimmung hervorrief. Der smaragdfarbene Widerschein rührte vielmehr von Moos her, ja von einer Witterungsalge, welche die Scheiben von außen eingegrünt hatte. Ein paar Glühbirnen über Tomatenstroh, Yuccapalmen, die unter Dachlecks gediehen, Kübel und Amphoren voll trockener Erde, waren die Lichtquellen des Edelsteinzaubers.

«Die Bank wackelt. Ich seh's von hier», rief Olaf Deutler Herrn Bauer zu. «Nach links, Marsch!» Mit einem Brummen verschob Xaver Bauer den wackeligen Biergartensitz, auf dem Abdrücke von Blumentöpfen zu erkennen waren. «Und dann abwischen.» Bauer nickte.

So energisch hatte Dr. Lay den jungen Mann bisher nicht erlebt. Das blasse Leichtgewicht hockte auf dem vordersten Brett, das auf Ziegelsteinen ruhte. Mit einer Rasierklinge mußte Deutler sich das helle Haar nachgeschoren haben. Ein ausgeprägter Kopf mit wasserblauen Augen.

«Die Stühle links und rechts von der Bank! Aber ordentlich. Dann können Sie gehen. Morgen Punkt sieben. Es gibt noch viel zu tun.» Der Mann in Knickerbockern verschob das gereinigte Klappgestühl.

«Pariert schon aufs Wort ...», verstand Dr. Lay ein Flüstern Deutlers. Der Verleger betrachtete die Szenerie denn doch mit Staunen. In einer hinteren Ecke pickte Charlotte, Deutlers etwas herrenlos gewordenes Huhn, Futter. Doch ein Nachhall der Geräusche im Garten führte dazu, daß Lays Ausdruck sich verfinsterte. Als hätte er Schleichschritte gehört gehabt.

«Ist sie tot?» Deutler sprang auf und trat mit gesenktem Kopf auf den Gast zu, der eine schlimme Botschaft zu überbringen schien, «bitte nicht, noch nicht, gerade jetzt ... wann haben Sie sie gesehen?»

Dr. Lay ordnete seine Gedanken, Olaf Deutler hatte seine Hände gepackt: «Ich hatte sie gefragt ... nur einmal. Für fünf Minuten.» Der Bursche verging schier: «Alles für sie ... einmal!»

«Frau von Meyenburg. – Ja, sie lebt vielleicht noch.»

Dr. Lay sah große Augen strahlen. «Hurra!» Deutler sprang fast in die Luft: «Sie lebt vielleicht noch. Dann schafft sie bestimmt auch noch diese Nacht! Einmal mit der Meyenburg inszenieren – danach muß ich auch gar nicht mehr auf der Welt sein. Ich hab' sie in alten Filmen gesehen. Als Minna von Barnhelm, in *Kabale und Liebe* hat sie den Ferdinand an die Wand gespielt. Und sie wollte zu mir kommen. Sie ahnen nicht», rief der Bühnenregiejunge, «wie sie alles verwandelt. Geben Sie ihr das Telefonbuch zum Vorlesen, und jeder Name klingt wie eine Geschichte.»

«Ganz ruhig.» Lay legte dem Aufgelösten die Hand auf die Schulter, was im Grunde nur Knochen waren. «Die Dame ist nun alt und müde.»

«Nein, Schauspieler werden immer jung und wach, wenn sie die Bretter sehen.»

«Erwarten Sie sich nicht zuviel. Greta von Meyenburg macht vielleicht gerade ihre Rechnung mit Gott. Mittags sah ich sie am Fenster.»

«Die Meyenburg. Ich hatte nie an sie gedacht, sie war in allem zu fern. Aber ich kann nicht schlafen, wenn ich weiß, die Partnerin aller Großen von damals ist hier.»

«Sie dürfen ihr aber nicht so händeringend gegenübertreten, als Regisseur, falls sie noch da ist.»

«Ich weiß. Ich bin dann mannhaft. Sie will verehrt, aber auch geführt werden.»

«Was hatten Sie denn überhaupt in Ihrem Orangerietheater mit ihr vor?»

«Ein Gedicht, ein Monolog oder alle Königsdramen, wenn sie will.» Er wischte sich die Tränen des Aufruhrs von den Wangen. Herr Bauer schien ergebnislos zu prüfen, weshalb er Ordnung auch für solch eine Person gemacht, Glühbirnen eingeschraubt, Bohlen gehievt hatte.

Olaf Deutler wanderte zum Platz auf der Rampe zurück und kratzte sich am Hals. «Bleibt schwierig, die letzte Gelegenheit zu nutzen. Gibt immer zweierlei. Will man amüsieren oder Besinnung stiften? Will man als Intendant», er schien jetzt nicht zu träumen, «das Publikum munter aus dem Alltag entführen oder zur Selbsterkenntnis in die tiefsten Abgründe stoßen?»

«Lassen Sie doch die Schönheit eines Textes entscheiden», riet der viel Ältere.

«Die Griechen exerzierten beides. Erst die Tragödie, zum Abschluß das Satyrspiel. Also selbst sie wußten nicht, was entscheidend ist. Versenkung, das Erkennen des Grauens, die Schau der

Aussichtslosigkeiten oder – der Schwips, mit Dionysos und einem Tanz.»

Die Feenfarbe des Glaspavillons hatte den Nachteil, daß auch die drei Männer grün wirkten. «Ich habe allerlei parat und natürlich im Kopf», sann Deutler. «Frau Holle?» Mit einem zickigen Blick antwortete der Sitzende seinem Förderer. «Könnte mir vorstellen, daß ich selbst, Frau Reutte, Sie, Lay, auf der Bühne Stichwortgeber für Greta sein könnten. *Dantons Tod! Der Schmerz ist die einzige Sünde und das Leiden das einzige Laster…*»

Der Verleger hob abwehrend die Hände. Deutler griff nach den Sternen. Sollte man es ihm versagen? *«Das war der Mühe wert, mich so groß zu füttern und mich warm zu halten. Bloß Arbeit für den Totengräber …»*, grübelte der Junge mit dem großen Büchner auf seinem Bohlenplatz. Aus einem Impuls heraus klatschte Dr. Lay einmal in die Hände, und der Gefühlsgefährte schlug die Augen wieder auf. «Ich krieg' da noch keine Ordnung rein. Vielleicht tun Gedichte wohler, von ihr rezitiert. *Wünsche wie die Wolken sind, schiffen durch die stillen Räume, wer erkennt im lauen Wind, ob's Gedanken oder Träume* … Ich habe mich bei Theaterkollegen immer damit unmöglich gemacht, daß ich die strengen Kunsttheoretiker bewundert habe. Natürlich Aristoteles, in Frankreich Monsieur Boileau und in Leipzig der leichtfertig verlachte Professor Gottsched, Goethe hat ihn ja noch getroffen, haben zumindest versucht zu bestimmen, wie gedichtet werden, wie tragischer und wie heiterer Stoff bearbeitet werden muß, damit jeder weiß, woran er ist, wann er weinen soll, wann lachen darf. Eine Tragödie hat fünf präzise voneinander unterschiedene Akte, sonst findet die Wirrnis des Lebens auf der Bühne keine verdauliche Form. Und die Kunst soll doch Unverdauliches klären.»

«Mit Regeln können Sie heute nicht mehr kommen», lehnte sich Lay neben Deutler gegen die Rampe und ließ die Glashülle auf sich wirken. «Heute herrscht Unordnung überall, und es geht doch weiter. Es wird von der Hand in den Mund gedacht. Nur noch der Effekt ist bedeutsam. Kaum mehr ein Bauplan, in der Kunst oder sonstwo. Es gibt keine Philosophie mehr, keine Theorie, die Glück und Ruhe versprechen.»

«*Sterbender Cato*, hier wäre die Gelegenheit!» Olaf Deutler fuhr im nächsten Moment Xaver Bauer an: «Wenn wir nachdenken, lassen Sie mal das Stuhlgepolter sein. – Es gibt diese prächtige stocksteife Modelltragödie, mit der Gottsched den Deutschen vorführen wollte, daß das Entsetzliche sich reimen kann und durch vollendete Form stärkt und nicht vernichtet. Das ist jetzt der Moment, um dem verhaßten Meisterwerk von 1730 Leben einzuhauchen. Die Meyenburg kann einen Wetterbericht zur Apokalypse machen, wieviel leichter noch Gottscheds Wunsch, daß Schrecken nicht mächtiger sei als das Theater, die Dichtung. Der *Cato*, ich liebe das Unmögliche! Ich habe mich immer daran wagen wollen:

Lebt wohl, zum letztenmal! Wenn wir uns wiedersehn,
So wird es zweifelsfrei an einem Ort geschehn,
Wo uns kein Cäsar wird in unsrer Ruhe stören
Und wo wir nicht von Macht und von Tyrannen hören.»

«Ob Frau von Meyenburg den Gegner Cäsars spielen will? Sie sind ein Sonderling.»

«Ach», kam es keß retour.

«Bleiben Sie bei Büchner. Geht denn doch tiefer und kommt besser an. Und die Leute wissen nichts mehr von Rom, Gottsched und irgendwas. Weichen Sie mutig der Ignoranz.»

«Hab' ich ja eben gemacht. Na, das war's dann also mal wieder mit Gottsched. Schade, er hatte sich so viel Mühe gegeben, die Deutschen klares Maß, Geschmack und Erhabenheit zu lehren, vom schönen Leipzig aus. Nicht wahr, Herr Bauer?» brüllte Deutler frech ins Grün.

Das Faktotum nickte.

«Halten Sie sich an die Großen. Die sind zu Recht berühmt.»

«Ausgelatschte Pfade.»

«Nie.»

«Ich habe Frau von Meyenburg selbst Tee gekocht und zur Tür gebracht.»

«Wann?»

36.

Grit Nöllinger registrierte es von ihrem Küchenfenster aus. Der Lieferverkehr schwoll nicht weiter an. Alle zwei, drei Tage bog der Wagen von *Southern Catering* in die Stichstraße ein. Wie der blaue Ford der Wolfratshauser Reinigung hielt er vor dieser Nummer zwei. Das schlimmste Dröhnen verursachte der Bus der Leihbücherei. Das Tonnengewicht quälte sich hangauf. Die Belästigung hätte der Gemeinderat per Rundschreiben bekanntgeben müssen. Die junge Hausfrau schloß das Kippfenster und wischte mit Zitronenessenz über den Kalk in den Fliesenrillen neben der Kochtheke. Rücksichtslose Leute, die solchen Verkehr hereinschleusten.

Ulrich hatte die Tür zum Russenzimmer abgesperrt. Der PC war nicht hochgefahren. Er blickte übers Schuppendach zu fernen Dachfirsten, Wipfeln, zum Hangkamm. Die Nase troff schlimm. Bisweilen hätte er sie sich abreißen mögen. Streß aktivierte spürbar die Nebenhöhlen. Die Nachtfron mit Ilse war grausam gewesen. Erst seit der Nasenscheidewandbegradigung waren die Nebenhöhlen fortwährend entzündet. Wie lange währte die Frist, um einen Chirurgen zu verklagen? – Unmöglich. Und Gegenoperationen zu Operationen waren bestimmt nicht ratsam. Er rotzte ins Handtuch. So weiter? Nur noch Meeresluft konnte ihm helfen. Ulrich legte den Gefrierbeutel mit dem akkurat gesammelten Nachlaß von Luisa Fontanelli in die Holzkiste. Portemonnaie, Reisepaß, winzige, aber deswegen nicht weniger bedrohlich anmutende Tabletten, Kamm, eine Ansichtskarte aus Paestum: *Grüß Dich und bis dann, F.*

Karl Lehmann hatte sorgsam gefaltete Stofftaschentücher hinterlassen. Auf dem Nachttisch auch einen Organspendeausweis. Ulrich schob's in die Tüte.

Rosen von Ilse welkten auf den Truhen.

Am späten Vormittag verließen zwei Frauen in recht ähnlichen Mänteln das Haus. Unsicher, fahrig nach links und rechts spähend, trat Erna Jakoubek vors Ungarische Tor. Hilde Hoffmeister faßte sie am Arm. *Wer hilft, stirbt ruhig*, war die Devise der Uhrenverkäuferin. Im unbekannten Ort mochte gegen einen kleinen Stundentarif auch ein Babysitterinnenduo willkommen sein. Oder sie konnten im Kloster nach Küchendiensten fragen. Je niedriger die Arbeit, desto höher der himmlische Lohn.

Aziza sah, wie sich die Gestalten in einer merkwürdigen Schlangenlinie in Richtung Ortschaft entfernten. Die feingliedrige Syrerin knöpfte den obersten Blusenknopf zu, zog die Manschette, so weit es ging, über den Handrücken. Die Prellungen und Blutergüsse wechselten von Rot zu Bläulich und Gelb. Kalt war es hier, die Einheimischen erstickten schier zwischen satten Pflanzen. Wenn sie nicht fortwährend mähten, fällten, rupften, könnten sie eines Tages überwuchert sein. Die Siebzehnjährige eilte ans andere Eckzimmerfenster, verbarg sich hinter der Gardine. An die Küsse konnte sie sich in jedem Augenblick erinnern. Wußte aber kaum mehr, wann «Sergio» Hemd oder Pullover getragen hatte. Nicht oft spazierten Jungen die Straße entlang. Im übernächsten Garten hatten einige Fußball gespielt. Als sie nur noch zwei erkannt hatte, hatte ein Schreck sie durchzuckt. Aber einer war blond gewesen, als er die Baseballkappe abnahm.

37.

Hört, nun spricht Ptah von der Südlichen Mauer;
Dich rühmend, läßt er dich nahen der Wohnstatt der Götter,
Osiris hat dich erzeugt;
Ptah dich gemeißelt;
Nut dich geboren;
Dich, ein Wesen des Lichtes,
Ra gleich, der am Himmel erscheint
Mit seinen Strahlen die beiden Länder erhellend.
Höre, die Götter reden dich an. Also lautet ihr Spruch:
«Komme doch näher! Alles, was du erschaut,
Ist dein Besitz in der Ewigkeit Wohnstatt!»

Ägyptisches Totenbuch

Montag? Schon Mittwoch? Gar Donnerstag? Manchem wurde unwohl, wenn er den Tag nicht wußte. *Southern Catering* hatte Schüsseln, Pastetenreste, welligen Aufschnitt abgeholt und – auf Kosten Frau von Meyenburgs – zehn Liter Gulaschsuppe, Dauerwurst, Steinofenbrot und frischen Käse vorbeigebracht. Die Abenddämmerung blieb die beste Tageszeit. Wem der jahrelange morgendliche Tagesaufbruch noch in den Knochen steckte, tat sich vormittags schwer. Er stand auf, als müßte er dringend etwas erledigen, streifte durchs Haus und wartete unruhig, bis er gegen Mittag wieder für einen Schlummer bereit war. Um diesem Existenzloch zu entgehen, hatte Jürg Jüssen sich im Gewächshaus als Bühnengehilfe angemeldet. In einem gefährlichen Schlendrian war der Geologe und Geophysiker dann aber nicht bei Herrn Deutler erschienen, sondern hatte sich grübelnd wieder aufs Bett gelegt. Er hoffte insgeheim, daß draußen seine Universitätskonkurrenten zufällig, jedoch der Reihe nach stürben, während er einfach abwartete und seiner Mangantheorie die Feinde abhanden kämen. Alsbald könnte er in die akademische Laufbahn zurückkehren, unangefochten lehren und geehrt leben. Insbesondere morgens, wenn der Tag geplant werden wollte, wirkte Tassilo Wangs Erkenntnis niederschmetternd: «Tja, Herr Fehling, was mich interessierte, kenne ich bereits. Was ich noch nicht kenne, wird mich nicht vom Hocker reißen. Was soll's dann?»

Nachmittage erwiesen sich als natürliche Zwischenphase. Einerseits war wieder Lebenszeit unwiderruflich entschwunden, andererseits blieb dadurch für die bemessene Zukunft weniger zu bewältigen. Es war wie das Schwanken zwischen der Freude an erlebnisreichen Kindertagen und der Lust auf die Rente und das Nichts. Gelassen spazierten Hanna Reutte und Ute Wimpf durch den Garten. Selbst Xaver Bauer werkelte ohne Hast an den lecken Regenrohren, nicht mit morgendlichem Elan, sondern nur mit mittlerem Eifer. Es hieß, daß sich Dr. Lay zu einer ruhigen Tasse Kaffee, ganz dem Nachmittag entsprechend, bei Frau von Meyenburg einfand.

«Nehmen Sie doch Platz.»

«Zu liebenswürdig.»

«Ah, Sie haben sogar Zucker mitgebracht. Aber danke, nein.»

«Sie sehen gut aus, gnä' Frau.»

«Ach, wenn Blässe Sie nicht stört.»

«Keineswegs. Eine noble Farbe.»

«Rücken Sie doch etwas näher. Ich höre bisweilen schwer.»

«Wenn Sie gestatten.»

«Ich bitte Sie.»

«Sehr gern.»

Nacht, die Nacht war das Eigentliche. Wer schlief, war fein heraus. Wer wachte oder döste, der geriet in die Gesellschaft all seiner Gedanken und Regungen, und ungerufen schlichen sich die Geister vom südlichen Hügelkamm herein. Man wälzte sich auf knarrenden Betten oder setzte sich kerzengerade auf die Matratze und ließ das Wirbeln geschehen. Aus Hilde Hoffmeisters Zimmer hatte jemand nach Mitternacht vernommen: «Quält mich nur, ihr Phantome, ohne mich seid ihr nichts wert und gar nicht vorhanden.»

Man wußte nicht, was man von all dem halten sollte. Das änderte nichts daran, daß es sich zutrug.

Alles blieb so herrlich-schrecklich, wie es war.

Im Licht würde man wiedergeboren werden oder auch nicht, und es wäre das erste Mal vollends um einen geschehen. Nach dem *Ägyptischen Totenbuch* hatte Ute Wimpf am Leihbüchereiwagen gefragt, aber das Werk war nicht vorrätig. Und zu ihrem Erstaunen hätte die Lehrerin in all den Gebeten der Priester von Memphis und Karnak gefunden, daß die Ägypter tatsächlich davon besessen gewesen waren, nicht nur unversehrt, sondern schöner denn je, *mit reinem Atem* und vor allem *auf straffen Beinen*, heldisch vor die Götter des ewigen Westens treten zu wollen.

Fast von gleich zu gleich. Geradezu geschachert hatten die Moribunden vom Nil, die gewieften Beamten Pharaos, mit den Mächtigen der Unterwelt, damit sie im Jenseits nicht wieder arbeiten müßten, für befürchtete Pflichten im ewigen Licht ließen sie sich Lehmfiguren in die Trauerbarke packen, auf daß die Puppen dann den Pflug führten, Gefilde bewässerten, bei den Zeremonien der Verblichenen am Hof des Anubis dienstbar waren. Darüber hinaus gingen Tontafel und Farbpalette mit auf die Reise ohne Wiederkehr, denn mit Schrift und Malerei wollte die Gattin des Oberaufsehers der Rinderherden Potiphar ihre Zeit ohne Ende mußevoll verbringen.

«Tee?»

Markus Fehling bejahte.

«Volle Tasse?»

«Gern.» Betrübt schenkte Ute Wimpf ein.

Der Abend, nun schon näher an der Mittsommernacht, brachte die freundlichste Stunde. Aus Urzeiten und dem eigenen Leben wußte das Gemüt, daß man sich nun setzen, die Schultern sinken lassen, manche Pläne ruhen lassen durfte. Wenngleich sie es nie mit eigenen Augen hatte sehen können, stand Ute Wimpf oft ein Landmann vor Augen, der das Zuggeschirr von einem Roß hob und nach getaner Arbeit das müde Tier in den Stall zur Haferkrippe führte. So mußte der Abend sein.

In der dämmerigen Küche hockte sich die Lehrerin zu Markus Fehling an den Tisch. Beide schwiegen in die Teebecher auf der Wachstuchdecke. Die Augsburgerin bemerkte Erna Jakoubek und Hilde Hoffmeister, die den Gartenweg heraufkamen. Die Frauen gingen stumm nebeneinander. Ute Wimpf konnte nicht ahnen, daß der erste Tag mit einer gemeinnützigen Hilfsarbeit, die Leben und Ende aufwerten sollte, für beide nicht übermäßig gut verlaufen war. Auf das Gesuch um eine Babysitterin – mit gemalten Blümchen um eine Laterne bei der Gemeindeverwaltung geklebt – hatten die zwei Ludwigshöherinnen sich am Enzianweg vorgestellt. Die Mutter, eine Sabine Teuchert mit ihrem Söhnchen Timmy, war vom Alter gleich zweier Kinderhüterinnen zu nur einem Stundensalär irritiert gewesen. Hilde Hoffmeister hatte erzählt, daß sie selbst zwei Kinder großgezogen habe, mit ihrer Freundin Erna nun bei der Waldwegstraße wohne und leere Zeit gerne wieder mit Kindern verbringen würde. Frau Teuchert war distanziert geblieben und hatte die Bewerberinnen zur Tür begleitet. Als beide schon auf der Straße standen, hatte die Mutter gerufen: «Gut, probieren wir es heute nachmittag. Timmymaus schläft meistens. Sein Hipp steht in der Küche. – Übrigens könnte mein Mann zwischendurch kurz kommen.» Als sie drei Stunden später nach Besorgungen unruhig wieder heimkehrte, fand Sabine Teuchert die Babysitterinnen links und rechts von Timmys Bett sitzen und seltsame Melodien summen. Timmy lag wie in Trance im Kissen und lallte ein wenig. Der jungen Mutter schien das unheimlich, und auf Hilde Hoffmeisters Frage, ob sie wieder helfen könnten, war ihr geantwortet worden: «Vielleicht. Er sollte aber auch spielen.»

«Machen wir das nächste Mal.» Mit dreißig Euro in der Hand hatten Hoffmeister-Jakoubek das schicke Anwesen verlassen. – Die Haustür klappte. Die Helferinnen stiegen in den ersten Stock.

«Es gibt diese einschneidenden Erlebnisse …»

Ute Wimpf blickte kurz und scheu zu Markus Fehling. Der drehte seine Tasse auf dem Tisch. «Vor einem halben Jahr beim Zahnarzt, das hat mich fertiggemacht.»

Die Lehrerin nickte.

«Nur ein Zahnreinigungstermin war's. Aber je älter man wird, desto mehr fürchtet man sich ja vor jedem fremden Einblick in den Körper. Mit dem Körper wird nichts besser. Ich weiß, daß er nicht den höchsten Stellenwert haben soll, doch ... was hat man sonst? Die Dentistin, eine Frau Biene, untersuchte lange schweigsam mein Zahnfleisch. Dabei konnte sie mir natürlich nichts recht machen. *Sieht phantastisch aus*, hätte ich ihr nicht geglaubt, schließlich rauche und lebe ich. Hätte sie gemurmelt: *O weh, eieiei, na, das ist ja eine üble Sache*, wäre ich davongelaufen und zehn Wochen lang vernichtet gewesen. Ihr Schweigen war auch nicht besser, denn ich mußte ja vermuten, daß sie ihre fatale Diagnose geschickt unterdrückte. Wie auch immer – Arztbesuche sind mörderisch. Und man erfährt, je älter man wird, natürlich auch immer häufiger von Fehleinschätzungen, der Schludrigkeit überforderter Ärzte. Der weiße Kittel bedeutet wenig. Der Patient ist ausgeliefert und kann nur hoffen. Doch wieviel Stärke braucht es für Hoffnung!»

«Ich weiß, bei mir brauchte es ein Jahr, ehe herausgefunden wurde, daß eine Mittelohrentzündung vom Zahn ausging.»

«Frau Biene prüfte ruhig und lächelnd. Dann setzte sie sich zurück, während mein gesamter Werdegang, mein gewisser Status auf dem Behandlungsstuhl null und nichtig wurden. *Klar*, meinte sie, *fortgeschrittene Parodontose. Sie müssen dringend handeln, Herr Fehling.*»

Ute Wimpf lauschte mitfühlend.

«*Strengstes Zahnregiment ist nötig*, sagte sie, *sonst sind Sie in sechs, sieben Jahren den letzten Zahn los*. Das sagt jemand anderer, mit strahlendem Gebiß, und man selbst ist gemeint. Wie entsetzlich. *Also*, fuhr sie fort, *abends eine Viertelstunde putzen ... ich zeige Ihnen noch, wie. Dann sofort Zahnseide. Mit der Zahnseide in die Zwischen-*

räume, fein durchziehen, immer an den Zahnhälsen entlang, dort lauert der Unrat! Sie werden staunen, was für ein Zeug Sie da noch herausfischen. Aber Zahnseide allein reicht nicht mehr. Sie brauchen Dentalbürstchen. Mit den Bürstchen dann abermals in die größeren Zwischenräume. Da kommt immer noch Speiserest heraus. Oder wollen Sie weiter Bakterienherde züchten? Jeden Abend eine halbe Stunde intensive Zahnpflege. Sie gewöhnen sich daran. Vielleicht können wir dann etwas retten. Bereits das hatte mich vernichtet, diese Aussicht, bestenfalls noch etwas retten zu können. Die Zeiten sind doch so modern! Warum zerfällt man dann und immer vor der Zeit.»

«Meine Wade wurde recht gut genäht.»

«Das Schlimmere kam noch. Ich tat, was Frau Biene befahl. Ewiges Geschrubbel mit Elmex, kreiselnd außen, rotierend innen. Dann dieses umständliche Fadenzeug, mit dem ich mich mehr schnitt als reinigte. Schließlich das Bürstchen durch all die Lükken. Sogar einen Zungenspachtel hatte sie mir noch empfohlen, mit dem man unsichtbare Keimschichten abschabt. Ich wurde zum Sklaven meines Leibs. Bakterien raus, Zunge abgekratzt – was bleibt einem dann noch außer dem Bett? Früher hatte ich spät noch einen guten Roten getrunken, ein paar Chips gegessen, fühlte mich dann gesättigt und wohl. Nun aber: porentiefrein in die Federn, man ist sich selbst ein Patient auf ewig. Ich hasse Frau Biene für ihre fachgerechte Zurechtweisung. Zum Zögling hat sie mich degradiert, der immer an seine Zähne denken soll. Das hat mir jeden Schwung geraubt. Ich wurde Zahn.»

«Mit einem Zahnfleischgewinn für später», stellte Ute Wimpf in den Raum. «Denken Sie daran, wie Allergiker, Asthmatiker, Behinderte sich täglich umsorgen müssen, um halbwegs unbeschwert zu leben.»

«Ich bin es aber nicht gewöhnt, Opfer zu sein.»

«Dann hatten Sie Glück.»

«Ich bin undankbar. Aber die Macht einer fremden Dentistin ist erschreckend. Explodieren sollte der Mensch irgendwann, aus dem vollen, dem Selbstbestimmten heraus.»

«Schöner Traum.» Ute Wimpf wagte es, dem Moderator kurz, als Küchenpartnerin, über die durchaus kräftig geäderte Hand zu streichen.

Er trank vom Assam.

«Wir müssen uns beugen.»

«Doch möglichst spät», beharrte er. Sie lächelte: «Streifen Sie den Ehrgeiz ab. Geben Sie sich einen Ruck, probieren Sie Balanceübungen. Wir besorgen einen Ball. Kommen Sie ins Gleichgewicht. Vor dem Finden der Ruhe weiß man nicht, daß es sie gibt.»

«Ich bin auf abendländische Entspannung geeicht, Frau Wimpf. Lesen, Autotour, zwanzig Minuten auf der Couch. Ausgiebigere Muße war mir unheimlich. Im Schaffen finde ich Kraft.» Er drückte kurz ihre Hand. «Gehen Sie doch an die Schule zurück.»

Sie schüttelte den Kopf. «Angst vor Roheit ... Gewalt.» Sie stand auf. «Wenn Ihnen danach ist, verwöhnen Sie sich mit reinem Klang, der nicht Alter, Herkommen, Klumpfuß oder Zahnfleisch kennt.»

«Ist vielleicht alles egal.»

«Nein. Nie. Nichts. Sogar immer weniger. Auf jedes Augenmerk kommt es an», empörte sie sich beinahe, «nichts darf gleichgültig werden. Ich fühle es immer mehr.»

In der Halle wurde abermals der Fernseher aufgedreht. *Kommst du mit? – Laß ihn. – Jenny wird's wissen. – Morgen bei Björn* ... die Dialogfetzen einer Vorabendserie waren nicht zuzuordnen.

«Den Fernseher bitte laut lassen. Na, noch ein letztes Schummerstündchen?» Die Blonde stand im Türrahmen und blickte ungehalten. Frau Clarissa, wie sie wohl hieß, war die unangenehmste Person in der Hospizleitung. Ihr forscher Schritt störte das friedliche Ambiente. Die oft gereizte Energiegeladenheit verdarb manche innere Einkehr. Überdies war es der Schlanken zu verdanken, daß dauernd Programm, dem man eigentlich entfliehen wollte, wieder hereindröhnte. «Ja, noch einmal stärken.» Fort war sie. Objektiv ließ sich Frau Clarissa nichts vorwerfen. Sie hatte sie in aller gebotenen Neutralität von der S-Bahn abgeholt. Für die raffinierte Teemischung des Hauses schien sie verantwortlich zu zeichnen. Wenn sie im Vorbeigehen, wie jetzt wieder, stets die Kellertür einen Spalt aufzog, so tat Frau Clarissa das gewiß nicht aus innerer Freude. Ein harter Tagundnachtjob war es, Menschen auf ihrem letzten Pfad Hindernisse aus dem Weg zu räumen. Die gewiß in Schweden oder der Schweiz geschulte Fachkraft wirkte hauptsächlich urlaubsreif. Gern hätte man sich mit ihr über ihre Ausbildung, die Motivation für ihre schwere Aufgabe unterhalten, aber sie knallte einfach bloß hinter sich die Türen, besonders gern die aus Glas, die jedesmal durchdringend klirrte. Wie eben wieder.

Clarissa war an Monika und Ilse vorbeigeeilt. Die beiden widmeten sich einer unaufschiebbaren Angelegenheit. Bei noch ungefähr zwanzig Bewohnern auf zwei Etagen war das Gäste-WC in einem üblen Zustand. «Ich helf' dir», bot Monika an. «Zwei passen hier nicht rein.» «Dann hol' ich neue Gummihandschuh'», rief sie ihrer Freundin zu, die auf einem Lappen vor der Schüssel kniete und mit einem Messer gelbliche Schlieren abkratzte. Eimer, Chlorente, Essigreiniger wackelten neben ihr. Sie war dummerweise als erste in das monierte Gelaß eingetreten, und damit hatte sich entschieden, daß sie mit dem Putzen begönne. Zahlende Finalisten selbst schrubben zu lassen schien schwer vermittelbar zu sein. Ilses geplante Kajaktour auf dem Lech stand in den Sternen. Monika kniete sich an der Tür neben ihrer Freundin nieder. «Immer noch besser, als im Büro von der Laudertach gemobbt zu werden.»

Ilse schnaufte. Noch hatte sie nicht einmal im Ansatz die Nachtaktion mit Monikas Bruder verkraftet. Es lebte sich im oberbayerischen Unterschlupf wie im Krieg, eine Bombe nach der anderen, was einen wenigstens nicht ganz zur Besinnung kommen ließ.

«Nach all dem werden wir frei und glücklich leben.» Monika wrang das Waffeltuch aus.

«Und reisen!»

«Wohin du willst.»

«Zuerst Peru. – Alles verkalkt, unfaßlich.»

«Alle Welt beneidet uns ums Alpenwasser. Geht's dir gut mit mir?»

Ilse schob mit dem Arm schwarze Strähnen aus der Stirn. «Ich frag' mich manchmal, wer in der Bude das Sagen hat.»

Eine Etage höher, fast direkt über den jungen Frauen, verharrte Erna Jakoubek vor Hilde Hoffmeisters Tür. Die Uhrenverkäuferin suchte in ihren Taschen nach dem Schlüssel. Sie nestelte so auffällig, weil sie offenbar zur Schau stellen wollte, womöglich als einzige einen eigenen Zimmerschlüssel zu besitzen, als wäre sie so etwas wie eine alte Miteigentümerin des Landhauses. Aber Erna Jakoubek erschloß sich das Schauspiel nicht. Die Kioskpächterin sehnte sich vielmehr insgeheim danach, daß Hilde Hoffmeister knapp und freundlich sagte: *Zieh doch einfach zu mir rüber, Erna. Was drückst du dich mit der greinenden Huber in einem*

Verschlag herum? Ich hab' Südseite. Das ist viel angenehmer. Falls Hilde Hoffmeister diese Idee hegte, sich jedoch damit nicht vorwagte, so fehlte Erna Jakoubek der Mut, sich selbst einzuladen. Das meiste Schöne versandete wegen übertriebener Scheu. Die beiden banden sich ihre Mantelschlaufen auf.

«Der Kleine war allerliebst», resümierte Hilde Hoffmeister ihre gute Tat.

«Wenn man bedenkt, daß er bald ein Junge, dann ein Mann wird und kräftig zupackt ... man glaubt's nicht, wenn man die Fingerchen sieht. Die Mutter hat's gut, sie lebt in Timmy weiter.»

«Ich weiß von meinem Sohn», Hilde Hoffmeister preßte die Finger auf die Schläfen, «daß dieses Geschenk auch seinen Preis hat. Kein Schulabschluß, eine Megäre zur Frau.»

«Durch ein Kind sieht man, vermute ich, von sich selbst ab.»

Hilde Hoffmeister mußte überlegen. Sie schloß ihre Tür auf. Der Luftzug duftete nach Seife und Gräsern. Erna Jakoubek schielte nach der Kommode mit Marmorplatte. Eine Unfairneß waltete bei der Zimmerzuteilung. Schnell ließe sich das Feldbett aus dem Huberschen Zimmer holen und an der Wand aufstellen. Die jetzige Zimmergenossin stöhnte hauptsächlich, mit Hilde Hoffmeister aber konnte sie sich vor dem Einschlafen vielleicht wechselseitig das Leben erzählen. Wohltuenderes gab es kaum. Mochte allerdings auch sein, daß in Kürze ein anderes Zimmer frei würde, vielleicht gar das Eckgemach mit der Orientalin. Dann hätte sie, Erna Jakoubek, ein Vorrecht und den Trumpf zweier Fenster nach vorn und nach Süd, und bei ihr würden sie um Gesellschaft betteln kommen. – War sie verrückt, mit diesem Gedanken? Sie drückte die Stöpsel tiefer in die Ohren. Es war nicht der Ort fürs Feilschen um besseren Wohnkomfort. «Warum bin ich hier?» wisperte die Mittfünfzigerin.

«Weil du sterben willst.»

«Das nun nicht gerade.» Sie faßte an den Türstock.

«Weil du nicht leben willst.»

«Das schon eher.»

«Weil du nicht leben willst, wie du gelebt hast. Mit den Lastwagen vorm Kiosk und dem Radau an der Donnersberger Brücke und was weiß ich, mit welchem Verdruß noch.» Hilde Hoffmeister schien erschöpft in ihr Zimmer gehen zu wollen, feuchte Röte flog über ihre Wangen.

«Ich hätte draußen anders leben sollen.»

«Zu spät, Erna, du bist kein Küken mehr.»

«Es ist nie zu spät.»

«Wenn du meinst. Dann solltest du erst einmal deinen Dutt überdenken. Tut mir leid. Muß mich hinlegen.»

«Bis dann, Hilde.»

«Mir ist wieder so, als würde ich fliegen ...» Die ein wenig Jüngere schloß die Tür. Erna Jakoubek pochte noch einmal und flüsterte: «Wollen wir nach Italien fahren? Nur wir beide?» Aus Nummer 9 lugte Herr Deutler heraus. «Sie mein' ich nicht», erklärte Erna Jakoubek, «obwohl ... Wer etwas Neues sehen will, muß etwas Neues machen. Da führt kein Weg dran vorbei.»

Der Garten reifte. Noch im sinkenden Abend war zu erkennen, daß mattes Lachsrosa die Kirschen einzufärben begann, hart und klein grünten die Mirabellen im Laub, doch der Wechsel ins Süßgelbe schien bevorzustehen. Johannisbeersträucher wucherten neben Stachelbeeren, und nur wenig Sommerzeit brauchte es noch, damit man frisch vom Strauch erste Früchte kosten könnte. Holunder ließ schon jetzt seine abendfeuchten Garben über Zaun und Hecke hängen, zwischen Bohnenstangen ohne Pflanzen lag ein nasser Backsteinhaufen, und die Amsel dieser Hügelgärten hatte beim Flug von Ast zu Ast, wie immer vor der Nacht, ihren letzten Halt auf der Birke hinterm Glashaus eingelegt, wo sie im Wechsel sang und zeterte. Vielleicht nahm der Vogel sogar aus seiner Höhe die Kreuzotter wahr, die sich durch die Himbeeren schlängelte, dort, wo Herr Bauer die gereinigte Gartenschere auf einem Holzklotz vergessen hatte. Die aufscheinenden Sternbilder konnten nur noch wenige benennen, und blaß war ihr Leuchten im Schwarzblau wegen zarter Wolken und der Lichter aus dem Tal.

Zur üblichen Schlafenszeit bereitete sich Betty Huber aufs Äußerste vor. Von ihrer Zimmergenossin fühlte sie sich nicht geliebt. Von niemandem. Medikamente, welche die Seele besänftigten und zugleich in eine leicht euphorische Schwingung versetzten, waren nicht mehr zu bekommen. Spirituosen halfen nur bedingt, die letzten Tage im Exil zu bejahen. Nach dem Kellersturz, stramm bandagiert und dennoch mit Weh bei jeder Bewegung, verwandelte sich die Linderung durch Wein und Brandy plötzlich zu größerem Weltschmerz als je zuvor, verbunden mit Selbsthaß. Natürlich, wer stets auf absolute Leibeshygiene, Ruhe, sein Cholesterin geachtet und sich in der Apotheke ausgekannt hatte, den erwischte es schlagartig am ärgsten. Die fässerweise genossenen Gesundheitstees, die Massen von Dragées, Kapseln und Zäpfchen erwiesen sich nachträglich, sobald sie nicht mehr zur Verfügung standen, als sinnloses Bollwerk gegen das Schicksal. Erna Jakoubek schlief mit ihren Pfropfen schnell ein und schnarchte. Betty Huber tappte über die Bretter. Nein, im allertiefsten Grunde haderte sie nicht. Gewiß hatte sie – allmächtiges Fatum hin oder her – so gelebt, wie sie hatte leben wollen. Auch für den Grad erlebter Zufriedenheit gab es keinen Vergleichsmaßstab mit der Zufriedenheit anderer. Es kam, wie es kam, letztlich.

Warum sollte sie sich noch Gedanken übers Dasein machen?

Sie fühlte sich kaputt, beendet.

Stöhnend zog sie sich die helle Kostümjacke übers Nachthemd.

Tief unter der Balustrade erahnte sie im Hallendunkel den grünen Pfeil. Den Weg abwärts kannte sie. Dort wartete die vollkommene Erleichterung. Lieber mit einem Hauch Schönheit und letzten Glanzes gehen, als von weiterer Verbitterung, körperlicher und geistiger Schwäche niedergedrückt zu werden.

Hier im Hause wurde sie vorzüglich eingestimmt auf Verzicht, Demut, Loslassen und finale Kühnheit. Jeder Riß in der Wand meinte Zerbrechlichkeit. Glück gehabt hatte sie mit diesem Port. Andere Hospize waren gewiß klinischer, und dort wurde noch viel darüber debattiert, was der Mensch letztlich mit sich machen dürfe und was nicht.

Betty Hubers rechte Hand glitt übers Geländer, mit der anderen stützte sie sich auf den alten Stockschirm. Vorsichtig nahm sie die blanken Stufen. Keine Abschiedssignale hatte sie ausgesandt, keine Zeile hinterlassen – unstatthafte Dramatik lag ihr fern. Staub friedlich zu Staub, Asche zu Asche. Sie fühlte sich stark fürs Nichts. Die Witwe des in Afrika verschollenen Konrad Huber spürte den Druck der Bandagen um Knöchel, Oberarm und linkes Knie. Noch ein Rest Dauerwelle schmückte sie. Gott nahm sein Kind, wie es war. Das Nachtlicht schmolz auf dem Fliesenraster. Erschöpft vom Abstieg, wandte sie sich nach rechts. Die Messingtöpfe Frau Wimpfs schimmerten hinterm Türspalt. Ein Eingang weiter lag das erste Ziel. Auch hier hatte die Lehrerin gestalterisch gewirkt. Auf dem Eingang zum Andachtsraum waren – obgleich nur aus Filz – Kreuz, Davidsstern, Halbmond und sogar ein kleiner Buddha angebracht. Zuerst Sammlung, Anrufung des Höchsten und dann hinüber zum Loch. Humpelnd betrat die Schwabingerin die improvisierte Kapelle. Karg protestantisch wirkte sie, mit sechs Stühlen nebeneinander, einem winzigen Rosenkranz an der Wand, der von Frau Fontanelli stammte. Die Witwe schleppte sich zum Platz. Beichten wäre hilfreich gewesen, doch wem? Sie mußte die Formlosigkeit der Anrufung ihres möglichen Schöpfers in Kauf nehmen. Aus einer Ecke des ehemaligen Köchinnenzimmers warf ein Metallgestell mit einer emaillierten Waschschüssel seinen Schatten. Weihwasser? Betty Huber griff sich ans Herz. Ein Luftzug hatte mit gewaltigem Knall die Tür hinter ihr zugeschlagen.

Nach dem Krach im Erdgeschoß fiel nun die Tür von Zimmer 8 hinter Dr. Lay ins Schloß. Der Verleger prüfte die Dunkelheit hinter den Säulen. Nichts. Kein Türenknallen mehr. Ruhe. Allerdings keine Ruhe im Garten! Er hatte geschlummert, war von diesen Geräuschen jedoch geweckt geworden, die er abends zuvor auf dem Weg zu Deutlers Bühne gehört hatte. Heckenrascheln, ein regelmäßiges Knistern, Schritt um Schritt, dann wieder Stille, abermals dieses Geschleich, etwas war am Schuppen umgefallen. Lay erschrak. Er sah ohne Brille nicht gut. Dennoch zeichnete sich am Ende des Balustradengangs ein Häuflein ab, finster im Dunkel. Ein Rascheln auch dort, kurz ein Wimmern. War das alles eine Falle für jemanden, der nachts aufstand? Lay klopfte bei Deutler. Der öffnete bald. Der Verleger winkte den Halbnackten heraus. Zu zweit wagten sie sich den Gang entlang und dann vielleicht noch hinaus. Hanna Reutte trat in Rock, BH und offener Bluse aus ihrer Unterkunft. «Da ist jemand im Garten», flüsterte sie, «schon die dritte Nacht.» Schlecht verhüllt vom Chiffon, hielt sie den Griff ihrer Parabellum umfaßt. – «Mädel!» rief sie und erkannte ihre Nachbarin Aziza, die an der Wand kauerte. «Wir müssen mal miteinander reden. Ins Bett! Soll ich dir Tschai holen?» Der Lichtstrahl von Xaver Bauers frisch aufgeladener Taschenlampe stach den Anwesenden in die Augen. Der Mann krachte von hinten im Unterhemd heran. Ute Wimpf schlüpfte ihm hinterdrein, während Hilde Hoffmeister in die Runde schaute: «Da war gerad' jemand im Weinspalier, unter meinem Fenster. Hilfe!» Hanna Reutte beugte sich über Aziza: «Zittert am ganzen Leib. Liebesleid. Die Fremde. Man stelle sich vor, wir strandeten in einer Karawanserei.» Die Siebzehnjährige hatte sich in eine Decke gehüllt, sie starrte geradeaus. «Ein Bad tut immer gut», murmelte Hilde Hoffmeister, «in mein Zimmer geh' ich nicht zurück, wenn da die Leute einsteigen.» Azizas Augen waren gerötet und hohl, aber beinahe hoheitsvoll. «Dann lassen wir sie sitzen, wenn sie sitzen will», empfahl Heinrich Lay. «Aber wer schaut mit im Garten nach?» Hanna Reutte drückte Herrn Bauer ihre Pistole in die Hand, der packte sie gekonnt. «Gutes Stück», er wog die Waffe, «hatte mein Vater in Straubing auch.» Aziza wippte vor und zurück. « وَاللَّاتِي يَأْتِينَ الْفَاحِشَةَ مِن نِّسَائِكُمْ فَاسْتَشْهِدُوا عَلَيْهِنَّ أَرْبَعَةً مِّنكُمْ فَإِن شَهِدُوا فَأَمْسِكُوهُنَّ فِي الْبُيُوتِ حَتَّىٰ يَتَوَفَّاهُنَّ الْمَوْتُ أَوْ يَجْعَلَ اللَّهُ لَهُنَّ سَبِيلًا »

«Klingt wunderbar. Alter Gesang. Was will sie?» rätselte Frau Hoffmeister.

Aziza zitterte.

Hanna Reutte konnte nicht weiterhelfen.

«Mag sein», bedachte Dr. Lay, «daß sie jene Verheißung meint, wonach durch das Zeugnis von vier Männern eine sogenannte Sünderin bis zu ihrem Tode weggesperrt, gerichtet werden darf.»

«Ein Gebot?»

«Man tappt im dunklen. Aber es meint nichts Gutes. Seht sie an.»

«Soll sie nun hier sterben?» Hilde Hoffmeister preßte angstvoll die Fäuste an ihre Wangen.

«Nadjib», sprach Aziza zu Frau Reutte gewandt.

«Das ist der Bruder von Talib», wußte die Uhrenverkäuferin, «das sind ihre Brüder.»

Man starrte sich an.

Der Mond erhellte bunte Scheiben.

«Im Garten», überlegte Dr. Lay, «sind womöglich seit drei Nächten Nadjib und Talib?»

Hanna Reutte wischte sich über die Stirn.

«Wagen sich bis hierher?» fragte sich Dr. Lay. «Das hätt' ich nicht gedacht.»

«Ein – Ehrenmord?» Hilde Hoffmeister blickte entgeistert. «Unmöglich.»

«Ich spür's doch», wies Hanna Reutte auf das Mädchenbündel, «und sie ist bereit. Warum hat der Italiener sie nicht mitgenommen!»

«Das», Heinrich Lay schüttelte fassungslos den Kopf, «kommt hier aber nicht in Frage. Die steigen ein und schneiden dem Kind womöglich die Kehle durch. Wo sind wir denn? Ich habe doch nicht die Klassiker der Aufklärung veröffentlicht, um einen neuen Hindukusch vorzubereiten.»

«Sie wollen sie nicht töten, vielleicht nur strafen für den Seitensprung», warf im unruhigen Strahl der Taschenlampe Ute Wimpf ein, «das sind andere Regeln des Zusammenlebens. Das muß man teilweise akzeptieren. Sie werden sie mit nach Haus nehmen wollen. Syrer lassen ihre Frauen nicht schutzlos in der

Fremde. Außerdem haben sie alles mit Allah ausgemacht. Der weist seit Jahrhunderten den Weg. Da können sie nicht einfach mit ihren Menschenrechten aus Paris kommen. Ja, mich verlangt selbst allmählich, dem höchsten, klarsten der Weltenrichter mein Geschick zu überantworten. So wohltuend ist der Islam, man muß sich nur fügen. Und ohne die völlige Demut geht es nicht, denn sonst erkenne ich Allah und seine Reinheit nicht mehr. Sich fügen, dann ist man im Heil. Wo stehen wir denn mit unserer komplizierten Moderne, wo jeder seine Rechte, Unantastbarkeit und mickrige Freiheit beansprucht? Im Schlafanzug in Ebenhausen. Wenn sie Minarette wollen, ich wehre mich nicht mehr. Hab' keine Kraft zum Widerstand, will meinen Frieden, keinen Disput mehr, außerdem verstehe ich jede Regung und Prägung jedes Menschen, wenn ich mich mit ihm befasse. Soll ich denn plötzlich wieder diktatorisch werden, nur weil das Abendland so erfolgreich, wendig, bequem und offen ist?»

Dieser Sturzbach schien sich seit längerem aufgestaut zu haben und brach sich nun Bahn. Hanna Reutte faßte sich ans Ohr, das war viel gewesen. Xaver Bauer glotzte auf die Pistole.

«Ja.» Als erster faßte sich wieder Dr. Lay.

«Ja, was?» Hilde Hoffmeister wollte den Gesprächsfaden nicht verlieren.

«Mickrige Freiheit? Frau Wimpf sollte vielleicht diktatorisch werden», raunte der Verleger, «eine wehrhafte Demokratie ist besser, als keine mehr zu haben, für alle auf der Welt. Nur hier darf Frau Wimpf alles in Zweifel ziehen. Sie knicken vor Drohung und Glaubensgemurkse ein? Himmel, wer hat vor zwanzig Jahren gedacht, daß er sich noch einmal mit den rigiden Stupiditäten von rechtem Glauben und Jenseits die Zeit zu verderben habe? Wir waren mit dem irdischen Glück des Menschen befaßt – genug zu tun! –, und nun soll man Papst und Imamen lauschen, um deren selbstgefällige Phantasmagorien nachzuvollziehen? Nicht mit mir! *Das Irdische Glück ist, wo ich bin*, diese Devise Voltaires genügt mir und heißt: Von dort, wo ich lebe, sollen Leid und Kummer nach Kräften verbannt sein. Dann lächelt ein bißchen freies Glück. Jeder mag alles denken, glauben und treiben, was er will – nur wehe, wenn er den anderen mit sanfter oder purer Gewalt schädigen will. Dann werde ich zur Furie! Im Namen der Zukunft und des allgemeinen Wohls. Schützen sie die Freiheit, dann retten sie sie. Alles andere ist indiskutabel, vorgestrig, stinkt.»

«Ich liebe aber den Orient.»

«Ich auch.»

«Hindutempel.»

«Angenehm einfühlsam und flexibel, Frau Wimpf. Ja, liebe ich gleichfalls. Jeder mag, gleich wo, beten und artig seinem Tagwerk nachgehen. Macht über Menschen gebührt anderen Menschen kaum. Nur Idioten und Fanatiker, was ich gar nicht trennen will, gehören gemaßregelt. Wollen Sie denn Europa opfern, diese kostbare, mühsame, vielleicht vor allem beneidete Hervorbringung?»

«Augsburg wurde nicht sehr ansprechend wieder aufgebaut.»

«Nun?» brummte Herr Bauer. Zwischen Kniebund und Haferlschuhen zeigten sich Krampfadern.

Aziza hatte sich erhoben. Sie streifte die Wolldecke ab. Das erste Mal freundlich, fast unbefangen blickte sie die Umstehenden an. Sie war größer als Lay, schlanker als Wimpf. Eine Strähne schob sie unter ihr Tuch zurück.

«You don't go.» Hanna Reutte hielt sie am Oberarm fest. Die Syrerin machte sich los.

«Die Brüder töten sie.» Heinrich Lays Lippen waren trocken.

«Vielleicht wird sie nur eingesperrt oder geschlagen», flüsterte Hilde Hoffmeister, «wurde ich daheim auch.»

Aus dem Andachtsraum spähte vielleicht schon länger Elisabeth Huber grimmig zur Empore hinauf.

«Wir können Recht und Anstand wahren», stellte Heinrich Lay klar, «von uns fürchtet doch niemand mehr Strafe und Gefängnis. Sogar mancher Märtyrer würde sich über uns wundern.»

«Aziza.» Hanna Reutte drang in das Mädchen, das sich langsam entfernte und sich offenkundig im Garten stellen wollte. «I am your Lady-friend, don't give the males this power.»

«Daheim ist eine Orientalin oft viel mächtiger als ihre Männer», wiegelte Ute Wimpf politisch vielleicht sehr korrekt ab, «sie folgt ihrem Gesetz. Wir durchschauen nicht die Verhältnisse. Wir müssen sie kennenlernen, dann können wir entscheiden.»

«Wie wär's, wenn Fanatiker auch erst einmal unsere Verhältnisse bedenken würden», empörte sich Lay, «schließlich lebe nicht ich in Aleppo, sondern dieses reizende Brüdergespann lebt im Regierungsbezirk Oberbayern. Woanders benehme ich mich auch.»

«Manche rachsüchtigen Araber, vor allem, wenn sie jung und schön sind, haben so etwas Furioses, Bedingungsloses, ja Betörendes. Sie treten die Zäune nieder.»

«Jetzt ist aber wirklich Schluß, Ute», fauchte Hanna Reutte die unentwegte Teetrinkerin an.

«Ich meine nur, ästhetisch. Gegen einen Selbstmordattentäter kommen unsere Männer nicht an.»

«Du bist ja vollkommen verkorkst.» Die Domina stemmte ihre Hände in die Hüften. «Und das bei einer Frau, die selbst noch vom Scherenstich humpelt und bald das Zeitliche segnet.»

«Ruhe!» Der dünne Ruf von unten aus dem Andachtsraum verhallte unbeachtet. Betty Huber schien recht damit zu haben, daß niemand sie liebte und auf sie Rücksicht nahm.

«Was für Themen.»

«Unsere Zeit.»

«Ich begleit' sie.» Die Herrschaften auf der Balustrade staunten Xaver Bauer ob seines Vorschlags an. Mit der Knarre ging er hinter Aziza her, das Gefolge schloß sich ihnen an.

«Wir reden mit den Jungs, bringen sie von ihrer Rachsucht ab und haben plötzlich sogar Freunde.» Die Nachtstunde war nicht Ute Wimpfs überzeugendste Zeit.

Hilde Hoffmeister huschte in ihr Zimmer. Wie auf Katzenpfoten schlich sie an der Wand entlang zum Fenster. Der Vorhang wehte leicht. «Da ist wer», murmelte sie zur Ansammlung hinter sich. «Ach, Sie beide auch noch?» Schlaftrunken trat Fehling ins Zimmer, neben ihm trug Olaf Deutler diesmal kein Tuch über den Narben am Handgelenk.

«Was ist los?»

«Ehrenmord», flüsterte Lay.

«Einer draußen am Schuppen. Und hinterm Birnbaum blinkt etwas», meldete Hilde Hoffmeister mit Blick aus ihrem Fenster.

Vor der Tür auf dem Gang hielt Hanna Reutte die Syrerin fast gewaltsam fest. Sie wollte bestraft werden? Xaver Bauer schob sich am Bett entlang vor zum Fenster.

«Wir wissen überhaupt nicht, was draußen los ist», befand Ute Wimpf sehr richtig. Deutler und Fehling waren über die Geschehnisse nicht auf dem laufenden und blickten verwirrt. Die ziemlich leere Flasche in der Hand des Moderators gab zu denken.

«Aziza weinte vor ihrem Zimmer und will hinaus», erklärte

Lay nach hinten und zu Frau Wimpf gewandt: «Da sind Eindringlinge. Seit Nächten. Sie versuchten, den Wein hochzuklettern. Die Heilsarmee ist das nicht. Man muß handeln.»

«Und die Leitung schläft.»

«Delegieren Sie nicht immer die Verantwortung.»

«Sie holen die Schwester heim in ihr Nest. Sie will doch hier gar nicht umkommen.»

«Eben.»

Xaver Bauer verbarg sich hinter dem Store. «Entsetzlich», flüsterte an der anderen Fensterseite Hilde Hoffmeister.

«Dezent», empfahl Dr. Lay und warf Bauer ein Kopfkissen Frau Hoffmeisters zu, das er über die Mauser legte.

«Gewalt ist nicht zu rechtfertigen.»

«Nein», bestätigte Lay gefaßt.

«Ein Messer? Eine Axt? Das ist kein Taschenspiegel, der da blinkt. Zwei sind's oder mehr.» Frau Hoffmeister spähte hinaus.

«Wir wissen nicht, wer's ist», beharrte Ute Wimpf verzweifelt. «Jede Gewalt verschlimmert die Dinge.»

«Gefängnis meint auch Gewalt und schützt mitunter.»

«Falls es wirklich die Brüder und Kumpel sind, kommt namenlose Vergeltung über uns.»

«Werden Sie nun von Verständnis oder Angst geleitet, Frau Wimpf? Die jungen Herren hätten auch anklopfen können, zum offenen Gespräch.»

Dunkel schimmerte die Teerpappe auf dem Gefrierholzschuppen.

«Machen mir das Blumenbeet wieder kaputt.» Es war Erlösung und Alptraum zugleich, als Xaver Bauer abdrückte. Der dumpfe Schuß dröhnte im Zimmer, ums Kissen stieg Rauch auf, Federn wirbelten. Ein kehliger Schrei drang aus dem Garten.

Heftig war das Geraschel. Ein Männerstimmenwirrwarr drang herauf. Ute Wimpf rannte schreiend fort. Deutler und Fehling blickten ratlos. Dr. Lay senkte den Kopf. Am Fenster sank Hilde Hoffmeister gegen die Wand und dann auf den Boden. Aziza stand reglos auf der Empore, wankte kaum wahrnehmbar. «Nadjib … Sergio?»

«An eine Entführung durch den Italiener glaube ich nicht. Der weiß ja gar nicht, wo sie ist», schloß Hanna Reutte. «Schade, das wär's gewesen. Schrankenlose Liebe.»

Aziza wich der Hand Dr. Lays aus und stürzte sich in die Arme der Domina: «Ist ja gut, mein Kind, jetzt wein' dich erst mal aus, da kommt so schnell keiner mehr. Wir passen auf. Aber die ganze Munition kann ich nicht opfern. Komm, wir gehen an die Bar, Tee kann man auch mit Rum trinken. Come down.» Stirn und Kopftuch sanken auf die Schulter der Domina.

«Liegt … nein, liegt nicht. Getroffen, irgendwie … sie haben ihn weggeschleppt … schau, ein ordentliches Heckenloch … Gammler.» Offenbar hatte Xaver Bauer die Situation grundlegend falsch eingeschätzt.

Markus Fehling reichte Dr. Lay die Flasche.

«War fürs Abendland und die Freiheit. Es reicht den Friedfertigen und Wohlgesinnten gern die Hand.»

«Ist um halb vier Uhr früh in München oder in Damaskus sonst noch was los?» fragte der benebelte Hörfunkmann in die Rauchschwaden.

«Ist doch völlig uninteressant.»

38.

Clarissa starrte nach unten. Ulrich strich sich über die Stirn. Monika mußte sich bei Ilse einhaken. Nicht allein die Morgenkühle ließ alle frieren. Die Lache war schrecklich und immens. Der Schuß hatte das Blut weit spritzen lassen. Gras und Erde waren rot eingefärbt und getränkt. Ein halber Liter oder mehr. Clarissa wich einen Schritt zurück. Vielleicht stand sie schon auf Tropfen. Der Turnschuh mit blutigen Senkeln und eine krustige Socke lagen auf halbem Weg zum Holzstall. Wangs Sneakers waren weißsilbern. Die Deutlers waren mürber als der rötlichbraune Schuh zwischen Halmen und Schotter. Die kurvige Schleifspur führte zur Hecke. Ob zuvor eine Lücke oder eher nur eine Gestrüppspalte vor dem Komposthaufen auf dem weitläufigen Nachbargrundstück geklafft hatte, wußte keiner so genau.

«Doch einer von uns?»

«Garten, Keller, Dachboden habe ich abgesucht. Auch auf der Straße nichts», erklärte Ulrich.

«Das wär' das Aus.» Clarissa zündete sich eine Zigarette an, paffte eine Wolke und warf sie fort. Die Entdeckung war zu furchtbar, um jetzt entspannt zu rauchen.

«Jüssen?»

«Schloß vorhin seine Fensterläden», sagte Ilse.

Ulrich nickte ihr zu.

«Die Truhen ...», Monika hielt den Saum des marokkanischen Kleids womöglich unbewußt gerafft, «im Schuppen sind doch abgesperrt?»

«Dort – lebt – niemand», wußte die Lebensgefährtin. Ilse

spähte abermals durch die Hecke, über den Garten, dann die Hauswand empor. Geschlossene Fenster blinkten in den Tag. Das Blut vor den Füßen lähmte alle Regungen. Wessen Leben war getroffen? Das Behütetste sickerte in den Boden. Regenwürmer wagten sich daran. Das Blut bedeutete Lachen, Bewegung, Pläne, Sehnsucht. Es trocknete in Licht und Luft. Das Äußerste bot der Mensch auf, daß es in ihm pulsierte. Welcher Kampf hatte stattgefunden?

«Ein Mann war's. Die Schuhgröße.» Clarissa probierte nervös eine zweite Zigarette und wich noch weiter zurück. Alle Filme, alles abstrakte Wissen bereiteten nicht auf echtes Blut vor, das nun auch noch an ihrem Zehennagel klebte.

«Polizei?»

«Vorm Schuppen? Unmöglich. Sand.»

«Ein Fuchs hat einen Landstreicher angefallen.» Drei Augenpaare starrten Monika an.

«Warum nicht gleich ein Wolf?» fragte Ulrich.

«Moment!» Clarissa verschränkte die Arme. «Ja, warum versteifen wir uns sofort auf etwas Furchtbares. Das ist eine Manie. Das liegt am Haus ... Dunkel, unbekanntes Gelände. Selbstverständlich kann ein Einbrecher gestrauchelt und in die eigene Waffe gefallen sein. Oder es war etwas mit Tollwut.»

Ulrich blickte reglos.

«Bauers Scheren und Sensen sind überall. Vielleicht hat sich der Einbrecher schon im Nachbargarten verletzt. Die alte Dame drüben läßt manchmal ihre Hunde raus. Einen jungen Husky und einen Münsterländer.»

«Wie lange kennt ihr euch», fragte Ulrich die stille Ilse. «Fünf Jahre», antwortete sie verhalten.

«Moni liegt nicht falsch», versuchte Clarissa, eine brauchbare

Richtung vorzugeben, «es handelt sich nicht darum, daß wir mögliche Kleinkriminalität oder das ungünstige Zusammentreffen von Einbruch mit Tollwut und einem Münsteraner aufklären, und noch weniger darum, daß wir vor Schreck erstarren. Wichtig sind jetzt ein kühler Kopf und Haltung. Nach uns kann hier jeder alles untersuchen.»

«So fahrlässig hast du nie gedacht.» Ulrich sah seine Schwester an. «Du warst immer ein Vorbild an Korrektheit und Verantwortung.»

Monika hob die Hände und ließ sie dann auf die Schenkel fallen: «Ich will was Schönes, ich will was Helles, ich will angenehme Zustände und Glück.» Sie sank gegen Ilse.

«So wachsen wir zusammen», beruhigte die Freundin.

Ulrich griff zur Schaufel. Sand mußte er von der Einfahrt holen.

«Verschwinden wir einfach. Genug gelitten. Fahren wir nach Hause.» Clarissa räusperte sich. «Frau Hattinger und Frau Patini werden's gar nicht bemerken.»

«Können wir dann nicht mehr belangt werden?» fragte Monika.

«Ihr steckt tief drin», resümierte Ilse.

«Du würdest ebenfalls erklären müssen, warum du Rosen auf zwei Gefriertruhen gelegt hast», merkte Ulrich an und stützte sich auf die Schaufel.

«Es muß jemand nach London», mutmaßte sie, «dringend.»

«Das Testament haben der Wahnsinn oder der Haß diktiert.» Ulrich fixierte immer wieder die Blutlache.

«Unsinn», wies Clarissa ihn zurecht.

«Der Onkel hat uns zusammengeführt», murmelte Monika. Damit war nun am wenigsten anzufangen.

«Ist etwas speziell, aber so intensiv habe ich noch nie gelebt.» Ilse erntete respektvolle Blicke. «Auf zum Kies.»

«Oder umgraben.»

«Zuerst einen Kaffee. Sonst halt' ich nicht durch.» Die vier entfernten sich eilig oder zögerlich. Sie waren längst nicht unbeobachtet geblieben. Durch einen Fensterspalt hatte die Inderin, die nur wenige blaue Flecken davongetragen hatte, auf den Tatort gelugt. Aziza hatte die Nacht bei Frau Reutte verbracht, schaute kurz hinunter und schlich wieder ins warme Bett. An der Hausecke trafen die Geschwister auf einen blassen Dr. Lay. «Ein Fuchs ist verendet», fühlte Ulrich sich bemüßigt zu erklären. Der Insasse nickte beflissen und wartete, bis er allein war. Er tappte zur Blutlache. Wie an Grabesrand blieb er stehen und senkte das Haupt. Womöglich war man in der Nacht doch zu weit gegangen. Zumindest hatte nicht er selbst geschossen. Der Verleger faltete die Hände und improvisierte ein paar tonlose Worte: *Heil deiner Seele! Wer Gewalt sät, wird Gewalt ernten. Per aspera ad astra. Und nun sei Friede*. Als den Bankrotteur das Gefühl beschlich, nun müsse noch *Ich hatt' einen Kameraden* gespielt werden, entfernte er sich nachdenklich. Xaver Bauer gewahrte er nicht mehr, als der Schütze mit der Forke zum Heckenloch ging, um aus dem Nachbargarten wieder eine Portion Kompost fürs Brunnenbeet zu entleihen. Bauer erblickte das Blut, marschierte im Bogen drum herum. Was in ihm vorging, offenbarte sich nicht. Deutler huschte zu seiner Orangerie. Er drückte sich an der Wand entlang. Gänseblümchen blühten rot. Echtes Blut – und Kunst, das blieb zweierlei. Die Kunst konnte und wollte mit echtem Blut nichts zu tun haben. Herrlich war Blut nur in Tragödien. Hinter dem Haus atmete der Bühnenbildner durch. Tassilo Wang besah sich die Stelle. In Indonesien hatte er solche Flecken manchmal am Straßenrand gesehen. Schließlich fuhr Ulrich mit Hilfe von Herrn Bauer und mit der Schubkarre von der Einfahrt Sand heran. Sie mußten viel auf die Lache schütten, ehe sich im Gras eine helle Fläche ausdehnte. Sneaker und Socke hatte Bauer in die Tonne entsorgt. Immer wieder schien der Mann etwas sagen zu wollen. «Ich will nichts wissen, gar nichts», würgte Ulrich jede Zwiesprache ab, «mir reicht's.»

Gegen neun Uhr kam arglos Greta von Meyenburg um die Ecke. Sie war gebeten worden, sich im Gewächshaus einzufinden. Da es eine noch fast informelle Tageszeit war, hatte die Mimin sich zwar frisiert, doch den plissierten Organza-Morgenmantel übergestreift. Sie hielt inne. Ein erlegtes Reh im Garten? Ein Opfer des Hauses? Sie näherte sich nicht. Die alten Augen waren scharf, die Nase empfindlich genug. Was durch den Sand sickerte, war eindeutig. Die Frau aus dem ersten Stock hatte lange nicht mehr *«Angst»* geschrien, Herr Fehling hatte am gestrigen Abend trübselig an der Balustrade gelehnt, jemand war aus dem Fenster gesprungen ... *«Ja, Herr, so ist es»*, geriet es ihr aus einer ihrer letzten Inszenierungen in den Sinn, nicht mehr als jugendlich machtgierige Lady, sondern als Hexe in der schottischen Moorhöhle: *«Doch warum steht Macbeth so erstaunt und stumm?»* Bei diesem späten Auftritt hatten über ihrem Lumpenkostüm kunstvolle Schlangen in einem Laubkranz gewippt. *«Kommt, Schwestern, heitern wir ihn auf, und jede Kunst hab' ihren Lauf. Die Luft mit Klang durchhex' ich ganz, und ihr tanzt euren Narrentanz. Daß dieser König sagen muß, wie treu wir dienten seinem Gruß.»*

Mit Shakespeare hatte sie Triumphe gefeiert. Matthias wußte es. Greta von Meyenburg eilte davon.

39.

Hotel da Gama 1995, Lissabon – FDJ-Heim Wilhelm Pieck, Binz
Wilde Erdbeeren von Ingmar Bergmann – Der Autounfall am 11.1.2002
Etagenklo in Zwickau – Helgolandausflug mit Gudrun Wehler

So ging es keinesfalls. Eine Methodik war nötig. Jürg Jüssen befingerte die Kastanie, die er stets bei sich trug. Mit dieser Art Handschmeichler hatte er seinerzeit das Rauchen besiegt. Er hockte auf dem Heizkörper. Ein Blatt Papier lag auf dem Fensterbrett. Der Kuli verharrte über dem Weiß.

Das Konzept des Hauses hatte der Geologe durchschaut. Entweder man schlief zuviel und wurde mürbe. Oder man war durchs enge Nebeneinander, allerlei Vorkommnisse und eine wahre Kür von Depressionen rundum überreizt und glitt gleichfalls ab. Im Grunde war es eine Form von Alltag, den sie hier bis hin zur Erlösung steigerten. Ein schlaues Verfahren. Und alles ohne weißen Kittel – ganz auf dem neuesten Psychostand. Geschickt war auch der Abtransport eingefädelt. Nur einmal hatte er einen Leichenwagen langsam entlangfahren gesehen. – Doch dieses Verfahren ging den Wissenschaftler, 1970 im Vogtland geboren, zur Stunde wenig an. Er mußte vielmehr eine Summe ziehen.

Russischunterricht bei Dr. Schwelke – Westpakete

Wußte in den alten Bundesländern überhaupt jemand, daß die kleine DDR die höchste Selbstmordrate Europas zu verzeichnen gehabt hatte? In der Nachbarwohnung das Ehepaar Peschke, an Lüge, Mief und Drangsalierung erstickt. Fünf- bis sechstausend Menschen im Jahr … ein Wahnsinn … das Stadtgas war giftig, von wegen Geborgenheit und sicheres Leben unter der sozialistischen Diktatur.

Heiße Sommer – lange feuchte Winter
Studienplatz in Karl-Marx-Stadt – Muttis Tod

Jüssen spielte mit Kastanie und Schreiber. Von seinem Fenster aus erkannte er einen Kotflügel des ruinierten Sportwagens. Wenn er eine Summe seines Lebens ziehen wollte, mußte er sich entscheiden, ob er zuerst das Schöne und dann das Unangenehme und Schlimme aufzeichnen wollte oder aber umgekehrt. Was besaß größeres Gewicht und Wirkung? Fußballspielen, die Westpakete oder die endlosen Winter im Industriequalm? Das konnte er nicht klar erkennen. Bei schlechter Laune schien das Üble wichtig. Ging es jedoch gut, erfreute schon eine Blume im Vorgarten. Er konnte eigentlich nur willkürlich dem Angenehmen vor dem Bedrängenden den Vorrang einräumen oder eben andersherum. In Deutschland war natürlich stets das Schlimme wichtiger. Er probierte, erst nach dem Guten das Betrübliche zu nennen:

Auf die Welt gekommen – Vergänglich
Hart im Nehmen – doch empfindlich
Mein Stipendium – Hartz IV
Erster Urlaub auf Madeira – Regen im Thüringer Zeltlager

Überhaupt nicht einfach, was er sich in der Nacht vorgestellt hatte. Gut. Der Anfang gebührte dem Schönen. Aber der ewige Regen, der in Thüringen die Zelte durchnäßt hatte und schließlich auf die Pioniere getropft war, war nicht nur zum Kotzen gewesen. Die schweren Wetterfahnen, die über den Rennsteig zogen, hatten wunderbar dramatisch ausgesehen, Berti Schlempf hatte nach zwei Tagen Dauerregen die Parole ausgegeben: *Jungs, dann nehmen wir's als Abhärtung. Kann nie schaden.* Das Kochen unterm Schirm hatte Spaß gemacht, war hübsch verrückt gewesen, ein paar FDJler hielten die Regendächer, Renate rührte die Soljanka. Im Zeltlager war sie schwanger geworden und hatte früh den Schlempf geheiratet. Man konnte nicht behaupten, daß Wolkenbrüche in Thüringen nur zur Minusseite im Leben zählten. Als gescheiterter oder vielmehr liquidierter Manganexperte konnte er, merkte Jüssen, Bohrungstiefen, Mineralkonsistenzen exakter handhaben als die inneren Komponenten seines Lebens. Eines war klar, wenn er *Vortrefflich* und *Mies* gegenüberstellte:

Erster Kuß – Lippen und Mundgeruch von Frau Prof. Juntz, die mir meine Veröffentlichungen nicht verzeiht
Fick mit Gudrun – Fischvergiftung in Cuxhaven

Tagebuch hätte er führen sollen. Dann hätte er Gudrun und dem Familienrest die wahre Gemengelage seiner Vita hinterlassen, zum gelegentlichen Hinblättern und Gedenken.

Freiheit – Zwang
Spontane Ideen – Stumpfsinn
Chancen – Reglementierung
Spreewaldgurken – Mozartkugeln (zu süß)
Petersburg – North Dakota
Türkische Gastfreundschaft – deutsche
Liebe – ~~Wichsen~~ Onanieren

– auf einmal brach sich Bahn, was ihm im persönlichen Rückblick als lohnend oder als hemmend-beklemmend erschien:

Gewißheit – Ungewißheit
Tag – Nacht

– das zweite Blatt zerknüllte er langsam. Zumindest für den Forscher blieb Ungewißheit wichtig und ein Antrieb. Den Tag durfte er nicht auf Kosten der Dunkelheit und ihrer Geheimnisse loben.

Paris! – Bukarest
Singen beim Duschen – Kater
Filterkaffee – Sirup-Coffees
Das erste Fahrrad, und Mutti schiebt – das zweite Auto
Mieten im Osten – Mieten im Westen
Spielen als Kind – das meiste andere später
Ruinen der Akropolis – Großraum Stuttgart
Schlichter Bundespräsident – Queen Elizabeth (oder umgekehrt)
Disziplin – Schulden
Harvard University – deutsche Sesselfurzerbuden
Spreewaldgurken –

die Gurken hatte er schon gelobt, bei seiner Abneigung gegen Überzuckertes. Wenn die Liste bald im Haustresor verwahrt wäre, gelangte sie irgendwann auch zu Gudrun oder seinen Kusinen. Die mochten dann einmal richtig über ihn nachsinnen. Jetzt, da er an sie gedacht hatte, wollte er sich ein wenig intensiver an seine Mutter erinnern, wie sie am Herd gestanden, ihn mit dem Kochlöffel durchgewalkt, ihn auf der Wartburg aufgefordert hatte: *Jetzt kannst du Ritter spielen, ich will mich noch mit Tante Käthe unterhalten*. Tante Käthe, ihre beste Freundin, war Braunkohlebaggerfahrerin, dabei erstaunlich zierlich gewesen. Sie hatte weit schwingende Maxiröcke getragen und für den Ausflugtag einen Picknickkorb gepackt. Jürg Jüssen wurde bei den Erinnerungen weh ums Herz. – Wie leicht und anmutig alles gewesen zu sein schien. Sie hatten ihn behütet. Die guten Frauen von damals. Er zog sich vom Heizkörper zurück. Nicht in der Vergangenheit wühlen. Er streckte sich auf dem Bett aus. An die Wartburg wollte er noch denken und wie alles Weitere dann gekommen war. Der Kummer und das Glück.

«Mutti», sagte er. «Ich komme, oder soll ich nicht?» Er versuchte, ein Schluchzen zu unterdrücken. «Jürg», sagte er ein paarmal.

Seinen Feinden und den Bösen wünschte er den Tod. Schlafen, ein Morgenstündchen.

Ähren neigten sich. Ungarische Mägde ließen die Röcke wehen. Die magyarischen Burschen sprangen bunt im Holz.

Die Drucklufttüren öffneten sich, schlossen sich schnell. Mit Schwung schaffte Markus Fehling den Einstieg. Er strauchelte beinahe ins ungewohnte Gefährt, griff nach einer Halteschlaufe. Der Motor brummte bedrängend, die Sitze rochen nach zahllosen Fahrgästen. Hinter ihm hangelte sich Dr. Lay nach hinten. «Bis zum Starnberger See fährt ein Postbus. Meinte die Wimpf. Gelbe Busse gibt's aber seit Jahren nicht mehr.» Fehling schob sich in der beunruhigenden Umgebung auf einen Sitz: «Vor der Dunkelheit möchte ich aber wieder zu Hause sein.» Lay stempelte für ihn ein Nahverkehrsticket ab. Der Moderator schaute sich scheu um. Lange war er nicht mehr unter Menschen gewesen. Ein Fahrgast aus Wolfratshausen debattierte mit dem Fahrer. Hinter ihm drängten Schüler herein. Die Jungs trugen halblange Hosen, das Haar war mit Gel spitz in die Höhe frisiert. Ein Mädchen hörte Musik und rief um so durchdringender. Der Bus fuhr schwankend an.

Zwei ältere Leute, nebeneinander gegen die Fahrtrichtung sitzend, sahen nach knappen Ressourcen aus. Als Taschen benutzten sie alte Drogerietüten. Das Gebiß des Rentners schien hinter den Schneidezähnen zu enden. Die Gefährtin öffnete den Anorak über einer geblümten Bluse. In dieser fetten Gegend gehörte eine besondere Kraft dazu, arm zu sein. Falls das Paar Gemüsebeete hatte, mochte es leidlich über die Runden kommen. Das Wetter war graufeucht, suppig, auf dem Boden lag Zellophan, daneben klebte dunkler Kaugummi. Fehling lehnte den Kopf an die Scheibe. Blinkende Fahrräder an der Haltestelle, Limousinen am Gehweg. Der Kiosk mit den Tagesblättern und neuesten Zeitschriften, Wurstsalat im Angebot und der Parole *Mir San Mir* auf einem Aufkleber über der Verkaufsluke wurde kleiner. Die unendlich vielen Verkehrsschilder! Vorfahrt, Eingeschränktes Halteverbot, Sackgasse, Kreisverkehr, *Murnau 41 km*, dann exotische Sträucher, weiße Häuser, überrenoviert, selten eine Wand unter schmuddeligem Spritzputz, die an lange Vernachlässigung erinnerte. In diese Häuser hatte er aus dem Studio hineingesprochen. Der Himmel wußte, was morgendliche Hörer, Hausfrauen in der Küche, mit seinen Kommentaren zum Aufstieg Chinas, niedergeknüppelten Schwarzen in Halberstadt, über Unruhen in ... Gaza angefangen hatten. Man konnte keine Hörer einschätzen, man sah sie nie. Penzberg mit seiner alteingesessenen Arbeiterschaft galt als rot, Wolfratshausen nicht – wen interessierten solche regionalen Nuancen in Zaragoza und Milwaukee? Nervös rieb sich Fehling über die Hosenbeine. Lay stieß ihn an: «Noch mal Freiheit. Durchlüften. Ein Helles, frisch gezapft. Der Dutt der Jakoubek macht mich krank.» Der Verleger freute sich auf den ersten Schluck Bier.

«Meine Frau ist öfter in Tölz. Im Alpamare. Sie schwört auf die Soletherme.»

«Ich glaube nicht, daß sie im Moment kurt. Oder wollen Sie nachschauen?»

Fehling schüttelte den Kopf. «Alles von neuem. Soll ich am Eingang warten, falls sie mit ihrer Sporttasche kommt? Kuckuck, hier bin ich! – Jetzt ist nichts mehr zu retten. Ich war nicht da, als Dani ins Abitur mußte.» Auch Lay blickte sich verstörter um, als er gedacht hätte. Der Alltag hatte sich ungebrochen fortgesetzt. Die Wolken schoben sich über die harte Maschine, die dieses Land war. Wirklichkeitswochen waren ihnen entgangen. Manche neue Verordnung mochte in Kraft getreten sein, was hatte der Innenminister ausgeheckt, wie hatte die Opposition reagiert? Die eigenen Wohnungen waren inzwischen sicherlich mehrfach durchstöbert worden. Angehörige starrten mittlerweile jedoch nicht mehr unverwandt aufs Telefon. Der Bettbezug Fehlings war wahrscheinlich abgezogen und kein frischer hervorgeholt worden. Aber unmöglich konnte irgendwer einen Zusammenhang zwischen dem Verschwinden eines Verlegers und eines Moderators konstruiert haben. Konnte man nicht unangemeldet ein Weilchen wegbleiben? Schlimm nur, wenn zwischendurch die Steuervorauszahlungen fällig waren. Die Fristüberschreitung kriminalisierte einen sofort.

«Sie müssen mich einladen, ich bin blank», erinnerte Lay. «Es bleibt, wie es immer war, zwischen Erde und Himmel wandelt kurz und frei der Mensch. Ich schlage den Grünerbräu vor, der ist zünftig. Und nach einer Schlachtplatte ist mir, mit Speckkraut.»

Fehling nickte. Eine exklusivere Restauration wäre für ihn ohnedies schwerlich in Betracht gekommen. Der Bart sproß, die Schuhe waren stumpf, das Sakko lappig. Eine Bahnbustour über Land war im Grunde das letzte, was einem Menschen zumutbar war. Schon stoppte das Gefährt neben Gartencenter, Autowaschanlage und Burgerking.

«Wo kommen wir danach hin?» fragte Fehling.

«Interessiert mich nicht», entgegnete Lay.

«Meine Familie hat einen Platz in Haßfurt.»

Der Büchermann zuckte die Achseln. «In manchen Orten möchte man nicht tot über dem Zaun hängen. Wir haben unseren Teil gelebt.»

Der Moderator atmete schwer.

«Ich glaub', in der letzten Sekunde wirkt alles rund. Das ist ein höheres Geschenk. Kennen Sie den Ausspruch der famosen Lady Montague, als sie im Kreise ihrer Londoner Freunde starb? Sie hauchte: Ab jetzt wird's interessant.»

«Das hat Stil.»

Um ein Jota reizvoller als der Halt im Gewerbegebiet zeigte sich Achmühle. Im Ort wurden Fremdenzimmer angeboten, wenn auch an der Durchgangsstraße. Tatsächlich hingen Badetücher über pseudobäuerliche Geländer. Wer neben der Motorradpiste Urlaub machte, mußte daheim in der Hölle leben. PKW mit *DE* – Dessau? – und Kölner Nummer parkierten auf Verbundsteinpflaster. Ein in sich zusammengesunkener Kunststoffpool verblich auf einem Rasen. Dafür hingen Stores stramm.

«Vernichtend. Wenn Deutschland bis jetzt nicht Schönheit und Anmut erreicht hat, wird es nie mehr geschehen.»

«Ich hab' den Fahrplan dabei», beruhigte Dr. Lay. «Und andernorts ist es einladender.»

«Zwei Helle.»

«Eine Maß.»

«Obstler?»

«Mindestens», freute sich Lay.

Heuschober waren wie Bauklötze über Wiesen gestreut. Die Hügel wurden voluminöser. Die Alpen wuchsen aus Gewölk empor. Schmuckere Gehöfte tauchten auf, Pensionen und Hotels wirkten teurer. Das *Haus Watzmann* besaß ein ausgedehntes Wellnessresort. Hinter viel Glas mit schwarzen Vogelattrappen stählten Gäste ihre Muskeln auf Crosstrainern und Ruder-Ergometern, im Grünen lag eine Frau auf dem Rücken und stemmte Hanteln. Der weißliche Dampf einer Sauna verwehte über Schindeln. Manche Ausblicke gen Süden mit Tann, Weiher und Fels konnte man nicht malen, zu perfekt war die Natur. Auf Tölz, Platanen im Kurpark, Isarpromenade und Bänke in Sonnenspreu richtete sich das Hoffen. Für die Wohlversorgtheit mit Jodquellen, die gepflegten Biergärten, Läden mit ausgewähltem Sortiment, das ruhige Bummeln durch hübsche Gassen nahm man manches in Kauf. Im Moment war es beiden Herren im Bus nicht klar, was ferner lag, das kühle Zimmerchen, die grausige Kellertreppe oder das Leben in der großen Stadt? Sie entstiegen dem Bahnbus unweit der Hauptbrücke. Unglaublich, wie viele Einkäufe die Tölzer durch die Straßen schleppten. Eine Vespa knatterte an ihnen vorbei. Die Autos schienen mit enormem Tempo die Kurven zu nehmen. Kinoplakate kündigten einen Film über die Invasion Washingtons durch turmhohe Kampfmaschinen an. Den Slumbewohnern wär's egal. Daneben wurde für eine deutsche Komödie um vier Jugendliche, die sich liebten und in Berlin eine WG gründeten, geworben. Fehling dröhnten die Ohren. Lay flüchtete vor einem Mountainbiker auf dem Gehsteig in einen Hauseingang und drückte mit dem Rücken versehentlich gegen einige Klingeln.

«Sonst schlaf' ich um diese Zeit noch einmal.»

«Nachts schimmert Deutlers Bühnenpalast smaragdgrün.»

«Ich glaub', die Wimpf schafft es diese Woche. Ihre Klänge sind reiner geworden.»

«Ich versteh' nicht, warum keine Pasteten mehr bestellt worden sind.»

«Das Geldschwein finde ich indiskutabel.»

«Haben Sie auf dem Dachboden eine Leseecke?» fragte Lay. Zu zweit schafften sie es über die bedrohliche Straße. Bei der nächsten Kreuzung hielt Fehling inne: «Wissen Sie, daß Ampeln mich ohnehin Jahre meines Lebens gekostet hätten?» Der Verleger sah ihn ratlos an. «Bei Rot geriet ich naturgemäß in eine ärgerliche Anspannung. Bei Grün startete ich dann in der Hoffnung, auch an der nächsten Ampel freie Fahrt zu haben. Erfüllte sich das, so hatte ich gewonnen. Meistens kam jedoch, durch eine allgemeine Abscheulichkeit, gleich wieder Rot. Man schlägt aufs Lenkrad, und der Tag ist versaut. Nach dreimal Rot meint man, nun stehe einem endgültig ein Grün zu. Erwischt man hingegen von Anfang an eine Grünphase – die vermutlich nur auf Zufall beruht und der man auch kaum traut –, dann ist nach dem unverhofften Schwung ein unweigerlicher Rotfrust vorprogrammiert. Rot ist das Übliche und verbittert. Grün meint eine Auserwähltheit, die Rot heraufbeschwört. Wechselbäder, die zu nichts führen, einen jedoch zermalmen, die nichtswürdig sind und dennoch nachweislich die Gesundheit schädigen, morgens, abends, zwischendurch, täglich. Schon wenn ich in den Wagen stieg, wußte ich: Du kommst gedemütigt, zornig und mit erhöhtem Blutdruck an.»

«So sind Sie Auto gefahren?»

«Dazu die Konkurrenten vor und neben einem.»

«Dann ist es mit Ihrem Cabrio gar nicht schlimm.»

Fehling blickte in die Isar. Das Wildwasserrauschen über Stein und Kiesel dämpfte andere Geräusche. Touristen bestaunten von der Brücke aus den imposanten Kalvarienberg mit der Barockkapelle. Die Spazierzone begann. Graues Brusthaar, ledrige Schenkel, Orangenhaut. Ob pensionierte Kurgespanne meinten, durch Hawaiishorts und gleiche Baseballkappen gesünder zu leben oder attraktiver zu wirken, ließ sich bloß vermuten. Ein Paar bahnte sich mit Wanderspeeren seinen Weg. Im Wickeltuch auf dem Rücken seines jungen Vaters in Trachtenlederhose plärrte ein Säugling. Wohltuend wirkten zwei Geschäftsleute, die in blauem Anzug, mit Krawatte und italienisch anmutenden Aktentaschen in Richtung Altstadt schritten.

Fehling und Lay hielten sich dicht beieinander. Sie folgten der Babysirene und den Unternehmern über den letzten Zebrastreifen. Auch hier offenbar absichtlich zerschlagenes Glas auf Gehweg und Fahrbahn. Als steuere alles auf eine Revolution zu oder die Erstickung des Aufstands. Als sei nichts mehr hinnehmbar und erträglich, der Kommerz und die Häßlichkeit, die Lüge und das Gift.

Der Verleger breitete die Arme aus: «Einer der einladendsten Plätze!» Die Tölzer Marktstraße wirkte in der Tat sofort wie ein Forum. Nicht ganz urbane, doch üppig mit Malerei und Stuck geschmückte Bauten umschlossen in alter Nachbarschaft die langen Flanken der ansteigenden Esplanade. In der Ferne, in der Mitte des Kopfsteinpflasters, stützte sich ein Geharnischter aus Bronze auf seine Lanze.

«Alpine Pracht!»

«Ich hege ein Faible für mitteldeutsche Städte», gab Fehling preis, «dort spüre ich hinter jeder Fassade ehemaligen Bürgersinn, früheren Handelsgeist, Zivilisiertheit mit livriertem Hausdiener. Leipzig, Halle. Man bittet Mendelssohn und Nietzsche zum Tee: Erklären Sie uns doch, warum ist Gott tot?»

«Ich habe das schon bei meiner ersten Gisela gehaßt. Wenn wir an einem Ort waren, sprach sie von einem anderen. Wer so denkt, kommt niemals an.» Lay zog den Moderator am Arm mit sich fort. An einer Metzgerei, einem Café mit eigener Pralinenherstellung, einer Buchhandlung zogen sie vorüber und strauchelten beinahe über eine gutfrequentierte Pizzeriaterrasse.

«Ja, schon, wunderschön. Ein Einladung zur Gemütlichkeit.» Fehling taxierte die Größe der Brotlaibe und Humpen auf dem Zechfresko eines Giebels. Man mußte vieles nebeneinander gelten lassen, den Gründerzeitpomp von Naumburg und eine fidele Vesper mit Schuhplattler.

Lay rückte seine Baskenmütze zurecht. Er griff in die Luft, als könnte er etwas festhalten.

«Der Erste Weltkrieg ist im Anmarsch», sagte er, «ich prophezeie es, als ehemaliger Geschäftsmann.»

Fehling musterte den Kleineren, während sich ein Kellner an ihnen vorbeizwängte. Der Ausflug ins Freie war aufreibend und womöglich ungut. «Im Moment spüre ich es wieder.» Heinrich Lay wies ins Ungefähre. «Die Nachkriegszeit ist endgültig vorüber. Man kann es mit Händen greifen. Dieses Land ist, auch rein biologisch, dem Zweiten Weltkrieg entwachsen. Eine neue Zeit ist im Schwange, eine offene, vielleicht undefinierbare, einfach nur mit regional eingefärbten Bürgern in Europa. Weltleuten. Nichts von ehedem zählt mehr. Ideale zerlaufen zu Ideen, bestenfalls. Und nun naht der Erste Weltkrieg.»

«Links der Grünbräu.» Fehling gab sich unirritiert.

«Auch an den letzten Verlagsprogrammen habe ich es gemerkt. Eine Biographie über Himmler – lief nicht mehr. Bildband über den Obersalzberg – eine Pleite. Erinnerungen einer Aachenerin an den Einmarsch der Amerikaner – nur ein lokaler Verkaufserfolg. Das Dritte Reich ...»

«Jetzt das, zwei Meter vorm Bier?»

«Müßte Sie doch auch interessieren ... das Schreckensreich ist publizistisch ausgeweidet und damit vielleicht auch zu Ende verinnerlicht. Man weiß vom Grauen. Was will man noch Präziseres erfahren über Lager, Krieg und Tod?»

«Immer wieder neu und mahnend, das ist nötig.»

«Ja.» Lay wandte sich noch einmal zu den Schaufenstern der ihm geläufigen Buchhandlung Winzerer um. «Aber die Aufarbeitungen springen mittlerweile immer weiter zurück. Interessant. Die Geschehnisse in der Wolfsschanze haben sich fast erschöpft. Doch Menschen verlangen trotzdem, gerade im Frieden, nach dem Aufpeitschenden. Ich sage also einen Boom über Hindenburg, Ludendorff, die Materialschlachten in Flandern und den Kaiser im Hauptquartier von Spa voraus. Wegen der verschwommenen Gegenwart sind die alten, scheinbar klaren Kämpfe ein beliebtes Szenario, fast erholsam und ablenkend, da man nicht mehr zu ihren Opfern zählt. Leider werden kaum neue Fotos vom Ersten Weltkrieg entdeckt. Bilder stimulieren den Verkauf, und der Markt braucht Stoff.»

«Was soll ich jetzt davon halten?» Fehling blieb hinter einer Frau mit prachtvollen Brüsten stehen, die von ihren Canelloni zu den Männern hinter sich hochschaute.

«Nichts sollen Sie davon halten. Ich sage nur, Berichterstattungen über das Dritte Reich werden zunehmend punktuell und randständiger, bis sie verschwinden. Der Fluch damit vielleicht auch. Rommel rückt in die Ferne Wallensteins. Die Menschheit tritt in etwas Neues ein ... ich erkenne die Konturen noch nicht. Weltmarkt, Friedensordnung und Weltall. Die Zeit allen blutigen Hauensundstechens ist, lebensphilosophisch-wirtschaftsrational gesehen, vorbei. Auch Heldentum ist etwas freundlich Verbindliches geworden. Kein Hurrageschrei mehr auf der erstürmten Schanze. Macht man nicht mehr im Weltdorf.»

Fehling schob nun seinerseits den Mann mit Baskenmütze vor die Schiefertafel des *Grünbräus*. Rahmschwammerl, Saibling, Milzwurst. Tafelspitz mit frischem Kren!

«Rein da», befahl er.

«Aber zack», wurde ihm bestätigt.

«Zu hektisch und licht hier draußen.»

«Nur Mut, Markus. Der Bus geht 17 Uhr 18.»

«Sie haben auf den Jungen geschossen.»

«Bauer war's. Wie gefällt Ihnen die Reutte?»

«Bevor Aziza bei ihr übernachtet hat –»

«Ach, schau' an. Das ahnt' ich schon.»

«Nur so zwischendurch und als Abschluß», deutete Fehling an.

«Ich fürchte, der Trieb wird nach uns sterben.»

«Die Sehnsucht.»

«Aber die Pleite hat mich doch ziemlich entmannt», gestand Lay. Aus dem Gewölbeeingang traten sie in die Wirtsstube.

Der Kellner mit grüner Schürze reichte ihnen die Karte.

Mägde tanzten Czárdás. Ein Polizeihubschrauber donnerte durchs Geläut der Schäftlarner Abtei. Jürg Jüssen malte Kreise in den Staub seines Fensterbretts.

Olaf Deutler half Greta von Meyenburg auf einen Stuhl. Die *Grande Dame* zahlreicher Schauspielhäuser hatte sich an das workshopartige Ambiente der Glasmenagerie gewöhnt. Die Bühnenbohlen auf Ziegelsteinen waren uneben. Durch ein Dachloch zog es. Eine große Vase mit Sonnenblumen konnte man kaum als Kulisse bezeichnen. Immerhin hatte den Abschiedsworten von Ibsens Hedda Gabler: *Und die Ersten werden die Letzten sein*, der Herr Ulrich von der Hausleitung im Parkett Beifall gezollt.

«Was wollen Sie denn eigentlich, Junge?» wandte sich die Schauspielerin an das Knochenmännlein, das sie schier umtanzte. Im Moment kam sich die weißhaarige Dame im Lehnstuhl wie Molière vor, um den der letzte Getreue seines *Illustre Théâtre* Pirouetten drehte.

«Daß Sie sprechen. Mehr nicht. Was Sie sprechen, wird Offenbarung.»

Abwehrend wollte Greta von Meyenburg die Hand heben, ordnete jedoch die Manschette ihres Negligés.

«Sie kannten Sie alle. Haben Sie Peter Shaffer getroffen?»

«Nur kurz. Für die Constanze Mozart in *Amadeus* war ich zu alt.»

«Gründgens?»

«Wenn man mit ihm arbeitet.»

«Wie wirkte diese schneidende Stimme auf Sie?»

«Nasal und schneidend. Es kam darauf an, was er wollte. Sie faßte einen Silbe um Silbe: Greta, deine linke Hand ist noch nicht Leonore d'Este. Zum neuen *Tasso* kam's aber wegen seines Todes nicht mehr.»

«Sie wissen Genaueres über sein Ende in Manila?»

«Das geht Sie nichts an.»

Der Bengel verbeugte sich und küßte ihr die Hand. Daß es solche Hingabe an die Kunst doch immer noch und immer wieder gab, stimmte sie hoffnungsfroh. «Ich kann doch nicht einfach etwas sprechen, ohne daß man mir ein Spielgerüst gibt. Ich hänge hier völlig in der Luft.»

«Ich werde es Ihnen verschaffen.» Der Bursche mit seinen hellen, doch tiefen Augen kniete vor ihr nieder. «Die Mutter Courage von Aix-en-Provence», hauchte er.

«Ich war in dem Gastspiel eine Fehlbesetzung. Unsereiner sah innerlich die rauhe Lenya vor sich, die Franzosen natürlich nicht. Mit Anhimmeln kommen Sie nicht weiter.» Sie gab dem Bewunderer in weißem T-Shirt und zerfaserten Jeans einen Wink, wieder auf die Füße zu kommen. Der einzige Zuschauer blickte interessiert, geradezu gebannt. Mit Schwung kam Greta von Meyenburg aus ihrem Polstermöbel zu stehen. «Dieses seltene Stück, bei Flimm, 1969 in Stuttgart, eine Oströmerin des Gryphius:

O du Wechsel aller Dinge
Immerwährend Eitelkeit
Läuft denn in der Zeiten Ringe
Nichts als Unbeständigkeit?»

Sie erreichte die Bühnenmitte.

«Gilt denn nichts als Fall und Stehen!
Nichts denn Kron und Henker Strang
Ist denn zwischen Tief und Höhen
Kaum ein Sonnenuntergang?
Ewig wandelbares Glücke!
Siehst du keinen Zepter an?
Ist denn nichts, das deiner Tücke
Auf der Welt entkommen kann?»

Ohne Regie war sie natürlich zügig bis an die Rampe gelangt. Die Dramenverse hallten unterm grünen Glas.

«Sterbliche! Was ist dies Leben
Als ein ganz vermischter Traum!
Dies, was Ehr und Fleiß uns geben,
Schwindet als ein Wellen Schaum!»

Der Applaus von unten verdoppelte sich frenetisch von der Seite. Zwei jüngere Männer als Publikum, sie nickte lächelnd, waren nicht übler als seinerzeit das Abonnement aus Cannstatt. Die dauernde Begleiterin der Minelli kam herein und schlüpfte auf einen Stuhl. Eitelkeit, besann sich Ulrich neben Ilse, durfte nicht so starr abgetan werden wie beim Dichter. Eitelkeit war auch ein Motor. Eine uneitle Menschheit – unausdenklich, alle in Sack und Asche. Herausragen, schmücken, begehrt sein zu wollen, wirkte ungemein anregend. Ohne Eitelkeit hätte der Homo sapiens sich von vornherein stumpf in eine Ecke verkriechen können. Die Hängenden Gärten von Babylon, Nougatkringel auf Torten, die Illumination der Allianz-Arena, Ballroben und besonders knappe Radlerhosen verdankten sich dem Drang, übers Notwendige hinaus zu verführen. Sogar der Dichter hatte ebenso herb wie brillant die Eitelkeit verdammen wollen. Überdies blieb auch die eindringlichste Erkenntnis, wie er gedichtet hatte, *Schaum* der *Wellen*. Darin hatte der Barockmann hochbedrängend recht. Nur *Liebe deinen Nächsten wie dich selbst* klang stets, kam es Ulrich in den Sinn, ziemlich unverrückbar.

Auf der Bühne schickte sich Greta von Meyenburg zum Abstieg über die Blumenbank an. Deutler hielt sie am Gewand fest. «Die Minna von Barnhelm, ich hab' den Text dabei.»

«Nein.»

«Ich markiere den Tellheim.»

«Genug.»

«Lesen Sie uns einfach etwas vor. Wollen Sie nie wieder spielen?»

Die Meyenburg sackte in sich zusammen. «Man muß wissen, wann die Zeit vorüber ist.»

«Gerede», der Junge fuhr sie geradezu an, «nie. Das ist der Künste schönster Lohn. Die Musen kennen kein Alter.»

Ilse blickte zu Ulrich. «Geht bereits länger so», informierte er sie, «vorhin gab's Ibsen.»

«Verzeihen Sie, ich bin schroff zu Ihnen.» Greta von Meyenburg wandte sich an der Rampe um. «Ich weiß Ihre Zuneigung und Hingabe zu schätzen. Also, was wollen Sie? Wie darf ich Ihnen noch weiterhelfen? Vielleicht ist es Ihnen später nützlich zu melden: Den letzten Auftritt hatte die Meyenburg bei mir.» Deutler ließ den Kopf hängen. Sie gab ihm einen lauten, aber offenbar kaum fühlbaren Theaterklaps auf die Wange. Er lächelte.

«Sie brauchen Statur, Willen, eiserne Absichten.»

«Stück oder privat?» flüsterte Ilse.

«Etwas Heiteres noch, Frau von Meyenburg», bat Deutler ruhig. «Sie haben mich bereits beglückt. Im *Zerbrochnen Krug* waren Sie eine legendäre Frau Marthe. Ich habe die Plattenaufnahme zu Haus.» Sie schaute ihm zu, wie er Stuhl und Vase nach vorne rückte und, eins, zwei, drei, auf beides, leicht schief, ein Brett legte: «Die Gerichtsschranke vor Dorfrichter Adam ...» Sie staunte. «Ich kann inszenieren.» Einen leeren Blumentopf plazierte er seitlich: «Der Krug. Noch ziemlich heil. Aber wir brauchen keinen Realismus. Man muß mich nur machen lassen ...» Er leitete Greta von Meyenburg hinter die improvisierte Schranke. «Holland oder irgendein anderer Ort zu irgendeiner Zeit. Frau Marthe rumort vor Richter Adam wegen ihres zerbrochenen Geschirrs.»

«Herr Deutler ...», sagte sie.

«Der Krug, der so viel Unheil heraufbeschwört, ehe Adam selbst als Täter überführt ist. Sie brauchen keine Schürze und Holzpantinen. Sie können's noch?»

Sie nickte unmerklich.

Ilse freute sich auf eine schöne Szene.

«Nichts seht ihr, mit Verlaub, die Scherben seht ihr: Der Krüge schönster ist entzwei geschlagen. Hier gerade auf dem Loch, wo jetzo nichts, sind die gesammten niederländischen Provinzen ...», gab Deutler Stichworte.

Er harrte vergebens.

Die Schauspielerin regte sich nicht. «Man kann», ihre Schultern sanken, «etwas Heiteres nicht alleine spielen.» Sie sprach immer leiser: «Wer allein lustig ist, ist irre.» Greta von Meyenburg wurde fast unhörbar: «Entschuldigen Sie mich bitte, Lieber. Sie haben es gut gemeint. Allein geht ... wenig.» Man sah die alte Dame, einen Handrücken an der Wange, Schritt um Schritt das Gewächshaus verlassen.

Bedrückend war die Stille unterm Glas.

Olaf Deutler vergrub sich im Schneidersitz. Ulrich stand auf. Mit einem Gruß ging er an Ilse vorbei.

Er hatte wohl dem letzten Auftritt der Berühmten beigewohnt. Sie lehnte an einem Baum, wischte sich übers Gesicht, entfernte sich weiter.

Ulrich verharrte vor der Tür in Kampfboots im hohen Gras. Vor dreißig Jahren hatte es etliche der Nachbarhäuser noch nicht gegeben. Von der schmalen Veranda aus, auf der sich Gerümpel türmte, hatte Onkel Roberto bisweilen nach ihm gerufen und ihn mit damals noch sehr exklusiven Pfefferminzblättchen gefüttert. In täglich wechselnden Kleidern hatte Elena im zweiten Korbsessel neben ihm Illustrierte gelesen. Für Telefonate war der weiße Apparat durch die Verandatür aus Monikas Zimmer geholt worden. Schrecklich schön, wie Verwehtes wieder atmete, duftete, klar vor Augen stand. Ferien beim Onkel und seiner vom fernen Rest der Familie verpönten Lebensgefährtin waren das Elysium gewesen. Solche Gartenweite, eine Kammer voller Mostflaschen, eine Köchin gab es in Worms nicht. Dort teilten sie sich zu fünft drei Zimmer. In Ebenhausen waren an Waschtagen die Leinen zwischen den Apfelbäumen weiß beflaggt. Reinheit duftete durchs Grün. Was im Gewächshaus reifte, konnte längst nicht alles verzehrt werden. Elena und die Köchin füllten Körbe für einige Freunde in München. Aufs Feiern wurde Wert gelegt. Wagen aus der Stadt trafen mindestens einmal in der Woche abends ein. Bei schönem Wetter wurde die Bowle im Garten kredenzt. Ulrich und Clarissa durften zwischen den Erwachsenen hocken, den wenig faßlichen, aber interessanten Gesprächen lauschen und von den Erdbeeren mit Sektperlen kosten: *Dann schlafen sie wie die Steine*, Elena hatte gelacht. In den Schlafzimmern knisterte wohlig die Wärme. Das Frühstück allerdings war eine pünktliche Mahlzeit. Die Gastkinder mußten zuerst ihre Finger auf den Tisch legen, und Onkel Roberto prüfte, ob sich unter den Nägeln kein Dreck vom Vortag befand. Elena schwieg vorm ersten Brötchen immer einen Augenblick, und es schien, als betete sie rasch. Gekochtes Ei gab es alle zwei Tage, die Marmeladengläser wurden aufgetischt, bis sie geleert und vollständig ausgekratzt waren. Roberto hatte erklärt: *Das lernt man im Krieg*. Er und Elena entzückten sich spürbar an den Kindern, und mancher kräftige Griff ins Haar war eine Liebkosung. Gegen zehn Uhr verschwand Roberto *zu Geschäften* in die Stadt, oder Herren gingen mit ihm ins Glaszimmer. Das Beste war, wenn der Onkel für eine absehbare Zeit weggefahren war. Zumindest er, Ulrich, fühlte sich als Achtjähriger dann als Hausherr und stolzierte durch die Räume. Jeder duftete anders, hatte andere Schatten. Einmal hatte er vormittags mit Kastanienextrakt gebadet, was in Worms undenkbar gewesen wäre, bis Elena ihn entdeckt und aus dem Schaum gescheucht hatte: *Ab an die Luft und nicht hier herumgeplantscht!* In den Kuhställen des Dorfs hatte er oft im Wege gestanden, aber phantastisch war es gewesen, wenn die Jungs und er auf Heubündeln, was untersagt war, auf den Böden um die Wette ritten. – Ulrich ließ einen Zweig durch seine Finger gleiten. Ihm war, als hätte er irgendwann herausgehört, daß Roberto, neben einem Posten in einer *Stiftung*, Wirtschaftskontakte zu Marschall Tito in Jugoslawien gepflegt hatte. Tatsächlich trafen manchmal *Herren aus Belgrad* ein – was ungeheuerlich klang. In der Halle vermischten sich fein die Gerüche von Zigarre, Cognac und Milch. Auf der Treppe hatte er probiert, erinnerte er sich, ob er auf einem großen Kissen eine Abwärtsfahrt schaffte. Clarissa hatte ihm zugeschaut und ihre Stoffpuppe Lucy umklammert. Ansonsten war die Schwester der Köchin Hedwiga, noch gebürtig aus Königsberg, nur von der Schürze gewichen, wenn Elena in ihr Schuhzimmer trat, um für den Abend ein Paar Pumps auszuwählen oder sich eine Stunde lang vor den drei Spiegelteilen des Toilettentischs *galareif* zu machen, wie sie sagte. Clarissa bekam erstmals eine Probe Lippenstift und eine schneeweiß gepuderte Nase ab. Der Vorrat an Bildern war übermächtig. Ulrich fühlte, daß er sich voll und ganz darin verlieren konnte. Es ließe sich weiterleben, indem er Frühes, Sekunde um Sekunde, wachrief, Stimmen, Farben, Gesten immer präziser nachspürte. Viele Pulloverdesigns, die er entworfen hatte, gingen auf Kleidermuster Elenas zurück. Jede neue Minute vergoldete eine zurückliegende – das war gefährlich. Mit einem Tritt, den man sich selbst verpassen mußte, war vielmehr fortwährend Abschied zu nehmen, er versänke sonst in einem süßen Abgrund. Der Alltag war wahrscheinlich die beste Erfindung für den Menschen, der sonst nur durch sein Vorleben straucheln würde. Und Roberto und Elena hatten ihnen doch nicht schönste Ferienwochen ermöglicht, auf daß sie nachträglich traurig würden. Und das Finstere vergaß er schnell: Als er den Schalter der Bratröhre auf 250 gedreht, vor dem beißenden Qualm des Rehrückens Reißaus genommen, sich im Isarschilf versteckt hatte, um, nun wohl gehaßt, nie wieder zurückkehren zu dürfen, weil er ein Verbrecher war und bliebe. Scham und Elend stiegen jetzt noch in Ulrich Berg empor. Wollten ihn die Toten noch bestrafen? Er glaubte, nicht. Die nachgeborene Moni hatte dieses Reich nie kennengelernt. Die kleinste Störung hatte schon damals wie eine Enteignung gewirkt. Gemein war es gewesen, als Verwandte Elenas aus Brasilien eintrafen, laut in der Halle redeten, beim Frühstück Semmeln in den Kaffee tunkten und sich selbstherrlich auf die Veranda setzten. Die Verwandlung der Eindringlinge in zusätzliche Gäste hatte Ulrich nie gemeistert. Vor allem der Mann, der wenig Deutsch konnte, war sein Feind geblieben. Eine Tafel Schokolade vom Fremden hätte manches bereinigt, aber das Geschenk kam vom Ahnungslosen nicht. Grauenhafte Verstrickung, die damals das Einschlafen verbittert hatte. Der Wechsel zu einem unbeschwerten Umgang wäre doch gewiß einfach und nur eine Frage der Entschlossenheit gewesen. Statt dessen dieses Schielen nach Eigentum und dem alleinigen Recht auf den Schaukelstuhl. Doch vielleicht war der Fremde im Korbgeflecht noch böser gewesen als er selbst: *Das ist mein Platz.* Daß Onkel Roberto im Café für alle zahlte, glich ein wenig die Rivalität aus, wer der Liebste und Angenehmste war.

Wie mit Sirup festgeleimt, setzte Ulrich sich in Bewegung. – Wenn er an seine Strickentwürfe dachte, dann sah er meistens zugleich eine herzliche, schöne Frau vor sich, die sich in einem Intercity-Bordbistro bei einem Kaffee an ihrem Pulli freute. «Hast du noch Sand drübergestreut?» Clarissa schien an der Haustür nach ihm Ausschau gehalten zu haben. «Schau mal drüber.» Sie reichte ihm Handschriftliches. «Die Kandare muß angezogen werden. Du tippst's, ich kopier's.»

Merkzettel

las er.

Wir heißen Sie willkommen in Haus Ludwigshöhe. Sie suchen Frieden. Wir bieten ihn. Für Ihre vorübergehende Unterbringung und Verköstigung ist gesorgt. Von Einflüssen, die Ihr Seelenheil weiter aufrühren würden, versuchen wir, Sie nach Möglichkeit frei zu halten.

Er schaute kurz zu Clarissa. «Weiter», wünschte sie.

Der Zugang in eine bessere Welt steht Ihnen rund um die Uhr offen. Wenn Sie dem grünen Pfeil (Halle) folgen, haben Sie binnen kurzem sämtliche Nöte und Drangsale hinter sich. Ein bißchen Schwung, und Sie wandeln sorgenfrei. Ungeahnte Möglichkeiten tun sich Ihnen auf.

«Letzteres würde ich streichen», erwog er.

Viele unserer Schutzbefohlenen sind Ihnen auf diesem Weg glorreich vorausgegangen. Seien Sie nicht kleinmütiger als jene. Das Ewige ist auf Erden nicht des Menschen Teil. Führen Sie sich immer wieder, am besten gleich nach dem Aufstehen, wenn die Kräfte besonders matt sind, vor Augen, was Ihnen das Leben verdrießt und was sie alles noch zu bewältigen hätten. Der grüne Pfeil wird Ihnen ein Zeichen der Erquikkung werden.

Er blickte auf, sie zuckte die Achseln.

Da bei einigen Hospizianern sich eine unsinnige Zögerungsdauer eingeschlichen hat …

«Geld zählt.»

… sehen wir uns genötigt, den Versorgungsobolus zukünftig zu staffeln. Ab der dritten Woche der Besinnung sind täglich 50 (in Worten: fünfzig) Euro in die Keramikkasse zu entrichten. Eine Abhakliste liegt weiterhin aus. Bei besonderen sozialen Nöten wenden Sie sich an die Hausleitung.

«Kandare anziehen?» – Sie tippte auf den Bogen.

Beugen Sie rechtzeitig vor. Schützen Sie sich und die Gesellschaft vor Krankheit, Alter, Armut und Sorgen. Zwischen Gleichgesinnten werden Sie Kraft finden. Letzte Einsichten gewährt Ihnen der Andachtsraum. Nach widernatürlich ausgedehnter Aufenthaltsdauer sähen wir uns gezwungen, auch Ihre Ausweisung in Betracht zu ziehen und Sie an einen neutralen Ort zu verbringen.

«Nachts raus am Flughafenterminal mit Frau von Meyenburg – echt scheußlich.»

«Oder am Achenpaß.»

«Mach mal», reichte er das Merkblatt zurück, «an sich trifft's die Absichten. Doch Vorsicht mit den Verweisen. Keiner sollte gegen eine Berghütte pochen, ehe wir weg sind. – Kommt Faruq?» erkundigte er sich.

«Ich hab' ihm erzählt, daß wir Blut entdeckt haben. Er möchte unsere Familie in Ruhe kennenlernen. Sein bißchen Urlaub nutzt er für seine Eltern und elf Geschwister in Haiderabad.»

«Keine Sorge, er liebt dich.» Ulrich klopfte ihr auf die Schulter und fühlte sich für Sekundendauer wie in einem amerikanischen Film.

Clarissa wandte sich mit ihm dem Haus zu; hinter der Tür, schlagartig im Dunkleren, sahen sie zwei ihrer Schutzbefohlenen vor sich. Herr Jüssen eilte mit einem Teller voller Wurstwaren an ihnen vorüber. Schon seit Tagen schien es, als wollte der Spätankömmling sich durch Fresserei zum Platzen und Verschwinden bringen. Knapp wich ihm Aziza aus, die sich nur mit Tschai und Kekskrumen im Magen auf entgegengesetzte Weise ihrer Auflösung näherte. In einem Sanatorium hätten Therapie und Selbstheilungskräfte greifen müssen.

Clarissa wedelte mit ihrem Papier. Ulrich trieb es zur Erholung. Daß man existierte, mit allen Begleitumständen, blieb fortwährend das Wunder. – Er schloß die Tür des Russenzimmers hinter sich. Der PC war schnell angeworfen. Gut, daß Gay-Switchboard Tag und Nacht das Land umspannte. Er loggte sich ein. 1127 potentielle Partner harrten online, *Lukas III*, *Iwanterrible*, *Bullenzuechter*... Er schickte *bikemaster* einen Gruß, *bikemaster* lehnte mit seinem Helm gegen eine rote Ducati und sah zudem gescheit aus. Er erhielt keine Antwort. War er zu alt, paßte er nicht ins Beuteraster von *bikemaster*? Von *Puschelkater* traf die Frage ein: *Weißt du wie ich angebrannte Milch aus Pötten krieg'?* – *Einweichen, dann Drahtschwamm*, mailte er retour. *Bikemaster* fühlte sich weiterhin nicht bemüßigt, auf die Frage *Wollen wir uns treffen und sehen, ob was wird?* zu reagieren. Wahrscheinlich war *bikemaster* ein übersättigter Angehimmelter, und sein elektronischer Markt blieb angeschaltet, während er sein Badezimmer putzte. Ulrich klickte *Björn* an: Auf etlichen Bildern war ein hausbackenes Kerlchen mit seiner Hauskatze zu sehen, darunter die schier antierotischen Kommentare *Susi auf Björns Schoß*, *Susi knabbert gern am Sofa*, *Susi ist die Liebste*. Derartige Eintracht zwischen Sparkassenangestelltem und seinem schnurrenden Kleinod wollte man nicht stören. Auch *Mischmaschine* war nicht das richtige, sein Motto *Ficken auf Baustellen, mit zugebundenen Augen* hatte, was Freude anging, etwas stark Eingegrenztes. Stand *Mischmaschine* noch am Anfang seiner Entwicklung zu einem flexiblen Liebhaber und Menschen, oder war er, nach vielen Erfahrungen, die für ihn nicht taugten, am Endpunkt? Würde er zur Steigerung des Nervenkicks nach Baugruben auf Treffen in Hochhausetagen im Rohbau bestehen? *Mischmaschine* hatte sich ausgeloggt.

Ulrich lehnte sich zurück und hob die Finger von den Tasten. War das Internet der passable Weg zur Erfüllung? Er hatte meistens daran gezweifelt und sich dadurch geschützt gefühlt. Der Witz und der Idealismus des Forums, daß es jeder, bald, mit jedem probieren könne, blieben allmählich auf der Strecke. Das Angebot überstieg die inneren Kapazitäten, die sexuellen Vorlieben wurden immer ausgefeilter. Das Wort *Liebe* durfte man beim Austausch nicht erwähnen, es erschreckte sofort. Wer im Netz unentwegt möglichst perfekte Partner taxierte, konnte sich irgendwann nicht mehr vorstellen, wie Paare über lange Jahre viele Tage und Nächte miteinander zubrachten, ohne entnervt davonzurennen. Die Novitätensucht verselbständigte sich, und plötzlich waren Züge davongefahren, die man für eine längere Fahrt durchs Leben hätte besteigen können.

Ulrich klickte dennoch einen *Romasuperbus* an: *Buon giorno in Italia!* Nach einem Weilchen antwortete das Geschöpf vom Tiber: *Grazie mille. Kanst deutsh spreken. Hab die Influenss und libe Shwarze.*

Angesichts der Überfülle des internationalen Basars und seiner Abgründe gewann die leibliche Nähe Tassilo Wangs, der dunklen Augen und seiner kräftig geäderten Hände, wenn er die Baguette brach, eine beunruhigende Bedeutung.

Gegen Abend kehrten Hilde Hoffmeister und Erna Jakoubek von ihren Samariterdiensten zurück. Ihre Devise: *Nur wer hilf-*

reich lebt, wird friedlich scheiden, hatten beide bedingt erfüllt. Für ein weiteres Engagement als sogar unentgeltliche Babysitterinnen hatte sich kein Bedarf gezeigt. So hatten die Frauen, von einem Zettel an einem Zaunsockel aufmerksam gemacht, die Bordeauxdoggen eines Anlageberaters ausgeführt. Mit den freundlichen Tieren waren sie aus einer Grünanlage auf ein sehr gepflegtes Rasenterrain geraten, wo kurz ein Konflikt mit Golfern eskaliert war, die keine Hatz nach ihren Bällen wollten. In der Villa registrierten sie Markus Fehling auf der Empore, der nach bedrängenden Eindrücken in Tölz in sein Zimmer flüchtete. Die Münchnerinnen wollten nacheinander ein Bad nehmen. Betty Huber drehte in der Halle einen Stuhl dem Fernseher zu. Zerknirscht über ihren durch Nachtradau und dumpfen Knall gestörten Abschied – und über alles –, setzte sich die Witwe vor den Bildschirm. Sie trank Tee und humpelte nach vorn, um vom Wetterbericht zu einer Familienserie an der sonnigen Ostsee umzuschalten, wo eine häusliche Robbe mit der Schnauze schon morgens perfekt den Schalter der Kaffeemaschine drücken konnte. Die dynamische junge Mutter, so der dramatische Ausgangspunkt, verletzte sich jedoch bald bei einem Unfall mit dem Strandjeep. Reichlich Blut rann über die Badetasche. Das kommt davon, urteilte Betty Huber ins Ungefähre. Als nun aber der entzückenden Robbe die Abschiebung ins Delphinarium drohte – auch wegen einiger Nebenumstände – und ein Rivale des Vaters ihr Versteck verriet, mochte Betty Huber die Tragödie, die sich erst in vierzig Minuten wieder lichten würde, nicht mehr ertragen. Außerdem waren die Kinder zu laut, lümmelten sich am Tisch und nannten ihre Eltern «Tobi» und «flotte Susi». Von ein bißchen Anstand und Benehmen beim Maracujasaft in der Hollywoodschaukel keine Spur. Aus diesem Tohuwabohu mit Tränen,

Robbe, einem Zimmer voller Spielzeug und einer Oma, die am Computer ihre Reiseroute durch Tasmanien plante, rettete sich Betty Huber in eine Talkshow, in der Fernsehentertainer sich über ihre Erlebnisse im Fernsehen unterhielten. «Erinnerst du dich, Oliver?» «Klar, Jörg, als mir die Regie das Zeichen gab, war ich natürlich nervös.» «Dazu fällt Nina bestimmt auch noch etwas ein» ... es wirkte so, als wären allen drei die Themen und Gäste ausgegangen. Filmte man denn Bäcker in der Backstube beim Plausch über ihr Verhältnis zur Hefe ab? Eine Dokumentation über Tote in Bagdad bedrückte Betty Huber. Sie konnte dort nicht eingreifen, und die klugen Menschen am Tigris wußten seit je, daß aus Gewalt nicht Frieden und Wohlstand keimten. Richtige Gesprächsgäste plauderten endlich in Ledersesseln vor einer rohen Backsteinwand. Ein zwangloser Austausch zwischen alten Schlagersängerinnen, einem Boxer und einem Vertreter von *Ärzte ohne Grenzen* war arrangiert worden. Vielleicht eher notgedrungen war das gemeinsame Thema die private Zukunftsgestaltung. Als überraschender Clou wurde nach Wencke Myrhe der Bundestagspräsident zugeschaltet, der ein paar Takte eines Oldies sang. So volkstümlich hatte man den Parlamentarier nie erlebt, doch er wollte schließlich wiedergewählt werden.

«Bedenklich, was dem Bürger zugemutet wird.» Betty Huber nickte dem vorbeischlendernden Verleger zu, der offenbar wieder Selbstgespräche murmelte. Sie entschied sich für die Serie *Schätze der Welt*. Geleitet vom Allroundfachmann für Geschichte, Wunder und Skandale – der allerdings selbst wie eine Mumie aussah –, ließen sich zügig und von musikalischen Signalen untermalt Pyramiden, Wasserfälle, mysteriöse Hinkelsteine bestaunen und wie dann in einer Spielszene ein Darsteller als großer Inka die dampfende Opferschale stemmte. Alles Geheime und Fremde wurde in knappen Worten enträtselt, man bereiste die Welt, mußte nichts antworten und wurde, trotz ein wenig Überreizung, angenehm schläfrig.

– Der Wind spielte im feinen Geäst über Gehsteigplatten. Olaf Deutler richtete sich ein Nachtlager auf der leeren Bühne her. Eine Böe sang durch die Glasluken. In Zimmer 8 entfaltete Xaver Bauer ein Schnupftuch. Durch vier Zipfel an den Ecken verwandelte er es zur Haube, die er sich über den Kopf zog, um den Kissenbezug zu schonen. Taschenmesser, Uhr und Fliegenklatsche ordnete er nebeneinander auf dem Nachttisch. Er war abends von der Gartensanierung immer zu müde gewesen, um das karge Gelaß zu lackieren. Doch es roch beruhigend sauber. Er sprühte noch einmal über Vorhang, Schuhe und Klinke.

«Wer sich erniedrigt, wird erhöht», vernahm er gedämpft durch seine Tür. Es währte eine Weile bis zur Antwort. – «Von wem?»

Die Frage ließ Bauer im Bett die Stirn runzeln.

Der Turm war bereits zehn Zentimeter hoch. Er wackelte noch nicht. Doch immer war Fingerspitzengefühl vonnöten, um aus seinem Sockel vorsichtig eines der Holzstäbchen hervorzuziehen, ohne daß das Bauwerk aus dem Lot geriete und zusammenkrachte. Konzentriert hielt Clarissa das längliche glatte Stück Edelholz zwischen Daumen und Zeigefinger. Behutsam legte sie es an die obere Kante des Jenga-Turms. Er blieb stabil auf dem Tisch stehen. Nur ein Fensterflügel war angelehnt. Das Windlicht davor flackerte. Clarissa trank einen Schluck Gin und schnippte Jointasche ins Zinnschälchen. Mit Brille wirkte sie eher attraktiver als ohne. Man konnte sich vorstellen, wie sie mit ihrer Mappe vor die Londoner Studenten trat, um in makellosem Englisch Welthandelsbeziehungen zu erläutern und diese oder jene Bemerkung der

Stipendiaten aus aller Welt zu loben. Das feine Gestell war von transparentem Bleu. Die Brillenbügel – aus einem Geschäft am Haymarket? – verschwanden unterm Haar. Die Scheibenwand hinter Clarissa funkelte. Ulrich strich sich über die Schenkel. Er war beim fernöstlichen Spiel an der Reihe, einen Baustein aus dem Fundament zu befreien und oben aufzuschichten.

«Nicht nervös werden. Ich will noch nicht gewinnen.» Sie lehnte sich im Cocktailsessel zurück.

Die Schwierigkeiten wuchsen mit der Höhe. Wer mit dem letzten Stab den Kollaps verursachte, hatte verloren.

«Sie soll mich nicht wieder ‹der Haarige› nennen.» Er prüfte mit der Fingerkuppe, wo sich unten ein Stab lockern ließ.

«Nenn Sie die ‹Schwabbelige›, dann hört sie wieder auf. Ich sprech' mit Moni.» Die ruhte mit Ilse entweder auf ihrer Matratze, oder beide waren, wie es ihr Plan gewesen war, zum Seefest nach Berg.

In den unteren Stabschichten hatte er kein Glück. Das Holz saß fest. Sie ließ die Arme über die Lehne baumeln: «Vielleicht ist solch ein stiller Abend in der Fremde auch im nachhinein das Schönste.»

Er lächelte leicht geniert. Ein Kompliment der Schwester, und das schwang mit, berührte ihn tief. Die geschwisterliche Nähe wurde sonst durch einen sachlichen Ton, manchmal durch Zank vermieden.

«Laß dir Zeit. Einfach hierbleiben. Bauer ist exquisit. Den übernehmen wir als Hausmeister. Morgens schwimmen, im Wald spazieren, Pilze sammeln und sie abends mit Speck und Zwiebeln anbraten, dazu einen Rotwein, das wär's. Lesen, ein Abonnement im Residenztheater, mit Faruq das Deutsche Museum erkunden, einen netten Bowlingverein finden.» Sie sah nachdenklich auf die

Rauchspirale. «Der fünfzehnte. Heute dürfte ich wohl meinen Job verloren haben. Schafft zumindest klare Verhältnisse. Das ist nie schlecht. Wollten wir nicht alle mal neu anfangen?» Sie horchte auf ein Geräusch. «Im Ernstfall die Rente weg, die Altersversorgung. Aber als Underdog, mit ein bißchen Stütze, kommt man mitunter am unbehelligtsten durch.»

Ulrich trat der Schweiß auf die Stirn.

«Der mittlere.» Clarissa wies auf ein hervorstehendes Kirschholz und nahm eine Käseschnitte. War ihr Tip eine Finte gewesen? Er bekam das Element auch mit leichtem Stupsen nicht heraus.

«Ich könnte das rund um die Uhr spielen. Deine Pullis habe ich übrigens alle aufgehoben.»

Er nickte und tastete über das Bauwerk. Mit Schwung schob er ein Seitenteil heraus. Er plazierte es triumphierend auf der Spitze des wankenden Turms.

«Wie oft hat man eigentlich so in einer normalen Beziehung … ich weiß das nicht … Sex?»

Sie sah kurz an die Zimmerdecke.

«Wen soll ich fragen?»

«Weiß ich nicht.»

«Einmal die Woche? Täglich? – Ist doch wichtig für die innere Lüftung.»

«Wenn du meinst. Es gibt auch andere Möglichkeiten, sein Gleichgewicht zu behalten.»

«Sorry.» Er schluckte.

«Freundinnen, Freunde von mir, unter Frauen tauscht man sich natürlich aus, schlafen regelmäßig mit dem Partner. Oder unregelmäßig. Herrgott, dafür gibt es doch keinen Stundenplan. Die Frequenz nimmt meistens ab.»

«Überall.»

«Es entsteht eine andere Nähe.»

«Manchmal.» Er stützte das Kinn in die Hand. «Aber man braucht doch eine Orientierung, damit man sich in einer Beziehung nicht schuldig macht.»

«Schuldig?»

«Als ich mit Johannes zusammenlebte, wußten wir nach der ersten Zeit der Lust nicht mehr genau, wann der andere auch wollte und wann aus der Liebe eine Art Pflichtübung wurde.»

«Man muß abwarten, ohne daß es Warten wird. Bessie und John, glaube ich, falls Bessie nicht lügt, schlafen alle zwei Wochen miteinander. Mary lebt mit John. Das letzte Mal hatten sie vor zwei Jahren Sex.»

«Und was machen Sie zwischendurch?»

«Also, das weiß ich nicht, Uli.»

«Sie liegen in einem Bett und rühren sich nicht an, aber bleiben beisammen.»

«Es gibt alles. Menschen arrangieren sich, auch mit sich selbst. Sind oft harte Wege. Orientierung, Schuld, Pflichtübung – klingt alles nach Leistungsdruck.»

Er zuckte die Achseln.

Sie war womöglich dankbar, daß sie nach einem Quader spähen konnte, ihn vorsichtig löste, dem Sieg auch eine Etappe näherkam.

«Und was machen Moni und Ilse?»

«Da besorg dir Fachliteratur. Oder sprich mit deiner Schwester.»

«Ilse ist offener.»

«Ich denke nicht mehr über Faruq nach, er hoffentlich auch nicht über mich. Und so funktioniert's insgesamt am besten. Wenn ich ihn in Haiderabad anriefe, er käme.»

«Toll.»

«So muß es doch sein. Alles andere ist Narzißmus, Unzuverlässigkeit, Leistungsterror. Man liebt sich, that's all, nach einer Weile.»

«Zwei Jahre nebeneinander im Bett, Licht löschen, sich umarmen und dann froh einschlafen sollen?» Er hing der Geschichte von jener Mary mit John nach.

«Damit sind sie fürs Alter gewappnet.»

«Also selbst als es mit Johannes in die Brüche ging ... jeden dritten oder vierten Tag ... Das mußte sein. Sonst wäre er völlig durchgedreht und hätte noch mehr Mahlzeiten versalzen.»

«Andere Welt – Schwanz im Hirn», bemerkte sie, «mit einem klugen Partner wird jeder milder. – Oder amorpher.»

«Es waren nur anderthalb Jahre, teure, wüste, er hat mit einer Armbewegung das Geschirr aus dem Schrank gefegt, ich hab' die Tür eingetreten, hinter der er mit seinem sogenannten Kommilitonen pauken wollte. Mike aus Colorado.»

«Jäger. – Bewahr's als Erinnerung.»

«Ich konnte nicht mehr arbeiten.»

«Ja, das geht einsam besser.»

«Ist alles anders geworden. Man ist so desillusioniert. Wird eigenbrötlerisch. Keiner ist mehr der Rechte. Welche Heimtücke, je älter man wird, desto wählerischer. Oder mit hinreichend Alkohol dann gar nicht mehr.»

«Nieren hat man zwei, aber Leber –»

«Ich verfaule. Alle haben das langsame Erobern eines anderen verlernt. Es wird mit dem Finger geschnippt, und der perfekte Gefährte soll da sein. Einer, der nicht stört, der aber Lust schenkt, der nach seinem Gebrauch selbständig genug ist, fortzugehen und bei Bedarf wieder vor der Tür zu stehen. Unmöglich, jemanden zu lieben, dem ein Schneidezahn fehlt. Die Welt könnte ja die Nase rümpfen. Trostlos schick und leer. Aber es geht ja alles weiter –»

«Schlimm», schob sie nach und berührte mit dem Mittelfinger ihre Brille.

«Mittlerweile mag ich nur noch schwierige Menschen. Sie haben irgendeine Erfahrung. Sie wissen um Geduld. Bei ihnen dürfte man mit den eigenen Schwierigkeiten anklopfen. Nicht sofort, aber bald.»

«Warum nicht sofort?»

«Stimmt. Man sollte vor einen Menschen treten können und sagen: Du gefällst mir. Ich bin wahnsinnig kompliziert, ich hoffe, du auch, dann probieren wir's doch miteinander. Wir werden unschlagbar sein.»

Clarissa lachte auf: «Klingt gut. So sollte es sein. Wobei es natürlich, wenn ich mich da einfühle, auch die Götter – und Göttinnen – gibt, jung, makellos, wach oder schläfrig, ungebildet oder klug, vor denen jeder hinschmilzt. Sie sind der Atem ... Gottes. Ihrer Macht muß man sich unterwerfen. Oder fliehen. Ich glaube, gottlob, hat Faruq kein Auge für Lolitas, für siebzehnjährige Apolls schon gar nicht ... wenn auch die Tochter seines Luxusseifekollegen ... englisch, rotgolden wie die Virgin Queen und ein Gang, ein Blick, daß beim Betriebsgartenfest, in Winchester, mit den Männern kein klares Wort mehr zu wechseln war. Eine britannische Nymphe. Dagegen ist man machtlos.»

«Schönheit macht mir längst angst. Man kann sie nicht halten.»

«Welche? Das unterschreib' ich nicht blanko. – Ich bin nicht unsere Mutter und die tapfere Ilse. Aber nun geh schon.» Clarissa drückte ihren Joint aus.

«Du meinst?» fragte er.

«Hast doch ohnehin schon vor lauter Unruhe zweimal verloren. Aufs dritte Mal kann ich warten –»

«Nein», sagte er.

«Werd kein Frosch.»

«Zurückweisungen ertrag' ich nicht. Natürlich verkraft' ich sie, aber ich will sie nicht.»

Sie schenkte sich nach, wirkte dabei für einen Augenblick gelangweilt wie eine Salondame früherer Jahrhunderte oder von anderen Dingen belastet. «Die Zeit arbeitet für uns. Jeder Tag ist Gewinn. Je üblicher hier das Leben wird, desto rascher sinken sie in die Depressionen zurück, derentwegen sie gekommen sind. Und dann haben wir ja noch diese plötzlichen Sinneszusammenbrüche. Blackout. Der Fluß gräbt sich seinen Lauf. – Und nun geh. Nimm ihn mit nach Rio, und rauft euch dort zusammen.»

«Soll ich?»

«Männer brauchen Befehle», seufzte sie. «Ja. Die Festung ist reif.»

«Wir spielen nachher oder morgen weiter.» Er stand auf und fand sich aufmerksam.

«Raus», winkte sie, «ich existiere nicht. – Verstehst du Frauen?» fragte sie nach hinten und hatte ihre Brille auf den Schoß gelegt.

«So lala.»

«Wie alle. Aber macht nichts. Ist ja auch der Reiz. Blinde umschwimmen einander im Meer. – Was wiegst du?»

«So achtzig.»

«Einsvierundachtzig», schätzte sie.

«Ein Zentimeter mehr.» Aus den Seitentaschen seiner grauweißschwarzgefleckten Armyhose lugten am Oberschenkel Papiertaschentuch und Kugelschreiber hervor. An der Sohlenkante der Boots war eine Rille hell vom Kies.

«Das», sagte sie zögerlich, «interessiert nun insgeheim die meisten Außenstehenden, from time to time. Since ever. Höchst nebensächlich ... Seid ihr eigentlich –»

«Bitte?» erkundigte er sich verhalten.

«Rein, clean –, falls unverhofft ... bei der Penetration?»

«Bitte?»

Die Wißbegierige vertiefte sich räuspernd in einen Zeitungsartikel.

Er schob, doch einigermaßen konsterniert, die Glastür hinter sich zu. Er atmete durch. – Der riesige Leuchter drehte sich bei Wind erkennbarer. Auf der Konsole glänzten Flaschen. Er hörte nur seine Schritte. Stufen knarrten. Mit der Hand streifte er über die trockenen Blätter der Palme. Es wummerte im Bauch. Ein Neuanfang. Er hielt inne. Hinter Balustradensäulen schlüpfte eine Gestalt ins Zimmer von Frau Reutte. Er rückte den Gürtel zurecht. Schämte sich für sein Herzklopfen. Ulrich nahm die Stufen zögerlicher. Es bliebe ihm immer noch er selbst und die Zukunft. Ein Schiff segelte in die Nacht. Das winzige Bild mit einem qualmenden Kanonenschlund hatte er nie genau gemustert. Irgendwer meinte, auf der Flagge wären Symbole wie Messer und Gabel zu erkennen. Unsinn. Sein Zettel mit der 1 für das vorderste Zimmer hing schief. Leises Schnarchen und Stöhnen klangen durch die Beletage. Er verharrte. Was konnte er verlieren? Seine Würde? Nie. Vielleicht in der Hoffnung, daß Herr Bauer alles säuberte, hatte jemand seine Schuhe vor die Schwelle gestellt.

Ulrich klopfte an 3.

Gott sei Dank blieb's stumm. Was trieb ihn überhaupt dahin?

Ein Geraschel mochte von woanders herrühren. Er legte das Ohr ans Holz. Friedhofsruhe.

«Heute nacht keinesfalls, Ute», hörte er Wang.

Er wich zurück. Was brodelte im Obergeschoß? Er war empört und beleidigt. Als Betreiber konnte er den Lumpen zur Rede stellen. «Ich bin's nur.» «Wer?» Ulrich öffnete die Tür einen Spalt: «Ich wollte nur schauen, ob alles in Ordnung ist.»

Durch die Kattunvorhänge fiel Mondlicht übers Parkett, die Nachttischlampe, das dunkle Haar am Kopfende. Da er sich möglicherweise ohnehin schon blamiert hatte, stand es Ulrich frei, so hoffte er, die Tür hinter sich ins Schloß fallen zu lassen: «Sie sind doch sowieso noch wach?»

«Wenn Sie meinen.» Tassilo Wang räkelte sich im Bett. «Bin ich denn nur dazu da, Unglück zu stiften?» grummelte er. Das Armtattoo zeichnete sich auf der hellen Wäsche ab. Bezaubernd war seine Stimme, selbst wenn er leicht gähnte: «Und?»

«Sind Sie mit Unterbringung und Vorsorgung zufrieden?»

«Hä?» knurrte es vom Lager.

«Ich möchte nur mal», Ulrich schluckte, «kurz in deiner Nähe sein.» Der Gast rührte sich nicht. Auf seinem Nachtkasten lag ein Taschenbuch. «Um deine Schönheit geht es nicht.» Ulrich wagte sich einen Schritt vor.

«Ach so.»

«Aber sie ist natürlich ein Zeichen für etwas Tieferes.»

Tassilo schien sich zur Wand zu drehen.

«Es geht auch nicht um Bildung, Wohltemperiertes Klavier und so ...» «Aha» «... sondern um eine innere Aura,» Ulrich verfranste sich weiter: «Du bist so spröde.» «Das lockt offenbar die meisten.» «Darf ich mich auf die Kante setzen? Mehr nicht.» Ulrich wartete die Antwort nicht ab. Schulterblätter und Rükkenwirbel des Liegenden wurden deutlicher. Das Laken über Beinen und Po war zerwühlt.

«Wir können miteinander reden … willst du mit nach Rio? Wir können zusammen alt werden.»

«Es ist weit nach Mitternacht», vernahm er.

«Ich strecke mich nur kurz aus.» Ulrich legte behutsam die Füße aufs Bett, streckte sich möglichst geräuschlos aus und schob die Hände unter den Kopf: «Ein schwieriger Mensch und trotzdem schön, das ist gut. Ein Geist, ein Mann, ein Wunder.»

«Wie hama's denn?» klang's bodenständig von der Wand.

«Nacht ist gut. Dein seidiges Schamhaar schimmert sicherlich und verliert sich fein im Schritt. Deine Ohrläppchen sind zart, die Schenkel fest.»

«Hohelied Salomos?» wisperte es.

«Dazu deine Geheimnisse.»

«O ja.»

Die Kattunlappen vorm Fenster waren asymmetrisch gewürfelt, Fünfziger-Jahre-Motive, Vasen, Giraffen wellten sich im Stoff.

«Jetzt sind nur wir zwei im Kosmos. Darf ich kurz meine Nase an deine Haut legen?» Eine überlange Zeit zum Bedenken durfte er Wang nicht zugestehen. Liebe wollte bisweilen das Forsche. Ulrich hatte sein Gesicht zwischen die Schulterblätter Wangs geschoben. Duft, Kraft und Unruhe für Jahre. Dieser Bogen, aus dem die Taille sich in die Backen wölbte, war die absolute Finesse der Schöpfung.

«Deine Lippen küssen schon. Die Strähnen kleben auf der Stirn», raunte Ulrich, «dein lustvoll saftiges Gemächt, du dringst ein wie ein Meister am Ende von Jahrtausenden, du öffnest dich wie ein junger Babylonier. Wenn du kommst, blitzen die Sterne.

Herrlicher Verbrecher. – Aber nicht wichtig. Darf ich ein Stündchen neben dir wachen und träumen?»

Tassilo Wangs Blick schnellte nach hinten. Die Pupillen glühten dunkel. Er stemmte sich auf einen Ellenbogen.

An die Welt ...

Die lag in eisgrauem Tageslicht. Kein Vogel sang. Die Nacht schien widerwillig von den Zweigen zu triefen, aus den Feldern zu weichen, das Firmament zu räumen. Tau überspann Dächer und Blattwerk. Beete erstreckten sich naßkalt. Im Auto, das langsam die Ludwigshöhe entlangfuhr, mußte jemand auf einer besonderen Fahrt oder zur Frühschicht unterwegs sein. Vom Seefeuerwerk in Berg schwebte kein Rauchpartikel mehr in der Luft.

Ute Wimpf war von Unruhe übernächtigt. Sie strich ihre Anrede. An wen? Wer stand ihr nahe? Bei wem endete die Nachricht nicht in einer Schublade und würde früher oder später entsorgt werden? *Sehr geehrter, lieber Dr. Bester*, schrieb sie aufs matt rosafarbene Briefpapier, das sie zu diesem Zweck in Augsburg in ihre Tasche gesteckt hatte. Ihr Name, ihre Adresse und Telefonnummer standen kursiv gedruckt rechts oben auf dem Büttenbogen. *... ich grüße Sie noch mal.*

Rainer Bester war ein vertrauenswürdiger Direktor. Das Wort an ihn mochte zumindest in den Schulakten erhalten bleiben. Vielleicht fände sich später einmal eine Schülergruppe, die ihrem Schicksal nachforschte und sogar eine kleine Broschüre zuwege brächte ... *Ute Wimpf, Stationen eines Leidenswegs.* Sie würde bekannter werden, als sie es zu Lebzeiten je gewesen war. Eine Spur wollte man hinterlassen, die sich verbreitern würde und schon jetzt ein wenig für Genugtuung sorgte.

Mein Leben war hart. Manchmal äußerlich, innerlich häufiger. Viel Unrecht wurde mir angetan. In jüngsten Jahren, und sie gelten als die entscheidenden. Mein Stiefvater setzte mich gegenüber seinen eigenen Töchtern zurück. Ich weiß nicht, ob ich ihm verzeihen kann. Ihr Taschengeld war höher. Bei Tisch, auch in den Ferien in Italien, nahmen sie stets an seiner Seite Platz. Ich wurde fast vergessen. Sie bestellten sich, ohne zu fragen, Dessert, ich mußte darum bitten. Meine Mutter war schwach. Auch später in der Ausbildung waren Menschen oft gemein zu mir. In der Mensa bildeten sich rasch Cliquen. Insbesondere eine Irene Iltisch intrigierte gegen mich, weil sie meinte, auch ich hätte ein Auge auf Stefan Berdowick geworfen, einen älteren, netten, klugen Kommilitonen. Dazu hatte ich damals einen komplizierten Knöchelbruch und ging lang an Krücken. Auch solche Gemeinheiten und Handicaps verstärkten meine angeborene Melancholie. Schon wegen der Knöchelgeschichte ging ich oft schwimmen und fühlte mich nur dabei frei. Das Wasser war mein Element. Trotz Dozenten, die mich meist nur routinemäßig beachteten – die Welt ist kalt und oft herzlos! –, schaffte ich mein Staatsexamen. Erwähnen möchte ich noch die Hausmeisterin im Studentenheim, die mir zu sagen wagte: Andere klopfen ihren Abtreter täglich aus. Sie einmal die Woche.

Ute Wimpf war nicht völlig zufrieden mit dem kursorischen Rückblick auf Bedrängnisse, die sie – innerlich beschädigt – schließlich bewältigt hatte. Die Erinnerungen waren echt und kein Gewinsel. Kalt strich der Morgen über ihre Schultern. Sie zog das Tuch hoch, nahm den zweiten Bogen.

Gewiß, ich hätte mich oft kräftiger wehren können, gegen die Gemeinheiten und die Ruppigkeit. Ich bin schuld. Ich tauge nicht für den Lauf der Welt, der uns alle in schlimmste Nöte bringt. Immer berechnend, immer Vorteil haben wollend, alles mit Ellenbogen. Ja, Herr Dr. Bester, ich gestehe es: Eigentlich habe ich mich nur durchgemogelt.

Ich bin das Gegenteil von großartig. Eher eine Amöbe, die durch allerlei Umstände nicht zerquetscht wurde – bis zu jenem Überfall auf dem Schulhof. War ich würdig, Kinder anzuleiten? Eine graue Maus bin ich, die in eine Sofaecke gehört. Ich schleppte mich oft schwach und unmotiviert in den Unterricht. Die Wimpf war fast eine Null – die dennoch akzeptiert wurde. O Wunder! Vielleicht hatte es niemand gemerkt. Sie hatten einen matten Charakter in Ihrem Kollegium – doch ein Schein wurde gewahrt.

Irgend etwas war nicht im Lot bei ihren Mitteilungen. Aber wie sollte es auch? Einmal war der Stiefvater an allem schuld, dann skalpierte sie sich selbst. Wo befand sich die Mitte zwischen Anklage und Selbstbezichtigung? Rainer Bester und ihr nachforschende Schüler mochten darüber nachsinnen. Ute Wimpf blickte geknickt und stolz zugleich in den jungfräulichen Tag. Letzte Worte mußten Giebelinschriften gleichen. Eine weitere Gelegenheit hatte man nicht. Silbern spielten die Wellen des Starnberger Sees übers Ufergestein.

Vielleicht werden Sie, verehrter Herr Dr. Bester, noch in den Besitz einiger Unterlagen zu meinem Werdegang gelangen. Manche Dokumente und Fotos, die ich Ihnen hiermit übereigne, mögen Aufschluß über ein mittleres Schicksal unserer Zeit geben. Selbstverständlich darf man mich vergessen. Zu Selbstüberschätzung zu neigen, wäre Hochmut. Andererseits ist mir nicht bekannt, daß es bereits einen Fachbegriff für das Verhängnis auf dem Schulhof gibt, wo eine Pädagogin und gewaltbereite Jugendliche blutig aufeinandertrafen. Was soziologisch daraus resultiert und weiter untersucht werden kann, mögen Sie als Wimpf- *oder meinetwegen* Augsburger Syndrom *klassifizieren. Solch wissenschaftlicher Nachruhm wäre mir eine Ehre und Freude.*

Mit der Schlußformulierung war sie zufrieden. Geschickt war es, den Nachhall auf ihr Leben ins Objektive zu lenken. Die Einschränkung auf die Forschung minderte jeden Verdacht auf eine persönliche Überheblichkeit. Einmal durfte sie eine gewaltige Forderung stellen. Was bliebe sonst?

Sie zitterte auch vor Kälte.

40.

Im Büroriegel in der Sollner Telemannstraße schlenderte Florian Gassner an der Raumeinheit 214 vorüber. Der Angestellte von *Stockmair-Bau* rechnete kaum mehr damit, mit der stets eiligen, abweisenden Mieterin ins Gespräch zu kommen. Seit Tagen hatte niemand die Mitteilung vom Reinigungsservice an sich genommen. Die Preisanpassung für die Gebäudepflege verstaubte im Kuvert vor der Tür. Manchmal schellte in 214 das Telefon. Die Anrufe interessierten offenbar niemanden. Florian Gassner begann, die Blondine zu hassen. Nicht wegen krummer Geschäfte, die im Hause zur Genüge abgewickelt wurden.

Durch die defekten Jalousien fiel schräg geriffeltes Licht über den Schreibtisch. Die Signalleuchte der Pandorabüchse blinkte rot. Nach jeder weiteren Speicherung in hastigerer Frequenz.

«... nach dem Erbe meines Großvaters, das kleiner ausfiel als erwartet, sind wir in einen Engpaß geraten. Er wollte nicht mit warmen Händen geben. Nach optimistischen Ausgaben ruiniert uns die Erbschaftssteuer ... da wir ehrlich nicht mehr weiter wissen, haben Sie vielleicht einen Rat und ein zinsgünstiges Angebot ...»

«Guten Tag. In der Not greift man nach dem letzten Strohhalm. Ich komme aus den schlechten Horoskopen nicht mehr heraus. Ich traue mich kaum mehr auf die Straße und habe sogar enorme Konservenvorräte wegen des bevorstehenden Kriegs gebunkert. Obwohl wir den nicht überleben werden. Kennen Sie einen Astrologen oder ein Verfahren, mit dem Saturneinflüsse vorteilhafter gedeutet werden? Dann rufen Sie bitte gegen Rechnung an: Peter Schilling, Rosenheim, 37261.»

«Benny. Bist nicht da, Tante?... Servus dann.»

«Na ja. Schwamm drüber. Auch im Osten!»

«Benny noch mal.»

«Puff oder was? – Erholung wär' nötig. Aber keine über fünfzehn. Probier's vielleicht noch mal.»

«... vom PC krieg' ich ihn nicht weg. Er knallt Hunderte täglich ab. Vielleicht tobt er sich aber auch nur aus und wird dadurch friedlicher ...»

«... die Polizei verfolgt jede Spur. Aber aus einer Sonderkommission erfahre ich nichts. Will das Mögliche unternehmen. Das letzte Mal wurde meine Freundin im Mai gesehen. Den Hinweis auf Ihre Detektei finde ich ebenso vertrauenerweckend wie dezent. Hoffe, Ihre Gebühren sind's auch. Und hoffe, ich sitze keinem Kredithai auf ...»

«Unter notarieller Aufsicht haben Sie bei unserer Verlosung 3000 Euro gewonnen. Wir gratulieren. Zwecks Annahme des Ihnen zugedachten Gewinns drücken Sie ...»

Seit einem Klingeln, das Florian Gassner aufgeschnappt hatte, blinkte nach der Ansage *Montag, 16 Uhr 03*: «Charly? Dagmar? – Tut mir leid. Aufrichtig. Habt euch nicht so. – Dagmar? Okay, dann verschanzt euch doch. Idioten.»

Eine Dunkelhaarige kam den Korridor entlang. Orientalisches Gewand. Glitzerband unter der Brust, scharfer Pony. Merkwürdig bekanntes Gesicht. Gedrungener als die Berühmte.

«t'schuldigung», grüßte Monika. «Ist der Kopierraum hinten?»

41.

«Wie geht's?»

«Verdammt auf der Kippe. Wird immer schwärzer.»

«Prima.»

«Selbst?»

«Kann nicht klagen. Seh' keinen Ausweg.»

«Nur keine falschen Hoffnungen. Dann steht man fester im Leben.»

«Wie meinen Sie das?»

Jürg Jüssen trottete Dr. Lay in die Küche hinterdrein. Der Anblick war erfreulich. Und die Damen Jakoubek und Hoffmeister waren nicht genug zu loben. Getreu ihrem Vorsatz, hilfreich zu wirken, hatten sie den Tisch dicht vors Fenster gerückt, von der Veranda zusätzlich die große runde Tafel in die Küche geschafft, Leinen vom Dachboden darübergebreitet, so daß nun – *von 7 bis 13 Uhr* – eine *Table d'hôte* zur Verfügung stand. Der Drang zur Regelmäßigkeit behauptete sich. Pappteller, Sammeltassen, Becher aus den Schränken luden zur Stärkung ein. Ein Feldblumenstrauß in der Mitte verdeckte die Marmelade. Die Männer schoben sich an Stühlen vorbei – denn enger war es geworden – und grüßten Betty Huber.

«Ist nett, daß Sie mit mir reden.»

Dr. Lay wandte sich zum Geologen um.

«Seit meinem Karriereknick muß ja niemand mehr mit mir sprechen. Habe nichts mehr anzubieten.»

Sie nahmen Platz, Lay schüttelte eine Papierserviette aus und steckte sie sich ins Hemd, Jüssen griff zu Pumpernickel und Käse. Er hatte zwar bereits auf dem Zimmer Brot und Bananen verzehrt, doch er blieb – wie ihm selbst vollkommen klar war – auf der Flucht in die Kalorien und zusätzliche Kilo, durch die er sich, im Wechsel, monumentaler oder hassenswerter vorkam.

«Auch?»

«Lieber Gelee», entgegnete Lay, und Betty Huber reichte ihm das Glas herüber: «Die Hoffmeister hat sie beim Bäcker bestellt. Auf dem Land werden morgens noch frische Semmeln an die Türklinke gehängt.»

«Das ist gewiß neu. Ich meine, die allmähliche Wiederkehr von Service.»

Das konnte Betty Huber nicht beurteilen und blätterte durch eine örtliche Werbebroschüre, die der Backfahrer mitgeliefert hatte. Auf dem Titelblatt war der Glockenstuhl der berühmten Abtei abgebildet.

«Was hat es mit dem Mangan denn nun auf sich, Dr. Jüssen? Ist es wichtig für die Zukunft? Wahrscheinlich setzen drei Tonnen davon mehr in Bewegung als die weltweite Bücherproduktion eines Jahres»

Jüssen hielt inne. Entweder breitete er das gesamte nötige Fachwissen über sein Spezialerz aus oder verschwieg das meiste, das molekular und industriell damit zu tun hatte. «Früher wurde Chlor damit hergestellt, später Eisen. Sie ahnen die Bedeutung. China versucht, den Markt abzuschöpfen. Für mich waren die Aluminiumlegierungen wichtig. Bei dieser schwierigeren Technologie kann Deutschland einen Vorsprung bewahren. Ein Klüngel schnappte mir Kontakte zur Branche weg.»

Lay nickte. Was konnte er fachlich hinzufügen?

Zwei Doktoren – Elisabeth Huber war beeindruckt. Doch keiner von beiden durfte Rezepte ausstellen. Jüssen schnitt Tomate auf.

«Die runde Tafel ist ein schönes Forum», bemerkte der Verleger, «frei kann jeder Weltweisheit kundtun, Fragen stellen, sich auf den neuesten Stand bringen. Themen sind nie ausgeschöpft, keines.» Deutler kam, grüßte, setzte sich. Dr. Lay hob das Messer: «Wir sind nicht dekadent», meinte er behaupten zu müssen. «Falls wir gefordert werden, sind wir hochaktiv. Wir waren bis jetzt das Land, ein extrem erfolgreiches und, sagen wir ruhig: blühendes Land. Eines der vielfältigsten und regsten der Erde. Offen, empfangend, gebend. Gut so. Ich schäme mich nicht für meinen Zusammenbruch. Er resultiert aus einer Überfülle von Entscheidungszwängen. Mit uns müßte man rechnen. Welcher Vorrat an Wissen in uns lagert! Der kann natürlich nicht fortwährend virulent sein. Aber Mitteleuropa ist der Motor des Globus. Wir. Nie war Europa triumphaler denn jetzt. Friedfertig, reich, unsere Werte überschwemmen die Welt, auch durch die Ausstrahlung unserer Exkolonien in Amerika. Der Siegeszug der Demokratie, schon in Athen formuliert, der Wissensgesellschaft ist nicht aufzuhalten. Mit den lokalen und kontinentalen Nuancen wird die moderate europäische Lebensform obsiegen. Keine Frage. Denn Gewalt, Dummheit werden sich immer rascher und erkennbarer als unproduktiv erweisen. Brüssel – unser europäischer Staatenbund – ist Lockung und Muster für alle. Man kann da ganz hoffnungsfroh sein. Ich sehe keine Spur von Dekadenz, eher von Überforderung des einzelnen. Wir arbeiten zehnmal mehr – das ergeben empirische Studien – als der Mensch der Bronzezeit. Und wir haben Fräulein Aziza gerettet, die Werte von Selbstbestimmung und Freiheit des Abendlands behauptet. Nein, so voll und emsig und lebhaft wie jetzt war Europa noch nie. Da darf man sich, angespannt und alert, schon einmal in eine letzte Ecke verdrücken. Dekadenz müßte sich viel luxuriöser und raffinierter kundtun – ich habe sogar den Verdacht, daß uns zu einer nennenswerten Dekadenz da draußen –» und er wies mit dem Messer zum Fenster – «das Geschick, die moralische Gleichgültigkeit, das Savoir-vivre fehlen. Ein Betrieb ist das Land, vornehmlich. Kultur garniert es nur. Vom späten Rom und seiner glühenden Verderbtheit sind wir weit entfernt. Nur insgesamt ist vielleicht alles dekadent, ich meine, wenn die ganze Menschheit ihren denkbaren Untergang, nennen wir's beim Namen, durch die ökologische Verwüstung des Erdballs hinnimmt. Das ist das abartige Verbrechen. Auf Kosten alles Kommenden. Ein Abstieg, ohne Genuß. Keiner will hergeben, und auch der kleine Mann, allüberall, will reicher und verwöhnter werden. Politiker mahnen kaum. Sind wegen der nächsten Wahlen feige. Das ist verheerend. Aber ich bin nicht dekadent, ich gehe aufrecht. Europa muß weiter aufklären. Es ist noch nicht müde, aber schwer gefordert. Denn gerecht und mit endlosen Perspektiven soll es weitergehen. Das meint Ruhm.»

Dr. Jüssen applaudierte: «Dieses übergreifende Denken fehlt in allen Wissenschaftsgremien.» Betty Huber wußte nicht, ob die lockere Frühstücksrunde einen Gewinn an Besinnung bedeutete. Olaf Deutler wurde wach. Bereits einige Sekunden hatte der Geologe den Bühnenburschen mit dem allen insgeheim geläufigen Handicap im Auge behalten. Wenn man ihm in den Schoß schielte, wies wenig auf eine Benachteiligung hin. Nur konnte man den Knöchrigen nicht bitten, aufzustehen, sich zu entblößen, um ihm Zuversicht einzuhauchen. Eine Frau sollte da unverrückbar Sinn stiften. Nach einem Blick auf Betty Huber biß Jüssen in die Teewurstschnitte.

«Morgen!»

«Wahrscheinlich», klang es von irgendwoher.

Fehling und die Maharani traten ein. Beide sahen nicht danach aus, als wollten sie sich ruhig stärken. Fehling schwenkte ein allbekanntes Merkblatt, das unter den Türschlitzen hindurchgeschoben worden war: «Frechheit! – Die Preiserhöhung nehm' ich noch in Kauf ...»

Dr. Lay schaute bedrückt. «Aber daß ich *die Gesellschaft vor Krankheit, Alter, Armut und Sorgen* bewahren soll – durch meinen zügigen Tod –, eine Schamlosigkeit. Das Ende aller Humanität.» Neben dem Erregten nickte Frau Hoffmeister heftig. «Wenn etwas mich ins Leben zurückkehren ließe», und er warf den Zettel auf die Tafel, «dann diese Instruktion! Ich habe der Gesellschaft – wer ist denn das überhaupt? Die Bundeskanzlerin und die Lokführergewerkschaft? – eine Last zu sein, wie sie mir eine ist! Das ist unerhört, was hier steht. Der Schutz der Schwachen definiert die Zivilisation.»

«Die geschmeidige Beseitigung der Untauglichen wird über uns kommen. So unmenschlich wird es werden. Seien wir froh, daß wir uns davor noch selbst entscheiden können.» Jüssen blickte starr und ernst.

Fehling keuchte beinahe und hockte sich hin. «Mich stachelt's furchtbar zum Weiterleben an. Ich mache ihnen einen Strich durch die Rechnung. Ich bleibe, und die Kaltschnäuzigen mögen krepieren.» Hilde Hoffmeister faßte ihm kurz an die Schulter.

«Die Leitung soll's streichen», schlug Deutler vor und überflog erstmals das Blatt, «unter Druck will ich nicht gesetzt werden, nein, gewiß nicht. Nicht hier. – Tee?» fragte er den Journalisten. Der schlug auf den Tisch. Solch eine kräftige Geste erschreckte, tat wohl, hatte man lange nicht erlebt: «Kaffee», bestimmte er.

Auch den gab's.

«Ein Aufstand?» fragte leise Betty Huber, «wollen Sie nicht sterben?»

«Ich hab' mit Frau Hoffmeister im Bad über ein anderes Curriculum nachgedacht», sagte Fehling. «Wo?» rätselte Betty Huber. Der Journalist wendete das Merkblatt. Deutler sah Handschriftliches. «Höchst gewichtig», bekräftigte Fehling und hatte in Lay und Jüssen die richtigen Ansprechpartner vor sich. «Nach jenem Vernichtungswisch kommt mir das sang- und klanglose Verlöschen nicht mehr in den Sinn. Frau Hoffmeister schon länger nicht.»

Man taxierte die Geehrte.

«Dieser Aufkündigung des Humanismus durch einen Bürokraten in der Zentrale –»

«Sicher in Zürich oder Basel.»

«Eine Unbedachtheit des Hospizes?» ließ Jüssen gelten.

«Der Frechheit setzen wir Sinn entgegen.»

«Jetzt noch?»

«Gerade. Der Schwanengesang ist der schönste und nachhaltigste.» Fehling blieb in Rage. «Frau Hoffmeister ist bereits den richtigen Weg gegangen. Sie hütet Kinder und führt Tiere aus. Sie schwindet im wunderbaren Bewußtsein, Gutes getan zu haben. Das läßt sich steigern. Unter einem Dach müssen sich mit einem Hospiz auch immer eine Kinderkrippe oder ein Altenhort befinden.»

Lay hob entsetzt die Hände: «Die Diakonie des Todes!»

«Die Generationen und Schicksale gehören zusammen», insistierte der womöglich übermäßig aufgebrachte Fehling: «Hier atmen noch Menschen mit Befähigung, sie können sich dem Nächsten widmen, der Hilfe braucht. Erst dann», und er schlug auf die Hausmitteilung, «wird man *glorreich*, wie's hier steht, den letzten Weg beschreiten können. Wir können auch ausschwärmen, Müll einsammeln, mit Einsamen auf Parkbänken sprechen, Penner zu Arbeitgebern begleiten, eine Sitzblockade gegen den Walfang initiieren. Des Guten ist kein Ende. Wer geht, muß ihm zuvor gedient haben. Ist das klar?» brüllte er fast in die Runde.

«Müll sammeln – ich nicht», merkte Jüssen an und war etwas wirr vom Vorgebrachten.

«Man kann natürlich noch ganz anders zuschlagen», lächelte Fehling maliziös und tippte auf die unteren Zeilen seines Ideenentwurfs: «Wir sind vogelfrei. – Engel oder Rächer können wir sein. Wir verlöschen nicht kleinlaut. Bauer hat, soweit ich weiß, bereits Pionierarbeit geleistet und anonym sechzig Raser angezeigt.»

Jürg Jüssen wußte das nicht.

«Hanna hat noch acht Schuß. Wir können Zeichen des Aufruhrs setzen. Jeder von uns hat innerlich Schluß gemacht –»

Man bejahte willig.

«– dann kommt es auf Verfolgung und Strafe nicht mehr an. Wir sind die Schwadron des Rechts und des Anstands. Acht Personen können wir uns auswählen, aus dem öffentlichen Leben, die Anstand, Recht und Geschmack mit Füßen getreten haben, und ihnen mit der Parabellum eine Lektion erteilen.»

«Wen nehmen wir uns vor die Kimme? Einen Politiker, einen Banker?» zeigte Frau Huber sich interessiert.

«Den NPD-Boß.»

«Diesen jungen Entertainer für Volksmusik, der verlogen schunkelt, Musik, Hirne und alles verhunzt.»

«Den Zuständigen fürs neue Arbeitslosengeld und die Massenverarmung.»

«Ärzte und Ärztinnen, die Kassenpatienten ablehnen.»

«Den Abhörminister», plötzlich sprudelten die Namen von möglichen Kandidaten.

«Wir schlagen aus dem Dunkel zu», sann Fehling, «und verschwinden wieder darin.» Er rieb sich sogar die Hände: «Wir bilden mit wechselnden Mitgliedern ein flottierendes Gremium und legen sie um.»

«Knappe Munition.»

«Eine härene Geschichte.»

«Gut. Gar nicht so schlecht. Vielleicht sinnvoll», beurteilte Deutler die Planung. «Aber private Motive muß man streng von öffentlichen trennen. Sonst käme der Intendant von Lüneburg auf die Liste.»

«Misereor mit Terrorzelle.» Dr. Lay schlug mit der Hand entsetzt auf den Tisch.

«Alles andere ist lasch.»

«Fehling!» mahnte der Verleger.

«Wir weichen nicht ohne Vermächtnis.»

«Hi, Schatz.» Sie trat strahlend ein. Hanna Reutte küßte den Moderator auf die Wange: «Hhm, sieht lecker aus. Himbeergelee gibt's auch.» Die Domina nahm Platz. «Es wird gehandelt», er drückte ihr kurz die Hand, «zügig.»

«Ach?»

«Iß erst einmal.»

Dr. Lays Stirn blieb in Falten. Neben allen übrigen Problemen ging sogar sein Kleingeld zur Neige. Gerade als er nun grübelte, ob sich noch Scheine in seiner Kulturtasche befänden, schellte die Hausglocke, klirrte die Wandtür, trippelte es über die Hallenfliesen, rief es entsetzt: «Moni!» Magisch zog es die Frühstücksgruppe, einen nach dem anderen, vom runden Tisch vor die Küche. Sogar Wang gähnte wißbegierig von der Balustrade. Neben dem Glockenstrang echauffierte sich die Blonde: «Was soll das!»

«Nicht was. Wer», korrigierte die Minelli. Hinter dem ältlichen Mädel harrten Unbekannte, gesenkten Haupts, wie die Bürger von Calais auf dem Weg zur Richtstatt. Eine Frau in hellrosa Kleid stach ins Auge, dahinter ein schlaksiger Langer mit Pickeln.

«Neue?» mutmaßte Hilde Hoffmeister in der Küchentür.

«Ich bin aber zuerst dran», stellte Frau Huber klar. Wir werden stärker, ging es Fehling durch den Kopf. Da ließe sich wohl Bares pumpen, dachte Lay.

«Nein», sagte Frau Clarissa.

«Gut», flüsterte die Uhrenverkäuferin, «ich will keine Neuen.»

«Falls Frau Patini wieder ins Krankenhaus will, wird was frei. Die Dachkammern sind leer.»

«Die Stiege ist steil.»

«Eben», pflichtete Hilde Hoffmeister der Direktorin bei.

Der Schlaksige hinter Frau Monika sank zusammen. Dadurch sah man einen Herrn besser, der mit Schulter und Kopf am Türrahmen lehnte.

«Sei nicht unmenschlich, Clara», behauptete sich die Chauffeurin. «Das Merkblatt habe ich ihnen schon gegeben. Ich mach's kurz.» Und Monika schob die kleine Frau in rosa Kunstfaser vor. Links wölbte sich ein leichter Buckel. «Das ist Estella Weizmann, deutschstämmige Estin. Sie hat in Reval, Krakau und Braunschweig an der Oper gesungen, Donizetti, Smetana, Rigoletto, Turandot …»

«Mozart, Hindemith, mehr als das Repertoire», wurde annähernd akzentfrei ergänzt.

«Eine Stimmbandoperation nach einer schweren Grippe ist mißglückt.»

«Knötchen.»

Monika schob den Langen vor die Sängerin, die zu ihm aufschaute.

«Norbert Sims ist dreiunddreißig.»

«Und?» fragte die Leiterin tonloser als Frau Weizmann.

«Er hat fünf Jahre an der Kasse von Realkauf gesessen, dann vier an der von Teppichwert, zwei im Drogeriemarkt, sechs, inklusive Verkauf, bei Starbucks.»

«Weiter? – Vielleicht noch mit einer Philippina verlobt? Die raffen alles an sich.»

«Er kann nicht mehr. Auch der Rücken ist hin.» Erst jetzt gewahrten die Anwesenden eine Bandage gegen Sehnenscheidenentzündung.

«Das ist ...» Monika war's entfallen.»Neusser», er stellte sich selbst vor: «Ich hoffe, Sie machen's schnell. Ich will's hinter mich bringen.» «Christian Neusser», raunte Markus Fehling in der Küchentür, «einige Male in den Schlagzeilen gewesen.» Nur im Vergleich zum Kassierer erschien Christian Neusser klein. Die Figur in Jeans, Polohemd wirkte durchtrainiert und weiterhin athletisch. Neusser war, erinnerte sich auch Lay vage, Springreiter, hatte mehrmals schwere Parcours in Aachen gewonnen, war sogar mit der Nationalequipe in Melbourne gestartet. Zuerst war sein Tierarzt verhaftet worden, dann kurzfristig Neusser selbst ... *Nach dem Radsport galoppiert die Reiterei in den Sumpf*, hatte eine Meldung gelautet. Nach eingehenden Labortests, die sowohl den Falbwallach Alonso als auch seinen Halter betrafen – einige neue Dopingsubstanzen waren dabei ermittelt worden –, war Neusser mit dreijähriger Turniersperre belegt worden. Nahtlos wurde von der weltumspannenden *USEF* die Rückerstattung von Preisprämien verhängt. Da der Champion die Summen im Ausland direkt bei der *Zuger Kantonalbank* angelegt hatte, stand zumindest die Nachversteuerung beim heimischen Fiskus an – wohl unlängst hatte Isabell Neusser, aus dem Rosse-Clan der de Vries, die Scheidung eingereicht.

«Fahr sie zurück.»

«Und dann?»

«Wo bin ich?» fragte der Reiter mit gesunder tiefer Stimme.

Die Gruppe aus der Küche gab ihm wenig entschlüsselbare Zeichen. «Wir lassen uns nicht klaglos entsorgen.» Fehling hob den Daumen. «Trinken Sie Tee», meinte Betty Huber, «der ist sanft.»

«Es kann nur nach Beweglichkeit gehen. Der Kassierer und sein Begleiter ganz nach oben. Die Künstlerin zu Aziza. Ich kann auf Absonderlichkeiten keine Rücksicht nehmen. Schönes Turmzimmer, französisches Bett. Berappt wird gleich. – Da ist der Keller.»

Monika wollte die Hand ihrer Schwester greifen.

«Sollen sie's von den Dächern pfeifen? Hätte ich nur Ilse zum Kopieren geschickt.» Die drei Neuankömmlinge mit geringem Gepäck suchten nach Scheinen. Estella Weizmann trug ein Bündel mit Klipp in der Handtasche. Norbert Sims zupfte zitternd Bares aus der Hosentasche. Christian Neusser behielt die Haustür im Auge. Frau Hoffmeister gewahrte die Gestalt des Eigentümers erschlichener Trophäen nicht ohne Wohlgefallen.

«Ein Klo ist zuwenig», fiel ihr ein. «Endzeit», murmelte die Huber. «Eine Mischform», sann Lay. «Wir werden stärker», bedachte Fehling. Hanna Reutte schmiegte sich an den Bärtigen.

Zu schwerer mondloser Nachtstunde, über die ehedem die Droste dichtete –

Da kollert's nieder vom Gestein!
Des Turmes morsche Trümmer fällt,
Das Käuzlein knackt und hustet drein;
Ein jäher Windesodem schwellt
Gezweig und Kronenschmuck des Hains –
Die Uhr schlägt eins

– als es einen Schlag von der Abtei tat und Gehölz vom Oberland auf der Isar fortschwamm, als Frau Weizmann neben der eingeschlafenen Aziza vorm Bett kniete und betete, Norbert Sims im Dachverschlag fiebrig auf der Matratze lag und ins Gebälk starrte, Ulrich seinen Arm um den widerstrebenden Tassilo legte – «Ich kämpf' um dich» – und Xaver Bauer der Schlummer überkam, als Deutler das Windlicht neben seinem Bühnenlager auspustete, Greta von Meyenburg unruhig durch ihr Zimmer wanderte, Ute Wimpf über Vergangenes und Zukünftiges weinte, sich ein Blatt von den welken Teerosen auf Frau Fontanellis Katafalk löste, Christian Neusser ans Packen dachte, Hanna Reutte sich an den Fingern Stunden des reinen Glücks abzählte, Jakoba Hattinger sich aus dem Bett stemmte und meinte, in einem Zug zu fahren – begann ein dunkles Weben. Mächtig, breit klang es auf. Zu den Celli im Hintergrund setzten die Geigen ein, über die Streicher erhoben sich Stimmen, und Clarissa, in dieser Nacht selbst dem Wahnsinn nahe und doch euphorisiert, drehte vor der Glastür den CD-Player lauter, immer lauter, ihre Waffe gegen die Beharrlichen, der Chor schmiegte sich ans anschwellende Orchester, sie drehte laut bis zum Anschlag, Erna Jakoubek und Elisabeth Huber faßten sich über die Betten hinweg bei der Hand, Greta von Meyenburg bekreuzigte sich, Tassilo rückte an Ulrich, andere hoben die Hände wie Klageschalen, während von unten, aus der Hallenfinsternis, die Bögen vereint und mächtig über die Saiten strichen:

Denn alles Fleisch, es ist wie Gras

aus dem langsamen Marsch, mit gedämpftem Paukenschlag, verstärkte der Chor unisono seine Klage

und alle Herrlichkeit des Menschen wie des Grases Blumen

durch den Garten war's zu hören

Das Gras ist verdorret und die Blume abgefallen

zu Fortgang und Bekräftigung ließ Brahms finster die Bläser ertönen, fast schreien. Hart griffen die Stimmen, nach flüchtig lieblichem Motiv, den Choral auf. Wer erholte sich noch und nahm welchen Weg? Die kleinen Lautsprecher vibrierten auf den Fliesen:

Denn alles Fleisch, es ist wie Gras und
alle Herrlichkeit des Menschen wie des
Grases Blumen. Das Gras ist verdorret
und die Blume abgefallen.

Unterm Dachstuhl saß Norbert Sims aufrecht im Bett. Erna Jakoubek und Elisabeth Huber heulten in die Schwärze der Nacht. So fest hatte Ulrich sich noch nie an jemanden geschmiegt. Clarissa drückte auf *repeat*. Neben der erwachten Aziza sang mit nur leicht brüchiger Stimme Estella Weizmann aus Reval das Requiem weiter:

Ihr habt nun Traurigkeit, aber ich will euch wiedersehen, und euer Herz soll sich freuen, und eure Freude soll niemand von euch nehmen.

42.

Wasser tropfte in den Spülstein. Zehn Hocker harrten im Kreis. Salz und Pfeffer standen unberührt auf dem Leinen. Klatschmohnblüten waren aufs Tuch gefallen. Verwaist blieb am nächsten Morgen die Table d'hôte.

Kein Schwirren der Schalen drang aus Ute Wimpfs Zimmer.

Stufen und Gebälk knarrten beim Wechsel der Temperatur von Nacht zum Tag. Der Hahn auf dem rechten Turm starrte unverwandt gen Westen. Verlassen lag der Garten. Frischklumpig erhoben sich Maulwurfshügel um den Brunnen. Über rotschwärzlich fleckigen Sand führten Iltisspuren. Die Scheiben eines Kellerfensters waren seit langem gesprungen. In Spinnweben verging alte Beute. Die Goldammer sang in den Tag. Die Ungarn tanzten. Halb offen stand die Gartenpforte. Eine Joggerin stützte sich daran ab, als sie Wollwärmer von den Knöcheln über ihre Waden zog.

Heinrich Lay war zerrüttet. Er strauchelte unterm Leuchter. Kein Huhn, keine Katze mehr, kein Mensch irgendwo. Die Musik hallte und dröhnte in seinem Kopf nach… *es ist wie Gras.* Fünf-, achtmal war das Memento mori bis in die Mauerfugen geschallt. Gewiß, man war hinfälliger, als man sich zugestand, aber mußte der Komponist es so deutlich machen? Das Leben bedeutete, sich Aufschwünge zu organisieren, in poröser Panzerung voranzuschreiten. Ans Ende mußte niemand erinnert werden, es war jedem geläufig, und das Wunder war es, daß Tage offen wirkten und Leben herrschte. Das erste Mal getraute sich der Verleger nicht, dicht an der Kellertür vorbeizugehen. Heinrich Lay wußte nicht, wer noch im Hause war und in welchem Zustand. An Karfreitagen war man auf einen Abgesang gefaßt, plötzlich im milden Frühjahr nicht.

Er schob die Küchentür auf. Sein letzter Tag?

Der Verleger nahm am leeren Tisch Platz. Er betrachtete Kornblumen und Margeriten, befingerte sie, strich liebevoll über das Vasenporzellan, o schöne Gaben und Zierden des Alltags, dem Menschen zum Wohlgefallen und zur Bequemlichkeit, wie die Tasse, in die er sich einen kalten Kaffeerest eingoß. Von der Geburt bis nach dem Tod, alles ein Wunder, wie das Morgenlicht, das über ihn, seine Hände, über die Kacheln floß.

Es wäre gut, sich mit Praktischem zu beschäftigen und nicht mit Übersinnlichem. Für letzteres taugte der Mensch kaum. Eine tiefere Wahrheit war nicht zu ergründen – man lebte, nach Möglichkeit wenig verbrecherisch.

War er der letzte Verbliebene? Hatte die Musik den Rest hinfort oder ins Untergeschoß getrieben?

Dr. Lay räusperte sich. Selbst wenn er der Letzte im Haus war, wollte er die Form wahren. Die Serviette legte er sich auf den Schoß, eine Semmel vom Vortag schnitt er behutsam auf. Butter war nicht griffbereit. Er strich das Gelee auf die trockene Sesamhälfte. Verloren und einsam war man ohnehin ... er sehnte sich nach Markus Fehling und nach ein paar Worten.

Leicht fühlte er sich. Er war nur ein aufglimmender Funke – der einen bankrotten Verlag hinterließ. Ganz andere Imperien waren zusammengekracht. Hatte er aus Vergeßlichkeit nicht fortwährend einen gravierenden Fehler begangen? Während man handelte, litt, empfand, sich aufrieb und aufgerieben wurde, jedoch existierte, vergaß man, einen inneren Schalter auf *Glück* zu kippen. Das war ganz einfach: sich auf die Schulter klopfen und sagen: *Gut, weiter!* Solange das Herz schlug, hätte er es häufiger tun sollen. Wenn es eine Schuld gab, hieß sie Undankbarkeit.

In der stillen Küche genoß er den kühlen Kaffee. Kein körperlicher Schmerz bedrängte ihn. Ein unerhörtes Privileg und ein Grundstock des Glücks.

Leben, sich nicht erniedrigen lassen, guten Willen verströmen, hoffen und beten – so mußte es sein.

Er sann nach, was werden sollte.

43.

«Wo?»
«Im Garten?»
«Nein.»
«Oben?»
«Auch nicht.»
«Spazieren?»
«Seit drei Tagen?»
«– unten?»
«– nein.»
«Wer?»
«Ute.»

Das Anwesen war mehrmals bis unter den First und in die Hangböschung abgesucht worden. Fünf Hospizler standen um den Geländerpfosten der Treppe.

«Ute!» rief Hanna Reutte. Das Zimmer mit den Filzbasteleien und den teuren Klangschalen stand offen. «Ute!» wiederholte die Aichacherin. Sie wischte sich Tränen aus den Augen. Sie blickte um sich. Nirgendwo ein Zeichen. Das lange rote Kleid, das hellblonde Haar, ihr hinkender Schritt, die leise Stimme, das traurige Lächeln. Noch eine Stoffschere lag neben Räucherstäbchen und Messingtöpfen. «Ute. Bitte.» Hanna Reutte vergrub das Gesicht in den Händen. «Komm, Freundin, laß mich nicht allein. Das darfst du nicht machen … ich bin doch viel älter als du. Wir wollen uns wieder an den Brunnen setzen.» Die Domina wischte über ihre Augen, Fehling legte ihr den Arm um die Schulter.

«Wer genau, wo und was?» fragte hinter ihm vorsichtig Estella Weizmann, die mit Aziza nach einer humpelnden Lehrerin gesucht hatte. Die Syrerin nahm aufs Geratewohl die Hand der Aichacherin.

«Zum See», flüsterte Wang.

«Tot. Das kann nicht sein. – Ute!» rief Hanna Reutte, «komm zurück. – Sie war so wund, warum haben wir ihr nicht besser geholfen? «

«Es war für jeden zuviel zu bewältigen.» Fehling rieb ihr behutsam die Schultern.

«… wir hätten dann zusammen …», Hanna Reutte ließ sich nicht beruhigen.

Mörderische Blicke empfingen Fräulein Monika von der Hausverwaltung, die aus dem Glaszimmer schaute. Auch sie war eine Verursacherin des Bösen.

«Fräulein Wimpf kommt wieder – wenn sie kann.» Tassilo suchte zu trösten. Auch seine Hände waren dreckig vom Stöbern, Wühlen auf dem Dachboden.

«Sie wirkte scheu.»

«Alles stimmt nie ganz».

«Wenn ich einmal soll scheiden,
so scheide nicht von mir»,

hub Estella Weizmann leise an. Die verstörten Männer geleiteten Hanna Reutte auf ihr Zimmer: «Liebe einzigartige Ute – wir müssen noch reden.»

44.

Die Schlange wurde zusehends länger. Vorne wartete Erna Jakoubek auf Einlaß. Hinten stellte sich der neue Springreiter an. Man hatte den Eindruck, als gäbe es im ersten Stock etwas umsonst, oder als würden Lebensmittelkarten verteilt. Weit stand die Tür zu Greta von Meyenburgs Salon offen. Die Diva selbst sah man nicht. Sie lag geplagt auf dem Bett. Den Paravent mit amazonischer Seidenstickerei hatte sie sich aus Jakoba Hattingers Zimmer bringen lassen – die angstfixierte Nachbarin benötigte die Sichtblende eigentlich nicht, denn Essensteller wurden vor ihrer Tür deponiert und später abgeholt. Vor dem Raumteiler saß indes Norbert Sims am Tisch. Der verkrümmte Kassierer erwies sich als nützlich und führte Buch. Damit verdiente er sich eine Gratislogis. An viel eigenes Bargeld war der lebensmüde junge Mann ohnedies nicht gewöhnt, da er sowohl bei Realkauf als auch bei Starbucks jahrelang außertariflich als *Praktikant* ausgebeutet worden war.

«Mit der Direktion gehört kurzer Prozeß gemacht.» Es rumorte in der Warteschlange. «Erst einmal frisches Bettzeug. Ein bißchen schleichender Tee, ab und zu ein Menetekel. Aber die Spesen steigen.»

«Am Anfang gab's nur Rotkohl und Bratwürste», wußte Hilde Hoffmeister zu berichten.

Die Wartenden auf der Balustrade rückten einen Schritt vor.

«Gibt es hier die Spritze?» fragte von hinten Christian Neusser. «Heut' wär's mir, glaube ich, egal.» Man antwortete dem Sportler nicht. Recht dreist hatte er die meisten Bewohner gleich geduzt und sich als alter Intimus aufgespielt: *Bruchbude hier, was? – Wann springst du denn über die Klinge? – Eigentlich bin ich froh, daß ich meine Alte los bin. – Hast du ein Zäpfchen gegen Dünnschiß? –* Neusser stammte aus Gladbeck und hatte an Umgangsformen auch in der Nationalmannschaft nicht dazugelernt. Dennoch hatte er sich instinktiv richtig angestellt.

Im Salon verhandelte Norbert Sims derweil mit Erna Jakoubek, die auch keinen roten Heller mehr zur Hand hatte und auf strikte Weisung der Direktion – sowie unter Androhung der Aussetzung am Flughafen – in keinen Geldautomaten ihre Geheimzahl eintippen durfte. Zu leicht konnten durch die Eingabe Rückschlüsse auf den Verbleib der Toten gezogen werden. Natürlich hatte es Auseinandersetzungen gegeben, als nach der Ablieferung von Mobiltelefonen obendrein die Scheckkarten in Verwahrung genommen werden sollten. Hanna Reutte hatte ihre behalten. Zum Letzten entschlossen, hatte Betty Huber die ihrige vor den Augen Frau Clarissas selbst durchgeknickt.

Vordrängeln half hier nicht, wie Christian Neusser es versuchte. «Sie kamen als letzter», wies Hilde Hoffmeister den Prominenten mit Genugtuung zurecht.

«Wie geht es Hanna?» fragte vor ihr Dr. Lay.

«Ruht viel und ist niedergeschlagen», antwortete sein Kumpel Fehling, «die Wimpf ...» Man nickte rundum betrübt. «Dann», fuhr er fort, «weiß sie nicht mehr, ob sie diesen Liebhaber, diesen Neurologen, noch liebt oder sich nur rächen will.»

«Zeit heilt alle Wunden», merkte ungefragt von hinten die Inderin an. «Sämtliche», wiederholte sie sogar noch einmal.

«Das wäre dann eine etwas sinnlose Tragödie», befand auch Heinrich Lay, «sie scheint ja auch einen neuen Halt gefunden zu haben.»

Fehling wirkte ein wenig geniert.

«Man hört alles, vor allem nachts», gesellte sich die Hoffmeister abermals in den Herrenaustausch.

«Sie ist apart», bedachte Lay, «klug, gefühlvoll, überdies sicherlich eine wahre Könnerin. Sie hängt an Ihnen. Ziehen Sie mit ihr aus, Fehling. Heiraten Sie sie.»

«Ich bin verheiratet», erinnerte ihn der Moderator. «Hanna ist besser als meine Frau. In allem. Soll ich in ein Pornostudio nach Aichach ziehen?»

«Tja.» Die Hoffmeister gab keine Ruhe.

«Wir wissen nicht, wohin? – Wen ich übrigens am wenigsten vermisse, neben meiner Frau und ihrem Anhang, ist», Fehling schluckte, «mein Sohn. Ich glaube, ich habe mir lange Jahre eingeredet, daß ich ihn mag. Gewiß, er ist mein Fleisch und Blut ...»

«Und das Ihrer Frau, muß man heutzutage ergänzen», schob wenig erschütterbar Lay ein.

«... aber im Grunde ist dieser Junge eine Null. Faul, unbegabt, konturlos, nicht fähig zu Zeichen der Zuneigung, von Kindesbeinen an dumpf aus Trägheit – da sind wir selbst mitschuldig –, hängt in Chillout-Lounges herum, ohne daß er dort etwas Wesentliches auszudampfen hätte. Kein Interesse an Sport, Film,

Rotem Kreuz, teigig wird Daniel-Fabian auch schon. Er ist schon jetzt wie verpufft.»

«Aber das ist doch bei den meisten so. Von hier sieht man klarer. – Eine Generation des Nichts, sozusagen, summa summarum. Im Wohlstand verblödet.»

«Ich müßte ihm einen Kampf wünschen, in dem er zum Mann wird.»

«Das zerfließt dann eben alles friedlich. So wollte man es doch immer. Unklare Herausforderungen und alle mürbe.»

«Zum Badminton ging er eine Zeitlang. – Politik interessiert ihn auch nicht. Redet bestenfalls hämisch darüber.»

«Das kennen wir», fand Lay. «Engagement für nichts, aber zeitig abfälliger Stammtischjargon über die Gewählten. – Man wundert sich, daß die Republik funktioniert, wenn alle nur mekkern und in den Urlaub fahren.»

«Dann doch besser ins Pornostudio», mischte sich wieder die Uhrenverkäuferin ein. Die Herren konnten einer so nahen Schicksalsgefährtin schlecht den Mund verbieten. Zudem war es die Hoffmeister gewesen, mit der Fehling seinen Plan zu terroristischen Reinigungsaktionen entworfen hatte und der sehr im Schwange war.

«Sie hassen Ihren Sohn?» hakte Lay denn doch ein wenig verwundert nach.

«Ich schätze ihn nicht.»

«Klingt noch schlimmer.»

«Was soll dieser Sohn? Das Land bevölkern?»

«Wir haben der Jugend kaum verlockende Aufgaben hinterlassen. Alles ist schon da. Jetzt können sie, in der Hauptsache, nur noch reparieren und weniger die Umwelt verschmutzen. Das ist nicht prickelnd.»

«Ich weiß nicht», überlegte Fehling, «ihre Existenz können sie gründen, ihren Weg machen. Das bleibt so wie immer. Die Zukunft sind sie.»

«Das ist unmöglich hier», empörte sich Hilde Hoffmeister, «ich warte seit einer Viertelstunde, und noch immer ist Erna dran. Wieviel Geld will die denn?»

Die Herren spähten gleichfalls in den Salon. Dort wurde immer noch verhandelt. «Auch ich habe mir die Freiheit vor dem Jenseits anders vorgestellt», bemerkte Lay und sah an Deutler, Bauer und Wang vorbei.

«Natürlich krankt die deutsche Kunst daran», der Verleger rieb sich das Auge, «daß sie stets moralisch sein will.»

Fehling war noch beim Abschied von Frau und Sohn, versuchte aber, seinem Freund zu folgen, und war ohnehin trainiert, beinahe in Stereo zu hören und zu denken.

«Der moralische Zeigefinger in der deutschen Kunst hat eine lange Tradition. Das Hoftheater belehrte, Schiller belehrte, alle predigten das Bessere. Etliche Buchtitel bei mir wurden deswegen Rohrkrepierer. Wer will sich denn dauernd erziehen lassen? Heutzutage. Ich gehe doch nicht ins Kino, schlage einen Roman auf, um hinterher ein einwandfreierer Mensch zu sein. Die Engländer, Amerikaner, Russen erzählen, was ihnen unter den Nägeln brennt, aus dem bunten Alltag heraus, keiner fühlt sich belästigt, und das Geschäft floriert. Man muß gefällige Kunst machen, die trotzdem interessant ist.»

Fehling hatte seinen Gesprächspartner für sich, da Frau Hoffmeister nun doch mit dem Springreiter plauderte.

«Mit einem müssen Sie aufhören ...»

«Mit allem», lachte Lay.

«Die deutsche Kunst, die Amerikaner, die Russen – aber ich

habe es auch in meiner Redaktion schon immer vergeblich angemerkt, daß es keine Sammelbegriffe geben darf. In den Sammelbegriffen liegt der Ursprung für jede Katastrophe. Es gibt nicht die deutsche Kunst und die Russen und zwei identische Wesen, Lay.»

«Natürlich wäre es gar nicht verwerflich», fuhr der unbeeindruckt fort, «wenn neben dem flotten Impressionismus anderer Kulturen auch das deutsche moralische Wesen weltweit wieder Beachtung fände, diskutiert würde. Wir wissen, was Unglück ist und wie man ihm gedanklich fruchtbar beikommt. Und es muß auch keine simplen Filme und Bücher geben. Denn welches Thema wäre einfach? Doch die anderen, dieser oder jener Amerikaner, diese oder jene Russin, sind derzeit zu uninteressiert, sich uns zu widmen, wollen ihren folgenlosen Spaß oder sich selbst bespiegeln.»

Das ließ Fehling auf sich beruhen, das war sehr kompliziert: «Alles bleibt mit allem im Spiel.»

Der Verleger nickte unbefriedigt. «Kunst darf die höchsten Ansprüche stellen. Sie ist schließlich nicht läppischer als Mathematik. Was alles vernachlässigt werden müßte, wenn nur das Gefällige bleiben sollte? Nein und abermals nein. Der Mensch muß sich ins Unbekannte entführen lassen. Nur wer lernt, ist glücklich. – Wie alt ist Ihr Sohn?» fragte er unvermittelt.

«Achtzehn.»

«Es sei, wie es sei, und wird sich regulieren. Bedenken Sie Wege für sich und Hanna.»

Erna Jakoubek schritt sichtlich erlöst an den Wartenden vorbei und schwenkte Fünfzigeuroscheine. Jürg Jüssen wurde von Norbert Sims ins Schauspielerinnengemach gewunken.

«Ich lass' mir eine Quittung geben.» Weiter vorne wandte sich

Betty Huber um. «Plötzlich klappt etwas nicht. Dann hat man wenigstens einen Beleg fürs Finanzamt.»

Neben ihr nickte Xaver Bauer.

«Die Bande hab' ich betrogen, was ich konnte», gestand Lay mit einigem Verzagen, «jahrzehntelang hab' ich auf eine Steuersenkung gewartet, eine einzige. Eine Verlagsbesteuerung ist legalisiertes Raubrittertum geworden. Nicht zu beschreiben, wie die eiskalte Abzocke das Leben verbittert. – Hat hier jemand seine Unabhängigkeit nicht vor der Behörde zu bewahren versucht?» fragte er laut.

Xaver Bauer hatte verstanden und hob den Arm.

«Als Witwe hatte ich wenig Möglichkeit, etwas abzusetzen», gestand hingegen Betty Huber, «am liebsten würden sie, die Unsichtbaren, mehr nehmen als man bekommt. Bin ich froh, daß ich da raus bin.»

«Finanzämter sprengen», kam Fehling auf seine Liste anarchischer Taten zurück, «den Mut hatte keiner. Das würde einen Jubel geben!»

«Alle Rechnungen bei Null ansetzen. Pro Euro drei Cent Abgaben. Der Staat würde seine Ausgaben bedenken. Man selbst würde prassen. Und aus dem freiwillig Verpraßten flössen dann die Steuern um so froher.»

«Mach' ich mit», meldete sich von hinten Christian Neusser.

«Wieso geschieht nichts Erleichterndes? Das wollen doch alle, Leichtes und Einfaches» – die Worte Betty Huber standen im Raum.

«Kannten Sie noch Erwin Kipphard?» fragte Hilde Hoffmeister. Die meisten verneinten. «Er grub sich die Kuhle vorm Haus und wollte Erde werden.»

Jürg Jüssen verließ zufrieden den Kassensalon. Die Schlange

rückte vor. «Jetzt bin ich dran.» Olaf Deutler trat über die Schwelle ins lichte Eckzimmer. Ein wenig tat ihm Greta von Meyenburg leid, die hinter dem Paravent seufzte und ihre nicht mehr nötigen Schätze entschwinden sah. Doch der Bühnenstar hatte den Fehler begangen – wenn man es denn so nennen wollte –, ihrer Haushälterin eine lange Reise zu ehemaligen Kollegen und dann nach Sizilien anzukündigen, wo sie sich in völliger Abgeschiedenheit, wahrscheinlich bei Taormina, vom Verlust ihres Gefährten erholen wollte. Dank dieser Maßnahme war es außerordentlich unproblematisch gewesen, mit Paß und Vollmacht der Künstlerin für den gemeinnützigen Zweck eine erkleckliche Summe von ihrem Vermögen abzuheben.

Norbert Sims bot Olaf Deutler den Stuhl an.

Gegen einen Schuldschein auf eigene Kontorestbestände und die taxierte Hinterlassenschaft war es nunmehr möglich, Geld von der Selbstmörderin zu leihen. Die Ludwigshöher Wechsel wiederum mochte dann die einzige Nichte – eine Veronica von Meyenburg-Reckschütz, Innenarchitektin in Hamburg – nach dem Ableben der Tante über ihr Amtsgericht geltend machen.

«Wieviel?» fragte der Kassierer.

«Fünfhundert?» fragte Deutler den gewiß amusischen und verkrümmten Neuling, der im Moment unangenehm wichtig war.

«Sechshundert? Bitte.»

«Und die haben Sie irgendwo draußen liegen?» fragte Sims.

Olaf Deutler rieb sich über die Oberschenkel. «Ja.»

45.

Komm, Hoffnung, laß den letzten Stern der Müden nicht erbleichen!

Fidelio

Auf den Serpentinen von der Hauptstraße hinab ins Tal legten sich wenige Sportradler und wetterfest verhüllte Motorradfahrer in die Kurve. Die Hinterräder spritzten Straßenstaubwasser auf den Asphalt zurück. Wenngleich die Wolken sich eindrucksvoll über die Flußauen schoben, hatte das Klosterbräu einen schlechten Tag zu verzeichnen. Zusätzlichen Bedienungen war abtelefoniert worden. Von den Biergartentischen perlte Wasser. Der überschaubaren Zahl von Ausflüglern und einer geschlossenen Gesellschaft im Abtstüberl wurden Lachsmousse an Feigencrème und, als Hauptgang, Starnberger Renke serviert.

Geäst der Hangwälder hing schwer. Wer auf einen ausnahmsweise makellos italienischen Sommer gehofft hatte, sah sich erneut getäuscht. Das Land blieb sich treu.

Noch acht Jahre in die Schule, immer dieselben Wege, fortwährend Büffeln, Prüfungen, bemessene Ferien, danach wieder müde aufstehen, neue Stundenpläne – endlos schien einem Fünftkläßler an der Bushaltestelle solche Zeit, erst später begänne das Leben, mit dem Führerschein, einem eigenen Auto – unvorstellbar. Dann eine Menge Freiheit und viel Spaß für immer.

Geniesel tränkte das Kriegerdenkmal und den Golfplatz. Rükken wurden krummer, der Wille mürber oder zäher, Bücher wurden aufgeschlagen, der Hund vom nassen Rasen zum Abrubbeln in die Diele gescheucht. Grit Nöllinger wußte in ihrer Küche nicht zu sagen, ob solch ein Tag besonders lang oder kurz war. Sie meinte, am Küchentisch, wie manchmal vorzeiten, bei einer Tasse Kaffee einen stimmungsvollen Brief schreiben zu sollen, wußte aber nicht, an wen. Der Empfang eines Kuverts mit handschriftlichem Inhalt erschreckte mittlerweile vielleicht eher, als handelte es sich um einen Notruf aus der Untersuchungshaft oder eine Traueranzeige, und ihre Finger waren der eigenen Handschrift entwöhnt, schmerzten binnen kurzem. Sie zog die Stiefel über und entschied sich für einen Besuch bei Sabine und Timmy. Lieber das fremde Mutterglück erdulden, als jetzt noch einmal die Badewannenränder bekämpfen, die Wolfgang ohnehin nicht bemerkte. Das Adoptionsrecht gehörte erleichtert, oder sie mußte nach vielen Jahren ihr Cello wieder hervorholen und stimmen lassen.

Das Haus, in dem die Tochter des letzten DDR-Notenbankpräsidenten mit einem Gefäßchirurgen gelebt hatte, stand zum Verkauf. Der Mediziner war einem Ruf nach Seoul gefolgt. Unterhalb der Waldwegstraße preßte der Müllwagen Containerinhalte zu körnigen Schichten. Trotz Rauchverbots in öffentlichen Gebäuden und Fahrzeugen zündete sich der Kurde am Steuer eine Zigarette an. Seine Kollegen in Stahlkappenstiefeln hoben die Hand zum Weiterfahren. Ein Mountainbiker kurvte in weitem Bogen vorbei, als fürchtete er das plötzliche Öffnen der Wagentür.

Das betagte Ehepaar von Ludwigshöhe 17 stieg in sein Auto. Das Hörgerät der Frau war von der Dauerwelle verdeckt, seines war sichtbar. Er legte den Rückwärtsgang ein, sie strich ihm über die altersfleckige Hand. Er bremste und wartete, bis die Polizeistreife die Ausfahrt passiert hatte.

Elisabeth Huber humpelte durch den Garten. Spaziergänge

waren ratsam gegen Thrombose. Zudem hatte sie Stippvisite im Gewächshaus gemacht, von dem es hieß, daß Herr Deutler dort ein Burgtheater gegründet habe. In der Tat hatte die Witwe unterm grünen Glas ein Podest mit Windlichtern an der Rampe vorgefunden, dazu zwei Reihen Stühle. Es war aber leider nichts gespielt worden – es hätte wunderbar abgelenkt und vielleicht schöne Gedanken gebracht. Wie lange war sie nicht mehr im Theater gewesen und hatte sich in fremde Schicksale entführen lassen! Das ließ sich nicht mehr nachholen. Sie hätte vieles doch am besten gleich verwirklichen sollen. Allein Erna Jakoubek hatte im Eck der Parkettbestuhlung gekauert. Trotz Wachs in den Ohren bedeuteten Tagesstunden im bedrohlich aufgewühlten Haus für die Kioskpächterin zunehmend das Inferno. Von den nächtlichen Chören gar nicht zu reden – in der Orangerie herrschte Stille, und da sammelte sie Kraft. Elisabeth Huber hatte selbst unsinnig «Pst!» gesagt. Die verunglückte Weindiebin suchte einen Pfad durch niedriges Gras. Sie trug den Hut, den sie für die Stadt nicht mehr brauchte. Mit Schaudern dachte sie an alle Ansprüche und Bedrängnisse dort zurück. In ihrem leichten Dämmerzustand, der so unangenehm nicht war, wäre sie nun am ersten Zebrastreifen überfahren worden. Wie es in der Stadt brauste und tobte. Wie Raketen schossen die U-Bahnen in die Stationen, alle hasteten, mußten Geld beschaffen, um es auszugeben, sich um den Abend und die Zukunft sorgen, mit Mieterhöhungen rechnen, man vergiftete sich zeitlebens durch Essen, Wasser und Straßenausdünstungen. Alles dort war so dringlich, daß man folglich fast nur noch an sich selbst dachte. Sie gewahrte Sauerkirschen. Wollte eine tüchtige Hausgefährtin späteren Mutlosen Kompott hinterlassen, mußten die Früchte bald gepflückt werden.

Tief atmete sie den Gartenduft ein. Saloppe Worte wollte sie auf einmal nicht mehr hören, nichts Knappes und Flottes mehr zu Leben und Tod. Sie war melancholisch und würde sich nicht dafür entschuldigen. So war es doch draußen – wer nicht lachte, galt als krank. Vielleicht hatte sie diese Erwartung an ihrer Freundin Gerda gestört. Die Beschwingte hatte sie immer munter haben wollen. *Schau nicht so ernst … du bist labil, Betty … fehlt dir was, oder warum siehst du aus dem Fenster? Sag doch was! Laß nichts an dich herankommen, dann bleibst du frisch … schau, das Leben ist eine Komödie. Gib dir einen Ruck und geh mal in einen Zeichentrickfilm …* Vieles war ernst und hatte es zu bleiben, die Welt war kein Flohzirkus. Kurz blickte sich Betty Huber um, um zu Erna Jakoubek zurückzukehren und ihr zu gestehen: *Ich bin traurig.* Erst nach solch einer Beichte konnten sich die inneren Schleusen öffnen. Früher, manchmal, hatte sie von Liebe, von einem Mann geträumt: Er saß, allein mit ihr, in einem Zugabteil. Plötzlich sagte der Fremde in ihrem Traum: *Ich mag Sie, aber ich bin durch vielerlei traurig. – Ich auch, freute sie sich dann, erzählen Sie. Alles. Der Reihe nach und langsam oder wie Sie wollen.* Vor Erreichen ihres Fahrtziels stiegen sie beide Hand in Hand aus, mieteten sich ein Hotelzimmer, erzählten einander von ihren Verletzungen, Ängsten, ihrer Scheu, ließen dabei ihre Hände nicht los und schliefen schließlich seliger ein, als all die Lauten rundum, trennten sich nur kurz, um dann für immer Wärme und Aufmerksamkeit zu genießen. Nein, kein müdes Trauerspiel wurde ihr Zusammensein, Vertrauen, Behutsamkeit und Nachsicht waren die Basis gewesen. Zutiefst lustvoll entdeckten sie sich gegenseitig. Aber dieser Mann hatte nie in einem Zug gesessen, oder sie hatte nicht den Mut gehabt, ihn anzusprechen.

Statt dessen die Jahre an der Seite des unberechenbaren Konrad Huber und die Pillen der Altenpflegerin mit Nebenhandel. Die Traurigsten konnten die Mutigsten werden oder verschwanden klanglos. Betty Huber empfand Lust, in einem Stück von Herrn Deutler aufzutreten, egal, als was, sich preisgeben, vernehmlich werden, rückhaltlos spielen vor den übrigen. Nicht immer dieses klägliche Ersticken. Revue.

Wie eine Königinmutter kam sich Betty Huber vor, mit Hut und im hellen Mantel, ihre Blessuren und der Fußverband stimmten mit Alter und Fährnissen überein.

«Immer fleißig», sprach sie Bauer an.

«Gedeiht jetzt am besten.»

«Recht so.»

Das unermüdliche Faktotum hatte übers frischgegrabene Beet Fäden gespannt, maß eine Handbreit ab und pikierte den nächsten Setzling.

«Nach uns der Salat.» Sie hatte ihre Brille nicht dabei.

«Salbei und Liguster.»

In diesem Haus würde sie nicht alt.

«Wie geht's selbst?» fragte Bauer. Er lächelte ihres Wissens das erste Mal.

Sie nickte, «frische Luft tanken» und verharrte unschlüssig.

«Das Bein besser?»

«Geht so», lächelte sie beinahe geniert zurück. Sie schwiegen.

«Dann laufen Sie noch ein bißchen. Das braucht der Kreislauf. Einen guten Stock könnte ich vielleicht noch auftreiben.» Sie nickte dankbar, er wühlte wieder in der Erde.

«Sie sagen, wenn Sie einen brauchen.»

«Ja. Wunderbar, wie Sie alles in Schuß halten.»

Er brummelte und nahm eine Handschaufel. Rittersporn, Levkojen und einen Buchszweig für den Nachmittag hatte er bereits geschnitten. Die Ernte ragte aus einem Eimer.

Betty Huber umrundete den islamischen Blutacker und den gedämpft brummenden Schuppen. Sein winziges Fenster war schwarz.

Lind wehte der Wind.

Ilses Einsatz war unschätzbar geworden. Die Liebe zu Monika Berg erfüllte die im Büro drangsalierte Angestellte des Ludwigshafener Hochbauamts nicht gänzlich. Arbeit blieb dennoch das Beste, zumal sie die eigene, wie Clarissa, nach dreiwöchiger Abwesenheit wohl schon verloren hatte. Die junge dunkelhaarige Frau mit Ohrschmuckscheiben hatte sich einen Kittel zugelegt. Sie fuhr Wäsche zur Heißmangel, holte sie wieder ab, begann im Rückgebäude Fenster zu putzen und hatte sich vor allem Jakoba Hattingers angenommen. Die Angstschreie aus Zimmer 2 registrierte kaum jemand mehr – wie weiland vielleicht im Krieg einzelne Bombeneinschläge –, doch der hygienische Zustand der gesamten Beletage war desolat. Ilse hatte gelüftet, gebohnert und die bleiche Frau zu regelmäßigen Rundgängen in ihrer Behausung ermuntert. Jakoba Hattingers prekäre Sehnsucht, nicht vorhanden sein zu wollen, aber zuvor keinerlei Qualen erdulden zu müssen, erfüllte sich nicht. So blieb die Ängstliche in einem Zwischenreich. Weitere Besuche Hilde Hoffmeisters zwecks einer Psychoanalyse hatte Ilse unterbunden. In diesem Fall schien es besser, mit ihr ein paar Schritte zu gehen, auf ein Bröckeln der Versteinerung zu warten, als immer enervierter zu bohren: *Wo war denn nun der Hauptschock? Kann doch nicht sein, daß so gar nichts über die Lippen will. Spielt ein Phallus eine Rolle? Von Ihrem Vater oder Opa? – Ein bißchen Schwung muß doch da sein, entweder in Richtung Leben oder Keller. Wer tot sein will, muß vorher sterben. Hier tritt ja wirklich alles auf der Stelle* … Ilse brachte der Kranken Speisen schließlich ans Bett, legte eine Serviette zurecht, die Frau Hattinger sogar entfaltete, und las ihr einmal Gedichte von Gertrude Stein vor. Von grausigen Pflegezuständen im Land wußte die Pfälzerin, so daß sie es nur besser machen konnte. Sie massierte Jakoba Hattingers Rücken gegen gefährliche Druckstellen und mahnte immer wieder behutsamst an: «Bald kurz in den Garten.» – «Die dumme Natur», war es der sonst so Wortkargen einmal entfahren, «ekelt mich an. Ohne sie müßte ich nicht leiden.» Der Weg ins Grüne war weit. – *Vielleicht fällt ihr dort ein Ast auf den Kopf,* hatte Hilde Hoffmeister unkontrolliert bemerkt, *und dann ist Ruhe.*

Womöglich noch bedrückender als der Kasus der Bleichen war der Kummer Lea Patinis. Die junge Kaufbeurenerin war noch in sich gekehrter als ihre Nachbarin. Beide zusammen hätten die fast vollkommene niederdrückende Stille erzeugt. Lea Patini stand dürr und schwach in Nachtwäsche und Mantel am Fenster und zupfte nur manchmal an der Strickhaube. Zwei Chemotherapien hatte sie überstanden, als die Nachricht vom Unfall ihres Mannes sie erreicht hatte und sie in nächtlicher Verzweiflung aus dem Krankenhaus geflüchtet war: Das Leid Lea Patinis war nicht zu Ende zu denken. Die Frage, warum es ausgerechnet sie so vernichtend getroffen hatte, half nicht. Offenbar zu allem war die Frau zu kraftlos – was auch ein winziges Gutes hatte, empfand jedenfalls Ilse. So arbeitete die Zeit in ihre unbekannte Richtung. Bisweilen lachte Lea Patini am Fenster – man wußte nicht, worüber. Dann ließ sie wieder den Kopf hängen. Epoche und Welt spielten keine Rolle für sie. Einmal hatte Lea Patini den Versuch unternommen, sich zu betrinken. Elend war es ihr danach ergangen, doch schien sie wenigstens eine Änderung ihrer Lähmung erhofft zu haben. Es war nötig zu wissen, ob Lea Patini einen

Arzt brauchte, ob sie also nachts stillschweigend vor der Notaufnahme ihrer Klinik abgesetzt werden wollte. Mehrmals sprach Ilse die Leidende vorsichtig darauf an: «Das Haus kann Ihnen nicht medizinisch helfen, Frau Patini. Überlegen Sie, welcher Wille in Ihnen ist ...» – in solche Sprache hatte man sich hier mittlerweile schon geschmeidig gefunden –, «... vielleicht haben Sie Chancen. Die endlos erscheinende Trauer ist nicht das Ende.»

Lea Patini hatte sich umgewandt: «Arbeiten Sie für oder gegen das Haus?»

«Sie reden. Das ist viel wert.»

Lea Patini schwieg.

«Geben Sie Bescheid. Klinik oder noch innere Kräftigung. – Sie sind Malerin? Der Vater von Frau Weizmann war auch Maler, in Estland.»

Lea Patini deutete nach draußen. Zwei Eichhörnchen tollten den Birkenstamm hinauf und hinab.

Gegen Mittag kehrte Clarissa mit Paketen aus der Stadt heim. Sie stapelte sie auf dem Tisch im Glaszimmer. Die farbigen Lackkartons mit bunten Schleifen erinnerten von ungefähr an Mitbringsel, wie man sie wohl vornehmlich auf der New Yorker Park Avenue verpackt bekäme. «Hat jemand Geburtstag?» fragte Monika in die kleine Runde. Clarissa zupfte die Handschuhe von den Fingern: «Sämtliche Melodramen von Douglas Sirk für dich, Schwesterherz, von *Habanera* bis *Written in the Wind*. Für dich, Ulrich, ein Löwe aus Nymphenburger Porzellan.» Erstaunt nahm er das Präsent in die Hand. «Und Ilse bekommt, na, schau selbst.» Ihr Elternhaus durfte nicht schlecht gewesen sein. Die Beschenkte machte beinahe einen Knicks. «Wir müssen uns dringlich Freuden bereiten. Sonst drehen wir durch.» Für sich selbst hatte

Clarissa eine Uhr mit leuchtendblauem Zifferblatt gekauft. «Weiter so», freute sich Monika.

«Bald sind wir fort.»

Ulrich zog vorsichtig den Löwen aus dem Seidenpapier. Ilse entdeckte in ihrer Schachtel ein schlichtes Lederarmband mit breiter Silberschnalle.

«Auf geht's, laßt uns schlemmen.»

«Hast du die Kupplung nachschauen lassen?»

«Ich fahr' morgen in die Werkstatt.»

«Los. Ab geht die Post.» Die vier griffen Mäntel und Jacken und eilten hinaus.

Die Spiegel waren verhängt.

Zu diesiger Stunde bevölkerte sich die Halle. Greta von Meyenburg verließ das Bad und richtete die Locken. Die Puderdose verschwand in Hanna Reuttes Jackentasche. Tassilo Wang rückte Gürtel und Hosenbund zurecht.

Unten am Konsoltisch wartete Jürg Jüssen.

Obwohl außer der Domina niemand schwarze Kleidung vorrätig hatte, bewirkten Halbdunkel, ernste Mienen und verhaltene Bewegungen den feierlichen Eindruck. Die Tür zu Ute Wimpfs Meditationsraum stand offen. Wer wollte, konnte verbliebene Schalen, Filze und Räucherstäbchen auf dem Tisch betrachten. Gewiß nicht für lange konnte mit solchem Aufwand der Entschwundenen gedacht werden, die auf ihrem Fensterbrett einen Büttenbrief hinterlassen hatte. Aziza schloß sich Hanna Reutte an. Markus Fehling hatte sich rasiert. Die Trauernden betraten nach und nach den Andachtsraum. Olaf Deutler hatte das Mögliche bewegt, um dem hohen Gelaß einen Anstrich übergeordneter Würde zu verleihen. Stühle standen aufgereiht. Auf dem Tischchen vorm Fenster prangten in zwei Vasen die Gartenblüten. Bengalische Lichter wärmten beinahe körperlich. Als hätte man sich von der Schäftlarner Abtei Beistand geliehen, läutete von fern her die vierte Stunde. Hilde Hoffmeister nahm neben Erna Jakoubek Platz. Weniges war sinnvoller, als sich gemeinsam in einer über Jahrhunderte erprobten Zeremonie zusammenzufinden. Erna Jakoubek war hin und wieder gern in die Kirche gegangen und hatte sich dort wie in einer erwachsenen Kinderschar gefühlt, die sich an den fernen Vater wandte. Markus Fehling hatte selbstverständlich seit Jahren keiner Messe beigewohnt, da zwischen Geklingel und Psalmodieren sein letztlich majestätisch freies Ich von einer verlogenen machtgierigen Kaste umgarnt, eingeräuchert und verdaut werden sollte. Fröstelnd spähte Betty Huber nach einem Sitz, «an Gräbern holt man sich stets die Grippe oder den Tod.»

Aziza scheute an der Schwelle. Die Imamitin hatte bereits schwer gesündigt und würde wohl nie das Paradies betreten. Nun aber setzte sie sich obendrein der heidnischen Dreigötterei aus *Vater, Sohn und Heiliger Geist* aus und forderte damit womöglich ihre jenseitige Steinigung heraus. Falls Allah nicht vielleicht auch Gott war und umgekehrt. Überdies war sich das Mädchen noch immer nicht klar darüber, wie viele noch heidnischere Juden mit einer Phalanx von Propheten – statt des *Einen* – sich unterm kalten Burgdach befanden. Daß Estella Weizmann, mit der sie das französische Bett teilte, ein Kinderlied gesummt hatte, das in hebräischen Worten ausklang, war verwirrend genug. Und diese Schwestersprache verstand die Syrerin leidlich. Was taten diese Leute überhaupt alle in diesem Haus, fragte sich die Siebzehnjährige ängstlich. Sie sehnte sich nach den Küssen Sergios und hatte ein Angebot Hanna Reuttes angenommen, gemeinsam einen Brief nach Venedig zu schreiben. «You have to eat more.» Die Domina schob die Syrerin durch die Tür.

Man saß. Man räusperte sich. Man betrachtete die Blumen und bemerkte mißbilligend, daß Tassilo ein Bein über das andere schlug. Nicht unerwartet trat Frau Weizmann, die immer noch lebte, neben den provisorischen Altar und bat als erstes um Entschuldigung. «Es ist keine Stimme mehr da, nur Gekrächz, aber Frau Reutte bat mich inständig. So ist es denn auch mein Abschied von der Musik.»

Ein wenig geplagt von solchen Ankündigungen, glitt Fehlings Blick über die Kapellendecke. Statt eines Granitgewölbes oder sixtinischer Fresken ein Stuckkranz um eine Glühbirne. Estella Weizmann hatte das Lied für die Trauerfeier klug gewählt. Die vermutlich baltische Volksweise, die sie wegen des Stimmbandleidens eher summen als intonieren konnte, rief Stimmungen von Ostsee, Weite, Abschied und doch Wärme wach. *Dahin, dahin* und *an der Narwa* meinte man manchmal aus dem Gesang zu verstehen.

Sehr zögerlich trat Hanna Reutte vor. Ein Problem der Trauerfeier für Ute Wimpf war es, daß man keinen Präzedenzfall für eine Entschwundene kannte, der ohne Liturgie und dennoch würdig gedacht werden sollte, wie es Hanna Reuttes unbedingter Wunsch gewesen war.

«Ich», begann sie leise in ihrem schwarzen Hosenanzug vor der Trauergemeinde, «habe nie öffentlich gesprochen.» Jeder sah ihre Hände zittern. «Ich habe lange darüber nachgedacht … was ich sagen soll.» Sie schluckte. «Mir kam vieles in den Sinn. Ute war lieb. Lange kannte ich sie nicht. Manches, was mir einfiel, schien mir nicht zutreffend. Dann», sie stockte, «dachte ich, ich sage etwas anderes, was zu Ute paßt, mit der ich am Brunnen saß.

Meine Gedanken … da ich nie öffentlich geredet hab' …» Sogar am eigenen Gaumen spürte man, wie trocken der Hanna Reuttes war.

«Keine Angst, hier darf jeder scheitern», kam ihr Fehling zu Hilfe. Der Satz schlug auch bei ihm selbst wie eine Bombe ein. Man blickte sich an. Dergleichen hatte man noch nie gehört, zumindest nicht als Aufmunterung. «Alle Achtung», vernahm man von Tassilo Wang, der einen Arm auf die Rückenlehne von Betty Huber gelegt hatte. Einigen stand es ins Gesicht geschrieben, daß der Moderator aus dem Stegreif eine revolutionäre Philosophie benannt hatte. Atemberaubend, was es bedeutet hätte, wenn es in Beruf, Liebe und Alltag irgendwo geheißen hätte: *Wenn Sie scheitern, sehen wir weiter* … Streß, Leistungsdruck wären nichtig geworden, nicht mehr gehetzt wäre man, sondern entspannt und gedankenreich gewandelt. *Heute fühle ich mich matt. – Macht nichts. – Morgen werde ich um so motivierter sein. – Keine Sorge, Dienst soll auch Freude sein.* – Angesichts solcher Laxheit, die jeder nur zu gerne akzeptiert hätte, wäre das Land allerdings vielleicht binnen kurzem zu einem Matratzenlager verkommen, auf dem die erlaubte Inkompetenz döste. Ein Ashram in der Mittagspause. «Scheitern?» dachte Fehling halblaut für sich selbst nach, «was meint das überhaupt? Noch bin ich. Das könnte für mich reichen.»

Seine Ermunterung hatte die Freundin eher noch ärger aus dem Konzept gebracht, und Jürg Jüssen war's, der sich als Kavalier erhob und halb vor die Gedenkende trat. «Frau Wimpf kannte ich nur flüchtig.» Man spürte den erfahrenen Redner. «Was sich mir offenbarte, war charmant. Bedrängt, aber liebenswert, zartfühlend war Frau Wimpf – sonst wäre sie nicht hier gewesen –, eine Dulderin par excellence.» Die feuchtkühlen Wände umschlossen die Trauernden angemessen. Gerne ließ man sich etwas sagen, das eine andere meinte. Und so übel auch alles war, wurde hier und da empfunden, es war beruhigend, daß man der Genossin gedenken konnte und nicht sie hier um einen selbst trauerte.

«Sie genießt die Ruhe, nach der wir uns inniglichst sehnen», fuhr Jüssen fort. «Tand ist ihr der Tand der Welt und nicht einmal mehr das. Wir dürfen Ute Wimpf beneiden ...»

Betty Huber wiegte den Kopf.

«Das Leben ist vielleicht nur ein Unfall, für das wir kurz unsere eigentliche Heimat verließen, das All, die Gefilde der Seligen, das Plasma. Letzteres ist natürlich nur eine wissenschaftliche Vorstellung. Der irdischen Betriebsamkeit ist unsere Gefährtin ledig. Nicht mehr Lüge und Unrast umgeben sie, Gewalt, die sie schmerzvoll verabscheute. Was wissen wir von ihr? Wenig», der Geologe fand manch richtiges Wort: «Um so reizender ist es, an sie zu erinnern. Dunkel bleibt für uns ihr Leben, es ist somit reines Leben. Wir sehen Ute – ich darf sie so nennen – als Kind spielen, lachen, weinen. Sie erfreute, was uns erfreute. Der Geburtstag, der erste warme Sonnenschein im März, später der Blick eines Liebenden, für den ihr Herz schlug. Ute fühlte, horchte, schlief manchmal unruhig ein, träumte ihre Träume, erwachte in einen Regentag. Ihr Atem glich unserem Atem, war hoffnungsvoll, manchmal energisch, verhalten zwischendurch, wenn Furcht sie befiel. Ihr Blut pulste wie unseres, und so war sie unsere Schwester. Als Lehrerin ... – wieviel sie jungen Menschen mit auf ihren Weg gab, wir wissen es nicht. Doch Dutzende leben und wirken auch zu dieser Stunde mit jenen Kenntnissen, Erfahrungen, die Ute ihnen nahebrachte. Es ist ihr Erbe. Liebe und Zivilisation hinterließ sie. Dazu ihre Gesten, ihren Gang, ein für immer entschwundenes Lächeln. Das Wissen um Nöte hinterließ sie und wärmte auch damit die Menschenfamilie. Ute, farewell! Du hast deinen Teil geschenkt und geleistet. Du, in deiner Weise Einzigartige, wirst nicht wiederkehren. Glück auf, Freundin, im fernen Reich. Die Lebenden rufen es dir liebend zu.»

Jüssen mußte abbrechen. Fast nur noch Wang hielt dem Tränenfluß stand. Hilde Hoffmeister wurde geschüttelt von Kummer. Der Redner wußte selbst nicht, woher er auf einmal diese Worte nahm. Hanna Reutte legte ihm die Hand auf den Arm. Betrauerte man sich selbst? Olaf Deutler drängte aus der Kapelle, während Lea Patini und Christian Neusser eintraten. Wieso liebte auf einmal jeder Ute Wimpf? Durch den kleinen Raum schien ein Mysterium zu fluten. Alle Ohnmacht des Menschen als Stärke, sein Leid als Mitleid. Und Hoffen über das Wahrnehmbare hinaus. Was er mehr liebte, das Dunkel oder das Licht, wußte zur Stunde keiner.

Jüssen wischte sich mit dem Sakkoärmel über den Mund. Er räusperte sich, während Hanna Reutte auf den Stuhl neben Fehling sank.

«Sie streifte», fuhr Jüssen fort, «ihr Übermaß an Kummer ab. Wir wissen nicht, wieviel Leid die Gottheiten dem Menschen zumuten wollen und wann der Mensch sich selbst fortnehmen darf. Und ob auch dieses einem Plan entspricht. Hier verwandelt sich Vernunft in Mutmaßung und Glaube. Jeder blicke in sich selbst hinein. Ute war, wie viele von uns, eine Heldin des Alltags. Ob sie am Schluß auch eine Heldin war, wir wissen es nicht. Am Schluß dachte sie an sich selbst. Emsiger und hoffnungsloser denn je. Der Held bringt Opfer für andere und fürs Gute. – Ich weiß nicht, ob ich als Held gehe, wenn ich mich in Sicherheit bringe.» Er stützte sich am Tisch ab: «Gedenken wir Utes, der Reifen, der Bedachten, der Unbedachten. Düsterer Glanz umgibt sie. Sie gab sich auf. Wir denken schweigend, scheu und entsetzt an sie.» Die Unruhe vor sich mußte Jüssen bemerkt haben. Er nickte ins Auditorium. «Aller Segen begleitet dich», endete er seine Ansprache.

«Es gibt ja gar keinen Beweis», murmelte Hilde Hoffmeister ihrer Nachbarin zu. «Wofür?» fragte Erna Jakoubek. «Daß sie tot ist», vernahm sie. Schweigend blieb man beisammen und erinnerte sich gerne an die beschworenen Bilder eines jungen Mädchens, das sich auf seinen Geburtstag freute, an die Hausgenossin, die im roten Kleid die Treppe herunterstieg, an die Stimme – an die einmalige Schwester.

Geräuschlos erhob sich Dr. Lay und dankte mit sehr offiziellem Handschlag Jüssen: «Gut, vorzüglich, eindringlich.» «Es bräuchte zum Abschluß noch Musik», entschuldigte sich der Wissenschaftler grundlos. «Das nächste Mal geht es schon mit Erfahrung.» Die Verbliebenen prüften einander mit gewissem Schrecken.

«Früher nahm Jesus alles Leid der Welt auf sich», erklärte die Kirchgängerin Jakoubek im Aufstehen.

«Man spürt nur nicht immer, wann genau.» Hilde Hoffmeister nahm ihre Handtasche.

«Spielt keine Rolle», hörte sie.

«So?»

Hanna Reutte klatschte leise in die Hände. «Wie manche vielleicht wissen, habe ich mit Aziza einen kleinen Imbiß vorbereitet.» Der Hinweis stieß auf größte Gegenliebe. Der Springreiter schob sich abgeschmackt schnell an Norbert Sims vorbei, der mit der Betrauerten gleichfalls nie ein Wort gewechselt hatte. Vernommen hatte der Kassierer nur, daß sie eines Nachts an einer

Schießerei beteiligt gewesen sein sollte. Darüber wollte er mehr wissen. Dr. Lay überflog einen Zettel: *9 Uhr Frühstück, 10 Uhr Gespräch mit F. über Literaturkritik im Rundfunk, 11 Uhr 30 Aufwartung bei Frau v. Meyenburg. 14 Uhr Mittagsruhe, 15 Uhr Windlichtreparatur mit O. D. in Orangerie, 15 Uhr 30 Krawatte und Jakkett anschl. Trauerfeier ... ca. 22 Uhr: endgültige Erkundung* ... Der Terminkalender quoll über.

«Ich fühle mich so herrenlos», gestand Betty Huber beim Wechsel in die Halle. Hanna Reutte hakte sich bei Fehling unter: «It is your time», nickte sie Aziza zu. Diese wirkte erstmals ein wenig stolz und glücklich, als sie das Tuch von der Barkonsole zog. Der leckere Duft verströmte sich sofort. Vor Sparschwein und Flaschen lockten Mezze vielerlei Sorte zum Leichenschmaus. Den Humus zierte Petersilie, übers Auberginenmus hatte sie Zitrone geraspelt, und zwei Pyramiden aus Falafel dufteten würzig nach Koriander und Kreuzkümmel. Ein Applaus für die Köchin nahöstlicher Köstlichkeiten klang spontan auf. Aziza verbeugte sich kurz. Die magenleidende Meisterin wich einen Schritt zurück, als Jürg Jüssen ohne größere Umstände das Büfett eröffnete, sich Hackfleisch und braune Bohnen auf den Teller löffelte. Fehling entkorkte Prosecco. «Da Ute uns gewiß Glück wünscht, können wir auch ein bißchen feiern.» Die bewährte Marke, die nicht nachsäuerte, fand Zuspruch. Gläser erklangen, da und dort im Leuchtersaal waren ein «Prosit», «Auf die Wimpf!», «Letzter Schwips», «Pompeji ist durch seinen Untergang bedeutsam» zu vernehmen. «Die Direktion hat sich abgesetzt.» «Sie fiel mir schon vorher nicht auf.» – Deutler hatte sich wieder eingestellt und schleppte Sitzgelegenheiten aus der Kapelle in den Patio. Stets erschien jeder ein bißchen bunt zergliedert durch das Licht, das sich in der immensen Butzenwand brach. «Das ist mir zu absurd. Alles», hörte man plötzlich die Stimme Greta von Meyenburgs, die ihr Glas abstellte und sich zum Gehen anschickte. Nach einer Denkpause nahm sie erneut ihr Getränk und wandte sich sogar lachend an Xaver Bauer, der allerdings wohl am dringlichsten Aufklärung benötigte: «Hätten mich nicht Bühne und Film gerufen, wäre ich gerne ein Original geworden, wissen Sie. In meiner Jugend gab es viele Originale. Einzelgänger, die in Charlottenburger Mansarden wohnten, nur mit einem Buch in der Hand spazierengingen, Kakteenzüchter, schrullige Gestalten, die unterm Schirm mit Tabakspfeife auf dem Savignyplatz stundenlang die Passanten beobachteten, Marktweiber in Havelländischer Tracht, genügsame Eigenbrötler, die aber Tag und Nacht beim Sechstagerennen zubrachten, mit gekochten Eiern und Thermoskanne. Gebürtige Schlesier waren stets erkennbar anders als die zugewanderten Mecklenburger. Selbst mein Vater, aus Potsdamer Familie, stellte morgens in seiner Praxis die kleinen Büsten von Virchow und Humboldt auf und nahm sie abends wieder mit fürs Wohnzimmer. Eigentümliche Menschen imponieren mir immer, sie leben ihre Richtung und sind nachsichtig mit den Verschrobenheiten anderer. Originale sind kostbar! Die Farbe ist aus dem Alltag heraus. Im Grunde leben wir in einer Fabrik, alle mit ähnlichen Handgriffen und Wünschen. Nicht schön, erschreckend. Man möchte gar nicht später geboren sein. Dann sähe man nur noch dasselbe Stück und dieselben Zuschauer. Nun, mein Herr, die Kunst hat mich vor solcher Anpassung bewahrt, ja, eine Zeitlang war ich bei Maske und Kostüm wegen meiner sprunghaften Launen sogar gefürchtet. Aber auch Launen verweisen auf charakterliche Farbe. Es muß sie nur jemand zu schätzen wissen, nicht wahr?» Xaver Bauer reagierte nicht. Stirnrunzelnd starrte er die Mimin an. «Nun ja», sagte er plötzlich.

«Na, sehen Sie.»

Plötzlich dämmerte der Berlinerin ein furchtbarer Vergleich. Derartig straff zurückgekämmtes Haar, gelichtete Schläfen, fast rundes Gesicht, mit vorderhand nichtssagendem, rasch jedoch manischem Ausdruck – das erinnerte sie an den Anblick Martin Bormanns, den sie als Mädchen auf dem Wilhelmsplatz in einem offenen Mercedes gesehen hatte. Doch sie durfte einen Gärtner nicht mit einem Massenmörder vergleichen. «Um Gottes willen, Pardon», sagte sie für Außenstehende unvermittelt und drückte kurz den Arm Bauers, der für Betty Huber einen Schritt beiseite trat. «Den Verlust von Eigenbrötlern beklagt Frau von Meyenburg», griff Olaf Deutler die belauschten Worte laut auf. «Da hat sie wie immer recht», stimmte Dr. Lay zu, der einen Hosenträger wieder am Bund befestigte: «Wo keine Originale, da auch keine Menschen. Wir sind zu einem Einheitsbrei püriert worden, gehorsame Untertanen weltweit gleicher Ansprüche.» Wiewohl das Thema nicht jeden interessierte, nahmen dennoch einige Trauergäste sich gegenseitig ins Visier. Insbesondere die Domina, die den Moderator küßte, der todgeweihte Springreiter, Aziza, die Jürg Jüssen Hackfleischkugeln nachlegte, eine Schauspielerin in spitzenbesetzter Mantille, hinter ihr der vom Kauern hinter Registrierkassen verkrümmte Norbert Sims, vielleicht gar man selbst, wirkten durchaus noch unverwechselbar und einprägsam. Gewiß auch Hilde Hoffmeister, die in einem Hauswinkel Nylons mit Naht aufgestöbert hatte und nun mit akzentuiertem Bein Tassilo Wang im Blick behielt.

Neben dem Zahnarztsohn sendete stumm der Fernseher, der niemanden mehr interessierte. Wang kniete daneben vor den CD-Lautsprechern und fummelte zwischen den Boxen und seinem Musik-Player mit einem Kabel. «Gut», bestärkte Hanna Reutte ihn in seinem Vorhaben, «das dürfen wir.» Stereo funktionierte die improvisierte Übertragung zwar nicht, aber zumindest aus einer der Boxen quoll gedämpfter Discosound. Da der nach eigenen Angaben von allem oder nichts gefesselte Wang von byzantinischen Monodien über Renaissancechoräle, vom Frühlingsstimmenwalzer bis zu westafrikanischem Rap dreitausend Titel gespeichert hatte, mochte er auf eine willkommene Klangwelt geraten. Besonders Aziza, die keineswegs vergehen wollte, schien von den Takten eines Hamid El Shaeri-Groove beglückt.

«Es ist so einfach, von hier fortzukommen», raunte Hanna Reutte ihrem Liebhaber zu. «Wir gehen durch die Tür, Markus, und sind weg. Die Luft, die Welt, das Schöne. Wieder Bummeln durch eine Straße, uns verabreden, ins Kino gehen. Und du wirst vorm Mikrofon wieder Palästina, Globalisierung, Tarifverhandlungen, Sachzwänge und all den Kram sagen und dazu das Passende kommentieren können.»

Hinter den beiden packte Hilde Hoffmeister die Hüfte Erna Jakoubeks und legte ihr die Hand auf die Schulter. Zum neu orchestrierten und gesungenen Evergreen *Kein Schwein ruft mich an* schoben die beiden Frauen über die Fliesen. Heinrich Lay forderte Frau von Meyenburg auf: «Mit Ihnen, das hätte ich nie zu träumen gewagt.» Olaf Deutler wandte sich notgedrungen an Elisabeth Huber, die trotz abklingender Prellungen nur mäßigen Foxtrott zuwege brachte. «In meinem Alter mit einem jungen Regisseur. Planen Sie noch was?» Xaver Bauer schenkte sich Prosecco ein und behielt die Paare im Auge. Aziza ließ sich widerstrebend von Jürg Jüssen einige Standardschritte zeigen. Sie schien zu filigranerer Rhythmik fähig. Christian Neusser wußte schon längst nicht mehr, was er vom Hospiz halten sollte, sehnte sich nach seinem versteigerten Wallach Alonso und schüttete

Brandy in sich hinein. Der war gewiß mindestens so vergiftet wie der Tee. Norbert Sims beherrschte keinen Paartanz und zappelte am Rande des Gedenkfests, wo Estella Weizmann Honiggebäck genoß. Während Xaver Bauer einen Besen für die Weißbrotkrümel rund ums Büfett holte, ließ Lea Patini sich in einen Sessel sinken und schloß die Augen. Allein am Fensterkreuz konnte sie jederzeit wieder stehen. «Ist noch Mai oder schon Juni?» fragte Deutler an Fehling gewandt. Er erntete ein Achselzucken. Reichlich Schaumwein auf Erbsenmus tat das seinige. Unterm Leuchterrad walzten Uhrenhändlerin und Kioskpächterin übers Schachbrett, ehe zu noch fortgeschrittenerer Stunde Aziza, wenngleich völlig nüchtern, sich zu einem Bauchtanz überreden ließ, bei dem sich ein applaudierender Kreis um sie bildete. Deutler streute einfach die Blumen um sie aus. Zu diesem Zeitpunkt war Christian Neusser bereits derartig betrunken, daß der leicht o-beinige Sportler durch die Ballgesellschaft torkelte und nach den Damen zu guter Letzt noch Tassilo Wang küssen wollte. Endlich probierte Betty Huber mit Xaver Bauer zwei links, zwei rechts. In einer Ecke berichtete Norbert Sims aus seiner Kindheit, Hanna Reutte schilderte Lea Patini detailliert, welche Erlebnisse als Au-pair-Mädchen in Marseille ihr Leben bereichert und grundlegend verändert hatten. Nachdem Fehling Zigarettennachschub aus dem Automaten dreihundert Meter hügelabwärts gezogen hatte, probierte Neusser erstmals das Rauchen: «Schmeckt, regt an, bleibt schick, was haben die Idioten denn nur dagegen?»

«Wann genau», erkundigte Greta von Meyenburg sich bei Lay.

«22 Uhr. So war's geplant.»

«Heute?»

Ihr Tänzer bejahte.

46

«Der Rehbraten war fabelhaft.»

«Aber die Kupplung muß repariert werden. Sonst geschieht noch ein Unglück.»

«Und danke nochmals fürs schöne Armband.»

«Mir ist kalt.»

Clarissa drückte die Klinke des Russenzimmers. Abgeschlossen. Sie war beruhigt. Die Geschwister und Ilse rochen Kneipendunst. Der Parcourssieger von Melbourne schnarchte im Sessel. Neben Flaschen lagen Schlips und Lippenstift auf der Konsole. Ulrich zog seine Jacke aus. In der Küche entdeckte Ilse trocknende und noch schmutzige Geschirrberge. «Sie schlafen früh», bemerkte sie.

«Ich auch», gähnte Monika. Clarissa entdeckte eine Levkojenblüte auf dem Stein. «Links oben brannte Licht», sagte ihr Bruder. Er sperrte die Glastür auf. Clarissa folgte ihm in die Privaträume. Plötzlich sehr besorgt warf sie einen Blick in die Halle. Die Kabel steckten nicht in den Lautsprecherboxen. Das Gerät würde sie morgen wieder in Ordnung bringen. Langsam schob sie die Tür zu.

47.

Die Schar war klein.

Ihr Geflüster störte Christian Neusser nicht. Er hatte nicht in seine Dachkammer gewollt. Elastisch gekrümmt, schlief er im samtenen Fauteuil. Sein Gesicht glänzte rosig. Die Wange war auf seine Hand gebettet.

Der grüne Pfeil.

Er flößte Schrecken ein.

Die Schauspielerin drängte sich an Dr. Lay. Olaf Deutler hielt die Altarkerzen. Reutte und Fehling atmeten schwer. Es war Zeit, daß man sich dem Ende stellte. Der Lichtschein spielte über Wangs Haut und seine Bizepstätowierung. Auf Hilde Hoffmeisters Gesicht zeichneten sich die Spuren der Feier und des kurzen Erholungsschlummers ab.

«Wir gehen ins Nichts», murmelte Erna Jakoubek.

«Sie voran.» Greta von Meyenburg nickte Heinrich Lay auffordernd zu.

«Es ist unausweichlich.»

«Gut, wenigstens das zu wissen.»

Olaf Deutler leuchtete dem Verleger. Er faßte ängstlich den Griff der Kellertür.

«Wir vollbringen's zusammen?» fragte die bucklige Sängerin an Wang gewandt. Lay drückte die Eisenklinke. Durch den Spalt strömte kühle Luft. Ein übler Geruch wehte sie aus der Tiefe an. Betty Huber grauste vor der Zementstiege, auf der sie bereits Blut vergossen hatte. Greta von Meyenburg bekreuzigte sich. «Ihr seid meine letzten Menschen.» Estella Weizmann bebte am ganzen Leib. Verschwunden, entschwunden, alles, was gewesen war, Kindheit, Ausbildung, Engagements – sie stellte sich dem Endgültigen.

Lay zog die Holztür auf. Deutlers Kerzenlicht erhellte den oberen Teil des Wegs.

«Tod, Tod», wiederholte die Estin, «der schreckliche, der süße Hafen gehört zu mir. Er beruhigt mich.»

«Was fürchtet ihr, was alle vor euch bewältigten und nach euch bewältigen werden? Seid das Neue, dann macht Platz dem Neuen.»

Tassilo Wang zog die Wolldecke um seine Schulter zusammen. Markus Fehling fühlte Hanna Reutte noch fester an seiner Seite.

«Gewißheit stärkt.»

Dr. Lay setzte seine Brille auf. «Hinab in den Schoß und dann hinauf zu den Sternen.»

«Wir, ausgerechnet wir beisammen», Hilde Hoffmeister blickte sich um, «das hätte ich nie vermutet.»

«So ist's am Ende. Man hat keine Wahl. Fremde sind um uns.»

«Egal. Familie.»

Lay hatte sich vorbereitet. Er schlug das Buch aus dem Lesemobil an einer markierten Seite auf. Die Augen versuchten sich im blakenden Schein auf die Buchstaben zu konzentrieren. Hinter ihm trat Norbert Sims auf die Treppe, andere stützten einander. Deutler hielt neben ihm die Hand vor den Docht.

> «Den tiefen Schlaf zersprengte mir im Haupte»

begann Lay den Weg in die Tiefe –

> «Ein Donnerkrach, daß ich zusammenschreckte,
> Wie einer, den man jäh des Schlafs beraubte.»

Er versuchte den Finger unter den Zeilen zu halten –

> «Ich fand mich wirklich dicht am Felsenspalt,
> Der abwärts führt zum schmerzensreichen Grunde,
> Draus ewger Jammer donnernd widerhallt.»

Er las abgebrochen, buchstabierte notdürftig, blickte auf die Stufe, blätterte –

«Ein Ort der Hölle, namens Unheilsbuchten,
Hat Eisenfarbe und ist ganz von Stein,
Wie auch der Damm, der einschließt diese Schluchten.

Voran mit unserm Schritt die andern Schatten,
Darum betrachte jetzt auch die Gesichter,
Die wir bislang noch nicht gesehen hatten!»

Greta von Meyenburg stützte sich an der Kellerwand ab.

«Verruchter Seelen voll sind drei Höllenzonen,
Doch daß du später frei zum Sehen bist,
Vernimm jetzt, wie sie und warum hier wohnen!

Kern jeder gottverhaßten Bosheit ist
Der Zweck: dem Nächsten Unrecht zuzufügen
Durch Trug, Gewalttat oder Hinterlist.

Zurück ruf außerdem dir in den Sinn
Die Genesis! Dort heißt's Arbeit ist Leben!
Im Schweiß des Angesichts nur blüht Gewinn!

Den Wuchrer aber spornt ganz andres Streben:
Er schmäht Natur samt ihrer Jüngerin
Und hofft und trachtet dem Gewinst ergeben!

Doch folge nun, nach vorwärts drängt mein Sinn,
Die Fische zittern schon im Sternenreigen,
Ganz nach Nordwesten lenkt der Wagen hin.»

Von Sternenbildern war nichts zu sehen. Doch wackelnd und wankend stieg die Schar in den Erdgrund –

«Aus jedem Loch vorragend ich erblickte
Der Sünder Füße bis zum Wadenrand,
Sonst war der Leib verdeckt. Von draußen schickte
Das Feuer auf die Sohlen hellen Brand.

Weh! Was für alt und neue Wunden kerbten
Die Flammen ätzend ein dem weichen Fleische –
Mich schmerzt noch heut das Los der Heilsenterbten.»

«Die Hölle hat die Bilder, die wir uns von ihr machen», flüsterte Fehling. «Lager, Mord.»

«Aber Strafe für die Bösen.»

Der Trupp, der sein Ende erkundete, hielt inne. Unterhalb der Stufen beleuchtete Deutlers Licht einen Tisch. Stumm wies Sims auf die Gerätschaften. Kunststofftüten, säuberlich aufgerollte Stricke, eine Flasche Rum.

Lay tastete sich mit den Schuhspitzen über die untersten Stufen. Deutler hielt ihn untergehakt. Einer nach dem anderen passierte die entsetzlichen Gerätschaften.

«Nun hißt die Segel meines Geistes Boot,
Durch bessre Fluten steuernd vorzudringen,
Und flieht das Meer, das schreckensvoll gedroht.

Vom zweiten Reiche soll mein Lied erklingen,
Wohin zur Läuterung die Seelen schweben,
Um würdig in den Himmel sich zu schwingen.»

«Wie soll die Seele denn geläutert werden? Und warum?»

«Ich weiß nicht. Beten.»

«Rechtschaffen bleiben.»

«Nun denn.»

Tassilo Wang weinte. Ihm wußte jetzt keiner etwas zu sagen. Estella Weizmann umklammerte seinen Gürtel.

«Hier hat Natur nicht Farben nur verpraßt,
Nein auch gemischt aus tausend süßen Düften
Ein Etwas, das kein Sinn benennt und faßt.

Salve Regina! Scholl es in den Lüften,
In grünem Polster lagernd sangen's Seelen,
Die draußen uns verdeckt erst von den Klüften.»

Sie standen vor einer Gabelung der Gänge. Rohre verliefen unter den gewölbten Decken. Türen und Gatter links und rechts. Beklemmende Luft, nicht vom Läuterungsberg Dantes, umwob sie. In diesem Heim befand sich nicht nur zum Schein die dunkle Pforte. Aus anderer Richtung drang feuchter Kelleratem, mit dem ebenso unverkennbaren wie unaustilglichen Duftgemisch von Verputz, Lehm, Kartoffeln, Räucherkammer, Nässe.

«Singen, fortwährend lobpreisen dann in den Gefilden der Seligen – das habe ich befürchtet», klagte Fehling.

«Es wird sich weisen.» Hanna hielt sich neben ihm.

«An dieser Gabelung entschied es sich für Frau Fontanelli. Links die Hölle, rechts das Paradies.» Hilde Hoffmeister tastete über die Mauern. Sand, Gebrösel knirschte unter den Sohlen. Von oben näherte sich lautlos Schwarzes. Aziza blieb am Ende vom Troß.

«Tod, ja. Aber dann ist auch genug mit dem Faktum. Wir wissen's, wir lebten.» Deutler gebot Schweigen. Er hielt das Talglicht dichter über Lays Buch. Der hob die Hand und schritt voran in den höheren der Gänge. Seine Stimme hallte.

«Die Herrlichkeit des Schöpfers, der das Ganze
Bewegt, die Glorie, die das All durchdringt,
Glänzt hier in schwächerm, da in stärkerm Glanze.

Dort war ich, wo das meiste Licht entspringt:
Im Himmel! Schaute Dinge, die zu sagen
Menschlicher Kraft und Zunge nie gelingt.

Denn dicht an seiner Sehnsucht Ziel getragen,
Versinkt der Geist so tief: Den Rückweg weiß
Erinnerung nicht wieder einzuschlagen.»

«Erinnerung nicht wieder einzuschlagen ...», wiederholten einige.

Die Gestalten verloren sich im Dunkel.

48.

Hinter Heckengezweig leuchteten von Nachbargrundstücken Dahlien und Gladiolen. Gestrüpp und Verblühtes wurden verbrannt. In den Rauch mischte sich der Duft vergehenden Obstes an Zweigen und im Gras. Gelb kroch in die Blätter von Süßkirsche und Mirabelle, während das Weinlaub am Haus sein feuriges Rot entfaltete. Tief im Schlamm steckten die Reifen des schiefen Alfa. Davor, im lichteren Rasengrün, ragten die Pfosten des Volleyballfelds auf, wo Ilse mit einigen Damen und Herren die Mannschaft von Christian Neusser in drei Sätzen 25:11, 18:25, 25:8 schließlich besiegt hatte. Beim ersten Spiel – ungefähr Ende Juli, als Lea Patini zumindest vorübergehend ins Krankenhaus zurückmußte – hatten Fehling und Wang in der Verteidigung geglänzt, wohingegen Norbert Sims als Steller sich als eine Katastrophe aus unkoordinierten Bewegungen, unsinnigen Drehungen und fahrigem Zuspiel erwiesen hatte. Eine Nachbarin hatte das Match durch die Pforte beobachtet und nach einer Weile gefragt, ob sie die Simssche Mannschaft verstärken könne. Dank ihrer Schmetterbälle war Ilses Gruppe in Bedrängnis geraten. Vor allem durch den Austausch von Jüssen gegen Fehling, der ein intuitives Ballgefühl besaß, war im Laufe der Zeit ein spannenderes Gleichgewicht entstanden. Durch einige Jungs aus der Umgebung wurden Mitte August die Lücken aufgefüllt, Angriff und Abwehr waren dynamischer geworden, und bei einem kleinen improvisierten Turnier war dem Sieger eine Bronzevase vom Dachboden überreicht worden. Die Ausschüttung von Endorphinen, Glückshormonen, durch das zunehmend gelenkige Spiel hatte allerdings den Nachteil gezeitigt, daß Norbert Sims keinerlei Lust mehr verspürt hatte, in Olaf Deutlers Orangerieinszenierung der *Troerinnen*, frei nach Euripides, einen Soldaten zu spielen, welcher Kassandra, die Seherin, Tochter des Priamos und der Hekuba, erdolcht. Ohnehin hatte in dem mächtigen Stück Greta von Meyenburg nicht mehrere weibliche Rollen in sich versammeln und adäquat gestalten können. Das Gefälle von ihrer Kunst zu Hilde Hoffmeisters Bemühen, den Untergang der Feste Ilion zu beklagen, war eklatant gewesen. Auch die Proben für eine andere Premiere im Smaragdtheater waren verlängert worden.

Marmelade war eingekocht.

In der Küche wurde gemostet.

Der Obstpflücker ruhte am Birnenbaum. Xaver Bauer fegte Laub vom Pfad ums Haus. Die Sonne wärmte mäßig.

«Der letzte Herbst.»

«Ja.» Zum dritten Mal schoben Betty Huber und Erna Jakoubek ihre Stühle aus dem wandernden Schatten ins Licht. Manchmal horchte die Kioskpächterin in sich hinein und vernahm weit entfernt das Donnern der Lastwagen über den Mittleren Ring. Unweit der beiden fragte Hilde Hoffmeister Dr. Lay, ob er noch Tee wolle.

«Unbedingt.»

«Es gibt kein besseres Mittel.»

Sie legten den Kopf in den Nacken und sogen die Sonne ein. «Kennen Sie Frau Krempner?» fragte der Verleger.

«Eigentlich nicht», gestand die Uhrenverkäuferin. «Labil, depressiv, kommt noch immer mit dem Westen nicht zurecht. War Werksleiterin in Zittau, später Fahrscheinkontrolleurin in Kassel.»

«Gibt alle Fälle.»

«Hat den Dachverschlag von Neusser.»

«Tja, wo ist der wohl hin?» Das stete Flackern der Blätterschatten auf seinem Gesicht machte Lay leicht benommen.

«Fragen Sie mich nicht.»

«Ein so begabter Reiter.»

«Kommt vielleicht wieder. Die Krempner wollte das Wimpfsche Zimmer», wußte Frau Hoffmeister, «ist ja auch schön. Aber Peer Santi war schneller. Ich hab' ihn früher im Fernsehen gesehen.»

«Ich nicht», Lay schob die Daumen unter die Hosenträger.

«Ist ja auch schlimm. Ein Schlagersänger, der nur einen Hit hatte. Und noch dreißig Jahre später bei Richtfesten und im Baumarkt damit auftreten muß.»

«Da zieht man schon mal den Schlußstrich», bekundete Lay, «allerdings könnte Deutler ihn noch für ein Projekt gebrauchen.»

«Was steht denn an? Eine Revue?»

«Je mehr Sänger da sind, desto eher wird's eine werden.»

Hilde Hoffmeister nickte. Lay schätzte die Frau, von der sich die meisten Hausinterna erfahren ließen. Beide spähten zum Liebespaar, das sich bei den Johannisbeeren erging. So nahe einem Hanna Reutte und Markus Fehling auch standen, es verstörte doch, daß sie ihr enges Verhältnis nicht mehr im geringsten verhehlten, Hand in Hand zum Frühstück erschienen, sich auf der Balustrade umarmten und nun vor den Sträuchern küßten. Erstens wirkten sie vor Verliebtheit unangenehm entrückt, zweitens führten sie Außenstehenden rücksichtslos vor, daß der Mensch zu zweit glücklicher zu sein schien als allein, andererseits provozierten sie, bereits durch sehnsüchtige Blicke, Gedanken darüber, daß Glück nicht ewig hielt und auch der Alleinstehende kleine Vorteile für sich verbuchen konnte. Der Einsame war auf Unglück vielleicht vorbereiteter als jene, die sich gemeinsam gegen jede Schwierigkeit gewappnet zu fühlen schienen. Gerne hätte Lay zumindest für eine Weile mit dem Freund getauscht. Vorzüglich war es in jedem Fall, bisher nicht den Absprung aus dem Haus gefunden zu haben. Fehling berichtete von immer neuen Lesefrüchten. Die Domina belebte jede Gesellschaft, und mitunter käme man, als Beobachter, noch in den Genuß kleiner aufschlußreicher Streitigkeiten, erster Eifersüchteleien der Liebenden und konnte sie dann beraten. Reutte und Fehling zündeten sich Filterlose an, schlenderten Hand in Hand weiter.

Es war bitter festzustellen, daß Ute Wimpf einiges versäumte, was ihr andererseits gleichgültig sein konnte. Pietätvoll wirkte der kleine Feldstein, der am Brunnen mit ihren Initialen an sie erinnerte.

«Die Mauser hat die Reutte noch?» fragte Dr. Lay.

«Wer sonst?»

Die Sitzenden schnauften ins Licht.

Im Grunde war der ganze Garten still belebt. Zwei Baumkronen weiter schlummerte Jürg Jüssen im Grünen. Aziza saß auf einem Klappstuhl unter den Glosteräpfeln und repetierte aus dem Sprachführer, den Estella Weizmann ihr geschenkt hatte, italienische Vokabeln. Allerdings war das Problem aufgetaucht, daß die zerbrechliche Imamitin nach etlichen Monaten nicht mehr exakt wußte, ob ihr Sergio, seine Familie, aus *Venezia* oder *Vicenza* stammten und Dondola oder Dandolo hieß, was die Suche nach dem Verführer erschwerte. Auch in diesem Fall war Olaf Deutler nicht unglücklich, denn die Syrerin sprach mittlerweile recht passabel deutsch, was sie wiederum dazu prädestinierte, in Lessings *Nathan der Weise* höchst stilecht als die lebensfrohe Schwester des Sultans, Sittah, figurieren zu können.

Spät fuhr Xaver Bauer mit der Sense durchs Gras.

Mit aufgestützten Armen schaute Ilse neben Monika aus dem Fenster des Glaszimmers in den Garten.

«Wann kommt sie wieder?»

«Morgen», antwortete Monika.

«Und dann ist alles okay?»

«Hat sie gesagt.»

«Ist zu jeder Jahreszeit schön hier», bemerkte Ilse.

Monika nickte: «Natur immer.»

«Wie fandest du den Onkel?»

«Meistens fidel. Aber ich habe ihn einmal nachts in der Küche weinen gehört.»

«Kommt Clarissa mit dem Geld?»

«Kann sie doch am Telefon nicht sagen.»

«Windige Sache», meinte Ilse, «glauben würd's sowieso keiner.»

«Muß er ja auch nicht.»

«Aber sie war in der Kanzlei?»

«Klar. Mit Faruq. Alles nur noch unter Zeugen.»

«Rio. Will ich da hin?»

«Ulrich holt sie morgen am Flughafen ab.»

«Der sollte übrigens mit Wang aufpassen», meinte Ilse neben ihrer Freundin. «Es gibt Menschen, die Liebe nicht kennen. Er weiß nicht, was das ist, jemand anderen besitzen zu wollen, einem anderen zu gehören. Er ist nicht böse, aber er brennt nicht. Ulrich geht vor die Hunde.»

«Sollte er merken.»

«Er kämpft um ihn.»

Beide schwiegen, obwohl Wang sie nicht hören konnte, da er am rückwärtigen Zaun im Schneidersitz saß.

«Erstaunliches Glück, daß wir nicht im Knast sitzen», fand Ilse.

«Wieso?» fragte Monika. «Vielleicht passiert fünf Hügel weiter viel Gefährlicheres.»

Die Lebensgefährtinnen tranken einen Schluck. Sie sahen, wie Olaf Deutler in der Abendsonne noch näher an Frau von Meyenburg rückte, daß nun beinahe die Knie sich berührten.

«Erzählen Sie», bat der dürre Künstler.

«Was?» lächelte Greta von Meyenburg, die ein gerahmtes Foto auf ihrem Schoß umfaßt hielt.

«Wie Ihre Eltern waren? Was Sie erlebten? Wie es nach dem Krieg war. Welche Farben die schönsten sind? Wie es mit dem Film anfing? – Worauf der Mensch achten muß? Ob ich etwas wert bin? – Ob ich Ihnen zuhören darf? Alles. Wie Sie sich fühlen. Aber bitte erzählen Sie. –»

«Einfach erzählen?»

«Ja.»

«Nun gut. Aber auch gern in einem größeren Kreis. Und dann erzählen Sie und die anderen.»

49.

Naßkalt war die Luft. Schneematsch bedeckte den Platz. Der gebeugt unter einer Laterne verharrende Mann stellte sein Handy aus und schob es in die Manteltasche. *Kein Anschluß unter dieser Nummer*. Er zerknüllte das Kärtchen, das er lange bei sich getragen hatte.

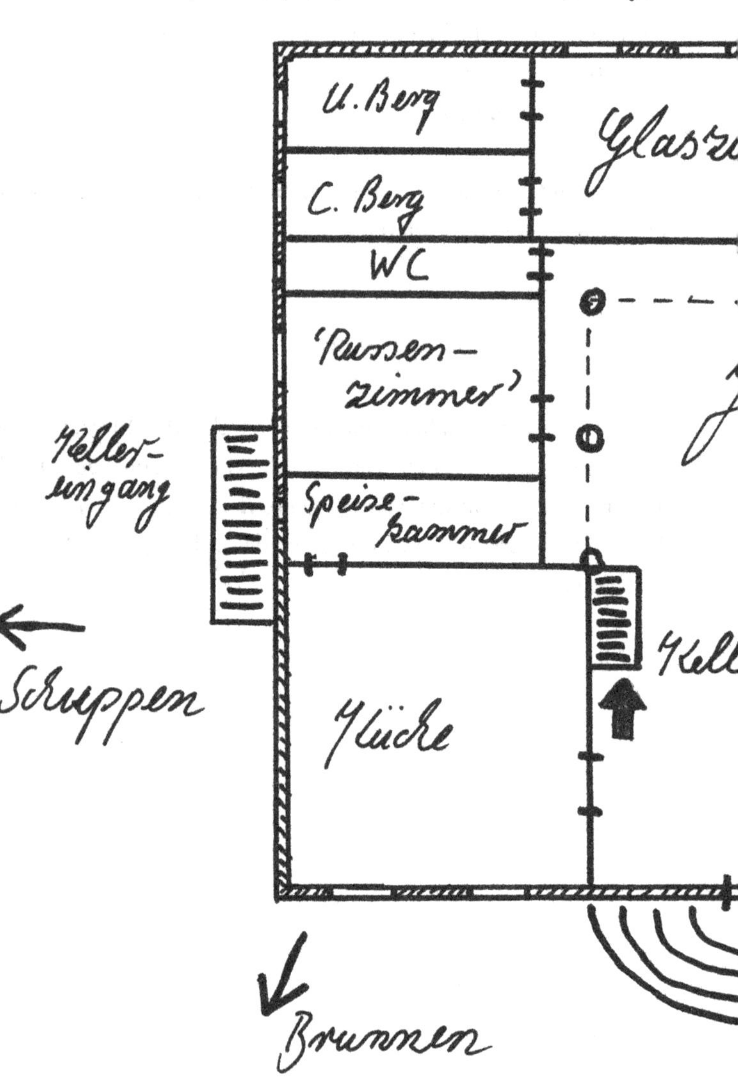

Ludwigshöhe, Erdgesc
U. Berg
Glasz
C. Berg
WC
'Russen-
zimmer'
Keller-
eingang
Speise-
kammer
J
Schuppen
Kell
Küche
Brunnen

Gewächs-
haus

Kl. Veranda

M. Berg
(+ J.)

Stauraum

Besenkammer

Alte
Wäschekammer

Bügel-
Bastel-
zimmer

Schwein

Köchin/
Kleine
Sistina

Chauffeur/
(Fontanelli)
J. Jüssen

Alfa

(Süd)

Bauer, X.

Bad

(K. Lehmann)
Dr. Ley

O. Deutler

Maharani

U. Wimpf

H. Reutte

Aziza +
E. Weizmann

Balustrade

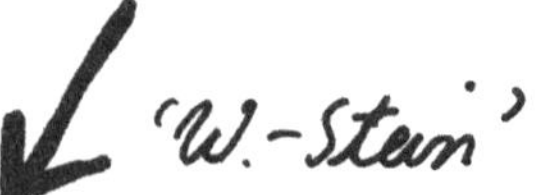

Ludwigshöhe, Beletage

…uchsstiege

…rade

E. Jaßoulbek / L. Pateni

E. Huber

M. Fehling

T. Wang

J. Hattinger

Greta v. Meyenburg

Balustrade

(Nord)